태권브이와
시바견

태권브이와 시바견

오희 장편소설

고즈넉 이엔티
GODKNOCK ENT

태권브이와 시바견 1

초판 1쇄 발행 2017년 8월 21일

지은이 오희
펴낸이 배선아
펴낸곳 (주)고즈넉이엔티

출판등록 2017년 3월 13일 제2017-000022호
주소 서울시 강서구 공항대로 649 제성빌딩 303호
대표전화 02-6269-8166 **팩스** 02-6166-9199
이메일 gozknock@naver.com

ⓒ 오희, 2017
ISBN 979-11-88504-05-3   04810
　　　979-11-88504-04-6   (세트)

차례

1장

함께여서
다행인도

인천에서 출발한 비행기가 인도 상공에 도달했다. 이륙 8시간 만이었다. 비행시간을 체크하던 정 피디가 자리에서 일어나 비즈니스클래스로 향했다.

　10A. 굳이 좌석번호를 확인하지 않아도 정 피디는 자신이 멈춘 곳이 10A라는 것을 알 수 있었다. 침대형 시트에 긴 다리를 자랑하듯 꼬고 누워 있는 좌석 주인 덕분이었다.

　쌍꺼풀 없이 날렵한 눈매와 상반되도록 부드럽게 떨어지는 콧대가 얼굴의 전체적인 인상을 만들어내고 있었다. 깔끔하면서도 세련된 미모였다. '국보급 얼굴'로 불리는 배우다웠다.

　도톰하고 붉은 입술까지 눈길로 더듬은 정 피디가 큼큼, 헛기침으로 인기척을 냈다.

　장시간 비행에도 흐트러짐 없는 미모를 과시 중인 배우 박연은 인위적인 인기척에도 아랑곳 없이 꼼짝하지 않았다.

　결국 자세를 낮춘 정 피디가 빚어놓은 듯한 얼굴에 대고 소곤거렸다.

"곧 도착할 거구요, 기차로 바라나시까지 이동하실게요. 갠지스 강에서 일출 보면서 클로징합니다. 인도 사람들은 갠지스 강에서 목욕재계를 하면 모든 죄를 씻을 수 있다고 믿는대요."

갠지스 강 입수는 정 피디가 프로그램의 첫 제작미팅 때부터 강조하던 연출이었다.

미동 없이 누워 있던 박연이 탐탁지 않다는 듯 눈썹을 꿈틀거렸다. 갠지스 강에 뛰어드는 자신의 모습이 머릿속에 떠오른 탓이었다. 촌스럽고 불쾌하기 짝이 없는 상상이었다.

아역배우 출신 탑 영화배우의 몰락. 혹은 음주운전으로 물의를 일으킨 톱스타 박연. 아니면 갠지스 강에서 갱생하는 감동의 다큐멘터리. 갠지스 강 입수라는 연출이 노리고 있는 얕은 수가 단번에 읽혔기 때문이었다.

지겹다. 지겨워.

머릿속을 지배하는 지긋지긋한 생각을 떨쳐낸 박연은 눈을 감은 채로 낮게 중얼거렸다. 다분히 빈정거리는 말투였다.

"피디님, 대한민국에서 음주운전한 새끼가 어떻게 인도에서 면죄를 받아. 말이 돼요?"

박연의 중얼거림에 딱히 반박할 말을 찾지 못한 정 피디는 입맛만 다셨다.

박연이 한 성격 한다는 소문이야 연예계에서 익히 들었다. 그쯤이야, 방송 일에 뛰어든 경력이 얼마인데. 인도로 떠나오기 전까지는 자신만만했다. 그러나 막상 먼 타국까지 오고 보니 몸소 느껴지는 걱정이 이만저만이 아니었다. 이 삐딱한 놈을 어떻게 구슬려 촬영을 무사히 끝낼 것인가. 큰 산에 직면한 정 피디는 비즈니스클래스를 나오며 한숨을 푹 내리쉬었다.

인도 뉴델리의 기차역은 특유의 쾨쾨한 냄새를 풍겼다. 플랫폼에는 소변 냄새가 진동했고, 역사에 빼곡하게 들어찬 다른 피부색의 사람들은 낯설었다. 암호처럼 보이는 글자들이 새겨진 간판을 둘러보던 브이는 곁을 지나치는 여자를 따라 고개를 돌렸다. 인도의 전통복장인 사리(Sari)를 입은 여자의 뒷모습에서 눈을 뗄 수 없었다.

팔뚝을 스쳐간 옷자락의 감촉. 그것이 타국의 낯선 도시 한가운데 서 있다는 사실을 실감나게 만들었다.

이미 멀어진 인도 여자의 사리 옷자락이 바람에 너풀거렸다. 동시에 브이의 단발머리도 휘날렸다. 흐트러진 머리칼을 쓸어 넘기는 브이에게 소연이 다가왔다.

소연은 뒤에서 브이를 와락 끌어안았다. 한 뼘이나 작은 체구가 품에 쏙 들어왔다.

"지금 권브이 속은 말이 아니겠지? 국가대표까지 했던 실력인데 부상 때문에 16년 동안 해오던 태권도를 그만뒀으니, 그 속이 오죽할까 싶다."

소연의 염려에 브이가 얼른 손을 저었다.

"아냐. 청승은 은퇴하고 방구석에 콕 처박혀 있던 3개월 동안 다 떨었어. 공짜로 휴가 왔다 생각하고 즐기다 갈 거야."

"얼굴은 심란한데?"

"그야 한국으로 돌아갈 것 생각하니까…. 돌아가면 앞으로 뭘 해야 하나 싶잖아. 벌써 스물여덟인데…."

은퇴 후의 인생 설계는 운동선수들의 공통된 고민이었다. 운동선수는 아니지만 소연 역시 브이의 말에 격하게 공감했다.

"그건 나도 심란하다. 스물여덟 조연출 김소연의 앞날이 까마득해."

"앞날이 창창한데 뭘. 나 조연출 빽으로 공짜로 인도까지 왔잖아?"

"다큐 촬영 VJ에 알바로 꽂아준 게 무슨 빽이라구."

멋쩍어하는 소연의 등 뒤로 정 피디가 씩씩거리며 다가오는 게 보였다. 한껏 상기된 얼굴이었다. 실은 기내에서부터 심상치 않았다. 그러고 보니 이번 촬영의 주인공, 박연의 자리에 다녀온 후부터였다.

소연은 안 들어봐도 다 알겠다는 듯이 브이에게 속삭였다.

"씨바견이 문제구만."

"시바견? 일본 개?"

브이가 되묻자 두 주먹을 불끈 쥔 소연이 외쳤다.

"욕 나오게 만드는 개새끼. 씨바 박연, 씨바 박연, 씨바견!"

소연은 턱짓으로 꽤 멀리 떨어져 서 있는 박연을 가리켰다. 길고 슬림한 몸매가 돋보이는 캐주얼한 옷차림이었다. 멀리서 보아도 뉴델리의 기차역 내에서 단연 눈에 띄었다. 인도로 날아오는 동안 이코노미 석에 앉았던 브이는 감히 구경도 못한 얼굴이었다.

브이는 멀찌감치 떨어져 있는 박연을 보며 중얼거렸다.

"멀어서 잘 안 보이네. 아쉽다…."

소연이 깔깔 웃었다.

"남자들이랑 호형호제하길래 이성에는 관심 없는 줄 알았더니?"

"그건 같은 운동선수들끼리 편하게 지낸 거지."

화장기 없는 브이의 얼굴이 빨개졌다.

하루 종일 남자들과 땀 흘리며 운동하면서도 '진짜 남자' 얘기에는 얼굴부터 빨개지는 숙맥. 소연이 고교시절부터 알아온 권브이다운 모습이었다.

박연을 넋 놓고 구경 중인 두 사람 어깨에 정 피디가 팔을 둘렀다.

"브이 씨가 찍는 영상은 메이킹으로 쓰일 거니까 잘 찍을 필요 없어. 무조건 찍기만 해. 저 씨바견이 협조 안 해도 어떻게든 찍어."

브이 대신 소연이 씩씩하게 대답했다.

"걱정마십쇼, 선배님! 브이가 국대까지 했던 애라 깡, 성실, 끈기, 힘까지 전부 짱입니다!"

소연의 기운찬 외침에 정 피디는 덩달아 의욕적인 얼굴을 했다.

기차역에서 뜨거운 전의를 다진 세 사람을 비롯해 소수의 스태프들이 기차에 짐을 싣기 시작했다.

촬영팀이 예약한 객실은 여행자들이 가장 많이 타고 다니는 SL등급 칸이었다. 칸막이 없이 오픈되어 다른 칸 승객들이 수시로 지나다니는 곳이었다. 기차 벽에 붙은 낡고 더러운 매트리스가 낮에는 좌석, 밤에는 침상 역할을 했다.

한쪽에서 현지 코디네이터와 촬영 동선에 대해 이야기를 나누던 정 피디가 브이를 불렀다.

"브이 씨! 출발하기 전에 박연 씨 영상 하나 따와. 소감 같은 거 물어보면 돼. 아마 지금 자기네 스태프들이랑 있을 거야."

정 피디의 지시를 받은 브이는 기차 복도로 나섰다. 성인 한 명이 겨우 지나갈 수 있는 비좁은 복도였다.

부리부리한 눈을 가진 인도 사람들의 시선이 부담스럽게 느껴지려는 찰나였다. 익숙한 한국말이 브이를 사로잡았다. 좁은 열차 칸에서도 눈에 띄는 미모를 자랑 중인 박연이었다.

드디어 실물을 목격했다!

브이는 비행시간 내내 소연에게 작동법을 배운 핸디캠의 전원을 켰다. 그리고는 핸디캠 화면을 줌인(Zoom in)했다. 브이가 확대시킨 화면 속 박연은 허리에 두 손을 얹은 채 못마땅한 표정을 지었다.

"송 실장님. 아니, 형. 기어이 내 속 터지게 만든다?"

박연이 송 실장 얼굴 앞에다 핸드폰을 내밀었다. 핸드폰에는 배우 이민형의 드라마 캐스팅에 관한 기사가 떠 있었다.

"어떻게 내가 하차 당한 드라마에 얘를 꽂아? 내가 인도에 있는 새에?"

"그러니까 왜 술을 쳐드시고 운전을 했어."

송 실장은 안타깝다는 듯이 말했다. 그러자 약이 오른 듯 박연의 얼굴이 새빨개졌다.

"같이 타고 있던 새끼는 여전히 희희낙락인데, 왜 나만 인도까지 와서 자숙용 다큐나 찍고 있어야 되는데?"

"운전대를 네가 잡았잖아. 그리고 우리 회사 굴리는 거 너랑 민형이 둘인데 한 놈이 사고 쳐서 자숙 중이면 다른 놈이라도 채워야 별 수 있어?"

"이제 나는 버리는 카드다?"

투정 부리는 아이처럼 씩씩대는 배우님을 보자니 송 실장은 갑작스럽게 두통이 치밀었다. 옆에서 안절부절 못하던 신입 매니저 오영범이 이마를 짚고 휘청거리는 송 실장을 부축했다. 송 실장은 영범에게 기대어 소리쳤다.

"이미지 메이킹 한답시고 다큐 찍으러 인도까지 왔으면 조용히 자숙이나 하고 돌아갈 것이지, 왜 이래 정말!"

송 실장과 영범의 못마땅한 시선이 박연에게 향했다. 박연은 순간 목구멍이 화르륵 타오르는 것을 느꼈다. 불이라도 붙은 듯 뜨거웠다.

한심하게 쳐다보는 저 눈빛들. 지겨워.

송 실장과 영범을 노려보던 박연이 돌연 휙 돌아서서 객실 칸을 빠져나갔다. 먼발치에서 핸디캠 화면으로 싸움 구경을 하던 브이가 작게 중얼거렸다.

"실물이 훨씬 잘생기긴 했는데… 역시 성격은 TV랑 다르네."

소연과 정 피디 말처럼 '씨바견'인지는 아직 알 수 없으나 TV 속 다정한 이미지와는 확실히 거리가 멀어 보였다.

채널을 돌리다가 보았던 광고 속 모습은 다정한 남자친구 같은 모습이었는데.

의외의 모습에 감탄하고 있을 새도 없이 브이는 박연을 따라나섰다. 그녀는 인터뷰 영상을 찍어야 한다는 본분을 잊지 않았다.

브이가 뒤따라오는 줄은 까맣게 모르는 박연은 기차에서 내리자마자 크게 숨부터 들이마셨다. 퀴퀴한 공기라도 기차 안에 있는 것보다는 나았다. 있는 대로 끓어올랐던 머리도 금방 차가워졌다. 이성이 돌아오자 하얀 얼굴이 일그러졌다.

"이민형 기사만 아니었어도 내가 참았지….'"

박연은 눈살을 찌푸리고 핸드폰을 내려다보았다. 인터넷에는 이성을 날려버렸던 민형의 이야기들뿐이었다. 아무도 박연의 인도행에 대해서는 관심이 없는 듯했다.

사람들이 북적이는 플랫폼을 배경으로 서 있는 박연의 모습을 핸디캠에 담던 브이는 저도 모르게 감탄했다.

"오… 화보다, 화보."

잘난 얼굴을 더 자세히 담기 위해 줌을 당기려는데, 수상한 움직임이 프레임에 걸렸다. 나이를 분간할 수 없는 차림새의 인도 남자가 박연의 곁으로 슬며시 다가왔다. 괜스레 주위를 두리번거리는 게 누가 보아도 수상쩍었다.

수상한 장면을 핸디캠으로 녹화하던 브이가 아차 하는 순간이었다. 주위에 일행이 없는 것을 확인한 인도 남자가 박연의 손에 들린 핸드폰을 잽싸게 낚아챘다.

"Hey! Stop!"

박연이 반사적으로 소리쳤다. 소매치기범은 한두 번 해본 솜씨가 아닌지 이미 사람들 사이로 빠르게 도주 중이었다. 박연은 바로 쫓지 못하고 기차와 플랫폼의 전자시계만 번갈아보았다.

7시 50분. 출발 시간이 몇 분 남지 않았다. 망설일 시간이 없었다. 박연이 소매치기범을 뒤쫓기 위해 다급하게 발을 떼었을 때였다. 박연의 옆으로 브이가 단발머리를 휘날리며 후다닥 지나쳐갔다.

뭐야 저 여자는?

박연은 보고도 믿기지 않는 광경을 보며 눈을 찌푸렸다. 브이의 티셔츠 등짝에 새겨진 'CBC'라는 방송국 로고가 금세 멀어졌다.

스태프? 근데 뭐 저리 빨라?

생각지 못한 브이의 등장에 멍하게 서 있던 박연이 뒤늦게 뒤를 쫓기 시작했다. 박연이 역내를 내달리는 동안 기차 안에서는 영범이 부지런히 배우님을 찾아다니고 있었다. 박연과 한바탕 다툰 송 실장의 지시였다.

촬영 스태프들이 모인 객실을 기웃거리던 영범이 소연에게 물었다.

"저희 형님 못 보셨어요?"

카메라 감독과 촬영 계획을 짜고 있던 소연이 그제야 주위를 살폈다.

"그러고 보니 브이도 없네? 화장실 갔나?"

정 피디가 끼어들어 외쳤다.

"아마 둘이 같이 있을 거야. 브이 씨는 내가 메이킹 인터뷰 따라고 시켰거든."

영범은 어수선한 객실 허공에 대고 고개를 꾸벅 숙였다. 혼자 터덜터덜 돌아온 영범에게 송 실장이 물었다.

"연이는?"

잠시 눈을 굴리던 영범이 대답했다.

"어… 화장실에서 VJ랑 메이킹 인터뷰 중이래요."

소매치기범은 붐비는 사람들 사이를 능숙하게 피해 달아났다. 브이가 그 뒤를 따라 역내의 이동통로 계단을 뛰어올랐다. 어느덧 플랫폼은 저만치 멀어져 있었다.

이대로는 안 되겠어.

브이는 소매치기의 뒷덜미에 시선을 고정시켰다. 그리고는 사력을 다해 힘차게 발돋움을 했다. 다년간의 훈련으로 다져진 몸이 가볍게 날아올랐다. 정확히 소매치기범의 뒷덜미를 덮쳤다.

브이와 함께 바닥을 나뒹군 소매치기범은 떨어트린 핸드폰을 챙길 생각도 못하고 허둥지둥 달아났다. 뒤늦게 쫓아온 박연이 바닥에 떨어진 핸드폰을 주워들었다. 핸드폰은 화면이 산산조각 나 있었다.

다시 신경에 날이 곤두섰다. 박연은 망가진 핸드폰을 쥔 채 지끈거리는 이마를 꾹꾹 눌렀다. 그때 불길한 소리가 역내를 울렸다. 먼지를 털고 일어난 브이가 이동통로의 철조망으로 달려갔다. 저 아래 플랫폼을 떠나는 열차가 내려다보였다.

기차… 놓친 거야?

브이가 발을 구르며 단발머리를 헝클였다. 옆에서 철조망을 뜯을 듯이 흔들어대던 박연이 제 분을 못 이기고 괴성을 질러댔다.

"으아, 짜증나…! 망할 인도! 하나부터 열까지 안 맞아!"

옆에서 철조망을 뻥뻥 차대는 박연을 보자니 브이는 낙오된 현실이 실감났다. 브이는 불안하게 눈을 굴렸다. 운동만 하고 살아왔다. 이런 상황은 직면해본 적도, 해결해본 적도 없었다.

어떻게 하지? 침착하게 생각을 해보자.

해결책을 찾기 위해 머리를 감싼 채 집중해 있는 브이의 팔을 커다란 손이 툭툭 쳤다.

"그렇게 있지 말고 폰 내놔 봐."

"네? 내 핸드폰이요?"

"그래, 네 거. 내 폰은 누가 고장 냈잖아."

얼굴 앞에서 망가진 핸드폰이 대롱대롱 흔들렸다.

누가 고장 냈잖아? 누가? 내가?

생각지 못한 낙오 상황에서도 침착함을 유지하려고 애를 쓰던 브이의 얼굴이 슬쩍 일그러졌다.

"내 건 가방에 있는데요?"

"가방은?"

"기차에요."

박연은 갑자기 다급해진 얼굴로 되물었다.

"돈은? 가진 돈도 없어?"

브이는 생각을 더듬다가 바지 주머니에 꼬깃꼬깃 감춰둔 비상금 2천루피를 꺼냈다.

"혹시 몰라서 따로 빼놓은 비상금이 있⋯."

박연은 상대가 채 말을 끝맺기도 전에 돈을 냅다 낚아챘다.

액수를 확인하고는 돈을 다시 내밀었다.

"가서 다음 기차표 사와."

표정과 말투가 컬래버레이션을 이루며 완벽한 무례함을 자아냈다. 브이는 무어라 대꾸할 정신도 없이 빤히 쳐다보기만 했다. 그러자 곧 짜증스러운 목소리가 되돌아왔다.

"스태프니까 나보단 잘 알 것 아냐?"

브이는 얼굴 앞으로 흘러내린 머리칼을 후, 입김을 불어 날렸다. 최대한 평정심을 유지하려 애썼다. 자연스레 목소리 톤이 한껏 내려갔다.

"알바라 잘 모르는데요."

"하여튼 요즘은 알바생 주제에 캠코더 하나만 들면 VJ라고 설쳐대. 방송이 어떻게 돌아가는지도 모르면서."

무례함이 정점을 찍는 순간, 브이의 머릿속을 가득 채운 세 글자에 차례로 불이 들어왔다.

씨! 바! 견!

"빨리 표 끊어와. 촬영하다 돌발 상황이 발생했으면 스태프가 책임져야지 연기자가 수습하리?"

이런 씨바견이…! 위태롭게 깜박이던 머릿속 불빛이 펑 터졌다. 뻔뻔하게 2천 루피를 흔들어대는 박연의 팔목을 확 붙들었다.

"이봐요. 듣자하니 어이가 없네. 내 돈 가지고 왜 그쪽이 VJ가 설치네 마네 그딴 말을 해요?"

박연은 제 팔목을 움켜쥔 브이의 손을 내려다보았다. 쬐끄만 손에 제법 힘이 들어가 있었다.

아. 짜증나게 어디에 손을 대.

브이의 손아귀에서 팔을 빼내려던 박연의 눈이 커졌다.

어라? 안 빠져?

당황한 얼굴로 브이의 손을 홱 뿌리쳤다.

뭐 이런 게 다 있어?

잡혔던 팔을 털어내며 눈을 부라리는데 뒤에서 낯선 목소리가 들려왔다.

"니하오!"

"니하오는 무슨."

얼굴을 구기며 박연이 돌아보았다.

제복을 입은 인도 남자가 해맑게 웃으며 서 있었다. 남자는 둘에게 어찌된 사정인지 다 안다는 듯이 말했다.

[너희 기차 놓쳤지? 내가 티켓 예약 사무소에 데려다줄까?]

제복을 입은 남자는 자신을 역무원이라 소개했다. 브이는 인도 억양이 심해 그의 영어를 도통 알아들을 수 없었다. 그나마 더듬더듬 알아듣는 것 같은 박연을 따라 브이는 기차역을 나왔다.

역을 나오자 마치 기다렸다는 듯이 삼륜차 오토릭샤 한 대가 멈춰 섰다. 역무원은 오토릭샤 안으로 박연과 브이의 등을 떠밀었다.

[얼마 전에 사무소에서 폭탄이 나와서 자리를 옮겼어. 이거 타고 가.]

알아듣진 못했지만 브이는 무언가 이상한 낌새를 눈치 챘다.

"어디 가는 거래요?"

"사무소까지 태워준대."

"기차표를 역 밖에서 끊어요?"

"이사 갔대. 더 묻지 마. 귀찮아."

박연은 가슴팍에 단단히 팔짱을 낀 채 눈을 감아버렸다. 다시금 후회가 밀려왔다. 같잖은 다큐로 대중들의 마음을 돌린다고? 끝까지 안 한다고 버텨야 했는데. 이게 무슨 개고생이야….

앞좌석에 앉은 운전수는 박연과 브이를 향해 친절한 미소를 지었다.

"프렌드! 프렌드! 아임 라훌!"

브이는 눈까지 감고 태평해 보이는 박연을 흘끗 쳐다보았다.

프렌드…. 정말 이대로 따라가도 괜찮은 걸까?

얼마간을 달려 오토릭샤에서 내렸을 때, 브이의 불안은 더욱 가중되었다. 라훌이 데려간 곳은 델리 시내 골목 어딘가에 붙어 있는 사무실이었다. 안으로 들어서니 협소한 공간에 테이블 하나만 덩그러니 놓여 있었다. 도무지 표를 파는 매표소 같지 않았다.

브이와 함께 자리에 앉으면서 박연이 슬그머니 뒤돌아보았다. 서너 명의 인도 남자들이 낡은 가죽소파에 나란히 앉아 있었다. 거대한 덩치를 자랑하는 남자들은 열 손가락에 낀 굵은 반지와 팔뚝에 새겨진 문신으로 자신들의 힘을 과시하고 있었다. 속내를 알 수 없는 무심한 표정도 마찬가지였다.

박연은 그제야 등골이 시렸다. 불길한 예감이 너무 뒤늦게 찾아왔다. 박연은 한숨도 내쉬지 못하고 조용히 고개를 숙였다.

라훌이 두 사람 앞에 익숙한 동작으로 종잇장을 내밀었다.

[니들 기차 못 타. 그냥 우리 여행사랑 계약해. 에어컨 달린 버스로 시티투어 시켜줄게.]

갑자기 부리부리한 눈을 빛내는 라훌은 더 이상 오토릭샤에서 '프렌드'를 외치던 선량한 이가 아니었다. 브이가 계약서를 보며 물었다.

"이거 기차표 아니잖아요. 어떻게 된 거예요?"

박연은 고개를 숙인 채 브이에게 중얼거렸다.

"흐지 마…."

이를 악물고 작게 중얼거리는 탓에 발음이 불분명했다.

"네?"

"흐지 플라그…."

뭐라는 거야? 답답한 마음에 브이는 테이블에 놓인 펜을 집어 들었다.

"여기에 사인하면 돼요?"

그때 의자가 넘어가도록 자리를 박차고 박연이 일어섰다.

"하지 마! 우리 지금 사기 당했으니까 거기다 사인하지 말라고!"

박연이 브이의 손에 들린 펜과 계약서를 뺏어들고 소리쳤다.

낙오도 모자라서… 사기라고?

브이는 험악한 분위기를 조성하고 있는 사무실을 돌아보며 인상을 찌푸렸다. 박연이 펜과 계약서를 라훌에게 집어던졌다.

"우린 바라나시로 가야 하거든? 시티투어 안 해. 야, 일어나."

무작정 브이의 팔을 잡아끌었다.

[잠깐.]

라훌이 박연을 막아섰다.

[이봐, 코리안. 그럼 릭샤 값이라도 내고 가야지?]

소파에 나란히 앉아 있던 덩치 큰 사기단들이 기다렸다는 듯이 어슬 렁어슬렁 다가왔다. 덩치가 박연의 두 배쯤 되어 보이는 사내들이 양팔 을 꽉 붙들었다. 라훌이 거침없이 박연의 배를 걷어찼다.

"아악…!"

박연은 몇 번이나 비명을 지르며 바닥을 뒹굴었다. 그러면서도 손에 쥔 2천 루피는 절대 놓지 않았다. 가진 거라곤 2천 루피뿐이었다. 돈까 지 잃으면 정말 끝이었다. 그 생각뿐이었다.

라훌이 짓궂은 얼굴로 핸디캠의 녹화 버튼을 눌렀다. 괴로워하는 박 연의 모습을 촬영하며 라훌이 재미있다는 듯이 킬킬거렸다. 다른 덩치 들에게 꼼짝없이 붙들려 있던 브이가 박연에게 소리쳤다.

"뭐하는 거예요! 얼른 줘버려요!"

박연은 바닥에 널브러진 채 브이를 쳐다보았다. 자신을 바라보는 커 다란 눈에 두려움과 안타까움이 뒤섞여 있었다. 그 눈과 마주친 순간, 목구멍에서 울음이 울컥했다. 박연의 눈시울이 붉게 물들었다. 바들바 들 떨며 지폐를 꽉 쥐고 있는 박연을 바라보는 브이의 눈에도 눈물이 고 여 들었다. 박연은 울먹이는 브이를 보다가 끝내 2천 루피를 쥔 손에 힘 을 풀었다.

라훌과 사기단 일행은 둘을 사무실에 달린 창고로 밀어 넣었다. 어두 컴컴한 창고는 웅크려 앉은 두 사람만으로도 꽉 차버렸다. 철컥, 하는 소리와 함께 바깥에서 문이 잠겼다.

브이는 코를 훌쩍이며 헝클어진 머리칼을 쓸어 넘겼다. 손이 파르르 떨렸다. 브이의 훌쩍거리는 소리가 조용한 창고 안을 울렸다. 뒤이어 잇 새로 짓눌린 울음소리가 들려왔다. 브이는 훌쩍이다 말고 박연을 돌아보았다. 웅크린 무릎 사이에 얼굴을 파묻고 있었다.

"괜찮아요?"

박연이 고개를 들고 큰 손으로 얼굴을 덮었다. 라훌에게 맞아 찢긴 입술이 가늘게 떨렸다.

"지겨워서 진짜. 낙오, 사기, 폭행, 감금…."

박연은 눈물이 번진 뺨을 문지르며 소리쳤다.

"지겨워! 이 모양 이 꼴인 내가 지긋지긋해 죽겠다고…!"

언제부터 일이 이렇게 꼬여버렸을까. 박연은 그 시작을 찾을 수 없었다. 술을 마신 기억조차 나지 않는데 어느새 음주운전이라는 잘못을 저질렀고, 모두가 그럴 줄 알았다는 듯이 자신을 한심하게 쳐다보았다.

비아냥대는 눈빛. 경멸의 눈초리. 어딜 가든 그런 시선에 갇혀버리는 스스로가 지긋지긋하게, 한심하고 경멸스러웠다.

어린애처럼 흐느끼는 얼굴을 조용히 바라만 보던 브이가 조심스럽게 입을 열었다.

"내 주변에 일어난 일 전부가 내 잘못은 아니에요. 분명 내 잘못으로 일어난 일도 있을 거예요. 하지만 그중에는 내가 어떻게 할 수 없었던 일도 있어요."

눈물을 참던 박연이 브이를 돌아보았다.

"술 마시고 운전한 건 명백히 박연 씨 잘못이지만 그거 말고 다른 일들은 박연 씨가 어쩔 수 없던 것들도 분명히 있어요."

브이는 은퇴 후 방에만 처박혀 있던 3개월을 떠올렸다. 왜 바보처럼 무리해서 다쳐버린 걸까. 왜 재활치료를 마쳤는데도 전처럼 태권도를 할 수 없는 걸까. 왜 자꾸 겁을 먹는 걸까.

"왜 그랬는지 탓하지 말고 지금 상황을 다르게 받아들여 봐요. 내 힘으로는 어떻게 할 수 없었다고. 그러니까 앞으로 잘하자고."

음주운전 사건이 터지고 사람들은 박연에게 그러기에 왜 그랬냐고 물었다.

나도 몰라. 기억이 안 나.

바보 같은 대답을 하면서 박연은 그들처럼 스스로에게 되물었다.

대체 왜 그런 거야?

하지만 눈앞에 오늘 처음 본 여자가 들려주는 이야기는 그동안 시달려오던 것들과는 달랐다. 브이가 빨개진 코를 훌쩍이며 물었다.

"이제 우리 어쩌죠?"

그 순간 박연은 눈시울보다 가슴이 뜨거워지는 것을 느꼈다. 심장이 인도로 떠나온 후 가장 편안하게 뛰었다. 감금된 상황에서 참 아이러니했다. 그런 박연에게 상황의 심각성을 자각시켜주려는 듯, 돌연 '콰앙!' 하는 굉음이 울렸다. 반사적으로 몸을 웅크렸던 박연과 브이가 동시에 문을 돌아보았다. 그것은 분명 폭발음이었다.

무언가 심상치 않은 일이 일어났음을 확인시켜주듯 창고 문 틈새로 타는 냄새와 함께 연기가 새어 들어왔다. 박연은 두려움과 당혹스러움이 뒤섞인 목소리로 중얼거렸다.

"이번엔 또 뭐야?"

나무 타는 냄새와 매캐한 연기. 그 전에 들려온 폭발음. 화재 말고는 달리 떠오르는 게 없었다. 브이는 문으로 다가가 맹렬하게 두드렸다.

"문 열어요! 사람 있어요!"

문밖에서는 아무런 반응이 없었다. 브이는 주위를 살피기 시작했다. 운동을 하면서 자연스레 쌓아온 침착함과 결단력이 다른 행동을 해야 한다고 재촉했다.

등 뒤로 잡동사니들이 잔뜩 쌓여 있는 게 보였다. 그 중 철제 접이식 의자를 집어 들었다. 브이는 의자로 잠긴 문손잡이를 있는 힘껏 내려쳤다. 뒤늦게 정신을 차린 박연이 의자를 뺏어들었다. 몇 번 더 힘껏 후려 치자 낡은 손잡이가 떨어져나갔다.

문을 걷어차고 나왔다. 어둠과 함께 자욱한 연기가 두 사람을 맞았다. 라홀도, 그의 일행들도 보이지 않았다.

두 사람은 본능적으로 코와 입을 틀어막았다. 테이블에 놓인 핸디캠 이 눈에 띄었다. 녹화 중임을 알리는 빨간 불빛이 반짝거렸다. 꺼지지 않은 핸디캠이 여태 작동되고 있었다. 그 순간, 이번 다큐 촬영을 걱정 하던 정 피디와 소연의 얼굴이 떠올랐다.

브이가 테이블에 놓인 핸디캠을 향해 손을 뻗었다. 동시에 연기 속 에서 불쑥 튀어나온 까무잡잡한 손이 브이의 팔목을 잡아챘다. 라홀이 었다.

출구를 찾아 앞장서던 박연이 브이를 불렀다. 뒤따라오는 줄로만 알 았던 브이가 보이지 않았다.

"뭐해! 어디 있어?"

박연은 매운 연기를 두 손으로 휘저었다. 핸디캠이 놓인 테이블을 사 이에 두고 라홀과 대치 중인 브이가 보였다.

"그대로 있…!"

박연이 브이를 돕기 위해 다가가려던 걸음을 멈췄다. 브이의 작은 체 구가 제자리에서 뛰어올랐다. 액션 영화의 한 장면처럼 테이블 위로 미 끄러졌다. 바닥으로 착지하는 동시에 라홀이 휘두른 주먹을 손날로 가 볍게 쳐내어 막았다. 그리고는 다시 덤벼들 틈도 없이 뛰어올랐다. 공중 에서 한 바퀴 반을 돈 브이가 정확히 라홀의 얼굴을 돌려 찼다. 선수 시 절 주특기였던 '돌개차기'였다.

라홀이 무게 중심을 잃고 테이블로 쓰러졌다. 핸디캠을 챙긴 브이가 박연 곁으로 달려왔다.

"어서 가요!"

생각지도 못한 장면을 목격한 박연은 브이를 멍하니 쳐다보았다.

엄청난 달리기 실력에, 힘도 제법 세고. 이젠 싸움까지⋯. 이 여자 대체 정체가 뭐야?

브이는 망연자실한 채 서 있는 박연의 팔을 잡아끌고 사무실 건물 밖으로 나왔다. 신선한 공기를 쐬자 마른기침이 터져 나왔다.

화재 신고를 받고 출동한 소방관이 박연과 브이를 발견했다. 그제야 안심한 두 사람은 바닥에 주저앉아 깊은 숨을 몰아쉬었다. 브이는 헝클어진 머리칼을 넘기며 고개를 들었다. 인도의 밤하늘이 눈앞으로 쏟아질 듯 펼쳐져 있었다.

"하아⋯."

브이가 눈을 감으며 안도의 한숨을 내쉬었다. 그때 박연이 옆을 더듬어 브이의 손을 잡았다. 바닥을 짚은 브이의 손등으로 따뜻한 체온이 닿았다. 브이가 옆을 돌아보자, 땀과 검은 얼룩으로 엉망이 된 얼굴이 보였다. 박연이 밤하늘을 올려다보며 숨을 몰아쉬고 있었다. 자신이 브이의 손을 잡았다는 것을 자각하지 못하는 얼굴이었다. 브이는 박연에게 잡혀버리는 바람에 어색하게 굳어버린 손을 그냥 내버려두었다.

화재를 진압하는 경찰과 소방관들이 분주하게 움직였다. 두 사람은 거뭇한 그을음이 묻은 얼굴로 하늘만 올려다보았다.

라훌 사무실에 대한 조사가 이루어지고, 화재 원인은 라이벌 여행사의 소행으로 밝혀졌다. 두 사람은 경찰차를 타고 뉴델리에 있는 한국대사관으로 인계되었다. 남들이 일생 겪을까 말까 한 온갖 수난을 단 몇 시간 만에 다 겪은 것 같았다. 얼굴과 옷에 검댕이가 묻어 그야말로 거지꼴이었다.

밤늦은 시간임에도 대사관 직원들이 두 사람을 맞이했다. 정확히는 대한민국의 탑배우 박연의 무사생환을 축하했다.

"아이고, 박연 씨! 이제 안심하셔도 돼요. 진즉에 일행 분한테 연락받고 수색 중이었는데…. 근데 사진 한 장만 찍어주시면 안 돼요?"

브이를 뒷전에 놔둔 채 대사관 직원들은 박연을 모시다시피 해 대사관 건물 안으로 들어갔다.

대사관 측의 배려로 두 사람은 바라나시로 이동 중인 촬영팀과 통화를 마쳤다. 대사관 소개로 한인이 운영하는 숙박업소에 하룻밤을 묵기로 했다. 이곳에서 밤을 보내고, 내일 인도 국내선 비행기로 바라나시로 이동할 예정이었다.

낮오 이후 내내 굶은 두 사람은 주인이 차려준 한식으로 늦은 끼니를 배부르게 때웠다. 배정 받은 방에서 씻고 자리에 누운 브이는 좀처럼 잠에 들지 못했다.

"피곤한데 잠이 안 오네…."

말도 안 되는 일을 연달아 겪어서일까. 은퇴 기념으로 떠나온 인도행은 생각지도 못한 재난여행이 되었다.

브이는 머리맡에 둔 핸디캠을 집어 들었다. 녹화버튼을 누르고 방 안을 화면에 담았다. 꽤 깔끔한 침대와 에어컨까지 겸비한 방이었다.

브이가 핸디캠을 만지작거리며 불면을 달래보려는 찰나, 밖에서 누군가 문을 두드렸다. 노크소리를 따라 브이의 핸디캠이 문으로 향했다. 박연이었다. 큰 키 때문일까, 얼굴 때문일까. 숙소 주인아저씨에게 빌려 입은 티셔츠와 반바지 차림인데도 온몸에서 빛이 났다.

박연은 아직 덜 마른 머리칼을 비비며 들어와서는 핸디캠을 노려보았다.

"손 딸 줄 알아?"

물어놓고도 민망했다. 종일 굶었다가 급하게 먹은 밥이 얹히고 말았다. 마침 숙소에도 소화제가 동이 나버린 탓에 박연은 브이의 방을 찾게 되었다.

브이에게 바늘과 실을 건네고 아무 생각 없이 침대에 걸터앉았다. 방 안에 흐르는 침묵이 어색하다는 것을 깨달았을 때는 이미 그만두기도 이상한 상황이었다. 괜스레 멋쩍어진 박연은 등을 쓸어내리는 브이에게 말을 걸었다.

"싸움 잘하더라?"

"운동했어요, 태권도."

단단하고 넓은 등짝을 쓸어내던 브이의 손이 팔로 옮겨갔다. 가만히 있던 팔에 돌연 힘을 주는 게 느껴졌다.

"힘 빼요."

"누가 힘을 줘? 원래 이래."

뻔뻔하게도 대답했다. 브이는 힘이 잔뜩 들어간 팔을 말없이 주물렀다. 흘끔 브이를 쳐다본 박연이 다시 물었다.

"이름이 뭐야?"

"권브이요."

"태권도 하는 권브이. 태권브이네?"

"아빠가 태권도를 하셨거든요. 그래서 나도 태권브이, 권브이."

한국에서 기다리고 있을 아빠를 떠올리며 웃었다. 반대로 박연의 얼굴은 어두워졌다. 한국에 있을 아버지를 떠올리니 입이 썼다. 브이는 박연의 엄지손가락에 실을 감았다.

"근데 왜 계속 반말해요? 프로필 보니까 나보다 어리던데?"

박연은 어이없다는 듯이 웃었다.

"태권브이, 이 바닥은 짬밥이 나이야."

아, 씨바견.

브이가 바늘을 세워 엄지를 콕 찔렀다. 무방비 상태로 손가락을 찔린 박연이 몸을 들썩이며 소리쳤다.

"아야! 감정 실었냐?"

"미안해요, 딴생각하다가."

눈물이 찔끔 고였다. 박연은 브이에게 잡혀 있던 손을 쌀쌀맞게 빼냈다. 볼일을 마친 박연이 방을 나가려다 말고 브이를 돌아보았다.

"내가 했던 얘기. 갇혔을 때. 그거 못 들은 걸로 해. 여기저기… 떠들고 다니지 말고."

사뭇 심각한 얼굴이 경고라도 하는 것처럼 보였다.

'지겨워! 이 모양 이 꼴인 내가 지긋지긋해 죽겠다고…!'

들키고 싶지 않았던 속마음이었을까. 브이가 고개를 끄덕이자 박연은 그제야 안심한 듯 방을 나갔다. 홀로 남겨진 브이도 핸디캠 전원을 끄고 자리에 누웠다. 조금 전까지는 말짱하던 눈꺼풀에 무거운 졸음이 쏟아졌다. 그녀는 나른하게 눈을 깜박이다가 까무룩 잠이 들었다.

다음날, 대사관에서 긴급으로 발급해준 여행증명서가 여권을 대신했다. 기차를 타면 13시간이 걸리는 바라나시까지 국내선 비행기를 타고 1시간 반 만에 도착했다. 공항에서 마중을 나온 촬영팀을 찾는 것은 어렵지 않았다. 브이를 발견하자마자 소연이 엉엉, 울음을 터트린 덕분이었다. 브이도 소연을 얼싸안고 참아왔던 울음을 터트렸다.

어제는 그렇게 위험한 상황에 갇혀서도 내 위로까지 하더니 이제야 여자처럼 우네.

박연은 자신이 아는 여느 여자들과 다를 게 없어 보이는 브이를 가만히 지켜보았다. 촬영팀을 비집고 달려온 송 실장이 박연을 덥석 끌어안왔다.

"고생했다, 인마! 몸은 괜찮고? 잠깐, 얼굴이 왜 이래?"

얼굴에 난 상처를 발견하고는 송 실장이 버럭버럭 소리쳤다. 뒤늦게 나타난 영범이 박연의 품에 와락 뛰어들었다.

"형니임…! 제가 화장실에서 인터뷰 딴다고 말해서, 흐어엉…."

허리를 꼭 끌어안은 영범을 질색한 표정으로 밀어냈다.

"떨어져. 누구 초상났냐?"

얼마나 죄책감에 시달렸는지 영범은 애처럼 울며 소리쳤다.

"형님이 초상날 뻔했잖아요… 허어엉…."

"얘가 못하는 말이 없네."

박연은 쉽사리 떨어져 나가지 않는 영범을 못마땅한 표정으로 내려다보았다.

눈물의 재회를 마치고 한국에서 촬영을 위해 예약해두었던 숙소로 함께 이동했다. 밤이 어두워지고 브이는 정 피디와 소연을 따라 숙소 근처의 가트(Ghat)로 나왔다. 가트는 갠지스 강 강변을 따라 이어진 계단으로, 인도인들은 이곳에서 목욕재계를 하거나 화장터로 이용했다.

데오 디왈리 축제 기간이라 바라나시의 가트는 층계마다 수많은 디아(Dia)가 수놓고 있었다. 인도 사람들은 꽃으로 장식한 촛불, 디아에 기도를 담아 강으로 흘려보내면 신이 기도를 들어준다고 믿었다.

정 피디가 진지한 표정으로 불을 붙인 디아를 강물에 띄웠다.

"한국 돌아가서 시말서 쓰지 않도록 해주세요."

정 피디와 한마음으로 소연 역시 디아를 들고 기도했다. 그 곁에서 브이는 핸디캠을 들고 축제 광경을 담았다. 핸디캠 화면에 담기는 영상이 아름다웠다. 브이는 저도 모르게 걸음을 옮겼다.

커다랗게 울리는 노랫소리. 반짝거리며 물 위를 떠가는 꽃불들. 그리고…. 가트를 따라 걷던 걸음을 멈췄다. 멀지 않은 곳에서 박연이 강물을 바라보고 있었다. 반갑게 발을 떼려던 브이가 도로 자리에 섰다.

박연의 곁에는 소속사 스태프들이 함께 있었다. 브이는 송 실장과 이야기를 나누는 박연을 물끄러미 바라보았다. 바라나시에 도착한 후로는 숙소마저 달라 단 한 번도 말을 섞지 못했다.

"원래 별나라 사람이었지…."

함께 갖은 고생을 하다 보니 그가 이름만 대면 누구나 아는 유명 배우라는 사실을 깜박했다. 그때, 브이를 찾아낸 소연이 디아를 내밀며 소리쳤다.

"권브이! 소원 빌어야지!"

브이는 디아를 받아들고 강물이 찰랑이는 가트에 쭈그려 앉았다. 꽃바구니에 담긴 촛불을 강물에 띄우고 눈을 감았다. 어제 벌어진 일들을 혼자 겪었다면 버티지 못했을 것이었다. 브이는 박연에게 미처 전하지 못한, 그리고 앞으로도 전할 기회가 없을 것 같은 말을 꽃불에 소원대신 담았다.

당신이랑 함께여서 다행이었어. 고마웠어요.

꽃불이 둥둥 강물을 따라 멀어져갔다. 곧 불꽃놀이가 시작되었다. 서로 다른 곳에 서 있던 박연과 브이가 동시에 머리 위를 올려다보았다. 까만 하늘을 오색 불꽃이 화려하게 물들이고 있었다.

2장

계약

땀으로 젖은 다리가 실내 바이크의 페달을 정신없이 밟아댔다. 실내 바이크는 박연이 즐기는 유일한 운동이었다. 정신없이 페달을 밟으면 뜨거운 화마에 갇힌 것처럼 머릿속까지도 열이 났다. 딱 죽을 것 같은데 그러면서도 살 것 같았다. 잡생각 없는 무념무상의 상태. 묘한 매력이 있었다.

　발코니 창으로 정원이 내다보이는 피트니스룸에서 페달을 밟던 박연이 눈살을 구겼다. 귓속을 파고드는 목소리 때문이었다.

　-연아! 대박 났다!

　블루투스 이어폰으로 들려오는 송 실장의 목소리는 흥분에 가득 차 있었다. 박연이 숨을 몰아쉬며 물었다.

　"주식 샀어?"

　-주식은. 로또가 터졌어, 인마. 빨리 TV 켜봐!

　송 실장의 재촉에 못 이겨 바이크에서 내려왔다. 타월로 얼굴을 문지르며 거실로 나왔다. 때마침 핸드폰이 울렸다. 영범의 메시지였다.

'연이 형님! 인터넷 실시간 반응 대박이에요!'

박연은 TV를 켜고 CBC 채널을 틀었다. 한 달 전 인도에서 찍어온 다큐가 방영 중이었다.

"뭘 찍어왔다고 방송을 해?"

촬영팀을 놓쳐 개고생을 한 기억 밖에는 없었다. 인도에서 찍어온 영상이 없는데 도대체 무엇으로 프로그램을 방영한단 말인가. 땀으로 젖은 얼굴이 어이없다는 듯이 구겨졌다.

그 의문은 곧 풀렸다. 화면 속에는 자신이 라훌의 오토릭샤 안에서 꾸벅꾸벅 졸고 있었다. '앞으로 벌어질 일도 모르고 쯧쯧'이라는 자막이 심기를 불편하게 만들었다.

냉장고에서 캔맥주를 꺼내 소파에 앉았다. 방송되고 있는 촬영 분량은 브이가 핸디캠으로 찍은 영상들이었다. 프레임 각도나 흔들림 모두 엉망이었지만 예능식으로 편집해놓은 다큐멘터리는 꽤 신선했다. 특히나 자막은 쉬지 않고 박연을 비아냥거렸다. 정 피디의 작품일 것이었다.

차가운 맥주를 목으로 넘기며 TV시청에 집중했다. 처음에는 못마땅하던 얼굴이 곧 화면 속 자신을 따라 웃기 시작했다.

라훌에게 얻어맞는 박연. 어두운 연기 속을 헤쳐 나가는 박연. 한인 숙소에서 된장찌개를 허겁지겁 먹어치우는 박연. 바늘에 찔린 손가락을 쥐고 엄살을 떠는 박연. 갠지스 강을 말없이 바라보는 박연….

저도 모르게 소리를 내어 웃던 박연은 얼굴에 웃음기를 걷어냈다. 아역배우 시절부터 지금까지 TV에 나왔던 자신의 모습들. 그 많았던 영상들 중 처음으로 '사람' 같아 보였다. 배우 박연이 아닌 진짜 박연. 어수룩하고 찌질한 놈. 바보처럼 잘못만 저지르는 놈. 그래도 사랑 받고 싶은 이기적인 놈. 외로운 놈.

'사람 박연'을 담아낸 브이의 영상은 참 따뜻했다. 영상을 찍은 사람의 따뜻한 마음이 그대로 전해졌다. 가슴 언저리에서 몽글몽글, 따뜻한 기운이 피어올랐다. 박연은 가슴을 더듬으며 중얼거렸다.

"한 달 동안 잊고 지냈는데…."

인도에서 만난, 잊을 수 없는 그 여자가 예고 없이 가슴으로 훅을 날렸다.

연다슈퍼에서 나오자마자 12월의 찬바람이 얼굴로 덮쳐왔다. 두터운 점퍼 안에 흰 도복만 달랑 입은 브이가 쌩, 뺨을 스치는 추위에 목을 움츠렸다. 점퍼 주머니에서 핸드폰이 울렸다. 걸어가며 전화를 받았다. 소연의 상기된 목소리가 귓전을 때렸다.

-권브이! 지금 어디야!

"애들 간식 사러 나왔다가 들어가는 중. 왜 그래?"

-도장에 별일 없어?

"우리 도장?"

브이의 아빠가 운영하는 경인태권도장은 연다슈퍼 바로 맞은편 상가 2층에 있었다. 브이는 인도에 다녀온 후로 도장에서 사범으로 아이들을 가르치는 중이었다.

"글쎄 별일은…."

코너를 돌자, 도장 건물 입구가 인산인해였다. 저마다 카메라를 든 사람들은 기자들이 분명했다.

기자들이 도장에 웬일이지?

브이가 의문을 품기 무섭게 담배를 태우던 남자 기자가 소리쳤다.

"엇! 권브이다!"

추운 날씨에 발을 동동 구르던 기자들이 일제히 브이를 돌아보았다.

브이를 향해 카메라 부대가 돌진했다. 순식간에 기자들에게 둘러싸였다. 열댓 명의 기자들이 동네가 떠나가도록 목청 높여 소리쳤다.

"권브이 씨! 사실입니까! 배우 박연 씨와의 열애, 인정하십니까?"

열애? 박연이랑?

난데없는 질문에 브이의 얼굴이 멍해졌다. 선수 시절에나 받았던 플래시 세례가 이어졌다. 영문을 모르는 브이는 얼떨떨한 표정으로 기자들을 쳐다보았다. 그때 끼익, 하는 타이어 마찰음이 울렸다. 검은 밴 한 대가 정확히 브이의 뒤에 급정거했다. 합이라도 맞춘 듯이 신속하게 문이 열린 밴에서 검은 외투로 얼굴을 가린 남자가 손을 뻗었다. 의문의 남자는 브이의 팔을 차 안으로 잡아당겼다. 얼결에 밴에 올라탄 브이는 눈앞에서 닫히는 차 문을 현실감 없이 바라보았다.

급하게 액셀을 밟으며 밴이 골목을 순식간에 빠져나왔다. 의도하지 않게 밴을 타고 도주하게 된 브이가 정신을 차리고 차 안을 둘러보았다. 검은 외투의 지퍼를 턱 밑까지 채운 남자가 물었다.

"괜찮으세요?"

아는 얼굴이었다. 브이는 인도에서 보았던 영범의 얼굴을 기억해냈다. 영범은 운전석에 앉은 입사 동기에게 소리쳤다.

"더 밟아! 일개 로드매니저들이 밴까지 탈취하다니… 실장님이 알면 우린 끝이야."

브이가 창밖을 내다보며 초조해 하는 영범의 어깨를 두드렸다.

"지금 뭐하는 거예요?"

그제야 영범이 머리를 긁적이며 대답했다.

"연이 형님께서 아침에 열애설 기사가 뜨자마자 권브이 씨를 어떻게든 찾아내라고 하셔서…. 그래서 제가 어떻게든 찾아냈네요."

영범은 인도를 다녀오고 한 달이 지난 지금까지 박연의 충성스러운 심부름꾼을 자처했다. 그는 인도 기차에서 박연을 찾는 송 실장에게 말을 잘못 전했던 과오를 만회하는 중이었다.

영범의 이야기를 가만히 듣고 있던 브이가 되물었다.

"그러니까… 내가 박연 씨랑 열애설이 났다구요?"

영범은 정말 모르냐는 듯이 브이를 쳐다보았다. 브이는 급하게 핸드폰으로 인터넷에 접속했다. 실시간 검색어 1위… 박연 열애. 2위 권브이….

"내가 왜…."

브이는 차마 말을 잇지 못했다. 떨리는 손으로 연예 기사를 클릭했다.

'박연, 인도에 자숙하러 간다더니 갠지스 강 핑크빛으로 물들이고 와….'

기사를 읽고도 이해하지 못하는 브이의 표정을 보자 영범이 입을 열었다.

"며칠 전에 방송한 다큐 반응이 장난 아니었던 건 아시죠?"

"그건 알아요."

다큐가 방송되던 날 정 피디와 소연에게 연락이 왔다. 브이의 영상 덕분에 예정대로 다큐를 방영할 수 있음은 물론, 시청률까지 대박이 났다는 희소식이었다.

"연예인들은 음주운전을 일으켜도 대부분 구렁이 담 넘어가듯 넘어가는데, 봐라! 이 방송은 물의를 일으킨 톱스타를 인도에서 개고생시킨다!"

영범이 두 주먹을 불끈 쥐었다. 브이는 인도에서 겪었던 일들이 파노라마처럼 떠올렸다. 소매치기와 사기를 당한 것도 모자라 얻어맞고 감금, 화재까지. 개고생도 그만한 개고생이 없을 것이었다.

"엄청 자극적인데다가 고구마 먹은 가슴을 뻥 뚫어주는 사이다 같은 시원함! 전부 대본이라는 사람들도 있지만, 조작이든 리얼이든 설정 자체가 재미있는 거죠."

"그래서 시청률이 잘 나온 건 알겠는데, 열애설은 왜 난 거냐구요."

"다큐에 관심이 쏟아지다보니 같이 개고생한 VJ가 대체 누군가 싶은 거죠. 게다가 라훌을 향한 발차기! SNS에서는 걸크러시라고 관심 폭발이에요."

브이는 두 손으로 머리를 감싸고 중얼거렸다.

"기자들이 도장은 어떻게 알아냈지…."

브이가 중얼거리는 걸 듣고 영범은 드라마 줄거리를 얘기하듯 흥분해서 말했다.

"연이 형님이 손 따달라고 찾아갔을 때 두 분이 말했잖아요. 태권도 했다, 이름은 권브이다. 얼굴까지 촬영돼서 전파 탔잖아요. 네티즌이랑 기자들한테는 식은 죽 먹기죠."

영범은 한숨을 내쉬는 브이를 보았다.

"열애설은 거기서 시작된 거예요. 전 국가대표 선수가 갑자기 VJ로 인도까지 따라갔다? 애초에 박연이랑 그렇고 그런 사이 아니야? 혹은…."

뿔테 안경 너머 영범의 눈이 가늘어졌다. 의심을 품은 눈초리였다.

"다녀와서 그렇고 그런 사이가 된 거 아니야?"

기가 막힌 추측이었다. 브이는 기자들을 맞닥뜨렸을 때보다도 어이없다는 표정을 지었다. 그러나 브이를 기다리고 있는 박연은 달랐다.

평소 빅엔터테인먼트의 건물 지하는 배우 지망생들을 위한 연습실로 쓰였다. 오늘은 그 가운데 평소에는 없던 테이블이 놓였다. 영범이 브이를 찾아 나서기 전, 낑낑거리며 건물 3층에서 내려다놓은 것이었다.

박연은 그 앞에서 긴 다리를 꼬고 앉아 있었다. 열애설 때문에 소속사 직원들은 아침부터 전화기에 대고 '알아보는 중이다', '확인하는 중이다' 하는 말로 둘러대느라 바빴다. 송 실장은 다큐로 기껏 재기 발판 만들어놓고 열애설이 웬 말이냐 속을 끓였다.

"상황이 이런데 내가 어쩌자고…."

지끈대는 이마를 문질렀다. 자신은 무슨 생각으로 영범에게 그 여자를 데려오라 시킨 걸까. 뒤늦게 머릿속이 복잡해졌다.

다큐를 보고 난 후 며칠 동안 이유도 모르게 마음이 뒤숭숭했다. 그런데 아침부터 열애설까지 터지는 바람에 잠깐 제정신이 아니었다. 그러니 대책도 없이 송 실장 몰래 일을 벌였지.

박연은 고개를 저었다. 아니다. 소속사에서는 다큐로 끌어올린 여론이 식지 않도록 열애설을 해명할 시점을 고르려고 간을 볼 것이었다. 그 사이에 태권브이가 기자들한테 휘둘려 헛소리를 할 수도 있었다.

"내가 불러오길 잘한 거지."

박연은 아무도 없는 연습실에서 연신 고개를 끄덕였다. 그때 지하 계단으로 영범이 내려오는 게 보였다. 영범의 뒤를 따라 들어온 브이가 주위를 두리번거렸다. 연습실 중앙 테이블에 삐딱하게 앉아 있는 박연이 보였다. '얼굴 천재'라 불리는 배우답게 얼굴에서는 여전히 빛이 났다.

박연이 손을 들어보였다.

"어, 여기."

박연은 터벅터벅 볼품없이 다가오는 브이를 위아래로 훑었다. 운동화. 손목에 끼운 비닐봉지. 흰 도복. 점퍼. 옷차림은 낯설었지만 큰 눈으로 똑바로 쳐다보는 눈빛만큼은 인도에서 보았던 그대로였다.

오랜만이라고 반갑긴 하네.

박연은 저도 모르게 입가에 미소가 번졌다.

"도복은 또 뭐야. 누가 태권브이 아니랄까 봐."

브이는 박연이 지적한 도복을 만지작거리며 맞은편에 앉았다. 열애설 때문에 심각할 줄 알았는데 박연은 의외로 안색이 좋아보였다. 무려 '씨바견'이라 불리는 남자가 아닌가. 매니저를 시켜 데려오라 했다기에 얼굴을 보자마자 난리 피울 줄 알았는데.

브이는 미심쩍은 눈으로 그를 보았다.

"영범이한테 들으니까 동네 태권도장 사범이라며. 난 태권브이가 국가대표까지 한 줄은 몰랐네. 메달도 땄냐?"

"네."

"단답은…. 어색해? 하긴 내가 그때랑은 좀 다르지? 인도에서는 행색이 본의 아니게 친근했잖아. 땀도 흘리고."

커다란 눈이 대꾸 없이 물끄러미 제 얼굴만 보았다. 박연은 코웃음을 쳤다.

표정 봐, 쫄았네. 내가 이럴 줄 알고 데려왔지. 나랑 열애설이 났는데 안 쫄고 배겨?

박연은 평소에 없던 배려심을 장착하기로 했다. 타국에서 생사의 고비를 함께했던 태권브이를 위해 특별히 베푼 호의였다. 긴장도 풀어줄 겸 인도를 추억했다.

"생각 나냐? 사기꾼 놈들 만났을 때 내가 어퍼컷을, 팍! 기억나지? 내가 너 구하려고 불길에, 딱!"

"해명기사는 언제 낼 거예요?"

거들먹거리며 애먼 소리만 해대는 박연의 말허리를 브이가 단칼에 잘랐다.

"난 이제 선수도 아니라서 인터뷰하기가 좀 그래요. 박연 씨가 해명기사 내줘요."

잠시간 벙찐 표정으로 브이를 보았다. 박연은 한층 작아진 목소리로 우물거렸다.

"아, 그래. 기사. 낼 거야, 내가 회사에다 말해서…."

낼 건데. 반응이 왜 저래?

벙쪄 있던 얼굴이 일그러졌다.

"근데 넌 나 안 반갑냐?"

"아뇨, 반가워요."

"반가운데, 오랜만에 본 사람한테 안부도 안 물어?"

그의 표정과 목소리가 눈에 띄게 날카로워졌다. 기분 좋아 보이던 얼굴은 온데간데없고 인도에서 처음 만났던 때처럼 잔뜩 약이 올라 있었다. 브이는 그제야 안부를 챙겼다.

"아…, 다큐가 잘돼서 정말 다행이에요."

이 여자가 진짜. 마지못해 건네는 듯한 인사말이 박연의 심기를 더 건드렸다. 그 사실을 전혀 모르는 듯 브이는 핸드폰으로 시간을 확인하더니 서둘러 일어섰다.

"먼저 일어날게요."

"뭐? 벌써?"

"도장 간식 시간이에요. 해명기사, 빨리 부탁해요. 도장 앞이 어수선하면 애들이 불편해하거든요."

마지막 인사를 남기고 브이는 손목에 걸린 '연다슈퍼'의 봉지를 달랑거리며 떠났다. 연습실 구석에서 눈치를 살피던 영범도 얼른 따라 나갔다.

홀로 남겨진 박연은 브이가 앉았던 자리를 노려보았다.

저게 지금… 대스타랑 열애설 난 여자가 보일 반응이야?

테이블 아래서 콱 틀어쥔 두 주먹이 부들부들 떨렸다. 자존심에 데미지를 입은 박연이 부들거리는 동안 브이는 영범의 안내로 건물 뒷문을 조심스레 빠져나왔다. 브이네 도장 앞과 마찬가지로 빅엔터 정문에도 기자들로 웅성거리고 있는 탓이었다. 도장 앞에 있던 기자들이 그새 소속사로 몰려온 모양이었다.

점퍼 모자를 뒤집어쓰고 얼굴을 가린 채 버스 정류장까지 질주했다. 차오른 숨을 내쉬며 정류장 의자에 앉았다. 먼저 앉아 버스를 기다리던 여자가 핸드폰에 대고 깔깔거렸다.

"어우, 그런 찌라시 믿지 마. 모델들만 만나던 박연이 운동하는 여자를 만나겠니? 우리 남편이 방송국에 있는데…."

윽, 운동하는 여자. 내 얘기네.

신나게 통화중인 여자를 흘끔 쳐다보다 브이가 점퍼 모자를 더욱 깊게 눌러썼다. 버스가 정류장에 섰다. 버스에 올라탄 브이가 손잡이를 잡고 섰다. 앞자리에 앉은 학생의 핸드폰이 내려다보였다. 학생은 박연의 열애설 기사에 댓글을 다는 중이었다.

'지금 주춤하고 있지만 탑 찍은 배우가 VJ랑 말이 됨?'

눈을 가늘게 뜨고 학생의 핸드폰을 넘겨다보던 브이가 동조하듯 고개를 끄덕였다. 차창 밖으로 푸른 하늘이 빠르게 지나갔다. 한 달 전, 갠지스 강의 밤하늘 아래서 보았던 박연이 떠올랐다.

별나라 사람이다. 그 자체가 별인 사람이다. 열애설 하나에 사람들이 들썩일 만큼 빛이 난다. 그런 사람이랑 열애는 무슨.

민형의 차는 촬영이 있는 골목 어귀에 정차되어 있었다. 뒤로 눕힌 차 시트에 몸을 기대고 앉은 민형은 아이패드로 연예 기사를 읽었다. 최근 며칠 동안 인터넷은 박연의 이야기뿐이었다. 박연이 찍은 다큐가 얼마나 성공적이었는지. 그의 친근한 이미지가 얼마나 호감이었는지. 거기다 그의 사랑까지. 대중의 모든 관심은 박연의 성공적인 재기에 쏠렸다.

연예 기사를 읽던 민형이 낮게 중얼거렸다.

"그래, 음주운전은 약하지. 다른 걸 덮어씌울걸."

혼잣말로 웅얼거리던 민형은 생각에 잠겼다.

"사람들은 네가 뭘 해야 싫어할까…."

똑똑, 바깥에서 누군가 차창을 두드렸다. 창문을 내리자 스탠바이를 알리러 온 드라마 스태프가 서 있었다.

"죄송합니다, 금방 갈게요."

민형이 공손하게 웃으며 창을 닫았다. 민형을 부르러 왔던 스태프는 저도 모르게 얼굴을 붉혔다. 박연의 대항마로 떠오르는 배우 이민형은 박연과 달리 둥글고 서글서글한 눈매를 가진 순한 인상이었다. 그리고 그 인상처럼 대스타임에도 스태프들에게 항상 친절했다.

"역시 인성은 이민형이야."

스태프는 빨개진 얼굴을 감싸고 현장을 향해 뛰어갔다.

운전을 하던 영범이 룸미러로 뒷좌석을 보았다. 배우님은 브이를 만나고 나서는 계속 저기압 상태였다. 영범은 쉴 새 없이 울리는 핸드폰과 박연의 얼굴을 번갈아보며 말했다.

"형님, 여사님 전화 왔는데요."

"우리 엄마가 너한테 전화를 왜 해?"

룸미러로 마주친 박연의 눈초리가 날카로웠다. 영범은 억울하다는 듯이 소리쳤다.

"형님께서 안 받으시니까요!"

"그럼 너도 받지 마."

결국 영범의 핸드폰에는 일곱 번째 부재중 통화가 찍혔다. 보조석에 앉은 송 실장이 뒤를 돌아보았다.

"곧 도착이니까 얼굴 풀어. 그렇다고 너무 웃진 말고, 알지?"

영화 시사회장까지는 10분. 빅엔터 소속의 신인 연기자가 출연한 영화 시사회였지만, 한편으로는 박연이 음주운전 이후 공식석상에 처음으로 얼굴을 내미는 자리였다. 다큐로 부정적이던 여론을 호전시키는 분위기로 몰았으니, 오늘 대중 앞에 모습을 드러낸 이후의 반응으로 판가름이 날 것이다.

박연의 재기, 성공인가 시기상조인가.

"열애설 해명은 시사회 기사랑 같이 나가기로 했으니까 현장에서는 질문 들어와도 입도 뻥긋하지 마. 하필 이 시기에 하등 도움도 안 되는 열애설이…."

입이 바싹 마르는 송 실장과는 달리 박연은 다른 생각에 빠져 있었다. 권브이. 조용히 이름 석 자를 머릿속에 새겨 넣었다

타국에서 같이 고생한 정을 생각해서, 기자들한테 휘둘리지 않게 '배려'라는 걸 해줬더니. 겨우 한다는 소리가 해명기사 빨리 부탁해요? 어차피 나올 해명기사인데 오랜만에 봤으면 서로 안부도 묻고, 다큐 얘기도 좀 하고. 일에 순서가 있는 거지. 거기다 무려 열애설이 났는데 뭐? 간식 시간이라 먼저 가?

순간 간식에서 울컥했다. 반듯한 이마에 핏대가 섰다. 박연은 꽉 다문 잇새로 낮게 중얼거렸다.

"내가 애들 간식보다 못해?"

브이에게 들은 '간식'이란 단어는 이때까지 받았던 어떤 악플보다도 박연을 자괴감에 빠트렸다. 동시에 의미 모를 승부욕을 자극시켰다. 뱃속 저 밑에서부터 뜨거운 것이 부글부글 끓었다. 누군가에게 머리를 세게 한 대 얻어맞은 듯도 했다. 한 달 만에 만나는 연예인을 반가워할 줄 알았지, 그토록 무심하게 제 할 말만 하고 가버릴 줄은 몰랐다.

나 같은 스타랑 동고동락하면서 개고생을 경험하는 게 흔해? 그 흔하지 않은 경험을 해놓고 열애설까지 났는데 그깟 간식 타령을 하면서 가버려? 밥도 같이 안 먹고? 추억팔이도 안 하고? 도무지 이해를 못 할 여자다. 관심이 없는 척하는 거야, 정말 관심이 없는 거야?

박연의 머릿속이 온통 권브이란 여자로 가득 차있을 때쯤 차는 시사회장에 도착했다. 시사회장은 출연 배우들을 만나기 위해 줄을 선 팬들로 인산인해를 이루고 있었다.

박연은 송 실장의 경호를 받으며 포토존으로 들어섰다. 음주운전 이후로 얼굴을 비치지 않다가 다큐멘터리, 열애설로 연일 화제를 모으고 있는 박연의 등장이었다. 프레스 석에서는 카메라 플래시가 이전보다 더욱 눈부시게 터졌다.

다큐에서 보여주었던 친근함이 풍기도록 사복을 빙자한 캐주얼 남친룩을 코디한 박연은 기계적으로 포즈를 취했다. 그러면서도 여전히 머릿속으로는 뒤도 돌아보지 않고 나가던 브이의 모습을 계속 재생하는 중이었다.

어떻게 나한테 관심이 없을 수가 있어? 내가 얼마나 잘나가는데. 지금은 주춤하고 있지만 대한민국 20, 30대 여심은 내가 꽉 잡고 있는데.

"박연 씨 여기도 봐주세요!"

자신을 부르는 기자를 향해 손을 흔들었다. 자존심에 치명상을 입은 박연의 손이 파르르 떨렸다.

그때 연예 정보 프로그램에서 나온 리포터가 소리쳐 물었다.

"열애설에 대해 입장 발표가 없으신데, 인정하시나요?"

박연은 자신을 향한 수십 대의 카메라와 대답을 재촉하는 눈동자들을 둘러보았다. 시선 끝에 포토존 아래서 어서 나오라며 손짓 중인 송 실장이 보였다. 그 옆에서는 영범이 양손으로 'X'자를 그리며 방방 뛰었다. 애걸복걸하는 두 사람을 보며 박연은 신경질적으로 열리려는 입을 가까스로 닫았다.

포토존을 내려오는 박연에게 질문들이 끊이지 않고 쏟아졌다.

"열애설 이후 서로 연락은 하셨나요?"

"만난 지 얼마나 되신 겁니까?"

"듣기로는 먼저 구애를 하셨다는데 사실인가요?"

내가 먼저 구애했다고?

기자의 질문과 함께 무심하게 자신을 두고 먼저 자리를 일어나버리던 브이의 모습이 다시금 떠올랐다. 박연은 걸음을 우뚝 멈췄다.

그래. 태권브이가 그렇게 먼저 가버리니까 꼭 자신이 매달린 거 같아서 자존심이 상했다. 태권브이는 그러지 말았어야 했다. 열애설에 당황스러워하고, 수줍어하며 자신과의 재회를 조금은 반가워해야 했다. 그렇게 그깟 간식 때문에 급한 듯이 휙 나가버리면 안 되는 것이었다.

인내심의 한계에 다다른 입술이 움찔거렸다.

내가 왜 그런 여자한테 먼저 구애를 해? 난 배우 박연인데. 구애를 했으면…!

욱하는 순간, 막아볼 새도 없이 참고 있던 목소리가 입 밖으로 터져나왔다.

"당연히 그분이 했죠."

TV 화면 속 박연이 말했다. 소연의 입에서 라면 면발이 흘러내렸다. TV를 보며 김치 한 조각을 입에 욱여넣던 브이도 젓가락을 떨어뜨렸다. 소연이 소리쳤다.

"저, 저 씨바견…! 이건 명백한 허위사실 유포에, 명예훼손이야!"

씩씩대는 소연의 콧방울이 파르르 떨렸다. 조연출 소연은 브이네 집에서 야식으로 라면이나 끓여먹고 있을 만큼 한가롭지 못했다. 그럼에도 브이를 찾은 것은 곁에 있어주기 위해서였다. 아침부터 전국을 뒤흔든 열애설이 연예뉴스를 통해 자극적으로 보도될 게 뻔했기 때문이다. 이런 일을 처음 겪는 브이가 두려움에 떨지 않도록 다독거려줄 참이었다. 그러나 열애설 당사자가 직접 TV에 나와 황당한 괴변을 늘어놓을 줄은 몰랐다.

TV 화면에 시선을 고정한 브이가 눈을 씰룩거렸다.

내, 내가 뭘 했다고?

떨리는 손가락으로 TV 볼륨을 키웠다. 박연의 천연덕스러운 얼굴과 함께 기자의 목소리가 흘러나왔다.

-오늘 오후 7시, 영화 시사회에 모습을 드러낸 박연 씨. 음주운전 이후 4개월 만입니다. 카메라 앞에 설 때부터 표정이 좋지 않았는데요. 이미 열애 사실을 밝히기로 결심한 듯합니다.

이어서 문제의 장면이 다시 한 번 방송되었다.

-듣기로는 먼저 구애를 하셨다는데 사실인가요?

-당연히 그분이 했죠.

TV 속 박연은 웃는 얼굴로 잘도 지껄였다.

-멋있는 여자입니다.

TV 화면은 뉴스 스튜디오로 돌아왔다.

-떨리는 목소리가 다소 긴장한 듯했습니다. 회사와는 협의가 되지 않았는지 관계자에 의해 급히 끌려 내려가는 모습을 보였습니다.

기자와 앵커는 음주운전 이후 다큐로 화제를 모은 박연이 첫 공식행사에서 돌발행동을 한 이유에 대해 토론했다. 그리고 그의 발언은 열애 인정이나 마찬가지라는 결론을 내렸다.

그때, 브이의 부친 권현수가 방에서 나왔다.

"배가 고프면 나를 깨우지, 왜 라면을 끓여먹었어?"

브이가 재빨리 TV 전원을 껐다. 브이에게 현수는 어릴 적 교통사고로 잃은 엄마의 몫까지 해낸 든든하고 다정한 아버지였다. 현수가 말도 안 되는 열애설 사태를 알아 좋을 게 없었다.

소연이 눈치껏 현수에게 달려갔다.

"아부지, 오랜만에 봬요. 주무셨어요?"

소연은 서둘러 현수와 방으로 사라졌다. 꺼진 TV를 노려보던 브이의 얼굴이 새빨개졌다.

금방이라도 해명기사 내줄 것처럼 말했는데….

몇 시간 전 지하 연습실에서 만났던 박연의 얼굴을 떠올렸다.

열애설이 났는데도 기분이 좋아 보이더니 충격으로 미쳤나? 그렇지 않고서야 기자들 앞에서 저런 거짓말을…. 도대체 무슨 생각으로 저런 거야?

박연이 거의 미친 짓으로 보이는 돌발행동을 한 이유를 궁금해하는 이가 브이 말고도 또 있었다. 바로 송 실장이었다.

"대체 무슨 생각이야?"

송 실장은 검붉어진 얼굴로 소리쳤다. 분을 삭이지 못하고 거실을 서성거렸다.

"대중들이 아역 출신한테 갖는 기대감 몰라? 이제 다큐로 용서 좀 받나 싶었는데 배은망덕하게 열애를 인정해?"

복층으로 이루어진 너른 거실을 불안하게 거닐던 송 실장이 소파에 앉은 박연을 돌아보았다.

"말해 봐. 무슨 생각으로 일을 이따위로 만들었어?"

정말 답답해죽겠다는 듯이 물었다. 그런 송 실장에게 박연이 해줄 대답은 하나뿐이었다.

"몰라."

"사고 쳐놓고 맨날 그 소리지?"

학을 떼는 표정이 역력한 송 실장에게 평소라면 진즉 받아쳤을 것이다. 그러나 박연은 입을 다물었다. 받아치거나 대들기에는 시사회장에서 저지른 잘못이 작지 않았다.

'당연히 그분이 했죠.'

욱하는 바람에 말이 헛나갔다.

'멋있는 여자입니다.'

수습을 한답시고 뱉은 말이 더욱 역효과가 났다. 도리어 열애 인정에 쐐기를 박아버렸다.

입을 다물고 앉아 있는 박연을 노려보던 송 실장은 결국 화를 가라앉히는 데 실패했다. 목이 터져라 버럭 소리쳤다.

"네가 한 건데 왜 몰라? 술 마시고 운전한 것도 왜 그랬는지 몰라. 기사회생할 기회를 목전에 두고 헛소리 지껄인 이유도 몰라. 대체 뭐가 불만이야? 이것도 몰라?"

"불만 표출 아니야. 그냥…."

송 실장은 작게 중얼거리는 박연을 계속 몰아세웠다.

"그냥 뭔데? 나 엿 먹이려고 작정했어? 사춘기야? 어릴 때부터 촬영장 다닌다고 사춘기 반항 못해본 게 아쉬워서 스물여섯 먹고 지금 이래? 다 때려치우고 싶어? 작품 안 할 거야? 연기 안 할 거냐고, 새끼야!"

옆에서 눈치를 살피던 영범이 달려들어 송 실장을 말렸다. 송 실장의 삿대질이 격렬해졌다.

"그래. 연기 잘해, 얼굴 잘났어, 팬 많아, 그래서 잘 팔려. 근데, 아역부터 여기까지 너 혼자 왔냐?"

박연이 날카로워진 눈빛으로 쉬지 않고 소리치는 송 실장을 보았다.

"소리 소문 없이 사라지는 아역들 수두룩 빽빽해. 근데 네가 지금까지 그 인성으로 이 바닥에서 안 꺼지고 연기로 먹고 살 수 있는 건! 네 사건사고 수습하는 사람들이 있어서야. 그 사람들이 언젠가 지칠 거라는 생각은 안 해?”

참고 있던 박연이 자조 섞인 목소리로 물었다.

“그래서? 형도 지쳤어?”

대답이 없는 송 실장을 보며 박연의 얼굴이 확 일그러졌다.

“형이 하란 대로 다 하잖아. 회사에서 시키는 대로 다 하잖아. 맘에 안 드는 작품이어도 하고! 몸이 아파도 웃으라면 웃고! 잠도 못자고 시키는 대로 움직이잖아!”

박연이 자리에서 벌떡 일어섰다.

“그래, 내 인성 개다. 개념도 없어. 그래도 하고 싶은 연기 하려면 시키는 대로 하라며. 백가지 중에 하나. 하나만 실수해도 고꾸라진대. 저기 저 절벽 낭떠러지로 떨어진대. 나는 맨날 외줄 타고 있고! 형은 그런 내 옆에 있는 사람이고!”

쏟아내듯 소리치는 숨소리가 씨근거렸다. 박연은 떨리는 눈으로 물었다.

“옆에서 내 손 잡아주는 게 그렇게 지쳐?”

떨리는 물음에도 송 실장은 물러설 기미가 없었다.

“네가 여자 만나면 내가 스캔들 막으면 되고, 네가 싸가지 없이 굴면 내가 대신 숙이면 되는데. 오늘처럼 네가 앞뒤 생각 없이 수습도 안 되는 개소리 터트릴 때! 기껏 자존심 접어가면서 머리 숙였는데 내 자존심 개똥으로 만들 때…!”

두 눈에 힘을 주고 서 있는 박연을 향해 송 실장은 정말 지친 목소리로 말했다.

“나는 네가 미치도록 미워, 새끼야. 꼴도 보기 싫어.”

'난 너만 봐도 치가 떨린다.'

어느 날 아버지에게 들었던 차가운 음성이 송 실장의 목소리에 겹쳐 들리는 듯했다. 송 실장이 다시는 안 볼 것처럼 나가는데도 귓가에서 반복되는 음성 때문에 박연은 제자리에만 서 있었다. 겁을 먹은 영범이 훌쩍거리며 송 실장을 따라나섰다.

박연은 냉장고를 열고 잡히는 대로 술을 꺼냈다. 캔맥주와 소주병들을 주방의 홈바(Home bar) 테이블에 늘어놓았다. 테이블에 기대어 맥주 한 캔을 쉬지 않고 모두 비워냈다.

'나는 네가 미치도록 미워, 새끼야. 꼴도 보기 싫어.'

박연은 송 실장이 실컷 뱉어놓고 간 말을 되새김질했다. 그러자 신기하게도 아버지의 목소리가 되어 돌아왔다.

'웬만하면 얼굴 보이지 마라. 보고 싶지 않다.'

박연은 제 손을 내려다보았다. 옷자락을 쥐고 매달리는 어린 자신을 매정하게 밀쳐내던 손길도 덩달아 되살아났다. 그날을 기억하듯 움찔거리는 손을 움츠려 주먹을 꽉 쥐었다.

부산스러운 소리에 소연이 잠에서 깼다. 핸드폰을 들고 방 안을 서성이는 브이가 보였다. 핸드폰 너머에서는 야속한 신호음만 들려왔다. 브이는 머리를 뒤헝클며 자리에 주저앉았다. 소연은 안절부절못하는 브이를 보며 물었다.

"잠은 잤니?"

"전혀. 날 밝자마자 빅엔터에 전화 중인데 연결이 안 돼."

"지금쯤 거기도 뒤집어졌을 텐데 통화가 되겠니?"

이불 속에 감추고 있던 몸을 일으켜 앉더니 소연이 브이의 어깨를 덥석 잡았다.

"언론사에 고발하자. 씨바견 그놈이 전 국민을 상대로 거짓말한 거다. 인터뷰 해. 내가 기자 하나 소개시켜줄게."

소연의 시선을 슬며시 피하며 브이가 머뭇거렸다.

"다큐도 같이 찍었던 사람인데 어떻게 된 건지 사정 정도는 들어보고…."

"정신 차려. 너 까딱하면 시집 못 간다? 여자 연예인들 한 번 스캔들 나면 평생 가는 거 못 봤어? 남자는 금방 잊히지만 여잔 아니야. 너 결혼도 못하고 평생 모태솔로로 살다 독거노인 될래?"

"그렇게까지…."

머쓱하게 웃는 브이와 달리 소연의 얼굴은 진지했다.

"씨바견이 TV에 나와서 '권브이는 나한테 먼저 구애하고 매달리고 질척거렸던 여자!'라고 광고한 거야. 그런 여자를 누가 좋아해?"

소연의 마지막 말이 브이의 가슴 정중앙에 정확히 꽂혔다. 운동하느라 이 나이까지 연애 한 번 해본 적 없는데 씨바견이 멋대로 떠들어대는 바람에 앞으로도 영영….

눈을 굴리던 브이가 결심한 듯 소연을 보았다.

"직접 찾아가야겠어. 당장 해명하라고 못 박고 올 거야."

"역시 권브이가 운동을 해서 세상 물정은 몰라도 추진력 하나는 좋지."

소연은 당장 자리에서 일어서려는 브이의 팔을 잡았다.

"에헤이, 적진으로 가는 길이 험하다. 사방에 기자들이 포진되어 있어. 비책이 필요해."

위아래로 브이를 훑어보는 소연의 눈이 예사롭지 않게 빛났다.

"누구는 범죄 저지르고 사랑도 하고 팔자 좋네."

화이트톤 침실에 영범의 목소리가 울려 퍼졌다. 간밤의 숙취로 침대에 시체처럼 늘어진 박연을 대신해 영범이 댓글을 낭독했다.

"빼박 노이즈 마케팅인 듯. 더러운 연예인 놈들."

베개에 얼굴을 파묻은 채 엎드려 있던 박연이 고개를 번쩍 들었다.

"빼박?"

"빼지도 박지도 못한다. 노이즈 마케팅이 확실하다. 이런 뜻이에요."

"내가 시끄러운 걸 얼마나 싫어하는데 노이즈 마케팅이래."

박연은 헝클어진 머리칼을 넘기며 일어나 앉았다. 음주운전 사건이 터진 후 집에서도 음주는 운동 후 맥주 한 캔이 최대였다. 골이 울릴 정도의 폭음은 오랜만이었다.

"박연 노답 관종. 이건 답 없는 관심종자라는 뜻이에요. 관심 받고 싶어서 미친…."

"그건 나도 알아!"

버럭 소리를 지르며 박연이 영범의 손에 들린 태블릿PC를 뺏어들었다. 그리고는 댓글란에 있는 신고 버튼을 사정없이 눌렀다.

악플과 싸우는 중인 배우님을 보며 영범은 몰래 혀를 찼다. 그때 영범의 핸드폰이 울렸다. 송 실장이었다.

"예, 실장님! 네? 대표님께서요?"

영범이 박연을 돌아보았다. 눈이 마주치자 박연은 열애설에 따른 긴급호출을 예감한 듯 들고 있던 태블릿PC를 던지고 일어섰다.

대표의 호출을 받은 박연은 영범과 함께 곧장 회사를 찾았다. 빅엔터의 대표실 문을 벌컥 열었다. 박연은 대형 사고를 친 것치고는 꽤나 당당한 걸음으로 행차했다. 대신 강 대표에게 업무보고 중이던 송 실장이 면목 없는 얼굴을 했다.

박연은 소파에 앉아 척, 다리를 꼬았다. 뒤따라 들어온 영범이 꾸벅 인사를 했다. 박연이 맞은편에 앉은 송 실장을 본체만체 입을 열었다.

"대표님, 시작해요."

"뭘 시작해?"

상석에 앉은 강 대표가 되물었다.

"어제 일 때문에 불렀잖아요. 화내요, 욕하고. 대신 손찌검은 안 돼. 형사고소할 거야."

"공사 치기는."

박연은 강 대표가 어제 일 가지고 꾸짖기도 전에 미리 선수를 쳤다. 뻔뻔스러운 행동에 강 대표가 웃었다. 웃는 낯을 살피던 송 실장의 얼굴이 어두워졌다.

강 대표는 경쟁이 치열해 살아남기 힘들다는 엔터테인먼트 분야에서 단숨에 빅엔터를 업계 수위에 올려놓은 사람이었다. 대단하지만 그만큼 무서운 남자였다. 빅엔터에서 실장매니저로 지내며 소속 연예인들에겐 노출되지 않은 그의 다른 면모들을 많이 보아왔다. 송 실장이 느낀 바로 그는 절대 손해 보지 않는 타고난 장사꾼이었다.

송 실장의 예상대로 곧 강 대표의 얼굴에 웃음기가 가셨다.

"한 시간 뒤에 열애 인정 기사 나간다."

"잠, 잠깐만. 열애 인정?"

박연이 서둘러 말했다.

"대표님, 나 개랑 안 사귀어요."

"안 사귀어도 사귀는 걸로 해."

담담하게 말하는 강 대표의 태도를 보며 그제야 박연의 얼굴이 심각해졌다.

"어제는 말실수였다고 정정기사 내요."

"음주운전으로 신뢰도 무너트린 배우가 4개월 만에 나타난 자리에서 사귀지도 않는 여자를 사귀는 것처럼 말했어. 하루 만에 번복할 수 있겠냐?"

말문이 막혔다. 강 대표의 말이 전적으로 맞았다. 박연은 자신의 편을 들어줄 송 실장과 영범을 돌아보았다. 두 사람 모두 시선을 피했다.

아무리 그래도 어떻게 태권브이랑 사귄다고 기사를 내?

어제 못할 말을 터트린 제 입이 원망스러웠다. 애초에 사귀는 것처럼 말한 건 자신이었다. 입이 열 개라도 할 말이 없다지만 아닌 건 아닌 것이다.

박연이 자리를 박차고 일어섰다.

"거짓말인 거 들키면? 차라리 실수였다고 지금 사실대로 말하는 게 나아요. 팬들은 거짓말인 거 금방 눈치 챈다니까? 난 그런 스타일 안 좋아한단 말이야. 난 무조건 콜라병. 볼륨 넘치고 섹시한 스타일!"

열애 인정을 결사반대하는 박연의 뒤로 대표실 문이 힘차게 열렸다. 대표실 안에 있던 네 남자가 동시에 출입문을 돌아보았다.

긴 웨이브 머리. 추위를 막기 위해 걸친 코트로도 숨겨지지 않는 볼륨 넘치는 가슴. 갑작스럽게 나타난 여인은 문을 짚으며 한 발을 뻗었다. 타이트한 블랙원피스 아래로 탄탄하게 뻗은 다리. 망사 스타킹과 아찔한 하이힐. 슬로우 모션처럼 그녀의 움직임 하나하나가 모두의 시선을 사로잡았다.

박연이 마른침을 꿀꺽 삼켰다.

-데스티니. 유 아 마이 데스티니.

그때 대표실 전체에 폴 앵카의 'You are my destiny'가 울렸다. 영범의 핸드폰 벨소리였지만, 박연은 자신의 귓가에만 그 노래가 들리는 착각에 빠져있었다.

콜라병. 볼륨. 섹시. 방금 전까지 열을 올리며 설명하던 이상형이 나타났다. 묘령의 여인은 레드립을 천천히 움직였다.

"해명기사 낸다면서 왜 거짓말을 해요?"

목소리를 듣는 순간, 귓가에서 울리던 노랫소리가 사라졌다.

"태권브이?"

작게 중얼거리며 박연은 브이를 멍하니 쳐다보았다.

소연이 클럽 나들이용 옷으로 변장시켜준 덕에 기자들의 눈을 피했다. 빅엔터 출입 인터폰에 대고 몇 번이나 사정 설명을 하느라 시간을 지체했지만 제때 온 것 같았다. TV 속에서 망언을 해대던 당사자도 이렇게 와 있으니. 브이의 두 눈에 열기가 화르륵 타올랐다.

'너 결혼도 못하고 평생 모태솔로로 살다 독거노인 될래?'

소연의 목소리가 계시처럼 울렸다. 브이는 난생 처음 신은 하이힐을 끌고 어기적어기적 걸음을 옮기며 소리쳤다.

"구애? 내가 그쪽한테 구애? 이러다 독거노인 되면 박연 씨가 책임질 거…!"

순간 발이 삐끗했다. 박연을 향해 전진하던 브이의 허리가 크게 휘청거렸다. 반사적으로 팔을 뻗은 박연이 브이의 허리를 받쳤다. 얇은 허리가 한 팔에 감겼다. 군살 없는 탄탄한 몸매라는 것이 손끝으로 느껴졌다.

-데스티니.

영범이 다시 울리는 핸드폰을 들고 황급히 대표실을 나갔다. 박연은 브이의 허리를 받쳐 든 채 낯선 얼굴을 내려다보았다.

가발 쓰고 화장했다고 이렇게 달라져?

커다랗기만 하던 눈망울이 매혹적으로 변해 있었다. 볼 때마다 화장기 없던 입술 역시 새빨간 레드립을 완벽하게 소화했다. 멍 때리던 박연이 브이를 밀쳐냈다. 그대로 바닥에 엉덩방아를 찧은 브이가 강 대표를 돌아보았다.

"마침 잘 왔어요, 권브이 씨."

다리를 꼬고 앉은 강 대표가 위압적인 눈빛으로 말했다.

"두 사람, 오늘부터 연애할 겁니다."

"그게 무슨 말이에요?"

브이가 자리에서 벌떡 일어서며 물었다. 강 대표는 박연에게 했던 말을 다시 읊었다.

"한 시간 뒤에 열애를 인정하는 기사가 나갈 겁니다. 두 사람, 8개월만 사귀는 걸로 갑시다."

마치 엄포처럼 들렸다. 브이가 얼굴을 찌푸렸다.

"지금 거짓말을 하라는 거예요?"

"당연히 일정 대가는 지불할 겁니다."

일정 대가? 브이가 커다란 눈을 부릅떴다. 브이는 소연이 정성스레 붙여준 헤어피스를 잡아당겼다. 긴 웨이브 머리칼이 브이의 손에 뚝뚝 떨어져 나왔다. 단발머리로 돌아온 브이가 강 대표를 향해 말했다.

"거짓말한 대가로 뭘 주시려는지 모르겠는데요, 내가 바라는 건 그딴게 아니라 진실이에요. 그러니까 그 대가라는 건 넣어두시고, 기사나 똑바로 내세요."

박연을 한 번 쳐다보고는 당찬 목소리로 다시 똑 부러지게 말했다.

"우리, 아무 사이 아니라고."

브이가 당당한 걸음걸이로 대표실에서 나왔다. 엉망이 된 헤어피스를 손에 쥐고 엘리베이터에 몸을 실었다.

사람을 뭐로 보고…!

1층에서 내린 브이가 건물 뒷문으로 나가려는데 누군가 팔을 잡아당겼다. 계단으로 뛰어내려왔는지 송 실장이 숨을 헐떡이고 있었다.

급하게 브이를 잡은 송 실장이 데리고 간 곳은 마주앉기에도 좁은 방이었다. 노래 연습을 하는 곳이라 전자피아노 한 대가 겨우 들어갈 정도로 좁았지만 방음만큼은 믿을 만했다.

브이가 단호하게 말했다.

"저는 할 말 없어요."

송 실장이 난처한 얼굴을 했다.

"기분 나쁠 거 압니다. 근데, 한 번만 살려주면 안 되겠어요?"

"왜 저한테 살려달라고 하세요? 멋대로 말한 건 박연 씨 아닌가요?"

"그러니까 부탁드리는 거예요. 제가 아니라 우리 연이 좀 살려주세요."

송 실장이 간절한 목소리로 말했다.

"연이 상황 잘 아시잖아요. 지금 와서 말실수였다고 번복하면 대중들한테 박연이라는 배우는 말 그대로 인간쓰레기가 되는 겁니다. 배우로서 회생불능이에요."

사건사고를 수습하기 지친다며 소리친 게 불과 어젯밤이었다. 그러나 송 실장은 이번에도 역시 박연이 저지른 사건을 수습 중이었다.

"대중들 눈에 보이는 거랑 다르게 그놈, 철없고 멋없는 놈입니다."

인도에서 겪어봐 브이도 이미 알고 있었다. 박연의 '다정한 남자친구' 이미지는 만들어진 것뿐이라는 것을. 오죽하면 스태프들에게 씨바견이라 불릴까.

송 실장이 차분하게 말을 이어갔다.

"하지만 나쁜 놈은 아니에요. 절대 악의로 그런 게 아니라 말실수였어요."

부탁하는 송 실장의 얼굴이 씁쓸해졌다.

"어릴 때부터 이 바닥에서 살아남느라 경계심이 심해요. 그러다 보니 말도 삐뚤게 나가고, 표현도 서툴고. 주위에서 잘한다, 잘한다 하니 연기만 잘하면 사랑 받는 줄 알아요. 배우가 아니라 한 사람으로 사랑 받으려면 연기 말고도 노력하고 애써야 하는 것들이 많다는 걸 몰라요."

송 실장은 박연과 보내온 세월을 떠올리며 말했다.

"정말 어린애 같죠? 심보가 못돼서가 아니라 배운 적이 없거든요. 가르쳐준 사람이 없어요. 학교도 거의 못 다니고, 부모님 사랑을 듬뿍 받은 것도 아니고…. 열심히 연기를 하는 게 자기만의 방법이에요. 타인한테 사랑 받는 방법."

과거를 추억하듯 중얼거리던 송 실장이 브이를 바라보았다.

"이번에 잘못되면 앞으로 한 작품도 안 들어올 겁니다. 다시는 연기 못해요. 스타 자리에서 내려오는 건 물론이고, 사람들에게 사랑받는 유일한 방법을 잃어버리는 거예요. 브이 씨, 한번만 도와주세요."

브이가 말릴 새도 없이 송 실장이 무릎을 꿇었다. 당황한 브이가 송 실장을 억지로 일으켜 세웠다.

"거짓말이라고 생각하지 말고, 그냥 우리만 아는 비밀. 그 비밀을 유지하는 거라고 생각해주세요."

송 실장을 난감하게 쳐다보던 브이가 끝내 입을 열었다.

"죄송해요. 거짓말은 못하겠어요."

송 실장의 부탁을 단칼에 거절한 브이는 그대로 발걸음을 돌려 집으로 돌아왔다. 오자마자 화장을 모두 지워냈다. 자신에게 맞지 않는 옷을 벗어던지고 평소 즐겨 입는 편한 활동복 차림으로 돌아왔다.

소연은 출근했는지 보이지 않았다. 대신 연예부 기자의 연락처가 메모지에 남겨져 있었다.

소속사까지 직접 찾아가 분명하게 거절을 하고 왔음에도 인터넷에는 강 대표의 엄포대로 열애를 인정하는 기사가 도배되어 있었다.

핸드폰으로 기사들을 들여다보던 브이가 메모지를 집어 들었다. 소연이 적어둔 기자의 전화번호를 입력했다. 통화버튼을 누르려던 순간, 손가락이 멈칫했다.

'절대 악의로 그런 말을 한 게 아닙니다. 실수였어요.'

송 실장의 목소리와 함께, 인도에서 감금당했을 당시 어린애처럼 흐느끼던 박연이 떠올랐다.

'지겨워! 이 모양 이 꼴인 내가 지긋지긋해 죽겠다고…!'

브이는 핸드폰 화면에 눌러놓은 11자리 숫자를 내려다보았다. 기자에게 전화해 거짓 기사임을 밝히면 이 말도 안 되는 열애설 소동에서 제외될 수 있었다. 하지만 박연은 배우로서의 인생이 끝날 것이었다.

소란스러운 소문에 휘말리는 것을 참느냐. 아니면 다른 사람의 인생을 끝장내버리느냐. 고민하던 브이는 불현듯 소연의 목소리가 생각났다.

'정신 차려. 너 까딱 잘못하면 시집 못 간다? 남자는 금방 잊히지만 여잔 아니야.'

통화버튼 위에 멈춘 손가락에 힘이 들어갔다. 그러자 질세라 송 실장의 목소리가 들려왔다.

'거짓말이라고 생각하지 말고, 비밀을 유지하는 거라고 생각해주세요.'

"비밀 유지…."

머리를 마구 헝클인 브이가 결국 기자의 연락처가 적힌 메모지를 구겼다.

한편, 빅엔터에 다녀온 뒤로 박연은 텅 빈 집에 멍하니 앉아 있었다.

블랙 원피스. 작은 체구지만 곡선이 살아있었다.

소파에 벌러덩 드러누워 천장을 올려다보았다. 대표실에서 보았던 브이의 모습이 이번에는 흰 천장을 배경 삼아 떠올랐다. 천장에 나타난 브이가 긴 웨이브 머리를 넘겼다. 요염한 자태로 하이힐을 한 발 내딛는 브이의 환상을 보며 박연이 낮게 중얼거렸다.

"미쳤다, 이 상황에 무슨 생각을…."

쿠션을 끌어안고 돌아누웠다. 기자들 앞에서 헛소리를 지껄인 건 다름 아닌 자신이었다. 강 대표의 지시에 더는 토를 달 수 없었다. 열애 인정 기사는 벌써 나가버렸고, 열애하는 셈 치자던 강 대표에게 강하게 반발하던 브이가 어떤 반응을 보일지가 관건이었다.

따로 입장 발표를 하거나 소송이라도 하면….

박연이 흘끔 천장을 보았다. 여전히 망상 속 브이가 손을 흔들고 있었다.

"태권브이가 문제야…."

박연은 허공에 손을 내저으며 두 눈을 감아버렸다.

며칠 후, 포르쉐가 근사한 단독주택 담벼락 아래 멈춰 섰다. 영범을 따라 차에서 내린 브이가 대문 안으로 들어섰다. 하얗게 눈이 쌓인 정원이 모습을 드러냈다. 작지만 동화책에서나 나올 법한 얼음궁전 같았다.

현관문을 열고 들어서자 너른 복층 거실에 박연과 송 실장이 브이를 기다리고 있었다.

열애 인정으로 여론은 두 가지 양상을 띠었다. 당당하게 열애를 인정하는 모습이 다큐에서 보여준 솔직한 모습인 것 같아 보기 좋다. 혹은 다큐도, 열애도 활동을 재개하려는 수작이다. 만일 열애를 인정하지 않고 번복했더라면 '박연 퇴출'이라는 한 가지 의견만이 존재했을 것이다.

송 실장은 브이를 살갑게 맞이했다.

"어서 오세요, 브이 씨. 눈이 많이 와서 오시기 힘들었죠?"

박연은 소파에 앉은 채로 브이를 관찰했다. 시커먼 점퍼에 후드 모자를 푹 뒤집어쓰고 나타난 모습은 그동안 박연이 알고 있던 권브이였다. 어제와는 전혀 다른 옷차림새인데도 자꾸 어제의 모습이 겹쳐 보였다.

오늘은 털끝 하나 안 꾸미고 왔는데 왜 예뻐 보여?

박연이 심통 맞게 눈썹을 씰룩거렸다. 어제까지만 해도 거짓말은 절대 못한다더니 하루 만에 돈의 유혹에 넘어가버렸나.

배우 박연으로서는 브이가 협조적으로 나오는 것이 바람직했으나, 사람 박연은 그녀의 행동이 실망스러웠다. 박연은 밤새 눈에 밟히던 브이에게서 매몰차게 시선을 떼었다.

브이는 유리 테이블을 사이에 두고 박연과 마주앉았다. 송 실장이 각서와 계약서를 내밀었다. 몇 구절이 눈에 띄었다.

'8개월간 타인의 앞에서 연인 사이로 지낼 것을 합의하고 이행함에 상호 협력…'

'…내용에 따라 계약을 체결하고 성실히 계약을 이행할 것이며 각서 내용과 위배되는 행위를 할 때에는 어떠한 조치도 감수…'

내용을 유심히 살피던 브이가 송 실장을 올려다보았다.

"빅엔터는 그에 상응하는 대가로 권브이에게 총액 1억 원을 지불한다. 이건 뭐죠?"

"뭘 모른 척해? 나중에 딴말 말라고 주는 거지."

송 실장 대신 박연이 비아냥거렸다.

브이는 밉살스럽게 구는 박연을 돌아보며 힘주어 말했다.

"돈 받자고 돕는 거 아니거든요. 이 항목은 지워주세요."

못마땅한 표정으로 앉아 있던 박연이 눈을 동그랗게 떴다.

얘 지금 돈이 아니라 나 때문에 온 거야? 날 위해서?

브이는 대가 지불 항목이 지워진 계약서에 서명을 했다. 그 모습을 지켜보는 박연의 얼굴에 화색이 돌았다.

계약을 마친 박연과 브이 앞에 영범이 섰다. 영범이 깐깐한 표정으로 말했다.

"인도에서 귀국하고 일주일 후에 연이 형님께서 먼저 연락을 하신 거구요. 3번 정도 만남을 갖고, 누님께서 사귀자는 말을 먼저 꺼낸 거죠."

가만 듣고 있던 박연이 손을 들어 영범의 가짜 연애스토리 브리핑을 중단시켰다.

"연락도 쟤가 먼저 했다고 해."

깐깐한 표정을 짓고 있던 영범이 평소의 어수룩한 얼굴로 돌아왔다.

"연락까지 여자가 먼저 하도록 만드는 남자는 너무 별로지 않나요?"

"그래? 그럼 패스."

　놀고들 있네. 브이는 박연과 영범을 번갈아보며 미간을 찌푸렸다. 영범의 브리핑이 계속되었다.

"사귄 지는 2주 정도 됐고요, 서로 알아가는 단계입니다."

"잠깐. 서로 알아가는 단계가 정확히 뭐야? 손은 잡았나?"

　심각한 표정으로 묻는 박연에게 영범이 자신 없게 대답했다.

"그렇지 않을까요?"

"허그는?"

"글쎄 그건 좀⋯."

"에이, 키스까지 한 걸로 가자."

　두 사람의 대화를 지켜보던 브이가 참다못해 끼어들었다.

"지금 뭐하는 거예요?"

"디테일하게 정해놔야지. 내가 연기할 때도 몰입하려고 배역을 얼마나 디테일하게 연구하는데."

　대답하는 모양새가 천연덕스러웠다. 브이는 하는 수 없다는 듯 한숨을 쉬었다.

"손만 잡은 걸로 해요."

　브이가 타협점을 제시하자 박연이 샐쭉거렸다.

"2주면 키스는 했지."

"어떻게 만난 지 2주밖에 안 됐는데 키스를 해요?"

브이가 있을 수 없다는 표정으로 받아쳤다. 그러자 영범은 대수롭지 않다는 듯이 말했다.

"요즘은 고등학생들도 하루 만에 해요."

"태권브이, 너 키스 안 해봤냐? 남자 안 만나봤어?"

농담으로 던진 말에 아무런 대꾸도 못하고 얼굴만 붉혔다. 박연은 그런 브이를 보며 목을 뒤로 꺾고 웃어댔다. 터져 나오려는 웃음을 참으며 떨리는 목소리로 깐족거렸다.

"이야, 영범아. 오늘 아침뉴스 봤냐? 천연기념물 수리부엉이가 서울 한복판에 나타났대. 근데 그게 문제가 아니다. 내 집에 천연기념물이 앉아 있다?"

거, 자식. 겁나 신나 보이네.

뒤에서 지켜보던 송 실장이 브이의 눈치를 살폈다. 그러나 박연의 입은 쉬지 않았다.

"어떡하냐, 첫 애인이 8개월짜리 가짜라서? 나중에 애 우는 거 아냐? 너 너무 몰입하고 그러면 안 된다? 오빠가 이래봬도 맘이 약해서 여자가 울고 매달리면 매정하게 못 하거든."

새빨갛게 달아오른 얼굴로 박연을 노려보던 브이가 벌떡 일어섰다.

"이런 쓸데없는 얘기할 거면 그만 일어납니다."

"삐쳤냐? 장난이야, 장난!"

얄밉게 놀려대던 박연이 급하게 외투 챙겨 브이를 따라나섰다. 눈 쌓인 정원을 가로지르던 브이가 뒤쫓아 오는 박연과 영범을 돌아보았다.

"뭐예요?"

"기자들 잠복해 있을 텐데, 애인 사이라면 데려다줘야지. 나 TV에서는 다정한 남친 스타일이잖아."

브이는 뻔뻔하게 대답하는 박연을 보며 한숨을 쉬었다. 이렇게 얄밉게 굴 줄 알았으면 가짜 연애 같은 건 허락 안 하는 건데.

뒤늦은 후회를 하며 대문을 나섰다. 그때 브이의 어깨에 팔이 둘러졌다. 브이의 커다란 눈이 박연을 향했다. 허리를 숙인 박연이 귓가에 속삭였다.

"웃어. 사진 찍힌다?"

코앞에 있는 얼굴이 반짝였다. 조금 전까지 얄밉게 굴던 박연은 없었다. TV에서나 보던 다정한 눈빛이었다. 흔한 썸조차 타본 적 없는 브이에게 이런 눈빛은 낯설었다.

이거 짜고 치는 고스톱이야….

속으로 되뇌었지만 브이의 얼굴은 점점 붉게 물들었다. 브이는 박연에게서 얼른 고개를 돌려버렸다.

영범이 포르쉐를 몰았다. 박연의 차였지만 4개월 전 음주운전으로 면허취소 상태였다. 포르쉐가 교차로에서 직진 신호를 기다리며 정지선에 멈춰 섰다.

차도는 지난밤에 내린 눈으로 단단하게 얼어붙었다. 차량들이 거북이걸음으로 지나쳐갔다. 브이와 뒷좌석에 나란히 앉은 박연이 창밖에 시선을 둔 채 입을 열었다.

"오늘 왜 온 거야?"

브이 역시 자기 쪽 창밖을 보며 대답했다.

"박연 씨가 앞으로도 계속 TV에 나오면 좋겠어서."

지나가는 차들을 바라보던 박연의 눈동자가 브이를 향했다. 후드 모자를 뒤집어쓴 뒤통수가 보였다.

"난 해봤잖아요. 유일하게 잘하고 좋아하던 일 그만두는 걸."

은퇴한 운동선수…. 브이의 뒷모습을 보며 박연은 잊고 있던 사실을 떠올렸다. 브이가 박연을 돌아보았다.

"그거 웬만하면 안 겪어보는 게 좋거든요. 많이 허무하고 괴로워요. 난 박연 씨가 앞으로도 하고 싶은 걸 했으면 해서 돕는 거예요."

감금된 창고에서 위로를 들었을 때. TV로 다큐를 봤을 때. 그리고 지금. 가슴이 또다시 뜨거워졌다. 박연은 잠시 할 말을 잊었던 입을 열었다.

"어떻게 넌…."

…그렇게 따뜻하게 말할 수 있어?

박연이 말을 채 끝맺기 전에 신호가 바뀌었다. 영범이 조심스럽게 액셀을 밟는 순간이었다. SUV 한 대가 좌측에서 빠른 속도로 달려왔다. 끊긴 신호를 무시하고 달려온 SUV가 급하게 브레이크 밟는 소리가 교차로에 울렸다.

끼이익! 영범이 어어, 하며 이를 악물고 온몸으로 핸들을 꺾었다. 그러나 이미 빙판길에서 제동력을 잃어버린 상태였다. 눈길에 미끄러진 두 대의 차량이 쾅, 부딪친 후 서로 튕겨져 나가며 회전했다. 그 충격이 뒷좌석으로 고스란히 전해졌다.

박연은 눈앞의 모든 것이 슬로우 모션처럼 변했다. 날카로운 타이어 소리, 흔들리는 차체. 가누기 힘든 몸. 차창에 머리를 부딪친 탓에 시야가 흐려졌다. 운전석에 앉은 영범의 뒷모습이 흐릿하게 보였다. 그 순간 사라졌던 기억이 작은 유리 파편처럼 뇌리에 박혔다.

4개월 전, 음주운전을 하고 가다 가로수와 충돌했던 교통사고. 어둠 속에서 울리던 굉음. 충격. 그리고 운전석에 앉아 있던 이민형의 뒷모습….

사고현장에는 금세 사이렌소리가 울렸다. 앰뷸런스가 사고자들을 가장 가까운 병원으로 실어 날랐다. 병원에 도착하자마자 사고자들은 응급실로 옮겨졌다. 브이를 실은 이동식 베드가 병원 복도를 달렸다. 뒤이어 박연의 베드도 응급실로 향했다. 머리 위로 병원 불빛이 빠르게 지나갔다. 박연은 가물가물한 눈에 힘을 주었다.

단순히 술에 취해 기억이 나지 않는 줄 알았다. 사고의 충격으로 잊었던 그날의 진실을 몸이 기억해냈다. 얼룩처럼 희미했지만 동시에 분명했다. 충돌 마지막까지 운전대를 잡고 있던 사람은 자신이 아니었다.

박연은 잊지 않기 위해 한 사람의 이름만을 되뇌었다. 이민형… 이민형…. 그리고 곧 힘겹게 잡고 있던 의식을 놓으며 눈을 감았다.

3장

인정할게

VIP병동의 병실에다 영범이 짐을 풀었다. 짐이라야 급한 대로 백화점에서 사온 속옷과 세면도구 정도였다. 사고 충격으로 정신을 잃었던 박연은 CT 촬영 결과 늑골 골절이라는 진단을 받았다. 절대 안정과 2주간 입원이라는 처방이 내려졌다. 가벼운 타박상 외에는 어떤 외상도 입지 않은 운전자 영범은 그저 죄스러울 뿐이었다.

　영범이 침대에 앉아 있는 박연을 돌아보며 훌쩍거렸다.

　"제가 형님 목숨을 두 번씩이나…"

　인도에서 벌인 말실수 이후 오영범 인생 최대의 위기였다. 그러나 까칠한 배우님은 의외로 조용했다. 박연은 4개월 전 음주운전 당일을 기억 중이었다.

　그날은 소속 연예인들과 직원들의 사기 진작을 위해 해마다 열리는 빅엔터 소속사의 정기 파티 날이었다. 그곳에서 이민형과 마주쳤고, 기싸움이 어느새 술 싸움으로 번졌다.

　기억을 더듬던 박연이 왼쪽 옆구리에서 느껴지는 통증에 얼굴을 찌푸렸다. 통증을 참아내느라 이를 악물면서도 사고가 날 때 기억해낸 장면을 떠올리려 애썼다.

가로수를 들이받던 충격. 운전을 하던 이민형의 뒷모습. 단편적이지만 분명한 건, 운전을 한 사람은 이민형이라는 사실이었다.

하지만 조사를 받을 땐 내가 운전석에 있었는데….

어떻게 된 건지 충돌 이후의 기억이 없었다. 머리는 지끈대고 가슴에는 통증이 느껴졌다. 박연은 복잡한 생각들을 잠시 미뤄두고 영범을 돌아보았다.

"권브이는?"

"옆 병실에요."

영범의 대답을 듣자마자 박연이 둔한 몸을 움직여 천천히 침대에서 내려섰다. 링거걸이를 밀고 병실 문으로 향했다. 영범이 행선지를 물었지만 대답은 돌아오지 않았다.

그 시각, 브이는 목 보호대를 차고 링거걸이를 밀며 병실을 구경 중이었다. 벽지와 인테리어, 욕실까지 병실이라기보다는 호텔에 가까웠다. 소파는 물론, TV마저도 제 집에 있는 것보다 컸다.

"VIP병실에 입원을 다 해보네."

빅엔터에서 진료비는 물론 입원비까지 전액을 내준 덕분이었다.

부친 현수에게는 소연의 집에서 며칠 지내겠다는 말로 얼버무렸지만 현수도 곧 알게 될 것이었다. 열애설과 사고 소식까지. 주변에서 쉬지 않고 떠들어대는데 아무리 세상일에 관심이 없는 현수일지라도 모를 수가 없었다.

병실을 기웃거리던 브이가 문득 문을 돌아보았다. 환자복을 입은 박연이 서 있었다. 멀쩡해 보이다 못해 환자복을 입고도 배우 아우라를 뿜어냈다. 사고 후 응급실로 실려와 진료를 받고 입원 수속을 하느라 정신이 없었다. 얼굴을 보니 안심이 되었다.

박연이 먼저 안부를 물었다.

"몸은?"

브이는 겨우 목 보호대를 착용하고 VIP병실에 입원한 게 민망해 머리를 긁적였다.

"나보다 더 다쳤으면서 왜 왔어요?"

"남친이잖아. 이 정도는 해야지."

문에 기대어 선 박연은 턱을 치켜들고 태연하게 대답했다. 그때 복도에서 간호사들이 빨개진 얼굴로 수군거렸다. 발을 동동 구르는 게 '다정한 남친'을 연기 중인 박연에게 푹 빠진 듯 보였다. 브이는 '타인 앞에서 연인 사이로 지낼 것'이라는 조항을 성실히 이행 중인 박연을 멍하니 보았다.

박연이 병실 문을 닫으며 물었다.

"보호자는?"

"가족한테 말 안 했어요. 걱정할까 봐."

"그렇다고 아픈 걸 숨겨?"

"우리 아빠는 박연 씨랑 열애설 난 것도 모른다구요."

브이에게 다가서던 박연이 꽤 억울한 목소리로 말했다.

"나는 열애설 터지자마자 엄마가 한 시간마다 전화해대서 일부러 안 받는 거고. 너희 가족들은 내 존재도 모른다? 이거 좀 그렇지 않냐?"

섭섭함을 토로하던 박연은 화제를 돌렸다.

"그럼 간병은?"

"됐어요. 겨우 이거 가지고."

브이가 목 보호대를 만지작거렸다. 대화가 끊긴 병실에 침묵이 흘렀다. 박연은 괜스레 TV와 소파, 협탁을 한 번씩 건드렸다. 하릴없이 서성이던 박연이 병실을 나서려다 문에 기대어서서 넌지시 말했다.

"근데 넌 코스튬이 참 잘 어울린다. 도복, 환자복 뭐…."

브이가 말뜻을 이해하려 인상을 썼다. 그런 브이를 보며 박연은 한숨을 쉬었다.

"그래. 네가 뭘 알겠냐."

빈정거리듯 말하며 박연이 병실을 나갔다.

"내가 뭘 몰라? 나 무시한 거야, 지금?"

닫힌 병실 문을 보며 중얼거린 브이가 얼굴을 더욱 구겼다.

생각지 못한 교통사고로 하루가 길게만 느껴졌다. 어느새 밤이 늦었는데도 박연은 잠들지 못한 채 핸드폰을 들여다보았다. 머릿속에 떠오른 기억을 뒷받침해줄 증거를 찾아야 했다. 블랙박스 복구 방법을 찾아보다가 낮게 중얼거렸다.

"방법을 찾으면 뭐하나…."

그 당시 블랙박스는 음주운전으로 가로수를 들이박고 반파돼버린 차와 함께 버려졌다. 기억은 없지만 운전석에서 발견되었으니 당연히 제가 운전한 줄로만 알았다. 블랙박스는 뒤져볼 생각도 하지 못했다. 그저, 늘 그렇듯 또 사고를 쳐버렸구나. 왜 이 모양일까. 그런 생각에만 빠져 있었다.

핸드폰을 눈앞에서 치우려다 포털 사이트 메인을 차지한 인터넷 기사를 클릭했다. 이번 사고로 다큐와 열애설을 노이즈 마케팅이라 비판하던 여론마저 동정 여론으로 바뀌어 있었다. 그리고 바뀐 여론은 박연뿐 아니라 브이에게도 해당되었다.

'부상으로 은퇴했는데 남자 잘못 만나 사고까지 당했네. 불쌍.'

박연은 그대로 핸드폰을 머리맡에 던졌다. TV를 켜자 연예 프로그램에서도 브이의 이야기가 한창이었다.

-국가대표에서 부상으로 은퇴한 운동선수 그리고 배우 박연 씨의 연인이 되기까지 다사다난한….

진행자의 멘트와 함께 현역 시절 브이가 부상 당한 경기 장면이 플레이되었다. 상대편 선수에게 뒤후리기 기술을 선보인 후 착지한 브이가 무릎을 감싸 쥐었다. 헤드기어를 벗고 괴로워하는 얼굴이 TV 화면을 채웠다.

서둘러 TV를 껐다. 시끄러운 잡음이 사라지자, 병실 창문을 두드리는 빗소리가 들려왔다. 겨울비 내리는 소리가 인터넷과 TV만큼 시끄럽게 들렸다. 통증이 느껴지는 가슴을 부여잡고 몸을 뒤척였다. 머리는 복잡한데 신경은 온통 옆 병실에 가 있었다.

'난 해봤잖아요. 유일하게 잘하고 좋아하던 일 그만 두는 걸.'

사고 전, 차 안에서 브이가 했던 말이 귓가를 맴돌았다.

TV 봤으려나….

괜히 자신과 엮이는 바람에 브이의 과거까지 들쑤셔졌다. 슬쩍 미안함이 고개를 들었다. 결국 어두운 병실에 누워 이리저리 뒤척이다 끝내 복도로 나왔다.

늦은 시각, 사람이 없는 복도를 서성이다 박연은 브이의 병실 앞에 섰다. 노크를 하려던 손을 거두고 문을 열었다. 안에서 말소리가 들려왔다. 조금 전 박연이 꺼버린 연예 프로그램이었다.

얼굴을 구긴 박연이 성큼성큼 들어와 TV 전원을 껐다. 그제야 브이가 박연을 돌아보았다.

"나 있는 데가 원래 이래."

박연은 눈도 마주치지 않은 채 말했다.

"사람 아픈 거 즐겨. 사람이 아프면 걱정을 해야 되는데 막 떠벌리고 부풀리고. 이 바닥 취향이 원래 이상해."

박연을 올려다보던 브이가 비 내리는 창밖으로 시선을 돌렸다. 창을 두드리는 빗방울을 바라보며 입을 열었다.

"그날도 비가 엄청 왔는데."

빗소리만 울리는 병실에 브이의 덤덤한 목소리가 얹어졌다.

"나 스페인 선수랑 경기하다가 다쳤거든요. 아침부터 컨디션은 좋았는데 나도 모르는 부담감이 있었던 거예요. 결국 전방십자인대 파열."

브이는 부상 당시의 경기를 떠올렸다. 그리 오래지 않았지만 억지로 다 잊은 척 했던 기억이었다.

"코치님 등에 업혀서 그대로 실려 나갔거든요?"

쿵쾅대던 심장소리. 경기장을 채운 관객들이 웅성거리던 소리. 마치 브이가 사고를 당한 그날로 돌아간 것처럼 박연의 귓가에도 생생하게 재연되었다.

"경기장 출입문을 지나가는데 빗소리가 엄청나게 들리더라구요. 그때 무슨 생각했는지 알아요? 홍수라도 나서 다 무효가 돼버리면 좋겠다."

덤덤하게 말을 이어가던 브이가 멋쩍게 웃었다.

"아직도 비만 오면 아파요."

창밖을 보던 브이가 박연을 돌아보았다. 협탁에 놓인 스탠드 불빛이 브이의 얼굴로 번졌다. 박연은 따스하게 빛나는 얼굴을 가만히 바라보았다. 브이에게서 여러 번 위로를 받았다. 사고가 나기 직전까지도. 그러나 자신은 브이에게 해줄 말이 없다. 듣는 사람의 마음을 따뜻하게 만드는 말 같은 건 할 줄 모른다.

브이가 아무런 말도 꺼내지 못하고 가만 서 있는 박연을 향해 말했다.

"내 실수로 일어났던 부상이고, 지금 회자되는 것도 박연 씨 탓이라고 생각 안 해요. 그러니까 걱정 말고 가요."

말끔한 얼굴이 일순간 험악하게 일그러졌다.

걱정되고 미안해서 왔더니 뭐? 내 탓이 아니야?

미간이 절로 찌푸려진 박연이 따지듯 물었다.

"지금 네가 내 탓할까 봐 온 줄 알아?"

"그럼요?"

당연하다는 듯 되묻는 반응에 박연은 기가 찬다는 표정을 지었다.

"하, 참. 네 눈에는 내가 뭐로 보이냐?"

씨바견…. 브이는 차마 하지 못한 대답을 삼켰다. 아무런 대꾸도 않는 브이를 쳐다보다가 박연이 중얼거렸다.

"권브이 넌 아무것도 몰라."

드라마의 주인공처럼 배신감이 가득 찬 목소리로 대사를 마친 박연이 병실 문을 열어젖혔다. 브이는 박연이 박차고 나간 병실 문을 멍하게 쳐다보았다.

"나보고 뭘 자꾸 모른대?"

영문도 모른 채 두 번째 무시를 당했다. 브이는 얼굴을 찌푸리고는 조심스럽게 몸을 뉘었다. 어두운 병실에 혼자 남겨지자 방금 전 TV에서 보았던 영상이 떠올랐다.

지금까지 단 한 번도 그날의 경기 영상은 보지 않았다. 굉장히 가슴이 아플 거라고 생각했는데 TV로 그날을 마주하는 기분은 생각보다 덤덤했다. 아니, 기분이 이상해지려는 순간에 박연이 나타났다. 박연을 떠올리자 피식 웃음이 나왔다.

덕분에 덤덤했는지도….

다음날, 소연이 현수 몰래 브이의 짐을 챙겨 병원을 찾기로 했다. 그러나 오후에 오기로 한 소연을 기다리는 것이 문제였다. 병원 내 사람들의 시선을 우려한 빅엔터는 병실 안에서만 지내라는 지시를 내렸다. 브이에게는 미칠 노릇이었다.

브이가 지루함에 지쳐 바짝 말라갈 때쯤 핸드폰이 울렸다. 가짜 연인으로 지내기로 계약을 하면서 번호를 주고받은 박연의 메시지였다.

-내 방으로 와.

평소라면 무슨 심보인지 의심부터 했을 텐데, 오늘은 망설임 없이 병실을 나왔다. 박연의 병실로 들어서자 영범이 챙겨온 게임기를 TV에 연결 중이었다. 테이블에 발을 올리고 불량하게 앉아 있던 박연이 조이스틱을 들고 알은체를 했다.

"어, 태권브이. 이리 와."

설마 지금 같이 하자고 부른 건 아니지? TV 화면에 나타난 게임 영상과 박연을 번갈아보았다. 한숨을 내쉬곤 병실을 나가려던 브이가 자리에 멈춰 섰다.

심심하긴 한데….

흘끔 TV 화면을 보고는 최대한 관심 없는 듯한 목소리로 물었다.

"뭐… 어떻게 하는 건데요?"

지루함을 못 이겨 시작한 게임은 자존심이 걸린 혈전으로 번졌다. 브이가 조이스틱을 내려놓았다. 얼굴로 흘러내린 머리칼을 훅, 불어 올렸다. 옆에서 박연이 얄밉게 웃어댔다.

"에이, 태권브이라고 축구는 못하는 거야?"

"브이 누님 저보다 못하시네요?"

브이는 오늘따라 죽이 잘 맞는 배우와 매니저 콤비를 노려보았다. 운동선수 특유의 승부욕이 차올랐다. 브이가 강하게 항변했다.

"난 테트리스 빼고 게임 같은 거 안 해봤거든요? 매일 훈련하느라…."

"아, 테트리스. 얘 나이 나온다."

말허리를 자르며 박연이 손을 내저었다. 브이가 조이스틱을 다시 집어 들었다.

"한판만 더…!"

"왜 이래? 스포츠인이면 정정당당하게 승패를 인정해야지. 빨리 커피 사와."

박연은 브이의 손에 들린 조이스틱을 매몰차게 빼앗았다. 브이가 약이 오른 얼굴로 엘리베이터에 올랐다. 문이 닫히려는 찰나, 언제 따라나왔는지 박연이 엘리베이터 안으로 뛰어들었다.

엘리베이터의 다른 환자들이 모자를 눌러쓴 박연을 금세 알아보았다. 웅성거리는 소리를 의식한 듯 박연이 브이의 어깨에 팔을 둘렀다. 게임의 앙금이 아직 가시지 않은 브이가 어깨를 비틀었다. 그러자 커다란 손이 어깨 끝을 더욱 세게 붙들었다.

"오오…."

여고생 환자의 탄성으로 엘리베이터에 킥킥거리는 웃음소리가 퍼졌다. 순식간에 두 뺨이 붉어진 브이가 눌러쓴 모자 아래로 드러난 얼굴을 올려다보았다. 상황을 즐기는 듯 붉은 입술이 씨익 올라가 있었다.

그때 누군가 응원의 메시지를 던졌다.

"두 분 잘 어울려요. 쾌차하세요."

박연이 태연하게 손을 들어 화답했다.

아무리 연인 행세를 하기로 했다지만 사람들 앞에서 잘도….

거짓말에 익숙하지 않은 브이에게는 곤혹스러운 일이었다. 화끈거리는 얼굴을 두 손으로 가렸다. 1층에서 엘리베이터 문이 열리자마자 서둘러 내렸다. 히죽거리며 뒤를 따르던 박연이 걸음을 멈췄다. 병원 1층 로비를 오가는 많은 인파 속에서 한 남자가 눈에 띄었다.

손에 들린 카메라. 병문안이나 진료를 받으러 왔다고 하기에는 부자연스러운 정장차림. 배우 생활만 10년을 넘게 했다. 파파라치쯤은 쉽게 가려낼 수 있었다.

'타인 앞에서 연인 사이로 지낼 것.'

계약서의 조항이 머릿속으로 짧게 스쳐 지나갔다. 동시에 인터넷과 TV에서 브이에 대해 떠들어대던 말들이 떠올랐다. 하얀 얼굴이 구겨졌다.

박연은 로비의 카페로 향하는 브이를 큰 보폭으로 따라잡았다. 브이의 팔을 잡아 세웠다. 엘리베이터에서 당한 부끄러움에 얼굴을 가리고 걸음만 재촉하던 브이가 박연을 돌아보았다. 박연의 표정이 심상치 않았다. 브이는 서둘러 주위를 돌아보았다. 한 손에 카메라를 든 기자가 두 사람을 향해 티 나게 다가오고 있었다.

박연이 브이를 잡아끌었다. 쫓기듯 잰 걸음으로 카페를 지나쳤다. 1층 복도를 빠르게 걷던 두 사람이 화장실 앞에서 코너를 돌았다. 그 뒤를 따라 코너를 돈 기자는 갑자기 사라진 두 사람을 찾아 두리번거렸다.

'관계자 외 출입금지' 팻말이 붙은 문이 슬며시 열렸다. 브이가 문틈으로 바깥을 살폈다. 눈앞에서 두 사람을 놓친 기자가 우왕좌왕하고 있었다. 브이는 숨을 죽이고 작게 속삭였다.

"기자 아니에요? 언제는 사진 찍힌다고 포즈도 잡아놓고…."

브이가 중얼거리며 고개를 돌렸다. 얇은 환자복이 코끝에 닿았다. 박연의 가슴팍에 얼굴이 파묻힌 브이는 그제야 공간이 비좁다는 것을 깨달았다. 두 사람이 몸을 숨긴 곳은 청소도구가 가득 들어 있었다. 서로 몸을 붙이고 서 있기도 좁았다.

브이가 어색하게 눈을 굴렸다.

남자랑 이렇게 밀착을….

머리 위에서 나지막한 목소리와 함께 숨소리가 그대로 전해졌다.

"사진 찍히는 게 아무 때나 다 좋은 줄 알어?"

브이가 조심스럽게 시선을 들었다. 그곳에는 박연이 평소와는 다른 눈빛으로 브이를 내려다보고 있었다. 시선을 내리간 눈이 브이의 얼굴을 천천히 훑었다.

"넌 진짜 아무것도 몰라…."

브이는 제 얼굴을 훑어 내리고 있는 눈을 바라보았다. 박연의 얼굴이 브이에게 천천히 다가왔다. 입술 사이로 뱉은 숨이 이마에 닿을 정도로 가까워졌다. 태어나 처음 겪어보는 분위기였다. 두 눈을 동그랗게 뜬 브이가 마른침을 삼켰다.

브이의 얼굴을 향해 가까이 다가가던 박연이 돌연 눈을 찌푸렸다. 옆구리에서 갑작스러운 통증이 느껴졌다. 눈만 동그랗게 뜬 브이를 흘끔 내려다보고는 박연이 벽을 짚었다. 크게 숨을 들이마시자 가슴이 뻐근하게 쑤셨다. 결국 참지 못하고 신음을 뱉었다.

"아아…!"

"왜 그래요? 아파요?"

놀라서 묻는 브이에게 대답도 하지 못하고 괴로워했다. 브이는 박연의 팔을 어깨에 둘렀다. 문을 박차고 급히 밖으로 나왔다.

브이의 부축을 받아 응급실로 들어간 박연은 병실로 옮겨졌다. 간호사가 박연의 링거호스에 진통제주사를 놓으며 말했다.

"실금이라고 가볍게 생각하시면 안 되요. 시간 지날수록 통증 심해지시니까 2주 동안은 시체처럼 누워계셔야 돼요."

이마에 팔을 얹은 채 미동도 없는 박연을 대신해 영범이 고개를 끄덕였다. 브이가 간호사를 따라 병실을 나왔다.

아까 뭐였지?

복도에 서서 이마를 만지작거렸다. 눈을 바라보며 천천히 다가오던 박연의 얼굴. 한 번도 경험해보지 못했지만 TV 드라마로는 자주 보던 그림이 아니었나? 마치 키스라도 할 분위기….

복도에서 빙그르 한 바퀴를 돌아선 브이가 이마를 툭툭 때렸다.

남자랑 손도 못 잡아본 거 티 내지 말자. 좁은 데 숨느라 좀 붙었다고 이상한 의미 부여하는 건 옳지 않아.

"권브이? 무슨 생각해?"

이마를 사정없이 두드리던 브이가 홱 옆을 돌아보았다. 소연이 친구의 정신건강을 염려하는 표정으로 서 있었다.

브이와 병실로 함께 들어와 짐 정리를 마친 소연은 소파에 몸을 날려 앉았다. 녹초가 된 소연의 몸이 소파와 혼연일체라도 된 듯 늘어졌다. 새 프로그램 기획 회의를 하느라 며칠 밤을 꼴딱 새우고, 곧장 브이의 집에서 짐을 챙겨 오는 길이었다.

브이가 소연의 맞은편에 앉으며 물었다.

"아빠는 아직 모르지?"

"아셨으면 여기까지 쫓아오셨겠지. 너희 태권도장 겨울방학이라며. 덕분에 학부모들 통해서 얘기 옮겨지는 일은 없었나 봐."

소연은 안도하는 브이를 보며 혀를 찼다.

"아저씨를 그렇게 생각하면서 말도 안 되는 계약은 왜 했어? 씨바견 이랑 연애가 가당키나 해?"

"가짜로 행세만 하는 건데 뭘…. 내가 아무 사이 아니라고 해버리면 그 사람 입장이 곤란해지잖아."

브이의 말이 가당찮았는지 소연이 단호하게 고개를 저었다.

"넌 그게 문제야. 지금 네가 남 처지 걱정할 때야? 진짜로 사귀는 것도 아닌데 사람들 입에 오르내리는 거 억울하지도 않아?"

할 말이 없어 눈만 굴리던 브이가 화제를 돌렸다.

"근데 소연아, 내가 모르는 게 뭐야?"

"갑자기 뭔 소리야?"

"내가 모르는 게 있대. 내가 모르는 게 뭐지?"

"네가 모르는 거? 모태솔로 권브이가 모르는 건, 남자!"

금세 얼굴이 새빨개진 브이가 소연에게로 달려들었다. 소연이 깔깔대며 소파에 엎어졌다.

한편 박연의 병실은 침울한 분위기가 계속되었다. 자리에 누운 박연을 보며 영범이 안타까운 목소리로 말했다.

"그러게 왜 그러셨어요."

"그러게 내가 왜 그랬지…."

힘없이 대답한 박연은 기자에게 쫓겨 브이와 몸을 숨겼던 상황을 떠올렸다.

어쩌려고 들이댔냐. 기왕 들이댄 거 성과라도 있었으면 덜 억울하지, 그때 하필 통증이…. 키스하려던 거 눈치깠겠지?

스킨십을 시도하다가 실패하는 것보다 더 남자에게 쪽팔린 일은 없었다. 두 손으로 얼굴을 가린 채 꿈쩍 않는 박연을 보며 영범은 고개를 갸웃거렸다. 그때 영범의 전화벨이 울렸다. 박연의 모친, 전 여사였다. 침대로부터 등을 돌린 영범이 전화를 받아들었다.

"예, 여사님. 오늘도 못 오세요? 잠깐 연이 형님 얼굴이라도 뵈면…."

탐탁지 않은 목소리로 전화를 끊고는 박연을 돌아보았다.

"제주도에 계시대요. 지인 분들이랑 선약 때문에 못 오신대요."

영범은 여전히 미동도 하지 않는 박연의 눈치를 살폈다.

"무슨 지인? 어떤 지인이길래 아들보다 중요해?"

박연이 혼잣말을 하듯 낮게 중얼거렸다. 그때 병실 문이 열렸다. 박연이 의외의 방문자를 돌아보았다. 꽃바구니를 든 민형이 병실 안으로 들어섰다.

박연은 음주운전 사고 당시 운전석에 있던 민형의 뒷모습을 또렷하게 기억했다. 하지만 되살아난 기억을 확실히 입증해줄 증거는 아직 찾지 못했다.

그날의 이야기를 섣불리 입에 담는 대신, 입가에 실소를 머금었다.

"네가 어쩐 일이냐?"

"동료 배우로서 당연하지. 이건 대표님이."

민형이 싱긋 웃으며 꽃바구니를 내밀었다. 박연은 그런 민형을 노려보았다. 소속사 배우가 교통사고를 당했는데 꽃바구니를 보냈다? 그것도 이민형 손에 들려서?

"올해는 악재인가 봐. 4개월 만에 또 사고가 났으니."

소파에 걸터앉은 민형이 손목시계를 확인하며 말했다.

"그래도 이번엔 과음한 상태가 아니라 다행이다. 이번에도 음주운전이었으면 진짜로 매장 당했을 텐데."

"그러길 바랐던 눈치다?"

"설마."

민형이 픽 웃었다. 대화도 없이 소파에 앉아 시간을 보내던 민형은 정확히 10분 뒤 일어섰다. 인사도 없이 병실을 떠나는 걸 보며 박연은 미간을 좁혔다.

저 새끼는 여기까지 왜 나타난 거야?

그 의문은 곧 풀렸다. 인터넷에는 박연의 사고 기사와 함께 민형의 기사가 도배되었다.

'배우 이민형, 바쁜 드라마 스케줄과 바꾼 10분간의 의리!'

동료 배우가 어떤 구설수에 오를지라도 가장 먼저 병원을 찾는 민형을 칭찬하는 내용 일색이었다. 박연이 인터넷 기사가 떠 있는 핸드폰 화면에 대고 욕설을 퍼붓는 동안 영범은 방음 걱정에 안절부절못했다.

그날 밤, 달빛이 병실 창문을 통해 새어들었다. 박연은 핸드폰을 한 손에 쥐고 병실을 서성이는 중이었다.

분명히 키스하려던 거 눈치챘을 텐데. 무슨 생각하고 있으려나…. 기분 나빴나? 아니. 나쁠 리는 없지. 안 나빴을 거야.

고심에 빠진 표정으로 제자리만 서성이던 발걸음을 멈췄다. 달빛을 받은 얼굴이 결심한 듯 끄덕였다. 핸드폰으로 메신저에 접속한 박연이 메시지를 전송했다.

'자냐?'

브이에게서 금세 답문이 왔다.

'아뇨.'

'뭐해?'

'TV.'

단답형으로 이어지는 대화를 보다가 박연이 미간을 찌푸렸다.

기분 나빴나?

박연은 심기를 가다듬고 메시지를 적어 넣었다.

'아까 1층에서… 많이 놀랐냐?'

박연이 답문을 기다리는 그 시각, 불 꺼진 병실에서 TV를 보던 브이가 건성으로 핸드폰을 확인했다.

놀라? 아아, 아픈 거? 당연히 놀랐다. 갑자기 쓰러지는 줄 알았는데.

'네, 솔직히 좀 놀랐어요.'

브이에게서 날아온 답문을 확인하고는 박연이 눈을 가늘게 떴다.

그래서 기분이 나빴단 거야? 아니면 지금 여지를 주는 거야?

박연은 짧은 메시지에 담긴 의중을 파악하기 위해 두 눈을 부릅떴다. 한 번 더 떠볼까. 입술을 깨물고 신중하게 메시지를 작성했다.

'그래 놀랐겠지…. 나도 놀랐는데. 나도 내가 그럴 줄 몰랐어.'

'그렇게 아플 줄 어떻게 알았겠어요.'

브이에게서 돌아온 답문을 확인한 박연이 중얼거렸다.

"아플 줄? 갑자기 뭔 소리야?"

곧바로 브이의 메시지가 이어졌다.

'박연 씨 쓰러지는 줄 알았어요. 지금은 괜찮죠?'

박연의 얼굴이 확 구겨졌다. 거침없이 통화버튼을 눌렀다. 제 병실에서 TV를 보던 브이가 요란하게 진동하는 핸드폰을 받아들었다.

"왜요? 무슨 할 말 있어요?"

-야! 너는 평생 아무것도 모르고 살아라, 어?

브이가 하루에 세 번이나 들은 '아무것도 모른다'는 말에 발끈해 소리쳤다.

"자꾸 나보고 뭘 모른다는 거예요? 사람 무시하는 것도 가지가지네. 무시만 하지 말고 내가 모른다는 그것 좀 가르쳐줘 봐요! 내가 배우는 거는 금방 배우거든요?"

병실 문이 벌컥 열렸다. 깜짝 놀란 브이가 어깨를 들썩였다. 브이의 병실로 득달같이 쫓아온 박연이 귀에 핸드폰을 붙이고 서 있었다. 어둠 속에서 두 눈을 희번득하게 빛냈다.

"진짜 가르쳐줘?"

낮게 떨리는 박연의 목소리가 병실 문 앞에서, 귓가에서 동시에 울렸다. 놀라 앉아 있는 브이에게 박연이 성큼성큼 다가왔다. 거침없이 침대로 다가와 침대헤드를 탁 짚었다. 침대헤드에 등을 기댄 브이를 내려다보았다. 서로의 눈을 바라보는 거리가 어느새 1층에서처럼 가까웠다.

코앞에서 박연의 눈동자가 잘게 움직였다. 브이는 진지한 표정으로 자신을 바라보는 박연을 멍하니 올려다보았다. 박연이 나지막한 목소리로 물었다.

"금방 배울 수 있겠어?"

아까처럼 키스라도 할 것 같은 분위기가 또….

브이는 자신에게 고정된 시선을 견디지 못하고 눈을 피했다.

아니야, 권브이. 허튼 생각하지 마. 키스도 못 해봤다면서 천연기념물이라 놀리던 사람인데. 겨우 거리 좀 가깝다고 이런 생각까지 하는 걸 들키면 두고두고 놀릴 게 뻔해.

브이는 자신을 내려다보는 박연의 눈을 당당하게 마주보았다.

"네, 가르쳐줘 봐요."

어서 가르쳐달라는 듯이 커다란 눈이 깜박거렸다. 박연은 쌍꺼풀이 둥글게 말려 올라가는 눈을 빤히 바라보았다. 순간 심장에서 쿵, 하는 소리를 들었다. 가슴 부여잡고 고개를 숙였다.

"또 아파요?"

놀란 브이가 어깨를 짚었다. 브이의 손을 쳐낸 박연이 고개를 숙인 채 중얼거렸다.

"넌 진짜 못된 여자야. 아무것도 모르는 주제에 사람을…."

사람을… 들었다 놨다 해. 그렇게 순진하게 쳐다보기 있어, 없어? 자존심 상해.

박연이 내려앉은 가슴을 붙들고 급히 퇴장했다. 잔뜩 기합이 들어갔던 브이의 얼굴이 뒤늦게 달아올랐다.

어후 놀래라…. 근데 내가 못됐다니? 이건 또 무슨 소리인데?

빨개진 뺨을 두 손으로 감싼 브이가 이마를 찌푸렸다.

복도로 나온 박연은 벽을 짚고 섰다. 놀란 가슴을 문질렀다.

"천연기념물은 무슨. 완전 선수야…."

자기가 언제부터 예뻐 보였다고 그렇게 눈을 동그랗게 뜨고, '아무것도 몰라요'인데….

미묘한 밤이 지나고 다음날, 브이는 이른 아침부터 운동 삼아 병원을 한 바퀴 돌았다. VIP병동으로 돌아오자 복도에는 아침식사를 잔뜩 실은 카트가 대기 중이었다. VIP병동이라 그런지 병원에서 나오는 세 끼 식사는 호텔식 버금가는 식단을 자랑했다.

아침 운동을 마치고 음식냄새를 맡자 미리부터 군침이 돌았다. 병실로 들어가려던 브이가 문득 돌아보았다. 식사카트 이동을 담당하는 식당 직원이 박연의 병실 앞에 놓인 카트를 정리 중이었다.

브이가 핸드폰으로 시간을 확인하고는 직원에게 물었다.

"아직 식사시간 남은 것 같은데 벌써 치우세요?"

"여기 환자 분은 아침밥 안 드시나 보던데요?"

운동선수로 16년을 살아왔다. 브이에게 규칙적인 생활습관은 필수였다.

"잠시만 기다려주세요."

브이는 카트를 치우려는 직원을 막아서고는 병실 문을 두드렸다. 아직 한밤중인 박연이 눈에 들어왔다.

"일어나요."

브이의 목소리를 들었는지 박연이 몸을 뒤척였다. 소파에서 늦잠 중이던 영범도 덩달아 부스스 눈을 떴다.

"얼른 아침 먹어요."

브이가 한 번 더 재촉했다. 박연은 이불을 끌어 덮으며 중얼거렸다.

"원래 아침 안 먹어. 혼자 먹기 싫어서 집에서도 안 먹는데…"

"그래서 빨리 낫겠어요? 어제도 아팠으면서."

어제. 1층에서. 브이의 병실에서. 두 번이나 패배한 기억이 박연의 자존심을 공격했다. 잠이 덜 깬 눈을 찡그리고 소리쳤다.

"안 먹는다니까!"

씨바견, 저 성질머리. 걱정을 해줘도 난리야.

얼굴을 구긴 브이가 병실 밖에서 대기 중인 식사카트를 직접 밀고 들어왔다.

"그럼 나랑 같이 먹어요."

한동안 미동 없이 누워 있던 박연이 벌떡 일어나 앉았다. 눈도 제대로 뜨지 못한 얼굴로 침대에 붙은 간이식탁을 펼치며 물었다.

"오늘 메뉴는 뭐니?"

브이는 어이가 없어 웃음을 터트렸다.

매일같이 박연의 병실에 모여 커피 내기 게임을 즐기거나, 삼시 세 끼를 함께 먹었다. 지루하다고 생각했던 입원 기간이 훌쩍 지나갔다. 박연보다 일주일 먼저 브이의 퇴원날이 찾아왔다.

아침부터 일찍 눈을 뜬 박연이 거울을 들여다보았다. 헝클어진 머리를 매만졌다.

일단 퇴원 축하해주고, 약속을 잡으면….

머릿속으로 계산을 하며 복도로 나온 박연의 눈에 낯선 광경이 들어왔다.

저건 뭐야?

키가 훌쩍 큰 낯선 남자가 브이의 짐 가방을 들쳐 메고 있었다. 그 곁에서 웃고 있는 브이의 얼굴을 번갈아 쳐다본 박연은 본능적으로 경계 태세에 들어갔다. 병실 앞에서 눈만 굴리고 있는 박연을 발견하자 브이가 먼저 인사를 건넸다.

"먼저 갈게요. 밥 잘 챙겨 먹어요. 그래야 뼈가 금방 붙죠."

"그래, 잘… 들어가라….."

마지막 인사말을 건네면서도 박연의 시선은 남자에게 박혀 있었다. 박연도 큰 키였는데 남자는 저보다 한 뼘은 더 컸다.

저런 자식은 계산에 없었는데.

아름다운 작별 신에 난입한 불청객을 노려보다가 박연이 브이의 팔을 붙잡았다.

"연락해라."

박연은 남자에게 시선을 고정한 채 한 번 더 힘주어 말했다.

"꼭 해."

"아, 네…."

브이는 잡혀 있던 팔을 빼내며 어색하게 웃어보였다. 돌아선 브이가 남자를 올려다보며 물었다.

"짐은 다 풀었어? 내가 좀 치워놓을걸. 요즘 정신이 없었거든."

"괜찮아."

"가서 마저 정리하자. 필요 없는 건 내 방으로 좀 옮기구…."

박연은 나란히 복도 끝으로 사라지는 두 사람을 지켜보았다. 반듯한 이마가 일그러졌다.

내 방으로 옮겨?

복도에 홀로 남은 박연이 짙은 눈썹을 불만스럽게 씰룩거렸다.

도대체 무슨 사이일까. 브이의 퇴원 이후 한 가지 생각만이 박연의 머릿속을 떠다녔다. 박연은 뒤척이던 몸을 벌떡 일으켜 세웠다. 어둠 속에서 홀로 앉아 몇 시간 째 손에 쥐고 있어 뜨겁게 열이 오른 핸드폰을 내려다보았다.

퇴원하고 연락하라고 했더니 감감무소식이다. 전화를 걸기는커녕 이쪽에서 전화를 몇 번이나 해도 받질 않고, 메시지를 보내도 확인조차 하지 않았다. 그동안 병원에서 밤마다 자신의 메시지에 답장하던 속도를 보면 답문이 느린 스타일은 아니었다.

뭐하느라 연락이 안 돼?

'필요 없는 건 내 방으로 좀 옮기고.'

남자를 올려다보며 웃던 브이의 모습이 떠올랐다. 눈가가 뜨겁게 달

귀졌다. 이를 악문 박연이 브이에게 다시 전화를 걸었다. 이번에도 역시 지루한 신호음만 이어지는가 싶더니 곧 전화가 연결되었다. 그러나 핸드폰 너머에서 들리는 목소리는 브이의 것이 아니었다.

-여보세요?

소름끼치게 굵은 수컷의 목소리였다. 박연이 반사적으로 물었다.

"당신 누구야?"

상대방은 정체를 묻는 박연에게 어떠한 대답도 없이 전화를 끊어버렸다. 침대에서 내려온 박연이 옷장을 뒤지기 시작했다.

계약하던 날, 브이를 집에 데려다주려고 영범과 셋이 함께 차에 올랐다 사고를 당했다. 그때 영범이 내비게이션에 브이의 집주소를 찍었다.

그때 주소가….

그 순간, 대본을 암기하던 실력이 빛을 발했다. 빠른 속도로 환자복을 벗어던지고 평상복으로 갈아입었다. 박연은 소파에서 잠든 영범을 놔두고 병실을 나섰다.

병원 밖은 천둥번개와 함께 장대비가 쏟아지고 있었다. 모자를 깊게 눌러쓴 머리 위로 빗줄기가 거세게 쏟아졌다. 박연은 캄캄한 빗속으로 비장한 걸음을 옮겼다.

그 시각, 빗소리에 뒤척이던 브이가 몸을 일으켜 앉았다. 비만 오면 말썽인 무릎을 한동안 주물렀다. 창밖에는 한여름 장맛비처럼 겨울비가 쏟아지고 있었다.

방에서 나와 창고방의 문을 슬며시 열자 한밤중인 기범이 보였다.

한 달 예정으로 떠났던 유럽 여행에서 오늘 귀국했다고 들었다. 바쁜 소연이 SOS를 친 탓에 기범은 귀국하자마자 곧장 병원으로 와 브이의 퇴원을 도왔다. 곯아떨어질 만했다.

긴 다리를 구부린 채 새우잠을 자는 기범을 두고 주방으로 나왔다. 브

이가 물을 찾아 냉장고를 여는 찰나였다. 쾅쾅, 현관문을 두드리는 소리
가 천둥처럼 사납게 울렸다.

이 밤에 누구지?

문 밖에서 또 한 번 쿵쿵대는 소리가 들렸다. 이전보다 더 힘이 실려
있었다. 잠시 망설이다 브이가 현관으로 향했다.

"누구…."

잠금장치를 푸는 순간, 바깥에서 문을 벌컥 열어젖혔다. 어둠 속에 나
타난 사람은 다름 아닌 박연이었다. 비를 얼마나 맞았는지 머리에 쓴 모
자는 물론, 코트마저 흠뻑 젖어 있었다.

병원에 있어야 할 사람이 한밤중에 비를 맞고 나타났다. 브이는 그 어
떤 말도 쉽사리 꺼내지 못했다.

박연은 제 얼굴만 올려다보는 브이를 훑어보았다. 헝클어진 머리칼,
후드티, 트레이닝 바지. 머리부터 발끝까지 확인을 마치자 박연이 한 발
다가가 브이를 와락 끌어안았다. 차가운 빗물이 떨어지는 코트에 브이
의 얼굴이 파묻혔다.

박연은 부연 입김과 함께 짜증스러운 목소리를 터트렸다.

"왜 전화를 안 받아?"

브이는 박연의 팔을 두드리며 물었다.

"왜 이래요? 무슨 일 있어요?"

인기척에 방에서 나온 기범이 병원에서 마주쳤던 박연을 기억하고는
얼굴을 구겼다. 박연 역시 기범의 등장에 표정이 굳었다.

진짜로 둘이 있었어? 이 시간에?

그때 생각지 못한 중년 남자가 등장했다. 기범을 향해 성난 숨을 씨근
대던 박연이 시선을 돌렸다. 방에서 나온 현수가 제 딸을 끌어안은 박연
을 향해 소리쳤다.

"당신 뭐야!"

"아, 그게…."

박연이 당황한 채 망설이는 동안 현수는 시커멓게 눌러 쓴 모자와 수상하게 젖은 옷을 훑어보았다.

요즘 동네에 미친놈 하나가 오밤중에 싸돌아다닌다던니, 감히 내 딸한테…!

현수는 현관에 놓인 훈련용 발차기 미트를 집어 들었다. 그리고는 박연에게 달려들어 무작정 내려쳤다.

"어디 밥 먹고 할 짓이 없어서!"

온몸으로 쏟아지는 갑작스러운 매질에 박연이 얼른 브이 뒤로 몸을 숨겼다. 그러나 덩치가 한참 작은 브이를 방패로 삼기는 역부족이었다.

"아아!"

브이가 놀라 돌아보았다. 박연이 옆구리를 감싸고 통증을 호소했다.

뼈도 안 붙었을 텐데…!

안간힘으로 현수를 막아서던 브이가 빠르게 몸을 돌렸다. 그리고는 현역 시절 정확하고 빠른 스피드를 자랑하던 '옆차기'를 선보였다. 브이의 발차기는 현수가 막무가내로 휘두르던 미트를 정확히 날려버렸다. 흥분해서 달려들던 현수가 멍하니 브이를 쳐다보았다. 시끌벅적하던 집 안에 순간 정적이 흘렀다.

저도 모르게 발부터 나간 브이가 눈을 굴리며 대답했다.

"아빠! 그게… 후, 후배예요!"

"후배라고?"

현수는 아무래도 미심쩍다는 표정으로 물었다.

"집안 사정으로 운동을 그만뒀는데 힘, 힘들다고 찾아왔나 봐요. 그렇죠? 아니 그렇지?"

툭, 팔을 쳤다. 옆구리를 잡고 괴로워하던 박연이 배우 본연의 모습으로 돌아가 서글픈 눈빛 연기를 펼쳐보였다. 현수가 고개를 갸웃거렸다.

"근데 자세히 보니 영 낯이 익네? 혹시 예전에도 우리 집에 온 적이 있나?"

아무리 TV와 담 쌓고 사는 현수라도 아역 배우부터 꾸준히 활동을 하고 있는 배우 박연은 눈에 익었다. 브이가 당황해 말을 잇지 못했다. 그때 옆에서 박연이 깍듯하게 허리를 숙였다. 박연은 현수에게 두 손을 공손히 내밀었다.

"대학 다닐 때 뵙고 오랜만에 뵙습니다."

현수가 얼떨결에 박연의 넉살에 넘어가 악수를 나누었다.

"그, 그래? 아하, 우리가 구면이었구만! 그나저나 힘들어서 어떡해? 일생 해오던 운동을 그만두고…."

현수가 딱하다는 듯 혀를 차며 박연의 어깨를 다독였다. 브이는 깊은 안도의 한숨을 내쉬었다.

한밤중 소동이 일단락되고, 기범의 옷을 빌려 입은 박연이 욕실에서 나왔다. 기다렸다는 듯이 브이가 자신의 방으로 박연을 끌고 들어왔다. 목소리를 한껏 낮추고 물었다.

"왜 왔어요?"

박연이 태평하게 방을 둘러보며 말했다.

"이야, 태권브이. 방은 영락없는 소녀네."

핑크색 커튼. 침대 머리맡에 세워둔 아기자기한 인형들. 벽에 붙여놓은 사진들. 박연이 핑크색 커튼을 손으로 툭 쳤다.

"어이쿠. 너도 여자라고 핑크."

브이는 킥킥거리는 얼굴을 노려보았다. 박연이 침대에 벌러덩 누웠다. 브이의 베개를 베고, 턱짓으로 문을 가리켰다.

"둘이 무슨 사이?"

거실을 정리 중인 기범을 말하는 것이었다. 브이가 못마땅한 표정으로 대답했다.

"친구요."

"친구 아니던데?"

부친 현수에게 박연의 정체를 들킬까 조마조마했던 가슴이 아직 요란하게 뛰는데 자신과 달리 태평한 얼굴을 보자 목소리가 신경질적으로 나갔다.

"내가 친구라는데 왜 박연 씨가 아니래요?"

딱 봐도 눈빛이 친구가 아니더만. 이 여자는 눈치가 어디까지 없는 거야?

박연은 말이 안 통한다는 표정을 지었다. 브이가 씩씩대며 재차 물었다.

"대체 왜 온 거예요? 병원으로 안 가요?"

"이 밤에 다시 돌아가라고?"

순간 브이의 얼굴 표정이 사뭇 심각해졌다.

"그러니까 왜 왔는데요? 무슨 일 있어요?"

연예계에 대해 알지 못하지만 송 실장에게 들은 이야기들이 떠올랐다.

경계심이 많다느니, 부모 사랑을 못 받았다느니. 혹시 말 못할 사정이 생겨서 여기까지 온 게 아닐까? 저 성격에 친한 사람도 없을 거고…. 얼마나 갈 곳이 없으면 이 비 오는 밤에 아무것도 아닌, 나를 찾아왔을까.

브이의 눈빛이 측은하게 바뀌려는 찰나, 박연이 이불을 끌어 덮었다. 금방이라도 잘 것처럼 눈을 감고 말했다.

"불 꺼."

심각한 표정이던 브이가 박연의 머리 밑에 깔린 베개를 획 뺏어들었다. 침대에 머리를 박은 박연이 인상을 썼다.

"하여간 태권브이 힘은 엄청 세."

"나가서 기범이랑 자요. 여긴 내 방이거든요?"

박연을 침대에서 끌어내 거실로 등 떠밀었다. 박연이 버티며 소리쳤다.

"난 네 손님인데, 내가 왜? 야 잠깐! 나 낯가려서 낯선 사람이랑 같이 못 자는…!"

말을 다 마치기도 전에 매정하게 문이 닫혔다. 브이의 방 앞에서 입맛을 다시던 박연은 하는 수 없이 창고 방의 문을 열었다.

안쪽을 차지하고 누운 기범에게 등을 돌리고 누웠다. 옆을 더듬어 제 쪽으로 이불을 끌어당겼다. 어둠 속에서 기범의 낮은 목소리가 울렸다.

"어딜 기어 들어옵니까?"

"남의 집에 신세지는 거 피차일반 아닌가?"

비아냥거리며 말대꾸하는 게 거슬렸는지 기범이 홱 돌아보았다.

"당신 배우지? 연예인이 브이랑 왜 엮여?"

박연은 대답하는 대신 눈을 감았다. 기범은 박연을 향해 경고했다.

"난 브이랑 어릴 때부터 친구였어. 애가 사정이 있는 거 같아서 아저씨한테는 입 다물어주는데, 브이한테 거짓말 시키는 거 보면 당신이 어떤 사람인지 알 만해."

"권브이는 친구가 이렇게 주제 넘는 거 아나? 나중에 쪽팔릴 짓 하지 말고 잠이나 자는 게 나을 텐데?"

경고를 날리던 기범의 말문이 막혔다. 박연은 눈을 감은 채 픽, 코웃음을 쳤다.

다음날 아침, 뒤척이던 박연이 가슴 통증을 느끼며 눈을 떴다. 시간이 지날수록 아플 거라더니 겁주려 한 말은 아닌 듯했다. 옆구리를 붙잡고 몸을 일으켜서는 옆을 돌아보았다. 기범은 보이지 않았다. 거실로 나와 브이의 방문을 슬그머니 열었다. 브이의 침대도 주인을 잃고 비어 있었다.

박연이 헐레벌떡 현관문을 박차고 나왔다. 마당에서 아침 운동 중이던 브이와 기범이 동시에 박연을 돌아보았다. 마주서서 서로의 어깨를 짚고 허리를 굽히던 자세 그대로였다.

박연이 슬리퍼를 신고 성큼성큼 다가왔다. 머리는 엉망으로 헝클어지고, 볼에는 베개 자국이 선명한 얼굴로 소리쳤다.

"누가 내 여자랑 이딴 거 하래?"

박연은 있는 힘껏 두 사람을 갈라놓았다. 기범이 어이없다는 듯이 되물었다.

"내 여자?"

박연은 브이의 어깨에 팔을 두르며 씨익 웃었다. 기범의 눈이 브이를 향했다. 브이가 당황해 더듬거렸다.

"아…. 넌 여행 가서 몰랐구나. 그게… 그렇게 됐네."

"말도 안 돼. 아저씨한테 거짓말하는 것도 그렇고, 대체 무슨 일이야?"

기범이 믿지 못하겠다는 얼굴로 물었다. 브이는 오랜 친구 앞에서 둘러대는 것이 민망했다. 선뜻 대답을 못하고 우물쭈물하는 사이에 박연이 끼어들었다.

"인도에서 돌아오고 일주일 후에 내가 먼저 연락했거든. 딱 세 번 밥 먹어보니까 내 여자다 싶어서 내가 먼저 만나자고 했지."

계약서를 작성한 후에 영범이 브리핑해주던 내용과 달랐다.

그땐 절대 자기가 먼저 만나자고 했다고 하지 않겠다더니….

브이는 박연을 멍하니 쳐다보았다.

"더 자세히 알고 싶으면 인터넷으로 검색해봐."

박연은 아무 말도 못하고 선 기범의 가슴을 일부러 툭 쳤다.

"내가 말했잖아. 쪽팔릴 짓 하지 말라니까."

기범이 제 눈을 똑바로 쳐다보며 웃는 박연의 멱살을 그러쥐었다. 짜증스럽게 얼굴을 구긴 박연이 손을 쳐내려 했다. 그러나 쉽사리 밀리지 않았다. 악력만으로도 상대의 힘을 느낄 수 있었다.

기범이 피식 웃으며 대꾸했다.

"나는 말을 안 했네? 나도 태권도 전공했거든. 더 자세히 알고 싶으면 인터넷으로 검색해보든가."

"누가 알고 싶대?"

기범은 옷깃을 더욱 세게 쥐어 잡았다. 이를 악문 게 무색하게 박연의 몸은 기범이 흔드는 대로 힘없이 딸려갔다. 박연은 어이없다는 듯이 웃었지만 당황한 눈동자가 사정없이 흔들렸다.

"놔라, 이거?"

"너나 쪽팔릴 짓 하지 마."

박연에게 당한 수모를 앙갚음했다고 여겼는지 기범이 얄밉게 웃었다. 박연이 기범의 손아귀에서 벗어나려 발버둥 쳤다.

몸싸움이 붙은 두 남자를 한심하게 지켜보던 브이가 얼굴을 찌푸렸다.

"둘 다 지금 뭐하는 거야?"

브이가 몸싸움을 말리기 위해 가운데로 끼어들었다. 그러나 불붙은 몸싸움 외에는 눈에 뵈는 것이 없는지 두 남자가 동시에 브이를 밀쳐냈다. 참다못한 브이가 두 남자의 정강이를 차례로 걷어찼다.

동시에 서로에게서 떨어져나간 두 남자는 브이에게 맞은 다리를 붙들고 풀쩍풀쩍 뛰었다.

"계속 싸우면 아침밥 없어!"

매섭게 소리치고 브이는 씩씩거리며 집으로 들어갔다.

안 그래도 아빠한테 거짓말한 것 때문에 심란해 죽겠는데.

이마를 향해 훅, 입김을 불어제친 브이가 제 방으로 들어왔다. 책상에 올려둔 핸드폰을 확인했다. 뜻밖에도 영범에게서 부재중 전화를 비롯해 메시지가 도착해 있었다.

'브이 누님. 혹시 연이 형님 어디 계신지 모르시겠죠? 갑자기 병원에서 사라지셨어요. 실장님 아시면 난리 나는데….'

메시지를 확인한 브이는 얼굴이 심각해졌다.

역시 무슨 일이 있긴 한가 보네….

박연을 위해 자신에게 무릎을 꿇던 송 실장이 떠올랐다.

실장님이 알면 걱정할 텐데….

어제 여행에서 돌아온 기범이 앞으로 지낼 자취방을 구하러 나간 사이, 박연은 브이를 따라 15분 거리에 있는 태권도장으로 향했다. 눈엣가시 같던 기범이 사라지자 한결 기분이 나았다.

콧노래를 흥얼거리며 따라 걷는 박연을 돌아보자 브이는 한숨부터 나왔다. 생각지도 못하게 며칠 사이 별일을 다 겪었다. 황당한 열애설. 연애계약. 거기다 교통사고로 입원까지 하는 바람에 날짜가 어떻게 지나는지도 몰랐다.

현수가 말하지 않았다면 오늘이 크리스마스이브라는 사실도 까맣게 잊고 지나갈 뻔했다. 크리스마스 시즌마다 도장에 트리를 설치하는 것은 브이의 몫이었다. 도장 주인인 현수는 생일 외의 기념일에는 도통 관심이 없었다.

도장 건물로 들어가는 브이를 쫓아 들어가던 박연이 무심코 뒤를 돌아보았다. 도장 맞은편에 위치한 연다슈퍼의 간판이 눈에 들어왔다.

브이가 입구에 우두커니 서버린 박연을 돌아보았다. 박연은 연다슈퍼에서 눈을 떼지 못한 채 물었다.

"너희 도장이… 여기야?"

"네, 빨리 올라와요."

브이가 손짓하는데도 박연은 쉽사리 발을 떼지 못했다. 브이의 집주소를 듣고 우연히 가까운 거리에 있다고만 생각했다.

바로 맞은편에 있을 줄이야….

한동안 연다슈퍼를 바라보던 박연은 뒤늦게 건물 계단을 올랐다.

브이가 제 키만 한 트리를 꺼내와 장식품들이 담긴 상자를 펼쳐놓느라 부산을 떠는 동안에도 박연은 창가에 붙어 바깥만 내다보았다. 더 자세히는 창밖으로 보이는 연다슈퍼를 주시 중이었다.

맞은편 건물 1층 연다슈퍼에서 중년 남자가 빗자루를 들고 나왔다. 슈퍼 앞을 비질하는 뒷모습이 익숙했다. 중년 남자를 지켜보는 눈가에 그늘이 서렸다. 박연은 제 손을 내려다보며 주먹을 쥐었다.

오래된 기억 속에서 차갑게 내쳐진 감촉이 되살아났다.

트리를 설치하던 브이가 창가에 선 채 꼼짝 않는 뒤통수를 향해 탐탁지 않은 목소리로 물었다.

"계속 그렇게 있을 거예요?"

브이의 볼멘소리에 박연이 그제야 창밖에서 눈을 떼었다.

1시간 만에 트리는 얼추 완성이 되어 가는데, 브이의 마음은 여전히 불편했다. 도장에 도착한 뒤로 박연은 입이 딱 붙어버린 것처럼 한마디도 하지 않았다.

아침에는 그렇게 시끄럽더니 갑자기 적응 안 되게….

브이는 박연의 눈치를 어색하게 살폈다. 트리에 알록달록한 줄 전구를 두르는 것으로 장식을 마쳤다. 완성된 트리를 보자 아쉬움이 남았다.

미리 설치했으면 도장 애들이 좋아했을 텐데.

브이가 마지막 별장식을 집어 들었다. 트리 꼭대기에 별을 달기 위해 발꿈치를 들었다. 까치발을 들고 애를 쓰던 다리가 공중으로 들렸다. 브이가 두 눈을 커다랗게 떴다. 차마 뒤를 돌아보지 못하고 별장식만 꼭 움켜쥐었다.

등 뒤에서 허리를 안아 올린 박연이 물었다.

"됐어?"

허리를 끌어안은 팔이 브이를 더 높게 올렸다.

"다, 다쳤으면서…."

"알면 빨리 할래?"

"아… 네."

트리 꼭대기에 별장식을 꽂은 브이가 바닥에 두 발을 내디뎠다. 비로소 진정 완성된 트리 앞에서 뒤를 돌았다. 바로 등 뒤에 서 있던 얼굴이 코앞에서 저를 내려다보았다. 브이는 멍하니 박연을 올려다보았다. 아직 트리 전구에 불을 밝히지 않았는데도 박연의 얼굴은 반짝거렸다.

별 같다. 반짝거려….

속으로 감탄하던 브이가 아직 허리에 감겨 있는 박연의 손을 의식했다. 운동할 때를 제외하고 남자의 손길이 몸에 닿는 건 익숙하지 않았다. 브이가 빨개진 얼굴을 찡그렸다. 도장에 온 후로 계속 다른 생각에 빠져 있던 박연도 그제야 제 손의 위치를 자각했다. 브이가 어색한 동작으로 박연에게서 떨어져나갔다.

그때 도장 문이 활짝 열렸다. 브이의 연락을 받고 달려온 영범이 숨을 헉헉 몰아쉬었다.

"여기서 뭐하시는 거예요! 실장님한테 들켰어요!"

얼굴을 구기며 박연이 브이를 돌아보았다. '네가 연락했냐?'라고 묻는 눈을 보며 브이가 고개를 끄덕였다.

영범은 한겨울에 땀이 맺힌 이마를 닦으며 말했다.

"그나마 실장님이 파티 때문에 정신없으셔서 다행이에요."

"파티?"

"전 올해 입사해서 모르지만, 매년 크리스마스이브마다 해왔다면서요."

아, 파티….

빅엔터에서는 크리스마스이브마다 파티를 열었다. 소속 연예인들이 모여 즐기는 자리였다.

박연은 잠시 생각에 빠졌다. 지금 돌아가면 송 실장의 잔소리를 피할 수 없었다. 기자들 앞에서 말실수를 했을 때도 잔소리가 폭격 수준이었다. 이번에는 한밤중에 무단으로 병원에서 도주했으니 그냥 넘어가지 않을 터였다.

게다가 이대로 가면 그 자식하고 권브이가 크리스마스를 같이 보낼 텐데, 그건 안 되지.

머리를 굴리던 박연이 좋은 수가 난 듯 돌연 브이를 돌아보았다.

밤 10시. 서울 도심의 한 클럽 앞은 빅엔터의 크리스마스이브 파티 현장을 찾은 기자와 팬들로 인산인해였다. 박연은 영범과 약속된 시간에 클럽 입구에 도착했다. 가죽 재킷 소매를 걷어 손목에 찬 메탈 시계를 확인했다.

이제 올 때가 됐는데….

그 순간, 어둠속에서 기자들의 스포트라이트를 받으며 검은 밴이 멈춰 섰다. 차 문이 열리고, 밖으로 뻗은 다리가 시선을 사로잡았다. 브이가 웨이브를 넣은 단발머리를 넘기며 차에서 내렸다. 몸에 밀착된 니트

원피스. 화려한 액세서리. 한 손에 들린 클러치 백.

운전석에서 내린 영범이 후다닥 달려가 브이의 어깨에 케이프 코트를 걸쳐주었다. 영범의 손을 잡고 브이가 구둣발을 조심스럽게 내딛었다. 기자들의 플래시가 연이어 터졌다.

박연에게 슬며시 몸을 기대고는 브이가 분홍빛으로 물들인 입술을 달싹였다.

"타인의 앞에서 연인 사이로 지낼 것을 이행함에 상호 협력할 것, 맞죠?"

박연은 브이를 넋 놓고 바라보았다. 지금 눈앞의 권브이는 얼마 전, 생각지도 못한 모습으로 빅엔터 대표실에 나타나 자신을 홀렸던 모습 그대로였다.

넋을 놓은 듯 브이를 바라보던 박연이 손을 마주잡았다. 두 사람은 팬들의 함성과 함께 플래시 세례를 받으며 클럽으로 입장했다.

두 사람을 태운 엘리베이터가 지하 1층에서 멈춰 섰다. 아득하게 들리던 음악소리가 점점 선명해졌다. 브이는 난생 처음 출입해보는 클럽 내부를 두리번거렸다. 어두운 조명. 코끝에 닿는 특유의 공기. 가슴까지 울려대는 음악소리. 브이는 익숙하게 지하 1층의 라운지로 들어서는 박연을 따라 걸음을 서둘렀다. 그러나 몇 걸음 못 가 제동이 걸렸다.

사람들 사이에서 불쑥 튀어나온 송 실장이 두 사람 앞을 막아섰다.

"박연 너…!"

병원 무단 탈주에 대해 잔소리를 쏟아대려던 송 실장이 입을 다물었다. 보는 눈도 많고, 무엇보다 음악소리가 시끄러워 잔소리를 해봤자 들릴 리 만무했다. 박연이 송 실장의 귀에 대고 소리쳤다.

"밖에 기자들 난리인 거 봤어? 오늘 또 내 기사만 나가겠어!"

"시끄럽고, 인마. 너 나중에 보자!"

박연에게 으름장을 놓고 나서 송 실장은 브이에게 눈인사를 건네고 사라졌다. 박연은 계획대로 송 실장의 잔소리를 무사히 넘겼다. 병원으로 돌아가지 않고 곧장 이곳으로 온 보람이 있었다.

두 사람은 지하 2층의 메인 스테이지가 내려다보이는 라운지에 자리를 잡았다. 빅엔터 소속 연예인들과 직원들이 대부분인지라 춤을 추는 분위기는 아니었지만 DJ의 음악만으로도 충분히 흥겨웠다. 호기심 가득한 눈으로 여기저기 둘러보던 브이가 작게 탄성을 뱉었다.

"와아…"

라운지를 지나다니는 사람들은 전부 TV에서나 보던 얼굴들이었다. 눈앞에서 유명인들이 활보 중인 클럽은 바깥과는 완전히 다른 세상이었다. 그때 테이블 앞을 지나던 여자들이 박연에게 알은체를 해왔다.

"선배님, 오셨네요! 몸은 괜찮으세요?"

테이블을 두 팔로 짚고 소리치는 여자는 브이의 눈에도 익은 영화배우였다. 박연이 기자들을 향해 브이와 열애 중이라고 폭탄 발언을 했던 영화 시사회. 바로 그 영화에 출연한 신인 여배우였다.

여배우가 허리를 숙이자 가슴골이 적나라하게 보였다. 브이는 괜스레 제가 민망해 안절부절 못했다. 그러나 옆에 편안히 앉은 박연은 들은 척만 척 고개만 끄덕였다.

여자들이 사라진 후에도 라운지를 지나는 사람들은 대부분 박연에게 인사를 했다. 음악소리는 너무 크고, 조명은 어둡기만 한데 그들은 용케도 박연을 알아보았다.

'이 바닥은 짬밥이 나이야.'

브이는 박연이 인도에서 했던 말이 불현듯 떠올랐다. 아주 없는 말은 아니었다. 브이와 시선이 마주치자 박연이 몸을 기울이고 소리쳤다.

"1시간만 있다가 갈 거야! 하여간 넌 나 만나서 연애도 하고 클럽도

오고! 좋겠다?"

브이는 말장난을 치는 박연을 가만히 쳐다보았다. 이곳에 있으니 박연도 이 별난 세상에 포함된 사람이라는 게 다시금 실감이 났다.

브이는 문득 자신이 반짝이는 별나라에 뚝 떨어져버린 이방인처럼 느껴졌다. 무의식중에 가깝다고 느껴졌던 박연마저도 지금 이 순간만큼은 처음 보는 남처럼 멀게만 느껴졌다. 갠지스강에서 반짝이는 박연을 보며 느꼈던 기분이었다.

그때 두 사람에게 성큼성큼 다가온 민형이 대놓고 브이 옆에 앉았다.

"누가 앉으래?"

민형은 박연을 무시하고 브이에게 인사를 건넸다.

"브이 씨, 안녕하세요?"

박연은 웃는 낯짝을 노려보았다.

가식적인 새끼. 토막 난 기억 속의 퍼즐조각만 맞춘다면 운전석에 앉아 있던 민형의 진실을 알아낼 수 있을 것이다.

박연이 두 눈에 불을 켜는 사이, 브이는 처음으로 자신에게 먼저 알은체를 해온 연예인을 물끄러미 쳐다보았다.

"저를 아세요?"

브이의 물음이 엉뚱했는지 민형이 웃으며 대답했다.

"유명하시잖아요. 똥차 만나 고생하신다구."

흘끗 박연을 쳐다본 민형이 테이블에 놓인 잔을 들었다.

"술 한 잔 주실래요?"

"네가 뭔데 얘한테 술을 따르래?"

"그럼 제가 따라드리죠."

민형이 술병으로 손을 뻗었다. 그러나 박연이 먼저 술병을 채갔다.

"네가 뭔데 얘한테 술을 따라?"

눈에 훤히 보이는 기 싸움이 시작되었다. 박연과 민형의 관계를 알 리 없는 브이는 얼굴을 찌푸렸다.

친절하게 말 걸어준 사람한테 왜 저러는 거야? 하긴 씨바견이 안 싸우면 이상하지. 오늘 아침만 해도 기범이랑 한바탕했는데.

서로를 향해 이를 드러내고 으르렁거리는 맹수들 사이에 끼어 앉은 기분이 들었다. 브이는 영 불편한 자리를 슬그머니 떠났다.

브이가 테이블을 빠져나가자 두 남자 사이에 흐르는 기 싸움이 더욱 노골적으로 변했다. 민형이 먼저 비아냥대며 입을 열었다.

"운동선수랑 만난대서 별일이다 했더니 실제로 보니까 만날 만하네."

"뭐 이 새끼야?"

반사적으로 받아친 박연이 눈을 파르르 떨었다. 민형은 흥분할 조짐이 보이는 얼굴을 보며 쐐기를 박았다.

"베스트는 아니지만 아주 나쁘진 않다. 볼륨은 전에 만나던 애보다 나은 것 같기도 하고."

의자를 박차고 일어난 박연이 곧장 민형에게 달려들었다. 민형의 멱살을 쥐고 주먹을 크게 들어 올렸다. 그때 송 실장이 달려와 박연을 막아섰다.

"진정해 새끼야! 한 번만 더 술 먹고 사고 쳤다가는 너 그냥 끝이야, 인마!"

송 실장은 씩씩거리는 박연을 달래 자리를 옮겼다. 테이블에 홀로 남겨진 민형은 구겨진 옷을 털었다. 백이면 백, 찌르면 찌르는 대로 욱하는 멍청한 새끼라지만 방금 전 반응은 사뭇 달랐다. 권브이 얘기가 나오자마자 으르렁대는 꼴.

눈을 굴리던 민형이 씩 입술을 올렸다.

테이블을 벗어난 브이는 화장실을 찾았다. 칸막이 문을 걸어 잠그자마자 불편한 구두부터 벗었다. 변기에 앉아 빨갛게 까진 뒤꿈치를 문질렀다. 생애 두 번째 신은 힐은 여전히 적응불가였다.

한 시간만 참자.

브이는 두 주먹을 불끈 쥐고 구두에 발을 욱여넣었다. 그때 바깥에서 떠드는 소리가 들렸다.

"박연 봤어? 병원에 있어서 못 온다더니."

나갈 타이밍을 놓친 브이가 슬그머니 칸막이 문을 열어 바깥을 내다보았다. 거울 앞에서 화장을 고치고 있는 두 명중 한 명은 라운지에서 보았던 신인 여배우였다.

"덕분에 만난다는 애, 면상은 구경했잖아."

"태권도랬나? 모델 킬러가 갑자기 운동하는 애를 만난대서 웬일인가 했더니 생각보다 여자 같던데?"

내 얘기…!

브이는 저도 모르게 숨을 죽였다. 입술에 립스틱을 칠하던 신인 여배우가 쏘아붙였다.

"넌 운동선수가 여자로 보이니? 리듬체조나 피겨도 아니고 태권도 하는 걸 무슨 여자라구."

문틈으로 두 사람의 대화가 끝나기를 기다리던 브이가 입술을 깨물었다. 같이 화장을 고치던 여자가 신인 여배우에게 맞장구를 쳤다.

"박연이 약점을 잡혔나? 아님 여자가 돈이 많나?"

"박연이 돈 때문에 만나겠니? 내가 들은 게 있는데…."

신인 여배우는 목소리를 낮추고 속삭였다.

"둘이 인도 가서 만들어왔다더라."

"뭘 만들어?"

"남녀가 같이 만들 수 있는 게 뭐겠니? 죽어도 안 지운다고 매달렸겠지. 내 영화 시사회에서 박연이 말한 거 못 들었어? 여자가 먼저 연락했다잖아."

쾅! 칸막이 문이 열렸다. 거울 앞에서 뒷담화를 하던 여자들이 입을 다물었다. 세면대로 다가간 브이가 손을 씻으면서 거울 속 두 사람에게 물었다.

"내가 여잔데 왜 여자로 보여야 해요?"

"네?"

신인 여배우가 어색하게 웃었다. 브이는 젖은 손을 털어내고 신인 여배우를 돌아보았다.

"태권도, 유도, 복싱. 과격한 운동한다고 해서 그 사람 성별이 바뀌는 건 아니거든요."

아무런 대꾸도 하지 못하고 눈치만 보는 여자들을 향해 브이가 당당하게 말했다.

"그리고 박연 씨랑 나. 아무것도 안 만들었어요."

브이는 황당한 얼굴로 있는 두 여자 앞에서 핸드타월을 뽑아 손을 쓱쓱 닦아냈다. 여자들을 지나쳐 화장실을 나왔다. 화장실을 나오자 당당하던 브이의 얼굴이 시무룩해졌다. 소문은 문제가 되지 않았다. 이상한 소문을 퍼트리는 사람은 어디에나 있기 마련이었다. 문제는….

'넌 운동선수가 여자로 보이니?'

브이는 가슴에 비수를 꽂은 말을 곱씹어보았다.

내가 여자가 아니면 뭔데?

브이가 자리로 돌아오자 테이블에는 박연도, 민형도 보이지 않았다. 브이는 테이블에 놓인 술병을 잡았다. 빈 잔을 채워 곧장 비워냈다. 운동을 할 때도 여성성을 부정당하는 일은 많이 있어 왔다. 그래도 운동선수니까 상관없다고 생각했다. 하지만 운동을 그만 둔 지금은… 속이 너무 쓰리다. 비워낸 잔에 다시 술을 따랐다. DJ의 라이브 음악이 끊어졌다. 대신 캐럴이 은은하게 울렸다. 브이의 테이블에는 어느새 빈 술병들이 가득 쌓였다. 브이가 불만스럽게 입술을 내밀었다. 한 시간만 있다가 가자던 박연은 시간이 지나도 돌아오지 않았다.

기분도 꿀꿀하고 발도 아프고…. 집에 가고 싶다.

라운지 난간 아래로 내려다보이는 메인 스테이지에 진행자가 모습을 드러냈다. 진행자는 크리스마스이브에 모인 의미를 되새겼다. 메인 스테이지의 진행자가 '메리 크리스마스'를 외쳤다. 클럽의 대형 트리가 점등되자 사람들은 환호성을 질렀다.

브이가 비틀거리며 일어섰다. 술을 마시니 자꾸 화장실이 급했다. 라운지 계단을 내려오던 브이가 순간 중심을 잃고 휘청거렸다. 그때 단단한 팔이 재빠르게 브이를 끌어안았다. 계단으로 떨어질 뻔한 브이를 온몸으로 막아낸 민형이 사람 좋은 미소를 지었다.

"괜찮아요? 조심하셔야죠."

"고맙습니…."

감사 인사를 전하던 몸이 다시 한 번 비틀거렸다. 민형은 브이를 난간에 기대어 세웠다. 넘어지지 않도록 두 팔 안에 가뒀다. 민형의 품에 갇힌 브이가 셔츠에 묻은 입술 자국을 가리켰다.

"어떡해요. 제가 묻혔나 봐요."

"괜찮아요."

브이는 립글로스가 묻은 민형의 어깨를 문질렀다. 그때였다. 날카로운 목소리가 두 사람을 향했다.

"뭐하는 거야, 지금?"

그토록 기다려도 오지 않던 박연이었다. 박연은 민형에게 안겨 있는 브이와 셔츠에 선명하게 찍힌 입술 자국을 번갈아보았다. 심상치 않은 박연의 표정을 읽어낸 민형이 보란 듯이 브이의 허리에 손을 둘렀다.

"쉴 곳이 필요한 것 같길래."

민형을 노려보던 눈이 사납게 올라갔다. 성큼성큼 다가온 박연이 브이의 팔을 잡아당겼다. 때를 놓치지 않고 민형이 반대편 팔을 잡았다. 이를 악문 박연이 몸을 돌려 곧장 주먹을 날렸다. 얼굴에 주먹이 제대로 꽂혔는지 민형이 그대로 바닥에 쓰러졌다. 캐럴이 울리던 장내가 순식간에 소란스러워졌다.

박연은 무작정 브이를 끌고 걸었다. 박연은 웅성대는 사람들을 헤치고 VIP 룸의 문을 열어젖혔다. 등 뒤로 문이 닫히자 바깥의 소란과는 단절되었다.

순식간에 벌어진 주먹질에 놀란 브이가 박연에게 잡힌 손을 뿌리쳤다.

"사람을 치면 어떡해요? 그냥 날 도와주려고…."

등만 내보이고 있던 박연이 브이를 돌아보며 소리쳤다.

"걔가 뭘 도와줘! 뭘 도와줬길래 그러고 있었는데!"

"왜 화를 내요?"

그 자식이 얼마나 속이 시커먼 놈인데…!

민형과 함께 있는 모습을 보고 순간 심장이 얼마나 철렁했는지, 가슴속에서 얼마나 뜨거운 질투심이 용솟음쳤는지. 전부 말해야 했지만 마음과는 다르게 입 밖으로 튀어나간 말들은 제멋대로였다.

"너 남자 못 만나본 거 티 내냐? 걔가 널 여자로 보고 잘해주는 것 같아? 걘 그냥 나한테…!"

브이에게 버럭 화를 내던 박연이 순간 입을 다물었다. 눈물이 그렁그렁 매달린 커다란 눈을 보니 순간 당황해 아무런 말도 나오지 않았다. 브이는 눈물로 인해 시야가 부옇게 흐려진 눈에 힘을 주었다.

'넌 운동선수가 여자로 보이니?'

'걔가 널 여자로 보고 잘해주는 것 같아?'

자꾸 박연의 목소리와 화장실에서 들었던 말이 겹쳐 들렸다.

도와주려고 여기까지 따라와서 고작 들은 말이….

술 때문인지, 친해졌다고 생각한 박연에게마저 그런 말을 들어서인지 순간 울컥해버렸다. 브이는 눈가를 아무렇게나 훔쳐 닦고 말했다.

"이 모양 이 꼴인 게 지겹다고 했죠? 그럼 본인도 노력을 좀 해요. 맨날 애쓰는 주위 사람들한테 상처만 주지 말고."

더 이상 할 말이 없다는 듯 브이가 박연을 지나쳐 닫힌 문으로 걸었다. 커다란 손이 브이의 팔을 거칠게 잡아 세웠다.

"갑자기 그 얘기가 왜 나와?"

'지겨워. 이 모양 이 꼴인 내가 지긋지긋해 죽겠다고.'

'내가 했던 얘기. 그거 못 들은 거로 해. 여기저기 떠들고 다니지 말라고.'

인도에서 브이에게 속내를 내비친 후 분명 부탁까지 했었다. 이마에 핏대를 세운 박연이 브이를 매섭게 노려보았다. 브이의 팔을 쥔 손에 힘이 들어갔다. 팔을 빼내려던 브이가 박연의 빰을 올려붙였다. 작은 얼굴이 세차게 돌아갔다. 그제야 팔을 붙든 손에 힘이 빠졌다.

브이는 그대로 방을 나왔다. 절뚝거리다가 아예 구두를 벗었다. 구두를 양손에 쥐고 맨발로 엘리베이터에 올랐다.

VIP룸에 홀로 남은 박연은 테이블과 소파를 닥치는 대로 걷어찼다.

뜻대로 되는 일이 하나도 없다. 제대로 하는 일이 하나도 없다.

민형과 얽힌 음주운전은 실마리를 찾을 길이 없고, 슈퍼 앞에서 비질을 하던 아버지의 뒷모습은 자꾸 어른거렸다.

이젠 권브이까지…! 대체 내가 뭘 그렇게 잘못했는데!

박연이 씩씩거리며 악을 질렀다.

"왜 다 나한테만 지랄이야!"

왜 나만 똑바로 못 살고 지랄인데…!

구둣발로 발길질을 해대는 박연의 눈시울이 뜨겁게 젖어들었다.

아픈 몸으로도 연인과 함께 크리스마스를 즐긴 로맨티스트. '올해의 베스트 커플'이란 기사만 수십 개가 쏟아져 나왔다. 그러나 당사자에게는 최악의 크리스마스였다. 크리스마스이브에 그렇게 헤어진 브이는 그 뒤로 연락이 되지 않았다.

음주운전으로 올 한 해 동안 찍은 작품이 없는 박연은 빈 집에서 홀로 연말 시상식을 시청 중이었다. 소파 아래 쌓인 빈 소주병과 맥주 캔들이 굴러다녔다.

시상식은 어느덧 3부를 지나고 있었다. 한껏 꾸미고 나온 시상자가 TV 속에서 외쳤다.

-남자 최우수상은… 〈막연한 사랑〉의 이민형 씨! 축하드립니다.

소파에 드러누워 TV를 보던 박연이 맥주 캔을 우지끈 찌그러트렸다.

그 시각, 침대에 웅크리고 앉은 브이는 품에 끌어안은 베개에 얼굴을 파묻었다. 크리스마스이브 이후로 늦은 밤까지 잠 못 드는 일이 다반사였다. 밤만 되면 잘못한 것도 없는 자신에게 벌컥 화부터 내던 얼굴이 생생히 떠올랐다.

클럽에 모인 기자들 앞에서 연인 행세를 꼭 해야 한다기에 따라나선 것뿐인데. 억울하고, 분하고, 서운하다. 많이 가까워졌다고 생각했는데 어떻게 그런 식으로 화를 내?

브이가 침대에 벌러덩 드러누웠다. 그때 핸드폰에 진동이 울렸다. 박연이었다. 평상시처럼 수신거부를 누르려던 브이가 전화를 받아들었다.

-와, 이제 받네….

누가 들어도 술이 잔뜩 취한 목소리였다.

-너어… 권브이… 태권브이…. 그렇게 살지 마라, 어?

어디까지 하나 보자. 브이는 아무런 대꾸 없이 박연의 술주정을 듣기만 했다.

-네가 그렇게 잘났냐? 아니다…. 내 잘못이지. 나 같은 새끼는 지긋지긋할 만하지. 오케이, 인정!

핸드폰 너머의 박연이 이번에는 울먹이기 시작했다.

-브이야… 너 그렇게 잠수 타는 거 아니야. 전화 안 받는 거… 그게 얼마나 사람 미치게 하는 줄 알아?

이 남자 정말 왜 이래? 화낼 땐 언제고. 브이가 얼굴을 구겼다.

-이민형 그 새끼는 네가 생각하는 그런 새끼가 아니다? 여자한테 그냥 잘해주는 사내새끼가 어디 있어….

"난 여자로 보이지도 않는다면서요?"

듣다못해 받아쳤다. 그러자 길게 한숨을 내쉬는 것 같더니 박연이 부정확한 발음으로 중얼거렸다.

-싸움도 잘하구… 이쁘구… 말도 이쁘게 잘하면서…, 사람 말은 왜 이렇게 못 알아 처먹어?

처먹어어?

브이는 눈살을 찌푸렸다. 그러나 뒤이어 들려오는 목소리에 통화종료 버튼을 누르려던 손이 멈칫했다.

-네가 왜 여자로 안 보여….

낮게 가라앉은 목소리가 속삭였다.

-나한테는 너무 여자야.

핸드폰을 통해 들려온 목소리가 끊이지 않고 귓가에서 반복되었다. 브이는 그렇지 않아도 커다란 눈을 더욱 동그랗게 떴다. 가슴 언저리를 더듬어보았다.

방금 여기서 '쿵' 하는 소리가 들린 것 같은데.

브이는 괜스레 목청을 높였다.

"뭐, 뭐예요? 무슨 말이에요, 갑자기…!"

그러나 박연은 고요했다. 귀에 붙인 핸드폰에 온 청각을 집중하던 브이가 슬며시 눈을 찡그렸다.

"여보세요? 박연 씨?"

핸드폰에서는 박연의 목소리 대신 낮게 코를 고는 소리가 들려왔다. 잠든 박연을 몇 번 더 불렀다. 결국 대답이 돌아오지 않는 핸드폰을 툭 떨구었다. 브이는 침대에서 몸을 벌떡 일으켜 앉았다.

무슨 뜻으로 한 말인지 모르겠다. 하지만 확실한 건,

'나한테는 너무 여자야.'

…남자한테 이런 말 듣는 거 처음이야.

"물…."

갈증이 단잠을 깨웠다. 박연은 소파 끝에 겨우 매달려 누운 채로 머리맡을 더듬었다. 쿠션 아래 깔려 있던 핸드폰을 눈앞으로 가져왔다. 오후 1시. 자정 넘게 시상식을 보다가 와인에서 맥주, 맥주에서 소주, 소주에서 다시 맥주로 환승하며 폭음을 했다. 당연히 안주는 이민형. 그리고….

핸드폰 시계를 들여다보던 박연의 눈가에 미세한 경련이 일어났다.

'…얼마나 사람 미치게 하는 줄 알아?'

'싸움도 잘하구… 이쁘구….'

'나한텐 너무 여자야.'

"하, 씨…. 말도 안 돼…."

박연은 불길하게 머릿속을 스쳐가는 기억들을 부정하며 끌끌 웃었다. 억지웃음을 지으며 올라간 입매는 통화기록을 확인하는 순간 울상으로 일그러졌다.

"아이 씨! 박연 이 소새끼, 말새끼! 개애새끼야…!"

소파에서 벌떡 일어나 핸드폰을 쥐고 포효했다. 수십 통의 발신 기록은 전부 브이를 향해 있었다. 발신 시각은 짧게는 1분 40초마다 한 번씩, 길게는 20분에 한 번씩. 총 25번. 시상식을 보는 내내 걸었다.

박연은 떨리는 손으로 머리를 감싸 쥐고 주저앉았다.

같은 시각, 도장 청소를 하던 브이가 초점을 잃은 눈으로 허공을 바라보았다.

'나한테는 너무 여자야.'

여자로 보이기나 할 것 같으냐며 무시하던 사람이 왜 갑자기 그런 말을 했을까.

무시한 게 좀 미안했나?

술에 취해 전화로 난데없이 뱉어놓은 박연의 말들을 분석하느라 긴 밤을 하얗게 불태웠다. 그러나 답은 도무지 알 수 없었다. 브이는 도장 한쪽에 놓인 트리 앞에 쭈그리고 앉았다. 박연과 함께 만든 트리였다.

도대체 무슨 뜻으로 말한 거냐구.

28년 모태솔로로 지내온 브이는 남자한테 처음 들어본 '나한테는 너무 여자야'라는 말의 의미를 미치게 알고 싶었다.

기범이 매트리스를 정리하던 걸 멈추고 브이를 쳐다보았다. 기범은 자취방을 구할 때까지 일을 돕기 위해 브이를 따라 도장에 출퇴근 중이었다. 브이를 바라보던 기범의 눈이 가늘어졌다.

상태가 영 요상하다. 아마 크리스마스이브에 그 배우 놈을 따라갔다 온 후부터였지?

크리스마스에도 방에서 나오지도 않고 계속 우울해하더니 오늘은 종일 멍을 때리기 바쁘다. 분명 그 배우 놈이랑 연관이 있는데.

기범이 본격적으로 추리에 나서려 할 때, 소연이 도장 문을 열고 들어섰다. 축 늘어진 소연은 다 죽어가는 얼굴로 터벅터벅 들어왔다. 밤샘 회의의 피로가 가시지 않은 듯했다. 소연은 기범이 정리해놓은 매트리스에 뻗었다.

야근에 치인 소연을 위해 브이가 도장 문을 닫고 익숙하게 커피를 탔다. 브이와 소연은 믹스커피를 탄 종이컵을 한 잔씩 들고 마주보고 앉았다.

"기범이는 예전부터 쭉 멋지다. 우리 고등학교 다닐 때, 내가 기범이 본다고 너 따라서 도장 놀러오고 그랬잖아."

오래된 추억을 꺼내며 웃다가 소연이 트리를 발견했다.

"벌써 12월 마지막 날인데 아직도 트리를 안 치웠네?"

소연을 따라서 트리를 보며 브이가 또다시 박연을 떠올렸다. 하루 종일 생각했지만 혼자서는 도무지 해답을 유추조차 할 수 없었다. 브이는 비장한 표정으로 소연을 돌아보았다.

"있잖아, 어떤 남자가 어떤 여자한테 밤중에 술 취해서 전화를 했거든?"

"드라마 얘기야?"

소연은 브이의 얘기일 거라고는 단 1%도 의심하지 않았다. 브이는 대충 고개를 끄덕였다.

"아무튼 그 남자가 여자한테 이렇게 말했어."

"뭐라고?"

"넌 나한테 너무 여자야."

커피를 마시던 소연이 품, 웃음을 터트렸다.

"소름. 닭살. 무슨 드라마가 그래?"

"무슨 뜻인 것 같아?"

브이가 대답을 재촉했다. 소연이 예리해진 표정으로 턱을 문질렀다.

"둘이 무슨 사이인데?"

글쎄…. 박연을 무슨 사이라고 설명할 수 있을까. 죽을 고비를 같이 넘긴 사이? 가짜 애인사이? VIP병동 입원 동기?

브이의 대답을 기다리던 소연이 다시 물었다.

"사귀는 사이?"

브이는 단호하게 고개를 홱홱 저었다.

"아니 절대."

"썸 타는 사이인데 그런 얘길 했다? 그럼 그거네."

소연이 눈을 동그랗게 뜨고 대답을 기다리는 브이를 흘끔 쳐다보았다. 소연은 한자 한자 힘주어 말했다.

"자. 고. 싶. 다."

그렇지 않아도 크게 뜨고 있던 눈이 더욱 확장되었다. 소연이 목소리를 낮추고 속삭였다.

"모태솔로 권브이. 잘 생각해보셔. 사귀는 사이가 아닌데 야밤에 전화할 일이 뭐가 있어? 게다가 술 먹고 생각났다? 이것만으로도 확실한데 여기서, 넌 나한테 여자야. 이게 무슨 소리겠냐구."

브이는 영 모르겠다는 듯 확신이 없는 표정으로 고개를 저었다. 소연은 주먹으로 제 가슴을 탁 치며 소리쳤다.

"답답아! 남자가 술 먹고 야밤에 생각나는 여자? 당연히 자고 싶은 여자지!"

온도계에 눈금이 올라가듯 브이의 얼굴이 목덜미부터 머리끝까지 새빨갛게 달아올랐다. 남자 얘기가 나오면 얼굴부터 빨개지는 숙맥. 제 친구를 너무도 잘 아는 소연은 심상치 않은 낌새를 눈치 채곤 브이의 양어깨를 답삭 붙들었다.

"뭐야? 이거 설마 네 얘기? 너, 기범이지? 네 주위에 남자라고는 기범이밖에 없잖아!"

브이는 어깨를 잡고 흔드는 소연에게 아무런 대답도 못하고 허공만 쳐다보았다. 넋이 나간 브이의 얼굴을 살핀 소연이 설마 하는 표정으로 물었다.

"설마 씨바견?"

소연은 붙들고 있던 브이의 어깨를 놓았다. 그리고는 심각해진 얼굴로 말했다.

"박연이 이 바닥에서 여자 좋아하기로 얼마나 유명한 줄 알아? 권브이, 잘 들어. 이건 떠보는 거야. 전 국민이 너랑 연애하는 걸로 알고 있으니까 당분간 다른 여자는 못 만날 거 아냐? 그러니까 너한테 마수를 뻗친 거라구!"

방송국에 몸담고 있는 소연이 항간에서 들은 박연의 여자 소문만 해도 셀 수 없었다. 소연은 함정에 빠져 큰일 나게 생긴 절친의 손을 꼭 잡았다.

"연예인들 중에 그런 애들 많아. 진심도 아니면서 괜히 건드려보는 놈들. 상대는 툭, 건드려보는 건데 여기서 홱, 넘어가면? 네 꼴만 우스워지는 거야."

"에이, 그런 사람은 아닌데…"

브이는 그동안 함께했던 박연을 떠올려보았다. 욱하는 성질에, 안하무인 철부지라는 게 문제이긴 하지만 소연이 말하는 정도의 나쁜 놈은 아니었다. 게다가 소연의 말이 억측이라 생각되는 가장 큰 이유는 '박연이 권브이와 자고 싶어 한다'라는 대목이었다.

우린 전혀 그럴 만한 사이가 아닌데.

고개를 갸웃거리는 브이를 보며 소연은 걱정스런 얼굴을 했다.

"바보야, 잘 생각해봐. 그런 얘기를 갑자기 했을 리는 없고, 분명 그동안 물밑 작업 했을 텐데…. 그놈이 수상하게 안 굴었어?"

수상한….

잠시 생각에 잠기던 브이는 불현듯 기억들을 떠올랐다. 병원에서 기자를 피해 숨었을 때, 한밤중 병실에 찾아와서, 트리 앞에서. 이제와 돌이켜보니 키스할 것 같다고 느낀 순간들이 여러 번 있었다.

그게 다 그런 거였어…?

브이는 두 팔로 'X'자를 만들어 가슴을 가렸다. 단순히 얼굴이 가까워진 걸로 내가 오버해서 생각한다고 넘겨버렸는데…!

브이의 얼굴이 더욱 빨갛게 익었다.

그래, 불같이 화내던 남자가 갑자기 술 마시고 그런 소리를 해대는 건 정말 이상해.

그때 브이의 핸드폰이 울렸다. 브이는 도복 위에 걸쳐 입은 점퍼 주머니를 뒤졌다. 박연에게서 온 메시지였다.

'만나자. 할 말 있어.'

소연이 브이의 핸드폰 화면을 흘끔 들여다보더니 얼른 뺏어들었다.

"분명히 수작 부리는 거야. 이런 건 싹을 잘라내야 돼. 무조건 철벽 쳐야 돼. 씨바견이 괜히 찔러보고 어떻게 해보려는 속셈인가 본데…. 권브이! 정신 차려!"

소연에게 핸드폰을 건네받은 브이가 메시지를 가만히 들여다보았다. 그 눈빛. 그 목소리. 브이는 자신을 향했던 낯설지만 다정한 눈빛과 목소리를 곱씹었다. 정황은 미심쩍지만 소연의 말처럼 박연이 자신과 자고 싶어서 찔러보는 거라거나, 건드려보는 거라고 확신할 순 없었다. 직접 확인해봐야겠다.

핸드폰을 꼭 쥔 브이가 입술을 깨물었다.

5분 전에도 마신 물을 또다시 벌컥벌컥 들이켰다. 박연은 청담동에 위치한 일식집에 룸을 잡고 브이를 기다렸다. 예약 시간보다 한 시간이나 일찍 오는 바람에 애를 먹었다.

엄청 긴장되네. 술 처먹고 쪽팔린 짓을 해서 그런가.

박연은 아직 브이가 도착하지 않은 좌식룸에 홀로 앉아 끙, 앓는 소리를 냈다. 결국 다시 물을 찾던 박연은 비어 있는 컵을 흔들었다. 물주전자도 동이 났다. 호출 벨을 누르려는데 미닫이문이 열렸다.

브이가 소연이 빌려준 스커트를 문지르며 들어섰다.

으…. 짧다, 짧아.

브이는 가늘게 눈을 뜨는 박연을 내려다보며 소연이 해준 말을 떠올렸다. 소연은 이럴 때일수록 당당하게 나가야 한다고 했다. 씨바견에게 꿀리면 안 된다며 브이를 차려 입혔다. 브이는 짧은 길이의 스커트를 신경 쓰면서 박연의 맞은편에 앉았다.

박연은 크로스백을 내려놓는 브이를 물끄러미 바라보았다.

"왔어?"

"그럼 왔죠. 가요?"

"유머냐?"

박연은 어색함에 눈을 굴리는 브이를 보며 웃음을 터트렸다. 여직원이 룸으로 들어와 예쁘게 장식된 회 접시를 테이블에 세팅했다. 브이는 룸을 나가는 직원에게 꾸벅 인사를 해보였다.

배가 슬슬 부른데도 코스요리는 끊기지 않았다. 접시의 문양이 비치도록 얇게 뜬 회를 입에 넣고 브이는 박연을 빤히 쳐다보았다. 오늘따라 왜 이렇게 어색한지. 박연은 또 왜 말이 없는지. 이대로라면 식사가 끝나도록 아무것도 물어보지 못할 것만 같았다.

브이는 결심한 듯 젓가락을 탁, 내려놓았다.

"나한테 왜 그랬어요?"

회를 입으로 가져가던 박연이 돌연 마른기침을 뱉었다.

태권도 한다면서 직구를 던져?

"아니. 오늘 하겠다는 말은 뭐예요?"

권브이는 변화구에도 능했다. 순식간에 질문을 두 가지나 받은 박연은 크게 숨을 들이마셨다. 진지해진 얼굴이 브이를 똑바로 쳐다보았다.

"전화…. 기억 안 나는 척 안 할게. 우리 그냥 진짜로 만나는 거 어때?"

가짜 연인 사이가 아니라 진짜로? 갑자기 그런 말을….

박연의 파격적인 발언에 브이의 두 눈이 혼란스럽게 흔들렸다.

'상대는 툭, 건드려보는 건데 여기서 홱, 넘어가면? 네 꼴만 우스워지는 거야.'

소연이 해준 말을 되새기며 브이가 당차게 물었다.

"나 좋아해요?"

미간을 한껏 찌푸리고 묻는 브이를 보며 박연도 덩달아 이맛살을 구겼다.

좋아하냐고? 몸매도 좋고, 예쁘고. 여태까지 만나온 여자들 같지 않다. 머리 안 쓰고 순수하다. 듣기 좋게 따뜻한 말도 잘해준다. 근데 좋아하냐고?

인상을 쓰고 브이와 서로의 눈을 응시하고 있던 박연은 갑작스러운 갈증을 느꼈다. 한 컵 가득 따른 물을 벌컥벌컥 들이켰다.

박연은 흘끔 브이의 눈치를 살피고는 이내 손을 내저으며 웃었다.

"에이, 애들도 아니고 좋아하기는."

미간을 잔뜩 찌푸리고 있던 브이의 얼굴이 멍하게 풀어졌다.

"그냥 맘에 드는데 가짜로 사귀는 척할 필요 있어? 회사에서 멍석 깔아줬겠다, 기왕 이렇게 된 거 그냥 진짜로 사귀자."

멍하게 앉은 브이를 앞에 두고 박연은 장난스럽게 웃었다.

"아, 권브이. 또 순진하기는. 요즘 누가, 나 너 좋아해. 그럼 사귀자. 이러는데? 맘에 들면 그냥 만나보고 아니면 마는…."

브이가 자리에서 벌떡 일어섰다. 룸을 나가려는지 크로스백을 챙겼다. 박연은 브이를 따라 급하게 자리에서 일어났다. 테이블 너머 브이의 팔을 붙잡았다.

"그래. 뭐, 좋아한다고 쳐. 만나자니까? 싫어?"

'연예인들 중에 그런 애들 많아. 진심도 아니면서 괜히 건드려보는 놈들.'

'그래. 좋아한다고 쳐.'

소연이 들려준 이야기들이 박연의 목소리와 섞였다. 브이가 대답대신 팔을 빼냈다. 미닫이문 앞에 선 브이에게 박연이 소리쳤다.

"그럼 오늘 왜 나왔는데? 너도 나 보라고 예쁘게 차려입은 거잖아. 나한테 마음 있으니까 나온 거 아냐?"

획 돌아선 브이가 박연을 쏘아보았다. 커다란 눈망울에는 실망이 가득했다. 저를 향한 눈빛에 박연의 언성이 더 높아졌다.

"내가 어제 전화로 그런 말을 해놓고 오늘 불러냈으면 뻔하잖아. 그럼 넌 내가 무슨 말을 할 줄 알았는데?"

박연을 쏘아보던 브이가 다시 돌아섰다.

내가 오늘 나온 이유는… 지금 눈앞에 있는 저 남자가 소연이 말하는 그런 사람이 아니라는 걸 확인하고 싶었다. 욱하고 철없긴 해도 나쁘진 않은 사람. 그리고 혹시 찔러본다거나, 건드려보는 게 아니라 진심인 건 아닐까? 저 남자의 마음을 확인해보고 싶었다. 진심이라면 어떻게 거절을 해야 할까, 별 걱정을 다 하면서 이곳에 왔다. 그런데 박연이 보여주고 있는 모습은 소연이 말한 그 자체였다.

좋아한다고 쳐? 기왕 이렇게 된 거 그냥 만나보자고? 만나보고 아니면 말게?

브이는 실망스러웠다. 좋은 사람일 거라 믿었던 남자가 저 정도밖에 안 된다는 것이. 저런 사람이 자신을 툭 건드려볼 만큼 쉽게 봤다는 사실이.

미닫이문을 열려는 브이의 손을 박연이 잡아챘다. 브이는 채 열지 못한 문을 노려보며 말했다.

"원래 사람을 이런 식으로 만나요?"

"뭐라는 거야?"

"진심도 아니면서 장난치듯이 찔러보냐구요."

"아!"

순간적으로 고함을 쳤다. 박연의 눈가가 사납게 움찔거렸다. 여태껏 여자를 만날 때마다 해오던 것처럼 똑같이 했을 뿐이다. 그냥 몇 번 마주치다가 마음에 들면 만났다. 지금까지 원래 다 그랬다고. 그렇게 살아왔다.

내가 뭘 잘못했다고 그런 눈으로 봐? 누구더러 찔러본대? 네 눈엔 뭘 어떻게 해야 진심인 건데?

구겨진 자존심에 불이 붙었다. 손을 뿌리치고 문을 열려는 브이의 어깨를 돌려세웠다. 벽에 밀쳐진 브이가 아픈 소리를 내기도 전에 입술이 눌렸다. 갑작스러운 입맞춤에 브이의 눈이 커다래졌다.

브이의 손을 움켜쥐고 있던 큰 손이 가느다란 뒷목을 끌어당겼다. 박연은 브이가 물러설 틈도 없이 아랫입술을 세게 빨아 당기고 떨어져나갔다. 박연이 브이의 눈을 보며 말했다.

"원래 이런 식이냐고? 너 병실에서 나더러 모르는 거 가르쳐주면 배운댔지? 잘 듣고 배워."

브이는 굳어버린 얼굴로 박연만 올려다보았다. 몇 번 보았던 다정한 눈빛은 아니었다. 차갑고 거칠었다. 박연의 뒤틀린 목소리가 브이를 향해 낮게 속삭였다.

"원래 다 이래."

박연을 향한 눈시울이 뜨겁게 젖어들었다. 브이는 눈시울만큼이나 뜨겁게 데인 입술을 깨물었다. 박연을 노려보던 브이가 주먹을 휘둘렀다. 맵고 차진 주먹이 박연의 옆구리에 꽂혔다. 박연이 '억!' 소리를 내며 주저앉았다.

브이는 아파하는 박연을 두고 어둠이 내려앉은 거리로 나왔다. 그러나 몇 발짝 걷지 못하고 걸음을 멈췄다. 거리를 지나는 사람들 속에 서서 입술만 문질러 닦았다.

조금 얄밉게 굴긴 해도 마음은 착한 남자라고 생각했는데….

'원래 이런 식이냐고? 원래 다 이래.'

자신을 향했던 차가운 목소리와 눈빛을 되새김질했다. 배신감과 실망감이 앞다투어 찾아왔다.

박연이란 남자는 정말 구제불능이다.

브이는 눈물이 고인 눈을 부릅뜨고 다시 걸음을 내디뎠다.

새벽 5시가 조금 넘은 시각, 영범이 현관 비밀번호를 누르고 들어왔다. 영범은 아직 침대에 붙어 일어날 생각이 없어 보이는 박연에게 다가갔다. 그리고 박연의 귀에 대고 속삭였다.

"일어나세요, 형님."

어젯밤, 아침 일찍부터 스케줄이 있으니 일찍 자라는 메시지를 남겼다. 그러나 잘난 배우님은 매니저의 노파심을 가볍게 무시한 듯했다. 침대 주변으로 나뒹굴고 있는 빈 맥주 캔들이 심상치 않게 보였다. 영범이 이불을 슬며시 들췄다. 이불 속에 감춰져 있던 얼굴이 두 눈을 부릅뜬 채 나타났다.

"으악!"

영범이 놀란 토끼 눈으로 빈 캔 더미에 나자빠졌다. 영범이 당연히 단잠 중일 거라 생각했던 박연은 허공을 뚫어지게 쳐다보았다. 뜬눈으로 밤을 샜다. 그렇게 술을 퍼마셨는데도 정신이 또렷하기만 했다.

일식집에서 브이와 다투고 헤어진 후로 일주일이 흘렀다. 상처 받은 표정으로 자신을 올려다보던 얼굴이 일주일 내내 머릿속에서 떠나질 않았다.

박연은 벌겋게 충혈된 눈을 질끈 감으며 중얼거렸다.

"어쩌라고…."

그러니까 만나기 싫으면 말지. 왜 거기서 갑자기 진심이 아니다, 찔러보는 거다 그딴 소리를 해. 사람 욱하게….

'나 좋아해요?'

불현듯 브이의 목소리가 귓전에 울렸다. 박연이 감았던 눈꺼풀을 조심스럽게 들어올렸다.

지금껏 여러 여자를 만나왔다. 그중에 좋아한다는 말을 했던 여자가 있었나, 밤새 생각해보았다. 당연히 없었다. 좋아하고, 사랑하고, 지고지순, 절절한. 그딴 건 할 줄 모른다. 해봤자 소용없다는 사실은 이미 경험

해봐서 알고 있다. 모든 걸 망가트리고 헤어지던 부모님. 사랑한다던 아들을 두고 떠나던 아버지….

박연은 뇌리를 스쳐 지나가는 어릴 적 기억을 떨치려 눈을 세게 감았다 떴다.

맘에 들면 만나다 헤어지면 그만인 건데. 갑자기 '나 좋아해요?' 그딴 걸 왜 물어.

박연이 아랫입술을 세게 깨물었다. 연애계약을 위해 처음 자신의 집을 찾은 날, 키스 얘기만으로도 얼굴을 붉히던 브이가 불현듯 떠올랐다. 뒤이어 일식집에서 브이와의 입맞춤이 떠올랐다. 금방이라도 울 것처럼 쳐다보던 얼굴. 밤을 지새운 탓에 퀭한 얼굴이 신경질적으로 구겨졌다.

하, 키스는 하지 말걸….

캔 더미에서 일어선 영범이 손목시계를 확인했다.

"형님, 일단 빨리 샵으로 가셔야겠는데요?"

"오늘 스케줄 취소해…."

스케줄을 이행할 기분이 아니었다. 침대에서 몸을 웅크린 채 중얼거리는 박연을 보며 영범이 한숨을 쉬었다.

"일주일 전부터 계속 말씀드렸잖아요. 오늘 연탄 봉사는 꼭 가셔야 해요."

짜증스럽게 구겨진 얼굴이 영범을 돌아보았다.

"뼈도 안 붙었는데 무슨 연탄 봉사야? 연탄을 기부하면 되지 왜 배달을 하래?"

"일주일 전에도 똑같이 말씀하셨는데요, 일반 봉사자들한테도 배우 박연과 함께 하는 봉사라고 홍보했구요. 기자도 몇 명 오기로 했고, 이게 또 대표님 의견이라…."

박연은 쩔쩔 매는 영범을 무시하고 이불을 끌어 덮었다.

"형니임, 지금 출발하셔야 돼요. 샵 들렀다가 브이 누님 픽업해서 가려면 시간 빠듯하단 말이에요."

영범의 입에서 나온 브이의 이름에 박연이 벌떡 일어나 앉았다.

"권브이도 간다고?"

"네, 대표님 플랜이 '기부와 봉사를 실천하는 커플 이미지로 만들자!' 라던데요."

영범이 설명하는 강 대표의 플랜 따위는 귀에 들어오지 않았다.

그렇게 울려서 보냈는데 권브이가 오기로 했단 말이야?

박연은 이해가 가지 않는 표정으로 재차 물었다.

"걔가 고분고분 온대?"

"그러니까요. 추운 날씨에 연탄 봉사 가자고 말씀드리기 죄송했는데, 계약도 약속이라면서 흔쾌히 오신댔어요. 브이 누님 진짜 멋지죠?"

브이를 칭찬하며 웃는 영범과는 달리 박연은 복잡한 표정을 지었다. 일주일 동안 어떻게 지냈는지 궁금하기도 한데, 당장은 브이가 어떤 반응일지 모르니 눈앞이 깜깜했다.

장난 아니게 열 받아 있을 건데….

박연이 짜증스럽게 머리를 흩트렸다.

한편 브이는 발꿈치를 들고 동네 어귀로 들어오는 진입로를 내다보고 있었다. 이른 아침시간 주택가 골목은 한없이 조용했다. 브이가 머리를 푹 숙이며 중얼거렸다.

"우울해…."

일식집에서 박연을 만나고 온 뒤로 계속 우울감에 휩싸여 있었다. 남자한테 쉬운 여자로 보였다는 사실이. 그리고 박연이 그런 사람이었다는 사실이 브이를 우울하게 만들었다. 가끔 씨바견 짓을 하긴 해도 괜찮은 남자라고 생각했다. 의도치 않게 온갖 고생을 함께해온 탓에 정도 들었고, 그만큼 가깝게 느끼고 있었다.

이런 식으로 실망을 줄이야. 게다가 첫 키스를 그렇게….

일식집에서의 기억을 더듬던 브이가 두 주먹을 쥐고 부들부들 떨었다. 그날의 키스는 사춘기 시절부터 막연하게 꿈꿔왔던 첫 키스와는 상당히 거리가 멀었다. 브이의 눈가에 분노의 화염이 타올랐다. 그때 익숙한 번호판의 밴이 브이 앞에 멈췄다. 밴의 문이 느린 속도로 열렸다.

안에는 박연이 긴 다리를 꼬고 앉아 있었다. 선글라스를 낀 박연은 브이를 봤는지 말았는지 미동도 없었다. 브이가 올라타자 영범이 액셀러레이터를 밟았다.

밴이 동네를 벗어나 달리기 시작했다. 동시에 불편한 침묵이 시작되었다. 시트에 기대어 앉아 한동안 꼼짝도 않고 있던 박연이 운전석과 뒷좌석을 가리는 실내 칸막이를 닫았다. 룸미러를 통해 흘끔거리던 영범의 시선이 차단되었다.

박연은 목소리를 낮추고 말했다.

"너한테 맞아서 붙었던 7번 갈비가 다시 나간 거 같은데?"

선글라스를 벗으며 떠드는 박연을 브이가 빤히 쳐다보았다.

넌 지금 그런 농담이 하고 싶냐?

그런 눈빛이었다. 일주일 만에 만난 브이에게 아무렇지 않게 말을 붙이려던 시도는 실패로 돌아갔다. 박연은 벗어낸 선글라스를 매만지며 다시 입을 열었다.

"미안했다."

눈으로는 브이를 연신 흘끔거렸다.

"그, 그거. 내가 맘대로 키스한 거…. 미안하다고."

박연이 적극적으로 해명하기 위해 브이를 향해 돌아앉았다.

"근데 네가 오해하는 부분이 있는데, 장난치듯이 찔러본 게 아니라…."

"아니요, 그런 사람인 거 잘 알았으니까 됐어요. 덕분에 잘 배웠어요."

단호하게 말허리를 자른 브이가 눈을 감았다. 박연은 욱해서 브이에게 되는 대로 지껄였던 말이 기억났다.

'원래 이런 식이냐고? 잘 듣고 배워. 원래 다 이래.'

미친놈. 그딴 말은 또 왜 지껄였냐.

얼굴을 구긴 박연이 변명을 위해 다시 입을 뗐다. 그러자 눈을 감고도 다 보인다는 듯이 브이가 말을 가로막았다.

"더 이상 말시키지 마요. 계약서에 쓰여 있잖아요. 남들 앞에서만 연인인 척하기로."

박연은 브이에게 해명도, 변명도 더는 시도해보지 못하고 입을 다물었다. 밴 안의 분위기가 더욱 냉랭해졌다.

브이는 도착지에 다다를 때까지 감은 눈을 뜨지 않았다. 봉사할 장소로 오는 동안 가시방석에 앉아 있던 박연은 그사이 얼굴이 수척해졌다. 그는 뒤늦은 후회와 죄책감에 시달린 얼굴로 밴에서 내렸다.

밴에서 내리자마자 박연을 기다리고 있던 일반 봉사자들이 핸드폰을 꺼내들었다. 박연은 저를 향해 카메라를 겨누는 봉사자들에게 어색한 미소를 지어보였다.

연탄배달 봉사는 일반 봉사자들과 빅엔터 직원들의 참여로 진행되었다. 검은 앞치마와 팔토시, 마스크, 목장갑. 봉사단체에서 나눠준 작업복은 박연에게 흡사 전투복과 같이 느껴졌다. 박연은 하기 싫은 얼굴로 우두커니 서서 브이만 쳐다보았다. 단단히 화가 났는지 눈길 한 번이 없었다.

배달 준비를 하느라 분주한 봉사자들 사이에서 브이가 연탄을 가득 쌓은 지게를 짊어졌다. 브이를 지켜보던 박연이 눈썹을 움찔거렸다.

왜 저런 걸 나서서 들어? 몸도 쪼끄만 게.

박연은 주위를 살피며 브이에게 다가갔다. 그리고는 브이의 어깨에 멘 지게를 뺏어들었다.

"내가 할게. 넌 저거나 해."

브이는 박연이 턱짓으로 가리킨 좁은 골목을 돌아보았다. 일렬로 줄을 서선 봉사자들이 낱장의 연탄을 다음 사람에게 건네주며 빠른 속도로 나르고 있었다. 봉사자들의 행렬을 보던 브이가 박연을 향해 눈을 흘겼다.

"됐구요, 나한테 말 걸지 말아줄래요?"

박연의 손에 들린 지게를 도로 뺏어들었다. 브이는 보란 듯이 지게를 어깨에 짊어지고 자리를 떠났다. 솔선수범하여 산동네 언덕을 오르는 브이의 뒷모습을 박연은 초조한 얼굴로 지켜보았다. 발끝으로 바닥을 툭툭 차대던 박연이 하는 수 없이 브이와 같은 연탄지게를 어깨에 둘러맸다.

브이의 뒤만 졸졸 쫓아다니며 언덕 위로 꽤 많은 연탄을 날랐다. 아침부터 시작된 배달 봉사는 어느덧 점심때가 가까워져도 계속 되었다.

잠깐 사이에 브이를 놓친 박연이 계단 언덕에 주저앉았다. 목장갑을 낀 손으로 코를 훔쳤다. 코밑으로 검은 연탄재가 묻어났다. 연탄가루로 콧수염을 그린 채 박연은 가쁜 숨을 씩씩 몰아쉬었다.

"하, 씨⋯. 내가 왜 이딴 걸⋯."

연탄을 지고 언덕을 오르내렸더니 갈비뼈에 통증이 느껴졌다. 숨을 쉴 때마다 옆구리가 욱신거렸다.

박연은 연탄을 나르며 브이의 얼굴을 마주칠 때마다 접선하는 스파이처럼 굴었다. 사람들의 눈과 귀를 피해 최대한 작은 목소리로 브이에게 미안하다는 말을 속삭였다. 그러나 매번 브이는 아무것도 듣지 못한 사람처럼 무시하고 지나쳤다.

　더는 못해먹겠다. 박연은 신경질적으로 목장갑을 벗어던졌다. 빨갛게 언 코와 입에서 많은 양의 입김이 부옇게 쏟아졌다. 그때 박연의 등 뒤로 가까워지던 발자국 소리가 멈췄다. 박연이 흘깃 뒤를 돌아보았다. 몇 계단 위에 빈 지게를 지고 내려오던 브이가 자리에 멈춰 서 있었다.

　브이는 검댕이가 묻은 얼굴로 저를 보는 박연에게서 차갑게 시선을 뗴었다. 터벅터벅 박연의 옆을 지나쳤다. 벌떡 일어선 박연이 브이의 팔을 잡았다. 일주일 전, 일식집에서의 일을 기억하고 있는 몸이 반사적으로 손을 뿌리쳤다. 박연은 허공으로 내쳐진 손을 움츠리고 말했다.

　"키스한 거 미안해. 나 지금 진심으로 사과하는 거야."

　미심쩍은 듯이 박연을 올려다보는 눈이 가늘어졌다. 박연은 심각하게 굳은 얼굴로 조심스럽게 말을 이어갔다.

　"멋대로 키스한 건 내가 죽을죄를 지었는데, 우리 만나보자고 한 건 찔러본 게 아니라…, 정말로 너랑 만나고 싶어서 한 말이야."

　"날 좋아하는 것도 아니면서?"

　생각지 못한 질문에 박연은 빈 입술만 벙긋거렸다. 뭐라고 말을 해야 할지 몰라 쉽사리 입이 떨어지지 않았다. 브이는 우물쭈물하는 박연을 지나쳤다. 순간 얼굴을 확 일그러트린 박연이 계단을 마저 내려가는 등에 대고 소리쳤다.

　"사람이 실수였다고 이 정도까지 말하면 좀 믿어줘야 되는 거 아니야?"

　브이가 걸음을 멈추고 홱 돌아섰다. 내려갔던 계단을 성큼성큼 올라왔다. 박연과 마주선 브이가 두 눈을 똑바로 쳐다보며 물었다.

　"이 정도가 뭔데?"

　갑작스러운 브이의 반말에 박연이 눈만 깜박였다.

"만나자는 말, 찔러본 게 아니라고? 믿어달라고?"

브이는 더욱 매서워진 눈초리로 다시 물었다.

"키스는 실수였고?"

"그건…! 계속 하고 싶기는 했는데… 그 타이밍에는 실수였지…."

취조를 하듯 묻는 브이의 질문에 박연이 멋쩍게 뒷목을 주무르며 사실대로 실토했다. 브이는 제 눈치를 살피는 박연을 향해 따졌다.

"날 좋아하는 건 아니라면서? 그런 주제에 키스하고 싶다는 말은 잘도 해. 찔러본 건 오해라고 하고. 대체 당신 진심이 뭔데?"

박연은 일주일 동안 참아왔던 말을 토해내는 브이를 멍하니 보았다.

"난 연애 같은 거 안 해봐서 아무것도 몰라. 근데, 그런 내가 생각해봐도 답은 둘 중 하나야."

쉬지 않고 말하던 브이가 잠시 숨을 골랐다. 그리고는 일주일 전 일식집에서처럼 원망을 눌러 담은 목소리로 말했다.

"당신은 나를 안 좋아하는데 나랑 자고 싶거나."

브이를 바라보는 박연의 눈동자가 잘게 떨리기 시작했다.

"나를 좋아하는데 인정하기 싫은 거야."

브이의 마지막 말을 듣는 순간, 박연은 주먹을 틀어쥐는 것과 동시에 이를 악물었다. 정곡을 제대로 찔렸다. 좋아한다고 절대 인정 못한다. 입 밖으로 뱉지 못한다. 좋아한다고 말해놓고 책임지지 못하는 걸 너무 많이 봤다.

어린 자신의 머리를 쓰다듬고 안아주던 부모님이 하나둘 떠나가는 모습이 오랜 영화 속 장면처럼 눈앞에 펼쳐졌다. 박연의 눈시울이 붉어졌다. 책임지는 걸 배운 적이 없다. 그래서 자신이 없다. 저를 좋아하는 건지 묻던 브이의 질문에도 그저 마음에 드는 것뿐이라는 둥, 멍석이 깔렸으니 만나보자는 것뿐이라는 둥. 그런 헛소리들을 둘러댄 이유도 그

때문이었다.

치부를 들킨 사람처럼 서 있는 박연에게 브이는 한 번 더 냉정히 말했다.

"답이 둘 중 어느 쪽이든 당신은 나한테 쓰레기야. 그러니까 더 사과하지도 말고, 앞으로는 계약한 내용만 지켜요."

브이는 끝까지 아무런 대답도 하지 못하는 박연에게서 가차 없이 돌아섰다. 이렇게까지 쏘아붙였으면 속이라도 후련해야 하는데 브이는 기분이 영 좋지 못했다.

터덜터덜 계단을 내려가던 브이가 순간, 살얼음이 낀 계단에서 발을 헛디뎠다. 브이를 지켜보고 있던 박연이 반사적으로 몸을 던졌다. 까마득한 계단 아래로 고꾸라지려는 브이를 끌어당겼다. 앞으로 무게중심이 쏠렸던 브이의 몸이 뒤로 밀려났다. 그와 동시에 브이와 자리가 바뀐 박연이 살얼음을 밟으며 계단 아래로 미끄러졌다.

한껏 인상을 찌푸린 박연이 영범의 부축을 받아 침대에 누웠다. 이불을 끌어 덮으면서도 옆구리를 움켜쥐고 앓는 소리를 내었다. 브이는 침대에서 한 발 떨어진 곳에서 손톱을 깨물었다. 손톱을 잘근거리다가 꽤 길어버린 단발머리를 탈탈 털었다.

천장을 올려다보며 한숨을 쉬는 브이에게 영범이 다가와 말했다.

"병원에서는 7번 갈비뼈에 다시 금이 갔대요. 손목은 넘어지면서 접질리는 바람에 인대가 늘어났구요."

넘어지려던 브이를 대신해 계단을 구른 탓에 박연은 연탄 봉사를 하다 말고 병원으로 직행해야 했다. 병원에 동행했던 브이는 박연의 집까지 함께했다.

두 눈에 원망을 가득 담은 브이가 침대에 누워 있는 박연을 홱 돌아보았다.

날 좋아하지도 않는다면서 왜 나 대신 다치냐구…!

박연 때문에 머리끝까지 차올랐던 화를 다 풀기도 전에 사고가 터지고 말았다. 저 대신 다친 박연에게 더 화를 낼 수도 없고, 그렇다고 마냥 미안하기만 한 건 아닌 아주 애매한 상황이 되었다.

박연이 끙끙거리며 부상당한 옆구리를 쥐었다. 브이에게서 등을 돌리고 누우며 추욱 가라앉은 목소리로 말했다.

"됐어, 그만 가봐."

가보란 말과는 다르게 박연은 흘끔 뒤를 돌아보며 브이의 반응을 살폈다. 구사일생. 전화위복. 절호의 찬스. 어떤 말을 갖다 붙여도 좋다. 7번 갈비뼈와 손목 인대를 내어주고 얻은 결과였다. 부상을 빌미로 다시는 자신을 보지 않을 것처럼 돌아서던 브이와의 관계를 어떻게든 회복해야 했다.

박연은 오랜 배우 인생에서 비롯된 연기력으로 세상에서 가장 불쌍한 표정을 지었다.

"나 같은 쓰레기는 다쳐도 싸. 그래, 네 말이 맞아. 난 쓰레기라 벌 받는 거야."

박연이 침대에 누운 채 붕대를 감은 오른손을 들어보였다.

"붙었던 갈비도 떨어지고, 손목도 나가고…. 쓰레기 인생이 이렇다…."

영범은 웬일로 구구절절 옳은 말만 뱉는 배우님을 어리둥절하게 쳐다보았다. 박연이 붕대를 감은 손을 만지작거리며 브이를 바라보았다.

"나 정말 못났다. 못난 남자야. 밉고 보기 싫지? 네가 원하는 대로 해. 계약 때문에 내 얼굴 보는 것도 껄끄러울 거야. 회사에 말해볼게, 잘 안 되겠지만…. 근데 브이야. 마지막으로 부탁이 있어."

브이를 향해 눈물을 머금은 눈시울이 시한부 판정이라도 받은 듯이 떨렸다.

"죽 한 그릇만 만들어 줄래? 만들어 줄 사람이 없어서 그래."

곧 죽기라도 할 것처럼 말하는 박연에게 브이가 단호하게 답했다.

"사 먹어요."

박연은 그대로 침실을 나가버리는 브이의 등을 보며 불쌍하게 늘어 뜨리고 있던 눈꺼풀을 치켜떴다. 어떻게든 권브이의 마음을 돌려놔야 한다. 태권브이한테 미움 받는 건 죽기보다 싫다.

박연의 집을 떠나온 밴이 브이의 동네에 접어들었다. 영범이 룸미러 를 통해 뒷좌석에 앉아 창밖만 보고 있는 브이를 확인했다.

"저 앞에서 세워드리면 되는 거죠?"

"아, 네."

창밖을 보며 다른 생각에 빠져 있던 브이가 서둘러 대답했다.

'죽 한 그릇만 만들어 줄래? 만들어 줄 사람이 없어서 그래.'

매정하게 돌아섰지만 박연에게 들은 말이 목구멍에 걸린 생선가시처 럼 마음에 걸려 있었다.

검은 밴이 골목 어귀에서 정차했다. 밴에서 내리려던 브이가 운전석 에 앉은 영범에게 물었다.

"정말 밥 해줄 사람이 없어요?"

"아, 연이 형님이요? 집안일 해주시는 이모님이 계시는데, 요즘 몸이 안 좋으셔서 자주 안 나오셔요. 이모님께서 워낙 연세가 많으셔서."

"다른 분은…."

"절대 사람 안 바꾸세요. 실장님 말씀으로는 연이 형님이 어릴 때부터 같이 일한 분이라 애틋하게 생각하신대요."

의외였다. 씨바견으로 불리는 남자가 배려하는 것도 모자라 애틋해하는 사람도 있다니. 빅엔터의 연습실을 찾았던 날, 송 실장에게 듣기로는 박연이 부모님의 사랑을 듬뿍 받지 못했다고 했다. 어쩌면 어린 나이에 부모의 정이 그리워서 지금까지 애틋하게 여기는지도….

저도 모르게 측은한 표정을 짓던 브이가 재빨리 고개를 흔들었다.

그런 속사정이야 내가 알게 뭐야?

"아마 냉장고에 술밖에 없을걸요? 내일 제가 배달음식이나 시켜드려야죠, 뭐."

늙은 가사도우미와 쓸쓸한 톱스타의 애틋한 사연에 별 감흥이 없는지 영범은 대수롭지 않게 말했다.

밴에서 내려서도 브이의 머릿속은 온통 조금 전 영범에게 들은 이야기뿐이었다.

짜고, 기름진 배달음식은 아픈 사람한테 좋지 않은데….

쉽사리 발걸음을 옮기지 못하고 서 있는 브이에게 차창 너머로 인사를 건넨 영범이 밴을 출발시키려고 할 때였다. 이른 아침에 외출한 뒤 돌아오지 않는 브이를 마중 나온 기범이 한달음에 달려왔다. 기범은 다정하게 브이의 어깨에 팔을 둘렀다.

어두운 골목으로 사라지는 두 사람을 지켜보던 영범이 고개를 갸웃거렸다.

브이 누님이 남자친구가 있었나?

오전 수업이 끝나고 잠시 쉬는 시간이었다. 도복에 점퍼를 두른 브이가 도장 창가에 앉아 핸드폰을 들여다보았다. 인터넷에서 박연의 기사를 검색했다.

운동을 할 때는 TV도, 인터넷도 먼 얘기였는데….

박연의 부상 기사에 브이 대신 다친 사고의 경위는 자세히 쓰여 있지 않았다. 그저 봉사활동 중 생긴 불미스러운 부상 소식이었음에도 기사의 댓글들은 눈살이 찌푸려질 만큼 냉담했다.

'올해 악재냐? 맨날 다쳐. 지겨운 레퍼토리!'

'봉사하러 가서 민폐만 끼쳤네. 어차피 홍보성이었을 텐데 잘된 듯.'

잘됐다고? 사람이 다쳤는데?

발끈해서 핸드폰을 쥔 손을 부들부들 떨던 브이가 깊은 한숨을 내쉬었다.

나 때문에 다친 건데 안 좋은 소리만 듣네….

분명 어제까지는 짜증이 났다. 박연에게 아직 화도 다 풀리지 않았는데, 저 대신 다치는 바람에 모든 일의 순서가 엉망으로 꼬여버렸다. 그런데 오늘은 짜증보다 미안함이 커진다.

어제 보니 잘 움직이지도 못하는 것 같은데 어쩌고 있으려나….

브이가 신경질적으로 머리를 마구 헝클이며 두 발을 방방 굴렀다.

이 인간은 사람 미안하게 왜 다쳐서…!

짜증과 미안함이 온데 뒤섞여 몸부림쳤다. 그러다 언젠가 병실에서 들었던 목소리를 떠올렸다.

'원래 아침 안 먹어. 혼자 먹기 싫어서 집에서도 안 먹는데….'

굶고 있으려나.

브이의 가슴에 슬슬 박연을 향한 걱정이 차오르던 찰나, 도장 출입문에 피자 배달복을 입은 남자가 나타났다.

"권브이 씨?"

브이가 손을 들어보이자 배달원은 출입문에 영수증과 함께 피자 10판을 쌓아놓고 급히 사라졌다. 누가 장난이라도 치는 것처럼 뒤이어 치킨 배달원과 토스트 배달원이 나타났다. 모두 하나 같이 브이를 찾았다.

도장 앞에는 순식간에 간식들이 잔뜩 쌓였다. 맛있는 냄새를 금세 맡은 원생들이 출입문에 쌓여 있는 간식 앞으로 쪼르르 몰려들었다. 아이들을 가르치던 기범도 갑작스러운 간식 사태에 놀라 달려왔다.

"웬 거야?"

브이는 기범의 질문에 대답하지 않고, 세 장의 영수증을 들어올렸다. 주문자는 박연이었다. 말릴 새도 없이 간식 파티를 벌이고 있는 도장 아이들을 돌아본 브이가 얼굴을 찌푸렸다. 그때 브이의 점퍼 주머니 안에서 핸드폰이 울렸다. 박연으로부터 도착한 메시지였다.

'어차피 넌 날 용서 안 할 거고, 해서도 안 되지만…. 그동안 못 해준 것만 생각나더라. 애들하고 같이 먹어. 우리 한국 돌아와서 처음 만난 날 기억나? 네가 애들 간식 시간이라면서 빨리 가버려서 서운했는데 이렇게….'

브이는 장문의 메시지를 다 읽지 않고 핸드폰에서 눈을 떼버렸다.

이 남자 정말 왜 이래?

키스에 대한 분이 아직도 풀리지 않았는데 다치고 욕까지 먹으니까 미안하잖아. 게다가 이런 물질 공세까지.

브이는 깊은 한숨과 함께 고개를 푹 떨구었다.

결국 양손 가득 식재료를 들고 박연의 집을 찾았다. 브이는 담벼락을 올려다보았다. 톱스타의 집인 만큼 사생활보호 때문인지 담벼락이 높기도 높았다. 브이가 두 눈에 힘을 바짝 주었다.

홈바형 식탁에 앉은 박연은 주방을 돌아다니며 요리 중인 브이를 구경했다. 다시 나가버린 7번 갈비뼈와 손목 부상으로 앉은 자세가 영 불편했지만 박연의 얼굴에는 그 어느 때보다 흐뭇한 미소가 걸려 있었다.

브이가 제 집을 찾아올 줄 알고 있었다. 권브이 성격에 저한테 물질 공세를 펼쳤으면 무시했을지 모르지만, 주변사람들한테 잘하는 건 쉽사리 무시하기 힘들었을 것이다. 도장으로 간식을 보내 아이들의 배를 불린 것도 그 때문이었다.

얼마 지나지 않아 브이가 박연의 앞에 뜨끈한 야채죽 한 그릇을 내려놓았다. 숟가락을 탁, 소리가 나도록 내려놓은 브이가 저를 향해 웃고 있는 박연에게 말했다.

"예뻐서 해주는 거 아니거든요? 난 누구처럼 일 저지르고 모르쇠 하는 성격도 아니고, 빚지고는 못 사니까 온 거예요. 그러니까 그렇게 좀 쳐다보지 마요."

"내가 어떻게 봤는데?"

실실 웃으며 묻는 얼굴에 뭐라 대꾸할 말이 없었다.

날 좋아하는 게 아니라면서 키스하고. 날 좋아하는 게 아니라면서 내 대신 다치고. 날 좋아하는 게 아니라면서 저렇게… 좋아 죽겠는 사람처럼 쳐다보고. 박연의 태도는 브이로서는 어느 것 하나 이해할 수가 없었다.

브이를 따라 장난스럽게 얼굴을 찡그리던 박연이 숟가락을 들며 말했다.

"집밥 먹는 거 엄청 오랜만이다. 어릴 때부터 촬영 다니느라 집밥은 커녕 엄마 도시락도 못 얻어먹었는데. 우리 엄마는 나보다 더 바빴으니까… 톱스타다, 톱배우다 불러도 되게 초라하지?"

박연은 숟가락으로 죽을 휘저으며 불쌍함을 온몸으로 뿜어냈다. 그 모습을 보며 브이가 기가 막힌 듯이 코웃음을 쳤다.

"얼마 전까지 밥해주시던 이모님 계셨다면서요."

"그건 어떻게 알았니?"

모성애를 자극해보려던 시도는 실패로 돌아간 듯했다. 숟가락을 내려놓은 박연이 턱을 괴었다. 짐짓 진지한 표정으로 맞은편에 앉은 브이를 바라보았다.

"어릴 때 부모님이 이혼을 하셨어."

박연의 이야기는 돌연, 그러나 담담하게 시작되었다.

"분명히 나를 사랑해주고, 서로를 사랑했던 사람들인데 정말 차갑게 돌아서더라. 그래서 그런 것 같아. 누굴 진심으로 좋아하고, 그 마음을 책임지고…, 그런 거 자신이 없어."

연기나 장난이 아니었다. 브이는 솔직하게 자신의 마음을 털어놓는 박연을 가만히 바라보았다.

"만나보자는 말, 가볍게 했지만 네가 생각하는 그런 의도는 아니었어. 내가 서툴러서 너한테 본의 아니게 상처를 줬다."

브이의 눈을 바라보며 말을 이어가던 박연이 멋쩍게 시선을 돌렸다. 말을 하다 보니 제 생각보다 진지해졌다. 박연은 재빨리 얼굴에서 진지함을 지우고 엄살을 떠는 표정으로 브이를 보았다.

"하지만 용서는 절대 안 되겠지? 나 같아도 그럴 거야. 내가 너무 못나서 그래…."

브이는 제 눈치를 봐가며 자책하는 박연을 지켜보았다. 송 실장에게 들은 얘기도 있고, 조금 전 박연이 말한 가정사는 거짓말이 아닐 것이었다. 브이는 그동안 박연이 계속 사과해오던 것처럼 찔러본 게 아니라는 말은 이해가 갔다. 그의 말처럼 서툴러서 사람을 만나는 방법이 잘못되었다고 이해해줄 수 있었다.

"그날 일은 용서할게요. 그럼 됐죠?"

박연은 브이가 용서를 하겠다는데도 개운치 않은 표정이었다. 더 할 말이 남은 사람처럼 머뭇거리더니 입을 열었다.

"나는 우리가 전처럼 돌아갔으면 하는데…."

"전처럼? 그게 뭔데요?"

"너 지금 나 미워하잖아. 미워하지 말고, 그렇게 쳐다보지도 말고⋯. 너 지금 눈이 얼마나 무서운지 알아? 전에는 안 그랬어."

애처럼 투정부리는 박연을 바라보던 브이가 벌떡 일어섰다.

"아무리 찔러본 게 아니라고 해도, 사귀자고 멋대로 키스까지 한 사람이랑 어떻게 아무 일 없던 예전처럼 지내요?"

한껏 낮아진 브이의 목소리를 들은 박연이 표정을 굳혔다. 브이는 외투를 챙겼다.

"오늘 찾아온 건 정말로 미안해서였고, 빚은 다 갚았다고 생각해요. 갈게요."

아 씨, 이게 아닌데⋯!

저벅저벅 걸어 나가는 브이를 따라 현관으로 나온 박연이 앞을 가로막고 섰다.

"밖에 눈 와. 더 있다가 가."

"비켜요."

박연은 지나쳐 나가려는 브이를 잡았다.

"네가 만나는 거 싫다니까 전처럼 지내자고 한 거야. 난 그냥 너랑 이런 식으로 서먹하게 지내는 게 싫어. 내가 또 뭘 잘못 말한 건지 모르겠는데, 기분 나빴어? 그럼 미안해. 그러니까 눈 그치면 가."

"나랑 박연 씨는 생각하는 게 많이 다른가 봐요. 어쨌든 그날 일은 다 용서할 테니까 이제 사과 그만해요. 갈게요."

팔을 잡은 손을 밀어낸 브이가 그대로 돌아섰다. 박연은 브이가 나가버린 현관에 서서 입술을 깨물었다. 짙은 눈썹이 움칠거렸다. 현관 수납장에서 우산을 꺼내든 박연이 뒤늦게 바깥으로 뛰어나왔다.

그는 어느새 굵은 눈발이 떨어지고 있는 정원을 가로질렀다. 큰 보폭으로 브이를 따라잡았다. 앞만 보고 걸어가는 브이의 손을 잡아채 우산을 쥐어주었다. 그때, 대문을 열고 들어온 영범이 심상치 않은 분위기의 두 사람을 멀뚱히 쳐다보았다.

박연은 영범의 시선은 아랑곳하지 않고 브이만 보며 말했다.

"쓰고 가."

억지로 쥐어준 우산이 바닥에 떨어졌다. 브이는 끝내 빈손으로 대문을 나갔다. 발밑에 떨어진 우산을 내려다보고 있는 박연에게 영범이 다가왔다.

"두 분 또 싸우셨어요? 왜 이렇게까지 하세요. 계약했으니까 필요할 때만 만나면 싸울 일도 없고 더 편하실 텐데."

박연은 아무것도 모르고 떠들어대는 영범에게 짜증 섞인 목소리로 답했다.

"쟤가 그러자는데 난 그게 싫다니까."

붉어진 얼굴로 씩씩대는 박연을 빤히 쳐다보던 영범이 슬그머니 물었다.

"혹시… 브이 누님 좋아하세요?"

'아니!' 혹은 '그래!'라고 소리라도 치고 싶은데 입술이 떨어지지 않았다. 자신은 여전히 브이가 말하던 '쓰레기'였다.

영범은 자신을 향해 눈을 흘기는 박연을 보며 고개를 갸웃거렸다.

"브이 누님은 남친이 있던데요."

"뭐?"

"어제 보니까 남자친구가 골목까지 나와서 기다렸다가 같이 들어가고 그러시던데. 사이 되게 좋아 보이시던데요."

영범의 말을 듣는 순간 박연의 머릿속에는 단 한 사람이 떠올랐다.

그 자식이다. 근데 그 자식이 아직도 그 집에서 안 나갔어? 자취방을 구할 때까지만 있겠다더니 눌러 살 생각이야?

박연의 두 주먹에 힘이 불끈 들어갔다.

인정이고 나발이고. 책임질 자신이고 뭐고. 이렇게 뜸 들이다 그놈이 먼저 채가면……!

부릅뜬 눈알이 초조하게 굴러갔다.

권브이는 남자도 안 만나봐서 소꿉친구한테 고백 받으면 홀랑 넘어가고도 남는다. 게다가 나랑 사이 안 좋은 틈을 타서 위로해 준답시고 옆에서 기회만 엿보고 있을 텐데……. 이거 사이즈가 딱 나오네? 내가 남자 주인공으로 찍은 멜로드라마만 몇 편인데.

박연의 두 눈에 질투심과 함께 경쟁심이 뜨겁게 타올랐다.

강 대표를 마주앉은 민형은 몇 달째 이어지는 드라마 스케줄로 인해 지친 기색이 역력했다. 강 대표는 찻잔을 들어 올리며 입을 열었다.

"크리스마스이브에 박연이랑 한바탕한 건 사내 행사니까 조용히 넘어갔다지만, 조심해. 요즘 증권가 찌라시에서 니들 불화설로 연기 솔솔 피우는 중이다."

민형은 피로한 눈두덩을 문지르며 고개를 끄덕였다. 강 대표는 제 이야기를 듣는 둥 마는 둥 하는 민형을 보며 피식 웃었다.

"산불도 작은 불씨에서 시작되는 거야. 작은 일로 구설수 휘말리다가 큰일까지 까발려지는 수가 있다?"

'큰일'이라는 단어에 순간 민형의 눈 밑이 파르르 떨렸다. 민형은 떨리는 시선으로 강 대표를 보았다. 강 대표는 차갑고 담담한 표정이었다.

"연이한테 잘해. 빚졌잖아? 그놈은 제가 뭘 내어줬는지도 모르지만 넌 네가 뭘 가져갔는지 알잖냐. 그게 세상에 밝혀지면 어떤 파장이 생길지도 잘 알고."

무엇을 내어주고, 무엇을 가져갔다. 강 대표는 이민형이 일으키고 박연이 뒤집어쓴 음주운전 사고를 말하고 있었다. 강 대표는 민형을 제외하고 음주운전의 진실을 아는 유일한 사람이었다.

민형은 그날의 일을 입에 올린 강 대표를 보며 억지웃음을 지었다.

"그 얘긴 무덤까지 가져가라면서요. 왜 갑자기 꺼내세요?"

"내 무덤이 아니고 네 무덤."

강 대표의 서늘한 시선이 민형에게 닿았다.

"나는 그때그때 내 손해 안 나는 선택지를 택할 뿐이야. 너 하기에 따라서 내 선택은 언제든 바뀔 수 있지. 그러니까 잘해."

강 대표는 더는 할 말이 없다는 듯이 자리에서 일어섰다. 대표실을 나오는 민형의 곁으로 매니저가 달려왔다. 매니저는 달려온 이유를 설명하는 대신 제 핸드폰을 내밀었다.

"오늘 아침에 모르는 번호로 영상이 왔는데…."

매니저가 내민 핸드폰에는 동영상 하나가 재생되고 있었다. 차 안에서 찍힌 영상은 블랙박스 화면이었다. 재생되고 있는 동영상의 촬영 날짜는 음주운전 당일, 그 시각이었다. 컴컴한 새벽 차도를 비추던 블랙박스 화면이 심하게 흔들리며 가로수를 들이받았다. 뒤이어 운전석 문 열리는 소리가 울렸다. 곧 블랙박스 화면에 민형의 얼굴이 나타났다.

민형은 화면에 제 모습이 나타나자마자 매니저의 핸드폰을 서둘러 뺏어들었다. 민형이 낮게 떨리는 목소리로 물었다.

"이거 누가 또 봤어?"

"글쎄… 코디나 사내 직원들은 못 받은 눈치던데요."

민형은 핸드폰을 움켜쥔 채 주위를 살폈다. 주위를 경계하는 눈빛에 푸른 살기가 도사리고 있었다. 평소 사람 좋기로 소문난 배우 이민형의 모습은 없었다.

택시에서 내린 브이가 담벼락을 올려다보았다. 박연의 집에서 눈을 맞으며 돌아간 이후로 며칠 동안 아무런 연락도 없었다. 그러다 오늘 아침, 갑작스럽게 영범에게서 연락이 왔다. 박연의 집으로 와달라는 메시지를 보면서 브이는 연인 행세를 할 일이 생겼나 보다 싶었다.

　저녁 6시. 약속시간에 맞춰 도착한 브이가 대문 앞에 섰다. 초인종을 누르려는데 점퍼 주머니에서 핸드폰 진동이 울렸다. 박연에게서 온 메시지였다.

　'열려 있어.'

　꼭 어디서 보고 있기라도 한 것처럼….

　브이가 괜스레 주위를 두리번거렸다. 메시지의 내용처럼 대문은 이미 열려 있었다. 안으로 들어서자 색색의 캔들이 정원을 가로질러 테라스까지 불을 밝히고 있었다.

　촬영이라도 있는 건가?

　그러나 주위에 스태프나 카메라는 보이지 않았다. 브이는 영문도 모른 채 촛불들의 에스코트를 받으며 테라스로 향했다.

　테라스의 티 테이블에는 분홍색 선물상자와 미니 프로젝터가 놓여 있었다. 브이가 선물상자로 손을 뻗으려는 그때, 프로젝터가 담벼락을 향해 빔을 쏘며 영상이 재생되었다. 영상은 인도에서 박연과 함께했던 다큐멘터리의 메이킹 필름이었다.

　일찍이 어둠이 내려앉은 겨울 저녁. 눈 쌓인 정원에서 흰 담벼락을 스크린 삼아 펼쳐지는 박연과의 추억. 비밀스러운 작은 영화관에 초대된 듯한 기분이 들었다. 브이는 저도 모르게 감회에 젖은 얼굴로 다큐 영상을 바라보았다.

　잠시 동안 추위도 잊고 추억을 회상하던 브이가 정신을 차렸을 때는 한 편의 영화를 다 본 것처럼 모든 영상이 끝나 있었다. 프로젝터의 빔을 통해 메시지가 담벼락에 나타났다.

'상자 열어봐.'

브이는 프로젝터 옆에 놓인 선물상자를 집어 들었다. 리본이 달린 뚜껑을 열자 커플링 한 쌍이 반짝이며 모습을 드러냈다.

반지?

브이가 반지를 꺼내드는 순간, 나무와 화단에 두른 알전구와 테라스를 비추는 외등이 일제히 점등되었다. 전구 불빛으로 물든 화단 뒤에서 붉은 장미꽃다발이 나타났다. 꽃다발을 한 손에 든 박연이 긴 코트 자락을 휘날리며 다가왔다. 갑작스러운 등장에 놀란 브이는 모든 움직임이 슬로우 모션처럼 느리게 보였다.

천천히 다가온 박연이 어느새 브이의 앞에 멈춰 섰다. 박연은 아무 말 없이 빨갛게 얼어 있는 브이의 양 뺨과 코끝을 살폈다. 그리고는 제 목에 두르고 있던 머플러를 브이에게 감아주었다.

브이는 옅게 향수 냄새가 배인 머플러에 코를 파묻고 박연을 올려다보았다.

촬영인 걸까. 내가 못 본 곳에 카메라가 숨어 있나? 아니면 지금 이거 혹시 TV에서나 보던 고백, 프러포즈… 그런 거?

얼굴보다 큰 꽃다발이 브이의 앞에 내밀어졌다. 박연은 웃음기 없이 진지한 얼굴로 브이의 눈을 마주보며 천천히 입을 열었다.

"인정할게. 나 너 좋아해."

박연의 입에서 터져 나온 진심을 듣는 순간 브이의 심장이 엄청난 속도로 쿵쾅거렸다.

인정…, 좋아해….

토막 난 채 머릿속을 돌아다니는 단어들을 되뇌던 브이가 재빨리 주위를 돌아보았다. 정원 그 어디에도 카메라는 없었다. 박연의 얼굴 어디에도 농담이나 장난의 기운은 없었다. 눈을 동그랗게 뜨고 잔뜩 얼어붙어 있는 브이의 손을 박연이 끌어 잡았다. 상자에서 꺼낸 반지가 브이의 네 번째 손가락 앞으로 다가왔다.

박연은 브이의 손가락 끝에 반지를 가져다대며 슬며시 미간을 찌푸렸다. 그는 권브이를 영영 놓칠지 모른다는 조바심에 서프라이즈 이벤트를 계획했다.

그런데 이거 생각보다 엄청 떨린다.

마른침을 삼킨 박연은 땀이 난 손이 미끄러지지 않도록 반지를 꼭 움켜쥐었다. 그때였다. 브이가 요동치는 심장을 진정시키려 크게 숨을 들이마시는 순간, 머플러에 묻은 옅은 향수 냄새가 콧속을 간지럽게 찔렀다. 콧잔등을 움칠거리던 브이의 입이 벌어졌다.

"에, 엣취…!"

브이가 커다란 재채기를 터트리며 박연의 손을 쳐냈다. 그와 동시에 브이의 네 번째 손가락을 향하던 반지가 공중으로 튕겨져 나갔다.

"안 돼…!"

다급하게 소리친 박연이 공중에서 반짝이며 회전 중인 반지를 향해 손을 뻗었다.

그는 그 후 30분 동안 반지의 행방을 찾아야 했다. 핸드폰 플래시로 화단과 나무 밑을 열심히 비추었지만 야속하게도 반지는 로맨틱한 고백의 기회와 함께 영영 사라진 듯했다. 박연은 눈 쌓인 정원 잔디를 양손으로 잡아 뜯었다. 뜻대로 풀리지 않은 이벤트의 분을 애꿎은 잔디에 풀었다.

"반지 비싼 거죠? 그렇게 왜 갑자기 그런 말을 해요. 사람 놀라게…"

브이의 말을 들은 박연이 발끈해서 소리쳤다.

"갑자기? 불러낸 사람은 없는데 추억을 자극하는 영상이 나와. 거기다 반지가 짠! 조명이 딱! 내가 장미꽃까지 들고 나타났으면 보통은 감 잡지 않냐?"

들고 있던 브이도 억울한 듯 목청을 높여 대꾸했다.

"촬영이라도 하는 줄 알았죠. 며칠 전에는 예전처럼 지내고 싶다더니 오늘 왜 또 좋아한대?"

"네가 인정하라며!"

반지를 찾다 지친 박연이 벌떡 일어섰다. 지금 이 순간, 박연은 스스로가 세상에서 제일 억울하고 가장 불운한 남자로 느껴졌다. 멋들어지게 고백에 성공하나 싶었다. 그러나 멋대가리 없이 반지는 날아갔고, 고백한 상대방에게는 그러게 왜 고백을 하냐며 핀잔을 들었다.

박연은 분홍색 선물상자에 홀로 남아 있는 남성용 반지를 꺼내었다. 그리고는 반지를 찾느라 화단 앞에 쭈그리고 앉아 있는 브이의 앞에 앉았다. 본래 제 손가락에 꼈어야 할 반지를 브이의 손가락으로 가져갔다.

"우선 이거라도 끼고, 나랑 사귀자."

브이는 반지가 들어오려는 네 번째 손가락을 움츠리며 도리질 쳤다.

"아, 아니요!"

"왜?"

"그게…. 난 박연 씨를 남자로 생각해본 적이 없어요."

이런 대답은 예상 안에 없었다. 박연은 멍하게 입을 벌렸다. 그로부터 몇 초가 흐른 뒤에도 정신을 다 차리지 못한 얼굴로 물었다.

"좋아하는 거 인정하래서 인정하고, 고백도 했는데… 왜?"

브이가 빨개진 얼굴로 서둘러 해명했다.

"박연 씨가 날 안 좋아하거나, 좋아하는데 인정을 안 하거나 둘 중 하나일 거라고만 했지 인정하면 사귄다는 말은 안 했어요."

그건 그렇지.

할 말이 없어진 박연이 빠르게 눈을 굴렸다. 브이의 집에 얹혀사는 그 자식보다 먼저 고백해야 한다는 초조함에 사로잡혀 생각이 앞서나갔다. 입술을 잘근잘근 씹어대던 박연은 브이의 손을 꼭 붙들었다.

"좋아한다고 인정, 고백. 거기다 반지까지 잃어버렸는데 이렇게 나 찰 거라고?"

한 번 더 반지를 브이의 손가락으로 가져갔다.

"그냥 사귀면 안 될까?"

브이가 박연에게 잡힌 손을 재빨리 빼냈다.

"내가 박연 씨한테 왜 화냈는지 기억 안 나요? 좋아하지도 않으면서 사귀자고 하니까. 근데 나보고 그러라구요?"

"난 괜찮아. 아메리칸 마인드거든. 그런 방면으로는 아주 쿨해. 그러니까 그냥 사귀자."

박연은 진심으로 괜찮다는 듯이 고개를 끄덕였다. 브이가 얼굴을 찌푸리며 소리쳤다.

"안 돼요! 난 연애는 처음인데…. 첫 연애는 진짜 좋아하는 사람이랑 할 거란 말이에요."

"그래서 첫 연애 상대로 박연은 절대 아니다?"

"남자로 느낀 적이 없다니까요."

"그러세요, 언니?"

입술을 비틀고 빈정대는 얼굴을 보며 브이가 당황한 듯 손을 저었다.

"박연 씨가 남자는 남자죠. 근데 종소리는 안 나더라도 막 설레고, 두근거리고, 떨리고 그래야 하잖아요."

촌스러운 기집애. 요즘 누가 그런 거 따지면서 사귀나? 요즘 같은 세상에 혼자만 촌스러워, 귀엽게.

박연이 브이를 향해 눈을 흘겼다.

그동안 그렇게 많은 일을 같이 겪었는데 한 번도 설레고, 두근거리고, 떨리지도 않았단 말이야? 우리 키스까지 한 사이인데?

　브이에게 야속한 눈빛을 보내던 박연의 눈이 돌연 뜨겁게 타올랐다. 자존심에 상처를 입은 수컷의 결연한 의지였다.

　"내가 남자로 느끼게 만들어줄게. 종소리 천만 번도 더 들리게 만들 거야. 두고 봐."

　눈앞에 대고 삿대질을 해가며 종소리를 예고하는 박연을 보고 있자니 왠지 모르게 긴장이 되었다.

　이 남자…, 무슨 속셈이야?

　브이는 마른침을 꿀꺽 삼켰다.

4장

종은
울린다

사각 케이스 안에는 명품 브랜드의 커플링 한 쌍이 가지런히 들어 있었다. 송 실장이 품질보증서까지 보여주며 말했다.

"커플링 협찬 들어왔어. 계약 끝나면 반납이니까 분실 조심하시고."

박연은 소속사에서 마련한 커플링을 허탈하게 쳐다보았다. 몇 날 며칠을 고심해서 직접 구매한 커플링을 잃어버리고 차인 게 바로 어제다. 그런데 오늘부터 협찬용 커플링을 끼고 쇼윈도 커플 행세를 하라니. 체면은 구길 대로 구겨졌고, 상처 난 자존심은 아직 아물지도 않았는데. 고개를 푹 숙이고 한숨을 내쉬었다.

그런 박연을 흘끔 쳐다본 브이가 반지를 집어 들었다. 디자인도, 브랜드도 다르지만 커플링을 보니 어제의 일이 떠올랐다. 밤새 한숨도 못 잤다. 남자에게 사귀자는 고백을 받았다. 여태껏 동료 남자선수들에게 질리도록 들어온 '권브이, 나랑 한 게임하자' 따위의 대련 신청이 아니라, 나 너 좋아해. 무려 사랑 고백.

거절은 했지만 고백을 받았다는 사실만으로도 브이는 잠들 수 없는 흥분 상태였다. 모태솔로 권브이 인생에 남자가 촛불 켜고 꽃다발 내미는 이벤트의 순간이 있을 줄이야. 당시에는 당황해서 정신이 없었는데, 밤새 잠도 못 이룰 정도로 기분이 좋았다. 공주님이라도 된 기분이었다. 세상에서 제일 아름다운 여자가 된 기분. 이래서 여자들이 이벤트를 좋아하는 거구나 싶었다.

브이는 송 실장이 준 반지를 네 번째 손가락에 끼우며 미소 지었다. 그 모습을 옆에서 지켜본 박연의 눈이 가늘어졌다.

비즈니스용 반지는 잘도 낀다. 어제는 몇 번이나 손을 빼더니.

박연은 탐탁지 않은 표정으로 브이와 함께 빅엔터의 사무실을 나왔다. 브이는 박연을 따라 주차되어 있는 밴을 향했다. 앞서 걷던 박연이 브이를 흘끔 돌아보며 물었다.

"점심 먹고 들어갈래?"

"얼른 도장에 들어가 봐야 해요. 곧 간식 시간이라 장도 봐야 하구⋯."

브이는 말끝을 흐렸다. 돌연 브이에게 성큼성큼 걸어온 박연이 주저 없이 한쪽 무릎을 꿇어앉은 탓이었다. 박연이 브이의 운동화 끈을 매어 주며 말했다.

"그럼 같이 가. 얼굴 더 보게."

브이가 박연의 앞에 놓인 발을 뒤로 빼며 목소리를 낮추고 소리쳤다.

"왜 갑, 갑자기 아무렇지도 않게 그런 말을 해요?"

"고백하고 차이기까지 한 사이에 못 할 말이 어디 있어?"

자리에서 일어선 박연은 당황한 기색이 역력한 브이를 재미있다는 듯이 쳐다보았다.

"좋아한다고 인정도 했겠다, 고백도 했겠다. 이젠 내키는 대로 들이댈 거야. 그래야 종소리가 울리지. 안 그래?"

'내가 남자로 느끼게 만들어줄게. 두고 봐.'

브이는 어제 들었던 이상한 종소리 예고를 떠올렸다.

이런 의미였어?

브이의 얼굴이 새빨갛게 익었다. 박연은 더욱 놀리는 투로 물었다.

"벌써 떨렸어? 심쿵하고 그래?"

"무슨…!"

"심장 간수 잘해, 태권브이. 나한테 떨리면 우리 사귀는 거니까."

박연의 말장난에 정신을 차린 브이가 재빨리 고개를 저었다. 브이의 반응에 피식 웃음을 터트린 박연이 일어서서 밴으로 향했다. 밴에 올라타는 박연을 지켜보던 브이가 발밑을 쳐다보았다. 운동화 끈이 예쁜 리본 매듭으로 묶여 있었다.

날 정말 좋아하긴 하나 봐….

브이는 무려 '씨바견'이라 불리는 남자가 자신에게 이런 말, 이런 행동을 하는 게 영 적응이 되지 않았다. 브이가 눈을 굴리며 아직 열이 식지 않는 뺨을 문질렀다. 꿈같았던 고백을 받은 어제가 지나가고 오늘이 되어서야 실감이 난다. 나를 좋아하는 사람이 생겼다는 것이.

TV와 인터넷을 떠들썩하게 했던 커플의 등장으로 할인마트 식료품 코너에 묘한 긴장감이 도사렸다. 대놓고 다가오진 않지만 사람들은 배우 박연을 알아본 눈치였다. 브이는 불안한 표정으로 주위를 두리번거렸다. 안 보는 듯하면서도 두 사람을 주시하고 있는 은근한 시선이 온몸으로 느껴졌다.

부담스러워…!

안절부절 못하는 브이와는 달리 박연은 사람들의 시선 따위는 이미 익숙하다 못해 무뎌진 듯했다.

이렇게 많은 사람들의 관심과 사랑을 받는 남자는 내 어디가 좋은 걸까. 날 왜 좋아하는지는 못 들었는데….

브이는 고개를 흔들며 머리를 벅벅 문질렀다.

안 돼, 권브이! 무슨 생각하는 거야!

고백을 받은 후로 자신도 모르게 자꾸 모든 생각이 그쪽으로 향했다.

잡생각을 떨치려 머리칼을 흩트리는 브이의 손을 박연이 덥석 쥐었다. 브이는 얼굴을 잔뜩 찌푸린 채로 박연을 돌아보았다. 조금 전까지 카트를 밀며 간식거리를 고르던 박연이 어느새 코앞으로 얼굴을 들이밀고 있었다. 브이는 금방이라도 부딪칠 것처럼 가까이 다가와 있는 박연을 멍하니 바라보았다. 긴 손가락이 브이의 뺨으로 다가왔다. 마른 입술을 축인 브이가 더듬거리며 말했다.

"사, 사람도 이렇게 많은데, 갑자기 왜 이래요?"

뺨을 그러쥘 것처럼 다가왔던 손가락이 눈 밑을 톡톡 두드렸다. 브이의 뺨에 묻었던 속눈썹을 털어낸 박연이 장난스럽게 대답했다.

"이렇게 칠칠치 못해서 누가 데려가? 나 아니면 없어. 잘 생각해봐."

눈만 동그랗게 뜨고 있는 브이를 보며 픽 웃었다. 그리고는 아무 일 없었다는 듯이 과자 서너 봉지를 카트에 담았다. 브이는 카트를 밀며 멀어지는 등짝을 멍하니 쳐다보았다.

고백한 건 저쪽인데 왜 내가 긴장해야 돼?

억울하면서도 놀란 가슴이 도대체 진정되질 않았다.

남자에게 처음 고백 받아본 티를 너무 팍팍 내고 있는 건 아닐까?

문득 그런 생각이 들자 브이의 얼굴이 절로 찌푸려졌다.

고백만 받았으면 이 정도로 신경이 쓰이진 않았지. 괜히 두고 보라느니 이상한 말을 해서 자꾸 의식하게 만들어…!

아침부터 박연의 이름이 인터넷 실시간 검색어를 차지한 이유는 소탈한 마트 데이트를 목격했다는 팬들의 제보 때문이었다. SNS에서는 두 사람이 손가락에 끼고 있는 반지가 어느 브랜드이며, 가격이 어느 정도인지 떠들고 있었다.

민형은 들여다보던 핸드폰을 테이블에 던졌다. 민형 혼자 독차지한 대기실로 매니저가 안절부절못하며 들어왔다. 매니저는 한참을 뜸들이다가 민형에게 목소리를 낮추고 속삭였다.

"블랙박스 영상이요, 발신번호를 가만 생각해보니까 폐차장인 것 같아요. 음주운전 때문에 반파됐던 박연 차는 제가 처리했거든요. 그 당시에 제가 박연 매니저여서…."

신경질적으로 핸드폰을 노려보고 있던 시선이 매니저를 돌아보았다. 매니저가 머리를 긁적이며 물었다.

"폐차장에 연락해볼까요?"

"연락 올 때까지 기다려. 먼저 반응할 필요 없으니까."

"저 근데, 제가 영상을 봤는데요. 저도 그날 운전은 박연이 한 줄 알았는데…."

매니저는 가로수와 충돌 후 운전석에서 내리는 민형의 모습이 찍힌 블랙박스 영상의 진위여부를 묻고 싶은 눈치였다. 신경질적으로 굳어 있던 민형이 평소의 '배우 이민형'의 얼굴로 돌아왔다. 민형은 이해심 많은 표정을 지으며 매니저의 어깨를 두드렸다.

"그럴 수 있어. 원래 보이는 것만 믿게 되잖아. 나도 그 영상 처음에 보고 진짜 같아서 놀랐어."

"그 말씀은…, 합성 영상 같은 거라는 거죠?"

매니저는 그제야 이해한 듯 물었다.

통 이해가 가지 않았을 것이다. 세상 사람들 모두 그날의 음주운전은 박연이 했노라 알고 있는데 영상은 전혀 다른 진실을 말하고 있으니. 민형은 지금, 어수룩한 제 매니저에게 때로는 어느 것이 진실인지 가리는 것보다 믿기 편한 대로 생각하는 게 낫다는 것을 깨우쳐 주는 중이었다.

매니저의 어깨를 두드리던 민형의 손에 힘이 들어갔다.

"그래도 입단속은 잘해. 특히 강 대표랑 박연한테 말 안 새어나가게 해. 시끄러워 좋을 것 없잖아?"

"그렇죠, 아무래도. 좋은 일도 아니었는데…."

민형의 말에 수긍한 매니저가 고개를 꾸벅 숙이고는 대기실을 나갔다. 대기실에 다시 혼자 남겨진 민형은 두 눈을 매섭게 치켜떴다.

강 대표는 그날의 일을 들먹이면서 언제든 이민형쯤은 내칠 수 있다는 걸 과시하고 있다. 박연은 아무것도 모르는 주제에 여전히 사람들 입에 오르내리면서 아무 위기감도 없이 희희낙락대고 있었다.

민형의 시선이 핸드폰으로 향했다. 조금 전에 보았던 박연의 기사를 떠올리는 중이었다.

왜 저런 한심한 새끼를 좋아하는 거야?

골몰한 표정으로 핸드폰을 노려보던 민형의 입술이 돌연 씨익 올라갔다.

그래, 박연을 회생불가로 만들면 되지. 그래야 강 대표의 선택지가 이민형 하나밖에 안 남을 테니.

자, 어떻게 해줄까.

강남의 한 스튜디오에 빅엔터 소속의 연기자들이 한데 모였다. 최근 엔터테인먼트 사업 관계자들이 참여한 설문에서 올해 영화와 드라마를 평정할 기획사 1위에 빅엔터가 꼽혔다. 그런 연유로 빅엔터의 배우들이 D사 패션잡지를 12페이지나 장식할 예정이었다.

그렇게 대단한 화보 촬영에 브이가 함께하게 된 이유는 간단했다. 송실장은 요즘 증권가에 박연과 민형의 불화설이 떠돌고 있다고 했다. 크리스마스이브에 클럽에서 벌인 다툼 때문이었다. 빅엔터의 배우들이 한자리에 모이는 화보 촬영장에 브이가 나타나 세 사람에게 전혀 문제가 없다는 것을 보여주어야 했다. 오늘 하루 브이는 불화설을 잠재울 도구였다.

　스튜디오는 촬영 준비로 부산스러웠다. 스태프들은 촬영장에 조형물을 세팅하고, 수십 개의 행거에 걸린 촬영용 옷과 소품을 체크 중이었다. 뛰어다니는 스태프들 사이에서 '애인을 응원하러 온 여자친구'역을 맡은 브이는 박연의 옆에 붙어 주위만 두리번거렸다.

　분장사들에게 둘러싸여 메이크업을 받던 박연이 거울에 비친 브이를 향해 말했다.

　"차에 가서 쉬어. 별거 아닌 것 같아도 시간 오래 걸릴 거야. 옷 갈아입을 때마다 콘셉트 맞춰서 화장 수정해야 되니까."

　박연의 머리를 만져주던 헤어디자이너가 풋, 소리 내어 웃었다.

　"애인한테 너무 다정한 거 아니야? 이런 모습 처음인데?"

　"그래도 꿈쩍도 안 해."

　박연의 말에 분장실이 순식간에 웃음바다가 되었다. 브이의 얼굴이 빨갛게 달아올랐다.

　"나도 이런 내가 처음이라니까…."

　아무도 듣지 못하게 중얼거린 박연이 자리에서 일어섰다. 그는 브이에게 다가가 손을 내밀었다. 손가락에는 소속사에서 준 커플링이 반짝이고 있었다. 브이는 박연을 올려다보았다. 밝은 회색 체크 수트를 입은 모습은 TV에서 보던 배우 박연이었다. 명품 브랜드의 F/W 신상 수트와 구두. 말끔하게 넘긴 포마드 헤어. 모든 게 완벽해 보였다.

고백을 받아서 그런 걸까. 눈앞의 남자가 갑자기 괜찮아 보인다. 막연하게 잘생겼다고 생각했던 얼굴은 더 멋져 보이고, 실없는 농담이라고만 생각했던 말들은 오늘따라 다정하게 들린다. 처음 받아보는 짝사랑이라 그럴까.

브이는 박연이 내민 손을 조심스럽게 잡았다. 두 사람은 스튜디오의 대기석으로 향했다. 조명이 쏟아지는 촬영 스테이지가 가장 잘 보이는 자리였다.

"일하는 남자가 얼마나 섹시한지 잘 봐."

정말 '스타' 그 자체인 박연의 모습에 압도당한 브이는 순순히 고개를 끄덕였다. 그런 브이의 머리를 쓰다듬으려 박연이 큰 손을 뻗는 그때, 멀리서 붉은 계열의 원피스를 입은 여자가 긴 팔다리를 시원하게 흔들며 걸어왔다.

워킹만으로도 런웨이를 연상시키는 그녀는 뉴욕에서 활발하게 활동 중인 모델 조수아였다. 두 사람 앞으로 다가온 수아가 박연의 손을 잡았다.

"하이."

반갑게 인사를 건네는 수아에게 박연은 달갑지 않은 얼굴을 했다.

"네가 여기 웬일이야?"

"올해부터 우리 한솥밥 먹는 사이야. 요새 연애하느라 바빠 보이더니 소식통이 느리네. 작년부터 소속사 이적한다고 기사 쏟아지고 난리도 아니었는데 몰랐어?"

"내가 알아야 되냐?"

"그럼! 딴 데서 계약금 세게 부르는데 오빠 하나 보고 여기로 왔는데?"

예전부터 알고 지낸 사이였는지 격의 없는 대화를 나누는 박연과 수아를 브이가 물끄러미 올려다보았다. 수아는 그제야 브이를 발견한 듯 인사를 했다.

"안녕하세요, 조수아예요."

당차게 인사를 건네는 수아에게 브이는 고개만 겨우 까닥였다. 인사말을 건네기도 부담스럽도록 인상 자체가 화려한 여자였다.

수아는 자연스럽게 박연의 어깨에 손을 올렸다.

"우리 오빠 매력 있죠? 평소에는 개새끼인데 침대에서는 스윗하잖아. 푸하하, 농담!"

말을 꺼낸 수아는 파안대소했지만 박연도, 브이도 웃지 않았다. 브이는 박연의 어깨를 짚고 있는 수아의 손을 보며 미간을 찌푸렸다.

박연은 수아의 손을 쳐내고 촬영 준비를 위해 자리를 떴다. 그런 박연을 뒤따라가며 수아는 정신없이 무언가를 떠들어댔다.

침대에서는 스윗. 누가 들어도 '구여친' 냄새가 나는 대사였다.

기분 별로다.

부루퉁한 표정으로 앉아 있는 브이를 멀리서 지켜보던 민형이 씨익 입술을 올렸다. 박연. 권브이. 그리고 조수아. 생각지 못한 재미있는 조합이었다.

소속 배우들의 단체 컷 촬영이 끝난 뒤, 드라마 스케줄 때문에 바쁜 민형의 개인 컷 촬영이 먼저 시작되었다. 박연은 영범이 사다준 아메리카노를 들고 서서 민형의 촬영을 제법 진지하게 지켜보았다. 평소 원수보다 미워하는 민형일지라도 박연에게 있어 다른 연기자들의 모니터는 필수였다. 그것은 아역부터 시작한 배우 외길 인생의 철칙이었다. 그때 촬영을 구경 중인 박연에게 수아가 다가왔다.

"둘이 가짜지?"

커진 눈으로 슬쩍 수아를 돌아본 박연은 다시 민형에게로 시선을 돌렸다. 그리고는 일부러 태연하게 대답했다.

"그러길 바라는 투다?"

"내가 바라는 게 아니라, 반지가 네 취향이 너무 아니잖아."

수아가 눈짓으로 박연의 네 번째 손가락에 끼워진 협찬용 커플링을 가리켰다. 박연은 괜스레 바지주머니에 왼손을 꽂아 넣었다. 그리고는 건들거리는 표정을 지었다.

"혹시. 설마. 만에 하나라도. 나한테 구질구질한 미련 같은 거 남았나? 브이랑 내 사이에서 거짓말하고, 협박하고, 나한테 꼬리치고 그런 거 할 셈은 아니지? 하지 마, 그거 구려."

"나도 나지만 오빠 넌 여전히 자기애가 하늘을 찌른다. 나 애인 있어. 한국에 있을 동안만 만날 사이지만."

촬영 중인 민형에게 고정되어 있던 눈이 흘긋 수아를 돌아보았다.

"그럼 우리 회사 들어온 진짜 목적이 뭐야?"

"너 말고 저 언니."

수아가 한곳을 보며 씩 웃었다. 수아의 시선 끝에 브이가 대기석에 앉아 졸고 있었다. 박연이 멀끔한 얼굴을 엉망으로 일그러트렸다.

"너 그새 취향이…."

"그건 아니고. 처음엔 두 사람 사이에서 거짓말하고, 협박하고, 너한테 꼬리도 치려고 했지. 근데 오늘 보니까 딱 봐도 너무 착하고 귀여워."

브이가 착하고 귀엽긴 하지.

박연은 수긍하듯 고개를 끄덕였다. 수아가 여전히 브이에게 시선을 고정한 채 말을 이어갔다.

"그리고 딱 봐도 네가 아주 푹 빠졌어. 그래서 저 언니가 아니라 널 골려주려고."

"그게 무슨 말이야?"

"내가 한국에 있는 동안에는 오빠 너, 저 언니랑 못 자."

수아의 파격적인 선언에 박연은 쿨럭이며 마른기침을 뱉었다. 그런 박연을 돌아본 수아가 악의는 없다는 듯이 해맑게 웃어보였다.

꾸벅꾸벅 졸던 머리가 뒤로 홱 젖혀졌다. 화들짝 놀란 브이가 주위를 두리번거렸다. 박연의 말처럼 촬영은 꽤 긴 시간이 소요되었다. 배우들은 끊임없이 옷을 갈아입고, 스태프들은 세트를 만들었다 부수기를 반복했다.

대기석에 앉은 브이는 촬영 중인 세트를 내려다보았다. 때마침 박연의 촬영이 시작되려는 참이었다.

박연은 수트를 입은 채 촬영 소품인 욕조에 두 다리를 길게 뻗고 누웠다. 머리칼을 넘기며 카메라를 응시하는 눈빛이 순식간에 돌변했다. 쌍꺼풀 없는 눈을 나른하게 내리깔고 포즈를 취하는 박연은 이제껏 브이가 알던 그 남자가 아니었다.

브이는 잠시 넋을 놓은 채 박연의 촬영을 바라보았다. 박연의 연기하는 모습조차 제대로 본 적 없는 브이에게는 저 눈빛과 표정, 자세, 풍겨져 나오는 분위기마저 낯설게 느껴졌다.

'일하는 남자가 얼마나 섹시한지 잘 봐.'

촬영에 들어가기 전 박연이 했던 말이 맞았다. 일하는 중인 배우 박연은 멋졌다. 브이가 넋을 놓고 촬영을 지켜보는데, 옆에서 갑작스러운 인기척이 들렸다.

"일할 때는 프로죠?"

어느새 옆자리에 앉은 수아는 몸에 달라붙는 흰 시스루 드레스를 입고 있었다. 모델답게 가늘고 긴 팔다리가 그녀의 몸매를 더욱 부각시켰다.

브이는 미간을 좁히고 눈을 굴렸다. 분명 자신을 박연의 애인으로 알고 있을 것이다. 보통 전 여친과 현 애인은 대면하기 껄끄러운 사이 아니었던가.

"언니, 번호 좀 줄래요?"

생각지 못한 말에 당황한 브이가 콜록거렸다. 수아는 태연한 표정으로 말했다.

"언니 팬이에요. 키 163cm. 세계태권도선수권대회 여자 46kg급 출전. 스페인 선수와 경기 중 전방십자인대 파열로 기권패. 이후 재활치료에 매진하다가 은퇴."

브이는 자신의 이력을 상세하게 읊는 수아를 신기한 듯 쳐다보았다. 수아가 대수롭지 않게 말했다.

"검색해서 외웠어요."

"하하…, 대놓고 말하네요."

수아가 어색하게 웃는 브이를 향해 턱을 괴었다.

"난 운동 잘 몰라요. 근데 검색하다보니까 팬 되더라구. 언니 정말 멋있어요."

브이는 여자 운동선수에 대해 호감을 표시해오는 수아를 보며, 크리스마스이브에 빅엔터의 클럽파티에서 만났던 신인 여배우를 떠올렸다. 여자 운동선수에 대한 편견을 아무렇지 않게 떠들어대는 여자들과는 달랐다.

딱히 거짓말을 하는 성격은 아닌 것 같은데…. 진심일까?

수아가 빙긋 웃으며 브이에게 핸드폰을 내밀었다. 브이는 뭐에 홀린 것처럼 수아의 핸드폰을 받아들었다.

흥겨운 최신가요가 흘러나오는 카페에 브이는 자신만이 흥겹지 못한 듯 느껴졌다. 늦을 것 같다는 소연의 메시지를 확인한 브이가 핸드폰을 손에 꽉 쥐었다. 낯선 얼굴들이 빼곡한 테이블을 돌아보았다. 한껏 치장하고 나타난 서먹한 얼굴들은 한원여고 동창들이었다.

고등학교 동창회는 첫 참석이었다. 학창시절에도 운동을 하느라 수업을 빠지거나 부족한 잠을 보충하느라 늘 혼자였다. 짝꿍이었던 소연을 제외하면 동급생들의 얼굴과 이름을 전혀 알지 못했다. 현역 운동선수 시절엔 참석할 기회가 당연히 없었고, 지금은 다른 이유로 나오기가 꺼려졌다. 누구나 아는 배우 박연과의 열애설 때문이었다.

소연의 부탁이 아니었다면 매년 그랬듯이 동창회 같은 건 참석하지 않았을 것이다.

"우리 오빠, 여기로 오는 중이야. 커피 값은 우리 오빠가 쏜대."

대여섯 명의 동창들 사이에서 가운데 자리를 차지하고 앉은 진희가 어깨를 으쓱이며 말했다. 고교시절, 소연에게 '여우'라 불리던 진희는 오늘 소연이 코를 납작하게 눌러주겠다며 벼르던 상대였다. 브이는 소연을 위해 지원사격을 나온 셈이었다. 그러나 정작 소연은 일 때문에 늦어버리고, 브이 홀로 낯선 동창들 사이에 앉아 커피만 홀짝여야 했다.

브이의 옆자리에 앉은 이름 모를 동창이 옆구리를 툭 찔렀다.

"유명인 애인은 구경 안 시켜줄 거야?"

"바, 바쁠걸?"

브이가 급하게 대답했다. 그러자 진희가 기다렸다는 듯이 말했다.

"뭘 빼고 그래? 자랑하러 나온 거 아냐? 한 번도 안 나오던 모임에 배우 남친 생기니 나왔잖아. 너무 티 난다, 얘."

알 만하다는 표정을 짓는 얼굴을 보며 브이는 소연이 진희를 왜 그리도 싫어하는지 고교 졸업 10년 만에 깨달았다.

진짜 연인 사이도 아니니 이런 곳에 불러낼 이유도 없었다. 그러나 브이의 속을 모르는 다른 동창들이 진희의 말을 거들었다.

"그래, 우리 배 좀 아프게 해봐."

"쟤 커플링 봐. 명품이지? 명품 남친 구경 좀 하자."

이름조차 기억에 없는 동창들의 성화에 브이가 곤란한 표정을 지었다.

"그게 곤란한데…."

"오빠, 여기!"

브이의 말허리를 자른 진희가 손을 들어보였다. 테이블로 정장 차림의 남자가 다가왔다. 직업이 공무원이라는 진희의 애인이었다. 공무원 애인의 등장으로 브이는 잠시나마 동창들의 포커스에서 벗어났다.

그 뒤로 브이는 잘 알지 못하는 동창들의 근황 토크가 이어졌다. 그녀는 당연하게 대화에 참여하지 못했다. 꿔다놓은 보릿자루처럼 앉아 테이블 아래로 핸드폰을 만지작거렸다. 지금 상황에 대한 하소연과 함께 30분 내로 오지 않으면 그냥 가버리겠다는 협박이 담긴 메시지를 소연에게 보냈다.

"오빠, 얘가 걔야. 연예인이랑 사귀는 애."

진희가 제 애인에게 브이를 손가락질했다. 테이블에 둘러앉은 동창들의 이목이 다시 브이에게 집중되었다. 어색한 미소를 짓는 브이를 빤히 쳐다본 공무원 애인이 진희를 보며 물었다.

"원래 연예인들이 의외로 평범한 일반인한테 끌린다며?"

"화려한 것만 보다 보면 투박하고 밋밋한 게 속 편할 때도 있고 그러겠지."

지금 내 얘기하는 거지?

브이는 제 애인과 떠드는 진희를 보며 어이가 없어 헛웃음을 터트렸다. 진희는 진심으로 걱정이라도 하는 투로 말했다.

"조심해, 브이야. 연예인들은 앞뒤가 다르잖아."

"그 사람은 그런 사람 아닌…!"

브이가 테이블을 탁, 짚고 일어섰다. 그와 동시에 동창들 사이에서 황홀감에 젖은 탄성이 흘러나왔다. 카페 안의 모든 손님들이 일제히 술렁이는 게 느껴졌다. 브이가 뒤를 돌아보았다.

카페의 테이블 사이를 성큼성큼 걸어오고 있는 남자는 바로 박연이었다. 카키색 롱코트와 흰 목폴라 니트를 입은 모습은, 꾸미지 않았음에도 단번에 사람들의 시선을 사로잡았다. 주저 없이 다가온 걸음이 브이의 뒤에서 멈춰 섰다. 커다란 두 손이 브이의 어깨를 가볍게 그러쥐었다.

"근처에 식사할 곳 잡아놓고 오느라 늦었어요."

박연은 마치 브이와 약속이라도 한 듯이 태연하게 말했다.

"오늘 제가 제대로 인사드릴게요. 애인, 남편 분들께 미리 연락하세요. 오늘 늦는다고."

환하게 빛나는 미모와 더없이 잘 어울리는 부드러운 음성을 들은 동창들이 얼굴을 붉혔다. 박연은 미소를 잃지 않은 채 브이를 보며 물었다.

"일어날까, 브이야?"

진짜 연인 사이라도 되는 것처럼 다정히도 물었다. 브이는 자신을 지그시 바라보는 눈동자를 보며 저도 모르게 고개를 끄덕였다.

동창들은 신이 난 얼굴로 자리에서 일어섰다. 공무원 애인이 커피 값을 낸다며 으스대던 진희도 얼굴이 새빨개져서 자리를 떠났다.

브이가 재빨리 박연의 팔을 당겼다.

"어떻게 된 거예요?"

"타인 앞에서 연인 사이로 지낼 것을 이행함에 상호 협력할 것."

박연이 브이에게 잡혀 있는 팔을 빼내어 어깨에 둘렀다.

"네 친구 조연출이 영범이한테 연락했더라. 태권브이가 여우한테 당하고 있다고. 그래서 왔지. 너한테 점수 딸 기회라던데?"

진희를 이겨먹고 말겠다는 소연의 의지가 느껴졌다. 브이는 박연에게 들었던 '나한테는 너무 여자야' 따위의 취중진담을 소연에게 상의한 것을 깊이 후회했다. 그나마 고백 받은 일을 아직 말하지 않은 것이 다행이었다.

박연과 나란히 카페를 나왔다. 브이는 차 문을 열어주는 박연을 흘끔 쳐다보았다. 갑자기 나타나서 놀라긴 했지만 박연의 얼굴을 본 순간 브이는 저도 모르게 안도했다. 순간 내 편이 나타난 것처럼 든든했다.

박연은 물끄러미 제 얼굴만 보는 브이에게 눈짓을 주었다. 박연이 가리킨 주차장 입구에는 진희네 커플이 고성을 지르며 다투고 있었다. 브이는 소연이 봤다면 좋았을 장면이라 생각했다.

박연이 예약한 곳은 서울 도심에 위치한 유명한 한식당이었다. 기와집을 개조하여 영업 중인 음식점은 척 보이기에도 가격대가 만만치 않아 보였다. 브이의 일행들은 정원이 내다보이는 룸으로 안내를 받았다. 좌식 테이블에 둘러앉은 동창 중 한 명이 눈치를 살피며 말했다.

"너무 비싼 데 아니에요?"

"많이 버는데 이 정도야. 한류스타잖아요?"

진희는 별거 아니라는 듯이 말했지만 매우 심기가 불편한 얼굴이었다. 아마도 카페 주차장에서 애인과 다투고 헤어진 탓이리라. 브이는 이 이야기를 전해 듣고 깔깔댈 소연이 자연스레 머릿속에 그려졌다.

전채 요리부터 다과까지 한정식 코스요리를 먹는 동안 박연은 브이의 접시에 부지런히 음식을 덜어주었다. 브이는 식사 내내 동창들의 부러워 죽겠는 시선을 받느라 진땀을 뺐다.

모든 코스요리가 끝나고 우롱차 한 잔을 손에 쥔 후에야 한숨을 돌렸다. 식사하는 동안 칼을 갈았는지 진희가 자신만만한 표정으로 물었다.

"3차는 한잔 하러 가실 거죠? 어머, 내 정신 좀 봐. 죄송해요. 음주는 안 되시겠다."

진희가 박연의 음주운전을 겨냥한 순간, 룸 안의 분위기가 싸해졌다. 진희는 마치 실수인 것처럼 인위적으로 눈을 동그랗게 떴다. 미안해 죽겠는 표정을 짓고 있었지만 식사 전과는 다르게 얼굴에 활기가 넘쳤다.

깜짝 놀란 브이가 박연의 눈치를 살폈다. 평소 '씨바견'으로 불리는 만큼, 한 성격 하는 면에서 진희는 박연에 비할 바가 안 되었다. 그러나 브이가 살펴본 박연의 옆얼굴은 전혀 기분 나쁜 표정이 아니었다. 오히려 미소를 머금은 박연이 테이블 위로 브이의 손을 잡아왔다.

"브이가 저를 많이 바꿨어요. 걱정 안 하셔도 돼요."

포커페이스를 유지하며 여유롭게 대답하는 박연의 반응에 진희가 입을 이죽거렸다. 냉랭해진 룸 안의 분위기를 무마시키려는 듯 진희의 옆자리에 앉은 동창이 물었다.

"브이 어디가 그렇게 좋아요?"

브이가 화제를 돌리기 위해 입을 떼기도 전에 박연이 곧장 대답했다.

"따뜻해요."

브이는 잠시 할 말을 잊은 채 박연을 돌아보았다. 박연은 질문을 던진 동창을 보며 말을 이어갔다.

"말하고, 생각하고, 쳐다보는 거 전부 다. 화장을 안 해도 예쁘고, 하면 섹시하고, 싸울 때는 멋있는데, 얼굴 빨개지는 건 귀엽고, 마음은 착하고, 목소리는 당차고."

나지막한 음성은 누가 들어도 진심이 꾹꾹 눌러 담겨져 있었다. 생각지 못한 상황에 브이의 얼굴이 빨갛게 달아올랐다. 박연에게 잡힌 손을 빼내려 팔에 힘을 주었다. 그러나 브이를 꽉 붙든 손이 쉽게 놓아주지 않았다.

'인정할게. 나 너 좋아해.'

꽃다발을 내밀며 고백해오던 목소리가 오버랩되었다.

'내가 남자로 느끼게 만들어줄게.'

낮게 뛰던 심장박동소리가 점점 커졌다. 심장이 터질 것 같았다. 얼굴이 뜨겁도록 부끄러운데 기분이 나쁘지 않았다. 박연에게 잡혀있는 손에도 더 이상 힘이 들어가지 않았다. 몸이, 마음이, 머리가 전부 이상해진 것만 같았다.

브이는 자신을 향한 누군가의 진심을 그대로 전해 듣는 일이 얼마나 간지럽고도 두근거리는 일인지 난생 처음 깨닫는 중이었다.

'심장 간수 잘 해. 나한테 떨리면 우리 사귀는 거니까.'

아냐, 권브이. 평소에 안 그러던 남자가 갑자기 칭찬을 해대니까 적응이 안 되잖아. 그래서 그래….

브이는 빨개진 얼굴을 절레절레 저었다.

브이의 집 근처에서 검은 밴이 멈춰 섰다. 영범이 숙취해소 음료를 사러간 사이, 밴에 남겨진 두 사람은 도통 깰 기미가 보이지 않는 취기와 사투 중이었다.

얼굴도 낯선 동창들의 테스트는 험난했다. 3차로 자리를 옮긴 호프에서 박연은 동창들이 따르는 술을 브이 대신 넙죽넙죽 받아마셨다. 전반전에 녹다운된 박연을 대신해 후반전은 브이가 술잔을 비웠다. 결국 두 사람은 1시간 만에 영범의 등에 업혀 밴에 올라야 했다.

편의점으로 뛰어 들어간 영범을 기다리며 시트에 늘어져 있던 박연이 옆자리를 돌아보았다. 술에 취해 게슴츠레하게 풀어진 눈이 브이를 향해 뜨거운 눈빛을 보냈다.

혀가 꼬인 발음으로 혼잣말을 중얼거리던 브이가 홱 박연을 보았다. '운동과 술은 정신력'이라는 모토로 살아왔지만 오늘 술자리만큼은 브이도 어쩔 수 없었다.

취기가 잔뜩 오른 브이가 박연의 어깨를 툭 밀쳤다.

"그런 눈빛으로 보지 말라니까!"

술기운 때문에 볼륨조절이 되지 않는 브이가 큰소리로 말했다.

"브이야, 그거 알아? 넌 반말할 때 섹시해."

"섹시이?"

박연과 브이는 동시에 박장대소했다. 알코올 때문인지 이유도 없이 웃음이 터졌다. 끅끅대며 웃던 박연이 옆에서 발을 구르며 웃는 브이를 보았다. 박연의 얼굴에 서서히 웃음기가 가셨다. 아이처럼 웃고 있는 브이에게 손을 뻗었다. 불쑥 다가온 커다란 손이 브이의 뺨을 그러쥐었다.

정신없이 웃어대던 브이의 웃음소리도 이내 잦아들었다. 브이는 제 뺨을 감싼 채 눈을 맞춰오는 박연을 물끄러미 바라보았다. 어느새 차 안은 서로의 숨소리가 들릴 정도로 고요해졌다. 박연은 취기로 인해 무거운 눈꺼풀을 느리게 깜박이며 중얼거렸다.

"종소리가 그냥 들리는 줄 알아? 종도 흔들어야 울리는 거야…."

뺨을 그러쥐었던 손이 조금씩 미끄러져 내려갔다. 브이의 어깨를 지나 등을 감쌌다. 브이의 등을 한 손으로 받친 박연이 천천히 다가왔다. 브이는 그늘을 만들며 다가오는 얼굴을 보면서도 피하거나 밀어내지 않았다. 술에 취한 몸이 마음처럼 따라주지 않았다. 어쩌면 마음이 따라주지 않는 것일지도 몰랐다.

코앞까지 다가온 박연에게 겨우 입술을 달싹여 물었다.

"뭐하는 거예요…."

박연은 눈앞의 얼굴을 천천히 훑어보았다. 곧 닿을 듯이 가까운 브이의 얼굴을 담은 눈동자가 잘게 움직였다.

술에 취해 낮게 가라앉은 목소리가 속삭였다.

"떨리라고 너 흔들어보는 중이야…."

박연이 눈꺼풀을 내리깔며 입술을 겹치려는 순간 밴의 문이 열렸다. 동시에 브이가 박연의 양어깨를 힘껏 밀었다. 무방비 상태로 떠밀린 박연이 문을 열고 선 영범의 품으로 나뒹굴었다. 영범은 차 밖으로 던져진 박연을 품에 안고 두 사람을 번갈아 쳐다보았다.

"두 분 또 싸우셨어요? 이러다 계약 파기되겠어요, 제발 그만 좀 싸우세요!"

영범은 더 이상 못 참겠다는 표정으로 소리쳤다. 박연과 브이는 서로 다른 이유로 술이 확 깼다. 차 밖으로 팅겨져 나온 박연은 나동그라질 고비를 넘긴 탓이었고, 브이는 쿵쾅거리는 심장 때문이었다.

권브이 미쳤어! 키스할 뻔했다. 게다가… 떨렸어?!

얼굴이 새빨개진 브이가 허겁지겁 밴에서 내렸다. 등 뒤에서 자신을 부르는 박연을 무시하고 그 길로 무작정 동네 골목을 향해 총알 같이 사라졌다.

"또 화난 거 아냐? 하, 씨…. 취하기만 하면 왜 이렇게 일을 벌이냐…."

브이가 사라진 골목을 보던 박연은 머리칼을 헝클며 자리에 주저앉았다.

브이의 동네를 빠져나가던 밴이 브이네 도장과 마주보고 있는 연다 슈퍼를 지나쳤다. 그냥 지나가려던 밴이 끼익, 소리를 내며 급정거했다. 골목으로 달아나버린 브이의 생각에 빠져 있던 박연이 급하게 세우라는 손짓을 해보인 탓이었다. 밴에서 내린 박연은 굳은 얼굴로 슈퍼를 쳐다보았다. 슈퍼 안쪽에서 문을 닫으려던 중년 사내가 가로등 아래 서 있는 박연을 발견하고는 동작을 멈추었다.

박연은 꽤 오랜만에 마주친 아버지를 보며 주먹을 꽉 틀어쥐었다. 그때 꼬마 남자애가 슈퍼 문을 열고 뛰어나왔다. 까무잡잡한 피부의 꼬마는 쌍꺼풀이 크게 진 눈망울을 끔벅이며 박연을 쳐다보았다.

"박유다! 이리 와!"

뒤따라 나온 박연의 부친 박태식이 꼬마를 제 등 뒤로 끌어다 감췄다. 박연은 굳은 얼굴로 태식을 향해 말했다.

"제가 어떻게 할까 봐 그래요?"

태식은 아무 말 없이 유다를 데리고 등을 돌렸다. 그 순간, 오랜 기억 속에서 어린 자신의 손을 밀쳐내고 집을 떠나던 아버지의 등을 떠올렸다. 어린 제 손을 밀쳐냈던 아버지는 배 다른 어린 동생의 손은 다시 놓지 않을 것처럼 꽉 잡고 있다.

박연의 눈시울이 떨렸다.

"오랜만에 보는 아들한테 인사 정도는 해주시지 그러세요."

태식이 박연을 돌아보며 소리쳤다.

"한동안 안 보여서 숨 좀 트이나 했더니 왜 다시 나타나?"

"아버지…!"

"네 꼴 좀 봐. 하루가 멀다 하고 사람들 입에 오르내리는 중이면서 아직도 정신 못 차리고 술 냄새나 풍기고 다니고!"

음주운전 사건을 가리키는 것이었다. 한심하게 쳐다보는 태식의 눈빛을 못 견디고 박연이 소리쳤다.

"그건 내가 운전한 게 아니라…!"

그러나 곧 말문이 막혔다. 심증을 뒷받침해줄 물증이 없었다. 아무런 말도 잇지 못하는 박연을 보며 태식은 그럴 줄 알았다는 듯이 말했다.

"넌 네 엄마랑 다를 게 없어. 난 방송국 놈들이라면 치가 떨리는 사람이다. 그 바닥은 사람 망가트리는 곳이야."

"그래서 가지 말라는 절 두고 가셨죠!"

오래된 일을 떠올린 태식이 짙은 눈썹을 거칠게 움찔거렸다. 원망 섞인 박연의 목소리가 가늘게 떨렸다.

"아직도 저랑 엄마가 그렇게 미우세요? 제가 단지 연예계에 있다는 사실만으로요? 언제까지 이러실 건데요!"

태식은 눈만 끔벅거리는 유다의 손을 다잡으며 말했다.

"네가 그 바닥에서 나오면 네 엄마는 아니더라도 네 얼굴은 보고 사마."

어린 시절, 집을 나가던 그때처럼 아버지 태식은 오늘도 매정하게 돌아섰다. 곧 슈퍼의 불이 꺼지고, 박연은 골목길 가로등 아래 홀로 남겨졌다. 차갑게 굳은 얼굴로 밴에 올라탄 박연이 운전석에 앉은 영범에게 말했다.

"CCTV 찾아봐."

"어떤 CCTV요?"

"음주운전 사고 났던 날. 그 날짜로."

영범이 놀란 토끼 눈으로 박연을 돌아보았다.

흰 도복에 노란띠를 맨 꼬맹이들이 입을 모아 소리쳤다.

"브이 사범니임!"

정권지르기 동작을 하다 말고 멍하게 멈춰 있던 브이가 그제야 정신을 차렸다. 수업의 끝을 알리는 핸드폰 알람이 울렸다. 원생들의 스트레칭을 돕기 위해 다가온 기범이 커다란 손바닥으로 브이의 이마를 덮었다.

"열은 없는데, 왜 이렇게 멍해?"

브이가 뒤꿈치를 들고 기범의 양 뺨을 덥석 쥐었다. 그리고는 기범을 제 얼굴로 끌어당겼다.

"뭐, 뭐야!"

브이는 벌게진 얼굴로 소리치는 기범을 뚫어지게 쳐다보았다.

아무렇지 않다. 심장이 쿵쾅거리지도, 가슴이 떨리지도 않는다. 몸이 말을 듣지 않거나 얼굴이 빨개지지도 않는다.

브이는 기범의 얼굴을 놓고 한숨을 내쉬었다.

'떨리라고 너 흔들어보는 중이야.'

며칠 전 차 안에서 가깝게 다가오던 박연의 얼굴. 그리고 나지막한 속삭임을 차례로 떠올려보던 브이가 두 손으로 얼굴을 감싸 쥐었다.

그래서 흔들렸나? 그래서 떨린 건가?

떨렸다. 하마터면 그대로 키스할 뻔했다. 흰 도복과 상반되게 얼굴이 빨갛게 달아올랐다. 그때 브이의 핸드폰 벨이 울렸다. 영범의 호출이었다. 브이는 빅엔터 사무실로 와달라는 메시지를 보자마자 기범에게 소리쳤다.

"수업 마무리 좀 부탁할게!"

"잠깐…!"

기범이 다급하게 불렀지만 브이는 이미 도장을 뛰쳐나간 뒤였다.

도복에 점퍼를 걸치고 버스 정류장 방향으로 뛰던 브이가 다시 도장을 지나쳐 집으로 향했다. 방으로 후다닥 뛰어 들어와 옷장부터 열어젖혔다. 겨울나기에 좋은 후드티. 활동성 좋은 운동복. 디자인 따위는 고려하지 않은 방한 점퍼. 싱글 장롱 앞에서 한참을 서 있던 브이가 옷장 문을 닫았다.

"내가 거길 가는데 왜 꾸미고 가야 돼? 일하러 가는 거야. 계약서에 도장 꽝 찍었으니까 필요할 때마다 도와주러 가는 거라구."

혼잣말을 하며 입을 이죽거린 브이가 다시 옷장을 열었다. 눈앞에 보이는 회색 후드티를 향해 손을 뻗었다. 그러나 이내 손을 거두고 그 옆에 걸린 핑크색 후드티를 꺼냈다.

빅엔터 건물 앞에 1톤 용달차 두 대가 멈춰 섰다. 짐칸에는 갖가지 색상으로 포장된 선물상자들이 가득 실려 있었다. 그 외에도 빅엔터의 출입구부터 박연이 앉아 있는 사무실 문 앞까지 이어진 플라스틱 박스에는 우편물이 가득 담겨 있었다.

박연은 소파에 누워 중국어로 쓰여 있는 팬레터와 핸드폰의 번역 어플을 번갈아 들여다보았다. 그러다 이내 머리맡에 던져버렸다.

'네가 그 바닥에서 나오면 네 엄마는 아니더라도 네 얼굴은 보고 사마.'

며칠 전 연다슈퍼 앞에서 만난 아버지로부터 굉장한 데미지를 입었다. 팬들로부터 치유를 받고자 편지를 뜯지만, 죄다 비영어권 국가에서 날아온 탓에 도저히 읽을 수가 없다.

우울한 생일의 종지부를 찍을 비보를 영범이 전했다.

"형님이 말씀하신 CCTV요. 회사 입구부터 댁까지 가는 길에 있는 CCTV는 모조리 알아봤는데요, 저장 기간이 30일이래요."

"겨우?"

"법이 그렇대요. 그리고 이거."

영범이 내민 서류파일을 받고들었다.

"작품 들어왔어?"

우울하게 그늘져 있던 박연의 얼굴이 조금 밝아졌다. 음주운전으로 물의를 일으키기 전에는 배우 박연을 섭외하고자 보내온 대본과 시나리오가 늘 2열 횡대로 높게 쌓여 있곤 했다.

뚝 끊겼던 작품 제의가 드디어 재기된 건가?

흐뭇한 표정으로 서류파일을 넘기던 박연이 미간을 좁혔다.

"전원일기? 드라마 타이틀이 왜 이래? 농촌 스릴러? 농촌 로맨스?"

머뭇거리는 영범을 흘끔 쳐다본 박연이 서류 앞장을 확인했다.

'연출 정재연'

"정재연? 어디서 많이 들었는데…."

"인도요. 다큐 찍으셨던 CBC방송국 정 피디님이요."

'인도'라는 말에 박연이 눈을 날카롭게 떴다. 영범은 쩔쩔매며 설명하기 시작했다.

"교양국에서 예능국으로 옮기셨대요. 이번에 새 프로그램을 들어가게 됐는데 인도 다큐 반응이 좋아서 비슷한 기획을…."

"기획을 해서 농촌 예능 기획안을 나한테 보낸 거야? 날 섭외하려고?"

박연은 더 들을 필요 없다는 듯 기획안을 소파 뒤로 쿨하게 던졌다. 때마침 브이가 사무실 안으로 들어섰다.

"밖에 선물들은 다 뭐예요?"

생각지 못한 브이의 등장에 박연이 소파에서 벌떡 일어나 앉았다. 브이의 동창을 만났던 날, 술기운을 빌려 저지른 키스 시도 실패 후 첫 대면이었다. 아버지는 아버지대로. 브이는 브이대로. 자신을 밀어낸 탓에 생일인 오늘 아침까지, 아니 방금 전까지 얼마나 우울했는지 모른다.

박연은 브이의 안색부터 살폈다. 밴에서의 키스 시도 때문에 화가 난 건 아닌지. 여러 번의 학습 끝에 박연은 태권브이의 눈 밖에 나는 게 제일 무섭다는 사실을 인지하고 있었다.

브이의 뒤를 따라 들어온 송 실장이 말했다.

"연이 생일이거든요. 오늘 브이 씨를 부른 이유죠."

생일?

브이의 얼굴이 당혹감에 빨갛게 물들었다. 생일 같은 건 전혀 모르고 있었다. 그러고 보니 박연에 대해 아는 게 거의 없었다. 인터넷에 이름만 쳐도 그에 관한 모든 정보가 우수수 쏟아질 텐데도.

내가 박연이란 남자한테 이렇게까지 무심했나.

브이가 박연을 흘끔 쳐다보았다. 소파 앞에 서서 브이의 눈치를 살피던 박연이 뜨끔한 표정을 지었다.

송 실장은 사무실 바닥에 돌아다니는 선물을 발로 밀어내며 말했다.

"연이 생일이니까 두 사람 데이트 사진 건지려는 파파라치들이 벼르고 있을 거예요. 근데 두 사람이 안 만나버리면 이상하잖아."

데이트? 그런 거라면 땡큐지.

송 실장의 말에 눈치를 살피던 박연의 얼굴이 환해졌다.

"식사나 가볍게 하고 헤어지는 소탈한 데이트샷 연출 부탁드려요. 그러려면 일단…."

송 실장이 브이를 위아래로 훑었다.

후드티에 청바지. 운동화. 점퍼.

배우 애인과 생일 데이트를 하러 나온 옷차림은 절대 아니었다.

송 실장이 웃으며 말했다.

"브이 씨, 옷 좀 갈아입어야겠는데. 갑자기 불러내서 급하게 나오셨구나?"

브이는 고개를 숙여 제 옷을 내려다보았다.

나름 신경 썼는데…. 그냥 회색이나 입을 걸 그랬나….

푹 고개를 숙인 브이를 위아래로 훑어본 박연이 영범에게 말했다.

"가서 나 운동 갈 때 입는 옷 가져와."

애먼 후드티를 만지작거리던 브이가 박연을 빤히 쳐다보았다. 박연은 기지개를 켜며 송 실장에게 대수롭지 않게 말했다.

"누가 요즘 빼입고 데이트를 하냐? 촌스럽게."

"그래도 모양새가 좀…."

박연은 고개를 갸웃거리는 송 실장에게 큰소리를 쳤다.

"진짜야! 요즘 추세가 그래! 아이돌들 파파라치 찍힌 거 못 봤어?"

박연이 우두커니 서서 제 얼굴만 보고 있는 브이의 손을 잡아챘다. 브

180

이는 박연에게 이끌려 사무실을 나왔다.

빅엔터 주차장에 주차된 밴 앞에서 박연을 기다렸다. 곧 회색 맨투맨 티셔츠와 항공점퍼를 입은 박연이 나타났다. 성큼성큼 다가온 박연이 브이의 머리에 검은색 비니를 씌워주었다.

"정말 이러고 사진 찍혀도 돼요? 실장님 말씀처럼 옷을 갈아입는 게…."

"내가 갈아입었잖아. 내가 입으면 트렌드지."

박연은 브이에게 씌운 비니를 정리해주며 말했다.

"아까 나 되게 멋있었지? 배려 넘치지 않았어?"

브이는 앞머리를 정리해주는 박연을 올려다보았다.

솔직히 그랬지. 잠깐… 멋있었다.

거짓말은 할 줄 모르는 브이가 작게 고개를 끄덕였다. 그 모습에 피식 웃은 박연이 브이의 어깨를 감싸 쥐었다.

"그럼 오늘 나랑 데이트해주라."

"지금 하러 가잖아요."

"회사에서 잡은 신사동 소재의 음식점에서 소탈한 식사 데이트. 이딴 거 말고, 진짜 데이트."

"진짜… 데이트?"

"생일선물로 나랑 진짜 데이트하자."

난생 처음 받는 데이트 신청에 브이는 눈만 끔벅였다.

관광객들을 태운 여객선이 깨진 얼음이 동동 떠다니는 북한강을 가르고 달렸다. 하얗게 눈을 뒤집어쓴 남이섬이 점점 가까워졌다.

여객선의 갑판 난간에 기댄 브이가 추위로 인해 빨개진 코를 홀쩍이며 웃었다.

"어디 놀러온 거 처음이에요. 사실 해외여행도 인도가 처음이었어요.

해외 시합 다닌 거 빼면요."

"나도 놀러 다니는 거 오랜만이야. 일 끊기니까 이런 여유가 생기네."

들뜬 브이가 핸드폰을 꺼내들었다. 그녀는 한바탕 눈을 쏟아내고 더없이 맑아진 겨울 하늘과 그 눈을 고스란히 뒤집어쓴 남이섬을 핸드폰 카메라에 담았다. 어린애처럼 신나서 사진을 찍어대는 브이를 빤히 쳐다보던 박연이 핸드폰을 낚아챘다. 등 뒤에서 불쑥 튀어나온 팔이 브이의 허리를 감았다.

박연은 사람들의 시선을 생각해 착용했던 마스크를 턱 아래로 끌어내리며 말했다.

"카메라 봐."

뒤에서 브이를 끌어안은 박연이 핸드폰 카메라를 들이밀었다. 브이는 핸드폰 화면에 비친 제 얼굴과 박연을 멍하니 쳐다보았다. 박연이 브이에게 다정하게 뺨을 붙이고 촬영 버튼을 눌렀다. 찰칵, 소리와 함께 그제야 제정신이 돌아온 브이가 허리를 감은 손을 때렸다.

"사람들 앞에서 뭐하는 거예요!"

"사람들 앞이니까 좋은 기회지. 애인 생일에 백허그 했다고 밀쳐내진 않겠지? 사람들이 다 보고 있는데?"

박연의 말에 브이가 주위를 흘끔 쳐다보았다. 그사이 박연을 알아봤는지 젊은 여대생들이 수군거리고 있었다.

'타인 앞에서 연인 사이로 지낼 것.'

계약 조항을 떠올린 브이가 얌전해졌다. 박연이 큭큭 웃으며 브이의 허리를 꽉 끌어안았다.

짧은 항해 끝에 여객선은 남이나루에 도착했다. 남이섬은 시선이 닿는 곳곳마다 고드름을 매달고 겨울의 정취를 뽐내고 있었다.

박연의 생일선물로 시작된 데이트라는 사실을 까맣게 잊어버렸다. 브이는 신이 난 얼굴로 눈을 빛냈다.

산책로를 따라 걷자, 눈밭에서 뛰놀던 타조가 두 사람을 반겼다. 남이섬에서 기르는 동물 중 하나였다. 울타리 안의 타조가 날개를 푸드덕거리자 박연이 빛보다 빠른 속도로 브이의 등 뒤로 몸을 숨겼다. 브이의 입에서 웃음이 끊이지 않고 터졌다.

박연이 자신감 넘치는 얼굴로 대여소에서 빌린 자전거에 올라탔다.

"저기 숲까지 먼저 도착한 사람이 이기는 거야. 진 사람이 소원 들어주기."

커플 자전거를 놔두고 1인용 자전거를 각자 빌린 이유는 따로 있었다. 아무런 의심 없이 자전거에 올라타는 브이를 보며 박연이 씨익, 음흉한 미소를 지었다.

"나 전직 운동선수거든요? 안 봐줘요."

브이는 페달에 발을 올리며 운동선수 특유의 승부욕을 장전했다. 박연의 기습적인 출발 구령에 맞춰 두 사람만의 자전거 경주가 시작되었다.

브이가 탄 자전거를 선두로 가로수 길을 내달려 코너를 돌았다. 그러나 곧 박연의 자전거가 브이를 따라잡았다.

내가 다른 운동은 안 해도 실내 바이크는 꽤 탔거든?

박연이 페달을 밟는 속도를 높였다. 금세 자신을 추월해 앞서나가는 박연의 뒷모습을 보며 브이가 이를 악물었다.

자전거 두 대가 도착 지점인 잣나무 숲으로 진입했다. 가지마다 하얗게 눈이 얼어붙은 잣나무 사이를 가로지르던 박연이 브레이크를 밟았다. 내팽개치다시피 자전거에서 내린 박연이 두 주먹을 머리 위로 뻗으며 소리쳤다.

"이겼다아! 이겨쓰!"

간발의 차이로 숲에 도착한 브이가 잣나무 아래 자전거를 세웠다. 박연은 골이라도 넣은 축구선수처럼 브이의 앞을 뛰어다니며 얄밉게 세리머니를 펼쳤다. 입술을 삐죽 내민 브이가 작게 중얼거렸다.

"유치해."

"생일인 사람 이겨보겠다고 죽을힘을 다해서 달리던데? 전직 운동선수가 일반인 상대로 그래도 돼?"

하여간 말싸움은 하나도 안 진다. 브이가 화제를 돌렸다.

"그래서 소원이 뭔데요? 이상한 건 안 들어줄 거야."

두 팔로 가슴을 가렸다.

"거길 왜 가려?"

"전적이 한두 번이에요? 나 떨리라고 흔들어볼 거라면서요. 무슨 짓 할 줄 알아?"

농담 반, 진담 반으로 말하는 브이를 빤히 쳐다보던 박연이 한 걸음 다가왔다. 이거 봐. 브이가 박연의 얼굴을 보며 뒤로 물러섰다.

"그래서 떨렸어?"

떨렸다. 이렇게 다가올 때마다. 박연이 한 걸음 다가오면 브이는 반걸음을 물러났다. 주춤거리며 뒤로 물러나던 걸음이 등 뒤에 서 있는 잣나무에 닿았다. 더 이상 물러날 곳 없는 브이가 나무에 등을 기댄 채 박연을 올려다보았다. 코앞까지 다가온 박연이 허리를 숙였다.

어느덧 한 뼘 거리를 두고 마주선 브이에게 박연이 나지막이 물었다.

"요즘 내 고민이 뭔 줄 알아?"

"내가 어떻게 알아요…."

"어떻게 해야 너한테 남자로 다가갈 수 있을까."

브이는 자신을 향해 내리깔린 눈을 가만히 보았다.

"나한테 너는 너무 여잔데. 너한테 나는 남자가 아니라니까."

장난기 없이 진지한 눈동자는 뺨을 스치는 차가운 겨울바람도 느껴지지 않을 정도로 따뜻했다.

"내가 너한테 빨리 남자였으면 좋겠어서."

먼 곳에서 바람을 타고 들려왔다. 풍경 소리인지, 종소리인지. 바람결처럼 잡히지 않고 흩어지는. 그러나 분명히 들렸다.

'종소리 천만 번도 더 들리게 만들 거야.'

브이의 뺨이 붉게 물들기 시작했다.

아무런 대꾸도 없는 브이를 내려다보던 박연이 돌아섰다. 자전거를 끌고 멀어지는 박연의 뒷모습을 지켜보던 브이가 제자리에 주저앉았다.

'씨바견'으로만 보이던 남자가 괜찮은 남자로 보이기 시작하더니 이젠 눈만 마주쳐도 가슴이 두근거린다. 다리가 후들후들 떨린다. 그리고 방금, 종소리마저 들어버렸다.

"나 왜 이래?"

혼잣말을 중얼거린 브이가 붉게 물든 뺨을 두 손으로 문질렀다.

어두워진 섬은 카페와 상점, 갖은 조형물의 조명들이 아름답게 빛나기 시작했다. 박연과 브이는 섬 중앙의 잣나무 길을 나란히 걸었다. 양옆으로 길게 늘어선 잣나무에 걸린 풍선 모양의 조명에도 불이 들어왔다. 밤하늘을 떠다니는 흰 풍선이 밝게 빛나는 듯했다.

풍경은 예쁜데 예쁜 풍경이 눈에 다 들어오지 않았다. 말없이 곁에서 걷고 있는 남자 때문에. 박연 덕분에 브이의 머릿속은 대혼란에 휩싸였다.

고백을 받을 때만 해도 종소리는커녕 떨리지도 않았는데 왜 갑자기….

브이는 제 보폭을 맞춰 걷고 있는 박연의 운동화만 보며 걸었다. 차마 얼굴은 못 보겠다.

늦은 밤, 서울에 도착한 밴은 브이의 집이 아니라 도장으로 향했다.

브이가 영범에게 은밀하게 전한 부탁이었다. 불 꺼진 도장에 박연을 남겨둔 브이는 기다리라는 말만 남기고 사라졌다.

홀로 남겨진 박연은 창가로 다가가 맞은편 건물을 내려다보았다. 1층의 연다슈퍼는 이미 문을 닫았는지 불이 꺼져 있었다.

"내 생일인 거 알면서. 아버지는 올해도 큰아들한테 너무하시네."

굳은 얼굴로 혼자 중얼거려보았다. 박연의 아버지 태식은 들을 수 없겠지만 듣는대도 별 소용없는 말이었다. 그때 등 뒤에서 노랫소리가 들려왔다.

"생일 축하합니다."

사라졌던 브이가 생일 축하 노래를 부르며 나타났다.

"생일 축하합니다. 사랑… 받는 배우 박연. 생일 축하합니다."

브이가 손에 든 빵은 편의점에서 파는 카스텔라였다. 빵에 옹기종기 꽂힌 초가 타들어가고 있었다.

늦은 시각이라 빵집에서 케이크를 사진 못하고 편의점에서 산 빵으로 대체했다. 생일을 몰랐던 게 영 마음에 걸린 탓이었다.

"얼른 불 꺼요."

웃으며 초가 꽂힌 빵을 내미는 브이를 빤히 쳐다보던 박연이 한참 만에 입을 열었다.

"자전거 시합에서 이긴 거 소원 들어줘."

11시 57분. 박연이 손목시계를 확인하며 말했다.

"내 생일 3분 남았거든? 3분 동안 손잡을래."

브이는 박연의 소원을 듣자마자 아직 잡지도 않은 손이 뻣뻣해지는 게 느껴졌다. 거절할 새도 없이 박연은 바닥에 깔린 파란색 운동매트로 브이를 앉혔다. 그 옆에 나란히 앉은 박연이 손을 잡아왔다. 크고 따뜻한 손바닥이 브이의 손바닥에 포개어졌다.

손을 잡는 게 분명 처음도 아닌데 브이는 손바닥으로 닿은 감촉이 낯설게만 느껴졌다. 갑자기 손이 뜨거워지는 것도 같고, 땀이 날 것도 같다. 브이는 발치에서 초가 타들어가고 있는 빵만 노려보았다.

도장 창밖으로 내다보이는 밤하늘을 보던 박연이 혼잣말처럼 중얼거렸다.

"부모님 이혼하고 생일 때마다 지인들이랑 파티를 했어. 그냥 혼자 있는 게 싫어서. 시끌벅적하게 지나가버리면 외로울 틈이 없겠다 싶었거든."

애먼 빵만 노려보던 브이가 가만히 박연의 이야기에 귀를 기울였다.

"근데 오늘은 너랑 단둘이 보내는데도 참 좋아."

박연이 픽 웃으며 브이를 돌아보았다.

"너랑 있으면 내가 어떤 놈인지 중요하지 않아. 네가 나를 그대로 봐줘."

브이가 고개를 들었다. 저를 다정하게 바라보는 눈과 마주했다.

"실망시키지 말고 잘나가야 하는 배우 박연이 아니라, 그냥 박연으로. 그래서 나는 네가 좋아."

또 한 번의 고백. 심장은 고백이 처음인 것처럼 가슴이 저리도록 뛰었다. 브이는 잠시 숨을 쉬는 것도 잊은 채 눈을 깜박였다. 그때 확 다가온 박연이 앉아 있는 브이를 매트 위로 넘어트렸다.

박연이 손을 빼내려는 브이에게 나지막이 속삭였다.

"아직 1분 남았어."

브이는 일어서려는 자신을 힘으로 누르고 버티는 박연을 멍하니 올려다보았다. 두 사람이 서로의 눈을 보며 힘을 겨루는 동안에도 빵에 꽂힌 초는 조금씩 녹아갔다.

박연이 반듯한 미간을 구기며 물었다.

"나 싫진 않지?"

브이는 입술을 꾹 다물었다. 한마디라도 뱉었다가는 심장이 터질 것만 같았다.

"아직도 내가 남자로 안 보여?"

철없는 말장난을 하거나, 얄밉게 잘난 척을 하거나, 겁을 내고 몸을 사리거나. 그동안 브이가 봐왔던 박연은 여기 없었다. 대답 없는 짝사랑에 애 닳은 남자만이 있었다.

"내가 이렇게 남잔데…."

박연이 속삭이는 동시에 다 타들어간 초가 꺼졌다. 도장 전체가 깜깜한 어둠 속에 잠겼다. 서로의 숨소리만이 서로가 거기에 있음을 알려주었다. 브이의 머릿속에서 직감적으로 위험을 알렸다. 남이섬에서부터 번쩍이던 적신호였다.

다시 한 번 일어서려는 브이를 향해 낮은 목소리가 속삭였다.

"30초 남았어."

눈이 어둠에 익자 박연의 얼굴이 서서히 시야에 드러났다. 두 사람은 서로를 말없이 바라보았다.

"20초…."

박연이 브이에게서 눈을 떼지 않은 채 남은 시간을 카운트했다. 곧 두 번째 카운트가 이어졌다.

"10초."

작게 속삭인 박연이 곧바로 고개를 숙였다. 어둠 속에서 입술이 닿았다. 축축하게 맞닿은 입술이 벌어졌다. 브이는 입술보다 뜨겁고 부드러운 혀가 입안을 파고드는 순간, 눈을 감았다. 머릿속에서 이미 경고했지만 터질 듯이 뛰던 심장이 결국 터져버렸는지 몸이 말을 듣지 않았다. 아무리 애를 써도 거부할 마음이 들지 않았다. 마음이, 몸이 모두 박연과의 입맞춤 앞에서 무기력해졌다. 아무런 생각도, 어떤 행동도 할 수 없었다.

브이의 손을 틀어쥐고 있던 박연이 힘을 풀었다. 커다란 손이 손목을 부드럽게 감싸 쥐었다. 박연은 매트에 누운 브이의 위로 상체를 기울이고 입맞춤을 이어갔다.

브이의 손목을 문지르던 손이 뺨을 감쌌다. 브이는 귓가에서 울리는 시계 초침소리가 제 심장소리처럼 크게 들렸다.

박연의 손목에 채워진 메탈시계의 초침이 숫자 '12'를 지났다. 그 순간 도장 전체가 환해졌다. 먼저 빛을 감지한 브이가 눈을 떴다. 브이는 여전히 눈을 감은 채 키스에 열중 중인 박연을 서둘러 밀쳐냈다.

짤랑. 도장 열쇠를 놓친 기범이 두 사람을 손가락으로 가리켰다. 그런 기범의 옆에는 브이의 부친 현수가 귀신이라도 본 듯한 표정으로 서 있었다. 브이는 너무 놀라 말도 제대로 나오지 않는 입을 가까스로 벙긋거렸다.

"아, 아빠."

뒤늦게 현수를 발견한 박연이 반사적으로 무릎을 꿇어앉았다. 박연은 현수의 눈치를 살피며 빨갛게 부어오른 입술을 비벼 닦았다.

무협지의 호위무사처럼 기범은 브이의 옆에 딱 붙어섰다. 박연을 향한 두 눈이 매섭게 빛났다. 양손에 발차기용 미트를 든 현수가 다소곳하게 무릎을 꿇어앉은 박연의 앞에 멈춰 섰다.

"그러니까 대학 후배가 아니란 말이지?"

현수는 브이와 교제하는 사이라는 박연의 말이 믿기지 않는 눈치였다. 현수가 브이를 홱 돌아보았다. 현수와 눈이 마주친 브이가 바짝 긴장했다. 태어나서 이때껏 본 아빠의 얼굴 중에 가장 무서웠다.

"권브이, 네가 말해봐. 이놈 말이 사실이야? 둘이 정말 사귀는 거 맞아?"

금방이라도 콧김을 뿜으며 손에 잡히는 대로 박살을 낼 듯이 묻는 현수를 보자니 도무지 입이 떨어지지 않았다. 현수의 물음에 대답을 하는 대신 박연을 보았다. 브이의 눈동자가 박연에게 돌아가기 무섭게 현수가 한 번 더 역성을 내었다.

"권브이! 정말로 이 자식 좋아해서 만나는 게 맞느냐고!"

남자라고는 제 아버지밖에 모르고 오로지 운동만 안다고 믿었던 딸이었다. 현수의 눈에 브이는 아직도 저를 따라 도장에 다니던 12살 꼬맹이였다. 현수는 아무런 대답도 못하는 브이를 보고 확신을 얻었는지 박연에게 소리쳤다.

"운동만 해서 아무것도 모르는 순진한 애를 꼬드긴 거 아니야?"

흥분해서 발차기용 미트를 들고 달려들 것처럼 구는 현수를 기범이 온몸으로 막아섰다. 박연은 생존본능을 발휘해 두 팔로 머리부터 막았다. 그리고는 이 모든 사달을 잠재울 수 있는 유일한 사람인 브이에게 구원의 눈빛을 보냈다.

그렇게 가만히 있지 말고 사귀는 사이라고 말해. 서로 좋아한다고 말해, 얼른! 우리 이제 계약 그딴 게 아니라 서로 정말 좋아하는 사이 맞잖아?

두 눈에 진심을 담아 억울함을 호소했다. 그러나 박연의 마음속 외침이 들리지 않는지 브이는 여전히 입을 다물고 있었다. 다급하던 박연의 얼굴이 뒤통수라도 맞은 사람처럼 멍해졌다.

분명히 권브이 스스로 키스를 허락했다. 오늘은 억지로 하지도 않고, 술도 마시지 않았다.

그런데⋯ 저 얼굴, 저 눈빛, 저 반응은 뭔데?

현수는 아무 말 없이 서로를 보고 있는 박연과 브이를 번갈아 쳐다보

왔다. 입이 붙어버린 것처럼 아무 말도 않던 브이가 돌연 도장을 뛰쳐나
갔다. 예상치 못한 브이의 도주에 현수가 길길이 날뛰었다.

"이 자식이 우리 딸한테 일방적으로 이상한 짓 한 게 맞구만!"

브이가 사라진 도장 문을 멀거니 쳐다보던 박연이 미간을 찌푸렸다.
하얀 얼굴이 심각한 낯빛으로 굳어졌다.

키스를 받아주길래 기뻤다. 이제야 마음을 받아주는구나 싶었다. 그
런데 지금 이게 무슨….

생일이 끝나는 12시가 지나자마자 꿈에서 깨어난 기분이었다.

브이는 도장 건물을 뛰쳐나오자마자 헉헉 숨을 몰아쉬었다. 제자리에
웅크리고 앉아 떨리는 두 손으로 입술을 가렸다.

설렜다. 아직도 입술이 두근두근해. 키스했다, 키스했어. 왜? 내가 좋
아해? 그 남자를? 박연을?

커다란 눈이 혼란스럽게 흔들렸다. 갑작스럽게 자각한 감정이 머릿
속에서, 가슴속에서 뒤죽박죽으로 엉겼다. 그때 뒤에서 인기척이 들려
왔다. 놀란 브이가 자리에서 벌떡 일어섰다. 단단히 화가 난 현수에게서
어떻게 빠져나왔는지 박연이 브이를 빤히 쳐다보고 있었다.

브이는 떨고 있는 두 손을 재빨리 등 뒤로 감추었다. 무슨 말을 어떻
게 꺼내야 할지 모르겠다. 브이가 애먼 입술만 깨물며 머리를 긁적였다.

점퍼 주머니에 두 손을 꽂은 박연이 먼저 입을 열었다.

"나랑 키스 왜 했어?"

"네?"

생각지도 못했다. 단도직입적인 질문을 받은 브이가 빨갛게 달아오른
얼굴로 중얼거렸다.

"그게요, 그러니까요…."

"왜 너희 아버지한테 아무 말도 못해? 키스까지 했으면 너도 나 좋아

하는 거 아니야? 이제 우리 서로 좋아하는 사이 아니야?"

"잘 모르겠어서…."

"뭘 잘 몰라?"

박연은 취조하듯 쉬지 않고 직접적으로 물었다.

"내가 박연 씨를… 좋아하게 된 건지를…."

기어들어가는 목소리로 자신 없게 대답하는 브이를 본 순간, 박연은 눈이 동그래졌다.

"그걸 왜 몰라? 키스 좋았어, 안 좋았어?"

확실히 좋았다. 뜨겁고, 따뜻했고, 부드러웠다. 아무런 생각도 안 들 만큼. 손가락 하나 까딱 못할 만큼 온몸에 힘이 쭉 빠졌는데. 이게 안 좋아서 그랬을 리는 없다.

거짓말에는 능하지 못한 브이가 솔직히 대답했다.

"그건, 좋았죠."

"키스는 좋았는데 나 좋은지는 모르겠다고?"

박연은 밤하늘을 올려다보며 기가 차서 웃음을 뱉었다. 브이는 어이없어 하는 박연을 보며 나름의 변론을 했다.

"나도 내가 어이없고, 지금 혼란스럽고 그렇거든요? 이런 상태에서 내가 박연 씨를 좋아한다, 안 한다 어떻게 바로 판단을 해요?"

"넌 누굴 좋아하는 감정을 꼭 이성적으로 판단해야 하니?"

따지다보니 억울해졌다. 박연은 금방이라도 울 것처럼 서러운 목소리로 쉬지 않고 쏘아붙였다.

"나더러는 좋아하는 거 인정하라고, 어? 둘 중 어느 쪽이든 당신은 나한테 쓰레기야! 이러면서 사과도 하지 말라고 했던 거 기억 안 나? 근데 넌 왜 모른대?"

"인정을 안 하겠다는 게 아니라 이런 감정이 처음이라 모르겠다구요.

내 감정이 박연 씨가 나 좋다는 것처럼 그런 건지, 아니면 박연 씨가 자꾸 흔들어대니까 잠깐 흔들린 건지….”

“잠깐 흔들려? 말 참 예쁘게 한다?”

엇나간 핀트에 브이가 답답한 마음을 담아 머리칼을 흐트러뜨렸다. 그러나 박연은 이미 단단히 삐친 얼굴이었다. 브이가 평정심을 유지하기 위해 심호흡을 시도했다. 깊게 숨을 들이마시고 내쉬는 순간, 심호흡을 한 게 무색해졌다. 저 나름대로의 억울함이 입 밖으로 다다다 튀어나왔다.

“나도 지금 정신이 없다구요. 머리가 깨질 것 같은데 아빠는 아빠대로 화만 내지! 그쪽은 나한테 생각할 시간도 안 주지!”

속상한 마음을 쏟아낸 브이가 씨근거리는 숨을 삼켰다. 어느새 무표정하게 얼굴을 굳힌 박연이 브이를 빤히 보았다. 표정만큼이나 굳은 목소리가 흘러나왔다.

“피곤해서 먼저 간다. 너희 아버지한테는 네 그 음흉한 친구 자식이 우리 사귀는 거 맞다고 말해줬으니까 집에 가서 잘 말씀드려.”

무심한 목소리로 말을 마친 박연이 돌아섰다. 브이는 멀어지는 박연을 잡지 못하고 바라보기만 했다.

화났다. 어떡하지….

어둠 속으로 박연이 완전히 사라졌다. 브이가 힘없이 어깨를 추욱 늘어뜨렸다.

도장이 쉬는 날이어도 일찍부터 일어나 아침 운동을 나가는 것이 브이의 일과였다. 그러나 오늘은 침대에 누워 핸드폰 화면만 들여다보았다. 박연과 남이섬 여객선에서 함께 찍은 사진을 보는 중이었다.

현수는 더 이상 그날 일에 대해서는 말을 꺼내지 않았다. 언제까지나 어린애일 것 같던 딸의 키스를 목격한 것에 대해 여전히 충격이 가시지 않은 듯했다.

박연과 뺨을 다정히 붙이고 찍은 사진을 들여다보던 브이가 덮고 있던 이불을 뻥 걷어찼다.

키스까지 해놓고 좋아하는지 모르겠다는 이상한 말이나 했으니 화날 만도 하지…!

도장 매트에 누워 박연의 키스를 순순히 받아들이던 제 자신이 떠올랐다. 얼굴이 새빨갛게 달아오른 브이가 벌떡 일어나 앉았다. 베개를 제압하듯 무릎 사이에 끼워 넣고 주먹질을 해댔다.

"그! 걸! 왜! 했냐구!"

베개에 정권을 찔러 넣던 브이가 곧 제풀에 지쳐 침대 위로 풀썩 쓰러졌다. 얼굴 위로 머리칼이 아무렇게나 헝클어졌다. 조금 전 주먹질을 해대던 게 무색하도록 침대에 축 늘어진 채로 중얼거렸다.

"정말 그 남자가 좋아서 한 거니… 그냥 분위기에 넘어간 거니…."

얼굴에 달라붙은 머리칼을 쓸어 넘겼다. 멍하니 천장을 올려다보았다. 허공에 박연의 얼굴이 그려졌다.

화 많이 났겠지?

눈을 굴리며 생각에 잠겼던 브이가 침대에서 급하게 내려왔다. 그리고는 옷장 문부터 열어젖혔다.

'박연, 남이섬에서 다정한 백허그? 관광객에게 포착!'

인터넷 언론 매체의 연예 카테고리 1면을 장식한 기사 사진에는 여객선 난간에 기대어 백허그 중인 박연과 브이가 담겨 있었다. 여객선에 함께 탔던 관광객이 찍은 사진이 인터넷에 퍼지며 기사화가 된 모양이었다.

커피머신에 커피캡슐을 넣은 박연은 제조 버튼을 눌러놓고 핸드폰을 다시 들여다보았다. 스크린샷 저장 완료. 브이와 함께 찍힌 기사 사진을 핸드폰 사진첩에 저장했다.

예열을 마친 커피머신이 커피를 내리기 시작했다. 에스프레소가 쌉싸름한 향을 풍기며 머그잔 안으로 쏟아졌다.

홈바에 기대어 서서 커피를 기다리는데 초인종이 울렸다. 핸드폰에 저장된 백허그 사진을 보던 박연의 시선이 현관 벽면의 비디오폰으로 향했다.

에스프레소가 내려진 머그잔을 들고 비디오폰 앞에 섰다. 대문 밖에 선 브이의 얼굴이 비디오폰 화면에 가득 찼다.

한 손에 머그잔을 든 박연이 현관 벽에 어깨를 기대어 섰다. 화면에 비친 브이를 보며 비디오폰의 통화버튼을 눌렀다.

-누구세요?

익숙한 목소리가 스피커를 통해 흘러나왔다. 대문 밖에 선 브이가 초인종 카메라를 보며 큼큼, 목청을 가다듬었다.

"나예요. 문 좀 열어줘요."

-싫어.

문도 열어주기 싫다고 할 줄은 몰랐다. 예상 밖의 대답에 커다란 눈동자가 또르르 굴러갔다.

박연은 눈만 굴리고 서 있는 브이의 모습을 비디오폰의 화면으로 지켜보며 방금 내린 에스프레소를 한 모금 넘겼다.

말 그대로 문전박대를 당한 브이가 당황한 표정으로 중얼거렸다.

-일단 문부터 열어주고….

"생각할 시간 달라며. 가."

박연은 단칼에 통화종료 버튼을 눌렀다. 동시에 눈을 동그랗게 뜨고 있는 브이의 얼굴을 비추던 화면도 까맣게 암전되었다. 입을 이죽거리며 겨울 오전의 햇살이 쏟아지고 있는 테라스로 걸음을 옮겼다.

천연기념물 태권브이. 순진한 것도 정도가 있지. 자기가 날 좋아하는지 안 하는지도 몰라?

테라스 창 앞에 서서 따뜻한 햇살을 받으며 머그잔을 입으로 가져갔다. 바지주머니에 손을 꽂아 넣은 채 정원을 둘러보던 박연의 시선이 무심코 담벼락을 향했다.

"푸흡…!"

후후, 불어 조심스럽게 넘기던 에스프레소가 분수처럼 뿜어져 나왔다. 눈이 휘둥그레진 박연이 입을 닦으며 중얼거렸다.

"쟤, 쟤 왜 저래?"

정원을 둘러싼 담벼락에 매달려 얼굴을 불쑥 내민 이는 다름 아닌 브이였다. 테라스에 서 있는 박연을 발견한 브이가 눈인사를 건넸다.

외투는 고사하고 트레이닝 바지에 니트 한 장을 입고 있던 그대로 문밖으로 뛰쳐나왔다. 발에 대충 꿰어 신은 슬리퍼는 누가 보아도 놀라서 뛰어나온 행색이었다. 박연이 제 키보다 높은 담벼락에 간신히 매달려 있는 브이를 올려다보며 소리쳤다.

"뭐하는 거야! 빨리 안 내려와?"

박연은 담벼락에 대롱대롱 매달려 있는 브이의 아래 섰다. 브이가 운동화발로 허공을 더듬어 박연의 어깨를 밟았다. 브이가 박연을 딛고 땅으로 안전히 착지했다. 박연이 밟힌 어깨를 주무르며 따지듯 물었다.

"왜? 왜 왔어?"

흘끔 박연의 눈치를 살핀 브이가 운동화 끝으로 바닥을 툭툭 차며 대답했다.

"그날 화내고 갔으니까. 걱정돼서요."

"그리고?"

"그리고 내가 내 감정을 모르겠는 게 미안해서….'

"또?"

"또 이거."

브이가 집을 나설 때 점퍼 주머니에 쑤셔 넣었던 검은색 비니를 꺼냈다. 남이섬에 갈 때 박연이 씌어주었던 그 비니였다. 박연은 제 앞에 내밀어진 비니를 보며 입을 떼었다.

"화났을까 봐 걱정되고, 미안하고, 그리고 이거? 다른 할 말은 없어? 생각해보니 내가 박연 씨를 좋아하네요. 키스도 좋아해서 한 거예요. 키스하고 나니 더 좋네요. 이런 거."

제 눈을 빤히 쳐다보는 박연을 마주보던 브이가 억울한 표정으로 말했다.

"아직 생각 중이에요. 그러니까 왜 흔든다, 어쩐다 그런 말을 했어요. 내가 헷갈리잖아요. 그냥 분위기에 흔들린 건지 좋아진 건지. 애초에 박연 씨가 그런 말을 안 했으면 내가 이렇게 헷갈릴 일이 있겠냐구요."

나름대로 억울함을 토로하는 브이의 말을 가만히 듣던 박연이 비니를 홱 채갔다. 그리고는 조금 전 브이가 매달려 있던 담벼락을 가리켰다.

"너 운동신경 이런 데다 쓰지 마. 이 담 넘으면 가택침입이야, 알아?"

경고하듯이 주의를 준 박연이 뒤도 돌아보지 않고 대문 안으로 들어가 버렸다. 골목에 홀로 남은 브이가 박연을 따라 걸음을 떼었지만 대문은 매정히도 닫혔다. 꽉 닫힌 대문이 마치 박연의 마음처럼 느껴졌다.

맨날 나 좋다던 사람이 저러니까 적응 안 된다. 답답하고 속상한데 머릿속은 여전히 복잡하기만 하고….

대문 앞을 서성이던 브이가 터덜터덜 돌아섰다. 그때 핸드폰 벨이 울렸다. 발신번호는 저장되어 있지 않은 전화번호였다. 통화버튼을 누른 핸드폰을 귀에 가져가자마자 발랄한 목소리가 들려왔다.

-언니, 나 수아예요.

핸드폰 너머 수아는 몇 년이나 알고 지낸 사이처럼 브이를 친근하게 불렀다. 그러나 브이의 머릿속에 생성된 데이터는 그리 친근한 종류의 것들은 아니었다.

#조수아 #박연의_구_여친 #침대에서는_스윗하잖아

브이는 수아의 목소리를 들으며 일전에 잡지 촬영장에서 보았던 모습을 매치시켰다. 운동선수에 대해 호의적으로 말하는 모습에 전화번호를 넘겨주었지만 브이에게 수아는 아직 어떤 캐릭터인지 감이 잡히지 않은 상태였다.

-언니 보고 싶은데. 나랑 만날래요?

눈을 가늘게 뜬 브이가 우뚝 걸음을 멈추었다.

방금 전까지 박연의 집 앞에 서 있던 브이는 정신을 차리고 보니 강남 압구정에 위치한 백화점에 있었다. 만나자는 수아의 제안을 제정신이 아닌 상태로 수락했던 것 같다. 하지만 아무리 제정신이 아니었다지만 백화점은 얼마 전 키스한 남자의 구 여친과 만나기에는 생소한 장소가 아닌가.

수아는 만난 지 30분이 지났지만 불러낸 용건은 말하지 않고 이 매장, 저 매장을 오가며 쇼핑 중이었다. 브이는 그런 수아를 곱지 않은 시선으로 쳐다보았다.

무슨 생각으로 불러낸 거지? 왜 불러내고 쇼핑만 해? 무슨 의도가 있는 건가?

아마 소연이었다면 수아의 행동을 파악했을 것이다. 그러나 브이는 소연에게 고교동창 진희가 여우라 불린 이유를 깨닫는 데만 자그마치 10년이 걸렸다. 운동만 해온 터라 여자들의 심리전에는 눈치가 약했다. 그저 브이가 할 수 있는 일은 먼저 묻지 않는 것뿐이었다.

속셈이 뭐냐고 먼저 물어보면 지는 거야. 다 아는 척해야 해. 아는 척…

속으로 주문을 외던 브이는 수아의 쇼핑 시간이 40분을 넘어갈 때, 결국 궁금함을 참지 못하고 터트려버렸다. 양손에 쇼핑백을 한가득 들고 다음 매장으로 옮겨가는 수아의 앞을 척 가로막았다. 선글라스를 내려쓴 수아가 브이를 빤히 쳐다보았다. 브이가 눈을 피하지 않고 전투적으로 물었다.

"왜 부른 거예요?"

"내가 언니 보고 싶었다니까?"

'언니 보고 싶은데. 나랑 만날래요?'

브이는 조금 전 통화에서 했던 말을 그대로 뱉는 수아를 이해가 가지 않는 표정으로 보았다.

"그쪽이 나를 왜 보고 싶어 해요?"

"언니랑 친해지고 싶어서."

"그러니까 왜요?"

수아는 양손에 들고 있던 쇼핑백들을 바닥에 내려놓았다. 저를 향해 큰 눈을 부릅뜨고 대답을 기다리는 브이의 얼굴을 보며 생각했다.

왜 친해지고 싶냐고? 친해져야 하니까. 친해져야 내가 박연 골탕 먹이기가 쉬워지지.

이 속내를 어떻게 하면 더 자연스럽게 포장할 수 있을까 궁리하던 때였다. 브이가 돌연 수아를 지나쳐 성큼성큼 걸어갔다. 수아는 제 곁을 지나쳐가는 브이를 따라 뒤를 돌아보았다. 브이가 여성복 매장 앞을 서성거리고 있는 남자 앞에 섰다. 그리고는 다짜고짜 남자에게 소리쳤다.

"이보세요! 지금 뭐하셨어요?"

핸드폰을 만지작거리던 남자가 화들짝 놀라며 브이를 돌아보았다. 작은 체구에, 명품관이 즐비한 백화점과는 어울리지 않게 후드티와 점퍼를 입은 브이를 남자의 시선이 훑었다. 남자는 거만하게 표정을 바꾸고 반문했다.

"뭐야, 넌?"

브이가 남자에게 손을 내밀었다.

"핸드폰 보여주세요."

"뭐?"

"지금 저 여자분 사진 찍으셨죠? 핸드폰 확인 좀 할게요."

정장치마를 입은 매장 여직원을 가리킨 브이가 남자를 향해 내민 손을 재촉하듯 흔들었다. 수아는 선글라스를 벗으며 재미있다는 미소를 지었다.

역시 박연이 순순히 갖게 놔두기에는 아깝다니까.

브이와 남자가 대치하고 있는 여성복 매장으로 사람들의 시선이 집중되었다.

"네가 뭔데 내 핸드폰을 달래? 비켜!"

남자의 손이 브이를 향했다. 브이는 제 어깨를 밀치려는 손을 재빨리 잡아챘다. 평범한 사람이라기에는 빠른 반사 신경이었다. 브이에게 단번에 손을 잡힌 남자가 당황한 얼굴을 했다. 브이는 제 손아귀에서 벗어나려는 남자를 더욱 꽉 붙들었다. 손이 빠지지 않자 남자의 표정이 험상궂어졌다.

남자는 브이의 얼굴이라도 내려칠 듯이 반대편 손을 들어 올리고 소리쳤다.

"에이 씨! 이게 진짜…!"

그 순간이었다. 브이가 허공을 가르는 남자의 팔목을 낚아채 뒤로 꺾었다.

"아악!"

남자가 비명을 질렀다. 등 뒤로 양팔이 꺾인 남자는 눈 깜짝할 사이에 브이에게 완벽히 제압당했다. 남자를 제압한 브이가 그의 손에 들린 핸드폰을 뺏었다. 핸드폰에는 역시나 매장 직원의 다리를 찍은 사진과 영상이 남아 있었다.

팔이 꺾여 옴짝달싹 못하는 남자가 직원에게 소리쳤다.

"뭘 보고 서 있어? 빨리 이거 안 치워?"

발을 구르며 안절부절 못하던 매장 직원이 달려왔다. 브이는 직원에게 핸드폰을 내밀었다.

"본인 맞죠? 걱정 마세요. 지금 지워드릴게요."

"저 아니에요!"

"네? 잘 보세요. 영상에 나오는 여자분 명찰에 '이은지'라고 쓰여 있잖아요."

브이는 얼굴이 하얗게 질려 있는 직원의 가슴께에 달린 명찰을 턱짓으로 가리켰다. '이은지'란 이름이 핸드폰 영상 속 직원의 명찰과 같았다. 영상이 찍힌 장소, 시간, 영상 속 인물의 생김새까지. 본인이 아닐 수 없는데도 직원은 금방이라도 울 것 같은 표정으로 도리질만 쳤다.

영상에 찍혔다는 사실을 부인하는 직원을 향해 남자가 눈알을 희번덕거렸다.

"내가 얼마나 팔아준 줄 알아? 내 돈으로 먹고 사는 주제에! 내가 이 백화점 골드회원이야!"

브이는 악을 지르는 남자의 팔을 더욱 세게 꺾었다. 남자가 몸을 뒤틀며 고통스러워했다. 멀찍이 서서 상황을 지켜보던 수아가 선글라스를 벗어내며 다가왔다. 클러치백을 뒤적여 꺼낸 지갑을 열었다. 지갑에서 꺼낸 것은 백화점의 최상위 등급인 VIP 회원에게 주어지는 블랙카드였다. 수아가 남자의 얼굴 앞에 카드를 들이밀었다.

"팔아줘도 내가 너보다 배로 팔아줬어요. 아저씨가 쓴 돈은 바닥에 붙은 껌 떼는 데 쓰이면 끝이에요."

턱을 치켜든 수아가 직원을 돌아보았다.

"영상에 찍힌 거 본인 맞죠?"

제 편을 들어주는 더 높은 포식자의 등장에 안심했는지 그제야 직원이 울음을 터트리며 고개를 끄덕였다. 수아는 브이의 손에 들린 핸드폰을 뺏어들었다.

"증거 제출."

수아가 브이를 보며 싱긋 웃어보였다. 그런 수아의 어깨 너머로 검은 정장을 입은 안전요원들이 달려오는 게 보였다.

남자는 조서를 작성중인 경찰에게 억울함을 피력했다. 경찰서 안이 쩌렁쩌렁 울렸다.

"이 여자를 폭행죄로 고소할 겁니다. 이거 보십쇼. 팔이 안 돌아갑니다!"

브이에게 꺾였던 팔을 들고 엄살을 피웠다. 브이는 남자의 말은 무시한 채 뒤를 돌아보았다. 빅엔터의 변호사를 데리고 달려온 송 실장이 뒤쪽에서 백화점 관계자와 이야기 중이었다.

피곤한 얼굴로 조서를 작성하던 경찰이 남자를 향해 사무적으로 물었다.

"영상은 왜 찍었어요?"

"그냥 예뻐서 찍어준 겁니다. 백화점 직원은 서비스직 아닙니까? 치마도 손님한테 잘 보이려고 입는 거잖아요? 그래서 제가 잘 봐준 겁니다. 그런 사람 팔을 이 지경으로 만듭니까?"

남자의 옆에 앉아 있던 수아가 책상을 탕, 치며 일어섰다.

"이 아저씨가 정신을 못 차리네? 날도 추운데 이불 속에 곱게 처박혀서 이 세상에 태어난 걸 사죄할 것이지, 어딜 기어 나와서 더러운 존재감을 뽐내?"

이야기 중인 송 실장을 살피던 브이도 발끈해서 벌떡 일어섰다.

"모든 서비스직에 있는 여성 종사자들이 당신 보라고 예쁜 거 아니거든요? 치마도 당신 같은 사람한테 잘 보이려고 입은 거 절대 아니에요!"

대화 중이던 빅엔터의 변호사와 송 실장, 백화점 관계자까지. 나란히 서서 씩씩대고 있는 두 여자를 멍하게 넋을 놓고 쳐다보았다. 조서를 꾸미던 경찰이 앉으라는 손짓을 했다.

조사 결과, 남자는 골드회원도 아닐 뿐더러 다른 지역에 거주하는 36세의 평범한 직장인이었다. 끝까지 잘못을 시인하지 않던 남자는 직장이 밝혀지자 그제야 잘못을 빌며 브이의 고소를 취하했다.

송 실장은 브이와 수아를 챙겨 경찰서를 나왔다. 경찰서 앞 계단을 내려가며 수아가 떠들어댔다.

"언니, 오늘 일은 싹 잊고 맛있는 거 먹으러 가요. 노가리에 소주는 어때요? 이런 날은 식단 관리도 필요 없어. 그렇죠, 실장님?"

송 실장은 지끈거리는 머리를 짚었다. 빅엔터의 소속 연예인들은 왜 다 이 모양인가 싶은 표정이었다. 브이는 수아를 보며 고개를 갸웃거렸다.

나이도 어릴 텐데 나도 안 먹어본 노가리에 소주를….

생긴 것과는 전혀 어울리지 않는 메뉴 선택이었다. 백화점에서 보여준 모습도 의외였다. 같이 나서줄 줄은 몰랐다. 모델이라고 하면 새침하고 도도할 것 같은데 생각보다 털털하다고 해야 할지….

브이가 머리를 긁적였다.

모델에 대한 선입견이라니. 여자 운동선수라고 하면 으레 듣는 편견 가득한 시선을 싫어했으면서.

브이의 시선이 흘끔 수아를 향했다.

박연의 전 애인. 내 생각보다 더 괜찮은 여자니까 사귀었던 거겠지….

앞장서서 계단을 내려가던 수아가 우뚝 멈춰 섰다. 경찰서 주차장으로 흰색 벤츠가 들어와 계단 앞에 섰다. 박연이 벤츠의 보조석 문을 열고 내렸다. 곧장 성큼성큼 브이에게 다가와 양팔을 붙들었다.

"괜찮아?"

떨리는 목소리로 물었다. 그와 동시에 불안한 눈동자로 바쁘게 브이의 온몸을 구석구석 살폈다. 아무 탈 없이 무사한 것을 확인하자마자 잔소리가 폭풍처럼 휘몰아쳤다.

"네가 아무리 힘이 세고 운동을 했어도 넌 여자야! 어떻게 겁도 없이 남자한테 덤벼? 나한테 연락을 하든가, 하다못해 경찰을 부르든가 했어야지!"

소리치는 박연을 보며 브이가 말했다.

"지금 나 걱정하는 거예요? 아까는 문도 안 열어줬으면서."

"그래서 갚아주는 거야? 사람 놀래켜서 괴롭히냐, 지금?"

집으로 찾아온 브이를 돌려보낸 지 얼마 되지 않아 영범에게 연락이 왔다. 송 실장이 브이 때문에 경찰서에 갔다는 말을 듣고 얼마나 놀랐는지 모른다.

그런데 기껏 한다는 말이, 걱정하는 거예요?

"인터넷에는 백화점 싸움이란 동영상이 실시간으로 퍼지는데 너랑 연락은 안 되지. 내가 얼마나… 하, 말을 말자."

브이가 점퍼 주머니에 들어있던 핸드폰을 꺼냈다. 박연에게만 여덟 번이나 전화가 와 있었다.

"눈물겹네."

옆에서 들려오는 비아냥대는 목소리에 박연이 고개를 홱 돌렸다. 차에서 내리자마자 브이의 안부부터 살피느라 알아차리지 못한 수아의 존재가 그제야 눈에 들어왔다. 박연이 히죽거리고 있는 수아의 팔을 잡아당겼다.

브이는 몇 발짝 떨어진 곳으로 수아를 끌고 가는 모습을 지켜보았다. 그때 뒤늦게 벤츠 운전석에서 내린 영범이 한 손에 검은 비닐봉지를 들고 브이에게 달려왔다.

"브이 누님, 두부요."

영범이 봉지에 든 두부 한 모를 내밀었지만 브이는 대화 중인 박연과 수아에게 시선을 고정한 채 미동이 없었다.

박연이 수아를 향해 소리를 죽여 물었다.

"권브이가 아니라 날 골려주겠다더니 네가 말한 게 이런 거야?"

'딱 봐도 네가 아주 푹 빠졌어. 그래서 저 언니가 아니라 널 골려주려고.'

박연은 결별한 후 처음 재회했던 잡지 촬영장에서 수아가 했던 말을 곱씹었다. 수아가 박연을 매섭게 째렸다.

"내가 지금 이 사태를 일부러 만들었다는 거야? 자숙한다고 드라마 찍은 지 오래됐을 텐데 배역에서 아직도 못 빠져나왔어? 내가 네 드라마 속 악녀로 보이니?"

긍정하듯 아무 말 없는 박연을 째려보던 수아가 헛웃음을 터트렸다.

"놀라서 눈 뒤집힌 건 이해하는데 그래도 우리 아무 말이나 막 뱉지는 말자?"

날카로웠던 박연의 얼굴이 누그러졌다. 먼발치에서 영범이 내민 두부를 한 입 베어 물고 있는 브이를 쳐다본 수아가 피식 웃었다.

"걱정돼서 달려왔나 봐? 나랑은 외로울 때만 만나더니."

"피차일반. 너도 외로울 때만 연락했잖아."

브이는 두부를 우물거리며 미간을 좁혔다. 무슨 얘기 중인지 아무리 귀를 기울여도 들리지 않았다. 대화가 끝이 났는지 박연이 돌아서서 브이에게 걸어왔다. 박연은 브이의 손에 들린 두부 봉지를 영범에게 떠넘겼다.

"가자. 집까지 데려다줄게."

박연이 브이의 손을 잡았다. 그때 등 뒤에서 갑작스럽게 울음소리가 터졌다. 수아가 눈물을 뚝뚝 떨어트리며 달려왔다.

"언니, 아까는 놀라서 몰랐는데 지금 생각하니까 수아 너무 무서워요…!"

수아는 박연을 밀치고 브이의 팔에 매달렸다. 브이와 손을 잡고 있던 박연이 밀쳐진 어깨를 문지르며 소리쳤다.

"야, 네가 더 무서워! 내 팬이 눈 뚫린 사진 보내도 눈 하나 깜짝 안 하는 기집애가!"

옥신각신하는 두 사람을 보며 브이는 불과 30분 전, 수아가 경찰서에서 거침없이 쏟아냈던 말들이 생생히 떠올랐다.

'날도 추운데 이불속에 곱게 처박혀서 이 세상에 태어난 걸 사죄할 것이지, 어딜 기어 나와서 더러운 존재감을 뽐내?'

아무리 당찬 성격이라지만 나이도 어린데 나름대로 놀랐겠지.

브이보다 키가 훌쩍 큰 수아가 엉거주춤 브이의 품에 안겨들었다. 브이는 얼결에 수아의 등을 토닥였다.

"언니, 저 집까지 데려다줄 수 있어요? 언니랑 쇼핑하려고 매니저도

206

같이 안 왔는데….”

브이가 눈물을 훔치며 묻는 수아를 물끄러미 쳐다보았다. 박연과 만났던 사이라는 사실 때문에 첫인상부터 반감이 있었다.

하지만 오늘 보니 그렇게 나쁜 사람도 아닌데….

쉽사리 거절하지 못하고 박연의 눈치를 살폈다. 수아가 재빨리 브이의 팔을 끌어당겼다. 박연이 눈가를 씰룩였다.

‘내가 한국에 있는 동안에는 오빠 너, 저 언니랑 못 자.’

이거야? 권브이랑 잘되게 놔두지 않겠다, 이거지?

가슴속에서 뜨거운 것이 부글부글 끓었다. 박연은 저를 두고 경찰서를 빠져나가는 수아와 브이의 등에 대고 소리쳤다.

“회사 차 타고 가면 되잖아! 실장님 왔다며!”

두 여자는 박연의 외침이 들리지 않는 듯 뒤도 돌아보지 않았다.

무섭다고 집에 데려다 달라던 수아는 제 차를 직접 운전하여 브이를 데려다주었다. 브이의 집 앞에 차를 세운 수아가 싱긋 웃어보였다.

“오늘 놀랐죠? 얼른 들어가서 쉬어요.”

조수아란 여자가 어떤 사람인지 브이로서는 도대체 캐릭터를 종잡을 수가 없었다. 브이는 안전벨트를 풀며 감사 인사를 전했다.

“태워줘서 고마워요.”

수아의 차에서 내리자 뒤이어 따라 내리는 소리가 들렸다. 운전석에서 내린 수아가 뒷좌석에 실었던 쇼핑백을 전부 꺼내 브이에게 내밀었다. 브이는 멍하게 쇼핑백을 내려다보기만 했다. 수아가 직접 브이의 손에 쥐어주었다.

“다 언니 사이즈예요. 난 키가 커서 이런 스타일은 안 어울려요. 어릴 때부터 입고 싶어도 못 입었던 거 언니 보면서 대리만족하려고 샀어요.”

브이의 커다란 눈이 더욱 커졌다.

"날 준다구요?"

"사실 옷 사주고 싶어서 만나자고 한 거예요. 내가 모델이잖아. 주위 사람들 직접 스타일링 해주는 거 좋아하거든요."

"아니 그래도 이걸 다…."

"아까 봤죠? 나 VIP회원이에요. 환불하러 못 가, 모양 빠져."

브이는 부담스러운 표정으로 쇼핑백과 수아를 번갈아 쳐다보았다.

가격표에 찍힌 숫자들이 장난 아닐 텐데…. 그나저나 이런 건 드라마에서 남자가 여자한테 자주 하던 거 아닌가?

수아는 브이가 잠시 딴 생각에 빠진 사이에 운전석에 올라탔다. 차창을 내린 수아가 소리쳤다.

"다음엔 진짜로 노가리에 소주 해요!"

"잠깐!"

양손에 무겁게 들린 쇼핑백을 어쩌지 못하고 다급하게 소리쳤지만 수아의 차는 이미 멀어졌다. 집 앞에 홀로 남겨진 브이가 쇼핑백을 난처하게 쳐다보았다.

핸드폰을 귀에 붙인 브이가 연다슈퍼 앞에 웅크려 앉았다. 뽀얗게 김이 서린 호빵찜기를 들여다보았다. 도장 아이들에게 먹일 겨울 간식으로는 역시 따끈한 호빵이 인기 만점이었다.

핸드폰 너머에서 소연이 애걸복걸했다.

-너한테 점수 딴다고 동창모임까지 짠, 나타나서 진희 그 여우도 물리친 남자야. 네 말 한마디면 분명히 우리 프로 섭외 성공한다니까?

소연으로부터 정 피디와 함께 새로 시작하는 예능 프로그램에 박연을 섭외하도록 도와달라는 전화를 받는 게 벌써 세 번째였다.

찜기를 들여다보던 브이가 한숨을 쉬었다. 소연이 뭘 몰라서 하는 소리였다.

브이는 박연이 제게 목을 매던 일이 아득하게 먼 옛일 같았다. 경찰서에서 그렇게 헤어진 후로 박연은 이틀 동안 어떤 연락도 하지 않고, 얼굴도 보여주지 않았다. 꼭 마음이 식어버린 것처럼. 제 마음 하나 제대로 알지 못하는 자신에게 확 질려버렸을까.

소연은 전화를 끊기 직전까지도 제발 박연을 설득해달라며 부탁했다. 때마침 연다슈퍼 문이 열렸다. 태식이 집게를 들고 나와 찜기에서 호빵을 꺼냈다. 호빵을 봉지에 담는 태식을 보며 브이는 웅크리고 앉아있던 몸을 일으켰다.

"불편할까 봐 여태 안 물어봤는데…."

도장 아이들의 머릿수대로 호빵을 봉지에 담던 태식이 브이를 돌아보았다.

"사범 아가씨, 배우인가 가수인가 하는 박연이란 연예인하고 사귀는 거 맞지? TV에 나오던데?"

"아하하…."

어색하게 웃어 보이는 브이를 보며 태식은 얼마 전 술 냄새를 풍기며 이곳을 찾아왔던 제 아들을 떠올렸다.

'아직도 저랑 엄마가 그렇게 미우세요? 언제까지 이러실 건데요!'

울먹이며 소리치던 얼굴을 머릿속에서 지운 태식이 호빵이 담긴 봉지를 브이에게 내밀며 물었다.

"그 박연이란 사람이 잘해주나?"

갑작스러운 슈퍼 사장님의 관심에 브이가 대꾸 없이 돈만 내밀었다. 지폐를 받아든 태식이 중얼거렸다.

"남자는 원래 표현이 서툴러. 항상 어린애야. 그러니까 사범 아가씨가 잘 좀 챙겨줘."

브이는 박연을 잘 챙겨 달라 부탁하는 태식의 모습에 미간을 좁혔다. 가십에 대한 단순한 호기심으로 하는 이야기들이 아니었다. 목소리에서 왠지 모를 씁쓸함이 묻어났다.

계산을 마친 브이가 고개를 갸웃거리며 발걸음을 돌렸다.

경찰서에서 헤어진 후 사흘이 지났다. 빈 맥주 캔을 내려놓은 브이가 핸드폰을 노려보았다. 부친 현수와 기범의 눈을 피해 잔뜩 사들고 들어온 술은 두 캔을 제외하면 모두 빈 캔이 되어 방바닥을 굴러다니는 중이었다.

잠잠한 핸드폰을 노려보던 브이가 술에 취한 발음으로 중얼거렸다.

"내 마음 모르겠는 게 내 탓이야?"

브이는 남아 있던 두 캔 중 한 캔을 오픈했다.

달빛이 내려앉은 침실. 단잠에 든 숨소리가 울렸다. 안대를 쓴 채 잠을 자던 박연이 잠결에 뒤척이며 돌아누웠다. 그때 한밤중 정적을 깨며 초인종 소리가 연달아 울렸다.

"뭐, 뭐야!"

난데없는 소음에 달게 자던 박연이 벌떡 일어났다. 쉴 새 없이 울리던 초인종 소리가 한순간 잠잠해졌다. 안대를 머리 위로 올려 쓰고 바깥에서 들려오는 작은 소음에도 귀를 기울였다. 잠잠하다 싶었던 초인종 테러가 다시 시작되었다. 한 손으로 귀를 틀어막은 박연이 짜증스러운 얼굴로 안대를 풀어헤쳤다.

"어떤 새끼가 한밤중에 톱스타 집에…!"

쿵쾅거리는 발걸음으로 침실을 나온 박연이 현관 벽에 붙은 비디오폰을 들여다보았다. 비디오폰의 화면에 나타난 얼굴을 가만히 바라보았다.

대문 밖에 선 브이가 초인종 카메라를 향해 두 눈을 게슴츠레하게 떴다. 술에 취한 눈이 자꾸 무겁게 감겼다.

"어어? 안 열어?"

다시 한 번 초인종 벨을 누르려는 브이의 손을 커다란 손이 감싸 쥐었다. 비틀거리며 옆을 돌아보자 카디건을 걸친 박연이 하얀 입김을 뿜어내며 서 있었다. 브이가 인상을 찌푸리며 박연에게 붙들린 손을 빼냈다.

"나 좋아하긴 해요? 진심 맞아요?"

박연은 비틀거리는 브이를 지켜보았다.

"좋아하는 여자가 자기 맘을 모르겠다구 힘들어하면 좀 기다려주지. 그게 그렇게 힘든가? 언제는 얼굴 본다구 마트까지 따라다니더니 이젠 문도 안 열어주고 얼굴만 보면 화내구…."

"어디서 이렇게 취했어? 누구랑 마셨어? 혹시 그 음흉한 친구 자식이야?"

박연이 눈을 빛내며 따져 물었다. 대답은 않고 머리칼을 헝클이던 브이가 자리에 주저앉았다. 그리고는 거짓말처럼 그대로 대문에 기대어 잠들어버렸다. 어이없는 얼굴로 브이를 빤히 내려다보다가 작은 몸을 두 팔로 안아 올렸다. 박연은 브이를 안고 대문 안으로 들어서며 중얼거렸다.

"이 여자는 눈치도 없고, 겁도 없고…."

침실로 들어온 박연이 안고 있던 브이를 침대에 눕혔다. 침대에 걸터앉아 세상모르고 잠든 얼굴을 내려다보았다. 긴 손가락이 흐트러진 머리칼을 넘겼다. 이마를 간질이던 검지가 브이의 뺨으로 내려왔다.

'좋아하는 여자가 자기 맘을 모르겠다고 힘들어하면 좀 기다려주지.'

술에 취해 서운함을 토로하던 모습을 떠올린 박연이 낮은 목소리로 속삭였다.

"이렇게라도 몰아붙여야 네가 나한테 빨리 올 것 같아서. 그런데 넌…"

뺨을 건들이던 손가락이 입술로 향했다.

"위기감이 없어."

위기감 부재. 태권브이의 가장 큰 문제였다. 저 좋다는 남자 앞에서 술에 취해 잠이 들다니.

브이는 끊이지 않고 울리는 진동소리에 눈을 떴다. 낯선 침대에서 깨어난 브이가 주위를 천천히 돌아보았다. 화이트 톤의 침실은 낯설면서도 낯익었다. 박연의 침실이라는 것을 깨닫자마자 뇌리를 빠르게 지나가는 지난밤의 기억을 되새김질했다.

'좋아하는 여자가 자기 맘을 모르겠다고 힘들어하면 좀 기다려주지. 그게 그렇게 힘든가?'

'나 좋아하긴 해요? 진심 맞아요?'

지난밤의 술주정을 떠올린 브이가 새빨개진 얼굴로 벌떡 몸을 일으켰다.

"미쳤어, 권브이…"

협탁에 곱게 개어진 점퍼 주머니를 뒤적여 핸드폰을 꺼냈다. 부친 현수에게 걸려온 부재중 전화가 수십 통이었다. 오늘은 쪽팔려 죽거나 아빠의 손에 죽을 운명인 듯했다. 점퍼를 품에 안고 침실을 나왔다. 까치

발을 들고 현관으로 향하던 걸음을 멈췄다.

브이는 소파에 누워 잠이 든 박연의 앞에 웅크리고 앉았다. 수면안대를 쓰고 곤히 잠든 얼굴을 물끄러미 바라보았다. 눈을 가린 수면안대 아래로 뻗은 콧날과 붉은 입술을 눈길로 더듬었다. 이 남자와 키스했다. 불 꺼진 도장에서의 입맞춤이 불현듯 떠오른 브이가 도리질 치며 눈을 질끈 감았다 떴다.

이마에 팔을 얹은 채 잠든 박연의 손 옆에 제 손을 펼쳐보았다. 송 실장이 나눠준 협찬용 커플링이 박연의 손가락에서, 제 손가락에서 하얗게 빛났다.

별처럼 빛나는 사람. 갠지스강을 따라 흘러가는 촛불들보다도 빛나던 남자. 그때까지만 해도 이 남자와 이렇게 엮일 줄 몰랐다.

다시는 못 만날 사람이라 생각했는데….

잠든 얼굴을 가만히 바라보던 브이가 자리에서 일어섰다. 주방을 두리번거리던 브이가 너른 복층 거실을 지나 다른 방의 문을 열었다. 사방에 빽빽하게 걸린 코트와 셔츠. 곱게 개어진 니트와 티. 방의 정체는 드레스룸이었다.

허리 높이에 오는 서랍장을 열었다. 돌돌 말린 갖가지 디자인의 넥타이와 양말들. 그 옆을 빼곡하게 채운 사각 케이스에는 알이 큰 브랜드 시계들이 깔끔하게 정리되어 있었다.

"스케일이 다르구나…."

드레스룸 구경을 끝낸 브이가 옆방으로 향했다. 전신 거울로 둘러싸인 피트니스룸은 발코니 창으로 정원이 내다보였다. 무게에 따라 줄을 서 있는 덤벨들을 지나쳐 실내 바이크에 올라앉았다.

"이래서 자전거를 잘 탔구나."

바이크에 앉아 정원이 내다보이는 발코니를 바라보았다. 몇 번 페달을 밟아보던 브이가 피트니스룸을 나와 건넛방으로 들어섰다.

"와아…"

한쪽 벽면을 커다란 스크린이 차지하고 있는 방의 정체는 영화 혹은 음악을 감상하기 위한 곳인 듯했다. 책장에는 클래식 음반과 낡은 LP판도 보였다.

도대체 방이 몇 개나 있는 거야?

감상실을 나온 브이가 마지막 문을 열었다. 아기자기하게 진열되어 있는 액자와 인형들은 한눈에 보아도 팬들의 선물이었다. 벽에 걸린 가장 큰 액자는 팬이 직접 그린 박연의 얼굴이었다. 브이는 그 아래 놓인 손바닥 크기의 작은 액자를 들여다보았다.

"이건 선물이 아니네?"

작은 액자에 든 사진은 가족사진이었다. 젊은 두 부부가 안고 있는 대여섯 살 정도 되어 보이는 꼬마 남자애가 눈에 들어왔다. 사진을 들여다보던 브이가 미소를 지었다. 앙증맞은 손가락으로 'V'자를 그리고 있는 꼬마는 아마도 어린 박연일 것이었다. 시선이 박연의 아버지로 보이는 젊은 남자에게 향했다.

"닮아서 그런가?"

꼭 어디선가 본 듯하게 생긴 박연의 아버지를 보며 브이는 연신 고개를 갸웃거렸다.

깊게 잠들었던 박연이 안대를 풀고 몸을 일으켜 앉았다. 소파에서 하룻밤을 보낸 몸이 찌뿌드드했다. 뻐근한 목을 돌리며 빈 거실을 둘러보던 박연이 이마를 더듬었다. 이마에 붙은 메모지는 브이가 남긴 것이었다. 아침을 만들어주려고 했지만 집에 식재료가 도통 보이지 않아 그냥 간다는 내용이었다.

박연은 메모지를 쥐고 중얼거렸다.

"일찍 일어났어야 했는데…."

밤새 잠든 브이의 얼굴을 보느라 동틀 시간이 되어서야 소파에서 눈을 붙였다.

깨웠으면 같이 브런치라도 먹으러 나갔을 텐데.

박연은 진하게 남는 아쉬움을 어쩌지 못하고 소파에서 몸부림쳤다.

지금쯤이면 부친 현수가 마당에서 아침 운동을 하고 있을 시간이었다. 오늘따라 운 좋게 늦잠이라도 자는지 현수는 보이지 않았다. 쥐 죽은 듯 조용한 마당을 살피고 브이가 최대한 소리를 죽여 현관문을 열었다.

현관문을 열자 가슴팍에 팔짱을 낀 채 서 있는 두 남자가 보였다. 두 다리를 어깨넓이로 벌리고 선 현수와 기범을 번갈아 쳐다본 브이가 어색한 미소를 지었다.

"밤새 어딜 다녀와?"

브이는 아빠의 매서운 질문에 눈을 굴리며 답했다.

"그게… 소연이가 갑자기 아프다고! 맞아요, 아프다고 연락이 왔어요. 소연이가 혼자 살잖아요."

"어디가 아팠는데?"

취조하는 듯한 현수의 질문에 브이가 배를 움켜쥐며 소리쳤다.

"맹, 맹장이요! 응급실에 갔어요. 입원하는 거 보고 오는 길이에요."

현수와 기범의 눈이 가늘어졌다. 브이는 과연 두 남자가 이쪽에서 넘어갈 것인지, 더 캐물을 것인지 추측해보았다.

그때 생각지 못하게 현관문이 벌컥 열렸다. 힘차게 문을 연 소연이 손에 들린 만두 봉지를 흔들며 소리쳤다.

"안녕하세요, 아부지! 어? 다들 왜 나와 있어? 나 올 줄 알고 있었어?"

브이가 울상으로 소연을 돌아보았다. 현수는 더욱 굳은 얼굴로 물었다.

"소연이, 넌 괜찮냐? 간밤에 난리 났다며."

웃고 있던 소연이 브이의 눈치를 살폈다. 그리고는 브이를 따라 울상을 지었다.

"아, 그러니까요. 도둑이 들어서 무서워서 죽을 뻔했어요. 그래도 우리 브이가 발차기로 얍, 얍, 얍… 이게 아닌가? 할, 할머니가 돌아가셨나?"

점점 자신 없는 목소리로 중얼거리는 소연에게 기범이 말했다.

"맹장."

"아, 맞다. 내 맹장! 아! 배야…!"

소연이 왼쪽 배를 붙들고 아픈 소리를 냈다.

"맹장은 오른쪽이야."

기범의 말에 소연이 슬쩍 오른쪽으로 손을 옮겼다. 그 모습을 지켜보던 현수가 결국 현관에 걸린 구두주걱을 집어 들었다.

"이것들이 애비를 속이고!"

소연이 비명을 지르며 브이의 뒤에 숨었다. 브이도 아빠의 구두주걱을 피해 좁은 현관을 정신없이 뛰어다녔다.

도장으로 피신을 온 브이와 소연은 문을 단단히 걸어 잠그고 매트에 드러누웠다. 소연은 휴일에 놀러온 친구의 집에서 때 아닌 날벼락을 맞은 셈이었다. 소연이 헉헉 숨을 몰아쉬며 말했다.

"그래서 박연한테 사귀자는 말을 들었는데 아직까지도 대답을 보류 중이다?"

현수의 매질을 피해 달리며 브이는 소연에게 그간의 일들을 털어놓은 참이었다. 조용히 고개만 끄덕이는 브이를 보며 소연은 놀라움을 금치 못하는 목소리로 말했다.

"어우, 씨바견이 아니라 보살이었네."

브이는 머리를 움켜쥐고 중얼거렸다.

"나도 미안해 죽겠어. 근데 난 처음이잖아, 이런 상황 자체가. 누가 날 좋아하고, 난 잘 모르겠고, 키스는 했고. 이것만으로도 혼란스러운데 내가 관계를 정의해야 하고…"

소연은 29년 만에 처음으로 '연애감정'이란 망망대해에 나침반 없이 길을 나선 친구를 빤히 쳐다보았다. 이제라도 연애감정이란 것을 알게 되어 기특하다고 해야 할지, 젊은 청춘들을 울고 웃게 만드는 개미지옥에 온 것을 환영한다고 해야 할지.

한숨을 내쉰 소연이 어깨를 다독였다.

"이래서 일에는 다 순서가 있다고 하는 거야. 스킨십부터 해버리고 좋아하는 건지 아닌지 알아보는 건 연애경험 많은 사람한테도 어려운 문제거든."

"정말 머리 터질 것 같아. 운동하느라 학창시절에도 안 써본 머리를 요즘 얼마나 굴리는지 알아?"

브이가 소연에게 기대어 울상을 지었다. 소연은 다 이해하는 표정으로 고개를 주억거렸다.

"하지만 뜻이 있는 곳에 길이 있나니. 이럴 때도 방법은 있지."

소연에게 어깨에 기대었던 브이가 재빨리 떨어져나갔다. 브이는 소연을 마주보며 눈을 빛냈다. 답을 갈구하는 커다란 눈망울을 보며 소연이 단호하게 말했다.

"한 번 더 해봐."

"뭘?"

"뭐긴 뭐야? 키스!"

브이의 눈이 두 배로 커졌다. 소연은 브이와 둘뿐인 도장을 둘러보고는 목소리를 낮춰 속삭였다.

"한 번 더 해봐. 그럼 확실히 알게 될 거야. 분위기 때문에 한 건지, 좋아서 한 건지. 아니면 하고 나서 좋아진 건지. 그것도 아니면 단순히 29년 해묵은 입술이 키스에 목말랐던 건지."

평소라면 손사래를 쳤을 브이였다. 그러나 며칠 간 끝이 나지 않는 고민으로 정신력을 소모한 탓인지 소연의 말이 꽤 설득력 있게 들렸다. 브이의 커다란 두 눈에 의지의 불꽃이 튀었다. 두 주먹을 불끈 쥔 브이가 자리에서 벌떡 일어섰다.

소연이 몸을 날려 브이를 자리에 끌어 앉혔다.

"지금 당장 달려가서 다짜고짜 키스라도 하게? 아서라. 그 추진력은 넣어둬."

"다시 해보라며?"

한사코 말리는 소연에게 브이가 답답해 미치겠는 표정으로 물었다. 소연이 브이의 등짝을 냅다 때렸다.

"분위기를 만들어야지! 오붓한 분위기를 만들어. 그리고 키스를 유도해."

"내가… 키스 유도를?"

영 자신 없는 얼굴로 되묻는 브이에게 소연이 눈을 빛냈다.

"걱정하지 마. 내가 도와줄게. 대신에, 너도 나 좀 살려주라!"

고개를 푹 숙인 소연이 브이의 앞에 두 손을 모아 빌었다.

"이번에 교양국 해체돼버렸단 말이야. 재연 선배 따라서 예능국으로 왔는데, 선배나 나나 이번 프로 진짜 대박 나야 해. 오늘 찾아온 것도 이

거 부탁하러 온 거야."

"또 박연 섭외 얘기야? 방금 얘기 들어서 알잖아. 요즘 사이가 안 좋다니까. 원래도 썩 좋은 편은 아니었지만….'

소연이 다급하게 손사래를 쳤다.

"넌 그냥 박연이랑 만나게만 해주면 돼. 기획안을 아무리 보내도 읽지를 않아, 그 씨바견… 아니 보살님이. 나머지는 선배랑 내가 알아서 할 테니까 넌 박연을 직접 만날 기회만 제공해주는 거야, 응?"

소연은 십여 년의 우정을 믿어 의심치 않는 눈으로 브이를 간절하게 쳐다보았다.

"브이 씨가 백화점에서 몰카범을 때려잡은 덕에 덩달아 연이 호감도도 상승세예요. 역시 남자는 여자를 잘 만나야죠?"

빅엔터의 사무실 소파에 나란히 앉은 박연과 브이를 보며 송 실장이 기분 좋게 웃었다. 경찰서에서 골머리 썩는 표정으로 합의를 보던 때와는 낯빛이 확연히 달랐다. 송 실장의 칭찬에도 박연은 시큰둥한 표정을 유지했다.

영범이 사무실 문을 열고 들어왔다. 근처 카페에서 사온 테이크아웃 커피를 세 사람 앞에 차례로 내려놓았다. 영범에게 감사 인사로 고개를 까닥인 브이가 커피컵으로 손을 뻗는 찰나, 박연이 재빨리 브이의 커피를 채갔다.

브이는 멀쩡한 제 것은 놔두고 남의 커피를 채간 박연을 황당하게 쳐다보았다. 박연이 무심한 얼굴로 말했다.

"아, 이게 더 맛있어 보여서."

"다 같은 아메리카노인데요."

눈치 없이 영범이 속삭였다. 커피컵을 입으로 가져가던 박연이 매섭게 눈을 흘겼다. 브이는 누가 보아도 단단히 삐친 것처럼 보이는 박연을 보며 한숨을 쉬었다.

기껏 집에 찾아갔더니 문전박대에, 경찰서에서는 얼굴을 보자마자 화를 냈다. 게다가 바로 엊그제는 자신이 한밤중에 찾아가 술주정까지 해버렸으니 온몸으로 삐쳤다고 광고하는 것도 이해가 갔다. 이제 브이가 기댈 수 있는 것은 소연의 계획뿐이었다.

키스 유도…. 성공할 수 있을까?

브이는 어제 도장에서 소연과 머리를 맞대고 짠 계획을 떠올리니 갑자기 손바닥에서 진땀이 나는 듯했다.

송 실장이 싱글벙글 웃으며 브이에게 A4용지를 내밀었다.

"일주일 뒤에 신년 바자회 스케줄이 있어요. 빅엔터랑 의류 브랜드랑 협업으로 진행하는 자선행사인데 기자들도 오고, 연이 팬들도 꽤 올 거예요."

박연의 눈치를 살피던 브이가 송 실장이 내민 인쇄물을 보았다. A4용지 빼곡히 적힌 것들은 모두 박연에 대한 프로필이었다. 혈액형, 좋아하는 음식, 여행 다닌 나라 등 사적인 정보부터 데뷔작, 수상내역 등 공적인 정보까지 다양했다.

"브이 씨는 함께 참석만 하고 최대한 언론에 노출되지 않도록 보호할 테지만, 만일을 대비한 자료에요. 아무래도 백화점 사건도 있고, 분명 브이 씨한테 관심이 쏠릴 겁니다. 그러다 보면 자연스럽게 두 사람이 이야기도 나올 거구요."

말을 마친 송 실장이 손뼉을 쳤다.

"자, 그럼 일주일 안에 외워주시면 됩니다. 부탁드릴게요, 브이 씨."

바자회를 위한 회의는 간단히 끝이 났다. 브이는 박연에 대한 정보들이 가득 적힌 종잇장을 들고 사무실을 나왔다. 뒤이어 영범과 사무실을 나오는 박연의 앞을 브이가 가로막았다. 박연은 벽을 짚고 서서 통행을 방해 중인 브이의 정수리를 내려다보며 말했다.

"누구신데 이러세요?"

박연은 저를 올려다보는 브이의 눈을 보며 그제야 기억난다는 듯이 손뼉을 쳤다.

"아아! 나랑 커플 연기하시는 그분이네. 아니, 아니야. 키스해놓고 좋아하는지 생각 좀 해보시겠다던 그분인가? 아아, 만취로 남의 집에서 주무시고 고맙단 말도 없이 사라지신 그분이구나?"

"오늘 저녁에 시간 있어요?"

천연덕스럽게 비아냥거리던 박연이 일순간 조용해졌다.

"시간 없어요?"

재차 물어오는 브이를 보며 박연은 눈만 끔벅거렸다. 브이가 먼저 만나자는 말을 꺼낸 건 처음이었다.

가짜 연인 행세를 하기 위해서가 아니라, 제가 먼저 찾아가서가 아니라. 그냥, 시간이 있느냐고 물었다. 말없이 브이를 바라보던 박연이 눈을 내리깔고 답했다.

"시간은…, 있어."

브이는 얌전해진 박연에게 핸드폰을 흔들어보였다.

"이따 연락할게요."

"어…."

어색하게 대답을 한 박연은 먼저 복도를 빠져나가는 브이의 뒷모습을 멍하니 쳐다보았다.

태권브이. 사람 심장 내려앉게 만드는 데 선수야.

박연은 그 길로 곧장 집으로 돌아왔다. 현관문을 열자마자 드레스룸으로 허겁지겁 뛰어 들어갔다. 전신거울 앞에서 탈의부터 했다. 스웨터를 머리 위로 벗어던진 박연이 방을 가득 채운 옷들을 하나씩 뒤적이기 시작했다.

감이 왔다. 분명 오늘이다. 키스에 대한 대답을 할 셈인 것이다. 권브이도 박연을 좋아한다고.

"멋있지만 친근하게…."

옷걸이에 걸린 재킷들을 휙휙 넘겼다. 카멜색 코트. 검은색 니트. 스프라이트 셔츠. 검은 슬랙스. 로퍼. 순식간에 코디를 완성한 박연이 마지막으로 손목에 메탈시계를 채웠다. 아직 약속시간은 멀었는데 금방이라도 뛰쳐나갈 것처럼 거울 앞을 서성였다. 불안하게 제자리를 왔다 갔다 하던 박연이 거울에 얼굴을 들이밀고 머리를 정리했다. 입에서는 휘파람이 절로 나왔다.

"오늘이 우리 1일인가?"

제가 뱉은 혼잣말에 큭큭, 웃음이 터진 박연이 왼손 네 번째에서 빛나고 있는 반지에 입을 맞췄다.

저녁 장사가 한창인 고깃집은 퇴근 후 몰려든 중년 남성들이 대다수였다. 거울 앞에서 뽐을 내며 설렘 가득해하던 박연의 얼굴이 어색하게 굳었다. 주위를 둘러보는 눈에 불안한 빛이 서리기 시작했다.

나도 박연 씨 좋아해요. 우리 사귀어요, 라고 하기에는 장소가 좀.

박연은 고개를 저었다.

아니다. 권브이답다. 그래, 고깃집이라면 어색하지 않게 자연스럽게 연인이 될 최적의 장소지.

마음을 가다듬은 박연이 앞에 앉은 브이를 보았다. 대답을 들을 마음의 준비를 마쳤다. 박연은 어서 말해보라는 듯이 작게 고개를 끄덕였다.

브이는 불판에서 익어가는 삼겹살을 노려보았다. 소연의 어드바이스

대로라면 일단 화기애애한 분위기를 만들어야 했다. 술도 몇 잔 들어가면 좋다고 했다. 대신 술을 마시는 건 박연만이다. 두 번째 키스로 박연에 대한 자신의 마음을 판가름해야 하는 브이는 절대적으로 맨정신이어야 했다.

눈만 굴리고 앉은 브이를 대신해 박연이 먼저 입을 열었다.

"왜 보자고 했어? 말해봐, 들어줄게."

"아, 그게요….."

브이는 머뭇거리며 고깃집 출입문을 보았다.

"그러니까… 내가 박연 씨를 오늘 보자고 한 이유는…."

출입문에서 눈을 떼지 못한 채 중얼거렸다. 때마침 타이밍 좋게 문을 활짝 열렸다. 약속한 대로 소연이 정 피디와 함께 나타났다.

소연의 계획은 '치고 빠지기'였다. 우연인 척 치고 들어와 브이의 두 번째 키스가 성공할 수 있도록 화기애애한 분위기를 만들어주기. 동시에 박연에게 새 프로그램 섭외를 은근히 어필한 후 빠지기.

"어머, 이런 우연이?"

소연이 호들갑을 떨며 브이와 박연이 앉은 테이블로 다가왔다. 잔뜩 기대한 표정으로 앉아 있던 박연은 갑자기 나타난 불청객 두 명과 브이를 번갈아 쳐다보았다.

"아이고, 박연 씨 오랜만이에요. 인도 다녀오고 나서 처음이지, 아마?"

정 피디는 말을 붙이며 자연스럽게 합석했다.

"거긴 왜 앉아요?"

정 피디는 박연의 말을 못 들은 척 제 할 말만 떠들었다.

"솔직히 우리가 두 사람 이어준 거나 다름없지. 우리 아니었으면 두 사람이 어떻게 만났겠어, 안 그래요? 허허."

정 피디는 다짜고짜 박연의 잔에 소주를 따랐다.

"일단 한 잔 합시다! 인도에서 동고동락한 사이인데 연락도 없고, 섭섭했잖아요. 며칠 전에 넣은 기획안에 답변도 없고…."

정 피디의 속내를 드러낸 기획안 이야기에 박연의 시선이 브이를 향했다. 박연과 눈이 마주친 브이가 황급히 시선을 돌렸다. '치고 빠지기' 계획의 대미를 장식할 키스타임을 생각하니 절로 긴장이 되었다.

이게 잘하는 짓일까. 정말 한 번 더 해보면 모든 게 명확해질까. 이 감정, 이 마음, 이 기분. 전부?

잔뜩 긴장해 있는 브이를 눈치 챈 소연이 잘하고 있다는 의미로 등을 두드렸다. 소연과 브이를 지켜보던 박연이 자리에서 일어섰다. 정 피디가 섭외 이야기를 본격적으로 꺼내보기도 전에 테이블을 벗어났다.

박연은 저를 불러대는 정 피디를 무시하고 성큼성큼 고깃집을 걸어 나왔다.

지, 지금 가면 안 되는데…!

브이는 고깃집을 나가버리는 박연을 따라 다급하게 일어섰다. 고깃집 밖으로 뛰어나온 브이가 박연의 팔을 잡았다.

"잠깐만요…!"

"놔."

브이의 손을 내려다본 박연이 낮은 목소리로 뇌까렸다. 브이는 화난 듯 보이는 얼굴에 저도 모르게 팔을 놓았다. 그대로 돌아서려는 박연을 다시 잡아챘다.

"갈 거예요? 아직 아무것도 안 했는데…."

박연이 무표정한 얼굴로 브이를 돌아보며 물었다.

"뭘 할 건데?"

키스해보려고 했다. 당신은 대답을 기다리는데 나는 답을 못 내리니

까 미안하고 답답해서. 한 번 더 해보면 알 수도 있다길래 그렇게라도 해
보려고 했다. 그러나 브이는 입을 다문 채 아무런 대답도 하지 못했다.

"나랑 뭘 해볼 생각은 있어?"

"그게 무슨 말이에요?"

"됐어. 너한테 괜히 화낼 것 같으니까 가게 내버려둬."

브이가 팔을 잡은 제 손을 떼어내고 돌아서는 박연의 앞을 가로막
았다.

"이렇게 가면 안 돼요."

짧게 한숨을 내쉰 박연이 차갑게 물었다.

"네 친구 때문에?"

브이는 그제야 아차 싶었다. 단순히 섭외를 돕기 위해 만든 자리가 아
닌데.

"그건 오해….."

"좋아해."

박연이 브이의 말을 가로막았다.

"내가 너 좋아한다고. 그래서 기다린다고 했잖아. 뭐든 해볼 테니까
네 마음 좀 열어달라고 했잖아."

"난…."

"난 그냥 기다리기로 했고. 그래서 너한테 아직 아무것도 아닌데, 그
래도 이 정도야? 내가 너한테 이 정도밖에 안 돼?"

브이를 향해 묻는 박연의 눈이 상처 받은 듯이 흔들렸다. 어쩌면 뜨겁
게 치고 올라오는 감정을 억누르는 듯도 보였다. 분노와 짜증. 실망스러
움. 구겨진 자존심. 수십 가지의 감정들.

"지금 되게 쪽팔리고 화나니까 다음에 얘기하자."

"박연 씨….."

곁을 지나치려던 박연이 잠시 멈춰 서서 브이를 보았다.

"당분간 연락하지 마. 네 얼굴 보면 열 받으니까."

차가운 눈동자가 브이를 향해 있던 시선을 접었다. 고개를 돌리고 지나쳐가는 박연을 잡지 못하고 브이는 제자리에 우두커니 서 있었다.

'네 얼굴 보면 열 받으니까.'

박연이 남기고 간 말이 귓가에 맴돌았다. 눈물로 부옇게 흐려진 눈에 힘을 주었다. 박연과 다투는 것이 처음도 아닌데 그전과는 달랐다.

오늘은…, 가슴이 아프다.

박연이 걸어간 길을 바라보며 꾹 쥔 주먹으로 가슴을 두드렸다. 뜨겁고 무거운 응어리로 짓눌린 가슴이 답답했다.

브이는 터덜터덜 걷던 걸음이 멈췄다. 현수가 동네 어귀에 나와 브이를 기다리고 있었다. 차가운 겨울밤 공기를 맞으며 서 있는 현수에게로 다가갔다.

"…아빠."

"아침에 그 난리가 났는데 또 그놈 만나고 오는 거야?"

브이는 발밑만 내려다보았다. 브이에게 현수는 엄마의 빈자리까지 채워준 다정한 아버지이자 운동 선배이자 스승이었다. 그런 현수를 속이기만 하고, 박연과는 틀어져버렸고, 여전히 제 마음은 갈피를 잡지 못하고 있다. 왜 이렇게 꼬여버린 건지. 또다시 울적한 기분이 브이를 찾아들었다.

"집에 데려와."

생각지 못한 발언이었다. 눈이 동그래진 브이가 고개를 들고 현수를 보았다.

"제대로 인사시켜."

현수는 단단히 마음을 먹은 듯 보였다. 브이의 얼굴이 난처하게 일그러졌다.

"정식으로 인사시키고 만나."

현수는 도장에서 부녀지간에 보여주기에는 부적절한 장면을 목격한 뒤 얼마간 충격에 휩싸여 지냈다. 어떤 놈인지 제대로 보아야만 하나뿐인 딸의 교제를 허락할 수 있을 것 같았다.

브이는 현수의 얼굴만 물끄러미 바라보았다. 조금 전 박연이 차가운 얼굴로 저를 보며 뱉은 말을 떠올렸다.

'네 얼굴 보면 열 받으니까.'

가슴이 또 답답해져온다.

수건으로 젖은 머리를 문지르며 방으로 들어온 브이가 침대에 털썩 주저앉았다. 송 실장이 나눠준 종잇장을 들춰보았다. 박연에 대한 상세한 정보가 적힌 종이를 읽어 내려갔다.

"나이, 스물일곱. 혈액형이 B형. 별자리는 염소자리."

고개를 주억거리며 종이를 뒷장으로 넘겼다.

"가고 싶은 여행지는 웨일스. 좋아하는 음식이 푸… 푸파… 푸팟퐁커리?"

난생 처음 들어보는 음식 이름에 뺨을 긁적였다. 가장 행복했던 순간. 작품을 위해 준비하는 것들. 스트레스 해소법. 즐겨 입는 패션브랜드. 나만의 요리비법…. 브이가 외워야 하는 항목이 수십 가지는 되어보였다.

어렵다. 암기는 자신 없는데.

집중을 위해 눈을 부릅뜬 브이가 종잇장을 다시 차근차근 읽어보았다. 그러나 얼마 못 가 뒤로 벌러덩 드러누웠다. 저를 실망스럽게 쳐다보던 눈이 자꾸 떠올랐다. 뜨겁게 흔들리던 눈동자. 감정을 억누르던 목소리. 단단히 오해하고 화가 난 듯 보이던 얼굴을 떠올리니 막막해졌다.

"어쩌지…."

바보 같았다. 어쩌려고 그랬을까. 키스를 다시 해보겠다는 무모한 생각을 다름 아닌 자신이 했었다는 게 믿기지 않았다.

뭐라도 해야 했으니까….

멍하니 천장을 올려다보던 브이가 손에 든 종이를 들어올렸다.

박연에 대해 더 알게 되면 더 빨리 마음을 정할 수 있을까?

눈을 굴리다 벌떡 일어나 책상 앞에 앉았다. 책상에 놓인 노트북으로 박연이 출연했던 드라마를 몰아보기 시작했다.

연기하는 배우 박연의 모습을 보는 것은 처음이었다. 화면 속 박연은 브이가 알고 있는 남자가 아닌 다른 세상 어딘가에 살고 있을 법한 대학생으로, 방송인으로, 의사로, 운동선수로, 때로는 군인으로 살아 움직였다. 그리고 그 다양한 모습으로 수없이 사랑을 고백해왔다.

-사랑해요.

-널 사랑해.

-사랑합니다!

-사랑하니까….

한없이 다정한 목소리로, 때론 험악한 표정으로. 상처 받은 눈으로, 세상에서 가장 행복한 얼굴로.

'좋아해. 내가 너 좋아한다고.'

고깃집 앞에서 제 눈을 보며 외치던 목소리가 브이의 귓가를 덮었다. 더 이상 화면 속 박연들의 말소리가 들리지 않았다.

프로그램 섭외 자리로 오해하게 만든 건 분명 미안했다.

오해하게 만든 건 미안하지만 그렇게까지 화를 내….

가슴을 내내 답답하게 만들던 것의 정체는 서운함이었다. 사랑 고백을 건네 오는 화면 속 박연을 노려보던 브이가 고개를 푹 숙였다.

그 시각, 박연은 TV에 시선을 고정한 채 제 집 소파에 앉아 있었다. 인도에서 찍었던 다큐를 다시 보는 중이었다. TV 화면을 가득 채운 브이가 미소 지었다. 박연이 리모컨의 정지버튼을 눌렀다. TV 화면이 브이의 웃는 얼굴에서 멈추었다.

박연은 화면 속 브이를 향해 씁쓸하게 중얼거렸다.

"내 앞에서도 그렇게 좀 웃어. 그래야 내가 확신이 서지…."

너도 내게 마음이 있구나. 그런 생각이 들라치면 금세 뒤로 달아나버린다, 오늘처럼. 곧 저에게로 올 거라는 믿음을 번번이 잃게 만드는 여자는 그렇잖아도 못난 박연을 더 찌질하고 치사한 놈으로 만든다.

자리에서 일어나 테라스로 향했다. 한 손에 랜턴을 들고 어둠이 내려앉은 정원을 거닐기 시작했다. 랜턴으로 나무 아래를 비췄다. 브이에게 주려고 샀던 반지는 어디로 사라졌는지 보이지 않았다.

고백의 순간 날아간 반지를 찾아 한밤중 숨바꼭질이 시작되었다. 화단 아래 웅크리고 앉아 잔디를 뒤적였다. 아무리 빛을 비춰보아도 감쪽같이 없다. 랜턴을 비추며 정원 곳곳을 돌아다니던 박연이 긴 한숨을 내쉬며 밤하늘을 올려다보았다.

반지도, 태권브이의 마음도 박연에게는 찾아내기 어렵기만 했다.

통화를 끝낸 핸드폰을 코트 주머니에 밀어 넣었다. 고깃집에서 박연과 다투는 모습을 목격한 소연은 제가 괜한 부탁을 한 것 같다며 연신 사죄의 전화를 했다.

이른 아침부터 박연의 집 앞에 도착한 브이가 담벼락을 올려다보았다. 쉽사리 초인종을 누르지 못하고 서성였다. 박연의 오해를 풀려 왔지만 저번처럼 문전박대를 당할 것만 같았다.

브이가 대문 앞에서 머뭇거리는 사이, 단독주택 골목으로 세단 한 대가 들어왔다. 경찰서 앞에서 본 적 있는 벤츠였다. 본능적으로 가로등 뒤에 숨었다. 브이의 예상처럼 역시나 벤츠는 박연의 차였다.

벤츠가 담벼락 앞에 멈춰 서자 차고 문이 열렸다.

"후우, 들킬 뻔했네."

차고에 주차하는 모습을 가로등 뒤에 숨어 지켜보던 브이가 안도의 한숨을 쉬었다. 열린 차고 문 너머로 차에서 내리는 영범과 박연이 보였다. 두 사람의 대화 소리가 어렴풋이 들려왔다.

"왜 이 날씨에, 그것도 한밤중에 세 시간이나 밖에 계신 거예요? 아침부터 고열 때문에 병원을…!"

"뭐 좀 찾느라 그랬다니까."

"아니, 도대체 정원에서 세 시간 동안 뭘 찾으신 거예요? 네잎클로버?"

"너 다분히 기어오르는 뉘앙스다?"

박연이 매섭게 눈을 흘겼다. 잔소리를 해대던 영범이 잠잠해졌다. 정원과 이어진 출입문으로 사라지는 두 사람을 지켜보던 브이가 아직 닫히지 않은 차고 문으로 뛰어 들었다. 차고에서 정원으로 이어진 문을 지났다. 브이는 정원에 서서 테라스를 올려다보았다. 테라스 창을 통해 박연의 모습이 보였다.

담요를 두른 채 뻗는 테라스 창가를 서성이던 박연이 흔들의자에 앉았다. 박연은 의자에 기대어 앉아 손에 쥔 머그컵을 입으로 가져갔다. 그 모습을 멀리서 지켜보던 브이가 뒤돌아섰다. 어제의 오해를 풀기 위해 왔지만 섭외 때문에 부른 게 아니라고 해명해봤자 왜 불렀는가에 대해서는 밝힐 수 없었다. 키스해보려고 불렀다는 말을 어떻게 입 밖으로 뱉을 수 있을까.

정원에서 나온 브이가 주차된 벤츠를 지나쳐 차고 문 앞에 섰다. 울적하게 가라앉아 있던 브이의 얼굴이 서서히 붉게 달아올랐다.

"이, 이러면 안 되는데?"

분명 들어올 때는 열려 있던 차고 문이 굳게 닫혀 있었다. 당황한 얼굴로 뒤를 돌아보았다. 방금 전 정원과 이어져 있던 출입문마저 닫힌 상태였다.

"나… 갇혔어?"

그것도 박연 차고에?

차고 문 앞에 웅크리고 앉은 브이가 되는 대로 셔터를 잡았다. 힘껏 위로 들어 올려보았지만 애석하게도 리모컨에만 반응하는 셔터는 꿈쩍도 하지 않았다. 핸드폰으로 집주인에게 전화하면 문이야 쉽게 열릴 것이다. 그러나 박연에게 당신 차고에 갇혔으니 꺼내달라는 말은 절대 못 한다.

침착해, 권브이. 어딘가에 조작 버튼이 있을 거야.

커다란 눈이 필사적으로 차고를 두리번거렸다. 차고 출입문 옆에 디지털 도어록처럼 생긴 잠금장치가 보였다.

"그래! 있을 줄 알았어!"

환희에 찬 얼굴로 'OPEN' 버튼을 무작정 눌렀다. 삐비빅! 붉은 불이 번쩍이며 불길한 소리가 울렸다. 닫혀 있는 셔터는 열릴 기미가 보이지 않았다. 브이는 다급한 손길로 오픈 버튼을 연달아 눌렀다. 열댓 번을 연속으로 누른 후에야 차고 셔터가 올라가기 시작했다.

"하아… 열렸다….."

가슴을 쓸어내리며 안도하기를 잠시, 셔터가 완전히 올라가자 브이의 앞에 여러 명의 그림자가 나타났다. 제복을 입은 보안업체 직원 3명이 브이를 향해 전기 충격기를 겨누었다. 그리고 그 가운데에는 골프채를 든 박연이 차고에 숨어든 괴한과 여차하면 한바탕 붙을 각오로 서 있었다.

당황한 브이가 더듬더듬 입을 열었다.

"저기, 제가 그런 목적이 아니라요…."

"권브이?"

보안업체의 등장에 놀라 눈만 동그랗게 뜨고 있는 브이를 알아본 박연은 야심차게 쥐고 있던 골프채를 내렸다.

집주인인 박연에게 보안에 문제가 없다는 확인을 받은 보안업체 직원들이 차량에 올라탔다. 보안업체 차량이 골목을 빠져나가는 것을 지켜보던 박연이 리모컨을 눌렀다. 셔터가 내려갔다.

박연은 셔터가 채 닫히기도 전에 브이를 돌아보며 말했다.

"내가 당분간 너 안 보고 싶다고 하지 않았냐?"

보안업체가 떠난 길목을 내다보던 브이가 미간을 찌푸렸다. 밤새 가슴을 답답하게 짓누르던 서운함이 또 울컥 치밀었다. 밤새 한숨도 자지 못하고 노력했다. 도장에서 키스를 한 뒤로 계속 그래왔다. 노력하고 있다. 기다리게 만드는 것이 미안해서 어서 답을 내리려고 노력을 하다하다 어제는 말도 안 되는 '키스 유도' 계획을 세웠다. 그 덕에 괜한 오해까지 샀다. 그런데도 내가 저런 말을 계속 들어야 하나? 계속 미움 받아야 하나?

날 좋아한다며. 내가 좋아해달라고 빈 것도 아닌데. 고백하라고 등 떠민 것도 아닌데, 자꾸 답을 내놓으라고 몰아붙이기만 한다.

브이는 박연을 돌아보며 따졌다.

"박연 씨 말처럼 기다리게 만드는 건 참 미안한데요. 어제부터 왜 화를 내요? 내가 죄라도 지었어요?"

브이를 향한 박연의 눈이 못마땅하게 일그러졌다. 죄를 지었느냐 묻는 질문에 수긍이라도 하듯 아무 말도 않는 박연의 태도가 브이의 마음을 더욱 상하게 만들었다. 브이는 내내 억울했던 속마음을 서럽게 쏟아 냈다.

"나 좋다면서요. 그래서 내가 난 잘 모르겠다고 했고, 박연 씨가 자꾸 대답하라고 하니까 난 헷갈리고. 내가 잘못한 건 박연 씨가 키스할 때 못 밀어낸 것 밖에 없어요. 어제는 순전히 박연 씨 혼자 오해한 건데 내 말은 듣지도 않으면서, 내 얼굴 보면 열 받는다는 등 왜 그런 말부터 해 대냐구요!"

쉬지 않고 쏘아붙인 브이가 씩씩대며 거친 숨을 몰아쉬었다. 그러자 바통을 이어받듯 이번에는 박연이 입을 열었다.

"그럼 어제 날 불러낸 의도는 뭐였는데? 지금 여기 이런 식으로 나타 난 건 또 무슨 의도야? 사람 헷갈리게 만드는 건 내가 아니라 너야. 네 마음, 줄 듯 안 주잖아. 혹시 희망 고문이라도 하는 거야? 어장 관리라도 해? 연애 못 해본 거 나한테 원 없이 풀어보는…!"

박연은 브이에게 차인 정강이를 잡고 제자리를 뛰었다. 그는 차마 말을 잇지 못하고 눈물이 고인 눈으로 브이를 째려보았다.

브이가 목 끝까지 차오른 서운함을 삼키며 소리쳤다.

"나한테 말 그따위로 하지 마요. 내가 얼마나…!"

노력하고 있는데…. 당신에 대해 더 알면 마음이 확실해질까 봐 밤새 당신 얼굴만 봤는데.

제 맘도 몰라주는 박연을 야속하게 노려보던 브이가 돌아섰다. 씩씩 거리며 박연을 두고 골목을 나왔다. 크고 높은 담벼락으로 둘러싸인 단 독주택들을 지나쳐 택시를 잡아탈 때까지도 박연은 잡으러 따라오지 않았다.

검은 밴이 바자회가 열리는 백화점으로 향했다. 이번 행사용으로 제작된 티셔츠를 입고 나란히 앉은 박연과 브이를 영범이 룸미러로 번갈아 보았다. 배우님은 무표정한 얼굴로 핸드폰만 들여다보고 있고, 얼마 전 차고에서 깜짝 등장했던 누님은 창밖만 구경 중이었다. 두 사람 사이에 찬바람 부는 게 하루이틀인가 싶었다.

대화 없이 찬바람만 부는 밴이 백화점에 도착했다. 오늘의 행사는 빅엔터의 배우 이민형이 모델로 활동 중인 의류 브랜드가 주최였다. 해당 브랜드 매장에서 열리는 바자회에서 빅엔터의 소속 배우들은 직접 의류 판매를 돕고, 수익금은 전액 기부될 예정이었다. 그래서인지 백화점 입구부터 팬들이 잔뜩 몰려 있었다.

박연의 밴이 백화점 앞에 서자, 바자회 오픈을 기다리던 팬들이 비명에 가까운 환호를 질렀다. 먼저 밴에서 내린 박연이 뒤따라 내리는 브이를 향해 손을 뻗었다. 박연은 태연하게 브이를 에스코트했다. 백화점으로 오는 내내 인사 한마디 없던 사람이라곤 믿을 수 없게 다정한 눈으로 웃고 있었다.

브이의 눈이 가늘어졌다.

마음에 안 들어.

사람들 앞에서는 방긋방긋 다정하게 웃고, 바라보고. 전부 연기일 뿐이었다. 밤을 새우면서 몰아보았던 드라마에 나오던 배우 박연처럼. 브이는 부루퉁한 표정으로 박연의 에스코트를 받았다.

행사가 열리는 매장으로 올라오자 빅엔터의 배우들이 바자회 관계자와 오늘의 일정에 대해 설명을 듣고 있었다. 개중에는 달갑지 않은 민형도 보였다. 박연이 얼굴을 일그러트렸다.

"브이 언니!"

바자회 관계자를 비롯해 빅엔터의 배우들, 스태프들까지. 수많은 사람이 모여 있는데도 브이에게 알은체를 하는 이는 수아뿐이었다.

모델은 모델이었다. 수아는 똑같은 행사용 티셔츠를 입었는데도 판매용 옷을 걸친 것처럼 빛이 났다.

수아는 브이에게 다가와 팔짱부터 꼈다. 그리고는 흐르는 기류가 심상치 않아 보이는 두 사람을 번갈아보았다. 다툰 기색이 역력한 박연과 브이를 지켜보던 수아가 붉게 칠한 입술을 씩 올렸다.

팬들이 입장하기 전, 기자들과 간단한 인터뷰가 먼저 시작되었다. 바자회에 참여하는 빅엔터의 배우들과 강 대표까지 소속사 직원들이 단체 사진을 찍었다. 송 실장이 시키는 대로 박연의 옆에 선 브이가 어색한 표정으로 포즈를 잡았다.

강 대표가 마이크를 잡고 이번 바자회의 취지를 설명했다. 기자들은 노트북을 두드리며 기사를 써내려갔다. 빅엔터 배우들을 향한 질의시간에는 해당 브랜드 모델인 민형보다도 박연에게 질문이 쏟아졌다.

질의 시간이 끝나갈 즈음, 한 기자가 손을 들고 말했다.

"연인과 함께 바자회에 참여하시는데, 사실 그동안 빅엔터의 행사에 연인인 권브이 씨의 동행이 많았던 것으로 압니다. 빅엔터 영입이나 연예계 데뷔를 염두에 두고 있으신지요?"

박연은 브이와 관련된 돌발 질문에도 웃으며 차분하게 대답했다.

"누군가를 도울 수 있는 좋은 자리는 많이 나눌수록 좋다고 생각합니다. 그게 동료가 될 수도 있고, 연인이 될 수도 있는 것이지 다른 이유가 있어서 동행하는 것은 아닙니다."

대답을 마친 박연이 진행자에게 마이크를 건넸다.

"박연 씨, 앞으로의 활동 계획에 대해 간략하게 말씀 부탁드립니다."

바자회와는 상관없이 박연에게 초점을 맞춘 질문들이 쏟아졌다. 강 대표의 옆에 선 민형은 질문에 대답 중인 박연을 보며 경청하는 표정을

지었다. 그러나 뒷짐을 진 손은 가늘게 떨리며 분노를 여지없이 표출하
고 있었다.

그때, 돌발 질문을 던졌던 기자가 한 번 더 손을 들었다.

"그럼 권브이 씨께 질문 드립니다."

모든 이목이 브이에게 향했다. 박연의 옆에서 눈치만 살피던 브이가
커다란 눈을 굴렸다. 긴장한 듯 마이크를 건네받는 브이를 민형이 날카
로운 시선으로 쳐다보았다.

"얼마 전에 백화점에서 몰카범을 잡으신 게 화제가 되었는데요. 이후
에 박연 씨께서 뭐라고 말씀하시던가요?"

마이크를 쥔 브이가 박연을 돌아보았다. 박연은 앞만 보고 서서 브이
가 대답하기를 잠자코 기다리고 있었다. 송 실장이 주었던 예상 안에 있
던 질문이었다. 대답 역시도 예상답안대로 '놀랐다', '걱정했다' 등의 말
들로 둘러대면 될 것이었다.

브이는 기자들만 보고 있는 박연의 옆얼굴을 올려다보며 답했다.

"화를 냈어요."

기자들을 향해 있던 박연의 눈이 옆을 돌아보았다. 브이는 그제야 저
를 보는 박연과 눈을 맞추며 말을 이어갔다.

"사람 놀래켜서 괴롭히는 거야? 네가 아무리 운동을 했어도, 힘이 세
도 넌 여자야. 나를 불렀어야지, 라고 화를 내던데요?"

노트북으로 앉은 자리에서 실시간으로 기사를 써내려가던 기자들이
잠시 타이핑을 멈추고 키득거렸다. 박연은 송 실장이 적어준 예상답안
대신 팩트를 전달하는 브이의 대답에 민망한 듯 얼굴을 가렸다.

권브이 정말, 기자들 앞에서 못하는 소리가 없다.

질문을 던졌던 기자가 웃으며 농담을 건넸다.

"깨가 쏟아지시는데요, 그런데 '나를 불렀어야지'라는 부분은 의외로

들립니다. 박연 씨가 대중들한테는 터프하거나 강하기보다는 부드러운 이미지에 가까우니까…."

"강한 남자예요."

브이는 기자의 말이 채 끝나기도 전에 대답했다. 두 손으로 얼굴을 가리고 있던 박연이 브이를 보았다.

"강한 사람이에요. 보셨을지 모르겠지만 인도에서 여행사 사기를 당했을 때 박연 씨가 어퍼컷을, 팍! 저를 구하려고 불길에, 딱! 뛰어들었거든요."

브이를 바라보는 박연의 눈이 잘게 흔들렸다.

"그런데 본인은 자기가 강한 사람이라는 걸 잘 모르는 것 같아요. 대중들이나 여기 계신 기자님들처럼요."

'너랑 있으면 내가 어떤 놈인지 중요하지 않아. 네가 나를 그대로 봐 줘.'

박연은 자신의 생일날, 도장에서 브이에게 건넸던 말을 떠올렸다.

나를 알아봐주는 여자. 내게 따뜻한 말을 해주는 유일한 사람. 좋아할 수밖에 없도록 만들어버린다.

진행자가 질의시간을 마무리하는 멘트를 할 때도 박연은 여전히 브이만을 바라보고 있었다. 오로지 눈앞에 서 있는 여자만 보였다. 브이의 움직임을 제외하고는 세상의 모든 것이 무의미하게 느껴졌다. 브이가 내쉬는 숨소리, 눈짓, 손짓, 발짓, 풍기는 향기까지. 권브이라는 여자를 이루는 모든 것을 제외한 하찮고 무의미한 것들이 모두 흑색으로 물들었다. 브이만이 예쁜 빛깔로 살아 움직이는 착각에 빠졌다.

바자회 오픈을 위해 분주한 와중에도 혼자만 시간이 멈춘 사람처럼 우두커니 서 있었다. 브이는 저를 빤히 내려다보고 있는 박연의 시선에 미간을 좁혔다.

"뭘 그렇게 봐요? 내 얼굴 보면 열 받는다던 사람이."

잔뜩 토라진 음성 듣고서야 박연은 마법에서 풀려난 사람처럼 눈을 깜박였다.

"어장 관리 당하기 싫으면 알아서 피해요."

'혹시 희망 고문이라도 하는 거야? 어장관리라도 해?'

차고에 갇혔던 브이에게 홧김에 쏟아냈던 말을 떠올렸다. 박연이 당황한 표정으로 입을 열었다.

"그 말은 내가 심했어. 그게 진심이 아니라…."

박연이 변명을 하며 잡아 세울 틈도 없이 브이는 눈을 흘기고 돌아섰다.

이게 아닌데….

송 실장과 대화 중인 브이를 보며 박연은 뒷목을 긁적였다.

바자회가 시작되자 수많은 팬이 쉬지 않고 입장했다. 기자들의 플래시도 쉬지 않고 터졌다. 방송국에서 나온 카메라가 빅엔터 배우들의 바자회 현장을 생동감 있게 담아갔다. 박연을 비롯한 배우들은 하루 종일 미소를 잃지 않은 얼굴로 행사용 티셔츠를 판매했다.

'배우 박연의 연인' 역할을 맡은 브이는 행사 동반 참여에 의의를 두고 있었다. 직접 판매를 할 필요가 없는 브이는 한산한 매장 한쪽에 앉아 박연을 구경했다.

두 시간 동안 인산인해를 이루던 의류 매장의 문이 닫혔다. 의류 브랜드 본사 직원들이 바자회 판매량을 체크했다. 정확히 세어보지 않아도 박연이 판매한 티셔츠의 재고가 확연히 적었다.

브랜드 본사에서 나온 마케팅팀의 팀장이 박연에게 웃으며 말했다.

"역시 박연 씨가 국민배우의 저력을 보여주시네요. 다음에는 박연 씨를 저희 브랜드 뮤즈로 다시 모셔야겠어요."

박연을 둘러싼 본사 직원들 사이에서 화기애애한 웃음소리가 터져 나왔다. 수아가 관계자들과 동떨어져 서 있는 브이에게 다가와 어깨에 팔을 둘렀다.

"원래 이 브랜드 모델이 오빠였거든요. 계약 기간 남았는데 생각지 못한 물의를 일으키는 바람에 같은 소속사 배우로 교체됐지만."

수아가 말한 '생각지 못한 물의'란 음주운전 사건일 것이었다. 브이는 수아의 시선이 가리키는 곳을 보았다. 그곳에는 민형이 스태프들에게 둘러싸인 박연을 보고 있었다.

묘한 라이벌 관계인 건가?

브이는 크리스마스이브에 서로 치고받았던 박연과 민형을 기억했다.

"모쪼록 곧 좋은 소식으로 만나 뵈면 좋겠습니다."

팀장은 강 대표에게 깍듯하게 감사 인사를 전했다. 송 실장은 빅엔터의 소속 배우들과 직원들에게 행사 스케줄 끝을 알렸다. 현장에 모인 배우와 직원들은 모두 박수를 치며 수고 인사를 건넸다.

브이의 어깨에 팔을 두르고 있던 수아가 귓가에 속삭였다.

"그럼 우리도 슬슬 뒤풀이 가볼까요?"

아무 생각 없이 서 있던 브이가 눈을 동그랗게 뜨고 수아를 올려다보았다.

"내 애인 소개시켜줄게, 가요. 내 애인이 무지 섹시하거든요? 그런데 걔 친구들은 더 섹시해. 오늘 친구들 데려온다니까 언니도 같이 가요."

당황한 브이가 얼른 손을 저었다.

"아니 난…"

"딱 보니까 연이 오빠랑 싸웠네. 언니, 가요. 스트레스 풀어야지. 우리 노가리에 소주 하기로 했잖아요."

스태프들에게 싸여 있던 박연이 저벅저벅 걸어왔다. 갑작스러운 수아의 제안을 어떻게 사양할지 고민 중이던 브이가 박연을 돌아보았다. 브이의 앞에 선 박연이 팔목을 잡았다.

"가지 마."

브이는 의미심장한 미소를 띠우고 있는 수아와 사뭇 진지한 표정의 박연을 번갈아보았다. 수아를 향해 경고하는 듯한 눈빛을 보낸 박연이 브이를 내려다보았다.

"권브이, 거기 가지 마."

브이는 팔목을 감싸 쥔 손바닥만큼이나 자신을 바라보는 눈빛이 뜨겁게 느껴졌다. 팔목에 감긴 손을 내려다보던 브이는 순간 박연에게 들었던 말들을 떠올렸다.

'어장 관리라도 해? 연애 못 해본 거 나한테 원 없이 풀어보는…!'

'당분간 연락하지 마. 네 얼굴 보면 열 받으니까.'

그런 말을 해놓고는 기자들 앞에서 아무 일 없다는 듯이 다정하게 잘 도 웃었지?

브이가 박연의 손을 야멸치게 뿌리쳤다.

"연애 못 해본 거 원 없이 풀러 갈 건데요?"

새치름하게 쏘아붙인 브이가 수아에게 팔짱을 꼈다. 수아는 멍하게 서 있는 박연을 향해 승리의 미소를 지었다.

조수아, 저게 진짜…!

수아를 따라 나서는 브이를 다급하게 부르려다가 입을 다물었다. 주 위 시선을 의식해 목소리를 최대한 낮춰 소리쳤다.

"권브이! 너 지금 잘못 생각하는 거야! 야!"

박연의 경고에도 브이는 수아를 따라 서울 모처의 호텔에 도착했다. 호텔 3층의 야외 수영장은 온수를 채워 수면에서 증기가 모락모락 피어

240

나고 있었다.

브이는 수아의 손에 이끌려 탈의실에서 래쉬가드를 입고 나왔다. 차가운 겨울바람을 맞으며 야외 수영장으로 나온 브이가 저도 모르게 탄성을 뱉었다.

"와아…."

예전에 방영된 드라마에 나오던 'F4'처럼 훤칠한 키의 남자 4명이 브이와 수아를 맞이했다. 네 남자의 수영복 차림에 놀란 브이가 눈 둘 곳을 몰라 시선을 내리깔았다. 수아는 애인의 허리를 끌어안고 브이를 돌아보았다.

"여기가 내 애인. 그리고 이쪽은 뉴욕에서 우리 두 사람을 소개해준 데이빗."

수아가 애인의 옆에 서 있는 갈색머리 외국인을 가리켰다.

"안녕하세요우. 내 이름 데이빗입니다."

데이빗은 어눌한 한국말로 인사를 건네며 악수를 청했다. 습관처럼 고개를 꾸벅이려던 브이가 수줍게 손을 뻗었다. 그 순간, 커다란 손이 불쑥 튀어나와 데이빗의 손을 잡고 흔들었다.

"하이."

브이를 따라 호텔까지 쫓아온 박연이 전혀 웃지 않는 얼굴로 데이빗과 악수를 나눴다. 매서운 표정으로 박연을 흘긴 브이는 생각지 못한 모습에 순간 멍해졌다. 래쉬팬츠를 입은 박연은 F4 못지않은 몸매를 과시 중이었다. 브이는 본능적으로 단단한 어깨와 슬림한 허리 라인을 훑었다. 상의 탈의한 남자의 몸 따위야 운동하면서 다른 남자선수들에게서 수도 없이 봐왔다. 저 정도 근육 붙은 몸도 태릉에 가면 널리고 깔렸다. 그런데 이 남자는… 보는 것만으로도 부끄럽다.

뺨이 붉어진 브이를 흘끔 쳐다본 수아가 과장되게 몸을 떨며 말했다.

"어우, 추워. 언니, 우리 빨리 물에 들어가요!"

브이는 팔을 잡아당기는 수아에게 이끌려 발을 겨우 뗴었다.

F4는 온천처럼 따뜻한 물속에서 비치볼을 튕기며 놀았다. 그들과 다른 세상에 동떨어진 것처럼 물속에서 얼굴만 내민 박연이 투덜거렸다.

"영화를 찍어라, 찍어. 정작 진짜 배우는 가만히 있는데 왜 자기들이 영화를 찍어?"

못마땅한 시선이 브이에게로 향했다. F4에게 둘러싸여 쉬지 않고 웃어대는 게 공놀이에 푹 빠진 듯 보였다.

"권브이, 아주 좋아죽네. 우리 박연 씨는 강한 남자예요, 강한 사람이에요. 호호호, 웃으면서 사람 설레게 만들어놓고."

박연은 기자들과의 인터뷰에서 제 칭찬을 하던 브이를 흉내 내며 빈정거렸다. 그때 날아든 비치볼이 정확히 박연의 머리를 맞추고 튀어나갔다.

"미안해요우!"

어눌한 발음으로 사과를 한 데이빗이 손을 들며 웃어보였다.

"아이 씨, 저거 일부러 그랬는데? 야 임마, 데이빗! 하우 올드 아 유, 어? 인마!"

브이는 발끈해서 삿대질을 해대는 박연을 보며 혀를 찼다. 박연의 삿대질이 브이에게로 방향을 틀었다.

"야, 태권브이! 데이빗하고 떨어져! 매너 손 몰라?"

브이는 박연의 고함소리를 못들은 척 고개를 홱 돌렸다. 여기저기 튕겨 다니는 비치볼을 잡아먹을 듯이 노려보던 박연이 수면을 주먹으로 내리쳤다.

뭐가 저렇게 즐거워? 하나도 재미없거든?

결국 홀로 물 밖으로 나와 휴게실에 들어온 박연은 젖은 머리를 수건으로 문지르며 눈을 가늘게 떴다. 휴게실 창밖으로 브이를 내다보는 중이었다. 수영장에 걸터앉아 수아와 와인잔을 부딪쳤다. 물속에서 갑자기 나타난 데이빗의 장난에 웃음을 터트리기도 했다.

대체 뭐가 저렇게 재미있어? 나한텐 웃어주지도 않으면서.

물속에서 나온 데이빗이 브이의 옆에 걸터앉았다. 데이빗은 더듬거리면서도 한국어로 열심히 질문을 던졌다.

"브이, 무슨 일하는 사람?"

"어, 음…. 태권도 얍!"

브이가 와인잔을 내려놓고 주먹을 뻗어보였다. 데이빗이 맞장구를 쳤다.

"나 그거 알아요우. 한국 전통? Tradition."

"맞아요!"

수아와 와인 한 병을 나눠 마신 브이는 몸속을 데우는 술기운을 느끼며 사소한 대화에도 기분 좋게 웃었다. 수아가 브이의 손을 이끌고 물속으로 들어갔다. 데이빗은 김이 뽀얗게 올라가는 따뜻한 물속을 헤엄치는 브이를 지켜보았다.

그때 하얀 손이 데이빗의 어깨를 두드렸다. 뒤를 돌아보자 어느새 옷을 전부 껴입고 나타난 박연이 웅크리고 앉아 있었다. 데이빗이 해맑게 물었다.

[옷은 왜 갈아입었어? 이제 돌아갈 가려고?]

영어로 묻는 데이빗에게 박연이 속삭였다.

[혹시 저 여자한테 관심 있어?]

[물론. 브이는 생기 넘치고 아름다워.]

박연은 수아와 수영 중인 브이를 보며 수긍하듯 고개를 끄덕였다. 그러다 돌연 표정을 굳혔다. 데이빗은 심상치 않은 박연의 표정연기에 덩달아 심각해졌다. 박연은 브이에게 시선을 고정한 채 나지막이 중얼거렸다.

[너 남한이 휴전국가인 건 알지? 그녀는 사실 평범한 태권도 유단자가 아니야. 특수한 훈련을 받았지.]

[예를 들면 스파이 같은 걸 말하는 거야?]

박연은 긍정의 의미로 아무런 액션도 취하지 않았다. 데이빗은 못 말린다는 듯이 웃었다. 그러나 박연은 여전히 진지한 얼굴로 데이빗의 어깨를 짚었다.

[농담으로 들려? 그녀의 타깃으로 찍히는 순간 그 누구도 살아남지 못해.]

데이빗은 여전히 믿을 수 없다는 표정이었지만 이전보다는 진지했다.

[못 믿겠으면 그녀한테 직접 물어봐. 얼마 전에 백화점에서 남자 하나를 처리한 적이 있어. 그 남자는 북한에서 보낸 간첩이었어.]

잠영으로 데이빗의 발밑까지 헤엄쳐온 브이가 돌연 수면 위로 솟아올랐다. 왁, 소리를 내며 장난을 걸어오는 브이를 흘끔 쳐다본 데이빗이 떨떠름한 표정으로 물었다.

"브이, 백화점 fighting?"

백화점에서 수아와 함께 몰카범을 잡은 일을 떠올린 브이가 머리를 긁적였다.

그게 뉴욕까지 소문이 났나? 쑥스럽게….

브이는 수줍은 미소를 지으며 끄덕였다.

"Oh, my god….."

데이빗은 놀란 얼굴로 자리에서 일어섰다. 물에서 나온 브이가 데이빗에게 와인 잔을 내밀었다. 그러나 데이빗은 브이의 와인을 거들떠보지도 않고 휴게실로 급히 사라졌다. 옆에서 박연이 큭, 웃음을 터뜨렸다.

"하하호호 할 때부터 알아봤다니까. 외국 애들은 그냥 매너가 좋은 거야. 마음이 있어서 그러는 게 아니라고. 그리고 넌 애처럼 공놀이가 그렇게 재미있냐? 빨리 집에 가자. 추워."

브이는 박연의 얄미운 잔소리에 대꾸하지 않았다. 들리지 않는 사람처럼 데이빗에게 권했다가 거절당한 와인만 꼴깍꼴깍 삼켰다. 금세 잔을 비운 브이가 걸음을 옮겼다.

"어디 가는데!"

"왜요! 화장실도 따라오게?"

박연에게 눈을 흘긴 브이가 다시 성큼성큼 발을 떼었다.

어장 관리 당하기 싫다던 사람이 내가 뭘 하든, 어딜 가든 무슨 상관이야?

입을 이죽거린 브이가 사각 풀의 코너를 돌았다. 호텔 실내로 들어가는 출입문을 향해 몸을 돌리는 순간이었다. 눈앞이 핑 돌았다. 수영장의 높은 수온 때문인지 와인의 취기가 한 번에 몰려들었다.

걸음을 멈칫한 브이가 맥없이 수영장 안으로 떨어졌다. 거의 동시에 외투를 벗어던진 박연이 물속으로 뛰어들었다. 수면 아래로 미끄러지듯 입수한 박연이 물속에서 브이를 발견했다. 취기가 오른 몸을 가누지 못하고 가라앉고 있는 브이에게 빠르게 헤엄쳤다.

수면 밖으로 허리를 안아 올렸다. 두 사람이 물 밖으로 숨을 뱉어내며 튀어 올랐다. 브이는 숨을 거칠게 뱉으며 콜록거렸다. 박연이 불안한 목소리로 물었다.

"괜찮아?"

브이는 그제야 제 허리를 안고 있는 박연을 마주보았다. 젖은 머리칼, 젖은 눈썹, 젖은 콧날, 젖은 입술. 브이는 아무런 대답도 하지 못하고 박연의 젖은 니트만 꽉 쥐었다. 그때 어두워진 야외 수영장에 조명이 켜졌다. 물속에도 조명이 들어왔다. 수영장의 물이 푸르게 빛났다. 그 가운데에서 서로를 마주보고 서 있었다.

박연은 젖은 몸을 밀착한 채 말없이 브이의 눈을 바라보았다. 물기 맺힌 커다란 눈동자를 하염없이 바라보는 박연의 콧등으로 눈송이가 내려앉았다. 밤하늘에서 눈이 내리기 시작했다. 차가운 겨울공기를 가르고 내려온 눈송이들은 수면에 닿기 전에 녹아서 사라졌다.

박연은 브이를 바라보며 느리게 눈을 깜박였다. 아주 잠시, 제 고백에 대한 브이의 대답은 어떻든 상관없을 것 같았다. 서로를 마주보고 있는 이 찰나가 너무 좋아서.

브이는 제 얼굴을 훑는 박연의 눈을 보며 마른침을 삼켰다. 빠르고 묵직하게 뛰는 심장이 좀처럼 제어가 되지 않았다. 어쩌면 가슴은 오래전부터 답을 알고 있었던 게 아닐까? 그런 생각이 들 만큼 심장이 세차게 뛰었다. 아무 말 없이 브이만 바라보던 박연이 입을 열었다.

"내가 못되게 말해서 미안해. 잘못했어."

'네 얼굴 보면 열 받으니까.'

'희망 고문이라도 하는 거야? 어장관리라도 해?'

박연에게 들었던 말이 희미해졌다. 온종일 가슴을 죄어오던 서운함이 누그러지기 시작했다. 신기했다. 서운하고 화가 났던 마음이 머리 위로 내리는 눈송이들처럼 금방 녹아 사라진다.

박연은 고분고분해진 브이의 눈을 보며 속삭였다.

"그러니까 집에 가자. 여기 재미없어."

브이의 집 앞에 검은 밴이 멈춰 섰다. 브이와 박연이 차례로 밴에서 내렸다. 박연은 브이의 집을 올려다보며 말했다.

"넌 운동선수잖아. 우리 페어플레이하자."

돌아오는 내내 생각에 잠긴 사람처럼 아무 말도 없던 박연이 엉뚱한 소리를 했다. 박연은 이해를 하지 못한 얼굴로 서 있는 브이를 보며 말했다.

"얌전히 기다릴게, 네 대답. 재촉 안 할게."

브이의 커다란 눈이 가늘어졌다.

"네가 마음 결정할 때까지 나 혼자 너 좋아하고 있을게. 그러니까 너도 나만 봐."

가늘어졌던 눈이 도로 커졌다. 놀란 표정을 짓는 브이를 보며 박연은 긴 한숨을 내쉬었다. 몰아붙여야 자신에게 빨리 올 거라 생각했다. 그러나 생각과는 달리 매일 싸우기만 했다. 이러다 중간에 길을 잃고 옆길로 새버릴 것만 같다.

"나만 보면서 나만 고민해. 딴 놈은 안 돼. 오늘처럼 다른 놈한테 눈길 주지 말고 그냥 내 고민만 해. 박연이란 남자를 어떻게 할지, 그것만 생각하라고."

브이의 얼굴 앞에 새끼손가락을 내밀었다.

"약속해. 그래야 나도 미친놈처럼 너한테 화냈다, 반했다, 질투하는 미친 짓 좀 덜 할 것 같거든."

고심 끝에 내린 결론인지 얼굴이 사뭇 진지했다. 박연이 새끼손가락을 흔들었다. 오늘 수아를 따라나선 건 순전히 박연에게 서운한 마음에서였다. 싫어할 걸 알면서 보란 듯이 데이빗과 어울렸다. 이만큼 서운했다고, 화가 났다고 알려주고 싶었다. 이전에 다퉜을 때와는 분명히 달랐다.

말없이 박연을 바라보던 브이가 박연의 새끼손가락에 손가락을 걸었다.

"보고 싶다…."

가볍게 그러쥔 주먹으로 머리를 괸 박연은 브이 생각에 여념이 없었다. 질투에 눈 먼 남자의 최후였다. 제 입으로 얌전히 기다리겠다 했으니 더 이상 들이댈 구실이 없었다. 소파에 앉아 깊은 후회에 빠져 있는 배우님에게 영범이 스케줄 보고를 시작했다.

"바자회 열었던 의류 브랜드에서 연락이 왔대요. 오후에 대표님이랑 미팅 있고, 그 뒤로는 쭈욱, 아무 일도 없으시네요."

영범은 여전히 다른 생각 중인 박연에게 마저 보고했다.

"그리고 CCTV는 계속 찾아보고 있는데요."

심드렁하던 박연의 눈이 번쩍 뜨였다.

"주변 상가 방범용 CCTV들도 길어야 3개월만 저장해두고 그 뒤엔 다 지운대요."

"하… 그래?"

잠깐 눈을 빛냈던 박연은 도로 의욕 없는 얼굴로 돌아갔다. 그때 생각지 못하게 초인종이 울렸다. 박연이 현관의 비디오폰을 확인했다. 비디오폰 화면에는 정 피디와 소연이 과일주스 세트를 들고 서 있었다. 매서운 눈으로 영범을 돌아보았다.

"저 방송국놈들 네가 불렀냐?"

영범은 결백을 주장하듯 재빨리 도리질을 쳤다.

박연의 집 거실에 세 사람이 마주앉았다. 정 피디와 소연은 심기 불편한 얼굴로 앉아 있는 박연을 흘끔거렸다. 서로 박연의 눈치만 살피던 두 사람 중 정 피디가 선배랍시고 먼저 운을 떼었다.

"그날 고깃집에서 저희가 갑자기 나타나서 기분이 언짢았다면 정말 미안해요. 그런데…."

정 피디가 품에서 무언가를 주섬주섬 꺼내 테이블에 내밀었다. 정 피디가 맡은 새 예능프로그램 '전원일기'의 기획안이었다. '전원일기'라는 네 글자를 보자마자 박연이 눈썹을 사납게 치켜 올렸다. 폭발 직전인 얼굴을 캐치한 소연이 정 피디의 등을 떠밀었다. 정 피디는 소연에게 두 주먹을 불끈 쥐고 응원의 수신호를 보냈다.

정 피디가 떠난 자리에 박연과 둘이 남았다. 소연은 크게 심호흡을 하고 고개를 숙였다.

"그날은 정말 죄송했습니다. 제가 브이한테 부탁했어요."

가슴팍에 팔짱을 낀 박연은 정중한 사과에도 흔들리지 않고 페이스를 유지했다.

"어쨌든 그날 불러낸 의도가 섭외였잖아? 권브이는 날 이용한 거고, 댁은 권브이를 이용한 거지. 인정?"

소연은 복잡한 머리를 긁적이며 중얼거렸다.

"그게 아니라⋯."

"권브이도 자꾸 그게 아니라고 말하는데, 그러니까 뭐냐고. 빨리 말하고 끝냅시다."

"그게 제 입으로는 말을⋯. 브이한테 듣는 게⋯."

말하기를 주저하는 소연을 지켜보던 박연이 정 피디가 놓고 간 '전원일기'의 기획안을 집어 들었다.

"지금 사실대로 말하면 고려."

"캐스팅 오케이가 아니라 고려만 해본다구요?"

"말 안 하면 이 기획안은 영원히 쓰레기통으로. 고르세요."

박연의 선택지를 들은 소연이 입술을 꽉 깨물었다.

보살님은 개뿔. 이런 씨바견.

소연은 끝내 굳게 마음먹은 얼굴로 입을 열었다.

"그게 사실 그날 박연 씨를 불러낸 이유는⋯ 키, 키스⋯."

"키스?"

"브이가 박연 씨랑 키스를 한 번 더 해보면 자기 마음을 알까 싶어서…. 그러니까 그 자리는 키스를 유도하기 위한… 뭐, 그런 자리였죠…."

미안하다, 친구야.

프로그램을 위해 친구를 팔았다. 소연은 땀을 뻘뻘 흘리며 그날의 진실에 대해 사실대로 말했지만 믿을까 싶었다. 누가 들어도 어처구니없는 이유인데.

소연이 슬쩍 박연의 눈치를 살폈다. 빨개진 박연의 얼굴이 먼저 눈에 들어왔다.

씨바견 얼굴이 왜 저래? 믿는 거야, 안 믿는 거야?

소연이 안색을 살피며 머리를 굴리는 동안, 박연은 자꾸 웃음이 새어나오는 입을 틀어막았다.

앙큼한 기집애. 박력 넘치는 기집애. 안 좋아할 수가 없는 여자다. 자기 마음 알아보겠다고 키스해볼 생각을 했어? 사실대로 말했으면 주저 없이 해줬을 텐데.

가까스로 포커페이스를 유지한 박연이 자리에서 벌떡 일어섰다. 일이 어떻게 돌아가는 건지 갈피를 잡을 수 없는 소연은 갑자기 나갈 채비를 하는 박연을 멍하니 쳐다보기만 했다. 박연은 채 입지 못한 외투를 옆구리에 끼고 현관으로 향했다.

권브이. 얼굴 안 보고 못 배기겠다. 보고 싶어.

박연이 집을 뛰쳐나온 그 시각, 점퍼를 걸친 브이가 도장을 뛰어나왔다. 소연에게 온 문자메시지 때문이었다.

'씨바견이 도장으로 폭주한 듯싶다! 대피 바람!'

한밤중에 울리는 재난문자보다도 두려웠다. 왜 소연에게서 박연을 피하라는 메시지가 온 것인지. 박연은 대체 무엇 때문에 폭주한 것인지. 아무것도 알 수 없지만 이제 박연과 관련된 일이라면 저도 모르게 심장부터 덜컥 주저앉고 마는 브이였다.

또 뭐 때문에 화났는데? 또 무슨 말로 사람 머리 복잡하게 만들려고?

정신없이 도장을 뛰쳐나온 브이가 골목을 향해 달음박질치는 순간이었다. 나무 뒤에서 불쑥 나타난 손이 브이의 팔을 잡아 세웠다. 브이는 뒤도 돌아보지 않고 무조건 소리부터 지르고 보았다.

"아, 왜! 왜! 얌전히 기다린다면서! 이젠 재촉 안 한다며!"

"브이 씨?"

브이는 저를 부르는 낯선 목소리에 눈을 동그랗게 뜨고 옆을 돌아보았다. 브이의 팔을 잡아 세운 사람은 박연이 아니었다. 민형은 얼떨떨한 표정으로 씩씩 가쁜 숨을 내쉬는 브이에게 씨익 미소를 지어보였다.

브이는 도장 근처 카페에서 민형과 마주앉았다. 개인 카페는 테이블서너 개가 꽉 들어찰 정도로 작았다. 손님이라곤 유모차를 끌고 나온 주부와 모자를 눌러쓴 젊은 남자 한 명이 전부였다.

브이는 앞에 앉은 민형을 흘끔 쳐다보았다. 박연의 대항마로 불리는 배우이니 사람 많은 프랜차이즈 카페보다야 차라리 이런 곳이 나을 것이었다. 눈치를 살피던 브이는 어색함을 견디지 못하고 먼저 입을 열었다.

"형사 역할로 나왔던 드라마 재밌었어요."

"그건 3년 전에 찍은 건데."

"아아…."

브이가 민망한 표정으로 고개를 끄덕였다. 바자회 인터뷰 준비를 하면서 박연에 대해 공부하던 밤, 얼결에 보게 된 드라마였다. 브이가 유일하게 본 민형의 출연작이었다.

민형이 피식, 웃음을 터트렸다.

"농담이에요. 늦었지만 재밌게 봐줘서 고마워요."

"하하하, 그런데 여긴 어떻게…."

어색한 웃음소리를 내며 머리를 긁적인 브이가 본론을 물었다. 민형은 라떼를 한 모금 넘기고 브이를 향해 부드러운 미소를 지었다.

"저 때문에 연이랑 다투신 게 내내 마음에 걸려서요."

이민형 때문에 박연과 싸워?

브이는 클럽에서 열리는 빅엔터의 크리스마스이브 파티에 박연과 동행했던 일이 기억났다. 브이를 부축해주는 민형에게 박연이 다짜고짜 주먹질을 했었다.

'걔가 널 여자로 보고 잘해주는 것 같아?'

덩달아 그날 박연에게 들었던 가시 같은 말까지 떠올랐다. 브이가 세모눈을 떴다.

다시 생각해도 열 받네. 그런데, 한 달도 지난 일을 사과하러 도장까지 찾아온 거야?

"그때 제대로 사과를 못 드렸는데, 기회를 놓쳐서 시간이 이렇게 흘렀네요."

진심으로 미안해하는 표정을 짓는 민형을 보며 브이가 고개를 저었다.

"다 지난 일이에요. 그리고 그날 맞은 건 제가 아니라 그쪽이니까 굳이 사과하실 필요는…. 그때 주먹으로, 이렇게."

브이는 주먹을 쥐고 제 뺨을 치는 시늉을 했다. 박연의 주먹질에 민형이 나가떨어진 일을 설명하는 중이었다.

미안한 표정을 짓고 있던 민형의 눈가가 미세하게 떨렸다. 사람들 앞에서 박연을 폭주하게 만든 건 즐거웠지만 한 방 먹은 건 기분 좋은 추억은 아니었다.

굳이 보여줄 필요는 없는데.

그러나 금세 평정심을 되찾은 민형이 미간을 좁히고 한껏 심란한 얼굴을 했다.

"어쨌든 그날 정말 미안했어요. 연이야 워낙 다혈질이라 주위 신경 안 쓰는 놈이니까 제가 조심을 했어야 했는데."

말을 이어가며 민형이 웃음을 참는 사람처럼 입술을 비스듬히 올렸다.

"사실 그래요, 연이 개가. 철이 없다고 해야 할지, 생각을 안 한다고 해야 할지."

걱정스럽던 말투도 점점 빈정거리듯 바뀌었다. 브이는 바자회에서 기자들에게 둘러싸인 박연을 못마땅하게 쳐다보던 민형을 떠올렸다.

두 사람, 묘한 라이벌 관계가 맞는 것 같다.

가만히 듣고 있던 브이가 민형의 말을 가로막았다.

"서툰 거예요. 아직 서툰 것뿐이에요."

민형의 얼굴에 웃음기가 가셨다.

그딴 한심한 새끼도 애인이라고 편을 들어? 한치 앞도 모르는 주제에 의심조차 않는 한심한 것들.

본심과는 달리 민형은 고개를 끄덕이며 브이에게 사람 좋은 미소를 지었다.

"뭐, 그거야 어쨌든. 사과의 의미로 브이 씨한테 꼭 식사 대접이라도 해야 제 마음이 편할 것 같은데, 어때요?"

밥을 사겠다는 민형의 제안에 브이가 난처한 얼굴을 했다. 빅엔터와 계약으로 묶여 있으니 빅엔터의 허락 없이 연예계에 있는 사람과 함부로 약속을 잡기에는 난감한 상황이었다. 난처한 얼굴을 하고 있던 브이가 더없이 어색한 톤으로 말했다.

"뭐… 다음에요, 전 그럼 이만. 도장 간식 시간이라."

민형에게 되는 대로 꾸벅 고개를 숙인 브이가 황급히 카페를 나갔다.

브이가 나간 카페 출입문을 쳐다보던 민형이 옆 테이블에 손을 뻗었다. 젊은 남자가 눌러 쓰고 있던 모자를 벗어냈다. 남자는 민형의 매니저였다.

매니저가 민형의 손에 핸드폰을 쥐어주었다. 민형은 웃으며 대화 중인 자신과 브이의 사진이 저장된 핸드폰을 확인했다.

그때 유모차를 끌고 나온 주부가 민형의 테이블로 다가와 알은체를 했다.

"탤런트 이민형 씨죠? 팬이에요! 사인해주세요!"

매니저가 반사적으로 자리에서 일어나 주부를 막아섰다. 민형은 매니저에게 괜찮다는 듯 손을 들어보였다. 그리고는 유모차에서 아이를 안아 올리며 말했다.

"사진 찍어드릴게요."

매니저는 금세 낯빛이 싹 바뀐 민형을 보며 고개를 갸웃거렸다. 아이를 안고 다정하게 웃는 민형은 연예계 관계자들이 칭찬해 마다 않는 배우 이민형의 평상시 모습으로 돌아와 있었다. 조금 전 옆 테이블에 앉아 브이와의 모습을 몰래 찍어두라는 지시를 내리던 모습과는 사뭇 달랐다.

카페에서 도장으로 돌아온 브이는 박연의 얼굴을 보고서야 소연에게 받았던 메시지를 기억해냈다.

'씨바견 폭주. 대피 바람.'

갑작스러운 민형의 등장에 잠시 잊고 있었다. 도복을 입은 아이들 틈에 끼어 앉은 탓에 박연은 유난히 덩치가 커 보였다. 간식을 먹는 아이들 사이에서 박연이 빵을 한 입 크게 베어 물었다.

아이들에게 간식을 나눠주던 기범이 못마땅한 표정으로 브이를 향해 눈짓을 했다.

이것 좀 치워라.

소꿉친구의 눈짓을 알아들은 브이가 박연의 팔을 끌어당겼다. 박연은 복도로 끌려 나오는 와중에도 바나나우유를 챙겨들었다.

"왜 왔어요?"

상당히 방어적으로 묻는 브이에게 박연은 태평하게 대답했다.

"너 보러."

브이가 눈을 가늘게 떴다.

"뻔뻔해. 자기 입으로 얌전히 기다린다고 해놓고선."

"이 이상 얼마나 더 얌전해? 네 얼굴만 보다 갈 거야. 나 혼자 좋아하는 거니까 신경 꺼."

'집에 데려와. 제대로 인사시켜.'

현수의 말을 떠올린 브이가 목소리를 낮춰 소리쳤다.

"아빠가 보기라도 하면…!"

"안 계시는 거 확인하고 온 거야."

태연하게 바나나우유에 빨대를 꽂는 박연과는 달리 브이는 연신 복도를 두리번거렸다.

"그래도 빨리 가요. 수업 방해되니까."

"내 애인 수업하는 거 나도 구경 좀 하자."

브이가 새빨개진 얼굴로 쏘아붙였다.

"누가 누구 애인이에요? 나 아직 박연 씨한테 대답 안 했거든요?"

"계약상."

아, 계약상….

브이가 쏘아붙인 것이 민망해 조용히 입을 다물었다. 박연은 그런 브이를 보며 픽 웃었다. 그날 고깃집에서 키스했으면 태권브이는 지금쯤 어떤 결정을 내렸을까. 소연에게 들은 그날의 진실은 브이가 무슨 말을 하든 박연을 기분 좋게 만들었다.

브이는 실실 웃기만 하는 박연의 등을 떠밀며 투덜거렸다.

"페어플레이하자면서요. 갑자기 나타나서 이상한 말만 할 거예요? 이러면 전이랑 뭐가 달라요? 이거 엄연히 반칙이라구요."

"너야말로."

"내가 뭘요?"

박연은 바나나우유에 꽂은 빨대를 브이의 입에 물렸다. 그리고는 빨대를 우물거리는 브이를 보며 말했다.

"반칙한 건 내가 아니라 너야. 네가 보고 싶게 했잖아."

내가 언제?

브이는 억울하면서도 붉게 달아오른 얼굴이 좀처럼 식지 않았다.

보고 싶게 했다는 말… 결국 보고 싶었다는 말이잖아. 어떻게 저렇게 아무렇지도 않게 말하지?

민망함으로 물든 브이의 얼굴이 잔뜩 일그러졌다. 박연은 손목시계를 확인하며 말했다.

"나도 강 대표랑 미팅 있어서 그만 가봐야 돼. 정말로 얼굴만 보러 온 거야. 네 대답 기다리고 있는 거 잊지 말라고 눈도장도 찍을 겸, 겸사겸사."

박연은 눈만 동그랗게 뜨고 있는 브이에게 손을 들어보이곤 돌아섰다. 그렇게 박연은 정말 미련 없이 돌아서서 가버렸다. 우두커니 복도에 남겨진 브이가 멍한 얼굴로 눈을 깜박였다.

진짜 얌전히 가버리네.

브이는 박연이 입에 물려준 빨대를 빼내어 바나나우유를 눈높이로 들어올렸다. 우유병에 쓰인 글귀를 소리 내어 읽었다.

"바나나우유 먹으면, 나한테 반하나?"

어이없는 말장난에 피식 웃음을 터트린 브이가 빨대를 입에 물었다.

바나나맛 우유가 쪼르륵, 소리를 내며 입 안으로 들어왔다.

달다….

'박연이란 남자를 어떻게 할지. 그것만 생각하라고.'

어떻게 해야 할까. 소연의 메시지를 받고 또 무슨 일이 벌어질지 몰라 허둥댔는데 막상 박연이 얌전히 가버리니 내심,

"아쉽다…."

달게 넘어가던 바나나우유가 순간 목구멍에 탁, 걸렸다. 제 입으로 뱉은 혼잣말에 화들짝 놀란 브이가 캑캑 기침을 터트렸다.

싸우면 서운하고, 쳐다보면 두근거리고, 이젠 아쉽기까지? 이런 게… 좋아하는 거 아닌가?

뿌우! 브이가 피리나팔을 힘차게 불자 알록달록한 대롱이 한껏 늘어났다. 드레스룸에 숨어 있던 영범이 케이크를 들고 나오며 노래를 불렀다.

"축하합니다, 축하합니다. 당신의 계약을 축하합니다!"

막 현관으로 들어선 박연은 서프라이즈 파티가 영 마음에 들지 않은 듯 탐탁지 않은 표정을 지었다.

박연은 차를 운전해줄 사람이 없어 택시를 타고 운동을 다녀오는 길이었다. 갑자기 배가 아프다던 영범 덕분이었다. 이제 보니 아픈 게 아니라 서프라이즈 파티 때문이었다.

그냥 운전이나 해주지.

박연은 어깨에 멘 운동용 보스턴백을 내려놓았다. 브이가 달려와 고깔모자를 씌워주었다. 오랜만에 보는 브이의 등장에 그제야 박연의 얼굴에 마지못한 미소가 피었다.

영범이 초가 타들어가는 케이크를 내밀었다.

"형님! 광고 재계약 축하드립니다!"

"넌 쪽팔리게 겨우 광고 하나 들어온 거 가지고 브이까지 불러냈냐?"

박연이 영범에게 목소리를 낮추고 핀잔을 주었다. 그때 브이가 옆구리를 툭 쳤다.

"뭐해요? 얼른 초부터 꺼요."

"어? 아, 그래. 초는 꺼야 맛이지?"

브이의 재촉에 훅, 바람을 불었다.

겨우 광고 하나에 무슨 자축파티를 해? 음주사건 터지기 전에는 작품보다 광고를 더 많이 찍던 사람인데, 내가.

박연은 이마를 긁적이며 브이를 보았다. 바자회를 열었던 의류 브랜드와 재계약을 했다. 조만간 좋은 소식으로 보자던 본사 마케팅팀 팀장의 의미심장한 멘트가 실현된 것이었다. 현재 브랜드 모델인 민형의 계약 기간이 남아 있어 당분간은 투 모델로 갈 예정이었다.

예전이었다면 절대 받아들일 만한 조건이 아니었다. 이미 다른 사람이 모델을 맡고 있는, 그것도 민형의 광고에 끼여 들어가는 꼴이 굉장히 자존심 상하는 일이었다. 그러나 대중들에게 얼굴을 한 번이라도 더 들이밀어야 했다. 배우 박연의 상품 가치가 아직 이상 없다는 분위기를 만들려면. 그것이 강 대표의 목표였다.

속사정이 이러하니 광고를 계약했다고 마냥 좋아할 기분이 아니다. 그런데 자축파티라니. 거기다 권브이까지 불러놓고.

거실 TV에 연결한 노래방기계 앞에 선 영범이 폼을 잡았다.

"자, 축하공연 시작하겠습니다!"

브이와 소파에 나란히 앉은 박연은 어이없는 표정으로 영범을 쳐다보았다. 개의치 않는 듯 영범의 걸그룹 노래 메들리가 시작되었다. 춤을 쉬가며 열창 중인 영범을 보는 대신 박연은 고개를 돌려 브이를 바라보았다.

광고 계약 내용이야 어쨌건 얼굴 보니 좋긴 하네.

얌전히 기다리겠다는 실언을 한 이후로 마음대로 얼굴을 못 봐서 아쉬웠다.

영범의 축하공연을 구경하던 브이가 미간을 구겼다. 브이의 시선은 영범에게 가 있었지만 머릿속은 온통 다른 생각 중이었다. 영범에게 광고 재계약 소식 듣고 축하해주러 왔지만 실은 마음이 편치 못했다. 계속 신경 쓰이는 게 있어서.

브이가 옆을 돌아보았다. 저를 바라보고 있던 박연과 눈이 마주쳤다. 순간 시간이 정지되는 듯 모든 것이 슬로우 모션처럼 움직였다. 브이는 자신을 물끄러미 바라보는 박연의 눈 깜빡임마저 느리게 느껴졌다. 눈꺼풀을 깜빡이는 눈동자의 움직임. 벙끗거리며 무어라 묻는 입술. 숨을 들이마실 때마다 크게 부풀어 오르는 가슴과 들썩이는 어깨. 박연의 모든 움직임이 느리게 다가왔다. 빠른 것은 오로지 귓가를 시끄럽게 만들고 있는 심장박동 소리뿐이었다.

"권브이!"

박연의 외침에 브이는 그제야 꿈에서 깨듯 환상 속에서 깨어났다.

"왜 그래?"

박연은 아무 말 없이 자신의 얼굴만 멍하게 쳐다보는 브이를 걱정스럽게 쳐다보았다. 브이는 고개를 젓고 테이블에 놓인 케이크를 포크로 푹 찍었다.

와, 이젠 얼굴만 봐도 막 두근대? 그전에는 남자로 느끼게 해준다는 둥 엉뚱한 말들 때문에 정신이 없었다지만 지금은….

포크로 잘라낸 케이크를 입으로 가져가던 브이가 옆을 흘끔 보았다.

박연은 크리스털 잔에 샴페인을 따르는 중이었다. 단지 샴페인만 따르고 있을 뿐인데도 가슴이 미친 듯이 두근거린다.

박연이 브이에게 잔을 내밀었다. 브이는 멍한 얼굴로 잔을 받아들었다. 박연이 잔을 부딪치며 웃었다. 브이의 뺨이 순식간에 붉어졌다.

웃는 얼굴이 원래 저렇게 멋있었나?

쌍꺼풀 없는 눈이 휘어지는 모습이 어린애처럼 장난기가 가득했다.

코는 원래 저렇게 높았어? 입술은 원래 저렇게 빨갰고?

낯설게만 느껴지는 얼굴을 살피던 브이가 샴페인을 넘기는 목울대를 포착했다. 저도 모르게 마른침이 꿀꺽 넘어갔다.

어후, 미쳤다. 어딜 쳐다보는 거야!

당황한 브이가 갑작스러운 갈증을 없애줄 샴페인 잔을 급하게 입으로 가져갔다. 한 모금을 넘기기도 전에 샴페인이 턱 아래로 쏟아졌다. 브이는 차가운 샴페인이 쏟아진 스웨터를 내려다보았다. 작은 얼굴이 일그러졌다.

권브이! 바보같이 허둥대기는…!

상상 속으로 제 머리를 수차례 쥐어박았다. 그때, 브이의 얼굴에 휴지 뭉치가 닿았다.

"괜찮아?"

놀란 듯 눈을 동그랗게 뜬 박연이 휴지로 브이의 턱을 닦아냈다. 순간, 두근거리던 심장이 뱃속 아래로 뚝 떨어지는 듯했다. 반사적으로 박연의 손을 쳐냈다. 흘린 샴페인을 닦아주던 손이 허공으로 밀려났다.

"아, 내가… 내가 닦을게요, 하하."

박연은 어색하게 웃는 브이를 보며 무안해진 손을 거뒀다.

걸그룹 메들리를 마친 영범이 이번에는 임재범의 고해를 열창했다. 박연은 매정하게 종료 버튼을 눌렀다. 브이는 영범과 투닥거리는 박연을 지켜보았다.

평소의 박연인데 오늘은 전혀 달라 보인다. 잘난 남자인 건 알고 있었지만, 단순히 외모가 잘나서 멋있어 보이는 것과는 달랐다. 자꾸 박연의 별거 아닌 것들마저 브이의 눈에, 가슴에 대단한 의미로 천천히 들어와 박혔다.

특별함이다. 그것은 특별함이었다. 박연이란 남자가 특별해 보인다.

박연은 마이크에 대고 노래방에서 절대 부르지 말아야 할 노래들에 대해 영범에게 설교했다. 브이는 그런 박연을 보며 작게 중얼거렸다.

"언제 이렇게, 좋아졌지…?"

가슴속에 자리 잡은 감정이 언제부터였는지 알아낼 새도 없이 서프라이즈 파티는 끝이 났다. 브이는 집까지 데려다준 박연과 대문 앞에서 마주섰다.

"얼른 가요. 아빠라도 보면 진짜 큰일 나는데…."

브이는 혹시나 현수가 나왔을까 주위를 두리번거렸다. 그러나 박연은 갈 생각이 없는 듯 브이만 지그시 바라보았다. 말없이 바라보던 박연이 입을 열었다.

"고백해놓고 대답 기다리는 거. 이거 되게 피 말리거든? 근데 나 피 마르는 동안 너도 날 어떻게 할까, 하고 내 생각할 거라고 생각하니까 쾌감이 있어. 사람 이상한 취향 갖게 해."

브이는 이미 답이 나온 것 같다는 말을 쉽사리 꺼내지 못하고 눈치만 살폈다. 눈을 굴리는 모습을 지켜보던 박연이 히죽 웃으며 장난스럽게 물었다.

"너 나랑 키스하려고 고깃집으로 부른 거라며? 키스 장소가 고깃집이 뭐냐?"

"뭐! 와! 누가 그래?"

어이없다는 듯한 목소리가 반사적으로 튀어나왔다. 브이는 눈을 동그랗게 뜨고 소리쳤다.

"얌전히 기다린다던 사람이 이젠 없는 말도 막 지어내요?"

"네 친구가 불었어. 진짜 나랑 키스 한 번 더 하면 네 마음 알 수 있어?"

소연이 모든 진실을 말했다니 브이는 할 말이 없어졌다. 박연은 대꾸없이 제 얼굴만 빤히 쳐다보는 브이에게 물었다.

"우리 해볼래?"

굳이 키스를 해보지 않아도 이제는 안다. 언제 시작됐는지. 박연의 생일에 나눈 입맞춤 전인지, 후인지. 어느 것 하나도 알 수 없지만 이제 박연이란 남자를 향한 이 두근거림이 단순히 흔들리거나 헷갈려서가 아니란 것만큼은 확실히 알겠다.

어느새 얼굴에서 장난기를 지운 박연이 낮은 목소리로 물었다.

"할까?"

브이는 심장이 다시 두근두근 뛰어대는 것을 느꼈다.

"난 하고 싶어."

박연의 목소리에 두근대던 움직임이 쾅, 쾅, 쾅 울리기 시작했다. 브이는 커다란 눈을 깜박이지도 못한 채 박연만 보았다.

"경험상 너랑 키스하고 나면 맨날 싸웠거든?"

박연의 말을 들으며 브이는 일식집에서 사고처럼 벌어진 첫 번째 키스를 떠올렸다. 키스 후 얼마간을 대차게 싸웠다. 박연의 생일에 했던 두 번째 키스 역시도 다툼의 연속이었다.

"이번에 키스해도 또 싸우고, 마음 아프고, 힘들 것 같은데⋯. 그래도 또 하고 싶어."

솔직하고 진지한 얼굴이 속삭이듯 말했다.

"난 기회만 있으면 너랑 키스할 거야. 백번을 싸워도 백번 다 키스할 거야."

터질 듯이 뛰는 심장이 이제는 버겁게 느껴질 정도였다. 브이는 마주 서 있던 박연이 코앞으로 다가오는 모습을 멍하니 바라보았다.

"그러니까 지금 나랑 키스해."

작게 속삭인 박연이 허리를 숙였다. 벌어진 입술이 브이의 입술을 향해 빠르게 다가왔다. 그러나 붉은 입술은 재빠른 방어로 인해 불시착했다. 다급하게 입을 가린 브이의 손바닥에 쪽, 소리를 내며 부딪쳤다.

박연의 눈이 심드렁하게 가늘어졌다. 박연은 브이의 손바닥에 입술 붙인 채로 중얼거렸다.

"네가 키스해보려고 했다는 말 듣고 내가 얼마나 설렜는데. 이거 명백한 반칙이야. 나한테 페널티킥 넣을 찬스는 줘야지."

브이는 손바닥으로 박연의 입술을 가로막은 채 필사적으로 고개를 흔들었다. 못마땅한 듯 눈썹을 씰룩거린 박연이 하는 수 없이 떨어져 나갔다. 브이에게서 두어 걸음 물러선 박연은 코트 주머니에 두 손을 꽂아 넣고 말했다.

"그럼 이번에 계약한 광고. 그거 촬영할 때 같이 가. 넌 잘 이해 못할 수도 있는데 그게 나한테 되게 자존심 상하는 자리거든. 그래서 그런가, 웃기게 긴장되네."

"그건 꼭 같이 갈게요."

말이 끝나기 무섭게 들려오는 브이의 대답을 듣곤 박연은 피식 웃음을 터트렸다. 브이는 돌아서서 멀어지는 박연의 뒷모습을 끝까지 지켜보지 못하고 도망치듯 대문을 밀고 들어왔다. 등 뒤로 대문이 닫히자마자 가슴을 부여잡고 자리에 주저앉았다.

"으, 떨려서 죽을 것 같아…."

굽히고 앉은 무릎이 후들거렸다.

그동안 박연이 들이밀 때마다 두근거렸던 건 일도 아니다. 과장이 아니라 정말로 심장이 터져나갈 것 같다. 이게 진짜구나. 진짜는 이렇게 세구나.

브이는 새빨개진 얼굴로 심호흡을 했다.

현수와 기범에게는 몸살 기운이 있다는 핑계를 둘러댄 브이가 도장에 나가는 대신 거울 앞에 섰다. 가진 옷을 이것저것 가져다대어 보았지만 썩 마음에 들지 않았다. 브이는 거울 속 제 얼굴을 빤히 주시했다. 화장기 없는 맨얼굴. 라인이라고는 찾아볼 수 없는 후드티. 늘 입는 청바지.

이젠 나도 박연 씨가 좋아요.

고백에 대한 뒤늦은 대답을 들려주기에는 복장이 영 마음에 들지 않았다. 한참동안 방을 서성이던 브이가 수아에게 받은 옷을 꺼내들었다.

"돌려줘야 하는데…."

머뭇거리던 것도 잠시, 두 눈을 딱 감았다. 갈팡질팡하던 마음을 깨달은 이상, 어서 빨리 박연에게 대답을 들려주어야 한다. 16년을 운동만 하며 살아왔다. 목표를 세우면 해내고야 마는 운동선수의 끈기와 승부욕이 아직 브이의 몸에 남아 있었다. 전투적인 표정으로 바뀐 브이가 서둘러 옷을 갈아입기 시작했다.

높은 힐을 신고 삐꿋거리며 걸음을 옮겼다.

"후우, 신을 때마다 적응 안 돼."

한 손으로 담벼락을 짚고 잠시 숨을 고른 브이가 대문 앞에 섰다.

이른 아침부터 초인종이 요란하게 울렸다. 수면안대를 쓰고 곤히 자던 박연이 벌떡 일어나 앉았다. 수면안대를 머리 위로 벗어낸 얼굴에 살기가 돋아났다. 박연은 잠긴 목소리로 중얼거리며 현관으로 향했다.

"아침 댓바람부터 대체…."

브이의 얼굴이 가득 찬 비디오폰 화면을 확인한 박연이 통화버튼을 눌렀다.

"눈 뜨자마자 네 얼굴 봐서 좋고, 네가 아침형 인간인 것도 알겠는데. 아침 8시는 초인종 누르기에 너무 이른 시간 아니니?"

-할 말이 있는데 최대한 빨리 해야 해서, 꺅…!

초인종 카메라에 대고 소리치던 브이가 짧은 비명과 함께 화면 밖으로 사라졌다. 잠이 덜 깨어있던 눈이 커졌다. 외마디 비명에 놀란 박연이 실내용 슬리퍼를 신은 채 현관을 뛰쳐나갔다.

대문을 밀고 나오자 초인종 아래 웅크려 앉은 브이가 보였다.

"왜 그래? 뭐야?"

"넘어져서…."

박연은 발목을 쥐고 웃는 브이를 황당하게 쳐다보았다. 하여간 사람 놀라게 만드는 데는 당할 재간이 없다. 절뚝거리며 일어서는 브이의 팔을 잡아주었다.

"많이 다쳤어?"

"살짝 접질렸어요. 괜찮아요."

박연은 손사래를 치며 옷을 털어내는 브이를 훑었다. 터틀넥 원피스 위에 걸친 연한 레몬색 하프코트. 평소에는 절대 신지 않는 힐까지. 게다가 모두 값비싼 브랜드의 옷이었다. 브이의 옷차림을 빠르게 훑은 박연이 물었다.

"우리 오늘 스케줄 있어? 난 연락 못 받았는데?"

"그게 아니라…."

나도 박연 씨를 좋아하게 됐다고 말해주러 왔어요.

집에서부터 준비해온 말을 꺼내려니 심장이 미친 듯이 쿵쾅대기 시작했다. 고백이란 건 예상보다 긴장되는 일이었다. 브이는 도무지 진정될 기미 없이 요동치는 가슴을 문질렀다.

그래, 침착하게 말하는 거야.

심호흡을 한 뒤, 박연에게 말했다.

"일단 들어가요!"

그러나 마음과는 다르게 팔다리가 뻣뻣하게 움직였다. 얼마 못 가 또 발목을 삐끗하고 휘청거렸다. 넘어지려는 브이를 붙든 박연이 속삭였다.

"나이스 캐치."

덕분에 간신히 가라앉힌 브이의 심장은 또다시 한계를 모르고 뜀박질했다.

소파에 앉은 브이가 조심스럽게 접질린 다리를 뻗었다. 박연은 테이블에 걸터앉아 브이의 발을 감싸 쥐었다. 커다란 손이 얼음주머니로 브이의 발목을 천천히 문질렀다. 그러나 브이에게 얼음이 필요한 곳은 접질린 발목보다는 좀처럼 식을 것 같지 않은 얼굴이었다. 브이는 터질 듯이 뜨거운 얼굴을 숙이고 애먼 쿠션만 꽉 끌어안았다.

운동 중 부상을 입을 때마다 수없이 받아왔던 찜질인데 뭐가 이리도 부끄러운 걸까. 발목에 닿는 얼음마저 뜨겁게만 느껴졌다. 브이가 슬며시 고개를 들고 박연을 보았다. 빨갛게 부은 발목에 냉찜질 중이면서도 박연의 시선은 줄곧 브이에게 향해 있었다. 브이는 박연을 보며 물었다.

"수아 씨한테도 이랬어요?"

발목의 놀란 근육을 차게 식혀주던 얼음주머니가 바닥으로 툭, 떨어졌다. 박연은 갑작스럽게 등장한 수아의 이름에 당황한 듯 눈을 굴렸다. 브이가 서둘러 말을 덧붙였다.

"다른 뜻으로 묻는 게 아니라, 그냥요. 원래 여자한테 이렇게 찜질도 해주고, 갑자기 찾아오기도 하고, 맨날 데려다주고 그러나 궁금해서요."

박연은 어이없다는 듯이 웃었다.

"야."

"왜요."

"넌 내가 그랬을 거라고 생각하니?"

'씨바견'이라 불리는 남자. 아무렴 그랬을까 싶다. 브이가 고개를 절레절레 흔들었다. 박연은 바닥에 떨어트린 얼음주머니를 주워들며 말했다.

"상대방이 아프다고 하면 그날은 안 만나. 비위 맞추기 싫으니까. 그리고 찾아가고 데려다주는 건 매니저가. 난 멀리 안 나가는 스타일이라."

아무렇지 않게 말하는 박연에게 브이가 입을 이죽거렸다.

"나쁜 남자가 아니라 못된 남자네."

"어, 나 되게 못됐어. 그게 너한테만 안 되는 거지."

입술을 비죽거리던 브이가 멍하니 박연을 보았다. 박연은 시선을 내리깐 채 말했다.

"잘 보이고 싶어, 너한테는. 뭐든지 잘해서 네가 해주는 칭찬 듣고 싶어. 난 네가 따뜻하게 말해줄 때, 따뜻하게 봐줄 때."

손에 쥔 발목을 향해 있던 눈이 브이를 바라보았다.

"그럴 때마다 기분이 겁나 좋아."

말투에는 장난기가 묻어 있었지만 브이를 바라보는 눈은 진심이었다. 연애를 하면 어떤 스타일인지, 어떤 남자가 되는지 궁금해서 물었다. 그런데 묻고 나니 민망했다. 박연도 진지해진 분위기가 민망한 듯 브이의 발을 내려놓고 물었다.

"그나저나 최대한 빨리 해야 한다는 할 말이란 게 뭐야?"

"아, 그게 내가 박연 씨를…."

거침없이 대답을 하려던 브이가 도로 입을 다물었다. 찜질 중에 대답해도 되는 건가, 문득 그런 의문이 머릿속을 지나갔다. 29년 인생 첫 연애의 포문을 여는 결정적인 순간이라기엔 전혀 로맨틱하지 않다. 연애는 안 해봤지만 귀동냥 연애 29년차 모태솔로 아니던가. 소연에게 들어온 연애란 것에 대해 떠올려 보건대, 지금 이 타이밍은 아닌 것 같다. 게다가 박연이 제게 했던 것처럼 꽃과 반지까지는 아니더라도 성의 있는 모습으로 대답하고 싶었다. 그래서 수아가 사준 옷까지 입고 찾아왔는데 생각지 못한 변수가 일어났다.

브이는 박연의 눈치를 살피며 민망한 줄 모르고 바깥공기를 쐬는 중인 발가락을 꼼지락거려보았다. 발을 접지를 줄 누가 알았으며, 박연이 찜질을 해준다고 나설지 누가 알았을까. 아무리 생각해도 '나도 당신 좋아해요'라는 대답을 맨발로 하는 건 예의도, 멋도 없다.

브이는 늘 소연이 뜯어말리던 추진력을 스스로 잠시 넣어두기로 했다. 대신에 큼큼, 목을 가다듬고 말했다.

"내가 박연이란 남자를 어떻게 할지, 거의 결정을 내렸어요."

'내 고민만 해. 박연이란 남자를 어떻게 할지.'

브이와 새끼손가락을 걸었던 약속을 떠올린 박연이 마른침을 꿀꺽 삼켰다. 수없이 좋아한다고 말했다. 남자로 느껴지지 않는다던 여자에게서 드디어 대답을 듣는 순간이 도래했다. 박연은 긴장한 얼굴로 얌전히 대답을 기다렸다.

그런 박연을 본 브이가 터져 나오려는 웃음을 가까스로 참았다. 이 순간만큼은 '씨바견'이 아니라 '시바견'이 맞는 것 같다. 오로지 주인만 바라보고 있는 개처럼 보였다. 순간 브이는 없던 장난기가 피어올랐다. 목소리를 낮추고 진지한 어투로 말했다.

"그전에 몇 가지 알아볼 게 있어요."

"…뭔데?"

"박연 씨, 건강해요?"

박연은 눈을 가늘게 뜨고 묻는 브이를 빤히 쳐다보았다. 그리고는 곧 질문의 의도를 이해했다는 듯이 소파에 뛰어올라 앉았다. 브이의 옆자리에 앉아 세상에서 가장 거만한 표정으로 말했다.

"야, 내가 이런 말까진 안 하는데…. 내가 예전에 갓 스물 넘었을 때 출연한 건강 관련 프로그램 혹시 못 봤니?"

브이가 도리질 쳤다.

"하, 참. 이걸 내 입으로…. 남성호르몬 점수를 7단계로 매기는데 내가 7이었어, 7. 갓 스물에."

박연이 어깨를 한껏 으쓱였다. 생각지 못한 대답에 브이의 얼굴이 빨갛게 물들었다.

"그, 그쪽 건강 물어본 거 아니거든요!"

박연은 당황해서 소리치는 브이를 보며 큭큭 웃었다. 그때, 핸드폰이 울렸다. 박연이 주머니에서 핸드폰을 꺼내들었다. 메시지를 확인하기도 전에 알람이 연달아 울렸다. 지인들로부터 메시지가 쉬지 않고 쏟아졌다.

무슨 일이 일어났구나. 불길한 예감이 들었다. 박연이 쏟아지는 메시지들을 확인하려는데 영범에게 전화가 걸려왔다. 핸드폰 너머 영범은 인사말도 없이 다급하게 물었다.

-형님, 연락 받으셨어요?

"무슨 소리야?"

-지금 이니셜 찌라시가 도는데요, 아무래도 형님 얘기인 것 같아요.

지금 빨리 확인해보세요!

"일단 끊어봐."

영범의 전화를 끊은 박연은 지인들이 보내온 메시지 중 찌라시 전문을 확인했다.

'톱스타 A군. B군에게 일도, 사랑도 뺏겨? 한때 많은 여성들의 마음을 훔치던 톱스타 A군은 물의를 빚으며 연이은 구설수로 대중들의 미움을 사기도 했지만, 천천히 잃어버린 왕좌를 되찾아가고 있습니다. A군이 자리를 비운 사이 왕좌를 독차지했던 B군은 이대로 2인자로 밀려날 판입니다. A군의 성공적인 재기에 눈물을 흘려야 했던 B군. 그러나 요즘 웃을 일이 더 많다는데요. 그 이유는 B군의 사랑을 한 몸에 받고 있는 그녀 덕분. B군의 그녀는 바로 A군과 공개연애 중인 C양으로….'

메시지를 읽어 내려가던 박연의 눈이 브이를 향했다. 심상치 않은 박연의 표정에 덩달아 브이가 걱정스러운 얼굴을 했다.

"무슨 일… 생겼어요?"

"어떤 새끼가 말도 안 되는 개소리를….'"

박연은 어리둥절한 얼굴로 서 있는 브이를 보며 낮게 중얼거렸다.

찌라시 같은 건 안 믿는다. 연예계에 몸담은 것이 벌써 몇 년째던가. 연예인들을 주인공으로 써내려가는 소설들이 얼마나 허황된 개소리인지 누구보다 잘 안다. 문제는 당사자를 제외한 모든 이들이 그 허황된 개소리를 너무 쉽게 믿어버린다는 것이었다. 게다가 이민형은….

박연은 옅은 한숨과 함께 이맛살을 찡그렸다. 꽤 오래 전부터 민형과의 불화설이 방송가에 공공연하게 도는 것을 박연도 알고 있었다. 민형과의 껄끄러운 사이가 의도치 않게 허무맹랑한 찌라시에 신빙성을 더해주고 있었다.

영문도 모른 채 눈치만 살피고 있는 브이의 손을 거칠게 잡아끌었다.

하필 그 새끼랑….

박연은 크리스마스이브 파티를 열었던 클럽에서의 난투극을 떠올렸다. 그 자리에 있던 사람들은 아마 이 찌라시를 미리부터 예감했노라 주변에 떠들고 다닐 것이었다.

박연의 핸드폰이 또다시 울렸다. 송 실장의 전화였다. 전화를 받지 않은 채 브이를 끌고 현관으로 나왔다. 박연에게 손을 붙들린 브이가 조심스럽게 물었다.

"안 좋은 일이라도 생겼어요?"

송 실장의 전화가 끊기자마자 벨소리가 또다시 이어졌다. 이번에는 강 대표였다. 동시에 브이의 핸드폰도 울리기 시작했다. 브이는 박연에게서 눈을 떼지 못한 채 핸드폰을 꺼내들었다. 송 실장이었다. 박연은 전화를 받으려는 브이의 손을 막았다.

"너, 나랑 오늘 하루만 어디 가야겠다."

"무슨 일이에요? 어디를요?"

정신없이 울어대는 벨소리를 들으며 박연은 가만히 브이를 바라보았다. 벨소리가 모두 끊긴 후에야 나지막이 말했다.

"아무도 없는 곳. 너랑 나만 있는 곳."

의미심장한 말을 던진 박연을 따라 도착한 곳은 양평의 글램핑장이었다. 너른 잔디밭, 커다란 텐트형 카바나(Cabana)들이 대형 화로를 동그랗게 에워싸고 있었다. 브이가 처음 와보는 글램핑장에 시선을 뺏긴 사이, 박연이 차에서 내리는 영범의 목에 팔을 휘감았다.

"회사에 가서 박연이랑 연락 안 된다, 권브이도 잠수 탔다. 무조건 모르겠습니다, 기억 안 납니다. 오케이?"

"형니임…. 대표님이랑 실장님이 아시면 저 죽어요."

"내가 누구 때문에 인도에서 그 개고생을 하고, 돌아와서는 갈비뼈가 아작났더라…."

영범이 입을 다물었다. 바라나시로 향하는 기차에서 낙오된 것도 제 탓이요, 눈길에 교통사고가 나서 두 사람을 나란히 병원에 입원시킨 것도 제 탓이었다.

박연은 아무 말도 하지 못하는 영범의 어깨를 두드렸다. 그만 가보라는 손짓에 영범이 얌전히 밴에 올라탔다. 밴이 사라지자 야영장 입구에 위치한 매점에서 글램핑장 사장이 걸어 나왔다.

브이는 다가오는 사장을 보며 박연에게 속삭였다.

"혹시 여기 사장님이 송 실장님 친형님이에요?"

글램핑장의 사장은 일면식이 없는 브이도 한눈에 알아볼 만큼 송 실장과 생김새가 닮아 있었다.

사장은 박연에게 반갑게 손을 들어보였다.

"오, 연이 오랜만. 현우는 같이 안 왔어?"

사장은 인사를 건네자마자 현우, 빅엔터에서는 주로 '송 실장'으로 불리는 제 동생부터 찾았다.

"사정이 있어서 하루만 조용히 머물다 갈게요. 현우 형한테도 말씀 말아주세요."

브이는 보기 드물게 예의를 갖춰 말하는 박연을 흘끔 쳐다보았다. 사장은 이유도 묻지 않고 흔쾌히 승낙했다. 박연의 은밀한 부탁을 한두 번 받아본 솜씨가 아닌 듯 보였다.

브이는 박연을 따라 비어 있는 카바나로 향하며 물었다.

"이상한 기사 때문에 사람 없는 곳으로 피하는 거라면서요? 야영장은 위험하지 않아요?"

"괜찮아. 여기 장사 안 돼."

박연은 태연하게 대답했지만 머릿속이 복잡했다. 브이에게는 찌라시에 대해 자세히 설명하지 않았다. 그저 두 사람을 곤혹스럽게 만들 기사가 터졌다는 말로 둘러댔다. 제게 대답을 해줄 준비를 거의 끝마쳤다고 했다. 박연은 브이의 마음이 어느 쪽으로 기울어져 있는지 알 수 없었다. 자신에게 올지, 뒤돌아 달아날지. 이러한 상황에서 감점 요소가 될만한 사건을 굳이 전하고 싶진 않았다. 비겁할지라도.

박연이 텐트형 카바나의 출입문을 열었다. 침대와 소파는 물론 TV, 미니냉장고까지 갖춘 텐트 안의 모습은 아담한 호텔방처럼 보였다. 브이가 설레는 얼굴로 침대에 앉아 엉덩이를 방방 뛰웠다. 도대체 얼마나 안 좋은 기사가 터졌기에 핸드폰마저 꺼두고 달아나듯 양평으로 온 것인지, 걱정스럽던 마음이 한순간에 사라졌다. 캠핑은커녕 어릴 때부터 운동하느라 학교에서 가는 수련회조차 제대로 가본 적이 없는데…. 꼭 야영캠프라도 온 기분이다. 브이의 입술이 기분 좋게 올라갔다.

아무도 없는 글램핑장에서 시간을 보낸 두 사람은 저녁 식사 또한 이곳에서 해결해야 했다. 글램핑장에 온 만큼 분위기에 맞춰 저녁 식사 메뉴는 바베큐가 되었다. 박연이 그릴에서 맛있는 소리를 내며 익어가는 고기를 뒤집었다. 맵게 올라오는 연기를 피해 선글라스를 쓰고 고기를 굽는 모습이 꽤 익숙해 보였다. 접이식 의자에 앉아 박연을 구경하던 브이가 정곡을 찔렀다.

"그래서 비밀 연애할 때마다 여기 오는 거예요?"

"앗, 뜨…!"

고기를 굽던 박연이 탁탁 튀는 불씨를 피해 돌아섰다. 돌연 다시 시작된 브이의 엉뚱한 질문도 모자라 불까지 말썽이었다.

결정 내리기 전에 몇 가지 알아볼게 있다더니 이 질문도 해당되는 건가?

브이의 질문 의도를 간파하기 위해 선글라스 안에서 눈동자가 빠르게 굴러갔다. 그러나 브이는 박연의 예측과는 달리 연예인의 비밀 연애에 대해 순수하게 궁금해 하는 중이었다. 대답을 않는 박연에게 곧 흥미를 잃은 브이는 고개를 돌려 주위 경치를 감상했다.

태권브이, 끝까지 긴장하게 만들어….

선글라스 안에서 눈을 굴리던 박연이 눈썹을 씰룩였다.

브이가 잠이 덜 깬 얼굴로 기지개를 켰다. 한밤중에 랜턴을 들고 글램 핑장 한쪽에 있는 화장실에 다녀오던 참이었다. 달이 기운 겨울 밤, 공기가 한없이 차가웠다. 추위를 이겨내려는 듯 커다랗게 타오르는 모닥불 앞에 박연이 홀로 앉아 있었다.

박연은 카바나들이 원형으로 둘러싼 화로에서 타들어가는 장작을 하염없이 바라보고 있었다. 브이가 박연의 곁으로 다가가 앉았다.

"아직 안 잤어요?"

브이는 대답이 없는 박연을 물끄러미 바라보다가 고개를 젖혔다. 서울에서는 보지 못했던 별이 밤하늘에 총총 박혀 있었다. 박연은 들고 있던 캠핑용 머그컵을 브이의 손에 쥐어주었다. 커피 향과 함께 손바닥으로 따뜻한 온기가 전해졌다. 박연은 커피를 홀짝이는 브이를 보며 물었다.

"진심이야?"

"뭐가요?"

"마음 거의 정했다고 한 말."

불티가 날리는 모닥불을 바라보던 브이가 옆을 돌아보았다. 커다란 손이 천천히 다가와 브이의 머리칼을 매만졌다. 박연은 조심스러운 손길로 옆머리를 넘겨주며 말했다.

"나 너 좋아한다고 고백한 남자야. 네 대답만 계속 기다린 사람이라고. 아깐 티 안 냈지만 나 되게 떨려."

낮은 목소리로 속삭이듯 중얼거린 박연이 손을 뗐다. 마른 손이 아쉬운 듯 브이의 얼굴 근처를 맴돌다 떨어져나갔다. 두 사람은 아무런 대화 없이 서로의 눈을 바라보았다. 브이는 가슴속에서 묵직하게 뛰는 심장박동에 집중했다. 기분 좋은 두근거림이었다.

어서 빨리 말해주고 싶다. 좋아한다고. 당신이 움직일 때마다 두근거려. 당신 눈을 볼 때마다 종소리가 울려. 떨리고 설레. 당신은 이제 나한테 너무 남자라고, 어서 빨리 말해주고 싶다.

박연의 눈을 지그시 바라보던 브이가 입을 열었다.

"내가…."

브이가 제 마음을 전하기 위해 입을 연 순간이었다. 불가에 앉은 두 사람의 곁으로 검은 그림자가 빠르게 다가왔다.

"잡았다, 요놈!"

검은 그림자가 박연의 뒤를 우악스럽게 덮쳤다. 검은 그림자의 정체는 송 실장이었다. 갑작스러운 송 실장의 등장에 놀란 브이가 어깨를 격렬하게 들썩였다. 동시에 손에 쥐고 있던 머그컵이 박연을 향해 엎어졌다. 아직 식지 않은 커피가 박연의 바지에 쏟아졌다. 박연이 번개와 같은 속도로 벌떡 일어섰다.

"아 뜨, 뜨거워! 빨, 빨리이!"

"어떡해! 괜찮아요?"

당황한 브이가 부연 김이 피어오르는 바지 앞섶을 향해 급한 대로 손부채질을 했다. 송 실장은 서울에서 양평으로 단걸음에 달려온 목적을 잠시 잊었다. 제자리를 방방 뛰며 뜨거움을 호소하는 박연의 바지춤부터 쥐어 잡았다.

"연아! 살 다 데인다! 얼른 벗어!"

박연이 말릴 새도 없이 송 실장은 뜨거운 커피로 흠뻑 젖은 바지를 끌어내렸다. 브이가 재빨리 두 눈을 가리고 뒤를 돌아섰다.

카바나 안으로 들어온 박연은 커피를 쏟은 바지를 벗어 소파 위에 대충 던져두었다. 새 바지의 버클을 잠근 박연이 송 실장을 돌아보았다.

"여기 있는 줄 어떻게 알고 왔어? 영범이 괴롭혔어?"

박연의 물음에 송 실장은 대답 없이 외투를 건넸다. 박연은 배신감에 휩싸인 얼굴을 했다. 영범이 아니라면 자신의 위치를 송 실장에게 유출시킬 사람은 한 명뿐이었다. 이 그램평장의 사장이자, 송 실장의 친형.

"와, 피는 물보다 진하다? 팔은 안으로 굽는다? 가재는 게 편이다? 형 없는 사람은 어디 서러워서 살겠나."

"대표님 난리 나셨다. 빨리 올라가자."

"헛소문 도는 거 하루 이틀이야? 찌라시 달고 사는 연예인이 나밖에 없는 것도 아니고."

"대표님이 브이 씨도 보자셔. 가서 얘기하면 진실이야 알게 될 거고."

박연은 먼저 카바나를 나서려는 송 실장의 팔을 잡아 세웠다.

"브이한테 찌라시 얘기 안 했어. 브이는 그냥 보내. 대표랑은 내가 얘기할게."

"당사자한테 사실 확인을 해야…"

박연이 송 실장의 말을 잘랐다.

"걔가 어떤 애인지 몰라? 말도 안 되는 연애계약서 쓸 때 돈도 안 받겠다고 한 애야. 그런 애가 이민형이랑 만나? 나 몰래? 그게 사실이겠어?"

송 실장은 잘게 흔들리는 눈동자를 말없이 바라보았다. 박연의 눈에는 브이를 향한 믿음과 혹시나 하는 불안함이 동시에 보였다. 송 실장이 눈을 가늘게 뜨고 물었다.

"너 브이 씨 좋아하나?"

"아직 정식으로 기사도 안 났어. 겨우 이니셜 찌라시 가지고 무슨 확인을 해. 하려면 이민형한테 해."

박연이 화제를 돌렸다. 송 실장은 긴 한숨을 쉬었다.

"지금은 방송가에 떠돌지만 대중한테 퍼지는 거 금방이야."

"그래서 내가 알아본다고. 강 대표도 내가 독대하겠다고. 그러니까 브이한테는 아무 말 마."

반절은 부탁, 반절은 협박에 가까웠다. 송 실장은 지끈거리는 머리를 부여잡았다.

박연이 심각하게 굳은 얼굴로 카바나를 나왔다. 바깥에서 기다리던 브이가 박연의 앞을 가로막았다. 눈으로 보지 못한 실체 없는 소문 같은 건 믿지 않는다. 않는데, 불안했다. 브이에게 사실을 묻겠다는 송 실장의 말에 박연은 가슴 깊은 곳에서 피어오르던 불안함이 저도 모르게 입 밖으로 튀어나왔다.

'근데 그런 애가 이민형이랑 만나? 나 몰래? 그게 사실이겠어?'

송 실장에게 쏟아냈지만 저 스스로에게 하는 말이었다. 브이에게서 고개를 돌린 박연이 시선을 멀리 둔 채 중얼거렸다.

"서울 가야겠다. 잠수 타서 강 대표가 뒤집어졌대."

"괜찮아요? 안 데었어요?"

겨우 떼어내었던 시선이 다시 브이에게로 향했다. 박연은 잠시 브이의 얼굴을 가만히 바라보았다.

그냥 만나보는 식의 연애가 아니라 누군가를 좋아하는 건 처음이라 잘 모르겠다. 혼자 좋아하는 마음이란 게 다 이런 건가. 누군가를 진심으로 대한다는 게 이런 건가. 좋아할수록 불안하고, 불안해도 좋고.

브이를 보던 박연이 입술을 장난스럽게 올렸다.

"넌 내 레벨 7짜리 건강을 위협했어. 책임져."

'남성호르몬 점수를 7단계로 매기는데 내가 7이었어, 7. 갓 스물에.'

박연의 집에서 찜질 중에 들었던 말을 떠올린 브이가 새빨개진 얼굴로 소리쳤다.

"그, 그걸 내가 어떻게 책임져요!"

"책임질 수 있을걸?"

"하! 참! 좋아하는 여자한테 못하는 소리가 없어."

"좋아하니까 책임지라고 하지."

브이는 반박할 말을 찾지 못하고 눈을 굴렸다.

이젠 나도 박연 씨가 좋아요.

그 말을 해주려 했는데 실패했다. 로맨틱은 고사하고 우스꽝스러운 고백 실패 때문에 좌절감을 맛보는 중인데, 상대방은 속도 모르고 말장난을 친다. 브이는 박연을 야속하게 노려보다가 돌아섰다. 앞장서서 가버리는 브이를 보며 박연이 피식 웃음을 터트렸다. 그러나 미소는 곧 씁쓸하게 변했다.

박연은 브이를 집까지 데려다주고 돌아가는 길에 송 실장과 함께 강대표의 자택에 들렀다. 강 대표의 서재에 박연과 민형이 마주 섰다. 민형 역시 새벽 중 불려 나온 얼굴이었다. 로브 가운을 걸친 강 대표가 서재 책상에 앉았다. 강 대표는 나란히 선 두 사람을 향해 물었다.

"왜 그랬어? 일을 왜 이따위로 만들었냐고, 새끼들아."

거대한 분노를 가까스로 참아낸 강 대표는 금방이라도 폭발할 듯이 뺨을 떨었다.

시간과 공을 들여 이 바닥에서 일궈낸 모든 것들을 이제는 거둬야 할 시기였다. 배은망덕한 새끼들. 구설수에 오르내리는 박연의 뒷바라지를 했다. 민형의 추악한 진실도 덮어주었다. 오로지 제가 쌓아올린 빅엔터를 지키기 위해. 은혜를 입었으면 더 큰 돈을 벌어들여 갚든지, 아니면 얌전히 있든지. 강 대표의 눈동자에서 안광이 번득거렸다.

침묵을 견디던 박연이 먼저 입을 열었다.

"이니셜 찌라시, 그거 아무 말이나 갖다 붙이면 그럴싸한 소설되는 거예요. 소설 쓴 사람한테 물어야지 이 새벽에 왜 나한테…."

박연의 말이 채 끝나기도 전에 강 대표가 태블릿 PC를 던졌다. 태블릿 PC가 바닥에 깔린 러그에 떨어졌다. 박연이 주워든 태블릿 PC에는 강 대표의 개인 메일함이 열려 있었다. 메일에 첨부된 사진 속 두 얼굴은 카페에서 커피를 마시며 웃고 있는 브이와 민형이었다. 사진이 찍힌 날짜를 확인했다.

그날이다. 소연과 정 피디가 기획안을 들고 제 집으로 찾아온 날이라 날짜를 기억하고 있었다. 그리고 그날은 브이의 도장으로 달려갔던 날이기도 했다. 그때가 도장 간식 시간이었으니까….

필름을 되감기하듯이 박연은 도장으로 돌아온 브이에게 바나나우유를 쥐어주던 장면을 머릿속에 떠올렸다.

이민형을 만나고 돌아오는 길이었구나….

태블릿 PC를 쥔 손에 힘이 들어갔다. 박연은 경직된 목소리로 민형을 향해 물었다.

"이게… 뭐냐?"

고개를 숙인 민형의 입술이 슬그머니 올라갔다. 민형은 언젠가 나누었던 강 대표와의 대화를 떠올리고 있었다.

'나는 그때그때 내 손해 안 나는 선택지를 택할 뿐이야. 너 하기에 따

라서 내 선택은 언제든 바뀔 수 있지.'

그날 강 대표는 언제든 박연의 손을 들어줄 것처럼 말했다. 그것은 민형에게 굉장히 위협적이고, 다분히 모욕적으로 들렸다. 민형은 그날, 결심했다. 강 대표에게서 박연이라는 선택지를 없애야겠다고.

박연을 강 대표의 눈 밖에 나게 만드는 건 민형에게 아주 쉬운 일이었다. 욱하는 성질만 건드려주면, 이 참을성 없는 새끼는 알아서 사고를 칠 것이었다. 박연을 욱하게 만드는 가장 손쉬운 방법은 권브이. 크리스마스이브에 클럽에서 주먹질을 하던 박연을 보고 이미 눈치 챘다. 박연에게 권브이는 그동안 만나왔던 여자들과 다르다는 것을.

어차피 삼각관계 소문은 정식 기사도 나지 못한 채 그저 찌라시에서 그칠 것이다. 방송가에 찌라시 내용을 흘린 것은 민형 본인이고, 찌라시 속 삼각관계는 사실이 아니니 민형의 매니저가 찍은 카페 사진을 제외하면 브이와 이렇다 할 사진이 더는 없었다. 요즘은 증거사진이 없으면 열애설 기사도 함부로 내지 못하는 시대 아니던가.

모든 것이 완벽했다. 브이와의 사진은 박연을 자극하고, 찌라시는 강 대표를 분노케 만들었다. 치정을 담은 찌라시 내용은 배우 이민형의 이미지에도 어느 정도 타격을 주겠지만 그리 나쁘지만도 않았다. 박연은 이민형에게 여자마저 빼앗겼더라. 생각해보니 오히려 민형을 즐겁게 했다.

민형은 제 손으로 강 대표에게 전송까지 마친 사진을 난생 처음 마주한 듯한 얼굴로 말했다.

"크리스마스이브에 놀라게 만든 것 같아서 사과할 겸 한 번 만난 거예요. 근데 사진 출처가 어디에요?"

강 대표가 자리에서 일어섰다.

"어디 소속 기자 새끼인지 몰라도 목적은 돈 뜯어내겠다는 거야. 나는 장사꾼이야. 손해 보는 장사 안 해. 내가 손에 쥔 게 독이 되면 난 언제든지 버릴 거야."

강 대표가 손에 쥔 것은 박연과 민형의 서로 다른 비밀이었다. 박연의 연애계약과 민형의 음주운전. 강 대표의 경고를 알아들은 두 사람이 말 없이 서로의 얼굴을 보았다.

"버리는 것뿐만 아니라 밟아버릴 수도 있어. 둘 다 명심해."

강 대표는 두 사람을 향해 섬뜩한 경고를 던지고 서재를 떠났다.

어두운 지하 주차장으로 나오자마자 박연이 민형의 멱살을 잡아 벽으로 밀어붙였다.

"브이 왜 만났어?"

"아까 설명했잖아."

멱살을 쥔 손이 간신히 화를 참는 듯 바들바들 떨렸다. 박연은 입술을 억지로 올리고 웃었다.

"그건 핑계고. 진짜 의도가 뭐냐고. 넌 늘 두 개잖아. 마음도 두 개. 얼굴도 두 개."

"넌 하나라서 너무 쉬워. 너도 두세 개쯤 가져봐. 얼굴이든 마음이든, 윽…!"

멱살을 쥔 손이 목울대를 눌렀다. 얼굴을 찌푸린 민형이 속삭였다.

"서툴게 굴지 마."

"무슨 개소리야!"

"글쎄, 브이 씨가 그러더라. 네가 많이 서툴다고. 무슨 뜻인지는 말한 사람이 알겠지."

말을 마친 민형은 제 매니저와 함께 어둠 속으로 사라졌다. 주차장에 남겨진 박연이 희뿌연 입김을 쏟아내며 욕설을 지껄였다. 그리고는 애먼 벽을 연달아 걷어찼다. 아무리 몸부림쳐도 사진 속 웃고 있던 브이의 얼굴이 뇌리를 떠나지 않았다.

　박연의 광고 재계약 소식이 각종 언론매체를 통해 알려지면서 대중의 관심을 모았던 의류 광고 촬영 날이 드디어 돌아왔다. 촬영은 경기도의 한 리조트 스키장에서 1박 2일로 진행될 예정이었다.

　'이번에 계약한 광고, 촬영할 때 같이 가.'

　박연과의 약속대로 브이도 동행했다. 브이는 설원을 배경으로 촬영 준비 중인 박연을 지켜보았다. 너르게 펼쳐진 하얀 슬로프가 멋진 배경을 만들어냈다. 스태프들은 박연과 민형의 의상을 체크했다.

　브이는 남 모르게 한숨을 내쉬었다. 좋아한다는 말을 아직 전하지 못했다. 글램핑장에서 타이밍을 놓친 이후 다시 기회만 엿보고 있었다. 끝내지 못한 숙제를 떠안은 것처럼 마음이 무거웠다.

　그때, 박연의 시선이 브이에게 닿았다. 그러나 브이가 알은체를 하기도 전에 금세 다른 곳을 향했다. 브이가 미간을 좁혔다. 의도적으로 눈을 피한 듯한 기분이 들었다. 분명히 이쪽을 봤는데….

　스태프들에게 둘러싸여 모니터를 확인하는 박연은 추위 때문인지 표정이 좋지 않았다. 그러고 보니 스키장으로 오는 차 안에서도 내내 한마디가 없었다. 브이는 박연이 했던 말을 떠올렸다.

　'넌 잘 이해 못 할 수도 있는데 그게 나한테 되게 자존심 상하는 자리거든.'

　음주운전으로 모델 자리를 라이벌 배우에게 빼앗기고, 몇 개월 만에 겨우 되찾은 자리. 박연의 말처럼 자존심이 상할 만한 일이었다. 그래서 표정이 안 좋은 걸까.

　브이의 곁에 다가온 영범이 말을 붙였다.

"누님, 추운데 그만 올라가서 쉬세요."

"그냥 구경할게요."

"끝까지 기다리시게요? 촬영 한참 남았을 텐데…. 그럼 이거라도 끼세요."

영범은 제 장갑을 쥐어주었다. 빨간색 장갑은 보드용으로 네 손가락이 붙은 벙어리장갑이었다.

모니터를 확인하던 박연이 브이를 흘끔 처다보았다. 빨간 장갑을 두 손에 끼고 웃는 얼굴 위로 강 대표의 서재에서 보았던 사진 속 얼굴이 오버랩되었다. 민형과 마주 앉아 웃고 있던 브이. 무슨 대화를 나눈 것인지. 정말 민형의 말처럼 단순히 사과를 주고받기 위해 만난 것인지. 브이에게 그 어떤 것도 물을 수 없었다. 겁이 났다. 마음의 결정을 거의 내렸다던 브이의 말이 불현듯 불안하게 다가와서.

"배짱이 좋은 거야, 눈치가 없는 거야?"

박연은 갑작스러운 기척에 옆을 돌아보았다. 민형이었다.

"지금 다들 우리 세 사람만 보고 있는 거 안 느껴져?"

민형은 박연에게만 들리도록 낮게 속삭이며 도발을 시도했다. 그러나 박연은 주먹을 틀어쥐고 휘두르는 대신 미소를 지었다.

"우리 셋이 아니라 널 보는 거야. 불쌍하다고 수군거리는 소리는 안 들리나? 설마, 너 진짜 몰라?"

커다란 손이 민형의 어깨를 다독이듯 두드렸다.

"너 이거 곧 짤려, 새끼야. 투 모델이 아니라 넌 내 대타였거든. 진짜가 돌아왔으니까 대용품은 버려야지."

평소 순한 인상을 풍기는 민형의 얼굴에 퍼런 독기가 차올랐다.

"다 아는 사실을 혼자만 모르고 사람 좋은 척 스태프들 안부나 묻고 다니니까 다들 안타까워서 너만 쳐다보잖아."

민형은 싸늘해진 표정으로 박연을 노려보았다. 박연은 모멸감에 몸을 떠는 민형을 웃으며 지나쳤다.

영하 10도를 웃도는 강추위 속에서 쉴 새 없이 이어지던 촬영은 일몰 컷을 찍기 위해 잠시 멈췄다. 추위에 발을 동동 구르며 구석에서 촬영을 지켜보던 브이가 그제야 박연에게로 발을 떼었다. 그러나 촬영장을 정리하는 스태프들에게 금세 가로막혔다. 영범이 준 빨간 벙어리장갑으로 얼굴을 비볐다. 얼얼한 뺨은 이미 추위로 인해 감각을 잃은 듯했다.

촬영장 주위를 서성이던 브이는 박연에게 말 한마디 붙여보지 못하고 숙소로 걸음을 돌려야 했다.

브이를 태운 엘리베이터가 촬영 스태프와 배우들이 머물 객실이 몰려 있는 층에서 섰다.

"으, 추워…."

추위에 얼은 몸을 웅크리고 복도를 지나던 브이가 우뚝 걸음을 멈췄다. 복도 코너 너머에서 스태프들의 대화 소리가 들려왔다.

"근데 그 찌라시 사실이야?"

"오늘 촬영도 따라왔던데 사실이면 낯짝 완전 두꺼워."

수군거리는 여자 스태프의 말을 잠자코 듣고 있던 남자 스태프가 받아쳤다.

"딱 봐도 꽃뱀이야. 박연이 자기 스타일도 아닌데 사귄다고 할 때부터 알아봤다. 꽃뱀한테 물린 거야, 박연이나 이민형이나."

브이는 세 사람의 대화를 들으며 글램핑장에서 박연이 했던 말을 기억했다. 안 좋은 기사가 났다고 했다. 그래서 아무도 없는 곳으로 잠시 피신해야 한다고 했다. 스태프들이 나누는 대화를 전부 이해하지는 못했다. 그러나 어느 정도 짐작이 갔다.

안 좋은 기사란 게 저런 내용이었구나…. 박연은 왜 자신에게 사실을 확인하지 않았을까. 마음 쓸까 걱정했던 걸까. 오늘 하루 표정이 좋지 않았던 이유도 저들이 말하는 찌라시 때문이었나….

브이가 입술을 앙다물었다. 박연에게 가서 걱정 말라고 말해줘야겠다. 남들이 뭐라 하건 소문 같은 건 신경 쓰지 않으니 내 걱정은 말라고도 말해주어야겠다. 그리고 내가 당신을 좋아한다고 빨리 말해주어야겠다.

브이가 엘리베이터를 향해 돌아서는 찰나, 등 뒤에서 누군가 팔을 잡아당겼다. 브이는 제 팔을 당긴 민형과 함께 객실 안으로 몸을 숨겼다. 문틈으로 복도를 지나쳐 걸어가는 스태프들이 보였다.

제 방으로 브이를 끌어당겨 숨긴 민형이 낮게 중얼거렸다.

"이 타이밍에 마주쳐서 좋을 거 없죠."

브이는 스태프들이 떠들던 찌라시를 떠올리곤 팔을 잡은 민형의 손을 밀어내었다. 민형은 화들짝 놀란 사람처럼 서둘러 손을 떼며 말했다.

"미안해요. 방에서 나오려는데 브이 씨가 앞에 있길래. 게다가 안 좋은 얘기를 엿듣고 있으니까 도와줘야겠다 싶었어요."

"저 사람들이 하는 말…, 정확히 무슨 내용인지 알아요?"

민형은 찌라시의 내용을 묻는 브이를 가만 보았다.

"연이가 말 안 해줬어요? 브이 씨가 나랑 연이 사이에서 양다리라던데요?"

"왜 그런 소문이…!"

"소문이란 게 다 그렇잖아요."

대수롭지 않다는 듯이 말한 민형이 의아한 얼굴을 했다.

"그나저나 연이가 왜 브이 씨한테 얘기를 안 했을까? 설마 브이 씨를 못 믿고 의심 중일 리는 없고…."

"믿으니까요."

브이는 민형의 눈을 똑바로 보고 말했다.

"당연히 사실이 아니니까, 아니라고 믿으니까 안 물었겠죠. 내가 말도 안 되는 소문 때문에 걱정할까 봐 말 안 한 걸 거예요."

확신에 찬 얼굴로 말하는 브이를 민형은 말없이 바라보았다. 박연이 그동안 만난 다른 여자들과 다르게 대한 이유를 이제야 알겠다.

겨우 이런 모습에 넘어갔어? 박연, 한심한 새끼.

민형은 피식 코웃음이 나려는 것을 간신히 참았다.

브이는 조금이라도 빨리 박연에게 가기 위해 서둘러 객실 문을 열었다. 때마침 엘리베이터에서 내린 박연이 민형과 객실에서 나오는 브이를 보고는 자리에 멈춰 섰다. 객실 호수를 확인했다. 민형에게 배정된 객실이었다.

객실 호수를 몇 번이나 확인한 박연이 딱딱하게 굳은 목소리로 말했다.

"네가 왜 거기서 나와."

"아, 그게요."

민형은 상황을 설명하려는 브이의 말을 가로막았다.

"다 아는 사실을 혼자만 모르니까 다들 안타까워서 쳐다보는 거야. 내가 아니라 너를."

민형은 촬영장에서 박연에게 들었던 모욕적인 말을 그대로 돌려주었다. 박연의 반듯한 이마가 구겨졌다. 민형이 여유로운 걸음걸이로 박연을 지나쳤다. 박연의 등 뒤로 민형을 실은 엘리베이터 문이 닫혔다.

강 대표가 보여주었던 사진의 잔상이 박연의 눈앞을 가렸다. 민형이 남기고 간 말들이 귀를 막았다. 박연은 아무것도 보이지도, 들리지도 않았다.

좋아해봤자, 인정해봤자 지켜낼 수 없고 영원하지 못하다.

'누굴 진심으로 좋아하고, 그 마음을 책임지고 그런 거 자신이 없어.'

어느 날 브이에게 말했던 것처럼, 어린 시절 부모님을 통해 겪어봤으면서도 너무 좋아 잠시 착각했다. 지켜낼 수 있다고, 영원할 것 같다고 잠시 믿었던 것 같다.

브이는 차갑게 굳은 얼굴을 보며 무언가 잘못됐음을 짐작했다. 얼굴 표정만큼이나 차가운 목소리가 한 발 다가서려는 브이를 잡아 세웠다.

"네 대답이… 네 결정이… 이거란 말이지?"

"지금… 무슨 말을 하는 거예요?"

"그만할게."

브이의 커다란 눈이 흔들렸다.

"그래, 내가 나답지 않게 너무 지고지순했지. 네가 하도 세상물정 모르고 숙맥처럼 구니까 그게 신기해서 나도 모르게 흉내 냈나 보다."

박연은 기가 막힌 듯이 피식, 웃었다.

"좋아해? 사귀자? 내가 무슨 짓을 한 거야."

브이의 어깨가 가늘게 떨리기 시작했다. 당연히 믿을 거라 생각했다. 소문이 너무 말도 안 되게 났다고, 말장난이라도 칠 줄 알았다. 브이는 시야가 부옇게 흐려진 눈에 힘을 주고 말했다.

"당신 눈에는 내가 그 정도로밖에 안 보여? 나를… 그 정도 여자로 생각했어?"

"그 정도로는 생각 안했는데, 오늘 보니 그 정도네."

브이는 잘못 들은 사람처럼 되물었다.

"뭐라구요?"

"유감이다."

박연은 아무런 감정도 남아 있지 않은 사람처럼 말을 끝맺곤 돌아섰다. 브이가 달려가 박연의 손을 잡았다.

"잠깐…!"

박연이 브이를 돌아보았다. 브이를 향해 깔린 눈동자에는 원망과 배신감이 가득했다. 박연은 제 손을 붙든 브이를 매정하게 뿌리쳤다. 동시에 브이의 뺨으로 뜨거운 눈물이 툭, 떨어졌다. 돌아서서 가버리는 뒷모습을 보자 가슴을 무겁게 짓누르는 느낌이 또다시 찾아들었다.

통증이었다. 브이는 눈물로 젖은 뺨을 문질러 닦았다. 잇새로 통증을 이기지 못한 흐느낌이 새어나왔다.

나를 어떻게… 그런 식으로 말해.

좋아하는 사람으로부터 받은 불신에 화가 나고 서러웠다. 동시에 좋아하는 사람을 돌아서게 만든 제 둔함이 후회스러웠다.

나도 당신이 좋아. 조금 더 빨리 말했어야 했는데….

가슴을 부여잡은 브이가 흐느끼며 자리에 주저앉았다.

브이와 다투고 리조트를 나온 박연은 부러 촬영에 더욱 몰두했다. 쉬지 않고 계속된 촬영은 일몰을 배경으로 끝났다. 촬영장비를 철수시키는 스태프들 사이로 걸어 나온 박연에게 영범이 담요를 둘렀다.

박연은 영범과 함께 리조트로 들어왔다. 로비가 유난히 붐볐다. 엘리베이터 앞을 가로막은 인파를 보며 박연이 피곤한 목소리로 물었다.

"무슨 일이야?"

"케이블이 꼬여서 리프트가 멈췄다던데요. 이 추위에 벌써 두 시간째래요."

아무 생각 없이 피로한 목을 주무르던 박연의 눈이 커졌다. 불현듯 불길함이 뇌리를 스쳤다.

"권브이는?"

"글쎄요. 아까 촬영 끊어간 뒤로는 안 보이시던데요?"

영범의 대답을 듣자마자 박연은 브이의 객실로 향했다. 브이가 묵는 객실 문을 두드렸지만 묵묵부답이었다. 핸드폰을 꺼내들었다. 브이에게 전화를 몇 번이나 걸어보아도 부재중이라는 메시지만 흘러나왔다. 박연은 굳은 얼굴로 리조트를 빠져나왔다. 영범이 영문도 모른 채 뒤따랐다.

리프트 승강장으로 들어서자 고성이 들려왔다. 리프트 오작동으로 공중에 고립된 조난자들의 보호자들이 거센 항의 중이었다. 사람들 사이를 헤치고 관계자 앞에 선 박연이 떨리는 목소리로 물었다.

"탑승객 확인할 수 있습니까?"

"뒤로 물러서주세요! 조금만 기다려주세요!"

리조트 관계자는 흥분한 고객들을 진정시키느라 바빴다. 박연은 두어 걸음 물러났다. 복도에서 브이를 뿌리쳤던 손을 한껏 움츠렸다.

아니겠지. 아닐 건데… 왜 이렇게 불안해….

30여 분이 더 흐른 시각, 부상자를 실은 들것이 승강장을 지나쳤다. 승강장에 모여 있던 사람들이 들것에 실려 있는 부상자를 확인하기 위해 몰려들었다. 박연은 쉽사리 발을 떼지 못했다. 그때 박연 앞에 선 관계자의 무전기가 울렸다.

-치익… 20대 여성… 추락이요…. 신원 확인해주세요….

관계자는 무전기를 들고 인파를 헤쳤다.

"비켜주세요!"

20대 여성… 20대 여성…. 가슴이 덜컥 내려앉았다. 금방이라도 주저앉을 것처럼 무릎이 후들거렸다. 박연은 멍한 얼굴로 관계자의 뒤를 따라 걸음을 옮겼다. 들것에 누운 부상자는 머리끝까지 덮은 담요로 얼굴을 가리고 있었다. 인상착의조차 확인이 불가능했다. 까치발을 들고 들것을 보던 영범이 담요 밖으로 빠져나온 손을 가리켰다.

"브, 브이 누님이에요! 저 장갑… 제가 드린 거란 말이에요!"

빨간 벙어리장갑을 발견한 영범이 울부짖었다. 장갑을 끼며 웃던 브이를 떠올린 박연이 크게 숨을 들이쉬었다. 불안하게 뛰던 심장이 멈춘 듯 갑자기 숨이 쉬어지지 않았다. 박연은 이마를 문지르며 인파 속을 걸어 나왔다. 얼떨떨한 표정이었지만 이미 눈시울이 붉게 충혈되어 있었다. 꽉 막힌 목구멍에 힘을 주었다.

들것 앞에 선 박연이 울먹이며 소리쳤다.

"브이야…!"

박연의 외침에 웅성거리는 소리가 잦아들었다. 구조요원이 들것 앞으로 달려 나온 박연에게 물었다.

"보호자 되십니까?"

박연은 들것 앞에 무릎을 굽히고 앉았다. 얼떨떨한 표정을 짓고 있던 얼굴이 어느새 일그러졌다. 눈물이 차오르는 눈에 힘을 주었다.

"브이야…."

흐느낌이 섞인 목소리로 한 번 더 불러보았지만 대답은 돌아오지 않았다. 눈물을 삼키는 박연의 네 번째 손가락에서 브이와 나눠 낀 반지가 시리게 빛났다.

"신원확인 부탁드립니다."

구조요원의 요청에 차마 얼굴을 가린 담요를 벗겨내지 못하고 고개를 숙였다.

'좋아해? 사귀자? 내가 무슨 짓을 한 거야.'

'네가 하도 세상물정 모르고 숙맥처럼 구니까 그게 신기해서 나도 모르게 흉내 냈나 보다.'

'유감이다.'

왜 그런 말들을 쏟아냈을까.

박연은 주먹을 꽉 그러쥐었다. 브이를 쳐냈던 제 손이 원망스러웠다. 가슴이 죄어들었다. 아무리 깊게 숨을 들이마셔도 답답하기만 했다. 박연은 얼굴을 가린 담요를 걷어내는 대신, 브이의 손에 껴 있는 빨간 벙어리장갑을 벗겨냈다.

두 시간이 넘도록 멈춰 있던 리프트에서 추위에 떨었을 손을 감싸 쥐었다. 그리고는 자신처럼 반지가 있을 네 번째 손가락을 더듬었다.

…없다. 박연은 비어 있는 브이의 손가락을 연신 만지작거렸다. 두 눈에 맺혀 있던 눈물이 뺨으로 떨어졌다.

그때 승강장을 메운 인파를 향해 관계자가 외쳤다.

"고립되었던 이용객들 내려옵니다! 물러나주세요!"

박연은 붙들고 있던 손을 놓고 담요를 걷어냈다. 들것에 누운 부상자는 브이가 아니었다. 바짝 얼어붙어 있던 심장이 급하게 뜀박질하기 시작했다. 자리에서 벌떡 일어섰다. 사람들을 헤치고 재가동 중인 리프트 앞에 섰다. 조난자들을 실은 리프트가 하나둘 내려오기 시작했다.

구조요원들이 지상으로 내려온 조난자들에게 급히 담요를 둘렀다. 두 시간 만에 상봉한 조난자와 보호자들이 여기저기서 울음을 터트렸다. 애타는 얼굴로 주위를 살피던 영범이 먼 곳을 향해 손가락질했다.

"형님, 저기요! 진짜 브이 누님이에요!"

영범이 가리킨 곳에는 마지막 리프트가 승강장으로 내려오는 중이었다. 구조요원들이 리프트에서 내린 브이에게 달려들어 담요를 덮었다. 브이는 정신이 없는 듯 구조된 사람들 사이에 우두커니 서서 몸을 떨기만 했다.

하얗게 질린 얼굴로 멍하니 서 있던 브이가 박연을 발견했다. 브이가 어린애처럼 얼굴을 일그러트리며 울먹였다.

"박연 씨…."

두 팔을 벌린 박연이 브이에게로 성큼성큼 걸어갔다. 곧장 브이를 와락 끌어안았다. 작은 몸을 품에 안자 그제야 안심이 되었다. 그제야 숨이 쉬어졌다. 커다랗게 숨을 내쉬며 안도하는 박연의 어깨에 브이가 얼굴을 파묻고 흐느꼈다.

"아빠랑 박연 씨 생각만 났어요. 계속 보고 싶어서, 걱정돼서…. 이대로 다시는 화해 못 할까 봐…."

울먹이는 목소리로 횡설수설했다. 박연은 그런 브이의 머리칼에 뺨을 비비며 나지막이 중얼거렸다.

"미안해. 내가 잘못했어, 미안해…."

차갑게 얼어붙은 머리칼에 입을 맞췄다. 지그시 감은 눈꺼풀이 안도의 눈물로 젖어들었다.

브이는 의무실에서 건강에 이상이 없는 것을 확인받은 뒤 박연과 함께 객실로 올라왔다. 뜨거운 물로 추위를 씻어냈다. 아직 한기가 느껴지는 몸에 이불을 둘러 감았다.

박연은 객실 소파에 앉은 브이에게 머그컵을 내밀었다. 브이가 두터운 이불 속에서 손만 내밀어 머그컵을 받아들었다. 따뜻한 홍차를 후후 불어 삼켰다. 온기가 가슴속에서부터 퍼져나갔다.

박연이 옆자리에 앉으며 물었다.

"거긴 왜 올라갔어?"

"가슴이 답답해서요. 박연 씨한테 뭐라고 해야 오해가 풀릴까. 생각을 정리해야 하는데 계속 화내던 얼굴만 떠올라서…. 몸이라도 움직이면 잡생각 좀 덜 할까, 보드라도 타려고 그랬죠."

"너답다."

피식, 소리를 내어 웃었지만 박연의 얼굴에는 미안함이 담겨 있었다.

"나쁘게 말해서 미안해. 아까는 정말 너 잘못되는 줄 알고 놀랐어. 그런데 그 와중에 알게 된 게 하나 있어."

홍차를 홀짝이던 브이가 박연을 돌아보았다. 자신을 향해 있는 눈빛이 더없이 따뜻했다. 손에 든 홍차보다도 따뜻한 온기가 눈길이 닿는 곳마다 퍼졌다. 눈가에, 두 뺨에, 입술에….

박연은 브이의 얼굴을 천천히 훑어보며 말했다.

"내가 생각보다 권브이를 많이 좋아하는구나…."

브이는 커다란 눈으로 박연의 눈을 가만히 들여다보았다.

지금이다. 어서 말해주고 싶다.

브이는 한없이 다정한 눈동자를 향해 내내 전하고 싶었던 진심을 털어놓았다.

"나도 알게 된 게 있어요. 내가 생각보다 박연 씨를 많이 좋아하는구나."

브이를 향해 있던 부드러운 눈빛이 놀라움으로 흔들렸다. 방금 무슨 말을 들은 것인지. 맞게 듣기나 한 건지. 무슨 의미인지.

브이는 테이블에 놓인 화병에서 꽃 한 송이 빼내어 내밀었다.

"우선 이거라도 받고 나랑 사귀어요."

'우선 이거라도 끼고, 나랑 사귀자.'

브이에게 고백하던 날, 잃어버린 반지를 대신해 남성용 반지를 내밀며 대답을 재촉하던 제 모습이 떠올랐다. 놀라 굳었던 박연은 고개를 돌리며 실소를 터트렸다. 그리고는 엷은 미소를 띠운 채 브이를 다시 쳐다보았다.

박연은 아직 믿기지 않는 표정이었다.

"나도 박연 씨를 좋아해요. 설마 늦었다고 차버릴 건 아니죠?"

커다란 눈을 깜박이며 묻는 브이를 빤히 쳐다보던 박연이 손을 뻗었다. 따뜻한 손바닥으로 브이의 두 뺨을 덥석 감쌌다. 고개를 비틀고 브이의 입술을 향해 몸을 기울였다.

"잠깐!"

브이가 곧장 다가오는 박연의 입술을 가로막았다. 박연은 반쯤 감겼던 눈을 뜨고 억울한 목소리로 물었다.

"아, 왜?"

박연은 한 마리의 '시바견'처럼 불안한 눈으로 다음 말만 기다렸다. 브이는 홍차가 담긴 머그컵을 테이블에 내려놓았다. 글램핑장에서 커피를 쏟은 사건을 반복하지 않기 위해서였다. 위험요소를 제거한 브이가 박연의 얼굴을 두 손으로 붙들었다. 토라진 아이처럼 뾰로통한 표정으로 앉아 있는 박연에게 입을 맞췄다. 브이는 박연의 뺨에 코가 눌리도록 입술을 밀어붙였다. 갑작스러운 입맞춤에 박연이 눈을 동그랗게 떴다.

태권브이는 저돌적이다. 딱 반할 만큼. 브이에게 눌린 입술이 씨익 미소를 띠며 벌어졌다. 커다란 손으로 브이의 등과 허리를 감쌌다. 서툴게 입을 맞춰오는 브이를 끌어안았다. 따뜻하다. 이 여자는 따뜻하지 않은 구석이 없다. 그래서 자신마저 답지 않게 따뜻한 남자로 만들어버린다.

웃고 있던 박연이 얼굴에서 미소를 지우고 고개를 틀었다. 두 입술이 이전보다 더욱 깊게 맞물렸다. 따뜻한 입술을 깨문 박연이 가늘게 뜬 눈으로 브이의 얼굴을 보았다. 꼭 감은 두 눈과 수줍게 제 옷깃을 그러쥐는 손길조차 사랑스러웠다.

붉게 달아오른 입술에 부드럽게 입을 맞추던 박연이 낮게 속삭였다.

"너랑 처음 키스하는 것도 아닌데 왜 이렇게 떨려…"

브이는 이마를 맞대고 속삭이는 박연을 바라보았다. 브이가 빨갛게 달아오른 박연의 눈가를 손끝으로 쓰다듬었다.

"나도 그래요."

박연이 작게 달싹이는 브이의 입술 위로 다시 입을 맞췄다. 맞물린 입술을 조금 전보다 강하게 빨아들였다. 턱을 움직일 때마다 입술이 뜨겁게 겹쳤다 떨어졌다. 브이의 손끝이 미세하게 떨렸다. 브이가 박연의 팔을 세게 쥐었다. 이렇게 심장이 터질 듯한데 그동안 어떻게 이 남자를 좋아하지 않을 수 있었을까. 세게 틀어쥐고 있던 팔을 놓고, 그 대신 목을 끌어안았다. 그러자 허락을 기다린 듯 박연이 브이의 입안을 파고들었다.

브이는 벌어진 입술 사이로 유연하게 흘러들어온 뜨겁고 강렬한, 그러나 한없이 부드럽고 다정한 움직임을 열심히 뒤쫓았다. 심장이 터지도록, 숨이 막히도록, 손발이 떨리도록 좋은 남자. 그러면 어디든 따라갈 수 있을 것만 같았다.

정오를 넘긴 시각, 창으로 새어 들어온 밝은 빛이 눈을 찔렀다. 곤히 잠들었던 브이가 몸을 뒤척이며 눈을 떴다. 옆자리에 누운 박연은 낮은 숨소리를 내며 단잠에 빠져 있었다. 흐트러진 머리칼과 감은 눈꺼풀. 작게 벌어진 입술. 완벽하게 무방비 상태였다. 아침에 눈을 뜨자마자 잠든 박연의 얼굴을 보게 되다니.

이 남자가 자신을 좋아하고, 자신 역시 이 남자를 좋아한다는 사실이. 지난 밤 나누었던 키스가. 좋아한다고 속삭이던 목소리가. 모든 것이 꿈처럼 벌써 아득했다. 언제나 좋은 기억은 늘 쉽게 희미해지고 행복했던 느낌만 강렬하게 남는다.

브이가 손을 뻗어 흐트러진 머리칼을 건드렸다. 얌전히 자던 박연이 눈을 움찔거렸다. 곧 눈꺼풀이 무겁게 열렸다. 잠이 덜 깬 얼굴로 브이를 확인한 박연이 이불 속에서 팔을 둘렀다. 브이의 허리를 품으로 끌어안았다.

"꿈 아니네⋯."

제 속마음을 읽기라도 한 것 같아 브이는 얼굴을 붉히면서도 기분 좋게 올라가는 입술은 막지 못했다. 브이가 품을 파고드는 박연의 머리칼을 쓰다듬으며 물었다.

"더 잘 거예요? 조식 먹으러 가야 하는데."

"밤새 못 잤어."

브이의 품에 얼굴을 파묻고 있던 박연이 고개를 들었다. 그리고는 불면의 이유를 궁금해 하는 브이에게 투정하듯 말했다.

"너 때문에. 근데 넌 잘만 자더라?"

"왜 나 때문에?"

"떨려서."

순간적으로 당황한 브이가 박연의 눈을 피하며 말했다.

"거, 거짓말 마요. 나처럼 연애가 처음인 것도 아니면서…."

"처음이야."

박연은 당당하게 답했다.

"손만 잡고 자는데도 떨려 미치겠는 거 처음이거든? 이 나이에 손만 잡고 자는 거 누가 해? 넌 너무 치명적이게 순진해."

브이가 투덜거리는 얼굴을 붙들고 이마에 입을 맞췄다. 브이는 목까지 빨개졌으면서도 최대한 태연한 척을 턱을 치켜들었다. 박연이 픽, 웃었다.

"아, 촌스러운 태권브이. 모닝키스를 누가 이마에다 해? 그리고 누가 맘대로 뽀뽀하래? 너 지금 내가 네 거 됐다고 네 맘대로 스킨십하고 그럴 생각인가 본데."

입술을 쌜룩거리며 말하던 박연이 브이를 향해 눈을 찡긋 감아 보였다.

"나야 땡큐지."

어후, 못하는 말이 없어.

전부터 느꼈지만 사람 민망하게 만드는 말을 아무렇지 않게 잘도 한다. 브이가 박연의 얼굴에 베개를 던지고 일어섰다.

"이상한 말 하지 말고 빨리 일어나요. 조식 먹으러 가야 돼."

베개를 맞은 박연이 눈을 감고 중얼거렸다.

"하여간 간식, 조식. 먹는 거 너무 챙겨."

5장

사랑은 진심을
전하는 것

방송가에 돌던 찌라시는 싱겁게 종식되었다. 스키장에서 브이를 끌어 안고 울던 박연의 모습이 촬영된 동영상이 인터넷상에 퍼진 덕분이었 다. 찌라시가 사라짐은 물론, 드라마 속 한 장면 같은 모습에 박연의 호 감도가 대폭 상승하는 효과까지 보였다. 박연은 20, 30대 여성들 사이 에서 핫한 남자 배우로 다시금 떠오르며 자연히 강 대표의 분노도 잠재 웠다.

　TV 앞에 앉은 브이가 배시시 미소를 띠웠다. 연예 프로그램에서 '배 우 박연의 화보 촬영 현장'을 방송 중이었다. 하이톤의 목소리로 인사를 건넨 리포터가 박연에게 질문을 던졌다.

　-최근에 사랑꾼의 모습이 공개가 돼서 화제가 됐어요. 알고 계신가 요?

　박연은 여자 리포터의 질문에 난감한 듯이 이마를 긁적이며 웃었다. 덩달아 민망함을 느낀 브이가 혼자뿐인 집에서 눈치를 살폈다.

　-그동안 이슈가 많았던 커플인데 이렇게 인터뷰에서 이야기가 나오

기는 처음인 것 같아요. 그분께 영상편지 한 번 부탁드려요.

카메라가 박연의 얼굴로 줌인(zoom in)되었다. 어느새 TV 화면에 꽉 들어찬 박연이 쑥스러운 표정으로 입을 열었다.

-강한 남자가 될게.

TV 속 박연은 웃음기 없이 진지한 얼굴이었다.

-당신 옆에서 정말로 강한 사람이 될게.

'강한 남자예요. 그런데 본인은 자기가 강한 사람이라는 걸 잘 모르는 것 같아요.'

브이는 의류 바자회에 모인 기자들 앞에서 했던 말을 떠올렸다. 짧게 말을 마친 박연이 다시 장난기 가득한 얼굴로 웃으며 리포터와 농담을 나누었다. 브이는 아이처럼 부끄러워하는 박연을 보며 천천히 눈을 깜박였다.

"보고 싶다…"

저도 모르게 중얼거린 브이가 자리에서 벌떡 일어섰다. 그녀는 무엇에 홀리기라도 한 것처럼 점퍼를 둘러 입고 집을 뛰어나왔다. 찬바람이 브이의 머리칼을 헝클였다. 그러나 개의치 않고 전속력으로 달리기 시작했다.

누군가를 좋아한다는 감정이 이런 걸까. 생각을 하는 것만으로도 가슴이 벅차도록 그립다. 당장 보지 않으면 심장이 멎을 것 같다. 한편으로는 우스웠다. 한순간에, 순식간에. 누군가가 자신에게 이토록 커다란 의미가 되어버린다는 것이.

당신을 좋아하지 않았을 때의 나는 어떻게 숨을 쉬고 있던 걸까. 그동안 나는 어떻게 당신을 좋아하지 않을 수 있었던 걸까.

택시에서 내린 브이가 높은 담벼락 앞에 섰다. 추위 속에서 부연 입김을 뱉으며 초인종을 눌렀다. 한밤중 울리는 초인종 소리에 박연이 욕실에서 칫솔을 물고 나왔다. 현관으로 걸어가 비디오폰을 확인한 박연이 눈을 커다랗게 떴다. 칫솔을 문 채 정원을 가로질러 대문을 박차고 나왔다. 브이를 마주하자마자 머리끝부터 발끝까지 살폈다. 다쳤다거나 큰일이 난 것처럼은 보이지 않았다. 가슴을 쓸어내린 박연이 입에 물고 있던 칫솔을 빼냈다.

"이 시간에 웬일이야?"

"보고 싶어서요."

곧장 들려오는 대답에 박연이 실소를 터트리며 중얼거렸다.

"넌 진짜…."

이 여자를 어떡하지? 기쁘면서도 어이가 없어 실없이 웃음만 터졌다.

책과 클래식 음반이 가득 꽂힌 책장. 심플한 디자인의 턴테이블. 다른 방에 비해 면적이 적은 공간의 정체는 영화나 음악을 감상하기 위한 감상실이었다. 브이가 술에 취해 박연의 집에 찾아와 하룻밤을 신세지고 갔던 날 구경한 적 있는 방이기도 했다.

테이블에 놓인 빔 프로젝터가 벽면을 차지한 대형 스크린에 영상을 쏘았다. 은은하게 빛나는 프로젝터 불빛이 분위기를 더했다. 그러나 단둘뿐인 관객은 영화 감상에 영 흥미가 없었다.

박연은 소파에 나란히 앉은 브이의 머리칼을 귀 뒤로 넘기며 키스를 나누던 입술을 떼었다. 커다란 손이 브이의 뺨을 어루만졌다. 어둠 속에서도 두 뺨이 빨갛게 달아오른 것이 보였다. 박연은 민망한지 자꾸 축축하게 젖은 입술을 만지작거리는 브이를 보며 씨익 웃었다.

흘끔 박연을 쳐다본 브이가 머뭇거리며 말했다.

"진짜 바보같이 들릴 수 있는데요."

"응."

"연애라는 게 원래 이렇게… 시작해버리면 확 좋아져요?"

박연은 눈을 맞추며 물어오는 브이를 가만히 바라보았다. 브이의 눈
에서는 거짓 없이 솔직한 마음이 고스란히 느껴졌다. 바라보는 눈빛, 하
는 말, 뱉는 숨, 모든 몸짓까지. 어떻게 이토록 솔직할 수 있을까.

한동안 말없이 브이를 바라보던 박연이 나지막이 답했다.

"나도 처음 알았어."

말을 마친 박연이 고개를 틀어 입을 맞췄다. 브이는 다시 다가온 입술
을 이제는 조금 익숙하게 받아들였다. 박연은 그게 또 미치게 사랑스러
워서 브이를 제 쪽으로 잡아끌었다. 브이가 뜨겁게 맞물린 입술을 삼키
며 박연의 무릎 위에 올라앉았다. 다리 위에 브이를 앉힌 박연이 가느다
란 허리를 두 팔로 받쳤다.

혀를 섞던 박연이 쪽, 소리를 내며 입술을 떼었다. 허리를 받치던 손
으로 브이와 손깍지를 끼우고 말했다.

"손 작다. 이 몸으로 어떻게 힘든 운동을 했어?"

박연은 믿기지 않는다는 듯이 중얼거렸다.

"손도 작고, 몸도 마르고. 마음만 단단해."

"그 마음으로 운동했어요. 운동선수는 정신력. 끈기."

브이가 주먹을 쥐어 보이며 장난스럽게 답했다. 그런 브이를 올려다
보는 박연은 장난스럽지 못했다. 박연이 웃음기 한 점 없는 얼굴로 속삭
여 물었다.

"자고 갈래?"

브이의 커다란 눈이 더욱 커졌다. 생각지 못한 박연의 대사에 브이가
마른침을 꿀꺽 삼켰다. 정신력과 끈기를 자랑하며 주먹을 쥐고 있는 브
이의 팔목에 뜨거운 손바닥이 감겼다.

"이 시간에 집까지 찾아와서 보고 싶다는 말로 심장에 무리 줬잖아.
나 지금 너랑 키스해서 어지럽단 말이야. 자고 가."

당황한 브이는 목소리가 나오지 않아 입만 벙긋거렸다. 박연은 브이가 거절할 틈을 주지 않고 말을 가로챘다.

"넌 알다가도 모르겠어. 그래서 더 알고 싶어."

가느다란 팔목을 쥐고 있던 손이 허리로 옮겨갔다. 브이의 허리춤을 쓰다듬는 손길이 조금 전과는 다르게 어딘가 야릇해져 있었다. 들릴 듯 말 듯한 목소리가 브이에게 속삭였다.

"알려주라."

브이는 제 허락만 기다리고 있는 박연을 내려다보았다. 제게서 시선을 떼지 못하는 눈빛이 뜨겁게 떨리고 있었다. 재촉 혹은 애원하는 듯이 보였다. 연애는 처음이지만 스물아홉인 성인이 못 알아들을 말은 아니었다. 목덜미까지 새빨개진 브이가 뒤늦게 반응을 보였다.

"갑, 갑자기 뭐, 뭐예요."

민망함을 숨기지 못한 브이가 주먹으로 박연의 가슴을 툭 쳤다. 순간 박연의 입에서 헉 소리가 터져 나왔다.

"야, 전직 태권도 국가대표가 일반인 상대로 주먹 쓰기 있어? 네 주먹은 살상무기야."

미간을 찌푸린 박연이 중환자 못지않은 표정으로 가슴을 문질렀다. 아차 싶은 브이가 가슴에 손을 뻗었다.

"많이 아파요? 어디? 여기?"

"아니 옆에. 요기, 요기…."

박연이 브이의 손을 끌어다 제 가슴팍 이곳저곳을 더듬었다. 눈살을 구긴 브이가 반대쪽 손으로 박연의 가슴에 정권을 꽂았다.

"아! 이번 건 진짜 아파!"

"괜히 이상한 엄살 부리지 마요."

박연의 손을 뿌리친 브이가 무릎에서 내려오려 엉덩이를 들었다. 그 순간, 박연이 브이의 허리를 품으로 홱 끌어당겼다. 불시에 태클이 걸린 브이가 박연의 다리 위에 도로 주저앉았다. 허리를 끌어안은 박연이 더욱 가까워진 브이를 올려다보았다.

"나 원래 이렇게 촌스럽게 구는 놈 아니야. 근데 네가 자꾸 머리 굴리게 만들어."

박연은 최대한 진지한 얼굴로 말했다.

"어떻게 하면 손이라도 한 번 더 잡아볼까, 한 번 더 안아볼까, 너한테 빠르지 않게, 나한테 느리지 않게. 요즘 머리 엄청 굴린다고."

잠자코 박연의 말을 듣고 있던 브이가 고개를 숙였다. 박연의 입술에 브이의 입술이 내려앉았다. 박연은 브이의 서툰 키스를 가만히 받아주었다. 어느덧 클라이맥스에 오른 영화는 안중에 없었다.

브이의 허리를 안은 손이 두꺼운 스웨터 밑으로 미끄러졌다. 브이는 맨살을 쓰다듬는 손길이 부끄러우면서도 좋았다. 긴 손가락이 옷 속을 기분 좋게 간질였다.

두 사람이 짙어진 입맞춤을 이어갈 때, 생각지 못한 불청객이 나타났다. 벌컥 문이 열리며 영범이 등장했다. 동시에 브이의 순발력이 깨어났다.

"형님, 내일 스케주우울…."

영범이 말을 마치기도 전에 브이는 전광석화처럼 움직였다. 브이가 키스를 나누던 입술을 떼고 한 손으로 박연의 목울대를 터억, 잡았다. 영범은 박연의 다리 위에 앉아 목을 제압 중인 브이와 눈이 마주쳤다. 영범이 눈치를 살피며 조심스럽게 물었다.

"두 분… 지금 뭐하세요?"

브이에게 목울대를 제압당한 박연이 고개를 뒤로 젖힌 채 영범을 노려보았다. 목을 조르고 있는 건 누님인데 형님은 저를 향해 살벌한 표정을 짓고 있었다. 영범은 영 이해가 가지 않는 장면을 멍하니 쳐다보았다.

브이의 집을 향해 차를 몰며 영범이 중얼거렸다.

"진짜 놀랐어요. 두 분이 언제부터 진짜로 그렇고 그런 사이가…."

어색하게 웃으며 영범이 흘끗 룸미러를 보았다. 룸미러에 박연과 브이가 비쳤다. 박연은 브이의 머리를 정리해주고 있었다. 영범이 매니저 일을 하며 생전 보지 못한 다정한 눈빛을 장착 중이었다. 브이 역시 박연의 손을 밀어내면서도 싫지 않은 듯 웃었다.

"지금 두 분 다 제 말씀은 안 듣고 계신 거죠?"

대답은 돌아오지 않았다. 귓속말을 주고받는 두 사람을 보며 영범은 똥 씹은 표정을 지었다. 맨날 잡아먹을 듯이 싸울 때는 언제고.

브이를 데려다주고 돌아오는 길, 벤츠가 어둠 속에서 횡단보도 앞에 멈춰 섰다. 뒷좌석에 앉아 아무 말도 없던 박연이 입을 열었다.

"브이랑 내 사이 모르는 척해. 특히 현우 형. 송 실장님 모르게."

"왜요? 어차피 가짜로 사귀던 건데 진짜로 사귀면 더 좋은 거 아니에요?"

영범이 박연을 돌아보며 물었다. 박연은 창밖에 시선을 둔 채 대답하지 않았다. 턱을 괸 채 창밖을 보는 옆얼굴이 사뭇 심각해 보였다. 조금 전 브이와 웃고 떠들던 사람이라고 믿기지 않을 정도였다.

영범은 복잡해 보이는 박연의 얼굴을 보다가 더 캐물으려던 입을 다물었다.

바쁘게 걸음을 옮기던 브이가 카페 앞에 섰다. 유리창에 비친 모습을 보며 프릴 블라우스의 옷소매를 더듬었다.

"너무 과한가?"

니트 안에 받쳐 입은 프릴 블라우스는 백화점에서 몰카범을 잡았던 날, 수아에게서 받은 것이었다. 브이의 옷장에서 유일하게 여성스러움을 담당하는 옷이기도 했다.

오늘은 박연과 서로의 마음을 확인한 후 하는 첫 데이트였다. 비록 박연의 집으로 초대 받은 실내 데이트였지만, 이전과는 마음가짐이 달랐다.

예뻐 보이고 싶다.

옷을 만지작거리던 브이가 문득 고개를 돌렸다. 저가 브랜드의 화장품을 판매 중인 로드숍이 눈에 띄었다. 가게 출입구에서는 내레이터가 마이크를 들고 할인 상품을 홍보 중이었다. 브이는 화장기 없는 맨얼굴을 만지며 연신 로드숍을 힐끔거렸다. 옷은 수아에게 받았지만 화장품이라고는 로션과 스킨이 전부였다. 그동안 소연의 손을 빌려 색조화장을 한 적은 있지만 혼자서는 불가능했다.

그때, 내레이터가 머뭇거리고 있는 브이의 팔을 덥석 잡았다.

"어머, 언니. 화장 안 하셨네요? 공짜로 해드려요. 추우신데 일단 들어오세요."

강제성이 다분하나 뿌리칠 수 없을 정도로 친절한 목소리에 노련미가 넘쳤다.

"앗, 잠깐⋯!"

친절한 미소를 띠운 내레이터는 손사래를 칠 틈도 주지 않았다. 등 떠밀린 브이가 가게 안으로 들어섰다. 권브이 29년 인생 처음으로 화장품 가게에 발을 디디는 역사적인 순간이었다.

밝은 조명이 번쩍이는 가게 안은 꽃향기를 닮은 화장품 냄새가 진동했다. 눈을 돌리는 곳마다 크고 작은 거울이 비치되어 있었다. 화장품을 고르는 여성고객들 사이를 어색하게 지나쳤다. 붉은색 립스틱을 집어든 브이가 옆에서 거울을 보며 립스틱을 바르는 여자를 곁눈질 했다.

립스틱을 어색하게 들고 있는 브이에게 가게 직원이 다가왔다. 직원은 립스틱 네 개를 꺼내들며 화사한 미소를 지었다.

"이런 건 어떠세요? 손님께서는 러블리한 핑크 계열이 더 잘 어울리실 것 같은데. 이 색상은 누드톤이라 청순하면서도 글로시하구요. 이 색상은 매트해서 지속력이…"

순간 머리가 멍해졌다.

다 같은 색처럼 보이는데 도대체 뭐가 다른 거야? 무슨 말인지 하나도 못 알아듣겠어…!

결국 브이는 직원이 추천해주는 신상품을 전부 구입했다. 속은 기분이었지만 달리 방법이 없었다. 브이는 로드숍 직원이 립스틱을 발라준 분홍빛 입술을 괜스레 한 번 깨물어보았다. 머리부터 발끝까지 어느 한 곳 어색하지 않은 곳이 없었다. 처음이니까 어디까지가 적당한 건지 모르겠다. 꾸미는 것도, 좋아하는 것도.

크게 심호흡을 한 브이가 초인종을 누르려다가 손을 거두었다. 웬일인지 대문이 열려 있었다. 정원을 가로질러 돌계단을 올라섰다. 현관문으로 들어서려던 브이가 걸음을 멈추고 테라스를 바라보았다.

겨울날 정오의 햇볕이 쏟아지는 테라스에 박연이 있었다. 티 테이블에 놓인 머그잔에서 향긋한 커피향과 함께 김이 피어올랐다. 브이는 박연에게 시선을 고정한 채 천천히 발을 뗐다.

여유롭게 꼬아 앉은 긴 다리와 발끝에서 달랑거리는 실내용 슬리퍼. 손등을 덮은 카디건 소매. 긴 손가락에서 반짝이는 커플링까지. 마치 찰나를 담아놓은 그림이나 사진처럼 보였다. 브이가 조심스러운 발걸음으로 테라스에 올라섰다.

박연은 브이의 기척을 느꼈으면서도 손에 들린 대본에서 눈을 떼지 않았다. 이 정도면 내가 여자여도 반하겠다. 박연은 씰룩거리며 웃음이 터져 나오려는 입술에 힘을 주었다. 자고로 여자는 자신의 일에 열중하

는 남자에게 섹시함을 느끼는 법이었다. 브이에게 잘 보이도록 손에 든
대본을 정면으로 들어올렸다. 그리고는 미간을 잔뜩 찡그렸다. 지금 자
신은 누가 보아도 '자신의 일에 열중하는 섹시한 남자', 그 자체였다.

이제 마지막 필살기를 선보일 타이밍이었다. 박연은 높은 콧등에 걸
린 안경을 중지로 밀어 올리며 전혀 눈치 채지 못했다는 듯이 브이를 보
았다.

"언제부터 거기 있었어?"

놀란 듯 묻는 박연에게 브이가 되물었다.

"언제부터 여기 있었어요? 안 추워요?"

박연은 그제야 추위를 자각했다. 박연의 어깨가 눈에 띄게 으슬으슬
떨렸다. 애써 태연한 척 머그잔을 들어올렸다.

"일하느라 추운지도 몰랐어."

머그잔을 입으로 가져가는 박연의 손이 벌벌 떨렸다. 박연은 추위 속
에서 사정없이 떨리고 있는 제 손을 보며 어이없다는 듯이 웃었다.

"참나… 이게 왜 이러냐…"

결국 커피는 한 모금도 넘기지 못하고 머그잔을 내려놓았다. 브이가
슬쩍 대본을 넘겨다보며 물었다.

"작품 들어온 거예요?"

"아, 뭐. 그렇다고 봐야지."

"어? 이거 작년에 방송했던 드라마 대본인데?"

브이가 박연의 손에 들린 대본을 뒤집어 타이틀을 확인했다.

"박연 씨 음주사고 나기 직전에 종영한 드라마잖아요. 왜 다 지난 대
본을 읽고 있어요?"

브이가 의아한 얼굴로 물었다. 당황한 박연이 브이에게서 대본을 뺏
어들었다.

너한테 섹시해 보여서 진도 좀 빼보려고 그런다! 차마 뱉지 못하는 말을 삼킨 박연이 대본을 둘둘 말아 옆구리에 끼었다.

"아니야. 네가 잘못 봤어. 이거 새 작품이야."

"아닌데? 박연 씨가 재벌 3세로 나오는 드라마 맞는데? 분명히 지난 드라마에요. 이것 봐. 대본도 너덜너덜하잖아요."

브이는 박연이 옆구리에 감춘 대본을 손가락질했다. 박연이 말을 더듬으며 소리쳤다.

"네, 네가 뭘 알아! 어떻게 알아!"

"우리 바자회할 때요. 실장님이 박연 씨에 대해 공부해야 된다고 했잖아요. 그래서 박연 씨 나온 드라마, 영화, 전부 다 봤어요."

"너…!"

순간 말문이 막혔다. '자신의 일에 열중하는 섹시한 남자'가 먹히지 않은 건 아쉽지만 제가 찍은 작품들을 전부 봤다니까 생각지 못한 감동이 밀려왔다. 박연은 조용히 시선을 내리깔았다. 어울리지 않게 수줍은 미소를 띠운 박연이 머리를 긁적이며 물었다.

"그래서… 뭐가 제일 좋았어?"

브이가 턱을 괴고 눈을 굴렸다. 기억을 더듬는 브이를 보며 박연이 꿀꺽 마른침을 삼켰다. 눈을 동그랗게 뜨고 잔뜩 긴장한 표정으로 브이의 대답만 기다렸다.

한참동안 고심하던 브이가 입을 열었다.

"으음, '기억'이라는 드라마요. 박연 씨가 사이코패스로 나왔잖아요."

"그게 왜 좋았는데?"

테라스 창을 연 브이가 신발을 벗으며 답했다.

"연기가 멋있어서."

박연이 테라스를 통해 집 안으로 들어가는 브이의 신발을 챙겨들었다.

"어떤 연기? 구체적으로 어떻게 멋있었어? 그래서 그거 보고 나한테 반한 거야? 그때부터 내가 좋았어? 대답해봐! 브이야!"

박연은 브이의 뒤를 쫓아 들어가며 쉬지 않고 물었다.

한바탕 자신의 매력에 대해 캐물으며 브이를 귀찮게 굴던 박연이 이번에는 브이를 홈바형 식탁 앞에 앉혔다. 박연이 주방을 어수선하게 돌아다니는 이유는 브이에게 직접 요리를 해주기 위해서였다. 박연은 자신 있는 얼굴로 손 하나 까딱할 필요 없다고 호언장담했지만 브이는 영 믿음직하지가 못했다.

식탁에 요리 재료들이 하나둘 놓였다. 박연이 TV에 나오는 유명한 셰프들이나 두를 법한 허리앞치마를 브이의 눈앞에서 탁탁 털어댔다. 그리고는 보란 듯이 앞치마를 허리에 둘러멘 박연이 의미심장한 미소를 지었다.

자고로 여자에게 가장 잘 먹히는 남자는 요리하는 남자다. 요리하는 섹시한 남자. 요리는 수컷의 섹시함과 세심함을 동시에 보여줄 수 있는 좋은 도구였다.

셔츠 소매를 걷어붙이고, 볼(Bowl)에 담긴 당근을 야심찬 표정으로 집어 들었다. 도마에 올린 당근을 썰기 시작했다. 칼질을 할 때마다 셔츠 소매를 걷어붙인 팔 근육이 움찔거렸다.

박연이 당근을 썰며 브이를 흘끔 쳐다보았다. 수컷의 세심함과 섹시함을 동시에 선보이겠다는 의도를 비웃듯 브이는 당근이 썰려나가는 도마만 보고 있었다.

이래도 안 쳐다봐?

박연은 브이의 자리에서 팔 근육이 가장 잘 보이는 각도로 몸을 틀었다.

매력 어필의 다음 희생양은 감자가 되었다. 탁, 탁, 탁, 탁. 주방에 현란한 칼 소리가 울렸다. 그러나 브이는 야채를 다진다기보다는 난도질에 가까운 칼질을 보며 고개만 가로저었다.

섹시한 요리에 몰입한 박연이 이번에는 소금 한 움큼을 집어 들었다. 퍼포먼스라도 하듯 야채를 향해 소금을 박력 있게 뿌렸다. 잠자코 지켜보던 브이가 아연실색했다.

"짜게 먹으면 고혈압 생겨요. 소금이 몸에 얼마나 안 좋은 줄 알아요?"

운동을 하며 균형 잡힌 건강 식단만 먹어왔다. 걷어붙인 소매 밖으로 섹시하게 움직이는 잔 근육들보다는 건강을 해치는 조리법이 브이의 눈에 먼저 들어왔다. 박연은 아랑곳하지 않고 후추 그라인더를 힘껏 비틀었다. 팔에 성난 힘줄과 함께 근육들이 존재감을 뽐냈다.

팔 근육을 자랑하며 만들어낸 볶음밥이 30분 만에 식탁에 놓였다. 브이는 심란한 표정으로 볶음밥을 내려다보았다. 큰마음을 먹고 한 숟가락을 떴다. 숟가락을 입에 물자마자 브이가 커다란 눈을 찡그리며 울상을 지었다.

옆에 앉은 박연이 기분 좋게 웃었다.

"그렇게 감동적인 맛이니?"

박연은 브이의 속도 모르고 연신 피식거렸다. 브이가 입에 넣은 볶음밥을 씹지도, 뱉지도 못한 채 답했다.

"짜아…."

"그럴 리가 있냐?"

말도 안 된다는 듯이 코웃음을 친 박연이 볶음밥을 입에 넣었다. 입에 넣었던 숟가락이 도로 빠져나왔다. 박연은 빈 입속을 물로 헹구고 브이를 돌아보았다.

"라면 물 올릴까?"

브이가 삼킬 엄두가 나지 않는 볶음밥을 입에 물고 고개를 끄덕였다.

섹시함을 어필하기 위한 모든 수단은 처참히 실패했다. 두 사람은 콜택시를 타고 브이의 집 앞에 도착했다. 브이와 함께 택시에서 내린 박연이 침울한 표정을 숨기지 못했다. 주차권을 입에 물고 폭풍 후진을 했어야 했다. 면허취소만 아니었어도…. 박연은 애먼 바닥을 툭 걸어찼다.

이래서 진도는 언제 나가? 진도 좀 빼보겠다고 이 추운 날 대본 들고 쇼를 하질 않나. 양쪽 2.0 시력에 안경을 쓰질 않나. 팔에 잔 근육 잘 보이라고 소매까지 걷어붙였는데. 천연기념물 태권브이는 꿈쩍도 하지 않는다.

박연이 별안간 브이의 얼굴을 덥석 잡았다. 눈을 감고 동그란 이마에 입술도장을 꾹 눌러 찍었다. 이마에 닿는 부드럽고도 따뜻한 감촉에 브이가 모든 움직임을 멈추었다. 진하게 눌렸던 입술이 쪽, 소리를 내며 떨어졌다. 브이는 몸이 굳은 사람처럼 눈만 겨우 들어 올려 박연을 보았다.

박연은 저를 올려다보는 커다란 눈동자에 눈을 맞추고 말했다.

"뭐 하나 쉽지가 않다, 너는."

"갑자기 무슨 소리예요?"

"넌 아무것도 몰라."

중얼거리는 낮은 음성이 귓바퀴를 붉게 물들였다. 브이가 빨개진 얼굴로 쏘아붙였다.

"뭘 또 모른대요!"

장난스럽게 웃는 박연을 쏘아보던 브이가 일부러 쾅쾅, 발소리 내면서 대문을 밀고 들어왔다. 등 뒤로 대문이 닫히자마자 자리에 주저앉았다. 입술이 닿았던 자리가 두근두근했다. 브이는 터질 듯이 달아오른 얼굴을 일그러트렸다.

"왜 저래…."

혼잣말을 중얼거리는 목소리가 가늘게 떨렸다. 실은 오늘 떨려 죽는 줄 알았다. 밀폐된 공간에서의 데이트는 너무 위험했다. 브이는 심장이라도 달린 듯이 두근대는 이마를 손끝으로 문질렀다. 박연에게 뽀뽀 받은 이마를 벅벅 문지르던 손이 콧등을 타고 내려와 입술 위에 멈췄다.

얼굴을 덥석 잡길래 입에다 하는 줄 알았다.

이마라 아쉬운 듯도 한데….

제 입술을 만지작거리던 브이가 눈을 동그랗게 떴다.

"미쳤어. 나 왜 이렇게 밝혀?"

브이가 대문 앞에 웅크리고 앉아 손바닥으로 입술을 사정없이 때렸다. 금세 입 주위가 빨갛게 부어올랐다.

연애하면 다 이런 거야? 이렇게 밝히게 되는 건가?

브이가 고개를 저었다.

아냐. 소연이 말처럼 난 29년 동안 숙성된 모태솔로야. 그래서 더 그런가 봐.

혼란과 부끄러움이 머릿속으로 한꺼번에 휘몰아쳤다. 정신이 혼미해졌다.

"아아, 어지러워…."

이마를 짚고 자리에서 일어선 브이가 비틀거리며 집으로 들어갔다.

기범이 머리를 긁적이며 브이의 방으로 들어섰다. 브이의 방에서 태권도 교습서를 찾아오라는 현수의 심부름 때문이었다. 주인이 없는 여자 방에 들어가는 게 어지간히 멋쩍었다. 현수가 알려준 대로 브이의 책꽂이를 뒤적였다. 책꽂이에 꽂힌 책을 훑던 손가락이 초등학교 졸업앨범에서 멈췄다.

"와, 이걸 아직도 갖고 있네."

피식, 웃음을 터트린 기범이 졸업앨범을 꺼냈다. 앨범에는 앳된 얼굴의 권브이와 김기범의 사진이 나란히 실려 있었다. 기범은 앨범을 넘기며 유년시절의 기억을 떠올렸다. 저를 괴롭히던 애들을 브이가 대신 혼내주었다. 그때부터였다. 브이의 뒤만 졸졸 쫓아다니다 태권도까지 배우게 된 것이.

기범이 어렵지 않게 졸업앨범 속에서 브이를 찾아냈다. 촌스럽게 자른 단발머리. 다부진 표정. 오래된 기억 속 첫사랑의 모습을 보며 미소를 지은 기범이 앨범을 덮었다. 그 순간 앨범 사이에 껴있던 종이가 책상으로 떨어졌다.

종이를 집어든 기범의 손이 잘게 흔들렸다.

'…8개월간 타인의 앞에서 연인 사이로 지낼 것을 합의하고 이행함에 상호 협력… 내용에 따라 계약을 체결하고 성실히 계약을 이행할 것이며…'

종이에 쓰인 글귀들을 빠르게 읽어 내렸다.

"이게 대체…."

기범은 믿기지 않는 얼굴로 연애계약서를 들여다보았다.

일요일 오전, 도장이 쉬는 날. 기범은 도장에서 브이와 함께 몸을 푸는 중이었다. 기범이 발차기용 미트를 가슴 높이로 들었다. 브이가 정확히 미트를 돌려 찼다. 기범은 미트의 높이를 머리 높이로 높였다. 브이가 제자리에서 가뿐하게 뛰어올랐다.

"연애계약서."

기범의 갑작스러운 발언에 브이가 미트를 차지 못하고 매트 위로 떨어졌다. 매트에 주저앉은 브이는 당황한 얼굴을 감추지 못하고 기범을 올려다보았다.

어떻게… 일부러 절대 꺼내보지 않는 졸업앨범에 껴두었는데….

기범은 당황한 기색이 역력한 브이의 앞에 앉았다. 그리고는 진지하다 못해 무서운 눈빛으로 브이를 보았다.

"도대체 박연이랑 무슨 계약을 한 거야?"

"기범아, 그게… 말하자면 길어. 어쨌든 지금은 우리 진짜 사귀고 있어!"

믿어달라는 듯이 브이가 두 눈에 힘을 주고 말했다. 그러나 반대로 기범의 눈은 의심을 품고 가늘어졌다. 브이가 서둘러 해명했다.

"날 정말로 좋아해주는 사람이야. 나도 그 사람 많이 좋아해."

미심쩍은 눈빛으로 브이를 보고 있던 기범이 눈 밑을 떨었다. 오래전부터 널 좋아했던 사람은 바로 나인데.

기범은 병원에서 퇴원한 다음날, 브이의 집을 찾아와 철부지 같은 모습만 보여주었던 박연을 기억했다. 기범의 눈이 더욱 예리해졌다.

"네가 그런 놈 만난다고 했을 때부터 이상했어. 그런 놈 절대 못 믿어. 무슨 사정인지는 몰라도 너랑 그딴 식으로 시작한 놈이 좋은 놈일 리가 없잖아!"

버럭 소리를 지른 기범이 당장이라도 현수에게 말할 기세로 벌떡 일어섰다. 브이가 다급하게 기범의 팔을 잡았다.

"기, 기범아! 아빠한테는 내가 나중에 설명할게."

기범이 브이의 양쪽 어깨를 거칠게 잡았다.

"내가 알게 된 이상 그냥은 못 넘어가. 괜찮은 놈이라고 생각되면 입 다물어줄게."

기범은 물러설 기미가 없었다. 브이는 어릴 때부터 친구 사이로 지내온 기범의 성격을 잘 알았다. 정직하고 바르다 못해 고지식하기까지 했다. 브이가 머리칼을 쥐어뜯으며 난처한 표정을 지었다.

　일산의 한 폐차장 앞에 차가 멈춰 섰다. 넓은 공터에 폐차를 기다리는 차량들이 층층이 쌓여 있었다. 민형이 차 안에서 핸들에 가슴팍을 붙인 채 몸을 낮췄다. 그리고는 컨테이너박스로 지어진 폐차장 사무실을 주시했다.

　매니저에게 블랙박스 영상이 온 후로 연락을 기다렸다. 그러나 어쩐 일인지 지금껏 아무런 연락도 오지 않았다. 찜찜함은 날이 지나며 초조함으로 바뀌었다. 민형이 뿌린 브이와의 삼각관계 찌라시는 박연이 한 방에 잠재워버렸다. 한심한 주제에 운만 좋은 새끼. 핸들을 쥔 민형의 손이 부들부들 떨렸다.

　박연은 벌써 강 대표의 신뢰를 회복했는데 자신은 여전히 제자리걸음 중이었다. 자꾸 제 앞길을 가로막는 박연에게 어떻게든 손을 써야 했다. 그러나 생각지 못하게 나타난 블랙박스 영상이 민형의 움직임에 제동을 걸었다.

　사무실에 시선을 고정한 민형이 폐차들을 살폈다. 시야를 가린 폐차 사이로 서너 명의 폐차장 직원들이 웃으며 지나갔다.

　매니저의 추리대로라면 폐차장 직원일 것이었다. 민형은 서둘러 핸드폰을 꺼내들었다. 연락처에서 낯선 전화번호를 찾았다. 매니저에게 블랙박스 영상을 보내온 발신번호였다. 통화버튼을 누르자 귓가에서 신호음이 울렸다. 핸드폰을 귀에 붙인 민형은 사무실을 향해 걸어가는 직원들을 따라 눈을 굴렸다.

　어떤 놈일까. 돈이 목적이면 벌써 연락이 왔을 것이다. 설마… 미끼를 여러 놈한테 던진 건가?

서너 명의 직원들은 사무실에 도착할 때까지 누구도 전화를 받지 않았다.

저 중엔 없는 건가? 영상을 보낸 놈이 폐차장 직원이 아닌가? 설마 다른 새끼랑 먼저 거래했나? 이를 테면 기자 혹은 박연….

생각이 거기까지 미치자 민형의 낯빛이 급격히 새하얘졌다. 민형이 초조한 얼굴로 전화를 끊으려던 때였다. 사무실 문이 열렸다. 사무실 안에서 다리를 절며 나온 남자가 핸드폰을 귀로 가져갔다. 동시에 민형의 핸드폰에서 낯선 목소리가 울렸다.

-여보세요?

블랙박스 영상을 보낸 이의 얼굴을 확인한 순간, 민형은 반사적으로 통화종료 버튼을 눌렀다. 폐차장 유니폼을 입은 절름발이 남자가 주위를 두리번거렸다. 민형은 핸드폰을 조수석에 던지고 급히 브레이크를 풀었다. 떨리는 손으로 거칠게 핸들을 돌려 골목을 빠져나왔다. 사이드미러로 멀어지는 폐차장을 확인하는 민형의 눈가와 입가에 미세한 경련이 일었다.

브이가 손톱을 세워 테이블을 톡톡 두드렸다. 초조함을 달래보려 애쓰며 기범의 눈치를 살폈다. 그런 브이의 옆에 못마땅한 얼굴로 앉은 박연이 기범에게 눈을 흘겼다. 평화로운 일요일에 기범이 브이와 함께 제 집으로 들이닥친 것이 마음에 들지 않았다.

왜 이미 다 지난 계약을 두고 삼자대면을 하재? 시작은 미약하나 끝은 창대하리라. 이미 사랑하는 사이가 됐는데 뭐가 문제야?

그러나 심기가 불편한 것은 박연뿐이 아니었다. 박연 못지않게 인상을 구긴 기범이 입을 열었다.

"나랑 붙어. 브이 지켜줄 수 있을 만큼 쓸모 있는 놈이라는 거 증명해."

"내가 왜 증명해야 되는데?"

"싫으면 아저씨한테 지금 당장 알리고."

박연은 순간 흠칫했다. 박연은 현수에게 맞아봐서 알고 있었다. 부전여전. 태권브이의 힘이 그 부친으로부터 나왔다는 사실을.

기범은 눈을 굴리는 박연을 보고는 그럴 줄 알았다는 듯이 코웃음을 쳤다.

"내가 이기면 아저씨한테 계약 사실 털어놔. 사실대로 다 말하고 그 뒤에 교제 허락 받아. 물론 아저씨가 절대 허락 안 하시겠지만."

기범을 노려보던 박연이 의미심장하게 입술을 끌어올렸다.

"내가 이기면?"

"당신이 어떻게 날 이겨?"

"브이네서 방 빼."

여유롭던 기범이 얼굴을 굳혔다. 브이는 서로를 죽일 듯이 노려보는 두 남자를 번갈아보았다. 양손으로 골치 아픈 머리를 틀어쥔 브이가 자리에서 벌떡 일어섰다. 주방으로 성큼성큼 걸어가 물부터 마셨다. 부친 현수에게 계약 사실을 알렸다간 교제 허락은커녕 저나 박연이나 뼈도 못 추릴 것이었다.

타는 속을 냉수로 달래는 브이를 지켜보던 박연이 목소리를 낮췄다.

"방만 빼라는 말 아닌 거 알지? 방도 빼고…."

말끝을 흐린 박연이 기범을 돌아보았다. 그리고는 기범의 두 눈을 똑바로 쳐다보며 한자 한자 힘주어 말했다.

"네 마음에서 권브이도 빼."

박연은 흔들림 없는 눈동자로 기범을 응시했다. 기범은 여유와 경고가 혼재된 시선을 피하는 대신 이를 악물고 뇌까렸다.

"딱 사흘 뒤야."

기범이 말을 던지고는 곧장 자리에서 일어섰다. 도망치는 것처럼 보이지 않도록 최대한 천천히 걸음을 옮겼지만 오래된 마음을 들킨 가슴은 초조하게 뛰었다. 기범은 주방에 있는 브이의 손을 잡아채 박연의 집을 나왔다.

브이와 집으로 향하는 내내 단 한마디도 없이 인상만 썼다. 브이가 기분이 좋아 보이지 않는 기범의 눈치를 살피며 조심스럽게 물었다.

"박연 씨랑 태권도로 붙을 건 아니지? 그건 불공평하잖아. 설마 진짜로 주먹 날리는 그런 의미의 '붙자'야?"

인상을 쓰고 묵묵히 걷기만 하던 기범이 우뚝 자리에 섰다. 그리고는 브이를 돌아보았다. 브이는 평소와 다른 기범의 모습에 입을 다물었다.

어릴 땐 지켜주어야 하는 남동생으로, 커서는 든든한 오빠로. 운동하느라 또래친구가 몇 없는 브이에게 소연이 자매 같은 친구라면 기범은 남매 같은 친구였다. 그런 기범이 오늘처럼 브이의 앞에서 인상을 쓰는 일은 드물었다.

기범은 제 눈치를 살피는 브이에게서 시선을 떼었다. 깊은 한숨이 터져 나왔다. 씩씩한 모습에 반해서. 바라보만 해도 좋아서. 너무 오래돼서. 갖가지 이유로 고백할 생각도 못해봤다, 지금껏. 제 첫사랑 브이에게 그런 놈이 들러붙을 줄 알았다면 진즉에 고백이라도 해봤을 것이다. 좋아했다고. 혹은 좋아한다고.

기범은 답답한 마음에 벅벅 머리를 털어내곤 브이에게 말했다.

"네가 너답지 않게 아저씨까지 속이면서 만난다니까 괜찮은 놈인지 확인해보려는 거야. 네가 뭐라고 해도 그 자식 절대 안 봐줘."

단호하게 말을 마친 기범이 빠른 걸음으로 앞질러갔다. 그 뒤를 따르는 브이의 어깨가 힘없이 추욱 쳐졌다.

이른 아침부터 도장으로 오라는 브이의 호출이 있었다. 박연은 복도 창문 너머로 도장 안을 바라보았다. 한창 초등부 수업이 진행 중인 경인 태권도장에 우렁찬 기합소리가 울렸다. 초등학교 저학년 원생들이 선창하는 브이 사범님을 따라 기합을 내지르며 발을 차올렸다. 운동을 할 때면 더 없이 진지해지는 커다란 눈동자가 보기 좋다. 당찬 기합소리도 듣기 좋다.

　인도에서 입고 있던 스태프 옷. 소속사에 쳐들어오기 위해 입은 변장용 미니원피스. 링거걸이를 끌며 입고 다녔던 병원복. 그중 단연 권브이다운 것은 하얀 도복이었다. 브이를 지켜보던 눈빛이 더욱 다정한 빛으로 젖어들었다.

　박연은 도장에 도착한지 한참이 지나 문을 열고 안으로 들어섰다. 수업 중이던 아이들이 낯선 사람의 방문에 일제히 동작을 멈추었다. 박연을 돌아본 브이는 미간부터 찌푸렸다. 회색 싱글 코트와 모직 팬츠. 흰색 스니커즈. 캐주얼하지만 한껏 멋을 낸 복장이었다.

　못마땅한 시선으로 박연을 위아래로 훑던 브이가 도장 안쪽으로 들어가 무언가를 들고 나왔다. 브이의 손에 들린 것은 성인 남성용 도복이었다.

　"갈아입어요."

　박연은 인사도 없이 도복부터 내미는 브이를 멀뚱히 쳐다보았다. 브이가 오늘따라 썰렁한 도장을 돌아보며 설명했다.

　"오늘 협회 모임 때문에 아빠는 안 계세요. 기범이도 일 있어서 자리 비웠구요."

　"그건 반가운 소린데 이건 왜 입으라는 거야? 아무도 없다며. 그럼 입고 있는 거 벗어도 모자란데."

　"애들 앞에서 무슨 소리예요!"

브이가 손바닥으로 박연의 등을 차지게 내려쳤다. 코트를 입고 있는데도 눈앞에서 불이 번쩍했다.

"특훈 들어가야죠. 기범이는 운동선수 출신이란 말이에요. 태권도로 붙으면 박연 씨는 상대도 안 된다구요. 그렇게 치사한 애는 아니지만 안 봐준다니까…."

박연은 브이에게 맞은 등짝을 비틀며 코웃음 쳤다.

"얘가 날 뭐로 보고. 내 레벨이 몇이라고?"

박연은 엄지와 검지를 숫자 '7'모양으로 펼쳤다. 턱을 치켜든 얼굴이 과하게 당당했다. 브이의 시선이 자연스럽게 박연의 검지가 가리킨 방향으로 내려갔다. 저도 모르게 박연의 중심부를 쳐다본 브이가 새빨개진 얼굴로 도리질치며 쏘아붙였다.

"태권도는 그거랑 상관없거든요!"

브이의 반응을 보며 박연이 피식 웃음을 터트렸다.

놀리는 맛이 있다. 귀엽게.

"데이트하자고 부른 줄 알았더니 웬 특훈 타령이야? 하여간 태권브이 아니랄까 봐 아침부터 FM이네."

박연은 투덜거리며 브이가 내민 도복을 받아들었다.

환복을 마치고 나오자 발차기용 미트를 든 브이의 앞으로 줄을 선 원생들이 보였다. 원생들은 브이의 구령에 맞춰 차례로 미트를 차고 돌아섰다. 초등부 수업이 진행되는 동안 박연은 벽을 짚고 서서 홀로 발차기를 연습했다. 브이의 지시대로 오른쪽 다리를 뻗어 허공을 차는 동작을 반복했다.

이런 건 왜 시키는 거야?

불만 가득한 얼굴로 브이에게 외쳤다.

"어이, 사범님. 나도 검은띠 주지? 내 나이가 몇인데 하얀띠를 줘?"

"태권도 급수는 나이 먹듯이 먹는 거 아니거든요? 수업 방해하지 마요."

브이는 눈길 한 번 주지 않고 수업에만 열중했다. 박연이 툴툴거리며 대충 발길질을 해댔다. 겨우 무릎높이로 다리를 들고 방정맞게 허공을 찌르는 모양새가 발차기라기보다는 발장난에 가까웠다. 그 모습을 지켜보던 브이가 박연의 곁으로 성큼성큼 다가왔다. 그리고는 박연의 발을 덥석 잡아 올렸다.

"아악! 아파!"

"다리도 길면서 이것밖에 안 올라가요? 더 올려요, 더!"

고통이 느껴지는 가랑이를 붙들고 소리쳐도 봐주지 않았다. 눈을 부릅뜬 브이가 이마와 발등을 상봉시킬 기세로 박연의 오른다리를 찢어 올렸다. 어느새 두 사람의 주위로 몰려든 초등부 원생들이 킥킥거렸다. 박연이 아픈 와중에도 꼬맹이들을 향해 눈을 흘겼다.

"뭘 봐! 지금 나 비웃냐? 나는 너희 나이에 아역상을 두 번이나 타고, 윽!"

브이가 시끄럽다는 듯이 박연의 다리를 벽으로 밀어 붙였다. 원생들을 향해 퍼붓던 자기 자랑이 쏙 들어갔다. 박연은 다리로 느껴지는 고통에 몸부림쳤다.

그렇게 발차기 훈련이 끝나고 대련시간이 찾아왔다. 브이가 건넨 헤드기어와 보호대를 착용한 박연이 삐딱하게 섰다. 가운데 선 브이가 박연과 대련 상대를 서로 인사시켰다. 초등생 대련 상대를 흘끗 쳐다본 박연이 코웃음부터 쳤다.

"브이 네가 하라니까 하긴 해줄 건데, 아무리 그래도 초등학생을…. 아니다, 말을 말자."

박연은 연신 고개를 가로저으며 어이없다는 듯이 웃었다.

"브이 네가 원하니까 해주는 거야. 알지?"

브이는 대꾸하는 대신 호루라기를 힘차게 불었다. 대련이 시작되었다. 검은띠를 허리에 멘 꼬맹이가 치고 들어왔다. 보기와는 다르게 발차기가 빠르고 단단했다. 얼결에 얻어맞은 다리를 붙든 박연이 이마에 핏대를 세우고 소리쳤다.

"야! 같은 하얀띠랑 겨루게 해야지! 얘는 검은띠잖아! 여기는 왜 이렇게 형평성이 없니?"

구경하던 원생들이 도장을 욕보이는 박연에게 몰려들었다. 순식간에 꼬맹이들에게 둘러싸였다. 박연은 온몸으로 쏟아지는 발차기를 피해 부리나케 도장 안을 도망 다녔다.

마지막 특별훈련으로 박연은 브이와 함께 뒷산 산책로를 뛰었다. 지구력을 기르기 위함이었다. 동네 야경이 한눈에 내려다보이는 뒷산 쉼터에 도착하자마자 박연이 자리에 뻗었다. 2월 찬바람에도 얼굴에 송골송골 땀이 맺혔다. 박연은 오늘 아침 데이트를 꿈꾸며 멋들어지게 입고 온 코트마저 벗어재꼈다.

브이는 알알이 빛나는 야경을 내려다보며 말했다.

"뱉은 만큼 시원한 공기가 가슴 가득히 들어오는 게 기분 좋죠? 그게 바로 보람이란 거예요. 힘든 시간을 견뎌낸 대신 받는 보상이요."

박연은 거친 숨을 몰아쉬느라 대답도 하지 못하고 손만 내저었다. 브이가 박연의 앞에 쪼그려 앉았다. 힘들어하는 모습을 보니 측은한 마음이 들었다. 박연의 얼굴을 들여다보던 브이가 괜찮은지 묻기 위해 입을 떼는 찰나였다. 박연이 브이의 멱살을 끌어 쥐고 입을 맞췄다. 꾹 눌렸던 입술은 꽤 긴 시간이 지난 뒤에야 떨어져나갔다.

브이는 예고 없이 진하게 뽀뽀를 해온 박연의 등을 때렸다. 그렇잖아도 큰 눈을 더욱 동그랗게 뜨고 속사포처럼 쏘아붙였다.

"왜 이래? 여기 우리 동네에요. 박연 씨는 상관없겠지만, 누가 보면 난 어떡하라구?"

핀잔을 주는 브이를 바라보는 박연의 눈동자가 잘게 움직였다. 놀란 눈과 당황한 듯 쉬지 않고 종알거리는 입술까지. 작은 얼굴을 빠르게 훑어본 박연이 틀어쥐고 있는 브이의 옷깃을 한 번 더 당겼다. 입술이 한 번 더 눌렸다.

박연은 입술을 누른 채 떨어지지 않으려 멱살을 더욱 세게 쥐었다. 브이가 박연의 어깨를 탁탁 때리며 버둥거렸다.

지금쯤 현수도, 기범도 집에 돌아왔을 텐데. 게다가 도장에 다니는 원생의 학부모라도 만나면…!

불안하게 눈을 굴리는 브이의 시야가 갑자기 어두워졌다. 브이의 후드티 모자를 뒤집어씌운 박연이 고개를 틀었다. 그리고는 멱살을 쥐고 있던 손으로 후드모자를 쓴 브이의 머리를 부드럽게 감쌌다. 그제야 박연의 어깨를 때리던 브이가 얌전해졌다.

운동 후 몸에서 나는 옅은 땀내와 열기가 그대로 전해졌다. 노력 후 찾아오는 것들. 브이가 사랑하는 것들이었다. 산을 오르느라 턱까지 찼던 숨을 코끝으로 뱉으며 혀를 섞었다. 두 사람의 입술 사이에서 부딪친 숨이 하얗게 부서졌다.

눈을 감고 부드러운 키스를 나누던 박연이 입술을 뗐다. 떨어진 입술 대신 이마를 붙이고 나지막이 속삭였다.

"힘들 때 하는 키스가 더 달아."

브이는 벗겨지려는 후드모자를 손으로 누르고 코앞에 놓인 얼굴을 지그시 바라보았다. 브이의 머리를 감싸 쥐고 있던 커다란 손이 뺨을 문질렀다. 속삭이는 목소리가 한껏 다정했다.

"시원한 공기, 보람. 그런 건 보상 아니야. 이게 보상이지."

다시 입술을 포개었다. 이번에는 브이도 박연의 목에 팔을 두르며 키스에 호응했다. 야경을 배경 삼아 쪼그려 앉은 두 사람은 오래도록 입을 맞췄다. 두 사람의 뺨을 스치는 차가운 바람이 땀으로 젖은 목덜미를 서서히 식혀주었다. 완벽한 보상이었다.

"이 옷 아니잖아!"

갑작스러운 고성으로 인해 대기실 안의 시선들이 민형에게 집중되었다. 놀란 것은 스태프들만이 아니었다. 민형 역시 저도 모르게 입 밖으로 터져 나온 짜증 섞인 목소리가 놀랄 만큼 낯설었다. 어떤 경우에도 타인 앞에서 절대로 속내를 보이지 않는 민형이었다. 스타일리스트는 사람 좋기로 소문난 배우의 고함소리에 적잖이 놀란 듯 금세 눈물을 흘렸다. 평소 같았다면 사람들을 의식해 얼른 온화한 미소를 지었을 것이다. 그러나 오늘은 밖으로 표출된 분노가 좀처럼 가라앉지 않았다.

민형은 여전히 분을 삭이지 못한 표정으로 마지못해 스타일리스트의 어깨를 두드렸다. 다분히 의무적인 손길에 스타일리스트가 결국 울음을 터트렸다.

대기실을 박차고 나가는 민형을 보며 매니저가 말했다.

"울지 마. 안 그래도 요즘 이상했어. 잠도 안 자고, 먹지도 않고 눈만 시퍼렇게 뜨고 맨날 딴 생각만 해. 그 심부름 시킬 때부터 맛이 간 것 같아."

"무슨 심부름이요?"

스타일리스트가 훌쩍이며 매니저에게 물었다.

"아니 카페에서 사진을… 에이, 됐다. 아무튼 연예인들 지랄하는 거 한두 번 보는 것도 아니고…. 그래도 이민형 정도면 양반이야. 박연 맡았을 때는 내가, 어후…."

음주운전 사건 이전까지 박연의 매니저로 지냈던 옛일을 떠올린 매니저는 답이 없다는 듯이 고개를 저었다.

닫힌 대기실 문에 기대어선 민형은 안에서 새어나오는 말소리를 들으며 주먹을 틀어쥐었다. 폐차장에서 보았던 절름발이 남자를 떠올렸다.

목적이 돈이라기에는 너무 잠잠해. 도대체 뭐하는 놈이야….

민형의 주먹이 파르르 떨렸다.

청명한 겨울 하늘을 올려다보았다. 턱을 들고 길게 숨을 내쉬었다. 폐가 쪼그라들도록 숨을 모조리 뱉은 박연이 바닥을 차며 기범을 놀려보았다.

"그냥 주먹으로 붙어. 무슨 등산이야?"

한판 붙자던 기범이 등산으로 박연이란 남자가 괜찮은 놈인지를 가릴 줄은 브이도 몰랐다. 기범은 박연의 투정은 들리지 않는 듯이 등산화끈을 단단히 묶으며 말했다.

"정상 먼저 찍고 내려오면 이기는 거야. 그렇게 어려운 코스도 아닌데 자신 없나 보지?"

저 멀리 보이는 북한산 봉우리를 향해 있던 반듯한 얼굴이 자존심과 함께 구겨졌다. 박연은 의지를 불태우며 기범을 돌아보았다.

"영범아, 차에서 장비 꺼내 와라."

영범이 쏜살같이 차로 뛰어갔다. 브이는 고개를 좌우로 갸웃거리며 몸을 푸는 박연을 걱정스럽게 지켜보았다.

브이와 영범은 산 아래에서 두 사람을 기다리기로 했다. 밴에서 영범이 꺼내온 등산복으로 환복을 마친 박연은 전장에 나서는 장군처럼 칼 대신 등산용 스틱을 하늘 높이 치켜들었다. 그 뒤에서는 영범이 빈 생수

병을 양손에 들고 열심히 응원전을 펼쳤다.

박연이 생수병으로 치어리딩을 하는 영범과 마지막 포옹을 나누고 브이의 앞에 섰다. 기범을 흘끔 쳐다본 박연이 보란 듯이 허리를 숙여 브이에게 입을 맞췄다.

"다녀올게."

"조심해요. 겨울이라 추워서 근육이 놀라면…."

"쉿, 오빠가 알아서 할게."

브이보다 두 살이나 어린 박연이 오빠란 단어를 들먹이며 으스댔다. 평소였다면 이 상황에 농담이 나오냐며 등이든 팔이든 한 대 때려주었을 텐데. 브이는 박연의 등산재킷 주머니에 사과 한 알을 찔러 넣었다.

"올라가다 먹어요."

브이에게 한 번 더 입을 맞추려는 박연을 지켜보던 기범이 먼저 등산로 입구로 향했다. 박연은 브이와 채 닿지 못한 입술을 비틀고 소리쳤다.

"부정출발 아니야? 엄연한 반칙이야!"

기범은 등 뒤의 외침을 무시하고 더욱 속도를 높였다. 박연이 뒤늦게 기범의 뒤를 쫓아 달리기 시작했다.

박연과 기범은 엎치락뒤치락하며 비슷한 속도로 산행을 이어갔다. 두 남자의 머리칼이 어느새 땀으로 흥건하게 젖어들었다. 박연은 묵묵히 산을 오르는 기범을 견제하면서도 콧방귀를 꼈다.

내가 다른 운동은 안 해도 실내 바이크는 열심히 탔어. 레벨 7짜리 하체인데 어딜 감히.

눈을 치뜬 박연이 페이스를 조절하며 등산중인 기범을 가뿐하게 앞질렀다.

한 시간이 조금 넘는 산행 끝에 백운대 정상에 올랐다. 와이어로프를 잡고 탐방로를 오른 박연과 기범이 정상을 알리는 바위 앞으로 동시에 달려들었다. 정상에 올랐다는 인증샷을 남기기 위해 치열한 자리싸움이 벌어졌다. 각자 핸드폰을 꺼내들었다.

박연은 핸드폰 카메라 렌즈를 응시하며 방송용 미소를 지었다.

국보급 미모로 불리는 톱스타의 저력이다, 짜샤.

핸드폰 액정에 비치는 제 모습을 보며 만족스러운 웃음을 짓던 박연이 옆을 흘겼다.

"저리 좀 가지?"

"그쪽이나 엉덩이 좀 치우지?"

"엉덩이? 와아, 음흉한 것 봐. 권브이 쳐다보는 눈이 예사롭지 않더라."

기범은 헛소리를 해대는 박연을 어깨로 밀쳤다. 엉덩이를 내밀고 바위 앞에서 버티던 박연이 후들거리는 다리를 주체하지 못하고 엎어졌다. 그 틈을 노려 인증샷 찍기를 완수한 기범이 먼저 하산했다.

"야!"

올라왔던 길을 다시 내려가는 기범의 뒷모습을 보며 악을 질렀다. 박연은 다급하게 핸드폰을 얼굴 앞으로 들어올렸다. 촬영 버튼을 향하는 손이 달달 떨렸다. 와이어로프를 잡고 올라오느라 팔에 힘을 쓴 탓이었다.

"씨… 팔운동은 안 했는데."

중얼거린 박연이 대충 인증샷을 찍고 기범이 사라진 방향으로 급히 걸음을 떼었다.

산 중턱쯤 내려오자 격차가 벌어졌다. 이미 기범의 모습은 보이지 않은 지 오래였다. 박연은 후들거리는 다리 대신 스틱에 의지해 등산로의 계단을 디뎠다.

어디까지 내려간 거야.

이를 악물고 계단을 마저 내려왔다. 등산로가 조금씩 완만해졌다. 고된 숨을 몰아쉬며 다시 걸음을 옮기려는 때, 마침 바위에 걸터앉아 목을 축이고 있는 기범이 보였다. 물을 마시던 기범은 지친 기색이 역력한 박연을 보며 픽 웃었다. 여유로운 표정으로 한껏 약 올리고는 본분을 다한 듯이 일어섰다. 그 순간, 지칠 대로 지쳐 있던 박연의 몸 깊은 곳에서 뜨거운 울화가 치밀었다.

박연이 돌아서는 기범의 등에 대고 말했다.

"겁나서 고백 못 했지? 친구도, 뭐도 안 될까 봐. 고백도 안 하고 친구로 지내면서 다른 여자랑 연애할 건 다 했잖아. 그래놓고 아, 난 첫사랑을 못 잊어. 맞지? 이런 걸 사실적시, 팩트폭행이라 부르는 거야."

기범은 한심하다는 표정으로 박연을 돌아보았다.

"브이는 당신 같은 사람이 만날 여자가 아냐. 이게 사실적시, 팩트폭행인 것 같은데."

박연이 못지않은 여유로움으로 되받아쳤다.

"권브이가 나한테 아까운 여자인 거 나도 아는데, 댁 입에서 나올 말은 아니지. 네가 나에 대해서 뭘 안다고 지껄여?"

"당신이 검색해보라며. 그래서 해봤는데, 내가 당신이면 쪽팔려서 그런 말 못해."

'더 자세히 알고 싶으면 인터넷으로 검색해봐.'

병원에서 퇴원하고 무작정 찾아간 브이네서 기범과 실랑이를 벌이다가 한 말이었다. 기범은 박연을 똑바로 쳐다보며 말했다.

"배우로서 당신 커리어가 대단할진 몰라도 당신, 대단한 사람 아니야. 사건사고가 끊이지 않는 걸 보면 인성이 어떤지 알 만하고, 화면 안이랑 밖이 다른 건 당신이 앞뒤 다른 과라는 증거지. 자기 모습이 다른 사람 눈에 어떻게 보이는지 알기나 해?"

등산용 스틱을 쥔 박연의 손이 부들부들 떨렸다. 기범은 그런 박연을 보며 고개를 저었다.

"매사 끈기도 없고, 징징거리고, 책임질 줄도 모르고."

기범을 노려보던 박연이 어이없다는 웃었다.

"내가 배우 경력이 몇 년인데? 이 바닥에 오래있는 거. 그건 끈기 아닌 줄 알아? 그것도 책임….'

기범이 박연의 말을 끊고 받아쳤다.

"잘하는 게 그거 하나뿐이니까. 그거라도 잘해야 사람들이 곁에 있어줄 테니까. 그거 아니면 당신 같은 사람 옆에 누가 있고 싶겠어."

박연은 반박하지 못하고 입을 다물었다. 화가 치미는데 입 밖으로 아무런 말이 나오지 않았다. 기범은 분한 얼굴을 보며 말을 이어갔다.

"연기는 그래서 열심히 한다 치고. 브이는? 당신은 당신 필요에 의해서 브이랑 말도 안 되는 계약을 했어. 지금은 진심이라고 떠들어도 브이한테 잘해야 할 이유 없어지면? 끈기 없이 징징거리면서 무책임하게 도망갈 거 아니야?"

"마지막 경고야, 그만해."

낮게 깔린 목소리가 기범의 말을 끊었다. 그러나 기범은 그만둘 생각이 없었다. 본인이 브이에게 얼마나 부족한지 잘 알면서도 달라지지 않고 그저 모른 척하는 박연의 태도가 마음에 들지 않았다. 그런 태도로 브이를 만나는 꼴은 더욱 못 본다.

"그 바닥에 오래있는 게 끈기라고? 자기가 몸담고 있는 곳을 겨우 바닥쯤으로 표현하는 걸 보면 마음가짐도 알 만하네."

"그만하라니까…!"

결국 박연이 스틱을 집어 던졌다. 기범에게 달려들어 힘껏 주먹을 휘둘렀다. 기범은 얼굴로 날아든 주먹을 가볍게 피했다. 주먹이 계속 날아들었다. 기범은 박연의 주먹질을 번번이 피했다. 무게를 실은 주먹이 빗나가며 박연은 이리저리 휘청거렸다. 한 대라도 맞받아치면 될 텐데 기범은 자꾸 피하기만 했다.

열 받아…!

약이 잔뜩 오른 박연이 악다구니를 쓰며 달려들었다. 기범을 끌어안고 낙엽 바닥을 굴렀다. 기범의 위에 올라앉은 박연이 얼굴을 내리쳤다. 금세 찢어진 입가에서 핏물이 터져 나왔다. 자신은 운동선수였다. 박연을 상대로 주먹질은 하지 않으리라 마음먹었던 기범도 이내 이성이 끊겼다.

박연의 멱살을 쥔 기범이 순식간에 자세를 뒤집었다. 기범의 밑에 깔린 박연이 힘을 써볼 새도 없었다. 돌처럼 단단한 주먹이 얼굴에 꽂혔다. 연달아 날아온 주먹에 눈썹이 찢겨나갔다. 박연이 거칠어진 숨과 함께 고통스러운 신음을 터트렸다. 박연의 멱살을 쥔 기범이 마지막 한 방을 날리려 주먹을 크게 들어올렸다.

쿵. 바스락거리는 소리와 함께 정체를 알 수 없는 소리가 들려왔다. 주먹을 내리꽂으려던 기범이 그대로 동작을 멈추고 옆을 돌아보았다. 곧 맞게 될 운명을 예감하고 이를 악물었던 박연은 눈앞에서 멈춘 주먹을 멍하게 보았다.

이때가 기회다!

박연은 전세를 뒤엎을 요량으로 기범의 밑에 깔린 몸을 버둥거렸다. 자세를 낮춘 기범이 한 팔로 박연의 목울대를 눌렀다. 박연이 이를 악물고 뇌까렸다.

"안 때릴 거면 나와. 지금 이 자세 소름 돋거든? 비켜."

기범은 주먹을 쥐었던 손으로 박연의 입을 덮었다.

이 새끼가 미쳤나.

벗어나려 도리질 치는 박연의 입을 더욱 세게 틀어막은 기범이 몸을 숙였다. 두 남자의 얼굴을 닿을 듯 가까워졌다. 박연은 코앞에 드리운 기범의 얼굴을 보며 가만히 눈을 껌벅였다. 박연의 귓가에 가까이 입술을 가져간 기범이 속삭였다.

"최대한 움직이지 마. 소리도 내지 마."

쿵. 쿵. 또다시 불길한 소리가 울렸다. 기범이 내는 소리는 아니었다. 박연은 기범의 시선을 따라 얌전히 눈동자를 굴렸다. 바위틈으로 검은 형태가 나타났다. 곧 그것의 정체를 알아챈 박연의 눈이 크게 벌어졌다.

바위틈에서 먹을 것을 찾아 주둥이로 낙엽을 헤치던 멧돼지 한 마리가 이상한 낌새를 눈치 챈 듯 동작을 멈췄다. 그리고는 고개를 홱 돌려 두 남자를 보았다.

콧김을 뿜으며 쿵쿵거리는 야생 멧돼지와 눈이 마주쳤다. 박연은 자신의 위에 올라탄 기범을 보았다. 멧돼지를 경계하고 있는 기범 역시 긴장한 얼굴이었다. 어제의 적은 오늘의 동지가 되었다. 박연은 제 입을 틀어막은 기범의 손을 잡고 속삭였다.

"네가 가서 싸워."

잘못 들었나 싶은 기범이 멧돼지를 예의주시하던 시선을 내렸다. 밑에 깔린 박연의 얼굴은 더없이 진지했다. 전쟁영화라도 찍는 듯 표정만큼은 작전을 지시하는 지휘관에 버금갔다.

"20분만 내려가면 대피소야. 내가 가서 도움 청하고 올게. 저건 네가 맡아."

한겨울, 굶주림에 시달려 잔뜩 성이 난 야생 멧돼지가 눈앞에 나타난 급박한 상황이었다. 그러나 기범은 방금 들은 말이 하도 어이가 없어 저도 모르게 헛웃음을 터트렸다. 기범이 박연의 말 같지 않은 말을 받아쳤다.

"장난해?"

박연은 아랑곳 않고 도리어 기범의 멱살을 잡아챘다.

"정신 못 차릴래? 지금 내가 장난하는 걸로 보여? 둘 중 하나라도 살

334

아야지. 넌 운동했잖아? 잘 생각해봐. 이럴 때일수록 가능성이 높은 쪽에 희망을 걸어야 하는 거야. 충동적으로 생각할 문제가 아니라니까?"

박연의 목소리는 어느새 애원하는 투로 바뀌었다. 기범은 제 멱살을 쥐고 흔드는 손을 뿌리쳤다.

"내려가는 속도는 내가 더 빨라. 내가 가서 사람들 불러올 테니까 당신이 시간 벌면 되겠네."

"지금 권브이가 밑에서 기다리는데, 누가 내려오길 기대할 것 같냐? 너 눈치 없어?"

브이 얘기에 기범이 발끈해서 소리쳤다.

"보자보자 하니까 이 새끼가…!"

잠시 휴전을 맺었던 몸싸움에 다시 불이 붙었다. 서로의 머리끄덩이를 잡아당기며 버둥거리는 두 남자를 지켜보던 멧돼지가 앞발을 세웠다. 그리고는 낙엽이 쌓인 바닥을 슥슥 긁어대기 시작했다. 실랑이를 벌이던 두 남자가 멧돼지를 돌아보았다. 고함소리에 흥분한 멧돼지는 금방이라도 돌진할 기세였다.

박연과 기범은 멧돼지와 눈을 맞춘 채 천천히 일어섰다. 박연이 엉거주춤한 자세로 목소리를 낮춰 물었다.

"이제… 어떻게 해야 돼?"

"먹을 거 찾으러 다니는 모양인데 겨울이라 굶주렸을 거야. 흥분하지 않게 눈 마주치면서 뒤로 물러나."

기범의 설명에 박연은 불신 가득한 목소리로 물었다.

"당장 달려들기 일보 직전인데 뒤로 도망가라고? 지금 제대로 알고 말하는 거야?"

기범이 박연을 한심하다는 듯이 쳐다보았다.

"제발 뉴스 좀 봐라."

"뉴스에 멧돼지 대처법도 나와?"

박연은 정말 몰랐다는 듯이 물었다.

두 남자는 멧돼지와 눈을 맞추고 뒷걸음질을 치기 시작했다. 아주 느린 동작이었지만 조금씩 간격이 멀어졌다. 숨소리도 내지 않고 느리게 뒷걸음을 치던 박연이 계단에 조심스럽게 발을 내디뎠다. 계단만 내려가면 시야에서 벗어날 것이다. 조금만 더…. 마른침을 삼킨 박연이 기범과 함께 다음 칸으로 내려섰다.

점점 멀어지는 두 사람을 지켜보던 멧돼지가 조금씩 경계를 풀었다. 이내 완전히 관심 밖으로 벗어났는지 두 사람에게서 눈을 떼고 주위 바닥을 킁킁거렸다.

"하아…."

박연이 긴 안도의 한숨을 내쉬는 그때였다. 박연의 주머니 속에서 울린 벨소리가 고요한 산천을 뒤흔들었다. 먹을 것을 찾아 낙엽을 들추던 멧돼지가 두 남자를 홱 돌아보았다. 그리고는 거침없는 속도로 두 사람을 향해 돌격했다.

"튀어…!"

박연이 빠른 속도로 가까워지는 멧돼지를 보며 악을 질렀다.

한편 그 시각, 산 아래에서 기다리던 영범은 브이를 돌아보며 말했다.

"안 받으시는데요?"

기다리다 못한 영범이 박연에게 전화를 건 참이었다. 결국 통화 연결이 되지 않는 핸드폰을 주머니에 넣었다. 브이가 결심한 듯 차에서 내렸다. 놀란 영범이 브이를 따라 내렸다.

"왜요? 어디 가시게요?"

"대피소에 올라가서 기다리려구요."

계약은 쌍방 간에 했는데 자신만 편히 있을 순 없었다. 브이가 등산코스 초입에 있는 대피소를 향해 발을 뗐었다. 어찌할 바를 몰라 우왕좌왕하며 머리를 벅벅 긁던 영범이 마지못해 따라나섰다.

바위에 올라앉은 박연이 숨을 돌리며 주위를 살폈다. 멧돼지의 눈에 띄지 않게 나무 뒤에 몸을 숨긴 기범이 다친 다리를 붙들고 괴로워하고 있었다. 박연이 짜증스럽게 중얼거렸다.

"하, 돌겠네…."

자신은 바위로 몸을 피신했지만 달려드는 멧돼지와 스치며 넘어진 기범은 다리에 부상을 입은 듯했다. 바위 밑을 내려다보자 잔뜩 흥분해 있는 멧돼지가 보였다. 핸드폰은 배터리가 나갔고, 도망치느라 등산로에서 벗어난 탓에 다른 등산객은 보이지 않았다. 도움을 청할 방법이 달리 생각나지 않았다.

박연이 얼굴을 구기며 주머니에서 손을 넣었다. 그때 손끝으로 딱딱한 무언가가 닿았다. 입산할 때 브이가 주머니에 넣어준 사과였다.

'먹을 거 찾으러 다니는 모양인데 겨울이라 굶주렸을 거야.'

기범이 해주었던 이야기를 떠올린 박연이 사과를 한 입 깨물었다. 과즙이 흘러내리며 단내를 진하게 풍겼다. 바위 아래에서 산짐승의 킁킁대는 소리가 더욱 커졌다. 과즙이 흐르는 사과를 그리 멀지 않은 곳으로 던졌다. 멧돼지는 굴러 떨어지는 사과를 따라 언덕 아래로 내려갔다.

그제야 바위에서 내려온 박연이 주저앉아 있는 기범을 부축했다. 호기롭게 기범의 팔을 어깨에 둘러메고 출발했지만 얼마 못가 후들거리는 다리가 풀려버렸다. 박연은 기범과 함께 제자리에 풀썩 주저앉았다. 기범이 헉헉 거친 숨을 돌리는 박연을 보며 말했다.

"혼자 내려가서 사람 불러와."

"또 뭐가 나타날 줄 알고?"

박연은 기범을 쳐다보지도 않은 채 퉁명스럽게 대꾸했다. 기범이 인상을 썼다.

"아깐 잘도 가겠다더니."

박연은 땀투성이 얼굴을 옷소매로 훔쳐 닦아내며 못마땅하게 말했다.

"내가 무슨 사이코야? 다친 사람을 두고 가게? 짜증나게 농담을 다큐로 받아. 여기가 어디쯤인지도 모르는데 내가 무슨 수로 사람들한테 네 위치를 설명해?"

박연이 기범의 팔을 단단히 잡고 일으켜 세웠다.

"난 산에서 얼어 죽기 싫으니까 빨리 걸어. 엄살떨지 말고."

몸을 당기는 박연을 따라 기범이 이를 악물고 걸음을 옮겼다.

대피소에서 바라본 하늘은 석양으로 붉게 물들었다. 산을 내려올 시간이 한참 지났다. 그러나 박연과 기범은 모습을 드러내지 않았다. 어떠한 연락도 오지 않았다. 브이는 두 사람에게 무슨 일이라도 생긴 건 아닌지 염려스러운 마음에 발만 동동 굴렀다.

해가 지자 영범도 슬슬 걱정이 되기 시작했다. 영범은 불안한 얼굴로 길가만 내다보고 있는 브이를 안심시켰다.

"누님, 걱정 마세요. 제가 산악구조대에 전화해볼게요."

영범이 핸드폰을 꺼내들었다.

통화버튼을 터치하려는 영범의 손을 브이가 가로막았다. 영범이 고개를 들어 브이의 시선을 더듬었다. 저벅저벅 발소리가 울리는 곳에는 박연이 절뚝거리는 기범을 부축하며 내려오고 있었다.

브이가 두 남자 앞으로 달려가 얼굴부터 살폈다. 박연은 눈가에, 기범은 입가에. 사이좋게 상처 하나씩을 달고 있었다. 게다가 산에서 구르기라도 했는지 온몸이 흙투성이였다.

브이는 박연의 머리에 붙은 낙엽을 떼어주며 물었다.

"도대체 무슨 일이에요? 어쩌다 다쳤어요?"

기범을 부축하며 산을 내려온 박연은 대답할 기운도 없었다. 뒤늦게 영범이 달려와 박연을 붙들고 호들갑을 떨었다.

"형니임! 왜 이제 오세요! 상태가 왜 이러신…."

박연은 시끄럽게 구는 영범에게 기범을 떠넘기고 쓰러지듯 브이에게 안겼다. 놓칠세라 브이가 박연의 허리를 꽉 끌어안았다.

"네 덕분에 살았다."

브이의 귓가에 고단한 숨소리와 함께 나지막한 목소리가 들려왔다.

기범은 산악구조대 건물에서 삐끗한 발목에 부목을 둘러 응급처치를 받았다. 화장실에서 흙투성이가 된 얼굴을 씻고 나오는 박연의 팔을 브이가 잽싸게 잡아챘다. 구조대 건물 계단에 박연을 끌어다 앉혔다. 찢어진 눈썹에 알코올 솜을 두드렸다. 상처에 소독약이 스미자 눈썹이 움찔거렸다.

"정말 어쩌다 다친 거예요?"

"지금 벌써 세 번째 말하는데, 네 음흉한 친구 자식이 갑자기 주먹을 먼저 날렸어."

"기범이가 그럴 리가 없는데…."

브이는 상처에 연고를 발라주면서도 믿지 못하는 표정을 지었다. 자신이 아는 한 기범은 태권도를 할 때만 주먹을 쓰는 진정한 무도인이었다. 브이는 기범이 있는 구조대 건물을 슬며시 돌아보았다. 그때 큰 손이 작은 턱을 잡고 돌렸다. 다른 곳을 보던 브이의 얼굴이 박연에게 고정되었다.

물이 떨어지는 말간 얼굴이 브이를 지그시 바라보았다. 브이 역시 눈꺼풀을 느리게 깜박이며 눈을 맞춰오는 박연에게서 눈을 떼지 못했다. 브이를 물끄러미 바라보던 박연이 입술을 달싹였다.

"내가 책임질게."

"갑자기 무슨…."

"도망 안 가. 책임질 거야."

'끈기 없이 징징거리면서 무책임하게 도망갈 거 아니야?'

박연은 기범에게 들었던 말을 반대로 곱씹었다. 브이는 영문도 모른 채 빨갛게 물든 얼굴을 끄덕였다. 그러다 문득 생각난 듯 물었다.

"다친 건 싸워서 그렇다 치고, 내 덕에 살았다는 건 무슨 말인데요?"

"아, 그게."

멧돼지한테 쫓기다가 네가 준 사과를 미끼삼아 도망쳤어. 라는 말은, 제가 아무리 이빨 까는 데 선수라지만 차마 입에 담지 못하겠다. 애초에 등산을 한 이유가 무엇이던가. 집안의 반대에 부딪칠 절체절명의 위기에 놓인 사랑을 지키기 위해서였다. 그런데 거기에 멧돼지 얘기를 넣는 건 영 폼이 나지 않는다.

박연은 브이의 손을 끌어다 제 가슴에 얹었다. 그리고는 한껏 진지한 얼굴로 말했다.

"넌 내 심장의 동력이란 뜻이야."

"지랄."

구조대 건물을 나온 기범이 욕지거리를 뱉고 지나갔다. 박연이 절뚝거리며 걸음을 옮기는 기범에게 눈을 부라렸다. 뒤따라 나온 영범이 궁금증을 참지 못하고 물었다.

"두 분이 같이 내려오셨는데 그럼 누가 이긴 거예요?"

"당근 나지."

박연이 여유롭게 손을 들었다. 절뚝이며 걷던 기범이 박연을 돌아보며 반문했다.

"계산이 왜 그렇게 돼?"

박연이 정말 모르겠냐는 듯이 코웃음을 쳤다.

"내가 살려줬잖아? 이기려고 했으면 너 두고 내려왔지. 근데 내가 어떻게 했어? 널 들쳐 업고 내려왔어. 나 아니었으면 넌 산에서 얼어 뒈졌어."

"난 데려가 달라고 부탁한 적 없는데? 두고 가라니까 사이코냐면서 펄쩍 뛴 건 당신이잖아?"

기범이 어이없다는 듯이 받아쳤다. 박연은 개의치 않고 소신껏 말했다.

"어쨌든 넌 나한테 목숨을 빚졌고 우린 채무관계야. 목숨 빚은 브이네 아버지한테 입 다무는 걸로 갚아. 계산 끝. 더 이상 토 달지 마."

박연의 논리가 모두 맞는 것은 아니지만, 기범은 그가 다친 자신을 부축하며 산길을 내려온 것은 부정할 수 없었다. 끈기 없고 철부지 같은 놈이라 생각했다. 그런데 박연은 몇 번이나 넘어지면서도 끝까지 자신과 함께 산을 내려왔다.

박연과의 대결 종목을 등산으로 정한 이유는 끈기를 보기 위해서였다. 이 악무는 모습을 보고 싶었다. 머리가 다 젖도록 애를 쓰고, 얼굴이 다 구겨지도록 이를 악물고, 금방이라도 숨이 넘어갈 것처럼 헉헉거리면서. 그런 모습으로 브이를 지켜 주리란 믿음을 갖고 싶었다.

기범은 무어라 반박하려다 말고 그대로 입을 다물었다. 아직 다 믿을 순 없지만 자신이 생각하던 것보다는 조금 나은 놈일지도 모른다는 생각이 들었다. 그리고 무엇보다 박연에게 들은 말이 마음속에 남았다.

'겁나서 고백 못 했지? 친구도, 뭐도 안 될까 봐.'

박연이 브이의 옆에서 다친 얼굴을 내밀며 엄살을 떨었다. 기범은 그런 두 사람의 모습을 말없이 쳐다보았다.

송 실장은 사무실 안을 뚜벅뚜벅 걸어 다니며 열변을 토했다. 스케줄을 앞두고 잔소리가 어김없이 길어지는 중이었다. 그러나 박연의 온 신경은 손목에 찬 시계에 가 있었다. 송 실장의 연설이 길어지지 않도록 얌전히 듣고만 있던 박연이 결국 초조하게 다리를 떨며 말허리를 잘랐다.

"형, 요약해서 스피디하게."

박연의 요구에 따라 송 실장의 말이 빨라졌다.

"스키장 사건 이후로 인터넷에서 너랑 브이 씨한테 워너비 커플이라고 난리란다. 그러니까 오늘도 로맨티스트답게 행동하라고, 인마. 얼굴 인상 쓰지 말고, 입 열지 말고, 스마일. 알겠냐?"

"어, 알겠어. 이젠 권브이 데리러 가도 되지?"

박연이 사무실 소파에서 엉덩이를 반쯤 떼고 물었다. 빅엔터 소속 후배 배우의 영화 시사회를 브이와 동반관람하게 되었다. 비록 '워너비 커플이 관람한 최고의 멜로영화!'라는 홍보를 노린 스케줄이었지만 박연은 꽤 기대가 되었다.

태권브이랑 영화관 데이트는 처음이다. 팝콘은 콤보 사이즈, 콜라는 하나만. 유치하지만 연애초짜 태권브이가 가슴 떨리기에는 충분했다. 박연은 영화관에서 좋은 분위기를 만든 뒤, 자연스럽게 자신의 집으로 브이를 데려갈 계획으로 가슴이 잔뜩 부풀어 있었다.

이런 박연의 애 닳는 마음을 아는지 모르는지, 잔소리를 끝낸 송 실장은 한탄을 하기 시작했다.

"에휴, 천하의 박연이 어쩌다 후배들 시사회나 불려 다니는 신세가 됐나…."

"왜, 선배미 넘치고 멋있구만. 간다!"

빙긋 웃어 보인 박연이 급하게 사무실을 뛰쳐나갔다. 송 실장은 미간을 찌푸리고 슬쩍 눈을 굴렸다.

쟤가 언제부터 저렇게 긍정적이었지?

송 실장은 문득 글램핑장에서 브이에게 찌라시 내용을 알리지 말라 부탁하던 박연을 떠올렸다.

'너 브이 씨 좋아하냐?'

그때는 설마해서 물었던 건데. 이 자식이 진짜로…?

사무실을 나온 박연이 빅엔터 로비를 지나는데 반갑지 않은 얼굴과 마주쳤다. 매니저와 함께 들어오던 민형이 박연을 향해 먼저 웃어보였다.

"다정이 영화 시사회 간다며."

"아, 걔 이름이 다정이야? 다정하네, 이름도 알고."

"누구 무대인지는 알고 들러리 서야지."

민형은 까마득한 후배들의 영화 시사회마다 불려나가는 박연의 처지를 비꼬고 있었다. 여유로운 표정으로 저를 쳐다보는 민형에게 박연은 이제야 알았다는 듯이 말했다.

"아하, 어쩐지. 네가 그래서 그렇게 사람들 이름을 열심히 외우고 다녔구나? 아 미안, 미안. 그동안 오해했다. 이미지 관리하느라 애쓰는 줄 알았는데 그게 아니었네. 넌 그냥 사명감이 투철한 거였어. 들러리의 사명감."

박연은 검지로 민형의 가슴을 쿡쿡 찔렀다. 순간 민형의 미간이 뒤틀렸다. 박연은 놓치지 않고 말을 덧붙였다.

"그래도 너무 낙담하진 마. 내가 너 조만간 무대에 세울 거거든. 단독 주연으로."

박연의 눈가가 서늘해졌다. 민형은 눈꺼풀을 파르르 떨었다. 박연의 말에서 뼈가 느껴졌다. 박연은 당황한 기색이 역력한 민형을 보며 주먹을 꽉 쥐었다.

떠오른 기억. 음주운전의 진실. 그것을 입증할 수 있는 물증만 찾아내면 화려한 무대가 펼쳐질 것이다. 진실이라는 무대.

민형은 저를 향해 있는 싸늘한 눈동자를 피하며 애써 웃었다.

"단독 주연은 지금도 많이 하는데…. 무슨… 뜻이야? 네가 세우다니?"

"글쎄?"

박연이 눈을 치뜨고 반문했다. 민형은 옆을 지나치려는 박연의 팔을 잡아 세웠다. 그리고는 마치 박연과 막역한 사이라도 되는 것처럼 장난스럽게 말했다.

"말해주고 가. 꽤 궁금하다?"

"놔."

민형의 손을 불쾌한 표정으로 뿌리쳤다. 민형을 지나쳐 빅엔터 출입구로 걸어가며 박연은 눈길에 짜증을 담아 흘끗 돌아보았다. 민형은 못 박힌 듯이 제자리에 우뚝 서 있었다. 발이 떨어지지 않았다. 분명 무언가를 아는 말투였다. 벌써 사고로부터 반년이 지났다. 내내 기억하지 못하다가 갑자기 어떻게…!

그 순간 민형의 머릿속에 다리를 절던 폐차장 직원의 모습이 번뜩 떠올랐다.

그 새끼가 박연에게 메시지를 보냈다면…. 영상, 블랙박스 동영상을 받았다면….

빠르게 날아간 술병이 벽에 부딪쳐 깨졌다. 액자. 화병. 스피커. 스탠드. 잡히는 대로 집어던졌다. 곧이어 수납장이 쓰러지며 DVD 케이스들이 바닥으로 와르르 쏟아졌다. 민형은 빅엔터 로비에서 마주쳤던 박연을 떠올리며 악을 질렀다.

오피스텔은 순식간에 난장판이 되었다. 그 속에 선 민형이 숨을 씨근거리며 비틀거렸다. 민형은 7개월 전 '그날'처럼 만취해 있었다.

가로수를 들이받자마자 거짓말처럼 술이 깨던 그날 밤. 아무도 없는 새벽 도로. 민형은 직감했었다. 같잖은 놈들의 비위를 맞추며 쌓아온 배우 인생이 이제 끝났다는 것을. 이토록 허무하게.

뒷좌석에 정신을 잃은 채 누워 있는 박연을 보며 민형은 지금과 똑같은 말을 중얼거렸다.

"다 너 때문이야…."

보닛까지 찌그러진 차의 뒷문을 열고 축 늘어져 있는 박연을 꺼낼 때. 그때 등줄기를 따라 털이 비죽 서던 느낌을 민형은 7개월이 지난 지금도 생생히 기억했다. 두 눈에 벌겋게 핏발이 선 민형은 사지가 떨리도록 있는 힘껏 악을 질렀다.

"제 앞길도 감당 못하는 한심한 주제에… 왜 자꾸 내 앞길을 가로막는 거야…!"

씩씩거리며 비틀대던 민형이 소파에 쓰러지듯 앉았다.

"영상…. 영상을 없애야 돼…."

그는 끝없이 같은 말만 중얼거렸다.

어둠이 내려앉은 폐차장은 고철덩어리들의 무덤과 같았다. 좌석이 뜯겨나간 차들이 뼈대만 앙상하게 남은 채 층층이 쌓인 모습은 미처 다 썩지 못한 시신처럼 보이기도 했다. 그 사이를 절뚝거리며 걷는 남자의 유니폼 상의에 '주태호'라는 이름이 자수로 쓰여 있었다. 서른 안팎으로 보이는 주태호는 폐차 사이를 나와 사무실용 컨테이너박스로 걸음을 옮겼다.

폐차장의 다른 직원들이 퇴근한 늦은 시각, 한쪽 다리를 끌며 걷는 발걸음소리는 유난히 크게 들렸다.

주태호가 사무실에 다다르려던 찰나였다. 주머니에서 핸드폰 벨소리가 울렸다. 발신번호를 확인한 주태호는 목장갑을 벗고 통화버튼을 눌렀다. '여보세요'라는 짤막한 한마디를 떼기도 전에 눈앞에 불이 번쩍였다. 퍽, 소리가 나고 몇 초 지나지 않아 주태호가 쓰러졌다.

바닥에 엎어져 몸을 바르작거리는 주태호는 얻어맞은 뒤통수에서 강렬한 전류가 흐르는 듯했다. 두 눈이 허옇게 흰자를 드러냈다. 쓰러진 주태호를 지켜보던 의문의 남자가 스패너를 바닥으로 내동댕이쳤다. 가죽장갑을 낀 손으로 주태호의 핸드폰을 주워들었다.

그때 폐차 사이에서 걸어 나온 강 대표가 가죽장갑을 낀 남자에게 손을 내밀었다.

"그거 줘봐."

아직 불빛이 꺼지지 않은 주태호의 핸드폰이 강 대표의 손으로 넘어갔다. 강 대표는 쓰러진 주태호를 보며 뇌까렸다.

"새끼가 겁대가리 없이 감히 누굴 협박해."

박연이 냉장고에서 꺼내온 캔맥주를 브이에게 건넸다. 시사회 스케줄이 끝나고 곧장 집으로 브이를 데리고 왔다. 영범마저 퇴근해버리고 오롯이 단 둘만 남은 시간이었다.

좋고, 긴장된다.

맥주 캔을 테이블에 내려놓은 박연이 브이를 돌아보았다. 맥주와 대화로 조금은 어색한 분위기를 풀어볼 생각이었다. 그러나 브이와 눈이 마주치는 순간 입부터 맞추었다. 박연의 커다란 손이 뒷목을 감싸왔다. 브이는 박연에게 붙들린 채 테이블을 더듬어 맥주 캔을 내려놓았다.

박연은 작은 뒤통수를 꼭 끌어안고 입술을 더욱 밀착시켰다. 입안을 파고드는 저를 익숙하게 받아들이는 브이의 행동이 박연을 더욱 기분 좋게 했다.

평소처럼 부드럽게 시작된 키스는 평소와는 다르게 금세 거칠어졌다. 브이가 받은 숨을 뱉으며 떨어져나갔다. 브이는 젖은 입술을 달싹여 어색한 웃음을 흘렸다.

"하하…. 우리 맥주 안 마셔요?"

박연은 대꾸 없이 가만히 브이만을 바라보았다. 뜨겁고도 다정한 눈빛. 키스 후 어김없이 자신을 향하는 빤한 시선에 브이가 멋쩍게 물었다.

"왜… 그렇게 봐요?"

"예뻐서."

곧장 들려온 대답에 브이의 얼굴이 더욱 빨개졌다. 박연은 귀까지 달아오른 브이를 보며 나지막이 속삭였다.

"내가 예뻐해주고 싶었어, 그동안."

부끄러워 고개만 숙이고 있던 브이가 얼굴을 들었다. 뜨겁고 다정한 눈동자는 여전히 저만 보고 있었다.

"네가 네 마음 몰라서 답답해죽겠다는데 그것도 예뻐 보여서."

"거짓말 마요. 네 마음을 네가 왜 모르냐구 같이 화냈으면서…."

"빨리 예뻐해주고 싶어서. 그래서 재촉했어."

"하여튼 말은 잘해…."

브이가 입을 비죽거리며 중얼거렸다. 박연의 입가에 부드러운 미소가 걸렸다. 브이는 괜스레 눈을 찡그리고 토라진 듯이 물었다.

"왜 웃어요?"

"이젠 예뻐해줄 수 있어서."

장난스럽게 찡그렸던 얼굴이 멍하게 풀어졌다.

"더 예뻐해줘도 돼?"

담담하게 물었다. 멍한 표정으로 박연만 물끄러미 바라보던 브이가 이내 짧게 고개를 끄덕였다. 얼굴을 기울이며 가까이 다가온 박연이 브이의 터틀넥을 끌어내리고 목덜미에 입술을 파묻었다. 목덜미에서 두근두근 맥박이 빠르게 뛰었다. 다 느껴진다. 네가 얼마나 긴장했는지. 그리고 다 전해질 것이다. 내가 얼마나 긴장했는지. 브이의 어깨를 어루만지는 손끝이 떨렸다. 꼭 여자가 처음인 것처럼 가슴도, 손도 다 떨렸다. 브이가 입에 달고 지내는 '처음'이란 말은 박연에게도 해당되었다.

처음이었다. 좋아하는 마음부터 차근차근 쌓아가며 사람을 만나는 것은. 바라보다가 어느새 좋아하게 되고, 손을 잡고, 입을 맞추고, 안게 된 것은.

브이의 니트 위를 쓰다듬던 손이 허리로 옮겨갔다. 브이는 옷자락을 들추는 손을 내려다보며 최대한 천천히 심호흡을 했다. 심장이 미칠 듯이 뛰고 바보처럼 온몸이 경직되는데, 눈앞의 남자는 눈치 채지 못했으면 싶다.

니트 안으로 들어온 손이 군살 없이 매끄러운 옆구리를 쓸어 올렸다. 손끝으로 브이의 품을 기억하려는 듯이 박연은 허리와 등을 천천히 더듬어보았다. 부드러운 살결을 매만지며 목 주변에 입을 맞추던 박연이 허리를 안아 올렸다.

박연의 입술과 손길에 집중하며 감겨 있던 브이의 눈이 휘둥그레졌다.

"아, 잠깐…."

말릴 새도 없이 작은 체구의 브이를 두 팔로 안아들고 침실로 향했다. 문을 박차고 화이트톤의 침실로 들어온 박연이 브이를 그대로 침대에 눕혔다. 브이의 머리맡을 두 팔로 짚고 고개를 숙였다. 뺨과 턱에 입을 맞추며 브이의 옷자락을 들추었다. 마지막으로 브이의 입술에 짧게 입을 맞춘 박연이 시야 밖으로 사라졌다.

천장을 올려다보고 누운 브이는 허리를 간지럽 피우는 입맞춤을 받으며 입술을 깨물었다. 생각지 못한 곳에 쏟아지는 입맞춤 세례는 낯설면서도 기분 좋았다.

'더 예뻐해줘도 돼?'에서 '더'란 게 이런 거구나.

나를 예뻐해준다. 누구에게도 받아본 적 없는 방법으로 나를 예뻐해주고 있다. 수줍게 붉어진 눈 밑이 움찔거렸다. 브이가 고개를 들어 아래를 내려다보았다. 허리에 열심히 입을 맞추고 있는 정수리가 보였다.

연신 입을 맞추며 옆구리를 타고 올라온 박연이 브이의 가슴에 얼굴을 묻었다.

"하…."

브이는 가슴으로 부서지는 박연의 깊고 낮은 숨을 느끼며 눈을 감았다. 그런데… '더 예뻐해줘도 돼?'의 '더'는 어디까지일까…. 문득 머릿속에 스친 의문에 대답이라도 하듯 타이밍 좋게 허리춤에만 맴돌던 손이 브이의 청바지 버클을 건드렸다.

브이가 감고 있던 눈을 번쩍 떴다. 눈동자가 빠르게 좌우로 굴러갔다. 순간 쿵쾅대는 심장이 목젖까지 튀어 오르는 듯했다.

'더 예뻐해줘도 돼?'가 이, 이런 뜻이었어? 아직 나는…!

다급하게 주위를 두리번거린 브이가 과장되게 감탄했다.

"우, 우와. 침, 침대 바꼈어요?"

"어?"

갑작스러운 질문에 박연은 브이 못지않게 빨갛게 달아오른 얼굴을 들어올렸다. 반쯤 풀어진 눈으로 슈퍼킹 사이즈 침대를 둘러보았다. 오늘을 위해 만전을 기했다. 물론 태권브이에게는 비밀이다.

"어, 주웠어."

아무렇게나 대답한 박연은 급한 볼일을 마저 보기 위해 고개를 숙였다. 그때, 브이가 박연의 머리를 양손으로 덥석 잡아 올렸다. 끊긴 분위기를 이어가려던 박연이 순식간에 브이와 눈을 마주한 자세로 돌아왔다.

굵은 핏대가 선 이마를 보며 브이가 어색한 웃음을 지었다.

"이렇게 큰 침대를 어디서 주웠어요? 나 이렇게 큰 침대에 처음 누워보는…."

"남자랑 눕는 것도 처음일걸?"

박연이 브이의 말을 잘랐다. 오늘의 목표 달성을 위해 영화관에서부터 애써 만들어온 분위기였다. 지금 침대 가격, 크기 그딴 대화를 할 여유는 없었다. 다시 움직이려는 박연의 손이 턱, 잡혔다. 박연은 제 손목을 꽉 잡고 버티는 브이를 보며 애 닳는 표정으로 물었다.

"아, 왜 또?"

브이가 슬쩍 시선을 피했다.

"아니…. 침대가 되게 큰 게… 신기하니까…."

"큰 거 좋아해?"

"커서 나쁠 거 있나, 좋지."

"잘됐네. 난 집도, 침대도 다 크거든. 내 물건은 다 커. 레벨 7. 알지?"

눈을 야릇하게 뜨고 의미심장하게 속삭였다. 씩 미소 지은 박연은 브이에게 잡힌 손을 빼내려 팔에 힘을 주었다. 그러나 좀처럼 손이 빠지지 않았다. 누가 보아도 'STOP'의 의미였다. 박연은 악력을 자랑하며 제 손을 잡고 버티는 브이를 심히 못마땅한 표정으로 보았다.

"나랑 하기 싫어?"

"그, 그게 아니라….'

"그럼 왜애!"

잔뜩 심통 난 어린애처럼 물었다. 저를 원망스럽게 쏘아보는 눈빛에 브이의 얼굴이 일순간 시무룩해졌다. 브이가 기어들어가는 목소리로 웅얼거렸다.

"내가 이런 적이 없어봐서…. 처음이니까 무섭기도 하구…. 갑자기 속이 울렁거리는 것 같기도 하구…."

"하아…."

박연은 정수리가 보이도록 고개를 푹 숙이고 긴 한숨을 내쉬었다. 브이의 위에 올라앉아 있던 몸을 옆으로 비켰다. 빨개진 얼굴로 일어나 앉은 브이가 턱 밑까지 말려 올라가 있는 니트를 서둘러 내렸다.

슈퍼킹 사이즈 침대에 앉은 박연과 브이는 멀찍이 떨어져 있는 서로를 쳐다보았다. 양반다리를 하고 브이만 빤히 쳐다보던 박연이 슬금슬금 다가왔다. 어느새 브이의 옆에 꼭 붙어 앉아 어깨에 팔을 둘렀다.

"내가 미안해. 거기까진 생각 못했다. 무서웠어? 놀랐어?"

브이는 대꾸 없이 입술만 깨물었다. 박연은 다독이듯 브이의 팔뚝을 쓸어주었다.

"그럴 수 있어. 이게 서로 마음이 통했다고 고속도로 달리듯이 달릴 수 있는 게 아니잖아? 근데 브이야, 우리가 스무 살을 훌쩍 넘었잖아. 나도 이제 스물일곱이고 넌 스물아홉이고, 어른인데, 성인인데. 성인 남녀가 서로를 믿고, 어? 너 나 못 믿어? 믿지? 이런 신뢰감 속에서…."

"나이가 무슨 상관이에요."

설득을 위해 되는 대로 지껄이던 박연이 입을 다물었다. 브이는 속상한 듯이 말했다.

"박연 씨도 알잖아요. 나, 잘 몰라요. 누군 밀고 당기기도 하고, 누군 사귀다 헤어지기를 반복한다는데 난 그런 거 몰라. 남들 연애할 때 나는 죽어라 운동만 했다구요."

"그래, 그랬지."

박연이 브이의 하소연을 들으며 영혼 없이 맞장구 쳤다.

"나도 내가 아무렇지 않게 박연 씨랑 잤으면 좋겠다구요."

"야, 그런 식으로 말하지 마."

"그만큼 나도 박연 씨가 좋다구요. 근데 박연 씨가 진짜로… 할 줄은 몰랐단 말이에요."

할 줄 몰랐다는 말에 박연이 새삼 억울한 얼굴로 말했다.

"내가 아까 물어봤을 때는 분명히 고개 끄덕였…."

"더 예뻐해준다는 말이 하자는 말인 줄 몰랐다구요. 난 준비가 안 됐는데… 무섭구… 창피하구…."

브이는 부끄러움과 속상함으로 얼룩진 얼굴을 일그러트리고 끝내 울먹였다. 이 나이에 남들만큼 연애 못해본 건 운동선수의 훈장이라고 생각했는데. 남자의 '하자'는 말을 '하자'는 말로 못 알아들었다는 사실이 너무 창피하다. 이렇게 일일이 설명하고 보니 자존심도 상하는 것 같다.

눈물을 글썽이는 브이를 흘끗 쳐다본 박연이 침대에서 내려왔다. 허리에 손을 얹고 침실을 서성거렸다. 그러다 좋은 생각이 난 듯 반색하며 브이를 돌아보았다.

"우리 운동한다고 생각해보자, 어때?"

"내가 지금 얼마나 창피하고 속상한데… 그걸 말이라고 해요?"

울상을 지은 브이가 박연을 야속하게 보았다. 같이 울상을 지은 박연이 침대 앞에 무릎을 꿇고 앉았다. 기도하듯 두 손을 모은 박연은 브이를 향해 억울함을 담아 물었다.

"너 나한테 왜 그래?"

"박연 씨야말로 나한테 왜 그래요?"

브이가 지지 않고 울먹거렸다. 박연이 질세라 더 크게 울먹였다.

"지금 이 상황에서는 내가 우는 게 맞거든?"

그날 밤, 슈퍼킹 사이즈 침대에서는 생각지 못한 성인 남녀의 울먹임 대결이 이어졌다.

오피스텔은 모든 물건이 쓰러져 있고, 산산이 깨진 유리조각이 사방에 흩어져 있었다. 차에 올라타는 민형의 얼굴은 오피스텔보다도 더욱 엉망이었다. 눈 밑이 움푹 들어간 얼굴은 더 이상 사람 좋기로 소문난 배우 이민형이 아니었다. 민형은 전화를 받던 폐차장 직원을 떠올리며 액셀러레이터를 밟았다.

박연에게 영상을 보냈다면. 그래서 박연이 그날의 기억을 떠올렸다면….

민형은 그늘진 눈가에 독기를 품었다. 가만두지 않겠다. 누구라도 이민형의 앞길을 가로막을 수는 없었다.

끼리릭, 날카로운 타이어 소리를 내며 민형의 차가 지하 주차장에서 올라왔다. 민형은 오피스텔을 빠른 속도로 벗어났다. 목적지는 폐차장이었다.

며칠 전 다녀간 골목에 차를 세우고 멀리서 폐차장을 지켜보았다. 폐차장 공터에 모여 부품을 해체 중인 직원들 사이에서 다리를 저는 남자는 보이지 않았다. 차를 세워둔 채 날이 어두워질 때까지 폐차장만 노려보았지만 민형의 전화를 받았던 절름발이 남자는 나타나지 않았다.

간판 불빛이 꺼졌다. 극도의 불안과 분노를 긴 시간 동안 버티고 있던 민형이 차에서 내렸다. 마지막으로 폐차장을 나오는 직원 앞으로 달려갔다. 직원은 모자를 눌러쓴 민형을 알아보지 못한 듯했다. 그저 제 앞길을 막은 민형을 물끄러미 쳐다볼 뿐이었다.

"실례합니다. 사람을 찾는데요."

"사람이요?"

직원은 귀찮은 투로 되물었다. 민형은 괜스레 모자를 한 번 더 꾹 눌러 눈을 가렸다.

"혹시 여기 일하는 사람 중에 몸이 조금 불편한…"

"아, 태호요?"

태호. 블랙박스 영상을 보내온 새끼 이름이 태호… 민형은 속으로 주태호의 이름을 계속 되뇌었다.

"태호 왜 찾아요? 누구세요?"

민형을 향해 귀찮은 내색을 여과 없이 보여주던 직원이 태도를 바꾸었다. 민형을 위아래로 훑기 시작했다. 민형은 직원에게서 최대한 자연스럽게 몸을 틀었다. 그리고는 골치 아프다는 투로 말했다.

"폐차를 맡겼는데 벌써 일주일째 연락이 없잖아요."

"오늘은 허탕 치셨네. 태호 안 나왔어요. 내일은 나오겠죠, 뭐."

"혹시 저 말고 태호 씨 찾은 사람이 또 있었나요?"

"요즘 누가 폐차시킬 때 폐차장까지 와요? 견인부터 말소등록까지 우리가 대행하는데."

박연이 왔다 간 건 아닌 모양이다.

'내가 너 조만간 무대에 세울 거거든. 단독 주연으로.'

근데 왜 그딴 소리를 지껄였지?

민형은 생각에 잠긴 채 직원에게 가타부타 인사도 없이 돌아섰다. 민형이 딱 세 발자국 멀어졌을 때였다. 등 뒤에서 직원의 목소리가 들려왔다.

"근데, 영업은 사장님이 하시는데 태호랑은 어쩌다 연락하셨대? 걘 그냥 부품 떼는 앤데."

폐차장 직원이 품은 의문은 꽤 날카로웠다. 걸음을 멈춘 민형이 눈 밑을 떨었다.

"씨발 무슨 상관이야."

민형은 직원에게 들릴 듯 말 듯한 목소리로 욕을 지껄이곤 발을 떼었다.

강 대표는 대표실 책상을 사이에 두고, 건너편에 서 있는 남자를 뚫어지게 쳐다보았다. 강 대표는 최소한의 제스처로 상대방의 기를 누르는 방법을 잘 알고 있었다. 갈고 닦은 기술이 아닌, 거칠게 또는 비굴하게 살아오며 자연스레 익힌 연륜이었다.

강 대표와 마주 서 있는 남자는 늦은 밤, 폐차장에서 가죽장갑을 끼고 주태호의 뒤통수를 내려친 그였다. 청부업자는 강 대표에게 진행상황을 보고했다.

"주태호. 연락하고 사는 친인척도 없고, 암으로 홀어머니 죽고 나서는 지원비도 안 나온답니다."

"그래서 돈이 필요해졌구만? 벌써 반년이 지난 일을 왜 이제 와서 물고 늘어지나 했다."

"블랙박스는 해당 차를 해체하다가 우연히 얻었답니다."

"그때부터 여태 갖고 있으면서 협박할 시기만 노리고 있었겠지."

강 대표는 듣지 않아도 다 알겠다는 듯이 말했다. 그러나 청부업자는 고개를 저었다.

"영상 내용을 보고도 찾으러 오면 돌려줄 생각으로 가지고 있었답니다. 그러다가 엄마 죽고 의지할 곳도 없는데 나라에서 나오는 지원금도 끊겨버리니까 될 대로 되라는 마음으로 영상 보낸 거랍니다. 처음에는 당시에 폐차를 맡겼던 박연 매니저 번호로 연락한 모양입니다."

강 대표의 눈이 커졌다.

"박연 매니저? 그때 박연 매니저면… 지금은 이민형을 맡고 있을 텐데? 그럼 이민형 새끼도 영상이 존재한다는 걸 알고 있었다는 거야?"

"예, 이민형도 알았답니다. 영상을 보냈는데 이민형이 아무런 반응도 보이질 않길래 제 딴에 머리 굴려서 더 돈 많은 사람에게 보낸 거랍니다, 대표님에게."

강 대표는 어이없다는 듯이 웃었다.

"허, 골 때리는 새끼네?"

벌겋게 약이 오른 강 대표가 책상을 주먹으로 내리쳤다. 그리고는 문밖의 직원들을 의식해 목소리를 낮춰 물었다.

"그 새끼, 어떤 새끼야?"

"협박 같은 건 해본 적도 없고 전과도 없습니다. 가난한 거 빼면 평범합니다."

"어쩐지 어설프다 했어. 주제에 누구 돈을 떼먹으려고. 처리는?"

청부업자는 눈 하나 깜짝 않고 비정한 표정으로 답했다.

"보냈습니다. 폐차장은 일용직이라 갑자기 사라져도 별 의심 안 할 겁니다. 핸드폰은 태웠습니다."

"원본은?"

청부업자가 강 대표의 책상에 손톱만 한 메모리칩을 내려놓았다. 강 대표는 박연의 음주운전 사고 당일의 영상이 담긴 블랙박스 메모리칩을 주워들었다.

별것도 아닌 게 속을 썩였어.

메모리칩을 만지작거리는 강 대표의 눈이 번뜩였다. 민형의 앞에서는 수틀리면 언제라도 진실을 밝힐 것처럼 겁을 줬지만 그럴 마음은 추호도 없었다. 이미 덮기로 한 진실이 뒤늦게 알려져 봐야 민형의 죄를 은폐해준 저 또한 안전치 못했다.

어떻게 세운 빅엔터인데, 요깟 손톱만 한 메모리칩 때문에 무너질 순 없다. 하지만 없애긴 아깝지.

메모리칩을 없애진 않을 것이다. 빅엔터를 무너뜨릴 수 있는 위험한 무기이자, 이민형과 박연, 두 배우를 마음껏 주무를 수 있을 덫이기도 했다.

그때 대표실 문이 벌컥 열렸다. 강 대표와 약속된 미팅 시간보다 일찍 도착한 박연과 송 실장이었다. 청부업자는 그만 가보란 강 대표의 눈짓에 몸을 틀었다. 박연은 제 곁을 스쳐지나가는 낯선 남자를 돌아보았다.

깡마른 얼굴과 날카로운 눈빛이 인상적인 남자였다. 짧은 찰나 청부업자의 얼굴을 살핀 박연은 이내 홱 고개를 돌려 강 대표를 보았다.

"오늘은 왜 또 불렀어요? 나 요즘 사고 안 치고 얌전하거든요?"

청부업자가 대표실을 나가는 모습을 확인하고서야 강 대표는 책상 서랍에 메모리칩을 넣었다. 박연은 서랍을 닫는 강 대표를 보며 말했다.

"요즘 골치 아픈 일이 있어서 사고 칠 여유도 없어요. 그러니까 대표님도 훈화 말씀 짧게 갑시다."

"실없는 소리 말고 일단 앉아."

강 대표는 아무 일 없었다는 듯이 박연을 향해 웃었다. 송 실장이 대표실 소파에 박연을 끌어다 앉혔다. 강 대표는 상석에 앉자마자 테이블에 얇은 제본노트를 던졌다.

"작품 들어왔다. 읽어봐."

박연은 본 척 만 척 중얼거렸다.

"정 피디 예능 말하는 거면 내가 분명히 얘기하는데…"

"4부작."

강 대표가 박연의 말허리를 끊었다. 4부작? 정 피디의 예능은 4부작이 아니었다. 그럼… 연작 드라마? 눈이 커다래진 박연이 제본노트를 덥석 집어 들었다. 제본노트에는 '사랑이렷다'라는 작품명이 적혀 있었다.

출세를 준비하던 조선시대 선비가 시공간을 오가는 타임슬립 이야기였다. 대본을 훑어보는 박연을 대신해 송 실장이 덩달아 흥분한 얼굴로 물었다.

"이게 진짜 연이한테 들어온 겁니까?"

"연작 드라마로는 첫 한중합작이야. 중국 제작사 측에서 먼저 캐스팅 얘기가 나왔다더라. 지금 드라마 판에서 박연을 다시 써도 되나 간 보는 중인데 좋은 기회지."

강 대표의 말을 들은 송 실장은 뛸 듯이 기뻐하며 박연의 등을 두드렸다.

"됐다, 연아. 그동안 고생했다, 고생했어!"

송 실장은 기쁨을 감추지 못하고 연신 히죽거리며 박연을 끌어안았다. 그런 송 실장을 보며 강 대표가 피식 웃었다. 대본을 빠르게 훑어본 박연이 그것을 테이블에 던졌다.

신이 나서 콧노래를 흥얼거리던 송 실장이 박연을 돌아보았다. 강 대표 역시 얼굴에서 미소를 지운 채 박연을 보았다.

"일단 고려는 해볼게요."

박연의 생각지도 못한 발언에 송 실장은 강 대표의 눈치를 살피며 소리쳤다.

"무슨 소리하는 거야! 무조건 찍는 거야, 무조건! 고려가 아니라!"

"쓱 보니까 나랑 안 맞아."

박연이 소파 등받이에 등을 기대며 거들먹거렸다. 송 실장은 안절부절 못하고 머리를 벅벅 긁었다.

송 실장은 소리 낮춰 이를 악물고 중얼거렸다.

"천천히 읽어봐야지, 휙 보고 어떻게 안다고 그래?"

"선수끼리 무슨. 딱 보면 척이지."

박연은 미련 없이 자리를 털고 일어섰다. 그리고는 유유히 대표실을 빠져나갔다. 강 대표는 대표실 밖으로 나가버린 박연의 행동이 기분 나쁘지 않은 듯 웃었다.

송 실장은 행여 강 대표의 마음이 바뀔까 대본을 챙겨 부랴부랴 대표실을 나왔다. 대표실 문을 닫자 복도에서 송 실장을 기다리고 있던 박연이 성큼성큼 다가왔다. 송 실장의 손에 들린 대본을 홱 뺏어들었다.

"와, 씨…."

박연은 대본을 두 손으로 쥐고 몸을 떨었다. 소리 없이 쾌재를 부르짖는 얼굴은 대표실에서와는 딴판이었다. 박연은 대본 타이틀에 입을 맞췄다.

이게 얼마 만에 맡아보는 제본 냄새냐. 박연은 입 밖으로 터져 나오려는 환호를 참느라 끅끅, 소리만 내며 대표실 앞 복도를 서성거렸다.

송 실장은 강 대표가 보지 않는 곳에서 온몸으로 기쁨을 표출 중인 배우님을 보며 어이없다는 듯이 웃었다. 적절한 자존심은 때론 배우에게 무기가 되기도 한다. 아역부터 시작해 배우 경력이 중견배우 못지않은 박연은 이미 그것을 터득했을 뿐만 아니라 잘 이용할 줄 알았다.

어쩐지. 넙죽 받아도 모자랄 판에 고려를 한다길래 이상하다 했다. 뚝 끊겨버린 섭외 요청에 누구보다 불안했을 텐데….

흐뭇한 표정으로 박연을 지켜보던 송 실장의 뇌리에 불현듯 브이가 떠올랐다. 송 실장은 대본을 품에 안고 소녀처럼 좋아하는 박연을 돌려세웠다.

"야, 너 혹시 브이 씨를 진짜로 좋…."

"형! 오늘 파티하자. 형이 쏘는 거야. 오케이? 내가 7개월 만에 작품을 받았는데 형이 쏴야지, 안 그래?"

어린애처럼 들뜬 표정으로 묻는 바람에 브이와의 관계를 물으려던 송 실장은 다음 기회로 미뤘다.

"그래, 기분이지. 뭐 먹을까?"

송 실장은 기분 좋게 박연의 어깨에 팔을 두르고 걸음을 옮겼다.

박연의 드라마 캐스팅 소식을 전해들은 브이가 운동화를 구겨 신고 집을 나왔다. 마침 부친 현수가 집을 비운 터라 쉽게 빠져나올 수 있었 다. 박연을 정식으로 소개시키라던 현수의 말을 들은 후로는 박연을 만 나러 나갈 때마다 눈치가 보였다.

"그게 갑자기 무슨 소리야?"

동네 골목도 채 벗어나지 못했는데 멀지 않은 곳에서 익숙한 목소리 가 들려왔다. 현수였다. 브이는 민첩성을 발휘해 가로등 뒤로 몸을 휙 숨겼다. 현수는 안절부절 못하며 통화 중이었다. 심각한 얼굴로 핸드폰 을 들고만 있던 현수가 버럭 소리쳤다.

"그럼 우리 브이는 어떡하라고!"

나? 무슨 일이지?

브이는 생각지 못하게 불린 제 이름에 놀라 눈만 깜박였다. 뭔가 마 음대로 되지 않는지 제자리를 서성거리는 현수의 얼굴이 점차 어두워 졌다.

"최 관장! 최 관장!"

통화는 일방적으로 끊긴 듯했다. 핸드폰을 보며 씩씩대던 현수는 브 이가 불러 세우기도 전에 성난 걸음으로 가로등을 지나쳤다. 당장 눈에 보이는 게 없는 사람 같았다.

드라마 캐스팅 축하파티는 박연의 집에서 열렸다. 거실과 복층으로 나뉜 주방에서부터 테라스를 지나 정원까지. 갓 만들어낸 에피타이저와 요깃거리, 각종 주류와 안주들이 차례로 줄을 섰다. 한 턱 쏘겠다는 송 실장이 부른 출장요리사의 솜씨였다.

음식은 가든파티 못지않게 차려졌지만 초대 받은 사람은 송 실장과 매니저 영범 그리고 브이가 전부였다. 드라마 캐스팅 1순위에 빛나던 박연이 겨우 4부작 드라마에 캐스팅되었다고 파티까지 열다니. 이 소식을 들으면 비웃을 이들이 방송가에 민형을 비롯하여 여럿이었다.

박연은 테라스에 서서 록 글라스(Rock Glass)를 들어올렸다. 토닉 워터를 섞은 보드카를 한 모금 삼켰다. 그는 기분 좋게 퍼지는 취기를 만끽했다.

테라스 창 너머에는 거실 소파에 홀로 앉아 있는 브이가 보였다. 박연은 술잔을 티 테이블에 내려놓고, 망설임 없이 브이의 곁으로 다가갔다. 브이는 소파에 앉아 바닥만 뚫어지게 응시 중이었다.

'그럼 우리 브이는 어떡하라고!'

골목에서 엿들은 부친 현수의 통화 내용이 뇌리에서 떠나지 않았다. 무슨 일인지 제대로 못 물어봤는데….

수심 깊은 얼굴로 앉아 있던 브이가 문득 고개를 들었다. 언제부터였는지 제 앞에는 박연이 미소를 짓고 서 있었다. 때마침 집 전체에 노랫말이 울렸다.

-When I see you, I see me….

스피커 볼륨을 높인 범인은 술에 취한 송 실장이었다.

"오늘은 나도 걱정, 체면! 그딴 것 좀 내려놓고 마시고 즐겨보자!"

박연의 캐스팅으로 인해 누구보다 신이 나 보이는 사람은 송 실장이었다. 장난스럽게 영범을 끌어안은 송 실장이 춤을 추는 시늉을 했다. 박연은 피식 웃음을 터트리는 브이 앞으로 손을 내밀었다. 춤을 청하듯 내밀어진 커다란 손을 보며 브이가 당황한 표정을 지었다.

"네?"

의도를 파악하기 위해 되묻는 브이의 팔목을 낚아챘다. 박연은 소파에 앉아 있는 브이를 단숨에 일으켜 품으로 끌어안았다. 브이가 어색함을 이기지 못하고 서둘러 말했다.

"한 번도 안 춰봤어요."

"내가 있는데 무슨 걱정이야."

박연은 브이의 두 손을 끌어다 제 어깨에 올렸다. 옅은 미소를 띠우고 브이의 자세를 고쳐주는 얼굴이 송 실장만큼이나 들떠보였다. 어린애처럼 즐거워 보이는 얼굴을 보자니, 춤 같은 건 안 추겠다고 더 거부할 수도 없는 노릇이었다. 브이는 박연이 리드하는 대로 얌전히 따랐다.

가슴이 닿을 정도로 몸을 바짝 붙인 박연이 두 팔로 브이의 허리를 감았다. 서로를 마주보고 서서 제자리를 서성이는 폼이 영화나 드라마에 나올 법하게 갖춰졌다.

브이는 박연의 발을 따라 한 걸음씩 옮기며 물었다.

"이런 건 언제 배웠어요?"

"전에 찍은 작품에서."

"그 드라마 봤어요. 거기서 엄청난 가문 후계자로 나왔잖아요."

박연이 픽 웃음을 터트렸다. 브이는 술 냄새와 향수냄새가 섞인 어깨에 머리를 기대었다. 너른 거실을 서성이며 춤을 추던 두 사람의 걸음이 테라스로 향했다. 밖으로 나오자 음악소리가 한층 옅어졌다. 브이는 어깨에 기대고 있던 얼굴을 들고 박연을 올려다보았다. 낮게 내리깔린 눈동자는 항상 그 자리인 것처럼 브이를 바라보고 있었다.

"드라마 다시 찍게 된 거 축하해요."

"축하하는 사람 얼굴이 아닌데? 무슨 일 있어?"

축하를 해주러 온 자리에서 내내 다른 생각에 빠져 있던 것을 눈치 채고 있던 모양이었다. 브이가 멋쩍게 웃으며 고개를 저었다.

박연은 저를 향해 웃는 얼굴을 천천히 훑어보았다. 자신을 향해 따뜻하게 웃어주는 유일한 사람. 박연이 브이를 따라 입술을 끌어올렸다. 따뜻한 미소를 짓게 만드는 유일한 사람….

박연이 음악에 맞춰 브이를 안고 서성이던 몸짓을 멈췄다. 테라스창 너머에 있는 송 실장의 눈을 피해 브이를 품으로 당기며 몸을 돌렸다. 테라스를 등지고 서서 브이의 입술에 입을 맞췄다. 부드럽게 포갠 입술을 가볍게 물었다 놓았다.

브이는 저도 모르게 감겼던 눈꺼풀을 들어 올렸다. 박연의 어깨를 짚고 있던 손으로 판판한 뺨을 그러쥐었다. 뺨을 만지는 손끝에서, 온기가 닿았던 입술에서. 작은 몸 온 군데에서 심장이 두근거렸다. 운동 하나밖에 모르고 살았던 권브이의 세계에 부드럽고 간지러운 것들도 존재한다는 것을 알려준 남자다. 이 남자 앞에 서면 비로소 여자가 된다. 브이가 눈을 감았다. 다시 다가온 입술이 조금 전보다 더 짙은 움직임으로 브이의 입술을 찾았다.

두 사람은 외등 불빛이 따스하게 번지는 테라스 끄트머리에서 서로를 꼭 붙들고 키스를 나누었다. 빛을 등진 박연의 그림자 안에 갇힌 브이가 너른 품속으로 더욱 파고들었다.

그때 자박자박 정원을 걸어 들어오는 발소리가 들렸다.

"축하 세리모니야?"

브이가 빛보다 빠른 반사 신경을 활용해 급하게 떨어져 나갔다. 인기척이 들려온 곳에서는 수아가 한 손에 와인 병을 들고 웃고 있었다. 박연이 못마땅한 표정으로 물었다.

"안 불렀는데 잘도 알고 왔다?"

"오빠 드라마 들어간다고 소문 다 났어."

박연에게 쏘아붙이듯 대답한 수아가 반색하며 브이의 두 손을 잡고 호들갑을 떨었다.

"어머, 언니. 오랜만이에요!"

바자회 뒤풀이를 마지막으로 브이와 수아는 실로 오랜만에 만난 사이였다. 수아는 손에 들린 와인 병을 흔들어 보였다.

"언니, 이거 한 병에 오백짜리다? 이 정도면 초대 못 받았어도 입장 가능한 거 아니에요?"

"오백…. 오백 밀리리터?"

"아, 귀여워! 언니, 내가 진짜 좋아하는 거 알죠? 오백 밀리리터가 아니라, 샤또 페트뤼스! 한 병에 오백만 원!"

와인 한 병이 오백만 원? 두 눈이 휘둥그레졌다. 태어나 처음 들어보는 와인 가격이 브이의 머리에 망치질을 해댔다. 박연은 적잖이 놀란 듯 멍하게 굳어버린 브이의 어깨를 돌려세웠다.

"추우니까 먼저 들어가 있어."

"오, 오백…."

박연에게 등 떠밀린 브이가 연신 '오백'을 중얼거리며 실내로 들어갔다. 추위를 핑계로 실내로 브이를 들여보낸 박연이 수아를 향해 매섭게 눈을 치떴다.

"사온 성의를 봐서 이건 받고. 넌 그대로 유턴."

박연이 수아의 손에 들린 와인 병을 뺏어들었다. 수아는 붉게 칠한 입술을 씰룩이며 비아냥거렸다.

"나 내쫓는 거 보니까 오빠 너, 언니랑 아직 못 잤구나?"

'내가 한국에 있는 동안에는 오빠 너, 저 언니랑 못 자.'

화보 촬영장에서 자신 있게 말하던 수아를 떠올린 순간, 박연은 머리가 지끈거렸다. 수아는 심사가 꼬인 얼굴로 아무런 대답도 못하는 박연을 보고는 목청껏 웃어젖혔다.

"푸하하! 웬일이야, 박연이?"

천하의 박연이 브이와 어떻게든 진도를 빼고 싶어서 애먹고 있다니! 수아는 짜릿한 쾌감을 느껴지는 듯도 했다. 박연은 진심을 다해 저를 비웃는 수아를 보며 어서 나가라는 듯이 손사래를 쳤다. 수아는 물러서지 않고 의미심장한 미소를 지으며 물었다.

"왜 못 잤는데?"

"주제 넘는다 싶으면 애초에 안 묻는 게 예의야."

"안타까워서 도와주려고. 여자 마음은 같은 여자가 잘 아니까."

얼굴을 구긴 박연이 무시하고 돌아서려던 그때, 수아가 던진 한마디가 발목을 잡았다.

"언니가 무섭다지?"

"뉴욕에 있는 동안 신당 차렸냐?"

놀란 눈으로 돌아보는 박연에게 수아는 별거 아니라는 듯이 말했다.

"스물에 하든, 서른에 하든, 마흔에 하든. 여자한테 첫 경험은 다 두려움이 앞서는 법이야."

박연은 처음이라 무섭다고 울먹이던 브이와 함께 울던 밤을 떠올렸다. 수아는 마치 그날 밤에 벌어진 일을 다 아는 사람처럼 떠들었다.

"오빠 네가 평소에 써먹던 수법으로는 브이 언니랑 절대 못 자."

내 연애 경력이 얼만데 충고를…! 발끈한 박연이 입을 여는 순간, 수아가 독심술이라도 하는 듯이 말을 가로챘다.

"그동안 만나온 여자들? 다 여우였잖아. 걔들은 그냥 너랑 한 번 자보는 게 목적이었던 기집애들인데 오빠 네가 뭘 하든 못 이기는 척 넘어갔겠지."

박연은 수아의 말에 쉽사리 반박하지 못했다. 브이 이전의 연애에 진지한 감정은 없었다. 상대방 여자들도 마찬가지일 것이었다.

수아는 얌전해진 박연을 보며 속삭였다.

"근데 브이 언니처럼 대부분의 순진한 여자들은 다르다?"

지나온 연애사를 되돌아보며 낙담 중이던 박연의 얼굴이 솔깃한 표정으로 바뀌었다. 수아는 테라스 창에 이마를 붙이고 집안을 들여다보며 말했다.

"믿고 기다려주는 남자. 아, 이 남자가 나를 지켜주는구나. 그런 확신을 받았을 때 마음을 연단 말이야."

박연이 수아의 시선을 따라 테라스 창 너머를 보았다. 브이가 영범이 건넨 디저트 접시를 받아들고 웃고 있었다.

태권브이는 이제껏 만나온 여자들과는 다르다. 가슴이 떨리고, 설레고, 남자로 보이고, 진심으로 좋아해야만 사귈 수 있다고 말하는 여자다. 박연의 주위에서는 보기 드문 스타일의 여자였다. 수아를 따라 테라스 창에 이마를 붙인 박연의 눈빛이 진지해졌다.

수아는 더욱 목소리를 낮추었다.

"여자가 아직 마음을 열지 못했는데, 그걸 기다리지 못한 남자는 어떻게든 어르고 달래서 여자와 자는 데 성공했어. 그럼 그 뒤는 어떻게 될 것 같아?"

브이에게 시선을 고정하고 있던 눈동자가 불안하게 굴러갔다. 박연은 불안한 눈으로 수아를 보며 다음 말을 기다렸다. 테라스 창에서 이마를 뗀 수아가 박연을 돌아보았다.

"여자의 머릿속에 첫 경험 상대자는 이렇게 남는 거야."

박연이 천천히 벙긋거리는 수아의 붉은 입술을 보며 마른침을 삼켰다.

"X밥새끼."

면전에 욕설을 들은 박연의 눈빛이 심하게 흔들렸다. 박연은 떨리는 목소리로 물었다.

"그건 너무 심한 거 아니니?"

"뭐가 심해? 사내자식이 그것도 못 참고 어떻게든 여자랑 잘 궁리만 하고. 여자가 미안해서, 눈치 보여서. 아직 마음의 준비도 안 됐는데 같이 자게 만들었으면 그게 완전 X밥새끼지, 뭐야?"

수아는 제 경험을 떠올리기라도 한 듯 흥분한 얼굴로 신랄하게 욕을 했다. 박연은 불현듯 갈증이 나는 것을 느꼈다. 그러는 동안에도 붉은 입술은 쉬지 않고 욕설을 차지게 뱉어냈다.

"어유, X밥새끼."

눈썹을 긁적이던 박연이 테라스 너머의 눈치를 살폈다. 그리고는 최대한 덤덤한 목소리로 물었다.

"너 설마 그거…. 내 얘기는 아니지?"

"찔려?"

박연이 어이없다는 듯이 웃었다.

"야, 너 내가. 됐다, 말을 말자. 참나…."

"네 얘기 아니니까 내 충고나 명심해."

박연의 얼굴에 안도하는 빛이 돌았다. 그 모습을 본 수아가 피식 웃으며 중얼거렸다.

"쫄기는, X밥새끼…."

수아는 미련 없이 테라스 문을 벌컥 열고 안으로 들어갔다.

"아이 씨, 저 기집애가…!"

눈을 부릅뜬 박연이 뒤따라 들어가며 소리쳤다.

영범은 술에 취한 송 실장을 챙겨 대리를 불러 사라지고, 수아도 제 집으로 돌아갔다. 수아는 떠나기 전 박연을 보며 얄밉게 웃어대는 것을 잊지 않았다. 넓은 집에 둘만이 남았다. 박연과 브이는 한바탕 먹고 마신 흔적들이 가득한 거실을 둘러보았다.

브이는 당장 치울 기세로 팔을 걷어붙였다. 그때 미끄러운 감촉이 잔뜩 기합이 들어간 브이의 뺨을 스쳤다. 눈을 동그랗게 뜬 브이가 옆을 돌아보았다. 먹다 남은 케이크의 생크림을 손가락에 묻힌 박연이 개구지게 웃고 있었다. 브이는 박연에게 눈을 흘기며 말했다.

"유치하게."

"원래 연애는 유치한 맛에 하는 거거든?"

저를 놀려먹는 얼굴을 보자니 브이의 가슴 깊숙한 곳에서 스포츠인 특유의 승부욕이 발동되었다. 브이가 박연의 손에 들린 케이크 접시를 향해 달려들었다. 박연이 접시를 머리 위로 잽싸게 올렸다. 그리고는 까치발을 들고 덤벼드는 브이의 허리를 한 팔로 끌어안았다.

"태권브이, 넌 나한테 안 돼."

"놔요!"

버둥거리는 브이를 옆구리에 끼고 어질러진 거실을 빙글빙글 돌았다. 그러다 테이블에 접시를 내려놓은 박연이 돌연 소파로 몸을 날렸다. 한 품에 들어오는 작은 체구를 끌어안고 좁은 소파 위를 뒹굴었다. 킥킥거리는 웃음소리에 약이 잔뜩 오른 브이가 박연의 허리에 올라앉았다. 우위를 점령한 브이가 어린애처럼 웃으며 물었다.

"내가 이겼죠?"

박연은 대답을 하는 대신 헝클어진 머리칼을 넘겨주며 씨익 웃었다. 실랑이를 벌이느라 차오른 숨을 헉헉거리던 브이가 그제야 박연의 유치한 장난에 넘어갔음을 인지했다. 브이의 얼굴이 금세 빨갛게 물들었다. 박연은 저를 향해 야속한 눈길을 보내는 브이에게 가까이 오라는 손짓을 해보였다. 박연의 위에 올라앉은 브이가 순순히 허리를 숙였다. 두 얼굴이 가까워졌다.

박연은 눈앞에 드리운 브이의 턱을 붙들고 뺨을 핥았다. 붉게 물든 뺨과 상반되게 묻어 있는 흰 생크림을 입속으로 달게 삼켰다. 더욱 빨갛게 달아오르는 얼굴을 보며 박연은 미소 짓고 있던 입술로 입을 맞췄다. 브이와 입술을 겹쳤다. 입안에 남아 단내를 풍기고 있는 생크림을 혀끝으로 브이의 입술에 문질렀다. 장난스러우면서도 농도 짙은 키스가 이어졌다.

박연은 입을 맞추는 데 열중하면서도 손으로는 자신의 허리에 올라앉아 있는 브이를 골반으로 내려앉혔다. 브이와 겹친 입술 사이로 터져 나오는 숨소리가 묵직해졌다.

하고 싶다. 어느새 박연의 머릿속에는 한 가지 생각뿐이었다. 더 사랑해주고 싶다. 손을 잡아주고, 입을 맞춰주는 것보다 더 진하게 사랑하고 싶다.

골반에 올라앉은 브이가 키스를 나누며 몸을 움직일 때마다 박연의 아래를 지그시 눌러왔다. 박연은 사랑스러운 무게를 느끼며 자연스럽게 브이의 허리를 쓰다듬었다.

손끝이 떨리도록 황홀한 입맞춤을 나누던 브이가 슬며시 눈꺼풀을 들어올렸다. 브이는 며칠 전의 사태가 떠올랐다. 박연의 '자고 싶다'는 말을 알아듣지 못해 울음바다가 되었던 밤. 마음의 준비가 안 된 것은 그때나 지금이나 마찬가지였다.

브이는 허리를 타고 가슴께로 올라오는 손을 최대한 자연스럽게 밀어냈다. 키스를 하며 본능처럼 따뜻한 품을 찾아 기어 올라가던 손이 저지당하는 순간, 박연의 뇌리에는 한 단어만이 떠올랐다.

X밤새끼.

박연이 눈을 번쩍 떴다.

조수아 그 기집애 때문에…!

브이와 순조롭게 잘 되어가는 모습에 배알이 꼴려 헛소리를 지껄인 게 분명했다. 분명한데, 수아가 했던 말이 머릿속에서 떠나지 않았다.

'사내자식이 그것도 못 참고 어떻게든 여자랑 잘 궁리만 하고. 여자가 미안해서, 눈치 보여서. 아직 마음의 준비도 안 됐는데 같이 자게 만들었으면, 완전 X밥새끼지.'

박연은 키스를 멈추고 눈을 부릅떴다. 돌연 경직된 박연과 시선이 마주친 브이는 도리어 당황한 얼굴을 했다.

잠자리를 거절했던 날, 집에 돌아가 박연에게 못 볼 꼴을 보였다는 생각에 이불을 몇 번이나 걷어찼다. 처음이라 무섭다며 울먹이기까지 한 게 창피했다. 그래서 이번에는 최대한 서로가 민망하지 않도록 거절해 볼 요량이었다. 근데 이 표정은 뭐지? 기분 나빴나?

불안하게 눈치를 살폈다. 박연은 그런 브이를 올려다보며 고개를 저었다.

"브이야, 오해하지 마. 이건 그냥."

박연은 브이의 가슴으로 향했던 제 손모가지를 쥐고 해명했다.

"내가 움직이긴 했는데 내 의지가 아니었어. 진짜야!"

브이에게 결백을 주장하는 동안에도 자신을 비웃는 수아의 목소리가 귓가에 울리는 듯했다.

'여자가 아직 마음을 열지 못했는데, 어떻게든 어르고 달래서 여자와 자는 데 성공했어. 그럼 그 뒤는 어떻게 될 것 같아?'

'여자의 머릿속에 첫 경험 상대자는 이렇게 남는 거야.'

'X밥새끼.'

박연이 다급하게 브이의 손을 붙들고 말했다.

"브이야, 내 눈 봐봐."

브이는 갑자기 애절하게 변한 눈을 마주했다. 박연이 작은 손을 꼭 그러쥐고 말했다.

"네가 준비가 다 될 때까지 가만히 기다릴 거야. 난 참을성 없고 그런 놈 아니거든. 네가 허락할 때까지 절대."

잠시 숨을 고른 박연이 온 힘을 주어 강조했다.

"절대! 너한테 손 안 댈 거야."

브이의 침대에 드러누운 소연이 더 듣지 않아도 알겠다는 듯이 진단을 내렸다.

"나 삐쳤다, 그거네."

브이는 베개를 품에 끌어안고 좁은 싱글 침대에 소연과 나란히 누웠다. 브이가 미간을 찌푸리며 말했다.

"그 뒤로는 키스도 안 해. 헤어질 때도 뽀뽀만 겨우 하는 느낌이야."

"못 하게 했다고 삐친 거 티 내는 거야. 그나저나 우리 브이 다 컸네. 이런 상담도 하고?"

브이가 소연을 밀쳤다. 침대 아래로 굴러 떨어진 소연이 아프지도 않은지 연신 낄낄거렸다. 브이는 빨개진 얼굴로 소연을 흘겨보았다.

"놀리지 마. 차마 물어볼 데가 없어서 고민, 고민하다가 겨우 털어놓는 건데…."

"물어볼 데 있으면 나한테 말 안 하려고 했어? 난 그동안 너한테 내 찌질한 연애를 생중계해왔는데?"

"그건 안 물어봐도 네가 술술…."

소연이 브이의 말을 끊었다.

"근데 브이야, 튕기는 것도 적당히 해야 돼. 오래 가면 못 써. 남자란 동물은 말이지, 마른 장작이야."

"마른 장작?"

침대에 누운 브이가 벌떡 일어나 앉았다. 그리고는 침대 아래 앉아 있는 소연을 보았다. 자신감 넘치는 표정의 소연은 대치동 일타강사처럼 보였다.

"그들은 마른 장작처럼 한 번에 확 타오른다구. 불붙은 남자가 내 여자를 정복하기 위해서 전력을 다해 우와아! 하고 달려들었어. 근데 불씨를 옮겨 붙이기도 전에 거절당했어. 그것만으로도 데미지가 엄청난데 그 기간이 오래 가면?"

어느새 소연의 강의에 빠져든 브이가 저도 모르게 다음 이야기를 기다렸다. 소연은 야무진 표정으로 핵심을 짚어주었다.

"아예 사기가 저하되는 거야."

"사기 저하…."

"이런 면에선 남자가 여자보다 더 여려. 얘가 나랑 하기 싫은가 보다. 얘는 내가 별로인가 보다. 그런 생각하다 보면 마른 장작은 다 타고 없어지는 거야. 불도 다시 안 붙어. 다시는 시도조차 안 하게 되는 거지. 그때 가서 땅을 치고 후회해도 박연은 이미 바이 바이."

가만히 듣고 있으니 브이는 소연의 말이 어느 정도 맞는 듯이 들렸다. 고개를 주억거리던 브이가 문득 억울한 얼굴을 했다.

"하지만 난 튕기는 게 아니라…."

"그래. 아닌 거 알고, 처음이라 무서운 것도 아는데. 박연이랑 계속 안 할 건 아니잖아? 너도 박연 좋아하잖아. 보면 안아주고 싶고, 만지고 싶고 안 그래? 키스하면 기분 좋고. 그렇지?"

브이가 고분고분 고개를 끄덕였다. 소연은 쯧쯧 혀를 찼다.

"네 기분 좋은 키스는 하면서 박연이 원하는 '그거'는 무서워서 안 돼? 에이, 너무 하는 거지."

"그럼 어떡해? 내가 이런 쪽으로는 아무것도 모르고 처음이니까…. 나도 자연스럽게 받아들이고 싶은데 그게 내 마음대로 되는 것도 아니구…."

소연이 침대로 올라앉았다. 그리고는 한껏 풀이 죽은 연애 초심자를 다독여주었다.

"마음의 준비야 네 말처럼 뜻대로 안 되는 거니까 시간이 걸려도 어쩔 수 없지."

"마른 장작이라며. 오래 가면 못 쓴다며. 다신 불 안 붙는다며. 바이바이라며."

"그러니까, 적어도 네가 마음의 준비를 마치기 전까지는 마른 장작에 불이 안 꺼지도록 계속 기름을 부어줘야지."

"기름…."

브이가 아리송한 얼굴로 소연을 보았다. 소연은 브이의 어깨에 팔을 두르고 구호를 외치듯 결연한 목소리로 말했다.

"난 네가 오를 수 있는 산이다! 포기란 없다! 치얼 업! 계속 용기를 북돋아주는 거야."

박연은 햇살이 들어오는 침실에서 단잠에 빠져 있었다. 고른 숨을 들이쉬고, 내쉬며 평온한 얼굴로 숙면 중이던 박연은 곧 웅얼대는 소리를 인지했다. 소리는 아득한 곳에서부터 점차 가까워졌다. 사람의 말소리인 듯 들렸다. 얌전히 감겨 있던 눈꺼풀이 움칠거렸다.

"일어나."

어느덧 또렷해진 목소리가 귀를 간질였다. 박연은 몸을 뒤척이며 옆으로 돌아누웠다.

"일어나. 아침 먹어."

귓바퀴에 소름이 돋도록 부드러운 음색이다. 나긋한 말투를 잠결에 들으니 섹시하게 들리는 듯도 했다. 아직 잠이 덜 깨서 귓가를 간질이는 소리의 정체를 알진 못했지만 분명한 건 듣기 좋은 음성이었다.

박연이 기분 좋게 눈을 떴다. 침대에서 옆으로 누운 채 깨어난 박연은 흐릿한 시야로 들어온 장면을 가만히 보았다. 눈앞에 보이는 매끈한 다리를 따라 시선을 올리던 박연의 눈에 앞치마가 들어왔다. 남자들의 로망이라는 모닝 에이프런을 입고 있는 여자의 정체는 브이였다. 유난히 귀를 간질이던 섹시한 목소리의 주인공도 브이일 것이었다.

박연은 옆으로 누운 채 피식, 자조적인 실소를 터트렸다.

아… 나이가 몇인데 이런 꿈을 꾸냐….

스스로도 어이가 없어 뺨을 가볍게 찰싹 내리쳤다. 그러나 눈앞의 환영인지, 꿈인지 모를 브이는 사라지지 않고 되레 박연에게 다가왔다. 짧은 스커트 위에 앞치마를 두른 브이가 천천히 가까워졌다.

아, 역시. 권브이는 코스튬이 잘 어울려. 도복, 병원복, 앞치마까지. 안 어울리는 게 없이 섹시하네.

박연은 깨기 싫은 꿈을 잠시 만끽해보기로 했다. 배시시, 잠에 취한 미소를 띠운 박연의 앞에 자세를 낮추고 앉은 브이가 손을 뻗었다. 따뜻한 손바닥이 뺨에 닿았다. 그 순간, 느리게 끔벅이던 눈이 커졌다. 박연은 뺨에 얹어진 브이의 손을 쳐내고 벌떡 일어나 앉았다.

이, 이거 꿈이 아니야?!

양쪽 귀가 빨갛게 달아오른 박연은 멍하게 브이만 쳐다보았다. 앞치마를 입은 브이가 침대에 걸터앉아 박연을 향해 눈웃음을 치며 물었다.

"일어났어?"

브이는 눈만 끔벅이는 얼굴 앞에 손을 흔들었다.

"박연 씨! 뭘 그렇게 봐요? 빨리 일어나서 나와요."

"어? 왜?"

박연은 여전히 얼빠진 얼굴로 물었다. 브이가 그런 박연의 팔을 잡아 끌며 웃었다.

"왜는, 아침 먹어야죠."

브이의 손에 이끌려 침실을 나왔다. 아침부터 앞치마 차림으로 나타난 브이에게 영문을 묻기도 전에 코가 먼저 반응했다. 아침은 잘 먹지 않는 박연을 허기지게 만들 정도로 맛있는 냄새가 집 안에 가득 풍겼다.

김이 피어오르는 잡곡밥과 방금 끓은 뭇국, 고소한 참기름 냄새를 피우는 나물무침, 식탁 한가운데를 차지한 생선구이. 생각지 못한 광경에 굳은 듯 서 있는 박연을 식탁 앞으로 끌어 앉혔다. 생일상 부럽지 않은 아침 식탁을 둘러보던 박연이 브이를 돌아보았다.

"이게 다 뭐야? 집에는 어떻게 들어왔어?"

"출입카드랑 도어록 비밀번호는 어제 영범 씨한테 받았어요."

"왜?"

"왜긴요, 오늘 드라마 대본 리딩 간다면서요. 아침을 든든하게 먹고 가야 덜 떨리죠."

브이가 야무진 표정으로 두 주먹을 불끈 쥐어보였다. 박연은 멍하게 입을 벌리고 브이를 훑어보았다.

"아, 그래서 앞치마였구나…."

박연이 중얼거리며 제 뺨을 찰싹 때렸다. 엄한 상상을 했다.

그래, 앞치마는 요리할 때 입는 거였지….

어디선가 수아가 'X밥새끼'라며 자신을 비웃고 있는 것만 같았다. 지켜주겠다고 선언한 뒤로 최대한 스킨십을 자중하면서 지냈더니 머리가 어떻게 됐는가 보다.

숟가락을 들어올렸다. 정신을 차리기 위해 뜨거운 뭇국부터 한 숟갈 떴다.

"어어, 잘 끓였네."

탄성이 절로 터져 나오는 맛이었다. 브이가 맞은편에 앉으며 흐뭇하게 웃었다. 소연의 조언대로 하길 잘했다 싶었다.

'적어도 네가 마음의 준비를 마치기 전까지는 마른 장작에 불이 안 꺼지도록 계속 기름을 부어줘야지. 계속 용기를 북돋아주는 거야.'

소연의 조언대로 브이는 박연에게 용기를 북돋아주기로 결심했다. 그렇다면 어떻게 용기를 북돋아주어야 하는가. 기름을 어떻게 부어야 하는가.

'얘가 나랑 하기 싫은가 보다. 얘는 내가 별로인가 보다. 그런 생각하다 보면 마른 장작은 다 타고 없어지는 거야.'

브이는 며칠 동안 소연이 해준 말들을 곰곰이 되짚어보았다. 그런 뒤에 내린 결론이었다, 오늘의 아침밥상은.

나는 당신을 이만큼이나 좋아해. 당신이 싫어서 거부하는 게 아니야. 소연이 말한 '용기' 혹은 '기름'의 일환으로, 브이는 박연을 향한 제 마음을 끊임없이 상기시켜주기로 계획했다. 이 남자에게 내가 많이 좋아하고 있다는 걸 계속 확인시켜주자! 자신을 기다려주기로 한 박연이 불안해하지 않도록 브이가 해줄 수 있는 것은 그것뿐이었다. 꺼내 보일 수 없는 마음을 권브이만의 방식으로 표현하는 것.

브이는 피로한 얼굴로 앉아 있는 박연을 안쓰러운 눈으로 바라보았다.

"많이 피곤해 보여요."

"밤새 대본 보느라."

완전히 거짓은 아니었다. 오늘 있을 리딩 때문에 밤새 대본을 보긴 봤다. 지금 느끼는 피로감이 그 이유 때문만은 아니었지만.

사람 고달프게 만든 게 누군데. 밤만 되면 보고 싶어 미치게 만들질 않나. 아침부터 앞치마 차림으로 나타나질 않나. 거기다 오늘따라 왜 이렇게 다정한데?

박연은 자신의 밥그릇에 반찬을 올려주는 브이를 보며 입술을 깨물었다. 브이는 눈이 마주친 박연을 향해 마음속으로 응원을 보냈다.

난 당신이 오를 수 있는 산이야! 곧 입산허가를 할 테니까 조금만 기다려줘요!

브이가 입술을 끌어올리고 씨익 웃어 보였다. 그러나 그 미소는 박연에게 다른 의미로 다가왔다. 암살자 태권브이. 작전명은 '박연 말려 죽이기.'

박연은 브이가 차려준 아침밥을 먹으며 머릿속으로는 영양가 없는 생각들만 해댔다. 그렇지 않고서는 오늘따라 야릇해 미소를 지으며 앞에 앉은 브이를 참아낼 자신이 없었다.

박연은 리딩 내내 배우 선후배들 앞에서, 관계자들 앞에서 아무렇지 않은 척 또 다른 연기를 해야 했다. 오랜만의 작품이지만 긴장하지 않은 척. 아무 일도 없었던 것처럼. 표정관리, 행동 하나 신경 쓰지 않은 것이 없었다.

타인의 시선과 차단된 밴에 올라타자 그제야 극도로 예민해져 있던 정신이 단번에 탁 풀려버렸다. 영범이 운전을 하는 동안 기진맥진한 얼굴로 의욕 없이 창밖만 쳐다보던 박연이 정신을 차린 것은 집에 도착해서였다.

밴에서 내린 박연은 인사할 기운도 없는 듯 영범에게 휙휙 손을 내저었다. 모든 것이 귀찮았다. 당장 침대로 직행해야 할 듯싶었다.

차고에서 나와 정원으로 들어서자 오후 6시마다 자동으로 점등되는 정원등에 일제히 불이 들어왔다. 터덜터덜 걸음을 옮겨 현관 앞에 섰다. 거침없이 도어록 비밀번호를 누르던 손가락이 멈칫했다. 뒷걸음질로 테라스에 올라섰다. 테라스 창 너머로 낯선 광경이 펼쳐졌다.

불 켜진 거실. TV에서 흘러나오는 웃음소리. 늘 텅 비어 있던 집에서 타인의 손길과 온기가 묻어나고 있었다. 자신의 집을 이토록 따스하게 채워줄 사람은 한 명뿐이었다.

현관문을 열고 뛰어 들어온 박연이 곧장 주방으로 달려갔다. 주방을 분주하게 돌아다니고 있는 브이는 아침에 보았던 그대로였다. 인기척을 느낀 브이가 앞치마에 젖은 손을 문지르며 박연을 돌아보았다.

"벌써 왔어요? 밥이 아직 덜 됐는데… 우선 씻고 와요."

"뭐야, 너?"

"응?"

"집에 안 갔어?"

일을 마치고 돌아온 집에서 브이가 자신을 기다리고 있을 거라고는 예상치 못했다. 얼떨떨한 표정으로 묻는 박연에게 브이가 씨익 웃어보였다. 또 나왔다. 암살자의 미소. 박연은 무어라 대답하려는 브이를 황급히 저지했다.

"아, 아니야. 됐어. 아무 말도 하지 마."

박연은 입력된 명령을 수행하는 로봇처럼 씻고 오라는 브이의 지시처럼 욕실로 직행했다. 입고 있던 옷을 홀러덩 벗어재끼며 생각했다.

위험해. 뜨뜻한 물줄기가 쏟아지는 샤워기 아래 섰을 때도 박연은 생각했다. 이거 되게 위험해. 눈 뜨자마자 권브이의 얼굴을 보고, 아침을 함께 먹고, 일을 마치고 오니 또다시 권브이가 저녁상을 차리고. 신혼부

부나 된 것처럼…. 샤워를 하던 박연의 눈이 커졌다. 신혼. 어감부터 야해.

박연은 쏟아지는 샤워기를 껐다. 그리고는 혹여나 밖에 있는 브이에게 목소리가 들릴까 최대한 볼륨을 낮춰 소리쳤다.

"박연 이 미친놈…! 대체 머리에 뭐가 들었냐…!"

이건 후유증이다. 아니 어쩌면 부작용이나 금단현상 같은 거. 브이와의 스킨십을 자제하려고 하면 할수록 오히려 몸이 달아오르다 못해 머릿속까지 음흉한 생각이 들어차버렸다.

정신을 차려야 했다. 박연은 서둘러 샤워부스에서 나와 거울 앞에 섰다. 피어오르는 수증기 속에 서 있는 모습을 거울을 통해 들여다보았다. 여자들이 껌뻑 죽는 너른 어깨. 슬림한 라인에 적당히 붙은 근육. 허리가 쫙 빠져서 뭘 입어도 태가 난다. 거기다 힙이 빡! 사이클로 다져진 허벅지가 딱! 무엇보다 얼굴이 겁나 잘생겼어.

"그래. 이 얼굴이 이렇게 굶주려 할 클래스가 아니야. 여유를 가져, 인마. 뭘 그렇게 안절부절못하는 거야? 어?"

거울 속 자신에게 말을 걸었다. 보통은 작품을 들어가기 전에 자신감을 높이기 위해 애용하던 '자기암시법'이었다.

"무섭다는 애한테 듬직한 모습을 보여줘야 할 거 아냐? 너 계속 이러면 진짜 X밥되는 거야. 며칠 키스 좀 못했다고 머리에 똥만 차서. 이게 천하의 박연한테 어울리기나 하니?"

박연은 거울 속 자신을 향해 어이없다는 듯이 웃었다.

"브이가 기다려 달라잖아. 너 브이한테 고백하고 차였을 때도 잘 기다렸잖아, 인마. 너 그렇게 인내심 없는 놈 아니라고. 정신 차려!"

거울을 보며 가슴을 탕탕 쳤다. 초조하고 불안하던 가슴이 평상시대로 돌아왔다. 어깨를 으쓱이고 욕실 문을 열었다.

"박연 씨, 옷…!"

열린 욕실 문을 향해 웃으며 다가서던 브이가 재빨리 뒤를 돌아섰다. 뒤이어 한 박자 느리게 욕실 문이 쾅 소리를 내며 닫혔다. 브이는 순식간에 눈앞을 지나간 알몸을 잊기 위해 고개를 털었다. 갈아입을 옷을 챙겨주려다 생각지 못한 장면을 목격하게 되었다.

습관처럼 알몸으로 욕실을 나서려다 봉변을 당한 박연이 욕실 문을 걸어 잠그고 눈을 굴렸다.

권브이 오늘 왜 저래?

겨우 평정심을 되찾았던 가슴이 콩닥콩닥 뛰기 시작했다. 서둘러 샤워가운을 챙겨 입은 박연은 최대한 아무렇지 않은 표정으로 욕실을 나섰다. 욕실 문 밖에는 브이가 여전히 옷을 들고 기다리고 있었다.

브이는 저를 내려다보고 있는 박연을 흘끔거렸다. 브이의 얼굴이 삽시간에 빨갛게 물들었다. 평소라면 얼굴을 붉히며 자리부터 피했을 것이다. 그러나 오늘은 브이도 결심한 바가 있는지라 박연의 시선을 피하지 않고 당당하게 들고 있는 옷가지를 내밀었다.

날 위해서 참고 기다려주는 남자다. 부끄러워 말고, 열심히 마음을 표현하자.

"이거 입어요."

어쩐지 결연해 보이는 커다란 눈을 똑바로 마주하던 박연의 눈빛이 한풀 꺾였다. 아무렇지 않은 척은 실패로 돌아갈 모양이었다. 박연은 브이가 챙겨준 옷을 어색하게 받아들었다. 방금 샤워를 마친 남자에게 옷까지 챙겨주다니 대담해도 너무 대담하다.

미치겠네. 이 여자가 위험하게 오늘따라….

콩닥거리던 심장이 눈치 없이 펌프질을 시작하려는 기미를 보였다. 이런 상황에서는 좋지 않은 징조였다. 박연은 브이의 손에 들린 옷가지를 부러 쌀쌀맞게 낚아챘다.

"옷 입게 나가 있어."

"얼른 입고 나와요."

무표정하게 브이를 지켜보던 박연은 브이가 돌아서자마자 등 뒤에 대고 얼굴을 일그러트렸다.

긴 시간 동안 고심해서 차린 밥상인데 박연은 먹는 둥 마는 둥 하더니 금세 젓가락을 내려놓았다. 맞은편에 앉아 박연의 안색을 살피는 데 집중하던 브이가 눈을 빛냈다.

"어디 안 좋아요? 내가 약이라도 사올까?"

엉덩이를 들썩이며 금방이라도 약국으로 달려갈 태세로 묻는 브이에게 박연이 설레설레 고개를 저어 보였다. 현대의학으로는 도저히 고칠 수 없는 곳이 아프다. 약 같은 건 필요 없다. 박연은 제 고통을 말끔히 해소시켜줄 유일무이한 키를 쥐고 있는 브이를 물끄러미 쳐다보았다.

제 고통의 원인을 짐작도 못하고 있는 순진한 얼굴에 대고 대체 왜 이렇게 자신을 괴롭히는 거냐고 따져 물을 순 없었다.

"피곤하다. 나 이만 들어갈게…."

드르륵, 의자를 밀고 일어선 박연은 침실로 비척걸음을 옮겼다. 브이가 침실로 따라 들어왔다. 이미 이불을 덮고 누운 박연은 등을 돌린 채 중얼거렸다.

"잘 거니까 그만 가. 못 데려다줘서 미안해. 오늘만 혼자 가줄래?"

브이는 추욱 늘어져 누워 있는 뒷모습을 말없이 지켜보았다. 오늘 어지간히 피곤했을 것이다. 밤새 대본 보느라 잠도 못 잤다고 했는데…. 가서 무슨 일이 있었는지는 감히 짐작도 못 하겠다.

브이는 언젠가 스키장에 촬영을 갈 때 박연이 했던 말을 떠올렸다.

'넌 잘 이해 못 할 수도 있는데 그게 나한테 되게 자존심 상하는 자리

거든. 웃기게 긴장되네.'

광고 촬영하러 갔을 때도 긴장했는데 오늘은 얼마나 더 힘들었을까. 무언가 결심한 듯 눈을 빛낸 브이가 침대로 다가갔다.

눈을 꽉 감고 침대에 누운 박연은 종교도 없는데 염불을 욀 수 있을 것만 같았다. 딱 그런 심정이었다. 그때였다. 어깨까지 끌어 덮은 이불이 확 걷혔다. 눈을 번뜩 뜬 박연이 이불을 걷어낸 브이를 올려다보았다. 박연은 코너에 몰린 얼굴로 물었다.

"왜?"

"피로는 그때그때 풀어줘야 해요."

침대에 걸터앉은 브이가 박연의 다리를 주무르기 시작했다. 제 몸에 브이의 손이 닿는 순간, 박연이 용수철처럼 튀어 올랐다. 누워 있던 몸을 일으켜 앉은 박연은 브이를 향해 소리쳐 물었다.

"지금 뭐하는 거야?"

브이는 태연하게 대답했다.

"마사지요. 운동선수들도 경기 전에 긴장하면 근육이 자주 뭉치거든요."

무릎 주변을 꾹꾹 누르며 주무르던 손이 허벅지로 올라왔다. 당장 손을 떼라고 쏘아붙이려던 박연은 그대로 입을 다물었다. 머리는 격렬하게 마사지를 거부했지만 음흉한 몸은 격렬하게 원하고 있었다.

브이가 단단한 허벅지를 양손으로 비비며 근육을 풀어주었다.

"그래서 경기 전에 마사지 많이 받아요. 내 선수경력이 얼마인지 알죠? 마사지를 수도 없이 받아봤더니 이젠 얼추 흉내도 내요."

브이의 손이 허벅지 안쪽을 오르내릴 때마다 박연은 침대시트를 꽉 움켜쥐었다. 박연의 눈알이 빠르게 굴러갔다. 어떻게 할지 결정을 내려야 했다. X밥이 되느냐, 클래스를 지키느냐 그것이 문제로다.

"박연 씨도 오늘 긴장해서 근육이 뭉치는 바람에 더 피곤하게 느껴…."

브이의 손을 쳐내고 침대에서 내려왔다. 박연은 브이를 돌아보며 식은땀이 흘러내리는 이마를 문질러 닦았다.

"왜 그래요? 어디 안 좋아요?"

염려 섞인 브이의 물음에 대꾸 않고 무작정 주방으로 향했다. 브이가 따라오며 연신 물었다.

"영범 씨한테 연락할까? 병원 갈래요?"

박연은 냉장고에서 냉수부터 한 잔 들이켰다. 연거푸 한 잔을 더 들이켠 박연이 브이의 눈을 보지 않은 채 허공에 대고 말했다.

"운동을 좀 해야겠어. 피로에는 운동이지…."

넋을 놓은 사람처럼 중얼거린 박연이 곧장 테라스로 나갔다. 브이는 달밤에 정원을 뛰어다니기 시작하는 박연을 테라스 창 너머로 지켜보았다. 작은 정원을 정신없이 뛰어다니던 박연이 두 주먹을 얼굴 앞으로 들고 섀도복싱(Shadow Boxing)을 하듯이 허공에 주먹을 날렸다.

"저 정도면 많이 아픈 거 아닌가…."

브이는 손을 입으로 가져가며 진심어린 걱정을 했다.

아이들이 수업을 마치고 돌아간 도장을 정리하던 브이가 기범을 돌아보았다.

"아빠 말이야, 무슨 일이 있어 보이거나 그러진 않아?"

매트리스를 둘둘 말아 한쪽 벽면에 세워두던 기범이 대수롭지 않게 되물었다.

"무슨 일?"

"그냥…. 혹시 너한텐 별다른 얘기 없었어?"

잠시 기억을 더듬던 기범이 고개를 저었다. 브이는 골목에서 현수의 전화를 엿들은 뒤로 주의 깊게 지켜보았지만 평소와 별 다른 점을 발견하진 못했다.

대체 무슨 일이었는지….

현수는 아내 없이 딸을 키워냈다는 자부심이 강했다. 브이 앞에서는 사소한 문제가 생겨도 티를 내지 않으려고 노력했다. 그것을 알기에 고민이 있어 보여도 현수가 먼저 말을 꺼내놓기 전까지는 브이가 섣불리 물을 수 없었다.

심란한 표정으로 서 있는 브이에게 기범이 무심히 말했다.

"오늘 박연한테 이리로 오라고 해."

브이가 그제야 제정신이 돌아온 듯 물었다.

"왜?"

"등산 내기. 정산 끝내야지."

말을 끝마침과 동시에 도장 정리를 끝낸 기범이 브이를 지나쳤다. 브이는 도장을 나가는 기범을 돌아보며 미간을 좁혔다. 기범의 표정이 영 좋아 보이지 않았다.

두 남자는 포장마차 앞에서 마주섰다. 박연은 사람들의 시선을 의식해 머리에 눌러쓴 볼캡모자 위에 후드티에 달린 모자까지 이중으로 뒤집어썼다. 마스크까지 단단히 장착한 박연은 눈만 내놓은 채 말했다.

"드라마 찍냐? 포장마차는 무슨."

"네가 이기면 방 빼라고 했지?"

빈정거리던 박연이 진지해진 눈빛으로 기범을 돌아보았다.

'내가 이기면 브이네서 방 빼. 네 마음에서 권브이도 빼.'

북한산 정상을 찍고 내려오는 산행 내기를 떠올린 박연이 눈을 가늘게 떴다.

　기범은 포장마차 비닐 문 너머로 브이를 보았다. 두 남자가 먼저 안으로 들여보낸 브이는 테이블에 앉아 안주를 주문 중이었다. 기범의 시선이 박연에게로 돌아왔다. 기범은 두 눈을 날카롭게 빛내며 경고하듯 말했다.

　"지켜볼 거야. 브이 울리면 가만 안 둬."

　"지켜보겠다, 가만 안 두겠다. 진 놈이 할 말은 아니고."

　"진 건 아니거든. 빚진 거지."

　"그게 그거야."

　기범의 경고를 여유롭게 받아친 박연이 비닐 문을 열고 포장마차 안으로 들어갔다.

　그렇게 술자리가 시작되고 시간이 얼마 흐르지 않아 두 남자 앞에 소주병이 한 병씩 비워졌다. 첫사랑을 떠나보내기로 마음먹은 기범은 쓰린 속을 술로 달랠 생각에 쉬지 않고 마셨다. 덩달아 주량 대결에 혼자 불이 붙은 박연도 연달아 술을 마셨다.

　두 남자의 페이스에 밀리지 않게 소주를 한 잔씩 축내던 브이도 알딸딸하게 술이 올랐다. 히죽 웃은 브이가 두 남자에게 차례로 잔을 부딪쳤다.

　평소 주량이 센 기범도 오늘은 과한 속도로 마셔대는 바람에 금세 취기가 올랐다. 비틀거리며 일어선 기범이 화장실을 찾아 포장마차를 나갔다. 기범이 사라지고 박연과 브이만이 테이블에 남았다.

　턱을 괴고 콧노래를 흥얼거리던 브이가 옆에 앉은 박연과 눈이 마주치자 씨익 미소를 지었다. 술에 취해 눈 주위가 벌겋게 물든 박연이 턱 밑으로 끌어내린 마스크를 아예 벗어던졌다. 그리고는 눌러쓴 모자를 쥐고 중얼거렸다.

"권브이… 웃지 마."

브이가 미소를 멈추지 않고 퉁퉁 불은 어묵꼬치를 내밀었다. 게슴츠레하게 뜬 눈으로 어묵꼬치를 노려보던 박연이 토라진 듯이 고개를 홱 돌렸다.

"하지 말라고."

술기운이 단단히 오른 혀가 어눌한 발음을 만들었다. 박연 못지않게 술에 취한 브이는 커다란 눈을 끔벅이며 말했다.

"난 잘해주려구 그러지."

"필요 없어."

박연이 완곡하게 손을 저었다. 취한 탓에 평상시보다 동작이 컸다. 브이가 뾰로통한 표정으로 어묵꼬치를 그릇 안에 던지듯 내려놓았다.

"아우 씨, 되게 웃긴 남자야."

"너 똑똑히 들어."

"내가 아직 못 자겠는 게 미안하구… 기다려준다니까 고맙구…. 그래서 잘해주려는데, 뭐? 필요 없어?"

"나는. 너랑 자고 싶은 남자야."

각자 할 말만 던지던 주정이 박연의 말 한마디에 중단되었다. 브이는 자꾸만 앞뒤로 휘청거리는 몸에 힘을 주며 박연을 빤히 쳐다보았다.

"좋아하는 여자가, 어? 날 보면서 자꾸 웃는데 버티는 남자가 어디 있어?"

박연은 억울함을 하소연하듯 주먹으로 가슴을 쳤다.

"그거 아무도 못 버틴다?"

눈을 동그랗게 올려 뜬 박연은 발음은 어눌하게 뭉개질지언정 진심을 다해 말했다.

"처음이라 무섭다며. 나 무서운 놈 만들지 말라고."

"내가 언제 무서운 놈으로 만들었다구….'

브이는 입술을 비죽거렸다. 술은 사람을 감성적으로 만드는 능력이 대단했다. 제정신이었다면 느끼지 않았을 서운함이 눈덩이처럼 불어났다. 브이가 자꾸 두 개로 갈라지는 시야를 다잡으며 박연을 향해 불평을 토로하기 시작했다.

"날 이상한 여자로 만드는 건 당신이야. 나는 당신이랑 하는 모든 게 처음이란 말이야. 그래서 난 자꾸 부끄럽다구. 당신은 다 아는데 나만 모르는 것 같아서."

브이가 손가락으로 박연의 얼굴을 척, 가리켰다.

"그리구 말이야. 내가 아직 못 자겠다고 했지, 키스도 하지 말자구 그랬어? 요즘에 키스는 왜 안 하는 거야?"

브이의 말을 듣고 있던 박연이 테이블을 탕, 내리쳤다. 세차게 튀어 오른 나무젓가락이 날아가 바닥으로 떨어졌다. 박연이 테이블을 친 손으로 머리를 괴고 브이를 노려보았다.

"너 일부러 그러지? 알고 그랬지?"

박연은 심통 난 표정으로 쉬지 않고 따졌다.

"너 다 알면서 내 다리 만지고 막, 어? 앞치마도 말이야, 나 죽어보라고 작정하고 그랬지?"

"아, 뭐래."

"뭐라기는."

취기로 젖은 눈동자가 잘게 흔들렸다. 박연은 시선 끝으로 브이의 얼굴을 천천히 훑었다. 그리고는 벅차오르는 감정을 애써 누르며 중얼거렸다.

"죽을 것 같다고. 너 때문에…."

목소리 끝이 떨렸다. 뜨겁게 일렁이는 눈빛을 바라보고 있던 브이의 눈도 덩달아 흔들렸다. 순식간이었다. 작은 주먹이 박연의 멱살을 쥐고 당겼다. 입술이 아리도록 세게 부딪쳤다. 먼저 입을 맞춘 브이가 작은 손으로 박연의 뒷목을 잡았다.

포장마차를 가득 채운 다른 테이블의 손님들은 신경 쓰지 않은 채 서로의 입술을 삼켰다. 취기가 한껏 올라온 입술이 평소보다 뜨겁게 느껴졌다. 술기운으로 인해 둔해진 움직임으로 서로의 혀를 열심히 찾아들었다. 거친 숨이 오르내리는 목구멍이 데일 듯이 뜨거웠다.

모자로 얼굴을 가리고 있던 박연은 거치적거리는 볼캡모자의 챙을 옆으로 돌리고 입술을 더욱 세게 밀어붙였다. 오랜만에 서로를 찾은 입술은 알딸딸한 술기운과 어우러져 평소보다 과감하고 적극적으로 변해갔다.

자꾸 젖혀지는 브이의 뒤통수를 손바닥으로 받쳐 들었다. 박연은 두 어깨가 움츠러들도록 입을 맞추는 데에만 열중했다. 순간 눈앞이 핑 돌았다. 브이가 먼저 미간을 찌푸렸다.

어지러워.

술에 취한 상태에서 키스를 하느라 거칠어진 호흡이 문제였다. 박연도 사정은 마찬가지인지 브이의 뒤통수를 잡은 손이 가늘게 떨리기 시작했다.

숨 막혀. 진짜 죽을 것 같다. 라고 박연이 생각한 찰나였다. 서로에게 빨려 들어갈 듯이 입술을 움직이던 두 사람이 동시에 눈을 질끈 감았다. 어느새 경직된 자세로 입을 맞추고 있던 박연과 브이가 그 자세 그대로 쿵 소리를 내며 바닥으로 쓰러졌다.

포장마차에서 술을 마시던 다른 손님들이 웅성거리며 자리에서 일어섰다. 서로의 얼굴을 붙들고 의식을 잃은 채 나란히 쓰러진 두 사람의 곁으로 사람들이 모여들었다.

브이는 극심한 갈증과 두통을 동시에 느끼며 눈을 떴다. 낯익은 천장과 커튼, 책상을 차례로 돌아본 브이가 덮고 있는 이불을 더듬었다. 자신의 방 침대였다. 어떻게 된 일인지 필름이 끊기기 전의 상황을 더듬어 보던 브이는 강렬했던 어젯밤을 기억해냈다.

'내가 아직 못 자겠다고 했지, 키스도 하지 말자구 그랬어?'

포장마차. 키스. 박연.

'요즘에 키스는 왜 안 하는 거야?'

흩어져 있던 지난밤의 기억을 모아 완전한 복원에 성공했다. 얼굴을 울상으로 일그러트린 브이가 허공을 주먹으로 쳤다.

박연의 멱살을 쥐어 잡고 저돌적으로 입을 맞추던 어제의 권브이를 저주한다! 아냐. 저주도 사치스러워. 그냥 죽자, 권브이.

허공에 대고 주먹질을 해대던 브이가 끙, 앓는 소리를 내며 이불 속으로 파고들었다.

근데 집에는 어떻게 왔지? 키스를 하던 순간까지는 떠올랐으나 그 후의 기억이 없다.

벌떡 일어난 브이가 이불을 걷어내고 방 밖으로 나왔다. 부엌에서 아침 준비 중이던 현수가 콩나물 한 움큼을 냄비에 집어넣으려던 찰나였다.

현수의 옆에는 죄인처럼 고개를 푹 숙인 채 무릎을 꿇어앉은 박연과 기범이 있었다. 박연은 까치집 모양으로 헝클어진 머리칼을 정리할 정신도 없는지 꾸벅꾸벅 졸기 바빠 보였다. 반면 기범은 자신이 지은 죗값을 겸허히 받아들이는 표정이었다.

심상치 않은 분위기를 감지한 브이가 겨우 입을 열었다.

"아빠…."

현수는 냄비 뚜껑을 닫으며 브이를 돌아보았다.

"깼어, 딸? 네 자리로 가."

부드럽지만 단호한 목소리였다. 브이는 군말 없이 박연의 옆에 꿇어 앉았다. 기다렸다는 듯이 박연이 브이의 어깨에 머리를 기대왔다. 어깨에 머리가 닿기 무섭게 기범이 박연의 멱살을 끌어당겨 두 사람을 떼어 놓았다.

브이는 현수의 눈치를 살피며 박연 너머의 기범에게 속삭였다.

"어떻게 된 거야?"

"하나는 등에 업고, 나머지 하나는 끌고 들어왔다."

기범은 박연의 목덜미를 쥐고 질질 끄는 시늉을 했다. 가운데서 두 사람의 대화를 가만 듣고 있던 박연이 눈을 부릅뜨고 따졌다.

"어쩐지. 내 무릎 다 까졌어. 어쩔 거야?"

그때, 두부를 썰던 현수가 칼을 도마에 콱, 내리찍었다. 세 사람이 동시에 입을 꽉 다물었다.

"이놈의 자식들이, 감히 떡이 되도록 술을 퍼마셔?"

브이는 재빨리 허리를 꼿꼿이 세우고 눈을 굴렸다. 무도인의 예의범절을 입에 달고 사는 현수였다. 만취 상태로 돌아온 것도 모자라 아침 해장을 위해 뒤치다꺼리까지 하게 만들었으니 쉽게 넘어가진 않을 것이었다. 브이는 사달이 나도 제대로 날 것이라고 생각했다. 그러나 브이의 예상과 달리 현수는 막 끓기 시작한 콩나물해장국의 가스 불을 끄고 돌아섰다.

아침부터 집을 나설 참인지 현수가 외투를 집어 들며 말했다.

"권브이, 김기범. 해장하고 팔굽혀펴기 50개, 발차기 100개 실시한다. 그리고 자네!"

외투를 둘러 입은 현수의 눈초리가 박연을 향했다.

"넌 마이너스야."

마이너스? 박연이 영문을 모르는 얼굴로 브이를 돌아보았다. 브이는 그 순간, 박연을 정식으로 인사시키라던 현수의 말이 떠올랐다.

…망했다. 브이가 절망적으로 눈을 찡그려 감았다.

현수는 아침도 함께 들지 않고 약속이 있다는 말을 남기고 급히 떠나버렸다. 무슨 약속이기에 평소답지 않게 잔소리하는 것도 잊고 이른 아침부터 서둘러 나간 것인지. 브이는 예상보다 순순히 넘어가버리는 현수의 행동이 내심 마음에 걸렸다.

현수가 끓여준 해장국으로 아침식사를 마치고, 브이는 박연과 함께 집을 나왔다.

"아버님이 날 인사시키라고 하셨다고?"

브이는 대답을 하는 대신 고개를 끄덕이며 걸었다. 박연은 꽤나 억울한 듯이 말했다.

"이렇게 되면 첫인상도, 첫인사도 다 최악이네? 아니지, 마주칠 때마다 최악이었지…."

비 내리던 새벽, 병원을 탈출해 브이네 집에 들이닥치는 바람에 동네 치한으로 몰린 일. 생일날 밤, 도장에서 브이와 키스를 하다 들킨 일. 그리고 오늘. 사랑하는 여자의 아버지에게 보여주기에는 영 좋지 않은 모습들만 보였다. 박연은 현수가 저를 향해 뱉은 '마이너스'라는 말을 충분히 이해했다.

박연은 괴로운 얼굴로 머리를 헝클였다. 브이는 그런 박연을 흘끔거리다가 조심스럽게 물었다.

"근데 혹시… 어제 일, 기억해요?"

"무슨 일?"

"그, 그냥 뭐든."

"너랑 나랑 키스하다가 나란히 기절한 거?"

박연이 대수롭지 않게 되물었다. 브이의 얼굴이 새빨갛게 달아올랐다.

다 기억하는구나.

브이는 결국 창피함을 이기지 못하고 고개를 숙였다. 푹 숙인 옆얼굴을 본 박연이 자리에 우두커니 섰다. 앞만 보고 걷던 브이가 두어 걸음 뒤처진 박연을 홱 돌아보았다. 코트 주머니에 두 손을 꽂아 넣은 박연이 여유로운 얼굴로 웃고 있었다. 웃음기 가득한 눈으로 저를 빤하게 보는 그를 향해 브이가 경고하듯 미간을 찌푸렸다.

"그렇게 보지 마요."

"기다려달라면서 먼저 덮치는 건 무슨 의미?"

"나도 내 안에 그런, 그런 게 들어있는 줄 몰랐어요! 그래서 말인데…."

억울하다는 듯이 소리를 치던 브이의 기세가 금세 수그러들었다. 말끝을 흐리며 주위를 살폈다. 이른 아침 동네 골목은 지나가는 사람은커녕 길고양이조차 눈에 띄지 않았다.

브이가 결심한 듯 작게 심호흡을 했다. 박연의 앞으로 한 걸음 다가갔다. 박연은 자신에게로 걸어오는 브이를 가만히 지켜보았다.

두 발. 브이는 두 걸음 만에 박연의 코앞에 섰다. 느리게 깜박거리는 커다란 눈동자가 박연을 올려다보았다. 얇은 눈꺼풀이 둥글게 말려 올라가는 눈에는 그 어떤 거짓도 없었다. 세상천지 누가 자신을 이토록 진심으로 바라봐줄 수 있을까. 박연은 브이의 눈을 가만히 바라보았다.

아무도 없는 골목길을 확인해놓고도 마음이 놓이지 않는지 브이가 최대한 작게 소곤거렸다.

"나, 박연 씨랑 할 수 있을 것 같아요."

과연 누가 이렇게 한 치의 거짓도 없이 사랑을 말해줄 수 있을까. 다소 엉뚱한 브이의 발언에도 박연은 커다랗고 까만 눈동자만 하염없이 바라보았다. 사랑스럽다. 눈을 못 뗄 정도로. 브이를 가만가만 바라보던 박연이 한참 만에 입을 열었다.

"무슨 여자가 그런 말을 이런 식으로 해. 매번 평범한 게 없어, 너는."

나지막한 목소리로 중얼거린 박연이 씨익 웃었다. 권브이. 훅 치고 들어오는 데는 선수다. 방심한 틈을 타서 어퍼컷을 날린다. 그것도 취약점에다 정확하게. 태권브이의 솔직함은 곧고 맵다. 얕은 속임수로는 절대 피할 수 없다. 맞으면 무조건 녹다운이다.

낯익은 벤츠 한 대가 골목으로 들어왔다. 박연을 태우러온 영범이었다. 박연은 조수석에 문을 열고 브이를 돌아보았다. 그리고는 긴 검지를 뻗어 정확히 브이를 가리켰다.

자신감 넘치는 얼굴로 말했다.

"무르기 없기야. 기대해."

기대. 기대…. 큰 눈만 굴리다가 발그레해진 뺨을 두 손으로 감쌌다. 브이가 골목으로 후다닥 뛰어 들어갔다.

차 안에서 브이가 사라진 골목을 물끄러미 쳐다보던 박연이 입을 틀어막고 웃었다. 여자랑 예고제로 자보기는 처음인데 사람을 설레게 만드는 매력이 있다. 아니, 실은 죽겠다. 좋아서.

몸을 뒤틀며 낄낄거리는 박연을 흘끔 쳐다본 영범은 한숨을 쉬었다.

"제가 이럴 줄 알았다니까요. 술 덜 깨셨죠? 이거 드세요."

영범이 편의점에서 사온 숙취해소용 드링크를 건넸다. 평소라면 영범에게 핀잔을 주고도 남았지만 오늘은 기분 좋게 드링크를 받아들었다.

저번처럼 실패하는 일은 두 번 다신 없을 것이다. 패착의 원인에 대한 분석은 이미 끝냈다. 무드가 부족했다. 상대방이 연애 초심자라는 사실을 간과했다. 이번에는 브이의 로망과 판타지를 충족시켜 어색하지 않도록 만들어줄 것이다. 두 번째 기회를 성공으로 이끌려면 무드와 배려가 필요하다.

어떻게 해줘야 좋아할까. 어디서 하지? 머리가 빠르게 굴러갔다. 살아온 지금껏 누군가와 만나며 단 한 번도 생각해보지 않았던 것들이 박연을 고민스럽게 만들었다. 숙취해소용 드링크를 단번에 비워낸 박연이 콧노래를 흥얼거렸다.

톡, 톡. 손톱을 깨물 때마다 찡긋거리듯 눈을 깜박인다. 강 대표는 양이 줄지 않은 민형의 찻잔을 들여다보며 말했다.

"얼굴이 안 좋네. 무슨 일이라도 있어?"

손톱을 물어뜯던 민형의 눈이 강 대표에게 향했다.

"박연, 그 새끼랑 나란히 앉아서 사인회를 하는데 좋겠어요?"

민형은 퉁명스러운 목소리로 대꾸했다.

오늘은 민형이 박연과 투 모델로 활동 중인 의류 브랜드에서 주최하는 사인회가 있었다. 배우 이민형과 박연의 합동 사인회? 합동 사인회는 '끼워 팔기'용으로 갓 데뷔한 신인들이나 소화할 법한 스케줄이 아니었던가. 강 대표에게 말했듯, 기분을 상하게 만든 것은 박연과의 사인회였지만 현재 민형을 엄습하고 있는 불안감의 원인은 조금 더 복잡했다.

강 대표는 그 이유를 꿰뚫어본 듯이 소리 없이 웃었다.

이 새끼 봐라? 다 알면서 언제까지 모른 척할 셈이야?

강 대표의 날카로운 시선이 민형을 훑었다. 그러면서 얼마 전, 청부업자와 나누었던 대화를 떠올렸다.

'그럼 이민형 새끼도 영상이 존재한다는 걸 알고 있었다는 거야?'

'예, 이민형도 알았답니다.'

끝까지 블랙박스 영상이 존재한다는 말은 나한테 안 하겠다? 사라진 절름발이 새끼 때문에 똥줄 좀 탈 텐데? 원본이 내 손에 들어온 줄은 꿈에도 모르고….

강 대표가 미소 짓고 있던 얼굴을 굳히고 찻잔을 들어올렸다. 최대한 아무렇지 않은 표정으로 무장한 민형이 강 대표를 보았다.

"오늘 사인회 때문에 일대 혼잡했다고 기사 나면 대표님이 책임지세요."

농담조로 말하는 민형을 강 대표가 곧장 받아쳤다.

"핫하다는 증거인데 그런 기사야 나면 좋겠지, 박연이한테는."

강 대표의 입에서 나온 박연의 이름에 민형은 결국 얼굴을 찡그렸다.

대표실을 나오는 얼굴이 사색이 되었다. 민형은 복도에 잠시 멈춰 서서 머리칼을 쓸어 올렸다.

주태호…. 민형은 자신에게 블랙박스 영상을 보냈던 폐차장 직원의 이름을 되뇌었다. 다리를 절며 전화를 받던 모습을 마지막으로 주태호는 감쪽같이 사라졌다. 더 이상 폐차장도 나오지 않으니 만날 방법도, 감시할 방법도 없었다.

대체 어디로 증발한 거야…!

머리칼을 쓸어 올리던 손이 복도 벽을 신경질적으로 내리쳤다.

"아냐…."

민형은 작게 중얼거리며 예민하게 눈을 굴렸다.

차라리 잘된 거야.

민형은 폐차장을 찾아가 다른 직원에게 주태호에 대해 물었던 날을 떠올렸다.

'혹시 저 말고 태호 씨 찾은 사람이 또 있었나요?'

'요즘 누가 폐차시킬 때 폐차장까지 와요? 견인부터 말소등록까지 우리가 대행하는데.'

그래, 박연이 직접 찾아온 건 아니었어. 그럼 뭐가 문제야? 골칫거리가 사라졌으니 오히려 잘된 건지도 몰라.

'내가 너 조만간 무대에 세울 거거든. 단독 주연으로.'

근데 그 새끼는 왜 그딴 말 지껄인 거야! 사람 헷갈리게…!

"얼굴색이 별로다?"

그때 갑작스럽게 인기척이 들려왔다. 민형은 커다랗게 부릅뜬 눈으로 복도 맞은편을 보았다. 사인회장으로 이동할 준비를 마친 박연이 영범과 함께 서 있었다. 박연이 민형의 앞으로 다가왔다.

"왜, 너한테 사인 받으러 안 올까 봐 쫄리냐? 내 앞에만 줄설까 봐?"

씩, 미소를 지어보인 박연이 민형의 어깨를 다독이듯 툭툭 치고 지나갔다. 민형은 복도에 서서 주먹을 틀어쥐었다. 꽉 다문 입술이 뒤틀린 심기를 표현하듯 비틀렸다.

'너 이거 곧 짤려, 새끼야. 투 모델이 아니라 넌 내 대타였거든. 진짜가 돌아왔으니까 대용품은 버려야지.'

내 계약이 끝나면 날 버리고 박연을 쓰겠다고?

스키장에서 박연을 통해 알게 된 사실을 되새김질한 민형이 치를 떨었다.

저런 태평하고 한심한 새끼한테는 어울리지도 않는 자리인데. 왜 다들 내 앞길을 못 막아서 안달인 거야….

민형은 치뜬 두 눈을 빛내며 생각했다. 거치적거리는 건 뭐가 되었든 싹 다 치워야겠다.

백화점으로 들어가는 입구부터 사인회가 열리는 행사장 안팎으로 인파가 몰려들었다. 박연과 민형은 스태프의 안내를 받아 브랜드 로고가 그려진 현수막 앞에 거리를 두고 앉았다. 박연은 행사장으로 몰려든 팬들을 구경하며 테이블에 놓인 아이스 아메리카노를 집어 들었다.

음주운전 물의 이후 수개월간 활동이 잠잠했던 것이 무색했다. 박연을 향한 응원문구가 적힌 플래카드가 곳곳에 보였다. 떠나갔던 대중의 사랑이 거의 되돌아왔다는 증거였다. 박연은 빨대로 커피를 빨아들이며 손을 흔들어주었다. 박연의 손짓에 비명과 비슷한 수준의 환호소리가 행사장을 울렸다. 사인을 받기 위해 해당 브랜드의 옷을 수 벌씩 사들인 팬들에게 박연이 팬서비스를 해주는 동안, 민형은 불편한 심기를 숨기지 못했다.

사인회가 시작되었다. 팬들과 손깍지부터 포옹, 셀카까지. 민형과 달리 박연은 팬들의 갖가지 요구를 들어주며 미소를 잃지 않았다. 그러나 머릿속으로는 민형만큼이나 온통 다른 생각 중이었다.

사인지에 사인을 하며 슬쩍 손목시계를 확인했다.

지금쯤이면 다 꾸몄겠지?

완성된 사인지를 팬에게 건네주며 박연은 기분 좋은 미소를 지었다. 오늘이다. 드디어 오늘, 브이와 진한 사랑을 나눈다. 브이는 그저 저녁식사 약속인 줄로만 알고 있겠지만 오늘 밤을 위해 박연은 작은 이벤트를 계획했다.

미리 잡아놓은 최고급 호텔방을 지금쯤 영범이 촛불과 풍선으로 로맨틱하게 꾸며놓았을 것이다. 저녁 식사를 하러 가는 척하면서 브이를 호텔로 데려갈 것이다. 아직 눈 뜨면 안 돼, 따위의 뻔한 대사도 해보자. 브이가 눈을 뜨면 펼쳐지는 풍선과 꽃이 만연한 로맨틱한 스위트룸.

감동 받았다고 우는 거 아냐?

박연은 이벤트에 감동 받아 울음을 터트린 브이를 끌어안고 침대로 쓰러지는 상상을 해보았다. 촌스럽지만 사랑스러운 첫날밤에 딱 어울린다. 박연은 악수를 청하는 팬의 손을 기계적으로 잡고 흔들었다. 빨리 안고 뒹굴고 싶다.

"오빠 보려고 여기서 똑같은 셔츠를 다섯 개나 샀어요!"

"감사합니다."

마음이 급해진다. 팬들에게 보이는 미소 띤 얼굴과는 달리 테이블 아래서 다리를 달달 떨었다. 빨리 보고 싶다. 사인지에 사인을 하는 손이 더욱 빨라졌다. 빨리. 다음. 다음. 다음. 유성 매직펜을 휘갈기는 손에 점점 속도가 붙었다. 시간이 지날수록 박연은 사인지에 고개를 처박은 채 오로지 사인을 그려 넣는 데만 몰두했다. 이제는 얼굴도 들지 않고 말했다.

"성함이요."

앞에 서 있는 팬이 이름만 말하면 곧장 사인을 끝낼 기세로 매직펜을 꽉 쥐었다.

"태권브이."

음성은 낯익었지만 사인회장에서 불리기에는 낯선 이름이었다. 펜을 쥔 손에 스륵 힘이 풀렸다. 박연이 고개를 들었다. 비니를 눌러쓰고, 마스크까지 낀 작은 얼굴은 조금 전까지 보고 싶어 미치게 만들던 브이였다. 브이를 올려다보며 잠시간 멍해 있었다. 주위를 살핀 박연이 속삭여 물었다.

"어떻게 왔어?"

"보고 싶어서요."

브이도 덩달아 작게 대답했다. 저녁에 만나자는 연락을 받고 약속 시간이 되기를 기다렸다. 그러다가 오늘 가까운 백화점에서 사인회가 있다기에 조금 더 일찍 얼굴을 볼 겸, 놀라게 만들어줄 겸 찾아왔다.

마스크 위로 드러난 눈이 둥글게 휘어졌다. 박연은 웃는 브이의 얼굴을 보며 난처한 표정을 지었다. 이러면 안 되는데…. 브이를 직접 데리러 가서 곧장 호텔로 갔어야 했다. 미리 짜놓은 이벤트 계획에 차질이 생겼다. 그래도 보고 싶던 얼굴을 보니 좋긴 하다.

"빨리 사인해주세요."

장난스럽게 말하는 브이에게서 눈을 떼지 못했다. 박연이 사인지에 'TO.태권브이'를 적으며 물었다.

"나 어디가 그렇게 좋아요?"

"네?"

"사인 받으러 왔잖아요. 내 팬 아니에요?"

갑작스러운 질문에 브이가 당황한 듯 눈을 굴렸다. 박연의 옆에 서 있는 경호원을 흘끔 쳐다본 브이가 더듬더듬 입을 열었다.

"멋있어서요."

"그리고?"

"잘생겼어요."

"또?"

"알려줘서요."

"뭘?"

"나도 다른 여자들과 똑같은 여자라는 걸."

웃는 얼굴로 브이를 쳐다보고 있던 박연이 서서히 미간을 좁혔다.

"박연 씨를 알기 전에 난 그냥 운동선수였거든요. 여자가 아니라."

박연은 순간 목 아래부터 명치까지, 가슴 전체가 크게 일렁이는 것을 느꼈다. 감동은 되레 자신이 받아버렸다. 이벤트를 시작도 하기 전에. 박연이 굳은 얼굴로 묵묵히 사인지에 글씨를 마저 적어 내려갔다.

완성된 사인지를 들고 브이가 행사장을 나왔다. 브이는 백화점 출구로 걸어가며 사인 아래 적힌 'PS'를 읽었다.

'서울호텔 2109호에서 기다려.'

사인지로 얼굴을 가린 브이가 수줍게 웃었다.

사인회를 마치자마자 호텔로 향했다. 박연은 브이와 함께 들어왔어야 하는 2109호 객실 앞에 섰다. 사인회 도중에 브이가 호텔로 갈 거라고 영범에게 미리 메시지를 보내놓았다. 먼저 도착한 브이는 영범이 문을 열어주었을 것이다.

계획에 차질이 생겼지만 뭐가 어찌 되었든 어서 빨리 브이를 끌어안고 싶었다. 박연은 카드키를 꺼내어 객실 문을 열었다. 소파와 TV 따위가 놓인 응접실을 지나 침실로 향했다.

침대에는 장미꽃잎이 하트 모양으로 흩뿌려져 있고, 천장은 핑크색 풍선이 수놓았다. 곳곳에 켜놓은 향초 덕분에 침실 가득 달콤한 향이 풍겼다. 영범에게 지시한 그대로였다.

박연은 흡족한 얼굴로 브이를 찾아 두리번거렸다. 더 둘러볼 것도 없이 커튼 뒤에서 수상한 움직임을 포착했다. 박연의 입술이 부드럽게 올라갔다. 커튼 뒤에 숨은 브이에게로 다가가 허리를 조용히 끌어안았다.

브이의 어깨에 얼굴을 파묻은 박연이 미소를 띤 채 중얼거렸다.

"살쪘다?"

말해놓고도 뭔가 이상했다. 박연이 화들짝 놀라며 끌어안고 있던 브이를 밀쳐냈다. 완벽한 콜라병 몸매로 박연을 반하게 만들었던 브이가 아니었다. 커튼을 꽉 열어젖혔다. 커튼 속에서 나타난 사람은 송 실장이었다. 놀란 박연이 침대 위로 넘어지며 소리쳤다.

"아씨 깜짝이야! 여기서 뭐하는 거야?"

놀란 가슴을 부여잡고 묻는 박연에게 송 실장은 도리어 소리쳤다.

"너야말로 여기서 뭐하는 거야!"

송 실장의 고함소리에 그제야 박연의 얼굴이 심각해졌다. 송 실장은 침대에 걸터앉은 박연을 보며 씩씩 차오른 숨을 거듭 삼켰다. 진정하려 애를 썼지만 결국 또다시 고함소리가 거칠게 튀어나왔다.

"너 제정신이냐?"

"제정신이야."

"제정신인데 네가 지금 여길…!"

긴 한숨을 내쉰 송 실장이 화를 간신히 참는 목소리로 물었다.

"내가 설마, 설마 했다. 브이 씨랑 언제부터야? 진지한 사이야?"

심각하게 이맛살을 구기고 있던 박연이 별안간 피식 웃음을 터트렸다. 송 실장은 대답은 않고 웃기만 하는 박연을 보며 인상을 썼다.

"바른대로 말해, 새끼야."

박연은 금방이라도 폭발할 것처럼 몰아세우는 송 실장을 올려다보았다.

"내가 언제 여자랑 진지하게 만나는 거 봤어? 왜 이래, 새삼스럽게."

침실 밖에 서서 들려오는 대화를 듣고 있던 브이가 손에 든 케이크 상자를 만지작거렸다. 호텔에 도착한 브이는 영범에게 자초지종을 들은 뒤 도저히 가만히 있을 수가 없었다. 떨리고, 설레고, 고마워서. 영범에게 객실 카드키를 건네받아 작은 케이크라도 주고 싶어서 사오는 길이었다.

그런데 잠시 자리를 비운 사이에 많은 것이 달라져 있다. 조금 전까지만 해도 없었던 송 실장과 박연이 나타나 이상한 대화를 나누고 있다. 10분 전까지만 해도 심장이 터질 듯이 행복했는데….

침실 안에서 박연의 목소리가 들려왔다.

"나 원래 이런 놈인 거 알잖아. 사귀는 척하라며. 그 김에, 형. 그런 김에 작업 좀 했다. 알았어, 권브이한테 작업 그만할게. 됐지?"

품에 안고 있던 케이크 상자가 바닥으로 툭, 떨어졌다. 송 실장과 이야기를 나누던 박연이 침실 문을 돌아보았다. 불현듯 스치는 불길한 예감에 침실을 뛰쳐나온 박연의 눈에 잔뜩 얼어붙어 있는 브이가 보였다.

"브이야…"

박연이 말을 끝내기도 전에 브이가 돌아섰다. 박연은 답답한 표정으로 송 실장이 있는 침실과 떠나는 브이를 번갈아보았다.

객실을 나온 브이는 복도를 성큼성큼 지났다. 때마침 문이 열린 엘리베이터에 올라탔다. 뒤늦게 객실에서 뛰어나온 박연이 엘리베이터를 향해 달렸다. 브이는 빠른 속도로 가까워지는 박연의 얼굴을 보며 엘리베이터의 닫힘 버튼을 연달아 눌렀다.

"브이야…!"

다급하게 소리쳐 부르는 박연의 코앞에서 아슬아슬하게 문이 닫혔다. 엘리베이터가 움직이기 시작했다. 그제야 참고 있던 눈물이 떨어졌다. 브이는 가늘게 떨리는 손으로 젖은 뺨을 거칠게 닦아냈다.

'내가 언제 여자랑 진지하게 만나는 거 봤어?'

'그런 김에 작업 좀 했다.'

웃음기가 섞여 있던 박연의 목소리가 자꾸 귓가에 맴돌았다.

엉망으로 망가진 케이크 상자가 객실로 돌아온 박연을 맞이했다. 무릎을 굽히고 앉아 케이크 상자를 들췄다. 조금 전까지만 해도 아기자기하게 장식되어 있었을 생크림케이크는 이제 형체를 알아볼 수 없었다.

침실에서 나온 송 실장이 뭉개진 케이크를 내려다보고 있는 박연에게 말했다.

"왜 나한테 미리 얘기 안 했어?"

"형이 이럴까 봐."

"정리해."

케이크를 향해 있던 눈동자가 송 실장을 올려다보았다. 송 실장은 단호했다.

"작품 찍어야지. 이미 임자 있는 놈이 상대 배우한테 사랑 타령하는 대사 읊어봤자 몰입 안 돼. 대중들이 안 좋아한다고."

"어차피 대중들은 브이랑 나, 연인 사이로 알아. 그러니까 그거 좀 진짜로 하면 어때서?"

억울하다는 듯이 소리쳐 묻는 박연의 목소리가 떨렸다. 덩달아 송 실장이 소리쳤다.

"몰라 물어? 너도 다 아니까 두 사람 관계 나한테까지 숨긴 거 아냐? 대중들? 지금이야 두 사람 응원한다, 잘 어울린다 좋아하지만 그거 다 네가 인기 떨어진 지금뿐이야!"

케이크 상자 앞에 앉아 있던 박연이 송 실장의 눈을 맞추고 일어섰다. 송 실장은 내내 박연이 애써 모른 척하고 있던 현실을 멈추지 않고 늘어놓았다.

"너 다시 잘나가면 두 사람 좋게 안 봐. 원래 대중들 시선이 그래. 인기 없을 땐 한없이 너그럽고 잘나가면 사소한 것도 눈엣가시야. 네가 더 잘 알잖아."

송 실장의 말은 한 치의 어긋남도 없이 옳았다. 어떤 말로도 반박할 수 없었다. 다 알기에 영범에게도 그토록 입단속을 시킨 것인데.

송 실장은 말이 없는 박연을 달래듯 양팔을 움켜쥐고 말했다.

"두 사람 계약기간이 왜 8개월이겠냐? 브이 씨가 너 다시 살려내고 사라져주기 적당한 기간. 그래서 8개월, 인마. 브이 씨는 너한테서 언젠가는 사라져줘야 하는 존재라고."

살려내긴 뭘 살려내? 사라지긴 왜 사라져? 입안에서만 맴도는 말을 삼킨 박연은 더 듣기 싫다는 듯이 송 실장의 손을 쳐냈다. 송 실장은 돌아서는 박연의 등에 대고 말했다.

"다시 얻은 관심, 사랑, 인기. 이렇게 그냥 날려버릴래? 이번에 날아가면… 너 다신 못 살아나. 박연 인생에서 배우로서의 골든타임은 이게 마지막이야."

송 실장의 목소리가 절실했다. 박연은 객실 문으로 향하려던 걸음을 멈추고 묵직한 한숨을 뱉었다. 어느새 붉게 충혈된 눈시울이 송 실장을 돌아보았다. 더 이상 아무 말도 말아달라는 애원이 담긴 눈빛이었다. 그러나 송 실장은 그 어느 때보다도 진심을 담아 호소에 가깝게 말했다.

"브이 씨 좋은 사람인 거 나도 아는데, 가짜는 가짜로 남기자. 가짜가 진짜가 되면 안 돼, 연아."

박연은 호텔을 나와 곧장 브이의 집으로 향했다. 브이네 집 앞까지 박연을 태워다준 영범이 홀로 돌아갔다. 박연은 골목에 세워둔 차 안에 남았다. 브이의 방을 올려다보며 핸드폰을 귓가로 가져갔다.

그 시각, 브이는 자신의 방 침대에 웅크리고 앉아 진동이 울리는 핸드폰만 내려다보았다. 몇 번 더 전화가 걸려왔지만 브이는 모두 받지 않았다. 핸드폰 화면에 부재중 전화 3통과 메시지 도착 알림이 나타났다.

'브이야 전화 받아. 나랑 얘기해.'

박연에게서 온 메시지를 읽어 내린 브이가 통화버튼 위로 손가락을 움직였다. 그 순간, 호텔에서 들었던 목소리가 떠올랐다.

'사귀는 척하라며. 그런 김에 작업 좀 했다.'

핸드폰에서 손을 뗀 브이가 고개를 저었다.

아닐 거다. 아닐 거야, 어쩔 수 없잖아. 들키면 안 되니까. 실장님도, 대표님도 계약관계로만 아는데….

호텔에서 박연과 송 실장의 대화를 엿들은 순간은 너무 놀라서 눈물부터 왈칵 쏟아졌다. 당장 자리를 벗어나고 싶은 생각뿐이었다. 그렇게 집에 돌아와 곱씹고, 되씹을수록 무슨 사정이 있겠거니 싶어졌다.

그래, 진짜로 사귀게 됐다는 걸 다른 사람들이 알아봤자 좋을 것도 없다. 그래서 그렇게 말한 걸 거야.

브이의 손이 다시 핸드폰으로 다가갔다. 오래지 않은 기억 속에서 따뜻하고 다정한 눈빛으로 자신을 바라봐주던 얼굴이 눈앞을 지나갔다.

'손만 잡고 자는데도 떨려 미치겠는 거 처음이거든?'

'반칙한 건 내가 아니라 너야. 네가 보고 싶게 했잖아.'

'더 예뻐해줘도 돼?'

핸드폰으로 가져갔던 손을 움츠렸다. 브이는 핸드폰을 집어 드는 대신 두 손으로 얼굴을 덮었다. 그게 다 거짓이었을까. 다정했던 눈빛. 따뜻한 손길. 그 모든 게 거짓일 수 있을까.

'맘에 들면 그냥 만나보고 아니면 마는 거지.'

'인정할게. 내가 너 좋아해.'

'나 원래 이런 놈인 거 알잖아.'

'너랑 있으면 내가 어떤 놈인지 중요하지 않아. 그래서 나는 네가 좋아.'

마음 한가운데 선을 긋고 1초마다 이쪽저쪽을 수십 번, 수백 번 오간다. 자신이 아는 박연은 그런 사람이 아니라는 걸 믿고 싶으면서도 믿기를 주저한다. 그런 스스로가 한없이 바보처럼만 느껴졌다. 울음을 참는 어린애처럼 꾹 다문 입술을 비죽거렸다. 결국 커다란 눈에서 눈물이 뚝 떨어졌다.

"나쁜 노옴…."

울먹이며 중얼거린 브이가 옆에 놓인 티슈를 뽑아들었다. 꾹꾹 눌러 참고 있던 말을 입 밖으로 뱉고 보니 더 서러워졌다. 운동을 하면서 아무리 힘들어도 울지 않고 버티는 데 도가 텄다고 생각했다. 그런데 박연이란 남자에 관해서는 툭하면 서럽고, 툭하면 눈물부터 난다. 억울하게.

억울하다고 생각하니 다시금 눈시울이 뜨겁게 젖어들었다. 브이는 크 응, 코를 풀며 서럽게 흐느꼈다.

시트를 뒤로 젖히고 쪽잠을 자던 박연이 돌연 신음하며 잠에서 깨어났다. 하룻밤 새 10년은 늙은 듯한 얼굴로 일어난 박연이 결리는 어깨부터 부여잡았다. 좁은 차 안에서 잠을 청한 탓에 온몸이 쑤셔왔다. 화난 애인 집 앞에서 밤을 지새우는 일은 치기 어린 스무 살 때도 안 해본 짓인데.

"하, 권브이…."

잘 떠지지 않는 눈을 비비며 브이의 이름을 중얼거렸다. 잠이 덜 깬 상태로 핸드폰부터 꺼내들었다. 틈만 나면 브이에게 전화를 걸었다. 이틀 만에 습관이 들어버렸다. 브이에게 전화를 걸기 전 시계를 확인했다. 오전 8시도 안 된 시간이었다.

통화버튼을 누르려는 그때, 차창 밖으로 익숙한 얼굴이 지나갔다. 눈이 동그래진 박연이 다급하게 차 문을 열었다.

"권브이…!"

이제 막 집을 나선 브이가 차에서 내리는 박연을 돌아보았다. 브이는 복잡한 머릿속을 비우기 위해 도장으로 이른 아침부터 운동을 나가던 중이었다.

부스스한 머리칼과 단추를 두어 개 풀어헤친 셔츠의 모양새가 한눈에 보아도 차에서 밤이라도 샌 듯이 보였다. 브이는 갑자기 눈앞에 나타난 박연을 빤히 쳐다보다가 그대로 지나쳤다. 커다란 손이 브이의 팔뚝을 낚아챘다.

"내 말도 안 듣고 그렇게 가버리면 어떡해?"

"내가 들을 얘기가 더 남아 있어요?"

날카롭게 되받아치는 목소리에 박연이 잠시 입을 다물었다. 고작 이틀 만에 마주하는 얼굴인데 낯설다. 원망이 담긴 눈빛도, 앙칼진 목소리도 전부 낯설게 다가왔다. 이럴 땐 어떻게 해야 하는 걸까. 누군가의 기분을 풀어주기 위해 애써본 적이 없다.

브이의 얼굴을 훑어본 박연이 조심스럽게 입을 열었다.

"그거 진심 아니야."

브이는 박연에게 잡힌 팔을 빼냈다.

"밤새 생각했어요. 진심인가? 설마. 아냐, 진심은 아닐 거야. 내가 알아온 박연은 그런 사람 아니야."

짧게 심호흡을 한 브이가 박연의 눈을 올려다보았다.

"그럼 진심이 아니면 왜 그런 식으로 말했지?"

"그건…!"

"그럴 수도 있지. 우리 진짜로 사귀는 건 비밀이니까. 근데. 그래도 화가 계속 나."

평정심을 유지하려 애쓰는 브이의 얼굴에 감정이 북받쳐 올랐다. 인상을 쓴 미간이 가늘게 떨렸다.

"박연 씨가 내 믿음을 다 부숴버렸으니까."

브이는 이틀 동안 자신을 서럽게 만들던 생각들을 쏟아냈다.

"난 그날 이후로 박연 씨를 믿을 수가 없어졌어. 계속 생각날 거야. 박연 씨랑 밥 먹을 때도, 키스할 때도. 당신이 아무 말을 안 해도. 눈만 마주쳐도."

박연은 브이가 제 말을 듣고 오해했을 거라 생각했다. 충분히 오해할 상황이었다. 송 실장의 의심을 피하려고 아무렇게나 둘러댄 말이었지만 브이가 들었다면 상처가 될 만한 말들이었다.

그럼에도 이렇게까지 아파 할 줄은 몰랐다.

"그냥 내 옆에 있기만 해도 자꾸 떠올릴 텐데, 그럴 내가 너무 싫어. 그런 순간이 기다리고 있다는 게 너무 슬퍼. 당신 만나서 매일 매일이 설레고 행복했는데 이젠 매일 의심하고, 의심한 날 자책할 게 뻔하니까."

금방이라도 울음이 터질 것 같은 얼굴로 말을 마친 브이가 돌아섰다.

말문이 막혀 브이만 보고 있던 박연이 뒤늦게 소리쳤다.

"이렇게 가면 안 돼, 너. 내 말 듣고 가!"

박연은 붙잡는 자신을 돌아보지 않는 브이의 등에 대고 말했다.

"그날 내 입에서 나온 말 전부 진심 아니야. 나 좀 믿어."

믿음을 애원하는 목소리였다. 브이는 박연의 눈을 똑바로 올려다보며 말했다.

"당분간 찾아오지 말고, 연락도 하지 마요."

마주친 시선을 차갑게 끊어낸 브이가 성큼성큼 멀어졌다. 골목에 홀로 남겨진 박연은 브이가 사라진 방향을 바라보며 제자리만 맴돌았다.

이미 뱉은 말을 주워 담을 수도 없고 어떻게 해야 하는 건데…!

차 지붕에 두 팔을 얹고 몸을 기대었다. 뜨겁게 끓어오르는 감정을 삭이려 애썼다. 여자는 만나봤어도 달래본 적이 없으니 방법을 모르겠다. 비단 여자에만 국한되는 이야기는 아니었다. 지금에 와서 돌이켜보니 자신 때문에 화가 난 상대방의 마음을 달래주거나 사과해본 적이 없었다. 가장 가까운 송 실장부터가 매번 박연에게 져주기 일쑤였다.

얼굴을 찌푸린 박연이 낮게 중얼거렸다.

"그동안 뭐하고 살았냐. 이 나이 먹도록 사과하는 방법을 몰라…."

미간을 구긴 채 차에 기대어 꿈쩍을 않던 박연이 불현듯 무언가가 떠오른 사람처럼 다급하게 핸드폰을 꺼냈다. 영범에게 전화를 걸었다.

"이쪽으로 와. 지금 당장 CBC로 가야 돼."

CBC방송국의 예능국에 배우 박연이 나타났다는 소문이 금세 퍼졌다. 방송국에 연예인이 드나드는 것이야 당연했지만 배우가 드라마국이 아닌 예능국에, 그것도 다른 배우도 아닌 박연이 나타난 이유를 당최 알 수 없기 때문이었다.

다른 프로그램 제작진들의 눈들을 피해 빈 회의실에 소연과 마주앉은 박연은 본론부터 말했다.

"나 좀 도와요."

"이렇게 갑자기 제가요? 왜요?"

소연은 당황한 얼굴로 물었다. 쓰윽, 소연을 스캔하듯 쳐다본 박연이 퉁명스럽게 답했다.

"내가 그것까지 설명할 필요는 없고."

이런 씨바견이. 갑자기 나타나서 도와달라는 주제에 앞뒤 설명은 생략하겠단다. 게다가 어째 말투도 반말과 존댓말이 묘하게 섞여 있다. 소연의 눈매가 매섭게 가늘어지자 박연은 회의실 테이블에 서류파일을 툭 던지며 말했다.

"이거 하죠."

박연을 노려보던 소연이 서류파일을 흘끔 쳐다보았다. 정 피디와 함께 박연의 집까지 찾아가 섭외요청을 했던 예능프로그램 '전원일기'의 기획안이었다. 그때 회의실에 불쑥 들어온 정 피디가 양손에 든 자판기 커피를 건네며 웃었다.

"우리 소연이가 뭘 어떻게 도와드리면 되죠?"

"오랜만에 교외로 나오니까 좋다, 그렇지?"

어색하게 대사를 날린 소연은 운전을 하면서도 연신 브이의 눈치를 살폈다. 박연과 모종의 거래로 브이를 데리고 나왔지만 잘하는 짓인지 모르겠다.

차창에 머리를 괸 브이가 기운 없는 목소리로 대답했다.

"집에 있고 싶은데…."

"야, 남친이랑 싸웠을 땐 방에 콕 틀어박혀 있어 봤자 땅만 판다? 이렇게 콧바람도 쐬어줘야지."

창밖만 보던 브이가 운전 중인 소연을 돌아보았다.

"싸운 건 어떻게 알았어? 말 안 했는데?"

"어? 아… 내가 촉이 좋잖아! 네 얼굴 봐. 딱 쓰여 있지."

소연의 말을 들은 브이는 의심 없이 제 얼굴부터 만지작거렸다. 하긴. 요즘 잠은 잠대로 설치고 식욕은 없는데 잡생각 없앤다고 밤낮으로 운동만 했는데 티가 안 날 리가 없지…. 브이는 핼쑥해진 뺨을 더듬다가 한숨을 내쉬었다.

소연의 차를 타고 도착한 곳은 교외의 작은 소극장이었다. 소연의 손에 이끌려 자리에 착석한 브이는 텅 빈 객석을 둘러보았다.

"공연이 인기가 없나 본데?"

"아냐, 재미있을걸?"

반사적으로 받아친 소연이 어색한 미소를 지으며 자리에서 일어섰다. 브이는 화장실을 다녀오겠다며 급하게 사라지는 소연의 뒷모습을 지켜보다가 고개를 돌렸다. 소연의 말처럼 혼자 남겨지니 머릿속은 그새 땅을 파기 시작했다. 박연의 얼굴이 떠올랐다.

'그날 내 입에서 나온 말 전부 진심 아니야. 나 좀 믿어.'

믿고 싶은 마음.

'내가 언제 여자랑 진지하게 만나는 거 봤어?'

흔들리는 마음. 두 가지 마음이 뒤죽박죽 엉켜들어 갈피가 안 잡힌다. 좋아해서 그런다. 아직 많이 좋아하니까 어떻게든 믿고 싶어서 발버둥 치는 중이다. 연애란 게 다 이럴까. 좋으면서 밉고, 미우면서 좋고. 그래서 그런 내 자신이 답답하고, 또 서러워지고.

브이는 점점 복잡해지는 머리를 흔들고 주위를 살폈다. 객석에는 여전히 브이 혼자였다. 화장실을 간 소연도 어쩐 일인지 감감무소식이었다. 그때 공연장의 모든 조명이 꺼졌다. 조명 대신 소극장에 걸린 스크린이 캄캄해진 시야를 밝혀주었다. 하얀 대형 스크린에 익숙한 얼굴이 나타났다.

브이는 '브이야' 하는 목소리로 시작되는 박연의 영상편지를 보며 미간을 좁혔다. 이게 뭐하는….

'미안해'와 '사랑해'로 끝나는 영상을 보며 어이없는 코웃음이 터졌다. 영상이 끝나자 공연장 조명이 켜지면서 무대 위에 꽃을 든 박연이 나타났다. 수줍게 꽃을 든 박연은 노래가 흘러나오자 등 뒤에서 마이크를 꺼내들었다. 박연이 감성에 젖은 얼굴로 작게 '셋, 넷'을 세고 첫 소절을 부르기 위해 입을 떼는 순간이었다. 객석에서 일어선 브이가 두 손을 머리 위로 흔들며 음악 중지 사인을 보냈다. 무대 뒤에 숨어 있던 이벤트 업체 직원들이 눈치를 살피다가 음악 볼륨을 꺼트렸다.

브이가 박연이 서 있는 무대로 성큼성큼 다가갔다. 씩씩거리며 무대 위로 올라온 브이가 박연의 마이크를 뺏어들고 말했다.

"어디서 개수작이에요?"

브이의 목소리가 스피커를 타고 공연장 가득 울렸다. 전혀 생각지 못한 의외의 반응이었다. 멍하게 브이를 보던 박연이 뒤늦게 되물었다.

"개… 수작?"

마이크를 반대쪽 손으로 바꿔 쥔 브이가 짝다리를 짚고 섰다. 삐딱한 자세로 박연을 불량스럽게 쏘아보았다.

"내가 지금 얼마나 혼란스럽고 우울한데, 지금 이런 이벤트가 가당키나 해요?"

"아니, 브이야. 나는 그게 아니라…."

"당분간 연락하지 말라고 했지?"

불쑥 시작된 브이의 반말에 박연은 순순히 고개를 끄덕였다.

"나는 당신에 대한 믿음을 회복할 시간이 필요하다구. 근데 당신이 하루에 수십 통씩 전화해대는 것도 모자라서 이런 말도 안 되는 이벤트나 하면 내가 당신을 어떻게 믿어?"

무대 뒤에서 얼굴을 빠끔히 내민 이벤트 직원들의 눈치를 살핀 박연이 인상을 쓰며 반격했다.

"말도 안 되는? 나도 노력하는 거야. 내가 너한테 얼마나 크게 실망감을 안겨줬는지 나도 잘 아니까 내 선에서. 내가 아는 선에서 미안하다고 사과의 제스처를 하는 거야."

눈을 가늘게 뜬 브이는 박연이 하는 말을 듣고만 있었다.

"며칠 동안 얼굴도 안 보여주고, 목소리도 안 들려줬잖아. 너랑 사귀는 거 형한테 들키면 헤어지라고 할까 봐 거짓말하다 보니까 말이 그렇게 나왔어. 그거 네가 들은 거고. 근데 진심 아니라니까."

박연은 묵묵히 듣고만 있는 브이를 보며 서운한 눈으로 보았다. 잘못한 거 안다. 근데 이 이상 더 뭘 어떻게 해야 되는지 모르겠는데. 어려워 미치겠는데 브이는 제 마음을 알아주기는커녕 꿈쩍할 생각도 없어보였다. 박연은 야속한 마음을 담아 물었다.

"지금 이렇게라도 하면 내 진심이 뭔지 알아줄까, 믿어줄까 싶었다. 근데 이게 말이 안 되는 거라고?"

"네, 말이 안 돼요."

곧바로 들려오는 대답에 박연은 브이만 쳐다보았다. 브이가 박연에게 던지듯 마이크를 넘기며 말했다.

"그럴 거면 박연이 믿어도 되는 남자라는 걸 보여줘야죠. 꽃 들고 노래 부르고? 이런 거 아니야."

말을 마친 브이는 미련 없는 발걸음으로 공연장을 나갔다. 공연장 입구에서 두 사람을 지켜보던 소연이 눈치를 살피다가 브이를 따라나섰다.

무대에 혼자 남겨진 박연은 자리에 주저앉으며 아랫입술을 세게 깨물었다. 이게 아닌데….

이른 아침 운동을 나가기 위해 방에서 나온 브이는 조용한 집안을 둘러보았다. 부친 현수의 모습이 보이지 않았다. 근래 눈에 띄게 외출이 잦았다.

아침부터 어딜 간 거지? 아니, 어젯밤에 들어는 왔나?

며칠 동안 운동하는 시간을 빼면 방에만 처박혀 있었더니 알 수가 없다. 그때 방에서 나온 기범과 마주쳤다. 외출복을 챙겨 입은 게 어딘가를 갈 모양이었다.

"어디 가?"

"나 집 구했어. 들어가기 전에 미리 정리 좀 해놔야지."

"언제? 왜? 나한테 말도 없이."

브이가 놀란 듯 물었다. 기범은 브이네서 방 빼라던 박연을 떠올리며 대답했다.

"얼굴 볼 때마다 재수 없게 짖어대는 꼴 보기도 싫어서 빨리 구했어."

"짖어?"

"나만 보면 이 드러내고 물어뜯으려고 안달 내는 광견이 있더라."

동네에 미친 개가 있다고? 고개를 갸웃거린 브이가 현수의 방을 가리키며 물었다.

"근데 아빠 어제 들어오는 거 봤어?"

"아저씨? 아니 나는 못 뵀는데?"

고개를 저은 기범이 브이에게 손을 들어보이곤 집을 나섰다. 브이는 때마침 주머니에서 울리는 핸드폰을 꺼내었다. 박연이었다. 눈을 뜨자마자 전화를 거는 건지, 밤을 새고 전화를 거는 건지 알 수 없지만 다툰 뒤로는 아침마다 줄기차게 모닝콜을 해댄다.

브이는 어김없이 '통화거부' 버튼을 눌렀다. 서운하고 화가 났던 감정은 어느 정도 가라앉았지만 아직 얼굴은 보고 싶지 않았다. 박연의 섣부른 소극장 이벤트가 한몫을 했다.

그때, 조금 전 기범이 나갔던 현관문이 열렸다. 아침 일찍 나간 것이 아니라 지난밤에 들어오지 않았던 모양이었다. 문을 열고 들어온 현수는 불콰하게 취해 있었다. 먼발치에 서 있는 브이에게까지 술 냄새가 훅 끼쳐왔다.

얼마 전, 우연찮게 골목에서 듣게 된 현수의 통화 내용을 떠올린 브이가 비틀거리는 현수를 부축하며 물었다.

"설마 밤새 마셨어요?"

현수는 저를 부축하는 딸의 손을 뿌리쳤다. 휘청거리는 몸을 주체하지 못하고 벽에 기대어선 현수가 주먹으로 가슴을 툭툭 쳤다.

"아유, 브이야… 내가 미안해서… 어떡하면 좋냐…"

연신 가슴을 치며 중얼거리던 현수가 흐느꼈다. 브이는 처음 보는 현수의 모습에 내내 참아왔던 말을 뱉었다.

"무슨 일인데요? 저번에 다 들었어요. 최 관장님 전화…"

골목에서 들었던 전화에 대해 묻던 브이의 눈이 커졌다. 소리 죽여 흐느끼던 현수의 얼굴이 검붉게 달아올랐다.

"아빠?"

현수는 브이의 부름에도 눈을 꽉 감고 고통스러운 듯 얼굴을 찌푸렸다. 순간 맥이 탁, 풀려버린 현수의 몸이 벽면을 타고 미끄러졌다.

"아빠…!"

브이는 바닥에 쓰러진 현수의 머리를 받쳐 들고 소리쳤다.

박연은 오늘도 어김없이 브이의 집 앞으로 출근도장을 찍었다. 영범은 뒷좌석에 앉아 핸드폰을 만지작거리고 있는 배우님을 룸미러로 쳐다보았다.

"원래 연인들은 다 싸우잖아요. 그래도 형님이 브이 누님을 많이 사랑하시나 봐요. 연예계에서 여자한테 미련 없기로 소문이 자자하신 형님께서 이렇게 손이 발이 되도록 용서도 비시고."

"조용히 해라."

"네."

경고가 담긴 나지막한 목소리에 영범이 고분고분 입을 다물었다.

"근데 형님."

"조용히 해."

"아니 근데 형님…."

브이에게 보낼 장문의 반성문을 문자메시지로 작성 중이던 박연이 영범에게 눈을 부라리며 버럭 소리쳤다.

"조용히 좀 하라니까!"

"형님 저기요. 저분 브이 누님 아니에요?"

박연은 숨을 씨근거리며 영범이 가리킨 창밖을 내다보았다. 대문 앞에 서 있는 사람은 영범의 말처럼 브이가 맞았다. 박연은 등에 현수를 업은 브이를 보자마자 차에서 내렸다. 브이에게 달려간 박연이 현수의 얼굴부터 살폈다.

"뭐야? 무슨 일이야?"

"아빠가…. 119를 불렀는데…."

떨리는 목소리로 횡설수설하는 브이의 앞에 박연이 등을 내보였다.

"이리 내. 내가 업을게."

브이는 아무 말도 들리지 않는지 초조한 얼굴로 서 있기만 했다. 박연은 손수 현수를 제 등으로 들쳐 업었다. 그제야 정신이 든 듯 브이가 커다란 눈에 맺힌 눈물을 훔쳐내고 박연을 돌아보았다. 현수를 업은 박연이 뒤늦게 차에서 내린 영범에 소리쳤다.

"골목 나가서 앰뷸런스 들어오는지 봐. 들어오는 다른 차들은 막고, 얼른."

고개를 끄덕인 영범이 신속하게 골목으로 뛰어나갔다. 곧이어 멀리서 앰뷸런스 소리가 들려왔다.

소란스러운 응급실 안을 둘러본 브이가 칸막이 커튼을 쳤다. 링거바늘을 꽂고 침대에 누워있는 현수를 내려다보았다. 과로로 인한 피로 누적에 과음까지. 현수가 실신한 이유였다. 다행히도 그 외에 별 다른 이상은 없다는 진단을 받았다.

브이는 잠들어 있는 현수의 손을 잡았다. 현수는 근래 며칠 동안 도장도 기범에게 맡겨버리고 어딘가를 쏘다녔다. 그런데 과로라니. 대체 어딜 다녔던 걸까. 브이가 현수의 손에 이마를 묻었다.

칸막이 커튼이 열렸다. 침대 곁으로 다가온 박연이 브이를 내려다보며 말했다.

"가서 입원 수속부터 밟자. VIP병동으로 모시고 며칠 쉬면 괜찮아질 거야."

"아니, 그러지 마요. 병실은 내가 알아볼게요."

"일반 병실은 갑자기 구하기 힘들어."

박연은 도움을 마다하는 브이를 답답한 눈으로 바라보았다. 그때 영범이 커튼 틈으로 고개를 불쑥 내밀었다.

"두 분 식사하고 오세요. 여긴 제가 있을게요."

"가자."

커다란 손이 브이의 팔을 잡았다. 브이가 고개를 저었다.

"난 괜찮아요."

"지금 이 상황에서 나한테 계속 화내는 거야?"

"그게 아니라…."

"그럼 밥부터 먹어."

간단하게 대화를 마쳐버린 박연이 브이를 일으켜 세웠다.

두 사람은 병원 근처 죽집에 마주앉았다. 종업원은 두 사람 앞에 따뜻한 야채죽을 내려놓고 사라졌다. 박연이 브이를 흘끔 쳐다보았다. 병원을 나설 때부터 한마디도 없더니 지금 역시 입맛이 없는 얼굴이었다.

드륵, 의자 끌리는 소리와 함께 박연이 자리에서 일어섰다. 다른 생각에 정신이 팔려 있던 브이가 그제야 시선을 들어 박연을 올려다보았다. 박연은 주저 없이 브이의 옆자리로 옮겨 앉았다. 커다란 손이 브이의 손을 잡아왔다. 박연은 숟가락을 쥐어주며 말했다.

"푹 쉬면 금방 괜찮아진다잖아. 너 그런 얼굴이면 나 같아도 못 쉬어."

브이의 손을 잡고 대신 숟가락질을 했다. 브이는 박연에 의해 떠올린 죽을 보며 입술을 깨물었다. 참고 있던 울음이 금세 턱밑까지 차올랐다.

"요즘에 계속… 고민이 있어 보였는데 내가 안 물어봤어. 그냥 물어볼걸. 아빠는 한 번도 어디 아파본 적 없는 사람인데…."

숟가락을 내려놓은 박연이 브이의 등을 쓰다듬었다.

"안 물어보길 잘한 거야."

브이는 눈물이 고인 눈을 깜박이며 박연을 돌아보았다. 테이블에 머리를 괸 박연이 브이의 얼굴을 천천히 훑었다. 눈물로 젖은 눈언저리와 훌쩍이는 콧방울, 앙다문 입술에 차례로 따스한 시선이 닿았다.

"네가 들어서 해결할 수 있는 문제였으면 숨겼겠어? 네가 들어봤자 걱정만 할 문제니까."

브이는 자신을 위로해오는 나지막한 목소리를 가만히 들었다. 박연이 머리를 괴고 있던 자세를 고치며 말했다.

"나도 그랬어."

다정한 눈빛이 일순간 더욱 진지해졌다.

"너랑 사귀는 거, 강 대표가 알면 당장 헤어지라고 할 거야. 끝이 정해져 있는 가짜 연인은 오케이지만 진짜는… 회사에서 원치 않아."

브이는 차근차근 사정을 설명하는 박연을 물끄러미 바라보았다.

"회사는 너보단 내가 중요해. 내 상품 가치 올리는 게 제일 중요해. 네가 상처 받는 건 신경 안 써. 근데 난 아니잖아."

따뜻한 손바닥이 브이의 손등을 덮었다. 박연은 브이의 손을 잡고 나지막이 속삭였다.

"난 네가 중요하잖아."

박연을 바라보던 물기 어린 눈동자가 잘게 흔들렸다. 진심이 전해져왔다. 맞닿은 손으로. 마주친 눈 끝으로.

"다른 사람한테 헤어지라는 소리 듣게 만드는 것도 싫고, 다른 사람이 널 내 이미지를 위해 존재하는 사람 취급하는 것도 보기 싫어."

진심을 다해 설명하려 애쓰던 박연이 브이의 눈치를 살폈다. 혹여나 이번에도 진심이 통하지 않을까 염려한 눈빛이었다.

"내가 누구 마음 풀어주고 달래주고 그래 본 적이 별로 없어. 계속 생각해봤는데 진심이란 거 어떻게 보여줘야 하는 건지 모르겠어."

박연은 브이의 손을 잡은 손에 힘을 주었다.

"그러니까 네가 가르쳐줘, 배울게."

낮게 깔린 목소리가 긴장한 듯 미세하게 떨렸다.

"네가 좋은 남자로 만들어줘."

박연은 재촉하듯 꼭 잡은 손을 작게 흔들었다. 브이는 장난기도 없고, 말장난도 않는 박연을 빤히 바라보았다. 긴장한 듯 움찔거리는 눈썹과 불안하게 굴러가는 눈동자. 잔뜩 힘이 들어간 손. 모든 감정을 솔직하게 드러내고 있는 얼굴은 어느 때보다 믿음직했다.

박연과 VIP병실에 입원 수속을 마쳤다. 스케줄 때문에 박연은 영범과 함께 돌아가고 브이는 현수가 누워 있는 응급실로 돌아왔다.

브이는 침대 곁을 서성이며 생각에 잠겼다. 어릴 때부터 아빠와 둘이서만 살아온 탓에 큰일 생겼을 때 누군가의 도움을 받은 건 처음이었다. 브이는 경황없이 집 앞에서 앰뷸런스를 기다리다 박연의 얼굴을 본 순간 느꼈던 감정을 다시 떠올려보았다.

박연을 본 순간 안심했다. 박연에게 믿음을 보여 달라 했지만 저도 모르게 그 남자를 많이 믿고 있었던 모양이었다. 더구나 오늘 보여준 모습은 그 어느 때보다도 믿음직했다.

'네가 좋은 남자로 만들어줘.'

자신의 눈을 똑바로 쳐다보면서 말하던 박연을 떠올린 브이가 입술에 옅은 미소를 머금었다. 그때 마침 현수가 눈을 떴다. 브이는 현수의 팔을 잡고 잔소리부터 시작했다.

"과로로 쓰러지는 게 말이 돼요? 도대체 무슨 일이에요?"

현수는 대꾸 없이 시선을 피했다.

"나한테 계속 말 안 할 거예요?"

링거액이 얼마 남지 않은 것을 확인한 현수가 손등에 꽂힌 링거바늘을 뽑았다. 브이는 현수의 행동에 눈을 동그랗게 뜨고 소리쳤다.

"아빠!"

속상한 얼굴로 저를 부르는 딸을 홱 돌아본 현수가 아무렇지 않다는 듯이 침대에서 내려왔다.

"입원 수속 밟아놨어요."

"그냥 가. 집에 가서 쉴란다."

현수는 더 이상 브이의 말을 듣지 않고 커튼을 열고 사라졌다. 브이는 답답한 마음에 한숨을 내쉬었다. 도대체 무슨 일인지 말을 안 하니 알 길이 없다. 하나뿐인 딸을 생각해 말을 아끼려는 건 알지만 아무 말도 하지 않는 건 현수답지 않았다. 엄하게 굴 땐 무섭지만 무뚝뚝한 사람은 아니었다. 지금껏 엄마 몫까지 해낸 다정한 아빠였다.

'그럼 우리 브이는 어떡하라고! 최 관장!'

브이는 골목에서 들었던 현수의 통화를 떠올렸다. 현수의 뒤를 따라 응급실을 나온 브이는 최 관장에게 찾아가봐야겠노라 생각했다.

송 실장은 지끈거리는 관자놀이를 꾹꾹 눌렀다. 맞은편에 앉은 박연을 흘끔 쳐다본 송 실장의 눈초리가 매서워졌다.

"너 지금 나 엿 먹이냐? 그만하라고 했더니 아예 데려와서 선전포고 하는 거야?"

"어, 그런 거야."

뻔뻔한 대답을 들은 송 실장이 신경질적으로 머리를 털었다. 박연의 옆자리에 앉은 브이가 송 실장의 눈치를 살폈다. 송 실장이 괴로워할수록 어쩐지 박연의 얼굴은 신이 나보였다. 앞으로 믿음직한 남자가 되겠다던 박연은 브이를 아예 송 실장의 앞으로 데려와 '우리 계속 사귀겠다!' 하고 공표해버렸다.

이런 것까지 바란 건 아닌데. 큰 눈을 좌우로 굴린 브이가 고개를 숙였다. 박연을 대신해 송 실장에게 미안한 마음을 표하는 중이었다.

신 난 얼굴로 앉아 있는 박연을 흘긴 송 실장이 이를 갈았다.

"신 나 죽겠냐?"

"지금이 웃을 상황 아닌 건 아는데, 강 대표한테 골탕 먹인 것 같아서 되게 신나네. 강 대표가 좀 주는 거 없이 미운 스타일이잖아."

"대표님 아시면 당장 계약서부터 들이밀 거야. 계약위반, 인마!"

자리에서 벌떡 일어선 송 실장이 박연과 브이를 번갈아 가리켰다.

"이것만 알아둬. 난 나중에 두 사람 편 못 들어준다, 어?"

"오케이, 접수!"

호탕하게 외친 박연이 브이의 손을 잡고 일어섰다. 얼결에 일어선 브이가 송 실장에게 꾸벅 인사를 해보였다. 송 실장은 두통이 밀려오는 머리를 잡고 어서 나가라며 손을 내저었다.

빅엔터의 사무실을 나와 주차장으로 향했다. 브이는 자신의 손을 잡고 가볍게 발걸음을 옮기는 박연의 뒤통수를 올려다보며 말했다.

"이렇게까지 안 해도 이젠 다 이해하고 용서했다구요. 실장님 속상하게 굳이 찾아와서…."

말을 마치기도 전에 박연이 브이를 돌아보며 걸음을 멈췄다.

"브이야, 이건 일종의 표현이야. 앞으로 너한테 더 좋은 남자가 되겠다는 의지를 표현한 거지."

말은 참 청산유수야. 머리를 비뚤게 기울인 브이가 눈을 가늘게 뜨고 박연을 올려다보았다. 믿어보라는 듯이 박연은 자신 있는 표정으로 제 가슴을 팡, 쳤다. 그런 박연을 빤히 쳐다보던 브이가 고개를 끄덕이며 말했다.

"따라와요."

"어딜?"

"나더러 진심이란 거 어떻게 보여줘야 하는지 가르쳐달라고 했죠? 그럼 아직 할 일이 남았어."

아리송한 말을 남긴 브이가 앞장섰다. 박연은 브이의 뒤를 쫓아가며 고개를 갸웃거렸다.

하! 하는 힘찬 기합소리와 함께 반원을 그린 발끝이 옆구리를 걷어찼다. 군더더기 없이 깔끔한 발차기 동작이었다. 보호대 착용이 무색하게 옆구리로 묵직한 통증이 느껴졌다. 한 손으로 옆구리를 감싼 박연이 본능적으로 뒷걸음질을 쳤다.

"아깐 다 이해하고 용서한다며?"

박연은 억울한 표정으로 외쳤다. 브이는 다짜고짜 도장으로 데려와 난데없이 대련을 벌였다. 말이 대련이지 박연은 일방적으로 걷어차이는 샌드백 신세가 되었다. 그동안 자신에게 쌓인 울분을 이렇게 풀 셈인 건가.

박연이 잰걸음으로 브이의 등 뒤로 달아났다. 그러나 브이는 뒤통수에 눈이라도 달린 듯이 몸을 회전했다. 그리고는 완벽한 '뒤후리기' 기술을 선보이기 위해 등 뒤에 서 있는 박연을 향해 다리를 뻗었다.

정확하게 제 얼굴을 타겟 삼아 날아오는 발을 확인한 박연이 두 눈을 질끈 감으며 소리쳤다.

"브이야, 잠깐만! 잠깐…!"

비명에 가까운 박연의 목소리를 마지막으로 도장에는 정적이 흘렀다. 박연은 청색 헤드기어 속에서 잔뜩 일그러진 얼굴을 움찔거려보았다. 얼굴과 몸 어디에도 아무런 고통이 느껴지지 않았다.

빗나갔나? 꽉 감았던 눈을 슬며시 떴다. 바로 눈앞에서 멈춘 브이의 발바닥이 보였다. 박연은 저도 모르게 마른침을 꿀꺽 삼켰다. 박연의 얼굴을 향해 다리를 180도로 찢어 올린 브이가 매서운 눈빛으로 말했다.

"내가 언제 여자랑 진지하게 만나는 거 봤어?"

브이가 읊고 있는 말은 호텔에서 박연이 송 실장에게 했던 대사였다. 박연은 지레 겁을 먹고 잔뜩 움츠렸던 어깨를 펴며 말했다.

"그거 진심 아니라고 믿기로 한 거 아니었어?"

브이는 박연의 얼굴 앞에 올렸던 발을 내리고 바로 섰다. 홍색 헤드기어를 벗었다. 브이가 땀에 젖은 머리칼을 흔들어 넘기며 말했다.

"그날 들은 거 전부 진심 아니라는 말 믿어요."

"근데 왜 때려?"

헤드기어를 옆구리에 낀 브이는 곧장 반문해오는 박연을 올려다보았다. 박연이 했던 대사를 한 번 더 그대로 읊었다.

"나 원래 이런 놈인 거 알잖아."

박연이 미간을 찌푸렸다. 브이는 억울한 얼굴로 무어라 받아치려는 박연을 가로막았다.

"왜 자기 자신을 그런 식으로 말해요. 그런 사람 아니면서."

박연은 억울함을 토로하려던 입을 도로 다무는 수밖에 없었다.

이 여자 또 주특기가 나왔다. 가슴에 훅 들어와 사정없이 흔들어댄다. 예고도 없이, 준비도 없이.

"남들이 생각하는 박연 씨 모습에 박연 씨가 나서서 맞출 필요 없어요. 그 사람들이 틀렸다고 생각하게 만들어야지. 그래야 사람들은 아, 내가 틀렸구나. 박연의 진심은 그게 아니었구나. 그렇게 안다구요."

박연을 매섭게 올려다보던 브이가 일순간 커다란 눈을 일그러트리고 입술을 비죽거렸다. 서러우면서도 한편으로는 속상해 보였다.

"자기 스스로를 이런 식으로밖에 말 못하는 남자를 내가 좋아했던 건가? 이렇게 멋없는 남자를? 내가 얼마나 화나고 속상했는지 알아요?"

작게 툴툴거리는 브이를 말없이 바라보던 박연이 헤드기어를 벗어 던지고 곧장 발을 떼었다. 브이의 앞으로 성큼 다가가 두 뺨을 붙들고 입을 맞췄다. 오랜만에 맞닿은 입술이 힘주어 눌린 순간 눈앞이 어찔해졌다. 며칠 동안 부족했던 당이 한꺼번에 충전되는 기분이었다. 취한다. 세상이 핑 돈다. 박연은 그 외의 말로는 지금 이 키스를 설명할 길이 없다고 생각했다.

브이의 옆구리에 들려 있던 헤드기어가 발밑으로 떨어졌다. 브이가 두 팔로 박연의 목을 끌어안았다. 브이와 입술을 맞댄 채 박연이 허리를 숙이고 얼굴 높이를 낮췄다. 박연의 키를 맞춰 한껏 들려 있던 발꿈치가 도장 바닥에 살며시 내려앉았다.

그날 두 사람은 서로의 허리를 끌어안고 긴 시간동안 하염없이 입술을 나누었다.

6장

이렇게
좋을 거여서

연하늘색 도포자락이 바람에 휘날렸다. 도포 위에 옅은 회색의 쾌자를 입고 검은 갓까지 갖추어 쓴 박연의 모습은 영락없이 조선시대 선비처럼 보였다. 간이의자에 다리를 꼬고 앉은 박연은 손에 들린 대본을 들여다보는 데 여념이 없었다. 4부작 드라마를 촬영하기 위해 새벽부터 분장을 받고 민속촌에서 첫 신(Scene)을 대기 중이었다.

　촬영 전에 감정을 잡기 위해 몰두하고 있는 박연의 곁으로 영범이 다가왔다.

　"형님, 이쪽으로 좀…."

　박연은 귓가에 대고 소곤거리는 영범을 돌아보았다.

　"뭐야? 곧 슛 들어가는데."

　"아주 잠깐이요."

　영범이 주위 눈치를 살피며 손짓했다. 촬영장 한쪽으로 불려간 박연은 영범이 가리킨 곳에 세워져 있는 커피차 앞에 섰다. 커피차라 함은 팬들이 배우를 응원하기 위해 촬영장으로 이동식 커피 트럭을 보내는 것이었다. 그러나 지금 박연의 눈앞에 놓인 커피차는 그 용도가 조금 다르게 보였다. 커피차를 보낸 사람 때문이었다.

"이 미친 새끼가 내 촬영장에 커피차를 보내?"

박연은 커피차에 걸려 있는 민형의 사진을 보며 격분했다. 영범이 누가 들을세라 박연의 입을 틀어막았다.

트럭 앞에 줄을 선 스태프들이 따뜻한 아메리카노를 한 잔씩 받아갔다. 방금 내린 아메리카노를 받아든 감독이 박연의 앞을 지나며 윙크를 해 보였다.

"우리 박연 씨, 친구 잘 뒀네. 민형 씨한테 잘 마셨다고 전해줘."

감독의 감사 인사를 들은 박연이 영범을 거칠게 뿌리쳤다. 흰색 구슬을 엮어 갓 아래로 늘어트린 주영(珠纓)이 흔들렸다.

"또라이 이거…."

감히 날 이용해서 이미지를 챙겨? 자기가 나한테 어떤 짓을 했는데….

박연은 민형을 떠올리며 이를 갈았다. 그런 박연의 옆에 서서 안절부절 못하던 영범이 주머니에서 울리는 핸드폰을 받아들었다.

"네, 실장님… 예?"

송 실장과 통화를 하던 영범이 놀란 얼굴로 박연을 돌아보았다. 영범은 다급하게 통화를 끝내고 박연의 귀에 다시 한 번 소곤거렸다.

"형님! 지금 여사님 서울에 올라오셨대요."

영범에게 귀를 내주었던 박연이 씁쓸하게 입맛을 다셨다.

"아들 생일에도, 교통사고 났을 때도 제주도에만 있더니 다시 돈 벌기 시작하니까 이제야 나타났네. 왔으면 아들한테 먼저 연락하지 전해 듣게 만드냐…."

혼잣말처럼 작게 중얼거리는 박연에게 영범이 머뭇거리며 말했다.

"근데 형님…. 지금 여사님이…."

"전 여사? 우리 엄마가 왜?"

"그게… 브이 누님을 찾아가셨대요."

쓸쓸해 하던 박연이 눈을 동그랗게 떴다.

브이를 왜? 설마 얼굴에 물 뿌리고 돈 쥐어주려고?

박연은 재빨리 고개를 저었다.

아냐, 우리 엄마는 그런 스타일 아닌데? 내가 뭘 하든, 누구 만나든 신경을 안 쓰지. 돈줄 끊기는 일 아니면. 그래, 여태까지 내가 만난 여자가 몇인데. 개들한테 안 그랬잖아? 하기야 여태 만났던 여자들은 엄마가 그랬다간 고소하고도 남을 애들이었지만….

박연은 자신의 모친이 어째서 브이를 찾아갔는지 짐작이 가지 않았다. 다만 불현듯 잠시 잊고 지낸 사실이 떠올랐을 뿐이었다.

잠깐…. 브이네 도장 맞은편에 슈퍼가…. 아버지…!

문을 박차고 나타난 전 여사의 등장에 수업 중이던 브이도, 원생들도 모두 일시 정지된 듯 동작을 멈췄다. 한눈에 보아도 머리부터 발끝까지 엄청나게 공을 들여 꾸민 중년여성은 도장에 나타나기에는 어울리지 않았다.

전 여사는 양손에 가득 들린 쇼핑백을 낑낑거리며 들고 들어와 브이 앞에 섰다. 헉헉 숨을 돌리면서 물었다.

"아가씨야?"

"네?"

"아가씨가 권브이야? 우리 아들 요거?"

브이의 발밑에 쇼핑백 더미를 내려놓은 전 여사가 새끼손가락을 펼치

고 까닥거려 보였다. 무슨 상황인지 파악하기 위해 눈을 굴리던 브이는
'우리 아들'이라는 단어를 되새겼다. 정확히 3초 후에야 허리를 90도로
숙였다.

"안녕하세요! 권브이라고 합니다. 박연 씨 어머님…?"

전 여사는 깔깔 웃으며 브이의 팔을 때렸다.

"그래, 내가 대한민국 일등배우 박연 엄마야."

"아하하…."

어색하게 맞장구치듯 웃은 브이가 전 여사를 흘끔 쳐다보았다. 자신
이 박연의 모친이라 밝힌 전 여사는 옷차림새와는 달리 행동과 말투는
수더분했다.

"연이가 날 많이 닮았지. 피부 뽀얗고 귀티 나잖아. 내가 좀 그런 스타
일이야."

자기 자랑 아무렇지 않게 하는 건 박연 씨랑 똑같네.

갑자기 나타난 방문객을 멀뚱히 구경하는 원생들을 돌아본 브이가
멋쩍게 머리를 긁적였다.

"정말 죄송한데 제가 지금 수업 중이에요. 혹시 무슨 일이신지…."

전 여사는 브이의 말이 채 끝나기도 전에 발밑에 내려둔 쇼핑백들을
툭툭 찼다. 수더분하던 얼굴이 금세 웃음기 없이 브이를 쳐다보았다.

"갈아입어. 나랑 어디 좀 가자."

"…네?"

갑자기 나타나 함께 가자는 전 여사를 브이는 멀뚱히 쳐다보았다.

같은 시각, 박연을 실은 오토바이가 바람을 가르며 도로 위를 달렸다.
뒷자리에 앉은 박연이 도포자락을 휘날리며 소리쳤다.

"더 빨리 가주세요!"

'퀵서비스'가 적힌 조끼를 입은 남자가 달리는 오토바이의 속력을 더

욱 높였다. 박연은 남자의 허리를 꽉 끌어안았다.

때마침 촬영장비에 문제가 생겨 촬영이 딜레이 되었다. 브이도 걱정이 되었지만 그보다도, 어떻게 해서든 아버지와 전 여사의 접촉사고는 막아야 했다.

박연을 태운 오토바이가 경인태권도장 앞에 멈춰 섰다. 오토바이에서 내린 박연이 휘청거렸다.

이건 거의 날아서 왔다고 봐야 돼.

박연은 도장 맞은편의 연다슈퍼부터 동태를 살폈다. 폭풍전야인지, 이미 폭풍이 다 몰아치고 난 다음 뒷북을 치는 것인지 모르겠다. 아버지가 있는 슈퍼도, 브이가 있을 도장도 고요했다.

건물 계단을 뛰어오른 박연이 도장 문을 열어젖혔다. 브이 대신 수업 중이던 기범은 난데없이 한복차림으로 나타난 박연을 위아래로 훑었다.

"미친 개, 미친 개 했더니 진짜로 미쳤나…"

혼잣말을 중얼거리는 기범을 무시하고 박연은 도장을 휙 둘러보았다.

권브이는 없어?

미간을 찌푸린 박연이 핸드폰을 꺼내들었다.

와인 병이 빼곡하게 들어 있는 와인 진열장을 물끄러미 쳐다보던 브이가 눈을 굴렸다. 청담동에 위치한 레스토랑은 실내의 모든 인테리어가 유럽풍으로 디자인되어 있었다. 오픈형 주방에서 '예, 셰프!' 하는 소리가 간간히 들려왔다.

브이가 앉은 곳은 사생활 보호를 위해 다른 테이블과 파티션으로 가려져 있는 자리였다. 둥근 테이블에 둘러앉은 중년 여성들은 모두 전 여사의 지인이었다. 전 여사와 그녀의 지인들은 식사를 하며 미술전시나 여행, 주식, 재벌과 연예인들의 사생활 등에 대해 대화를 나누었다. 대부분 브이가 알아들을 수 없는 이야기들이었다.

"참, 요즘 드라마에 잘 나오는 여자애. 걔가 재화그룹 손자 만난다며? 진짜이려나?"

"멀리 갈 거 있어? 여기 여사님이 연예인 아드님 두셨잖아. 이쪽이 전문이지."

테이블에 둘러앉은 중년 여자들의 시선이 모두 전 여사를 향했다. 전 여사가 어깨를 으쓱이며 와인 잔을 들어올렸다. 그때 전 여사의 맞은편에 앉은 여자가 커트머리를 만지작거리며 코웃음 쳤다.

"전 여사님이 뭘 알겠어? 아들 스캔들 터졌을 때도 여사님 혼자만 몰랐잖아?"

전 여사는 와인 잔을 내려놓으며 발끈해서 소리쳤다.

"내가 왜 몰라?"

"또 흥분한다. 전 여사님은 아들 얘기만 나오면 이런다니까?"

커트머리 여자의 한마디에 다른 지인들이 다 같이 웃음을 터트렸다. 전 여사는 분한 얼굴로 주위를 둘러보았다.

"내가 그때도 말하고 지금도 말하지만, 내 아들이 누굴 만나는지 내가 왜 모르겠어? 우리 연이는 어릴 때부터 내가 딱 붙어서 케어했다구."

씩씩거리는 전 여사와 달리 커트머리 여자는 여유로운 표정으로 받아쳤다.

"그래, 대단한 아드님은 다 여사님 덕분에 그렇게 된 거지. 근데 연애는 달라. 뭘 그렇게 흥분해? 다 큰 아들이 엄마 몰래 여자도 만나고 그러는 거지."

"우리 연이는 아니라니까? 말해봐, 애."

전 여사가 브이의 옆구리를 쿡 찔렀다. 아무 말이나 뱉어보라는 수신호에도 불구하고 브이가 큰 눈만 굴리고 있자, 전 여사가 참지 못하고 나섰다.

"스캔들 났을 때도 내가 다 알고 있었다니까 자기들이 못 믿겠다고 그랬지? 그래서 오늘 내가 데려왔잖아. 이래도 못 믿어?"

테이블에 전 여사를 믿는 사람은 없는 듯 보였다. 전 여사는 딴청을 부리는 지인들을 향해 결백을 주장했다.

"스캔들 나기 전에 날 찾아와서 교제 허락까지 받았다니까? 그리고 얼마 전에 우리 셋이 여행도 다녀왔어. 진짜야."

"에이, 자기 아들 계속 서울 바닥에 있었던 것 같은데?"

전 여사가 단단히 토라진 표정으로 테이블을 돌아보았다.

"아무튼 우리 연이가 나고, 내가 연이야. 우리 모자 사이는 남들하고 달라. 아주 각별해."

교제 허락. 여행. 각별. 브이가 기억상실에 걸리지 않았다면 전 여사의 입에서 나온 모든 말은 거짓이 확실했다. 송 실장과 박연에게 들은 말들을 종합해볼 때 부모님에게 큰 애정을 못 받고 자란 줄로만 알았다. 그러나 전 여사가 말하는 것을 들으면 아들과의 애착관계가 강해 보였다.

서로 말이 안 맞는데? 고개를 갸웃거리는 브이의 재킷 주머니에서 핸드폰 진동이 울렸다. 브이는 자신은 안중에 없이 새로 생긴 골프장에 대해 대화 중인 테이블을 슬그머니 벗어났다.

발신자는 박연이었다. 통화버튼을 누르자마자 다급한 목소리가 들려왔다.

-어디야?

"여기 청담동이요."

-청담 어디?

"글쎄요, 무슨 식당인데 이름은 잘…."

-어딘지 알겠다. 기다려.

"네? 오늘 촬영 간 거 아니었어요?"

박연에게 걸려온 전화는 브이의 물음에 대답도 없이 끊겼다. 브이는 쉽사리 자리로 돌아가지 못하고 핸드폰만 만지작거렸다.

와인 진열장 유리에 전신이 비쳤다. 전 여사가 갈아입으라고 던져준 옷을 걸친 제 모습이 한눈에 들어왔다. 평생 입어볼 일 없던 스타일이었다. 흰색 트위드재킷에 치마. 흰 스타킹. 플랫슈즈.

꼭 아나운서 같네.

브이는 머리칼을 귀 뒤로 꽂아 넘기고 돌아섰다. 불편한 자리에 앉아 있느라 곤욕스러운 와중에 걸려온 박연의 전화가 그렇게 반가울 수가 없었다. 박연의 모친이니 전 여사가 입으란 대로 입고 따라왔지만 무슨 자리인지 알 수가 없다.

자리로 돌아오자 약속이나 한 듯 브이를 향해 질문이 쏟아졌다.

"태권도 했다고 했지?"

"근데 국대 은퇴했다며? 지금은 뭐해?"

전 여사가 브이를 대신해 받아쳤다.

"여자가 벌어서 뭐해? 연이가 잘 버는데."

"그 집 아들 요즘 좀 뜸하지 않아?"

전 여사의 눈이 매섭게 커졌다. 커트머리 여자는 픽 웃으며 브이를 보았다.

"국대는 연금 나오지 않아?"

"그거 얼마 안 돼, 맞지?"

브이가 눈을 굴려 옆을 보았다. 테이블 아래서 부들부들 떨리고 있는 전 여사의 두 주먹이 보였다. 브이는 전 여사의 눈치를 살피며 머뭇거렸다.

"그게…."

그때 레스토랑 출입문에 서 있던 남자 직원들이 양쪽에서 유리문을 당겨 열었다. 갓신을 신은 발이 성큼성큼 걸음을 옮겼다. 시간을 거슬러 온 듯한 차림새에 식사 중이던 손님들이 모두 레스토랑 출입문을 돌아보았다.

저를 향해 다가오는 인기척을 아직 알아차리지 못한 브이가 결심한 듯 고개를 끄덕이고 입을 열었다.

"매달 오십만 원 정도 받습니다. 지금은 아버지가 운영하시는 도장에서 사범으로 일하고 있습니다. 아버지도 무도인이시거든요. 건강하고 행복하게 사는 데 지장 없습니다. 부끄럽지도 않구요."

"누가 부끄럽다고 했나…"

커트머리를 한 여자가 떨떠름한 표정으로 목덜미를 긁적였다.

브이가 앉은 테이블까지 다가온 갓신이 걸음을 멈추었다. 손등을 가린 도포 소매를 걷어내고 테이블을 톡톡 두드렸다. 브이는 테이블을 두드린 손을 따라 시선을 들었다. 갓의 양태 아래로 그늘이 드리운 얼굴이 브이를 바라보고 있었다. 단정히 갓끈을 턱 아래 매듭지은 모습은 마치 시간이라도 뛰어넘어 제 눈앞에 나타난 것처럼 보였다.

박연을 멍하니 올려다보는 브이를 대신해 전 여사가 호들갑을 떨었다.

"어머, 연아! 거봐. 내 아들이 이렇다니까. 엄마가 오랜만에 서울에 올라와서 친구들 만난다고, 그 바쁜 와중에 인사를 왔어요."

전 여사는 여태껏 제 속을 긁어대던 커트머리 여자의 얼굴에 대고 약을 올리듯 말했다.

"요즘 드라마 찍는 중이거든. 여기저기서 모셔간다는 거 다 마다하고 몸 풀기로 찍는 거야. 이번에 들어간 드라마가 중국에 수출된대. 우리 연이가 배우들 중에서 외화벌이 일등 효자잖아."

브이를 말없이 내려다보던 박연이 테이블에 둘러앉은 중년 여자들을 향해 허리를 꾸벅 숙였다. 그리고는 곧장 브이의 손목을 낚아채듯 잡았다. 시선은 전 여사에게 향했다.

"그만 일어나시죠? 제작사 미팅 같이 가기로 하셨잖아요, 어머니?"

박연이 빙긋 미소를 지으며 말했다. 전 여사는 지인들을 둘러보며 웃었다.

"이것 봐, 아직까지도 대소사를 나랑 의논한다니까. 나 먼저 일어날게."

전 여사는 지인들에게 손을 흔들고 앞장서서 레스토랑을 나왔다. 브이의 손목을 잡고 전 여사를 따라 나온 박연은 등 뒤로 레스토랑의 출입문이 닫히자마자 소리쳤다.

"아니, 서울 올라와서 나한테 연락도 안 하고 지금 뭐하는 거야? 브이는 왜 이런 데에 끌고 나와?"

모자(母子)의 분위기가 갑자기 달라졌다. 브이가 커다란 눈을 굴려 박연와 전 여사를 번갈아보았다. 전 여사는 박연을 돌아보며 지지 않고 반격했다.

"너야말로 오랜만에 엄마 얼굴 봤는데 잔소리부터 하고 싶니? 귀띔도 안 해주고 스캔들로 깜짝 놀라게 만든 놈이 누군데?"

"언제 적 스캔들이야? 그거 벌써 4개월 전이거든? 스캔들 후에 교통사고 나서 병원 입원했단 기사는 안 봤어? 어떻게 입원한 아들한테 전화 한 통을 안 하다가 이제서 한다는 소리가 스캔들 귀띔 안 해줘서 서운하다야?"

교통사고 이야기에 전 여사가 멋쩍은 듯 입을 다물었다.

박연은 브이의 손목을 잡고 있던 손을 옮겨 손바닥을 마주잡았다. 브이는 자연스럽게 깍지를 끼워오는 손을 내려다보았다.

박연이 길게 한숨을 내쉬며 말했다.

"호텔에 묵고 있지? 현우 형 올 거야. 송 실장 알지? 데려다 달라고 해. 그리고 앞으로 얘 불러내지 말고."

"아무리 그래도 엄마한테 인사도 안 시켜?"

"얘 누군지 궁금해서 온 거 아니잖아. 필요해서 찾아온 거지."

전 여사는 오늘따라 맞는 말만 척척 해대는 아들에게 아무런 대꾸도 하지 못했다. 슬쩍 박연의 눈치를 살핀 전 여사가 입을 비죽거렸다.

"나 호텔에서 안 지내. 아들 집에서 지낼 거야."

순간 박연은 간신히 참았던 화가 머리끝까지 차고 넘치는 것을 느꼈다. 짜증스럽게 구겨진 얼굴로 전 여사를 보았다. 전 여사는 박연과 똑같이 미간을 구기고 소리쳤다.

"야! 뒷바라지 다해주면서 널 한류스타로 키웠는데, 내가 아들 집에서 며칠 지내지도 못하니? 그러니까 왜 나한테 말도 안 하고 제주도 별장을 네 맘대로 팔아? 내 아지트인 거 알면서!"

"하도 거기 박혀서 아들 살았나, 죽었나 신경도 안 쓰길래 없앴다!"

"다시 내놔. 내놓을 때까지 제주도로 안 내려갈 거야."

"맘대로 해. 어차피 한 달 동안 촬영하느라 집에 들어가지도 않을 거니까."

불꽃 튀는 모자의 말싸움을 지켜보던 브이가 눈치껏 박연의 손을 채근하듯 흔들었다. 그만하라는 브이의 손길에 박연이 이를 갈며 휙 돌아섰다. 브이는 손을 잡아끄는 박연을 따라 걸으며 뒤를 돌아보았다. 전 여사가 손을 흔들었다.

"얘, 잘 가."

브이가 얼결에 고개를 꾸벅였다.

박연과 브이는 아무도 없는 엘리베이터에 올라탔다. 아래층으로 향하는 엘리베이터 안에서 눈치를 살피던 브이가 말했다.

"촬영하다 왔어요? 옷이 좀…."

"엄마 떴다길래 날아왔어."

"응, 그런 것 같아요."

박연은 브이의 질문에 대답하면서도 전 여사와의 말다툼으로 인한 분이 아직 덜 풀렸는지 씩씩거렸다. 브이가 고개를 빼고 박연의 얼굴을 올려다보았다.

"드라마 속에 나오는 무서운 시어머니 스타일도 아니던데 뭐하려고 날아왔어요?"

브이를 흘끔 쳐다본 박연이 대답했다.

"네가 몰라서 그래. 전 여사 무서운 사람이야. 그리고 그 옷 예쁘다. 잘 어울려. 난 섹시한 게 좋은데, 네가 입으니까 얌전한 옷도 섹시해보이네."

브이가 매섭게 등짝을 때렸다. 흡, 숨을 들이마신 박연이 등에서 느껴지는 통증에 눈을 질끈 감았다 떴다.

브이는 박연과 함께 레스토랑 건물을 나오며 고개를 갸웃거렸다.

'네가 몰라서 그래. 전 여사 무서운 사람이야.'

박연이 말끝에 농담을 붙이며 화제를 돌리긴 했어도 브이는 분명 보았다. 자신의 어머니를 무서운 사람이라고 말할 때만큼은 농담이 아닌 얼굴이었다.

건물을 나오자 박연의 호출을 받고 출동한 송 실장이 보였다.

"엄마 곧 나올 거야. 호텔 잡아줘. 그리고 형은 엄마가 물어본다고 곧이곧대로 브이네 도장을 알려주면 어떡해?"

"내가 깜박했다, 연아. 그래서 아버님 만나셨대?"

"아니, 둘이 마주쳤으면 지금쯤 난리 났지. 내 집 말고 호텔로 모셔, 꼭!"

박연은 안도하는 송 실장에게 전 여사로부터 집을 사수할 것을 재차 강조했다.

브이를 데리고 걸음을 옮기려던 박연이 돌연 생각난 듯이 송 실장에게 손을 내밀었다.

"돈 줘. 급하게 오느라 지갑 안 챙겼어."

송 실장은 지갑에서 만 원짜리를 꺼내들었다. 흘끔, 송 실장의 지갑 사정을 살핀 박연이 재빨리 말을 덧붙였다.

"많이 줘. 다시 퀵 불러서 민속촌 가야 돼."

송 실장은 어이없는 얼굴로 박연을 보았다.

현수는 응급실에 다녀온 이후로 방에서 나오지 않았다. 브이는 아빠 대신 집안일과 태권도장 일을 도맡아 하면서 지냈다.

잠들 준비를 마친 브이가 침대에 앉아 기지개를 켰다. 도장 수업은 여전히 기범이 도와주고 있었지만 기범 역시 이사 준비를 하느라 바빴다. 홀로 이것저것 신경 쓸 게 많아지니 잠시 잊을 법도 한데 머릿속 한구석에는 늘 박연이 있었다.

보고 싶다. 드라마 촬영 때문에 밤을 새기 일쑤인 터라 얼굴을 보지 못한 지도 며칠이 지났다. 브이는 스탠드 등불을 켜놓은 어두운 방을 돌아보았다. 외롭다는 게 이런 거구나. 쓸쓸하다는 게. 박연을 만나기 전에는 몰랐던 감정이었다. 누군가를 좋아하고, 그 누군가를 만나는 일은 브이에게 많은 것을 가르쳤다.

그때 핸드폰이 울렸다. 브이가 재빨리 메신저 메시지를 확인했다.

'자?'

오랜만에 박연에게서 온 연락이었다. 내용을 입력했다.

'이제 막 자려구요.'

'문 열어줘.'

문을 열어?

곧장 돌아온 답장에 브이의 눈이 동그래졌다. 설마….

브이가 핸드폰을 침대에 던져두고 방을 뛰쳐나왔다. 맞은편에 기범이 잠들어 있을 방을 한 번 살폈다. 문이 굳게 닫혀 있는 현수의 방도 빼놓지 않고 확인했다. 현수는 일찍 잠이 들었을 것이다. 기범이는 요즘 이사 준비한다고 바쁘니까….

최대한 발소리를 죽이고 현관으로 나간 브이가 조심스럽게 문을 열었다. 박연이 어둠 속에서 후드 모자를 뒤집어쓴 채 서 있었다. 브이는 박연을 끌고 후다닥 방으로 들어왔다. 브이가 방문을 닫자마자 박연이 어깨를 끌어안았다. 두 팔로 조이며 너른 품이 브이의 얼굴을 가두었다.

낮은 목소리가 조용히 속삭였다.

"이틀 밤 꼴딱 샜어."

"다음 촬영은 어쩌고 왔어요?"

"내일 새벽에 있어. 집에 가서 쉬려다가 그대로 잠들면 촬영가기 전에 깰 자신 없어서. 그럼 너 못 보고 가잖아."

박연의 품에서 떨어져 나온 브이가 머리 위를 올려다보았다. 어두운 방 안에서도 얼굴에 드리운 피로감이 그대로 느껴졌다. 박연은 브이의 침대에 걸터앉아 눈앞에 보이는 브이의 허리를 안고 얼굴을 묻었다.

오늘은 씨바견이 아니라 시바견이다. 브이의 입가에 옅은 미소가 번졌다. 박연은 강아지라도 된 듯이 브이의 배에 얼굴을 비볐다.

"한 시간만 재워주라. 오랜만에 작품 들어가는 거라 날 세우고 있었더니 엄청 피곤해."

작게 중얼거리며 침대에 눕는 박연을 따라 브이는 좁은 싱글침대에 몸을 붙이고 나란히 누웠다.

"어머님은요?"

"호텔에서 지내. 엄마가 그 뒤로 귀찮게 안 했지? 도장도 안 오고?"

박연과 마주보고 누운 브이가 고개를 끄덕였다. 박연은 졸음이 담긴 눈꺼풀을 무겁게 깜박이며 말했다.

"너도 봐서 알겠지만 나한테서 대리만족 느끼면서 사는 게 낙인 사람이야. 내가 어릴 때부터 활동해서 현장 뒷바라지는 전부 엄마 몫이었거든. 엄마는 나를 통해서 누리는 돈, 명예, 우월감…. 그런 게 자신을 위한 보상이라고 생각해."

박연은 브이에게 옛일을 말하며 함께 기억에 잠겼다.

엄마는 배우의 길을 들어선 아들의 매니저와 소속사를 자처해 촬영장을 쏘다녔다. 얄궂은 방송가 사람들에게 휘둘리지 않기 위해 그들과 어울렸고, 그들과 싸웠고, 억척같이 버텨냈다. 그리고 그 모든 고통을 감수해낸 인내의 보상을 박연으로부터 얻어냈다. 자신을 치장하고, 파티를 열고, 사람들의 부러움을 즐겼다.

"아빠는 연예계가 사람 망가트린다고 생각했어. 그래서 엄마랑 나를 떠났어. 그 어린애가 잡는데도 그냥 가버리더라. 엄마랑 내 얼굴만 봐도 지겹대."

브이는 지인들 앞에서 없는 말을 지어내던 전 여사의 행동이 그제야 이해가 갔다. 덤덤하게 이야기를 풀어놓는 박연을 보며 브이는 언젠가 송 실장이 했던 말을 떠올렸다.

'정말 어린애 같죠? 심보가 못돼서가 아니라 배운 적이 없거든요. 가르쳐준 사람이 없어요.'

브이가 조용히 손을 들어 올려 박연의 뺨을 쓰다듬었다.

"그 뒤로 박연 씨 아버지는요?"

"어릴 땐 엄마 허락 없인 아무것도 못했으니까 찾을 수가 없었어. 스무 살 되던 해 처음으로 엄마 몰래 아버지를 수소문해서 찾아갔는데 벌써 새 가족이 있더라고…."

박연은 브이와 맞추고 있던 시선을 내렸다. 그리고는 멋쩍은 미소를 지으며 말했다.

"그래서 가끔씩 멀리서 얼굴만 보다 와. 아직도 연예계 있는 사람이라면 학을 떼. 아버지는 날 그리워하지도 않고, 반기지도 않는데. 내가 그 앞에 나타나서 무슨 말을 해."

내리깔았던 눈을 들어 다시 브이를 보았다. 연예계에 있으면서 아무리 가까운 사람에게도 속사정은 말하지 않는 게 당연해졌다. 약한 부분은 드러내지 않는 게 옳았다. 그러나 눈앞의 여자는 어떤 이야기라도 따뜻하게 들어줄 거란 확신이 있다. 그것은 브이가 제게 말했던 믿음이었다.

박연은 따뜻함이 가득한 브이의 눈동자를 보며 입술을 달싹였다.

"근데 뭐 잊은 거 없어?"

하염없이 따뜻한 시선으로 박연을 바라보고 있던 브이가 눈을 깜박였다. 곧 부끄러운 기억이 뇌리를 스쳐갔다.

'나, 박연 씨랑 할 수 있을 것 같아요.'

브이의 얼굴이 빨갛게 달아올랐다. 박연은 어색하게 눈을 굴리는 브이에게 몸을 붙였다. 싱글침대가 흔들렸다. 단단한 팔이 마주보고 누운 브이의 허리를 품으로 끌어당겼다. 좁은 침대 위에서 엉킨 하반신이 서로에게 완전히 밀착했다.

브이는 잔뜩 얼어붙은 표정으로 박연을 보았다. 심장소리가 커지기 시작했다. 입안이 바싹 마르고 눈앞이 뿌옇게 흐려졌다.

빛난다. 눈앞의 남자만 반짝반짝. 브이의 시야에 비네팅(Vignetting)효과가 벌어졌다. 브이가 눈을 세게 감았다 떴다.

여전히 눈앞에서 홀로 반짝이고 있는 박연은 어느덧 진지해진 얼굴로 중얼거렸다.

"내가 이틀 밤 새운 거로는 끄떡없는 남자야, 알지?"

피곤함으로 인해 가라앉은 목소리가 낮게 물었다. 박연은 촬영 내내 보고 싶었던 얼굴을 마음껏 훑어보았다. 긴장한 두 눈도 좋고, 씻은 지 얼마 되지 않았는지 진하게 풍겨오는 샴푸 냄새도 좋다. 잘게 움직이며 브이의 얼굴을 훑던 눈동자가 벌어져 있는 입술에 고정되었다. 들릴 듯 말 듯한 목소리가 투정처럼 속삭였다.

"해줘."

브이가 무어라 대답하기도 전에 박연이 먼저 이마를 붙여왔다. 얼굴을 겹치며 커다란 손이 브이의 손을 잡아끌었다. 브이는 박연에게 제 몸을 맡기고 눈을 감았다. 두 사람의 입술이 겹쳐졌다.

똑똑. 그때 예상치 못한 노크소리가 울렸다. 겹쳐진 입술을 뭉개던 박연이 얼굴을 떼고 방문을 돌아보았다.

"브이야? 자?"

문밖에서 작게 속삭여 묻는 목소리는 기범의 것이었다.

"아이 씨, 저…!"

박연은 반사적으로 입 밖에 튀어나오려는 욕지거리를 간신히 삼켰다. 그런 박연의 등을 후려친 브이가 작게 소리쳤다.

"빨리 숨어요!"

"그냥 자연스럽게 자는 척하자."

"지금 이 시간에 박연 씨가 내 방에 있는 거 자체가 자연스럽지 않거든요?"

브이의 등쌀에 못 이겨 침대에서 내려온 박연이 우왕좌왕 방 안을 살폈다. 그때 한 번 더 기범의 목소리가 들려왔다.

"들어갈게?"

브이는 옷장 문을 열고 박연을 밀어 넣었다. 박연이 큰 키를 구부려 옷장에 걸린 옷가지 사이에 몸을 숨겼다. 방문이 열리는 동시에, 간발의 차이로 침대로 뛰어오른 브이가 눈을 감았다.

방으로 들어선 기범은 브이가 잠들어 있는 침대를 보며 고개를 갸웃거렸다.

"말소리가 들렸는데…."

의아한 표정으로 돌아섰다. 방문을 닫으려던 기범이 다시 들어와 등 뒤로 감추고 있던 운동화 한 켤레를 바닥에 내팽개쳤다. 놀란 브이가 벌떡 일어나 앉았다. 방바닥을 굴러다니는 운동화는 박연의 신발이었다.

"나와, 이 새끼야!"

기범이 주저 없이 옷장 문을 활짝 열었다. 비좁은 옷장 안에 숨어 있는 동안 한계치에 다다른 몸이 옷장 밖으로 용수철처럼 튕겨져 나왔다. 위험하다는 생각이 기범의 뇌리를 스쳐가는 찰나, 두 남자의 입술이 거칠게 부딪쳤다.

침대에 앉아 생각지 못한 광경을 목격한 브이는 두 손으로 입을 틀어막았다.

"어떡해…."

입을 가린 브이가 작게 중얼거렸다. 시간이 멈춘 듯 입술을 맞댄 채 꼼짝 않던 두 남자가 그제야 서로를 밀쳐냈다.

박연이 얼얼한 입술을 만지며 소리쳤다.

"에이 씨! 더럽게!"

당황해서 멍하게 서 있던 기범도 정신을 차렸다. 기범은 검지를 곧게 뻗어 박연을 손가락질했다.

"이 변태자식! 아저씨한테 다 말할 거야."

입술을 박박 문질러 닦던 박연이 얼굴색을 바꾸고 기범에게 다가갔다.

"정산은 예전에 끝난 거 아니었어? 방 빼고, 입 다물기. 이렇게 나오면 약속 위반이야."

"둘 사이에 계약서가 있다는 사실을 입 다물어주기로 한 건 당신이 괜찮은 놈일 때 얘기지. 이렇게 변태처럼 브이 방에 몰래 숨어들었을 땐 얘기가 달라지지!"

두 남자는 누가 먼저랄 것도 없이 서로의 멱살을 잡아챘다. 뒤늦게 침대에서 내려온 브이가 두 남자를 뜯어말렸다.

"둘 다 그만해. 박연 씨, 얼른 가요. 기범이 너도 나가."

브이는 요지부동인 두 남자를 번갈아 노려보았다.

"빨리…!"

브이가 작게 소리쳤다. 기범이 마지못해 먼저 멱살을 놓았다. 기범은 아직도 제 멱살을 잡고 놓지 않는 박연의 손을 쳐내며 말했다.

"괜히 아저씨한테 걱정거리 하나 더 만들어드리는 것 같아서 참는다. 빨리 꺼져."

"네가 먼저 나가. 한밤중에 남의 여자 방은 왜 기어 들어와?"

'남의 여자'라는 말에 기범이 눈살을 찌푸렸다. 미세한 표정 변화를 캐치한 박연은 보란 듯이 브이에게 다가가 두 손으로 뺨을 감쌌다. 금방이라도 입을 맞출 듯이 고개를 숙이는 박연의 뒷덜미를 기범이 움켜쥐었다. 기범에게 뒷덜미를 잡힌 박연이 손아귀에서 벗어나려 몸부림쳤다. 그러나 박연을 단단히 붙든 손은 꿈쩍도 하지 않았다.

"뭐, 안 뭐?"

박연이 당황한 얼굴로 기범을 돌아보았다.

기범은 박연의 뒷덜미를 잡은 손에 조용히 힘을 주었다. 옷깃이 뒤로 당겨지며 목덜미를 꽈악, 조였다. 짧은 기침을 터트린 박연이 기범을 노려보았다.

운동 좀 했다, 이거야?

아무리 생각해도 목덜미를 당기는 손아귀를 쉽게 벗어날 순 없을 것 같았다. 박연은 이내 코웃음을 치며 고개를 끄덕였다.

"그래. 간다, 가. 내가 참는다."

감싸 쥐고 있던 브이의 뺨을 놓고 돌아섰다. 그제야 기범이 뒷덜미를 놓아주었다.

기범이 아무런 의심 없이 방문을 여는 찰나, 돌연 박연이 브이에게 뛰어들었다. 브이의 얼굴을 잡고 막무가내로 입을 맞췄다. 이마, 뺨, 눈, 코, 입. 가리지 않고 쏟아지는 뽀뽀 세례에 브이가 눈을 찡그려 감았다.

뒤늦게 알아차린 기범이 박연에게 달려들었다.

"이 자식이…!"

벗어나려는 브이와 들러붙는 박연. 그런 박연의 멱살을 쥐고 흔드는 기범까지. 한밤중에 어두운 방 안에서 뒤엉킨 세 사람이 실랑이를 벌였다.

스웨트셔츠와 조거팬츠 차림으로 가볍게 오전 러닝을 마친 박연이 막 집에 돌아왔을 때였다. 아무도 없어야 할 드레스룸에서 인기척이 들렸다. 탁, 탁. 규칙적으로 들리는 소리는 무언가를 여닫는 소리였다. 냉장고 앞에 서서 생수로 목을 축이던 박연이 드레스룸이 있는 방향을 돌아보았다. 자신과 함께 운동을 다녀온 영범은 아직 차고에 있고, 다른 배우의 해외 스케줄에 동참한 송 실장이 왔을 리도 없었다.

최대한 발소리를 죽이고 드레스룸 앞에 섰다. 손가락 한마디만큼 열려 있는 문틈을 예고 없이 홱 열어젖혔다.

"누구야!"

버럭 소리부터 지른 뒤, 드레스룸을 둘러보았다. 방 안 빼곡한 옷장과 서랍장의 문이란 문들이 죄다 열려 있었다. 그리고 그 앞에서 놀란 가슴을 부여잡고 앉아 있는 이는 다름 아닌 자신의 모친이었다.

박연이 얼굴을 일그러트리고 소리쳐 물었다.

"뭐해, 지금?"

"아이고, 벌써 들어왔네."

전 여사는 열었던 서랍장을 도로 닫으며 겸연쩍은 얼굴을 했다. 길게 한숨을 내쉰 박연이 가까스로 화를 눌러 참고 물었다.

"설마 아들 집 뒤지는 중은 아니지?"

전 여사는 바닥에 주저앉은 채로 박연을 올려다보며 소리쳤다.

"그러니까 별장 내놓으라고! 진짜 팔았어? 아니지? 아무리 뒤져도 매매문서는 없던데?"

"엄마!"

박연은 겨우 참은 화가 금세 머리끝까지 치솟는 것을 느꼈다. 피가 거꾸로 솟는다는 게 이와 비슷한 느낌일 것이다. 전 여사는 자리에서 벌떡 일어나 박연의 앞으로 달려갔다. 저보다 키가 한참 커버린 아들을 올려다보며 두 팔을 끌어 잡았다.

"다시 제주도로 조용히 내려갈 테니까 별장 다시 돌려놓으라구. 내 유일한 스트레스 해소법이 지인들 불러서…."

"지인들 불러서 파티 하는 거, 그거 유일한 스트레스 해소법 아니야."

박연이 전 여사의 말을 가로챘다.

"쇼핑하고, 여행 다니고. 내 이름 들먹이면서 여기저기 적선하듯이 투자하고. 스트레스 여러 가지 방법으로 해소하잖아, 왜 이래?"

전 여사는 따박따박 따지는 아들을 향해 서운하고 분한 목소리로 받아쳤다.

"내가 그것 좀 못 즐겨? 나 그럴 자격 충분히 있어. 내 젊음 다 바쳐서 너 하나 번듯하게 키우려고, 싸가지 없는 감독들한테 머리 조아리고. 있는 돈 없는 돈 다 긁어모아서 우리 아들 잘 봐달라고 소속사 대표들한테 나간 밥값만….”

"알아, 알아.”

박연은 늘 똑같이 되풀이되는 레퍼토리를 서둘러 잘라냈다. 전 여사의 희생으로 만들어진 '배우 박연의 성공기'를 들어주자면 밤을 새고도 남았다.

박연은 전 여사를 달래듯 손을 마주잡았다.

"다 아니까 적당히 좀 하자. 적당히 놀러 다니고, 적당히 사들이고. 제발 적당히… 아들 생각도 좀 하고.”

전 여사는 나긋해진 아들의 어투에 고분고분 입을 다물었다. 여기서 더 따질 만큼 잘한 게 없다는 것쯤은 스스로 자각하고 있었다.

"엄마 아들 다 컸어. 어릴 때처럼 내 뒤만 쫓아다녀 달라는 게 아니라 가끔 전화도 하고. 얼굴도 보자고, 어?”

타이르는 아들을 쳐다보는 전 여사의 얼굴이 시무룩하게 변했다. 그런 전 여사를 지켜보는 박연의 눈빛이 약해졌다. 아역배우 시절에 굶어 가면서 잠도 못 자고 촬영현장을 쫓아다니던 엄마의 모습을 생생히 기억한다. 어린 나이에 감당하기 고달팠던 배우 생활. 그 시절에 자신의 곁에는 엄마뿐이었다. 그 시절의 미안함과 고마움 때문인지, 연예계 일을 그만두지 않는다는 이유로 아버지에게 내쳐진 동병상련의 마음 때문인지. 이번에도 박연은 전 여사에게 지고 말았다.

박연은 전 여사의 손을 놓고 말했다.

"별장 안 팔았어. 엄마한테는 판 걸로 해달라고 관리인 아저씨한테 부탁했어.”

시무룩해져 있던 얼굴에 금세 생기가 돌았다.

"진짜야?”

"응, 그러니까 별장 얘기는 그만하자.”

전 여사가 함박웃음을 지었다. 애처럼 좋아하는 얼굴을 보니 피식, 허탈한 웃음이 터져 나왔다.

"안 그래도 오늘 엄마 만나러 호텔 가려고 그랬는데, 잘 됐네. 오랜만에 서울 올라왔으니까 오늘은 나랑…"

"그럼 엄마 먼저 가볼게, 연아."

전 여사는 손을 흔들어 보였다. 박연은 자신을 지나쳐 드레스룸을 빠져나가는 전 여사를 따라 나왔다.

"갑자기 어딜 가?"

"제주도 내려가야지. 별장 문제 때문에 모임이 몇 번이나 미뤄졌는데. 빨리 가야 돼."

전 여사는 신이 나서 콧노래를 부르며 현관으로 향했다. 박연은 우두커니 서서 집을 나가는 전 여사를 말없이 바라보았다.

전 여사가 나가고 얼마 지나지 않아 영범이 들어왔다.

"형님, 여사님은 어디 가세요?"

영범의 질문에 자리에 못 박힌 듯 서 있던 박연이 그제야 거실로 걸어 나왔다. 박연은 소파에 털썩 주저앉으며 덤덤하게 말했다.

"제주도 내려간대."

"제주도요?"

영범이 눈을 동그랗게 뜨고 되물었다.

"오늘은 여사님하고 같이 보내기로 하신 거 아니었어요? 좋은 데 모시고 간다고 며칠 전부터 촬영도 몰아서 끝내고 오늘 스케줄까지 다 비워두셨잖아요?"

박연은 대꾸하지 않았다. 영범의 말처럼 그러려고 했다. 오랜만에 사이좋은 엄마와 아들로 시간을 보내려 했다. 볼일 다 봤다고 이렇게 바로 가버릴 줄은 몰랐지.

영범은 씁쓸한 표정으로 앉아 있는 박연의 곁에 조심스럽게 엉덩이를 붙이고 앉았다. 옆자리에 앉은 영범을 흘끔 쳐다본 박연이 얼굴을 구겼다.

"뭘 그렇게 봐? 눈빛 뭐야? 네가 뭘? 왜? 날 그렇게 안쓰럽게 봐?"

박연은 검지에 힘을 주어 영범의 가슴을 쿡쿡 찔렀다. 가슴을 쑤시는 손가락질에 어깨를 움츠린 영범이 훌쩍이며 말했다.

"여사님은 매번 형님 마음도 몰라주시고! 제 앞에서는 아무렇지 않은 척하지 않으셔도 돼요."

"뭐래. 오늘 브이랑 데이트하려고 비운 거거든?"

멋쩍어진 박연이 영범을 흘끔거리며 핸드폰을 꺼냈다. 보란 듯이 브이에게 전화를 걸었다. 핸드폰 너머로 브이의 목소리가 들려왔다.

"오늘 볼까?"

-아, 저기… 오늘은 약속이 있는데….

"무슨 약속?"

-기범이가 이사를 해요. 도와주고 집들이도 하고….

"집들이?"

브이의 입에서 나온 기범의 이름에 얼굴을 찌푸리던 박연은 '집들이'란 단어에 재깍 반응했다.

"둘이 같이 짐도 옮기고 파티도 하겠다는 거야?"

-파티가 아니라 집들이요.

"맛있는 거 먹고 술 마시고 할 거 아냐? 그럼 파티지. 딱 기다려."

자리에서 벌떡 일어난 박연이 영범의 옷깃을 잡아당겼다.

브이네서 방 빼라고 했더니 이젠 자기 방으로 브이를 불러내?

두 눈을 부릅뜬 박연에게 붙들린 영범은 아직 식지 않은 운전대를 다시 잡아야 했다.

기범이 경인태권도장 차량에서 짐을 내렸다. 워낙에 짐이 적어 용달

대신 도장 차량을 이용했다. 기범은 두 팔을 걷어붙이고 옷가지가 든 박스를 어깨에 짊어졌다. 브이의 연락을 받고 달려온 소연도 이불 보따리를 날랐다.

세 사람이 묵묵히 이삿짐을 나르는 동안 박연은 차량 뒤꽁무니를 어슬렁거렸다. 차창에 얼굴을 비추며 머리를 매만졌다. 그때 접이식 책상을 든 브이가 박연을 밀치고 지나갔다. 브이는 힘없이 옆으로 밀려나는 박연을 돌아보며 말했다.

"거기서 그러고 있지 말고, 저리로 비켜요."

픽, 웃은 박연이 브이에게 다가가 어깨를 잡아 세웠다.

"내놔. 여자가 뭐 이런 걸 들어."

브이의 손에 들린 책상을 빼앗듯 들었다. 순간적으로 두 다리가 휘청거렸다. 박연은 당황한 기색이 역력한 얼굴로 브이를 흘끔 쳐다보았다.

"이거 왜 이렇게 무겁니?"

브이가 한숨을 쉬며 고개를 저었다.

"내놔요. 그러게 드라마 촬영한다고 잠도 못 잔 사람이 어떻게 이삿짐 옮기는 걸 돕겠다고 여기까지 왔대요?"

박연이 브이의 뒤를 따라가며 해명했다.

"그래. 내가 계속 밤샘 촬영하느라 피곤해서, 알지?"

천연덕스럽게 말한 박연은 주위를 두리번거리다 한 손에 쏙 들어오는 사이즈의 미니화분을 들었다. 크고 무거운 짐은 놔두고 달랑 미니화분을 들고 가는 박연을 보며 소연이 혀를 찼다. 쯧, 저 씨바견 언제 사람 되려나.

이삿짐을 옮기고 정리정돈을 끝내자 해가 졌다. 좁은 원룸 자취방 한가운데 접이식 책상을 식탁 삼아 배달음식을 펼쳐놓았다. 소연이 회식에서 쌓아온 실력을 발휘했다. 그녀는 맥주와 소주를 황금비율로 섞어

폭탄주를 제조했다.

폭탄주가 든 종이컵을 부딪쳤다. 박연을 태우고 돌아가야 하는 영범은 주스 잔을 나 홀로 들어올렸다. 종이컵을 부딪치는 횟수가 늘어갈수록 빈 술병도 늘어갔다. 박연은 기범과 원샷 경쟁이 붙었다.

브이가 술이 든 종이컵을 입에 물고 옆자리를 흘끔 보았다. 박연이 잔을 단번에 비워내는 중이었다. 요즘 드라마를 찍느라 바쁜 탓에 박연과 같이 시간을 보내는 건 꽤 오랜만이었다. 박연이 빈 종이컵을 탁, 내려놓으며 승리의 미소를 지었다. 그런 박연을 따라 브이도 기분 좋게 잔을 비웠다. 기분이 좋아서인지 오늘따라 술이 달게 넘어간다.

오가는 웃음소리와 시시한 농담. 그런 것들과 함께 술자리가 계속 되었다. 어느새 취기가 알딸딸하게 올랐다. 연거푸 술잔을 비워내던 브이가 세수를 하기 위해 욕실로 들어왔다. 문을 닫으려는 찰나, 박연이 문틈으로 머리부터 들이밀고 따라 들어왔다.

"뭐예요? 내가 먼저 들어왔는…!"

브이가 말을 마치기도 전에 박연은 얼굴을 붙들고 입술부터 포개었다. 박연은 브이의 입술을 꾹 누른 채 숨도 쉬지 않았다. 좁은 욕실에 정적이 흘렀다. 브이는 바깥에서 두런두런 들려오는 말소리를 들으며 눈을 굴렸다.

한참동안 미동도 없이 눌려 있던 입술이 아쉬운 듯 머뭇거리며 떨어져나갔다. 브이는 입술을 만지작거리며 박연을 올려다보았다. 박연의 눈시울이 뜨겁게 떨리고 있었다. 박연이 술기운으로 인해 가라앉은 목소리로 나지막이 중얼거렸다.

"너랑 자고 싶어."

박연이 브이에게 더욱 가까이 다가섰다.

"우리 집에 가서 나랑 하자."

박연의 목소리를 듣는 순간, 술이 올라 있던 뺨이 더욱 뜨끈뜨끈하게 달구어졌다. 브이는 뺨을 문지르며 박연을 흘끔거렸다.

"나 취했는데…. 취해서 하면 안 되는 거 아닌가…."

"드링크 사올까?"

박연이 기다렸다는 듯이 물었다. 브이는 금방이라도 편의점으로 달려가 숙취해소용 드링크라도 사올 듯이 눈을 빛내는 박연을 물끄러미 쳐다보았다. 그러자 박연의 목소리가 더욱 안달이 났다.

"나랑 한다며. 할 수 있다며."

하려고 했다. 그런데 갑자기 이런 저런 일이 생겨버리고 때를 놓쳐버렸다. 이 남자와는 언제쯤 어떻게 사랑을 나누게 될까. 이 남자가 하자는 사랑은 어떨까. 박연을 보며 브이는 저도 모르게 그런 생각을 했다. 알딸딸한 술기운이 엄한 상상을 불러왔다. 브이는 몸이 제 몸이 아닌 것처럼 수줍게 배배 꼬이는 것을 느꼈다.

브이가 불분명한 발음으로 웅얼거렸다.

"박연 씨가 바빠져서 계속 못 만났잖아요. 근데 우리 첫날밤인데 둘 다 취하면 별로야…."

"그럼 언제 되는데? 내일 뭐해?"

"내일은 아빠 도와서 도장 정리하는 날이에요."

"그 다음 날은?"

"박연 씨 촬영 있잖아."

브이에게 바투 붙어 있던 몸이 떨어져나갔다. 브이는 한 발짝 떨어져서는 박연의 팔을 잡았다.

"삐쳤어요?"

"누가 삐쳐? 나가. 나 화장실 쓸 거야."

잡은 팔을 흔들었다.

"박연 씨."

대답이 없는 박연을 한 번 더 불렀다.

"연아."

단단히 삐친 얼굴로 앞만 보고 있던 박연의 눈동자가 사정없이 떨렸다. 눈을 빠르게 깜박인 박연이 브이를 돌아보았다.

"뭐? 다시 불러봐."

"연아."

나지막이 박연을 부른 브이가 잡고 있던 팔에 머리를 기대고 물었다.

"갈까?"

"어디를…?"

"집에 갈까? 가서… 할까?"

마른침을 꿀꺽 삼킨 박연이 울상을 지었다.

"씨이…. 무섭다고 울고불고 난리치더니 이젠 할 마음먹었다고 날 가지고 놀아? 취해서 안 한다며?"

브이가 박연의 팔을 놓고 눈을 맞췄다. 커다란 눈망울로 박연을 올려다보았다.

"부끄러우니까 맨 정신보다 나을 것 같기도 하고…. 생각해보니까 그 정도로 많이 취한 건 아닌 것 같고…."

말을 끝내기도 전에 브이의 몸이 허공으로 번쩍 들렸다. 두 팔로 아담한 몸을 안아 올린 박연이 비장하게 말했다.

"가자."

브이는 자신을 안고 욕실을 나서려는 박연에게 속삭여 물었다.

"괜찮아요? 팔 떨리는데?"

"이삿짐 옮겨서 그래."

"박연 씨 하나도 안 옮겼잖아요."

454

"시끄러."

브이가 피식 웃으며 박연의 목에 팔을 둘렀다. 브이를 안은 박연이 욕실 문을 걷어차고 나왔다. 술상에 둘러앉은 세 사람의 시선이 욕실로 향했다. 기범을 한 번 쳐다본 박연은 근엄한 표정으로 영범에게 말했다.

"시동 걸어."

붉게 부어오른 입술이 연신 붙었다 떨어졌다. 품에 가두듯 브이의 위로 몸을 겹친 박연이 고개를 더욱 깊숙이 숙였다. 침대에 누운 브이는 박연과 입을 맞추며 목을 끌어안았다.

눈을 감자 모든 감각이 입술에 집중되었다. 힘주어 닿았다 떨어지는 감촉이 기분 좋다. 숨을 뱉을 때마다 코끝으로 풍겨오는 술 냄새도 좋다. 맨 정신이었다면 민망하게 들렸을 입술이 부딪치는 소리마저도 좋았다.

키스를 하던 박연이 스웨트셔츠를 머리 위로 벗어냈다. 어두운 침실 조명 아래, 단단하면서도 슬림한 실루엣이 드러났다.

박연은 누워서 자신을 올려다보고 있는 브이의 손목을 잡았다. 일어나 앉은 브이가 부끄러운 듯 주뼛거리며 옷을 벗기 시작했다. 옷소매에서 느릿느릿 팔을 빼는 모습을 지켜보던 박연이 결국 다급한 손길로 탈의를 도왔다.

금세 속옷이 고스란히 들여다보이는 이너웨어만이 남았다. 박연은 가벼워진 옷차림으로 마주앉은 브이를 가만히 바라보았다. 눈동자가 뜨겁게 떨리며 움직였다.

"왜 이래…"

브이의 커다란 눈망울이 박연의 눈동자만큼이나 흔들렸다. 브이는 긴장해서인지, 너무 좋아서인지 잘 나오지 않는 목소리로 나지막이 물었다.

"왜요?"

"심장 터져서 죽을 것 같아."

박연은 자신의 왼쪽 가슴에 손을 얹었다. 미친 듯이 뛰는 심장박동이 손바닥까지 전해졌다. 어떤 여자를 만나도 단 한 번도 이런 적이 없는데. 바짝 마른 입술을 축인 박연이 낮은 목소리로 말했다.

"네가 나 좀 살려줘."

브이에게서 눈을 떼지 않고 다시 한 번 채근했다.

"얼른."

작은 손으로 박연의 얼굴을 감싸 쥐었다. 브이는 박연의 턱을 붙들고 입을 맞췄다. 벌어진 입술을 사랑스럽게 입에 물었다. 박연이 브이의 어깨와 등을 끌어안고 뒤로 눕혔다. 어깨와 등을 어루만지는 손바닥이 어느 때보다도 뜨거웠다. 브이의 머리칼을 헤치고 귓가에 입술을 묻었다. 벌어진 입술이 빠르게 맥박이 뛰는 목덜미를 따라 부드럽게 움직였다.

숨바꼭질을 하는 듯했다. 브이가 온몸에 배어 있는 긴장을 감추고 태연한 척 애를 쓸수록 박연의 입술은 맥박이 더 빨리, 더 뜨겁게 뛰는 곳을 찾아 움직였다. 입술이 헐벗은 몸을 간지럽게 훑어 내려갔다. 마른 어깨 아래로 드러난 쇄골을 지나 가슴 정중앙을 가로질렀다. 브이의 커다란 눈이 가늘어졌다. 심장이 터져서 죽을 것 같다던 박연보다 브이는 자신이 먼저 없어질 거라 생각했다.

알딸딸한 술기운 때문인지, 여기저기를 간질이며 입을 맞춰대는 박연 때문인지 정신이 몽롱했다. 브이가 몽롱한 정신을 붙들고 긴장을 풀어보려 애썼다. 그것을 알아차린 듯 박연이 하얗게 드러난 가슴에 파묻었던 얼굴을 들었다.

"괜찮아?"

작은 떨림이 느껴지는 목소리를 들은 브이가 고갯짓으로 대답을 대신

456

했다. 박연은 긴장한 듯 크게 오르내리는 가슴을 달래듯 부드럽게 그러쥐고 입을 맞췄다. 흰 살결에 끊임없이 입을 맞추며 가슴께를 누비던 박연이 마침내 품속에 갇힌 작은 몸에서 가장 뜨거운 곳을 찾아냈다.

숨바꼭질은 술래 박연의 승리였다. 심장보다도 더 빠르고, 더 뜨거운 두근거림이 느껴지는 곳. 가느다란 허리와 판판한 아랫배를 미끄러져 내려온 박연은 그보다 낮은 곳에 입술을 묻었다. 브이는 순간 두 다리에 힘이 풀리며 발끝이 저릿해지는 것을 느꼈다. 난생 처음 느껴보는 감각이었다. 아랫배가 사르르 떨렸다.

침대시트를 움켜쥐며 어쩔 줄 몰라 하던 브이가 다리 사이를 파고든 박연의 머리칼을 헤집었다. 발가락이 절로 오므라들었다. 눈에 보이지 않고, 오로지 감각만으로 느껴지는 입맞춤은 한없이 부드럽고 다정하면서도 강렬했다.

"아…."

벌어진 브이의 입술에서 한숨과 같은 신음이 흘러나왔다. 두 손으로 하얀 허벅지를 밀어 올린 박연이 더욱 깊게 입을 맞췄다. 부끄러운 자세와 제 입에서 나왔다고는 믿기지 않은 생경한 신음소리까지도 브이는 자각하지 못하고 있었다.

몽롱하던 정신이 완전히 현실감을 잃어버렸다. 은밀한 부위에 쏟아지는 길고 집요한 입맞춤은 브이를 완전히 다른 곳으로 데려가는 중이었다. 숨소리가 조금씩 밭아지기 시작하는 브이의 눈앞에 어둠이 펼쳐졌다. 까만 어둠이지만 두려움보다는 설렘이 가득한 그곳은 박연을 처음 만났던 인도의 밤하늘이었다. 오색 불꽃이 팡팡, 소리를 내며 터지던 밤하늘. 그 아래서 불꽃보다 빛나던 박연의 얼굴이 눈앞에 어른거렸다.

가늘게 뜬 눈으로 천장을 올려다보며 숨을 헐떡이던 브이가 고개를 들었다. 제 기분을 좋게 해주려 열중하고 있는 박연의 정수리가 내려다보였다.

'더 예뻐해줘도 돼?'

그렇게 묻던 남자의 예쁨을 받고 있다고 생각하니 얼굴이 보고 싶어졌다. 창피한 줄도 모르고 어떤 표정인지, 어떤 눈빛인지 다 보고 싶어졌다.

도대체 이 남자는 어떤 얼굴로, 어떤 눈으로 나를 예뻐해주고 있는 걸까.

브이는 박연의 머리를 잡아 올렸다. 박연의 얼굴이 브이의 눈높이로 올라왔다. 두 눈동자가 평소와는 다른 색으로 젖어 있었다. 평소처럼 다정했지만 다정하지만은 않았다. 박연은 제 눈을 들여다보는 브이에게 이마를 맞대고 더 이상 참을 수 없다는 듯이 말했다.

"사랑해 브이야."

담백하고 진솔한 사랑 고백이 브이의 얼굴로 뜨거운 숨과 함께 부서졌다. 브이는 눈을 감으며 대답했다.

"나도 사랑해…."

작게 화답하는 목소리를 들은 박연이 고개를 숙이며 브이의 안으로 들어섰다. 조금 전까지 다정한 입맞춤이 이어지던 자리에 뜨겁고 묵직한 통증이 찾아들었다. 순간적으로 미간을 찌푸린 브이가 박연을 힘껏 끌어안았다. 고통스러운 신음이 목울대를 치고 올라왔다.

박연은 목에 매달려 작게 떠는 브이를 끌어안고 낮은 숨을 뱉었다. 처음으로 문을 두드린 브이의 안은 머리가죽이 저릿하도록 부드럽고 강하게 박연을 삼켰다.

박연은 눈 밑이 붉어진 얼굴로 말했다.

"따뜻해…."

나지막하게 속삭이곤 제 아래 누워 있는 브이를 보았다. 꽉 감은 눈꺼풀. 젖은 속눈썹과 찌푸려져 있는 미간. 통증을 참기 위해 세게 깨문 입술. 어느 것 하나 예쁘지 않은 곳이 없었다. 이 여자는 늘 이렇다. 자신을 향한 눈길, 말투, 숨소리까지. 모든 것이 따뜻하고 사랑스러웠다.

박연은 브이로부터 전해지는 따뜻함이 자신을 머리부터 발끝까지 뒤 덮는 것을 느꼈다. 진짜 박연을 알아주는 유일한 여자. 그래서 자신의 모습이 어떻든 언제라도 따뜻하게 안아줄 여자. 그리하여 이렇게 못난 자신마저도 뜨겁게 만들어버리는 여자. 브이로부터 전해진 따뜻함은 이제 박연의 안에서 뜨겁게 달아올라 한 곳으로 모여들었다.

박연은 브이의 머리칼을 쓸어 넘기며 허리를 움직였다. 그토록 원했던 권브이란 호수에 풍덩 빠져 자유로이 유영하기 시작했다. 헤엄을 치는 것과 같았다. 힘차게 움직이면 더 깊은 곳까지 닿을 수 있었다. 깊은 곳에 닿으면 닿을수록 잠영을 할 때처럼 사방의 소리가 아득해졌다.

오로지 브이의 숨소리와 귀를 자극하는 신음소리. 그리고 자신을 꽉 조여드는 따뜻함. 그것들만이 박연을 가열치게 움직이도록 만들었다. 브이는 박연의 목을 끌어안고 흔들리는 몸을 주체하지 못했다. 미열에 시달리는 사람처럼 달뜬 숨을 뱉으며 박연에게 매달렸다. 세상에 박연과 단 둘만 남겨진 듯이 모든 것을 눈앞의 남자에게 의지했다.

잇새로 낮은 숨을 토해내며 빠르게 움직이던 박연이 돌연 브이의 등을 받쳐 들었다. 두 사람이 서로를 끌어안은 채 마주앉았다. 브이는 이전보다 빈틈없이 꼭 들어맞아오는 박연을 느꼈다. 박연은 자신의 품으로 쓰러지듯 안기는 브이의 어깨에 얼굴을 묻었다. 옅은 술 냄새와 땀내가 사랑스럽게 풍겼다.

박연은 운동으로 다져져 군살 없이 매끈한 허리와 등을 어루만지며 연신 브이를 불렀다. 박연의 품에 안겨 거친 숨을 돌리던 브이가 부름에 응하듯 고개를 들었다. 눈이 마주치자마자 누가 먼저랄 것도 없이 입술부터 포개었다. 서로의 입술을 깨물었다. 서로에게 빨려 들어가듯 입을 맞췄다. 어느 때보다도 달콤하고 기분 좋았다.

숨이 턱까지 차오르도록 키스를 이어가다가 브이를 도로 넘어트렸다. 박연은 흐트러진 머리칼 사이로 붉게 달아오른 얼굴을 내려다보며 허리를 움직였다. 박연이 부드럽게 멀어졌다가 거칠게 찾아들기를 반복했다. 그럴 때마다 브이는 뜨거운 응어리가 아랫배에서부터 목울대로 울컥 치받쳐 오르는 것을 느꼈다.

"아…!"

단단하고 뜨거운 응어리는 입 밖으로 터져나가며 짤막한 탄성으로 변했다. 브이가 박연을 와락 안았다. 미세한 근육의 움직임마저 놓치지 않고 붙잡으려는 듯이 땀으로 인해 미끄러지는 등을 두 손으로 움켜쥐었다.

박연은 브이의 얼굴을 살피며 쉬지 않고 움직였다. 갈구하는 만큼 내어주는 표정은 등골이 서늘하도록 박연을 기분 좋게 만들었다. 흥분으로 일그러진 이마에 굵직한 핏대가 올라섰다.

박연은 허리를 휘감아오는 마른 다리를 안고 브이를 마지막의 마지막까지 밀어붙였다. 단단한 등을 끌어안고 있던 손이 미끄러져 나갔다. 그와 동시에 미간을 찌푸린 박연이 고개를 거칠게 돌렸다.

흔들리던 침대가 일순간 잠잠해졌다. 붉은 손자국이 남은 등판이 작게 움칠거렸다. 땀에 젖은 몸이 브이를 무겁게 눌렀다. 겹치고 누운 몸에서는 아직 다 사라지지 않은 열기가 고스란히 느껴졌다.

브이의 머리칼에 얼굴을 파묻고 깊게 숨을 들이마신 박연이 고개를 들었다. 머리칼을 쓸어 넘기고 둥근 이마에 입을 맞췄다. 이마에 묻은 입술 사이로 낮게 잠긴 목소리가 흘러나왔다.

"이렇게 좋을 거여서 내가 그렇게 너를 따라 다녔나 봐."

브이는 붉게 물들어 있는 박연의 귀와 목덜미를 차례로 만져보았다.

"나도. 이렇게 좋을까 봐 내가 그렇게 망설였나 봐요."

브이를 내려다보는 눈이 뜨겁게 젖어들었다. 애가 다 타도록 좋다. 박

460

연은 저를 향해 미소 짓는 입술 위로 얼굴을 기울였다. 긴 키스를 나누며 열어졌던 열기가 이전보다 높은 온도로 뜨겁게 끓어올랐다. 애타는 갈증이 명치끝에서부터 배꼽 아래까지 굵고 단단하게 줄기를 뻗어가며 다시금 커져갔다.

박연은 브이를 한 번 더 안았다. 한바탕 헤엄을 친 뒤 잔잔해진 수면을 떠다니던 박연이 깊은 물속으로 힘차게 자맥질했다. 단숨에 저 깊은 밑바닥까지 도달한 박연을 기다렸다는 듯이, 브이가 부드러운 품속으로 그를 끌어안았다.

단잠에 빠져 있던 박연이 뒤척이며 옆자리를 더듬었다. 만져져야 할 부드러운 감촉이 만져지지 않았다. 눈이 번뜩 뜨였다. 바닥에 떨어져 있는 티셔츠를 주워 입은 박연은 목을 긁적이며 침실을 나왔다.

일찍도 일어났다. 주방에서 아침을 준비 중인 브이의 뒷모습이 보였다. 앞치마를 두른 브이가 작게 콧노래를 흥얼거렸다. 밥솥에서 주걱으로 퍼낸 뽀얀 쌀밥을 그릇에 덜어냈다.

살금살금 발소리를 죽이고 다가간 박연이 양손에 주걱과 밥그릇을 들고 돌아서는 브이의 허리를 낚아채듯 안았다.

"으앗!"

외마디 비명과 함께 순식간에 브이의 몸이 공중으로 떠올랐다. 허리를 안아 올린 박연이 브이를 식탁에 앉혔다. 박연은 식탁에 앉힌 브이의 앞에 서서 잠이 덜 깬 눈을 감고 웃었다. 주걱과 밥그릇을 옆에 내려놓은 브이가 얼굴을 들이밀고 있는 박연의 뺨을 만졌다.

"배고프죠? 이제 차리기만 하면 되는데."

"고파, 너."

밤새 두 번, 세 번 부서지도록 안고 뒹굴었는데도 눈 뜨자마자 네가 고프다.

박연은 감고 있던 눈을 뜨고 브이를 보았다. 새빨갛게 물든 얼굴로 큰 눈만 끔뻑이고 있었다. 너무나도 권브이다운 반응에 박연은 피식 웃음이 터졌다. 커다란 손바닥으로 브이의 뒤통수를 떠안고 입을 맞췄다. 윗입술을 가볍게 물었다 놓았다.

"몸은 괜찮아?"

다정하게 묻는 박연을 보며 브이가 고개를 끄덕였다. 박연은 어린애한테 칭찬이라도 해주듯 엉덩이를 토닥이며 웃었다. 그런 박연을 브이가 물끄러미 쳐다보았다.

많이 좋아한다고 생각했다. 그런데 이 남자와 자고 나니 이전에 좋아했던 감정과는 비교할 수 없을 만큼 더 사랑스러워졌다. 연애감정이란 게 원래 이럴까? 끝도 모르고 계속 커지기만 하는 건가. 지난밤의 기억이 생생한데, 부끄러운 것도 모르는 어린애처럼 마냥 좋기만 했다. 이런 걸 보면 엉덩이를 토닥이는 박연의 어린애 취급이 당연한 것인지도 몰랐다.

박연을 말없이 바라보던 브이가 뺨을 붙들고 먼저 입을 맞췄다. 놀란 듯 커졌던 박연의 눈이 이내 부드럽게 감겼다. 두 사람은 고개를 틀고 벌어진 입술을 맞물었다. 입술이 달짝지근하게 달라붙었다.

박연은 입술을 붙인 채 브이를 안아들었다. 침실까지 가지 못하고 거실에 놓인 널찍한 소파로 직행했다. 브이와 함께 쓰러지듯 누워 턱 끝을 간지럽게 핥았다. 킥, 하고 작게 웃음을 터트리는 브이의 앞치마를 들춰 올렸다.

머뭇거리던 브이가 박연의 어깨를 두드리며 물었다.

"밥은요?"

"너 멜로드라마, 영화, 소설. 뭐라도 본 적 있지?"

브이가 고개를 끄덕였다.

"박연 씨 나오는 건 다 봤어요."

"여자 주인공이 이런 대목에서 밥 얘기하는 거 봤어?"

곰곰이 생각하던 브이가 고개를 가로저었다. 박연이 브이를 향해 눈을 가늘게 떴다. 태권브이는 너무 치명적이게 순진해.

짙은 눈썹을 씰룩인 박연이 브이에게서 눈을 떼지 않고 아래를 더듬었다. 보지 않고도 능숙하게 바지 버클을 찾아들었다.

브이는 눈을 굴리며 잠시 고민에 빠졌다. 규칙적인 식사와 박연 사이에서 갈등에 빠진 브이가 결심한 듯 박연을 도와 엉덩이를 들었다. 커다란 손이 브이의 청바지를 아래로 끌어내렸다. 예전 같으면 두 번 생각하지 않고 규칙적인 식사를 선택했을 브이였다. 브이는 두 뺨을 발그레하게 붉히며 박연을 올려다보았다.

"이런 대목에서 밥 얘기하는 건 못 봤지만 아침부터 이러는 것도 못 본 것 같은데…."

이의를 제기하는 브이에게 박연은 억울하다는 듯이 말했다.

"네가 아침부터 위험하게 앞치마 입었잖아. 저번에도 내가 너 때문에… 아니 됐다."

언젠가 모닝 에이프런을 입고 암살자처럼 나타났던 브이를 떠올린 박연이 고개를 저었다.

그때도 내가 얼마나… 미치는 줄 알았는데.

억울한 표정으로 브이를 흘기던 눈이 그윽해졌다. 얼굴에서 장난기를 지운 박연이 끌어내린 청바지 밖으로 드러난 허벅지를 쓸어 올렸다. 다년간의 운동으로 매끈하게 만들어진 허벅지가 차지게 손에 감겼다.

부드럽고 탄탄한 살결을 따라 움직이던 손가락이 지난밤 자신의 정신을 쏙 빼놓았던 은밀한 부위에 닿았다. 브이의 속옷 위를 쓰다듬던 박연이 슬며시 손가락을 세웠다. 얇은 속옷 사이로 손가락이 파고들자 브이가 순간 저도 모르게 허리를 들썩였다.

으, 민망하게….

브이가 빨개진 얼굴을 박연의 품에 묻었다. 박연은 뜨겁게 열이 오른 목덜미에 입술을 부비며 작게 웃음을 터트렸다. 아침부터 짓궂은 손장난을 치는 박연을 응징하듯 옆구리에 매운 주먹이 훅 들어왔다.

"윽!"

얄밉게 웃던 박연이 고통스러운 신음과 함께 소파 아래로 굴러 떨어졌다. 벌떡 일어나 앉은 브이가 소파 아래를 내려다보며 물었다.

"괜찮아요?"

박연은 눈물을 찔끔 머금은 눈으로 브이를 올려다보며 중얼거렸다.

"태권브이…. 너무 치명적이야…."

주먹을 제대로 맞은 옆구리를 문지르던 박연이 돌연 브이가 앉아 있는 소파로 뛰어올랐다.

거실에 장난스러운 웃음소리가 울렸다. 그리고 곧 웃음소리가 잦아들었다. 그러는 동안 주방에서는 브이가 이른 아침부터 만들어놓은 음식들이 천천히 식어갔다.

영범과 함께 사우나에서 나온 박연이 스포츠백을 그에게 넘겼다. 자연스럽게 가방을 받아든 영범이 흘끔, 박연을 쳐다보았다. 어제까지만 해도 쉴 틈 없는 촬영으로 다 죽어가는 얼굴이더니 오늘은 아침부터 빛이 났다. 십 년 묵은 체증이라도 씻겨 내려간 듯한 얼굴을 하고 있는 사연이 궁금해졌다.

영범은 반지르르하게 윤기가 흐르는 배우님의 얼굴을 뚫어져라 보았

다. 옆얼굴로 꽂히는 시선을 느낀 박연이 상쾌한 표정으로 영범을 돌아
보았다.

"뭘 봐? 닳아, 확!"

장난스럽게 손날을 들어 올리는 박연에게 영범이 눈을 끔벅이며 물었다.

"형님, 기분이 되게 좋아 보이시네요?"

박연은 대답 대신 씨익 미소를 지었다. 영범은 많은 뜻을 내포하고 있
는 박연의 미소를 수컷 대 수컷으로 재빨리 캐치해냈다. 영범은 지난밤,
브이를 들쳐 안고 기범의 집을 나서던 모습을 기억했다. 뿔테 안경 너머
영범의 작은 눈이 음흉한 빛을 띠며 가늘어졌다.

영범은 박연을 향해 조용히 엄지손가락을 치켜세웠다.

"오올….'

축하와 존경의 의미를 내보이는 영범에게 박연은 화답으로 똑같이 엄
지를 들어주었다.

박연의 집에서 돌아온 브이는 부친 현수를 도와 도장을 정리했다. 낡은
매트를 치우고 제법 화사해진 봄날에 맞게 도장 이곳저곳을 쓸고 닦았다.

청소를 하는 동안에 브이는 이따금씩 몸이 배배 꼬였다. 좋아서, 보고
싶어서, 부끄러워서. 이런 모습이 영 저답지 않은데, 전혀 싫지가 않았
다. 어쩌면 이런 모습 또한 29년 동안 태권브이 안에 감춰져 있던 또 다
른 권브이일까. 걸레질을 하던 마대자루에 몸을 기대고 서서 브이가 배
시시 웃었다.

멀찍이 떨어져 새 도복들을 정리하던 현수가 그런 브이를 말없이 지켜
보았다. 잠시 눈을 굴리던 현수가 브이를 부르기 위해 입을 벙긋거렸다.
그러나 입안만 바짝 타들어갈 뿐 결국 딸을 부르지 못하고 도로 닫아버
렸다. 현수는 불안하게 떨리는 손으로 새하얀 태권도복만 만지작거렸다.

여태껏 용인 민속촌에서 계속되던 촬영은 극중 주인공인 조선의 선비가 타임슬립을 하게 되면서 촬영지를 지방으로 옮겼다.

일몰을 배경으로 찍기 위해 촬영이 잠시 딜레이 되었다. 일몰 시간을 기다리며 휴식시간이 주어졌다. 타이트하게 촬영 일정을 소화하던 박연에게도 쉬는 시간이 생겼다. 박연은 영범과 함께 촬영장 근처의 모텔로 들어왔다. 연일 계속된 촬영 덕분에 잠은커녕 제대로 씻지도 못했다.

촌스러운 새빨간 시트로 덮인 침대. 눅눅해 보이는 커튼. 허름한 모텔은 지방 촬영장 근처에 스태프들과 연기자를 위해 잡아둔 숙소였다. 안이 훤히 들여다보이는 야시시한 욕실에서 씻고 나온 박연이 새빨간 침대에 풀썩 드러누웠다. 때가 탄 천장 벽지가 보였다.

보고 싶다. 안고 자고 싶다. 일몰까지 시간이 아직 남았으니 잠깐 서울에 다녀올 수 있지 않을까. 생각이 거기까지 미치자 박연은 마치 오랫동안 준비해온 사람처럼 민첩하게 모자를 챙겨 모텔 방을 빠져나왔다.

검은색 볼캡을 눌러쓴 박연이 계단을 이용해 안전하게 1층에 도착했다. 주위를 두리번거린 박연은 조심스럽지만 빠른 걸음으로 모텔 출입구를 향해 걸음을 옮겼다. 그때였다. 스태프들이 모텔로 우르르 들어왔다. 박연은 첩보영화의 주인공처럼 벽에 등을 붙이고 심호흡을 했다.

속으로 셋을 센 박연이 슬그머니 고개를 내밀어 출입구를 살폈다. 스태프들은 카운터에 놓인 자판기에서 커피를 뽑아먹으며 대화 중이었다. 그 모습을 보며 박연이 작게 혼잣말을 중얼거렸다.

"브이야, 오빠가 간다…"

비장한 눈빛이 첩보 드라마의 엔딩 장면에 버금갔다. 고개를 숙이고 벽 뒤에서 걸어 나왔다. 박연은 한 손을 들어 올려 뺨을 만지는 척 자연스럽게 얼굴을 가렸다. 커피를 마시며 떠들고 있는 스태프들을 빠르게 지나쳤다. 정면으로 보이는 출입구 대신 뒷문으로 몸을 틀었다.

주차장과 연결된 뒷문까지는 약 20미터. 모텔을 찾는 손님들의 사생활 보호를 위해 조명을 어두침침하게 꺼놓은 복도를 지나기만 하면 탈출이었다.

박연이 좁은 복도로 진입하던 찰나였다. 때마침 모텔을 나가던 커플과 마주쳤다. 대학생 정도 되어 보이는 여자와 40대 초중반으로 보이는 남자는 박연과 마주치자 다급하게 얼굴부터 가렸다. 모텔을 나오는 커플과의 동행. 달갑지 않은 상황이었다.

박연은 커플과 어깨를 나란히 하고 좁은 복도를 걸었다. 핸드백으로 얼굴을 가리는 여자의 행동을 보니 정상적인 커플은 아닌 듯했다. 박연 역시 볼캡을 더욱 깊게 눌러쓰고 걸음을 재촉했다.

세 사람을 감싸는 공기가 한없이 어색했다. 박연은 20미터의 복도가 200미터는 되는 듯 느껴졌다.

이제 남은 거리 10미터. 힘내자….

박연은 마치 터널 출구처럼 빛이 쏟아지고 있는 뒷문을 보며 두 눈에 의지를 불태웠다. 그때, 얼굴을 가린 핸드백 너머로 박연을 흘끔거리던 여자가 남자의 어깨에 머리를 기대고 속삭였다.

"자기야, 저 사람 박연 아니야?"

옆에서 들려오는 제 이름에 박연의 걸음이 슬며시 느려졌다.

날 알아봤어? 내가 잘못 들은 건가?

박연은 커플의 속삭임에 귀를 기울였다.

"배우 박연이 이런 모텔을 왜 오니?"

"여자친구 있다고 밝혔잖아. 같이 왔나 봐."

"어느 남자가 애인이랑 이런 델 와?"

"그럼 난 뭐야? 자기는 왜 날 이런 데로 데려왔어?"

"어?"

궁지에 몰린 남자는 화제를 돌리려는 듯 급하게 박연의 어깨를 두드렸다.

"저기요! 혹시 박연 씨…."

"아닙니다!"

채 다 묻기도 전에 대답한 박연이 빛이 보이기 시작하는 뒷문을 향해 전속력으로 뛰었다. 주차장을 가로질러 가림막을 헤치고 나왔다. 주위를 살핀 박연이 핸드폰을 꺼내들어 영범에게 전화를 걸었다. 귓가의 신호음이 끊기자마자 대뜸 물었다.

"어디야?"

-모텔 매점이요. 형님이 배고프다고 하셨잖아요. 컵라면에 물 붓고 있어요. 곧 올라갈게요.

"그러지 말고 뒷문으로 나와."

-컵라면은요?

"서울 가야 되니까 놔두고 나오라고…!"

목소리를 한껏 낮춘 박연이 핸드폰에 대고 소리쳤다. 그 순간 박연의 앞에 그림자가 드리웠다.

"서울을 왜 가?"

갑자기 들려온 익숙한 목소리에 박연이 화들짝 놀라며 고개를 들었다. 어디서 나타났는지 송 실장이 서 있었다.

"형, 형이 웬일이야?"

갑작스러운 등장에 적잖이 놀란 듯한 배우님을 보며 송 실장은 흐뭇하게 웃었다.

"오랜만에 작품 들어간다고 배우 박연이 지방에서 밤샘 촬영 중인데, 실장급이 현장까지 따라와 줘야 우리 배우님 기가 살지 않겠냐?"

박연이 얼굴을 구기고 소리쳤다.

"내 급이 이미 넘사벽인데 따라오는 매니저들 급이 뭐가 중요해? 형은 왜 괜한 짓을 해?"

"스케줄 갈 때마다 영범이 붙인다고 애정이 식었네, 나는 버리는 카드냐 징징댈 땐 언제고? 뭐야, 이제 철 좀 드는 거야?"

철은 무슨. 송 실장에게 눈을 흘긴 박연이 초조하게 입술을 깨물었다. 촬영 들어가기 전에 빨리 서울에 다녀와야 하는데….

송 실장은 제자리를 빙빙 도는 박연을 위아래로 훑었다.

"근데 서울을 왜 가? 이 감독 말로 아직 촬영분 남았다던데."

송 실장의 예리한 질문에 흠칫 놀란 박연이 흔들리는 눈으로 쳐다보며 답했다.

"아, 그게 배가…. 그래, 배가 아파서!"

배우경력 17년차에 빛나는 신들린 연기 실력을 뽐냈다. 배를 움켜쥔 박연이 거친 호흡을 뱉었다. 송 실장은 실감나게 아픈 연기를 선보이는 박연을 부축하며 당황한 듯 주위를 두리번거렸다.

"아프면 가까운 병원을 가야지 서울을 왜 가, 인마! 이렇게 아니라 119를…."

송 실장이 품에서 핸드폰을 꺼냈다. 다급하게 다이얼을 누르는 송 실장의 손을 박연이 재빨리 잡아챘다.

"난 괜찮아 형…."

박연은 송 실장의 핸드폰을 빼어들며 고개를 저었다. 순간 송 실장은 귓가에 영화 영웅본색의 주제곡 'Love Of The Past'가 들리는 듯했다. 아픔을 참아내는 박연의 눈빛은 가히 사나이 가슴을 자르르 울릴 만했다. 박연은 자신의 연기에 깜벅 넘어간 송 실장의 눈치를 살폈다.

이 형은 또 어떻게 따돌리지? 머리를 굴리던 박연이 돌연 억 소리를 내며 배를 꽉 움켜쥐었다.

뭐, 뭐야? 왜 진짜 아파?

방금 전까지 가짜로 아픈 내색을 하던 박연은 배에서 극심한 복통을 느꼈다. 숨도 쉬지 못하고 입을 벌린 채 허리를 숙였다. 이마에는 금세 식은땀이 맺혔다.

"괜찮냐? 연아!"

어깨를 흔드는 송 실장의 손길에도 박연은 정신을 차리지 못하고 자리에 풀썩 주저앉았다. 그때 뒷문으로 뛰어나온 영범이 두 사람을 발견했다.

"어떻게 실장님이 여기 계세요? 형님? 얼굴이 왜 이래요?"

"배가 아프다는데, 넌 도대체 연기자 관리를 어떻게 하는 거야?"

송 실장은 박연을 잠시 잊은 듯 영범에게 핀잔부터 주었다. 영범이 연신 고개를 꾸벅였다. 송 실장과 영범 사이에 주저앉은 박연이 허공에 손을 뻗었다.

"혀엉… 119…. 빨리….'

제대로 나오지 않는 목소리를 쥐어짰다. 하늘은 노랗고, 위장이 뒤틀리는 것처럼 아팠다. 송곳으로 찌르는 듯한 통증에 바르르 떨리는 손으로 송 실장의 다리를 덥석 잡았다. 식은땀으로 젖은 얼굴이 하얗게 눈을 뒤집고 소리쳤다.

"뻥, 뻥이었는데 진짜 아파…! 으윽…!"

송 실장은 비명을 지르는 박연을 끌어안았다. 그제야 상황을 파악한 영범이 119로 전화를 걸었다.

한편, 서울에서는 태권도 수업이 한창이었다. 원생들의 발차기 자세를 교정해주던 브이가 도장 구석으로 걸어갔다. 연습 중인 원생들을 둘러본 브이는 구석에 몸을 숨기고 핸드폰을 확인했다. 도착한 메시지는 없고, 오늘 아침에 보낸 메시지도 아직 확인 전이었다.

촬영이 많이 바쁜가? 바빠서 답장은 못하더라도 꼬박꼬박 확인은 했는데….

"무슨 일 생긴 건 아니겠지?"

브이는 걱정스러운 얼굴로 핸드폰만 들여다보았다. 박연의 직업이 직업이다 보니 보고 싶다고 아무 때나 연락을 할 수가 없다. 전에는 몰랐다. 얼굴 보는 건 고사하고 연락조차 자주 되지 않는다는 게 얼마나 피말리는 일인지.

'너 그렇게 잠수 타는 거 아니야. 전화 안 받는 거, 그게 얼마나 사람 미치게 하는 줄 알아?'

브이는 언젠가 술에 취한 박연이 제게 했던 말을 떠올렸다.

정말 미치겠네.

핸드폰으로 인터넷에 접속했다. 혹여나 소식을 알 수 있을까 싶어 인터넷에 박연을 검색할 생각이었다. 포털사이트에는 이미 박연의 이름이 실시간 검색어를 도배 중이었다. 박연의 이름을 누르자 1분 단위로 작성된 연예 기사들이 줄줄이 올라왔다.

'복귀작을 향한 부상투혼', '급성위경련으로 실신'

기사 헤드라인을 확인하자마자 브이가 기범을 향해 소리쳤다.

"기범아, 나 잠깐만…!"

사정을 설명할 겨를도 없이 도장을 뛰쳐나왔다. 핸드폰을 꼭 쥔 손이 덜덜 떨렸다. 심장이 불안하게 쿵쾅거렸다. 마지막으로 본 '실신'이란 단어만 눈앞에 어른거렸다.

촬영숙소 근처의 병원으로 이송된 박연은 기사에 난 것처럼 급성위경련 판정을 받았다. 팔에 링거바늘을 꽂고 진통제를 투여했다. 사람들의 시선을 피해 1인실로 옮겨진 박연은 거의 비어가는 링거병을 올려다보며 말했다.

"쪽팔리게 왜 기사까지 내."

"내가 안 냈어, 인마. 대표님이 냈지. 언론플레이 좋아하는 양반이잖아."

박연은 송 실장에게 눈을 흘겼다.

"내가 신인도 아니고 쪽팔리게 이런 걸로 언플을 때려. 회사에서 요란 떨어봤자 네티즌들한테 욕먹는 건 나라니까."

침대에 누워 있던 박연이 몸을 일으켜 앉았다.

"나 이렇게 아파가면서 열심히 하고 있어요. 이게 어느 시절 언플이 냐? 하여간 이 양반들 너무 구시대적이야."

"이제 좀 괜찮은가 보다. 살아서 입 나불대는 거 보니."

피식 웃은 송 실장은 벨이 울리는 핸드폰을 들고 병실을 나갔다. 곁에서 있던 영범이 빨대를 꽂은 생수병을 박연에게 내밀었다.

"형님, 물 좀 드세요."

"됐어. 이거 다 맞으면 퇴원할 거야."

"왜요? 실장님께서도 기왕 이렇게 된 거 내일 아침까지 쉬라고 하셨는데."

"현장에서 스태프들 기다리고 있는데 어떻게 쉬냐. 오늘 일몰 장면 못 찍으면 내일 또 해질 때까지 기다려야 되는데. 몰아서 찍고 쉬는 게 나아."

"형님은 정말 프로세요."

평소엔 싸가지 없어도 연기에 있어선 프로페셔널하구나, 역시. 영범이 존경심을 담은 눈빛으로 쳐다보았다. 그때 병실 문이 열렸다. 송 실장인가 싶어 문을 돌아본 박연의 눈이 휘둥그레졌다.

"너…"

밭은 숨을 뱉으며 병실 문간에 서 있던 브이가 다짜고짜 침대로 달려들었다. 박연의 목을 끌어안은 브이가 거친 숨을 몰아쉬며 말했다.

"걱정했어요. 몸은 괜찮아요? 얼마나 아픈 건데?"

"이거 놓고 하나씩 물어."

어디서부터 달려왔는지 옅은 땀내가 났다. 빠르게 뛰는 심장박동도 고스란히 느껴지고, 몸에서 열기도 훅 끼쳐왔다. 갑작스럽게 등장해 생각지도 못한 모습을 보여주었다. 박연은 브이를 달래듯 등을 토닥였다. 그제야 브이가 박연에게서 떨어져나갔다. 그러나 여전히 진정되지 않는 얼굴이었다.

"내가 기사 보고 얼마나 놀랐는지 알아요?"

"여긴 어떻게 알고 왔어?"

"영범 씨한테 물어봤어요."

박연이 영범을 돌아보았다. 영범은 쑥스러운 미소를 지었다.

"극적인 상봉을 위해서 제가…."

박연이 베개를 던졌다.

"저게 진짜. 얘 걱정돼서 뛰어온 거 안 보여? 별일 아니라고 안심시키지는 못할망정."

베개에 얻어맞은 영범이 제 맘을 몰라주는 배우님에게 한껏 토라진 얼굴로 병실을 뛰쳐나갔다. 병실에 브이와 둘만 남은 박연이 손을 잡아왔다. 박연은 손바닥에 쏙 들어오는 작은 손을 쥐고 조곤조곤 말했다.

"끼니도 제때 못 먹고, 먹어도 촬영 때문에 예민해져서 소화도 안 되고 그러더니 결국 말썽이네. 쉬면 낫는 건데 왜 여기까지 왔어."

"그러게 내가 맨날 말하잖아. 밥 잘 챙겨먹으라구…."

브이는 박연이 손을 끌어당기는 대로 끌려와 침대에 걸터앉았다. 박연이 뛰어오느라 아무렇게나 갈라져 있는 브이의 앞머리를 정리해주었다. 다정한 손길에 브이는 서울에서 출발한 버스를 타고 오는 내내 졸였던 마음이 풀어지며 감정이 북받쳤다.

"난 멀리 있으니까 박연 씨가 아픈 것도 모르고. 해줄 수 있는 것도 없고. 내가 무슨 정신으로 여기까지 왔나 몰라요. 그냥 정신 차려 보니까 여기야."

자신이 얼마나 놀랐는지에 대해 정신없이 쏟아내는 브이를 지켜보는 박연의 눈이 다정한 빛을 머금었다. 박연이 역성을 들어주듯 되물었다.

"그랬어?"

"그래요, 기사 보자마자 얼마나 놀랐는데. 가슴이 철렁했어."

"예쁘다."

브이는 제 뺨을 만지는 손을 밀어냈다.

"지금 그런 말이 나와요?"

"네가 이렇게까지 걱정해주는 건 처음인데, 되게 좋아."

밀어냈던 손이 다시 브이의 뺨을 쓰다듬었다. 브이는 부드러운 미소를 짓고 있는 박연을 멍하게 바라보았다. 커다란 눈이 잘게 흔들렸다.

"퇴원하려고 했는데 그냥 네 얼굴 보면서 하루 쉬어야겠다."

장난스럽게 웃는 얼굴을 보고서야 브이는 모든 것이 달라졌다는 것을 실감했다. 박연을 대하는 자신의 행동도. 자신의 눈에 비치는 박연의 모습도. 모든 것이 달라졌다. 더 애틋하고 사랑스러워졌다. 더 간절하고 소중해졌다. 말없이 박연을 바라보던 브이의 두 뺨이 붉게 물들었다.

이 남자를 이렇게나 좋아하게 됐다, 어느새.

기사를 보고 놀란 브이가 한달음에 병원으로 달려온 바람에 박연에게는 좋은 기회가 생겼다. 브이가 숟가락으로 떠주는 죽을 넙죽넙죽 받아먹던 박연이 고개를 저었다.

"그만 먹을래."

박연의 입에 흰죽을 넣어주던 브이가 휴지를 뽑아들었다. 박연은 제입을 닦아주는 브이를 흘끔 쳐다보았다. 집에 가래도 안 가고 옆에 붙어 있겠다는 게 예뻐서 이것저것 시켜보는 중이었다. 이럴 때 아니면 태권브이 손을 언제 타봐.

박연은 브이의 도움을 받아 침대에 누웠다. 천장을 보고 누워 브이의 손가락을 만지작거렸다. 한참 동안 작고 따뜻한 손을 주물럭거리던 박연이 브이에게 등을 보이고 누웠다.

"등 긁어줘."

"등? 여기요?"

망설임 없이 박연의 등을 긁었다. 얇은 병원복 차림의 등판을 더듬는 손길을 느끼며 박연은 고개를 저었다.

"아니 아래."

"여기?"

"더 아래."

박연의 지시대로 손을 움직이던 브이가 눈을 가늘게 떴다. 더 아래는 등이 아니라 엉덩이였다. 여기저기 아프대서 걱정했더니 다 장난인 모양이었다. 미간을 구긴 브이가 작은 손을 오므려 주먹을 쥐었다. 얄미운 엉덩이를 옴팡지게 때렸다. 박연이 엉덩이를 붙들고 브이를 돌아보았다.

"환자 패기 있어? 그리고 너, 남자 상대로 주먹 쓰지 마. 너한테 맞았는데 아프면 남자로서 되게 자존심 상하거든? 아니다, 나만 때리지 마. 다른 남자는 때려도 돼."

브이는 박연에게 눈을 흘겼다. 브이를 보고 옆으로 누운 박연이 머리를 괴며 말했다.

"어어? 쪼끄만 게 섹시하게 쳐다보기 있어?"

"장난 그만 쳐요."

능글맞게 장난을 치던 얼굴이 피시식, 바람 빠지는 소리를 내며 웃었다. 박연은 길게 뻗은 손가락으로 침대 시트를 툭툭 쳤다.

"올라와. 졸려."

졸리다는 얘기에 브이는 불부터 껐다. 병실에는 협탁에 놓인 스탠드 불빛만이 은은하게 빛났다. 브이는 침대로 가까이 오라 손짓하는 박연에게 말했다.

"난 여기 간이침대에서 자면 돼요. 아니면 저기 소파."

"내가 너 그러고 자는 걸 어떻게 봐. 이리 와, 얼른."

박연은 끝까지 버티고 앉아 있는 브이를 보며 미간을 좁혔다.

"내가 눕혀줘?"

브이는 박연이 직접 일어날 기미를 보이고서야 주뼛주뼛 침대에 올라 누웠다. 자연스럽게 박연의 팔이 목 밑으로 들어왔다. 팔을 베고 나란히 누워 있으니 브이는 기분이 이상했다. 오랜만이어서인지, 아니면 그냥 좋아서 두근거리는 건지. 브이는 기분 좋은 긴장감에 휩싸였다.

"하, 좋다. 이렇게 안고 잠들고 싶어서 미치는 줄 알았는데…."

박연은 턱밑에 닿은 브이의 머리에 얼굴을 기대고 중얼거렸다.

"사람이… 사람 체온이 이렇게 좋고 따뜻한 건지 너 만나기 전에는 몰랐어."

브이에게 한쪽 팔을 내어준 박연은 나지막한 목소리로 말을 이어갔다.

"사람이 이렇게 따뜻할 수도 있구나. 그래서… 나 같은 놈까지 따뜻하게 만들기도 하는구나…. 너 만나고 알았다."

가만히 듣고 있던 브이가 고개를 들어 박연을 보았다. 박연은 턱밑에서 저를 올려다보고 있는 브이와 눈을 맞췄다.

"박연 씨 같은 사람이 왜? 뭐가 어때서."

"나 같은 놈? 싸가지 없지. 겁도 많지. 그런 주제에 자존심은 세서 겁나 찌질하지."

"앞으로 안 그러면 돼."

"아니란 말은 안 한다?"

브이가 입을 다물고 웃었다. 장난스럽게 웃는 브이를 벌주듯 박연이 작은 머리통을 두 팔로 꽉 끌어안았다.

"숨 막혀요!"

좁은 병실 침대에서 뒤엉킨 두 사람이 엎치락뒤치락 실랑이를 벌였다. 브이는 항복의 의미로 박연의 팔을 탁탁 쳤다. 그제야 브이의 머리를 꽉 안고 있던 두 팔에 스르륵, 힘이 풀렸다. 박연은 브이를 부드럽게 품에 안고 머리칼을 쓰다듬었다.

"이러고 있으니까 옛날 생각난다. 우리 같이 입원했을 때."

박연의 가슴팍에 얼굴을 묻은 브이가 함께 병원에 입원했던 때를 떠올려보았다. 옆 병실에서 지내는 바람에 가까워졌다. 그때만 해도 박연이란 남자를 좋아하게 될 줄은 꿈에도 몰랐는데. 꽤 오래전 일처럼 아득한 기분에 브이가 옅은 미소를 지었다.

박연은 여전히 브이의 머리를 쓰다듬으며 말했다.

"지금 와서 돌이켜보니까 그때 이미 나는 네가 좋았어."

따뜻한 가슴팍에 얼굴 묻고 있던 브이가 커다란 눈을 천천히 깜박였다. 기분 좋게 두근거리던 심장이 이전보다 조금 더 묵직하게 뛰기 시작했다. 브이는 박연의 품을 파고들어 이마를 더욱 깊이 묻었다. 어두운 병실에서 너른 품속에 얼굴을 묻고 용기를 내어보았다.

브이가 입술을 달싹여 속삭였다.

"나, 박연 씨가 달라 보여."

브이의 머리를 쓰다듬으며 등을 토닥이던 박연이 장난스럽게 받아쳤다.

"볼수록 매력 있어 미치겠지?"

"응."

순순히 돌아온 대답에 등을 토닥이던 손이 멈추었다.

"보고 있어도 보고 싶고…. 옆에 있으면 안아주고 싶어. 예뻐해주고 싶어. 박연 씨를 좋아하고 나서 가끔씩… 아니 매일 당신이 자꾸자꾸 달라 보여."

박연이 조심스러운 손길로 브이를 품에서 떼어내고 얼굴을 내려다보았다. 브이를 향해 내리깔린 눈동자가 다정하게 흔들렸다. 브이는 자신의 얼굴을 천천히 훑어보는 박연의 눈길이 마치 지금 이 순간을 기억해놓으려는 것처럼 느껴졌다. 다정한 눈동자에 눈을 맞추고 물었다.

"박연 씨도 내가 그랬어요?"

조용히 브이를 바라보던 박연이 나지막한 목소리로 대답했다.

"그랬어."

다정했던 눈이 어느새 진지해졌다. 더 없이 진지한 눈빛으로 브이를 보던 박연은 잠시 목울대를 움직여 마른침을 삼키고 말했다.

"지금은 더 해."

속삭이듯 말한 박연이 고개를 숙였다. 브이가 턱을 들어 다가오는 입술을 맞이했다. 가볍게 맞닿은 입술을 비볐다. 부드럽게 눌리는 입술을 물었다 놓기 무섭게 도로 삼켰다.

작은 머리통을 한 손으로 감싸고 키스를 하던 박연이 브이의 위로 몸을 기울였다. 작은 체구의 몸을 품 아래 가둬놓고 입을 맞췄다. 고개를 한껏 비틀고 혀를 섞어오는 박연의 허리에 브이가 조심스럽게 손을 얹었다.

브이의 위에 올라탄 박연은 쏟아내는 입맞춤은 겨우 며칠 만인데도 몇 년 만에 나누는 것처럼 최선을 다했다. 애달프게 혹은 절박하게 느껴질 정도였다. 그런 박연을 따라 입술을 움직이는 브이 역시 애가 닳아 없어질 것만 같았다.

박연은 브이와 입을 맞춘 채로 협탁을 더듬어 스탠드를 껐다. 두 사람은 어둠 속에서 다 채우지 못할 그리움을 조금이나마 달래보려 애썼다. 창으로 새어 들어온 푸른 달빛만이 정신없이 키스를 나누는 두 사람을 지켜보았다.

다음날 아침, 브이는 터미널까지 데려다준 박연의 배웅을 받으며 버스를 타고 서울로 올라왔다. 부친 현수에게는 말도 없이 외박을 했지만 기범이 잘 둘러댔을 것이다. 그래도 가슴 졸이기는 마찬가지였다.

서울에 도착하자마자 곧장 집으로 들어온 브이가 인기척이 들리지 않는 집 안을 조심스럽게 둘러보았다.

"…아빠?"

눈치를 살피며 현수의 방 앞에 섰다. 몇 번 문을 두드려보아도 안에서는 기척이 들려오지 않았다. 문을 열자 현수는 자리를 비운 듯 텅 빈 방이 브이를 맞았다. 아직 도장 문을 열 시간은 아니었다.

이 아침부터 어딜 간 거지?

"기범이랑 운동 가셨나…."

현수의 방을 도로 나오려던 브이가 걸음을 멈췄다. 닫으려던 문손잡이를 놓고 옷가지가 걸려 있는 옷걸이로 다가갔다. 브이는 현수의 봄 잠바 주머니에 꽂혀 있는 흰 종이를 꺼내들었다. 구깃구깃 접혀 있는 종잇장을 펼쳐든 브이의 손이 가늘게 떨렸다.

종이에 적힌 글귀들은 보증 채무를 이행할 것을 청구하는 내용이었다. 브이는 보고도 믿지 않는 대목을 낮게 중얼거렸다.

"피고… 권현수…."

그때 불쑥 나타난 손이 다급하게 소장을 낚아챘다. 브이는 얼굴을 붉히고 서 있는 현수를 돌아보았다.

"아빠…, 그게 뭐예요?"

현수는 사실대로 말하기를 기다리는 딸의 시선에 깊은 한숨을 내쉬었다. 브이는 현수의 두 눈이 흔들리는 것을 보며 심상치 않은 일임을 예감했다.

두 부녀는 현수의 방에 마주앉았다. 긴 침묵과 자초지종을 설명하는 현수의 목소리가 번갈아 흘러갔다. 모든 설명이 끝이 나고 다시 긴 침묵이 찾아들었다. 현수는 마주앉은 브이를 차마 똑바로 보지 못하고 고개를 숙였다. 대신에 브이가 현수를 보았다.

갑작스럽게 빚더미에 앉게 된 상황이 황당무계했다. 브이는 놀란 가슴을 진정시키려 애썼다. 운동선수로 살아오며 쌓아온 마인드컨트롤 능력을 지금 이 순간 다 쏟아붓고 있다고 해도 과언이 아니었다.

한동안 말없이 현수를 보며 생각을 정리한 브이가 차분하게 입을 열었다.

"그러니까 최 관장님 부탁으로 최 관장님도 아니고, 최 관장님 아는 분의 보증을 섰다구요?"

"한 달 뒤가 적금 만기라고, 만기되면 바로 갚을 수 있다고 해서…. 사채보증인 줄은 몰랐어."

메인 목소리로 말하던 현수가 어깨를 떨었다. 어린애처럼 억울한 표정으로 울먹이는 현수를 브이는 가만히 바라보았다. 눈앞의 남자는 항상 자신을 지켜주는 크고 단단한 벽 같았던 아빠가 아니었다. 늙고 지친 중년의 가장일 뿐이었다.

그저 남들도 모두 자신과 같이 솔직하고 의리가 넘치는 줄로만 아는 사람. 자신의 부친 권현수는 그런 사람이었다. 현수가 제 아무리 거절을 해도 최 관장은 몇 번이고 보증을 부탁하며 찾아왔을 것이다. 같은 무도인의 부탁이라 끝내는 거절하지 못했을 현수의 모습이 머릿속에 훤히 그려졌다. 브이가 꼭 빼닮은 아빠의 모습이었다.

채무자가 채무의무를 떠넘기고 사라진 사실을 알고 난 뒤에는 하나뿐인 딸에게 털어놓지도 못하고, 맘 졸이며 분해했을 모습도 그려졌다. 그렇게 이른 아침부터 최 관장을 찾아가고, 채무자를 찾으러 다녔을 것이다. 그러다 어제도, 오늘도, 내일도 성과 없이 돌아와 밤늦게까지 술을 마셨을 것이다. 결국 쓰러져서 응급실행까지….

브이는 당장에 눈앞에 들이닥친 어마어마한 채무 액수가 실감나지 않았다. 그 대신 눈앞에 앉아 어느새 작고 늙어버린, 몸을 웅크리고 눈물 짓는 아빠만이 눈에 들어왔다.

현수가 고개를 들었다. 그는 눈시울이 붉어져 있는 브이를 보며 말했다.

"이 집 보증금이랑 도장 정리하고 그동안 모은 돈으로 원금은 얼추 갚을 거야."

브이가 단호하게 고개를 저었다.

"모아놓은 내 연금이랑 포상금으로 갚아요. 도장은 아빠 평생 해온 건데 건들면 안 돼. 그리고 이 집 나가면 우린 어디서 지내요. 도장이라도 있어야지."

"그 돈은 너 시집갈 때…."

현수는 제가 말해놓고도 염치가 없어 차마 다 잇지 못했다. 브이가 현수의 손을 잡았다.

"다달이 나오는 국대연금은 생활비로 아껴서 쓰고, 도장 수업비로 꼬박꼬박 이자 갚아 나가면 돼요. 채권자한테 잘 말하면 사정 봐줄지도 몰라요."

놀랐을 텐데도 흔들림 없이 말하는 딸을 빤히 보던 현수가 얼굴을 돌려버렸다. 면목이 없었다. 한 번도 이런 실수를 한 적이 없었는데. 보증 계약서에 도장을 찍던 날은 왜 그리 제정신이 아니었는지….

"미안해서 어떡해…. 우리 딸…."

현수가 얼굴이 새빨개지도록 울음을 참았다. 브이는 잡은 현수의 손을 쓰다듬었다.

"그동안 아빠가 나 이만큼 키웠잖아요. 이젠 내가 어떻게든 해볼게요.

그러니까 지금부터는 건강 챙기고, 같이 고생해요.”

브이는 결국 울음을 터트려버리는 현수를 끌어안았다. 현수를 안고 토닥이던 브이가 현수 모르게 깊은 한숨을 내쉬었다. 침착하려 애를 쓰는 중이었지만 어쩌면 좋을지 눈앞이 깜깜했다.

현수에게 어마어마한 빚이 있다는 사실을 알고 난 다음날, 브이는 현수가 그랬듯이 최 관장의 집 앞을 서성였다. 채무이행청구소장에 기재된 변제일이 얼마 남지 않았다. 일주일. 최 관장과 아는 사이라는 채무자를 그 안에는 어떻게든 찾아야 했다.

골목에서 통화를 엿듣게 되었을 때, 진작 찾아왔다면 아빠 혼자 맘 졸이지 않았을 텐데….

현수가 쓰러질 일도 없었을 거라 생각하니 더욱 울적해졌다. 브이는 최 관장의 집 앞에서 고개를 숙인 채 제자리걸음만 걸었다.

그때, 후줄근한 운동복 차림의 최 관장이 걸어왔다. 최 관장을 발견한 브이가 재빨리 달려들어 길을 가로막고 섰다. 최 관장은 브이의 얼굴을 보자마자 골치 아픈 표정을 지었다.

“저희 아빠가 보증 섰다는 분, 지금 어디 있어요? 갈 만한 곳은요? 연락처는요?”

“그걸 내가 어떻게 알아? 알면 내가 이러고 있겠어?”

최 관장은 도리어 큰소리를 쳤다.

“아침 밤낮으로 찾아와서 들들 볶아대는 건 이미 네 아빠가 했어.”

“그분하고 잘 알지도 못하는 우리 아빠를 보증 세운 이유가 뭐예요?”

무작정 책임져라 매달리던 현수와는 달리 브이가 침착하게 따져 물었다. 그러자 적반하장으로 나오던 최 관장이 태도를 바꿔 앓는 소리를 내며 사정을 설명하기 시작했다.

"그놈이 중국에서 한인무술협회장도 맡았던 사람이야. 우리 무도인들 사이에서는 믿음직했다니까."

최 관장이 억울하다는 듯이 가슴을 두드리며 말을 이어갔다.

"난 그놈한테 투자를 했단 말이야. 좋은 사업수완이 있다고 해서 투자했는데 갑자기 돈이 조금 비어서 사업이 엎어지게 생겼다는 거야. 어떡하냐, 적금만기까지 딱 한 달 남았다는데."

"우리 아빠한테 부탁하지 말고, 아저씨가 직접 보증을 서지 그러셨어요?"

브이는 기가 찬 얼굴로 물었다. 최 관장이 대뜸 소리를 버럭 질렀다.

"내가 투자한 돈이 얼만데 보증까지 서? 따지고 보면 네 아빠보다도 내가 더 큰 피해자야! 내가 억지로 도장 찍었냐? 훔쳐다 찍었어? 사정 듣더니 딱하다고 알아서 찍어준 거야!"

내내 침착하던 브이의 얼굴이 일그러졌다. 끝내 눌러 참지 못한 화가 폭발했다. 브이의 커다란 눈이 흔들렸다. 브이는 최 관장의 눈을 똑바로 쳐다보며 말했다.

"아빠는 아저씨 믿고 찍어준 거잖아요. 근데 이러시면 안 되죠. 아저씨, 우리 아빠랑 알고 지내신 지 20년이에요. 어떻게 이러실 수 있어요?"

최 관장은 '20년'이란 말에 시선을 피했다. 그리고는 곧 브이를 밀치고 걸음을 옮겼다. 브이가 최 관장의 뒤를 쫓았다. 그러나 금세 반지하 방으로 뛰어 내려간 최 관장이 문을 걸어 잠갔다. 반지하 방의 유리문을 두드리고 발로 차보아도 열릴 기미는 보이지 않았다. 현수가 그러했듯이 브이는 몇 시간을 더 서성이다가 발걸음을 돌려야 했다.

터덜터덜. 발걸음이 무겁기 그지없었다. 매일 같이 술에 취해 들어오던 현수의 모습이 떠올라 브이의 어깨는 더욱 무겁게 처졌다.

느릿한 걸음으로 최 관장이 사는 동네를 벗어났다. 그런 브이의 뒤로 흰색 SUV 한 대가 일정한 간격을 유지하며 따라붙었다.

　평소 알고 지내던 모습과 달라진 최 관장을 만나고 나니 그제야 어마어마한 액수의 보증 채무액이 실감 나기 시작했다.

　횡단보도 앞에 서서 신호를 기다리던 브이는 복잡한 머리를 흔들었다. 그때, 건너편 골목에 서 있는 차가 눈에 띄었다. 흰색 SUV. 차번호 2859. 저도 모르게 차량번호가 눈에 익어버렸다. 조금 전, 최 관장의 동네에서부터 자꾸 눈에 띄고 있는 탓이었다.

　날 따라오고 있는 기분이야.

　눈을 가늘게 뜨고 차량을 유심히 쳐다보던 브이가 고개를 갸웃거렸다. 건널목의 신호가 보행자신호로 바뀌었다. 브이는 횡단보도를 건너는 발걸음을 재촉했다. 도장을 지나 집에 가까워질수록 브이의 걸음은 더욱 빨라졌다. 미심쩍은 '2859'가 동네 골목까지 따라 들어와 서행 중인 것을 눈치 챈 후로는 더 이상 우연이라고 생각하기는 어려웠다.

　'사채보증인 줄은 몰랐어.'

　현수에게 들었던 말을 떠올린 브이의 얼굴이 심각하게 구겨졌다.

　설마 TV에서 보던 사채업자, 그런 건가? 협박? 미행?

　빠르게 걷던 운동화 발이 우뚝 멈춰 섰다. 브이를 따라 골목 안쪽으로 진입하던 흰색 SUV도 멈췄다. 브이는 등 뒤에서 느껴지는 시선을 느끼며 입술을 깨물었다. 커다란 눈을 굴려 좌우를 살폈다. 좌측은 주택가를 빠져나가는 길목이라 폭이 넓었다. 그에 반해 우측은 양쪽으로 주차된 차들 때문에 SUV가 들어오려면 꽤 애를 먹어야 할 정도로 차도의 폭이 좁았다.

　결심한 듯 작게 고개를 끄덕인 브이가 입고 있던 후드집업의 모자를 뒤집어썼다. 비장하게 표정으로 눈을 빛낸 브이가 돌연 우측으로 달음박질쳤다. 브이를 따라 정차해 있던 흰색 SUV가 당황한 듯 급히 액셀러레이터를 밟았다.

브이는 전속력으로 달리며 연신 뒤를 힐끗거렸다.

"어머머, 진짜 따라와?"

착각이 아니었다. 정말로 사채업자라도 되는 모양이었다. 브이는 자신을 쫓는 것이 확실해진 SUV를 따돌리기 위해 앞만 보고 달리던 몸을 틀었다. 흰색 SUV는 상가건물 틈으로 쏙 들어가 사라진 브이를 찾아 코너를 돌았다.

좁은 건물 사이로 들어선 브이가 에어컨 실외기를 밟고 올라섰다. 그리고는 옆 건물의 담장으로 곧장 기어올랐다. 꽤 높은 높이의 담장을 가뿐하게 뛰어내렸다. 파쿠르 액션을 선보이듯 운동신경을 뽐내며 골목 밖으로 튀어나왔다.

따돌렸나?

브이가 잠시 멈춰 서서 주위를 살폈다. 그때 마침 건너편 건물 사이로 나온 SUV와 딱 마주쳤다. SUV는 브이를 향해 돌진했다.

"아이 씨…!"

브이는 다시 달리기 시작했다. 이번엔 뒤도 돌아보지 않고 이웃들의 담벼락 사이사이를 정신없이 누볐다. 이를 악물고 담벼락 사이를 뛰어나왔을 때, 브이의 앞에 낯익은 얼굴이 나타났다. 낯은 익지만 뜻밖이었다.

브이는 제 집 앞에 서 있는 박연을 발견하고는 급히 달리던 두 다리에 제동을 걸었다. 자신을 향해 달려오는 브이를 알아본 박연이 급하게 외쳤다.

"야, 야, 야!"

결국 가속력이 붙은 다리를 끝내 멈추지 못한 브이가 그대로 박연과 충돌했다. 브이가 머리로 제대로 들이받은 얼굴이 뒤로 확 젖혀졌다. 박연이 엉거주춤한 자세로 뒷걸음질을 치며 코를 감싸 쥐었다.

"아아아…."

앓는 소리를 내며 주저앉았다. 놀란 브이가 박연의 주위를 서성이며 어찌할 줄을 몰라 했다.

"괜, 괜찮아요? 왜 갑자기 튀어나왔어요?"

"갑자기 튀어나온 건 너거든?"

박연은 빨갛게 부어오른 코를 잡고 소리쳤다. 감각도 없이 얼얼한 게 코뼈가 부러졌을지도 모른다. 태권브이의 머리와 부딪쳤다면 골절은 늘 가능하다.

"하여간 태권브이. 예측이 안 돼."

"많이 아파요?"

"됐어. 부딪친 정도로…."

박연은 오랜만에 얼굴을 보는 브이의 앞에서 아픔을 감췄다. 애써 태연한 척 해보였다. 그런 박연을 걱정스럽게 지켜보던 브이가 빽 소리쳤다.

"피, 피! 코피!"

박연은 입술 위로 뜨겁게 흘러내리는 새빨간 피를 손등으로 훔쳤다. 하얀 손에 묻어난 피를 눈으로 확인한 박연이 당황한 듯 중얼거렸다.

"스케줄 비어서 얼굴 보러 왔더니 피부터 보여주는 거야? 안 본 새에 더 화끈해졌어…."

브이가 박연의 손을 붙들고 대문으로 끌어당겼다.

"얼른 들어가요, 얼음찜질해줄게."

연신 코를 훔치는 박연을 대문 안으로 밀어 넣었다. 뒤를 따라 들어가기 전 골목을 살폈다. 흰색 SUV는 보이지 않았다. 쾅, 소리를 내며 대문이 닫혔다. 잠깐의 소란으로 시끄럽던 주택가 골목이 다시 평화를 되찾았다.

코너에 숨어 있던 흰색 SUV가 슬그머니 나타났다. 흰색 SUV는 브이의 집이 내다보이는 곳에 멈췄다. 곧 차창이 내려갔다. 운전석에 앉은 남자가 브이네 대문을 보며 말했다.

"완전히 눈치 까버렸는데?"

보조석에 앉은 여자는 니콘 카메라를 들고 오늘 하루 동안 찍은 사진들을 살폈다. 카메라에는 최 관장의 집 앞을 서성이는 브이의 모습만 찍혀 있었다. 여자는 카메라를 뒷좌석에 던져두고 담배를 꺼내 물며 웅얼거렸다.

"건진 것도 없는데 들켜버렸네. 재수 더럽게 없다."

"걱정 마라. 무려 박연이잖아. 하루에 기사거리 한 가지씩 만들어내는 가십기계, 박연. 조만간 뭐 하나 걸리겠지."

"김 기자님, 강 건너 불구경하세요? 이달에 특종 못 잡으면 우리 다 끝나."

"강 기자님, 그래도 내 차에서는 금연하지?"

김 기자가 담뱃불을 붙이는 강 기자를 돌아보며 빈정거렸다.

두 사람이 작년에 창간한 온라인 연예 매체 '트루스토리'가 고작 1년 만에 존폐 위기에 놓였다. 두 사람은 트루스토리를 위기에서 구해줄 구세주로 박연을 점찍었다. 음주운전 이후로 요즘은 하루가 멀다 하고 기사거리를 빵빵 터트리고 있는 배우. 일단 기사만 썼다 하면 댓글, 조회 수는 걱정 안 해도 되는 배우. 이보다 좋을 순 없었다. 조만간 센 걸로 하나만 더 터트려준다면.

강 기자는 결국 불을 붙이지 못한 담배를 도로 담뱃갑에 넣으며 말했다.

"분명히 권브이랑 뭐가 있는데…."

창밖으로 브이네 대문을 보던 김 기자가 후진기어를 넣으며 수긍했다.

"만나는 여자마다 유통기한 두 달도 못 넘기던 새끼가 벌써 4개월이 넘었으니…."

"권브이랑 박연. 일주일만 더 지켜봐 봐. 분명 뭐 나와. 일단 아까 권브이가 찾아갔던 남자. 그 집에 한 번 더 가보자."

강 기자는 확신에 찬 얼굴로 말했다. 김 기자는 강 기자의 지시대로 차머리를 돌렸다. 흰색 SUV가 빠른 속도로 브이의 집 앞을 떠나 최 관장의 집으로 향했다.

봄이 찾아들기 시작한 관악산에는 평일 오전부터 등산객들이 붐볐다. 노란색 등산용 백팩을 멘 중년 남자는 일찌감치 정상을 찍고 하산 중이었다.

바위틈을 디뎌가며 미끄러지지 않도록 등산로를 내려오던 중년 남자가 잠시 제자리에 멈춰 섰다. 남자가 보고 있는 것은 비탈언덕 아래, 낙엽더미에 파묻혀 있는 낡은 운동화를 신은 발이었다.

〈2권에서 계속〉